マクティーグ

サンフランシスコの物語

フランク・ノリス
高野泰志＝訳

幻戯書房

目次

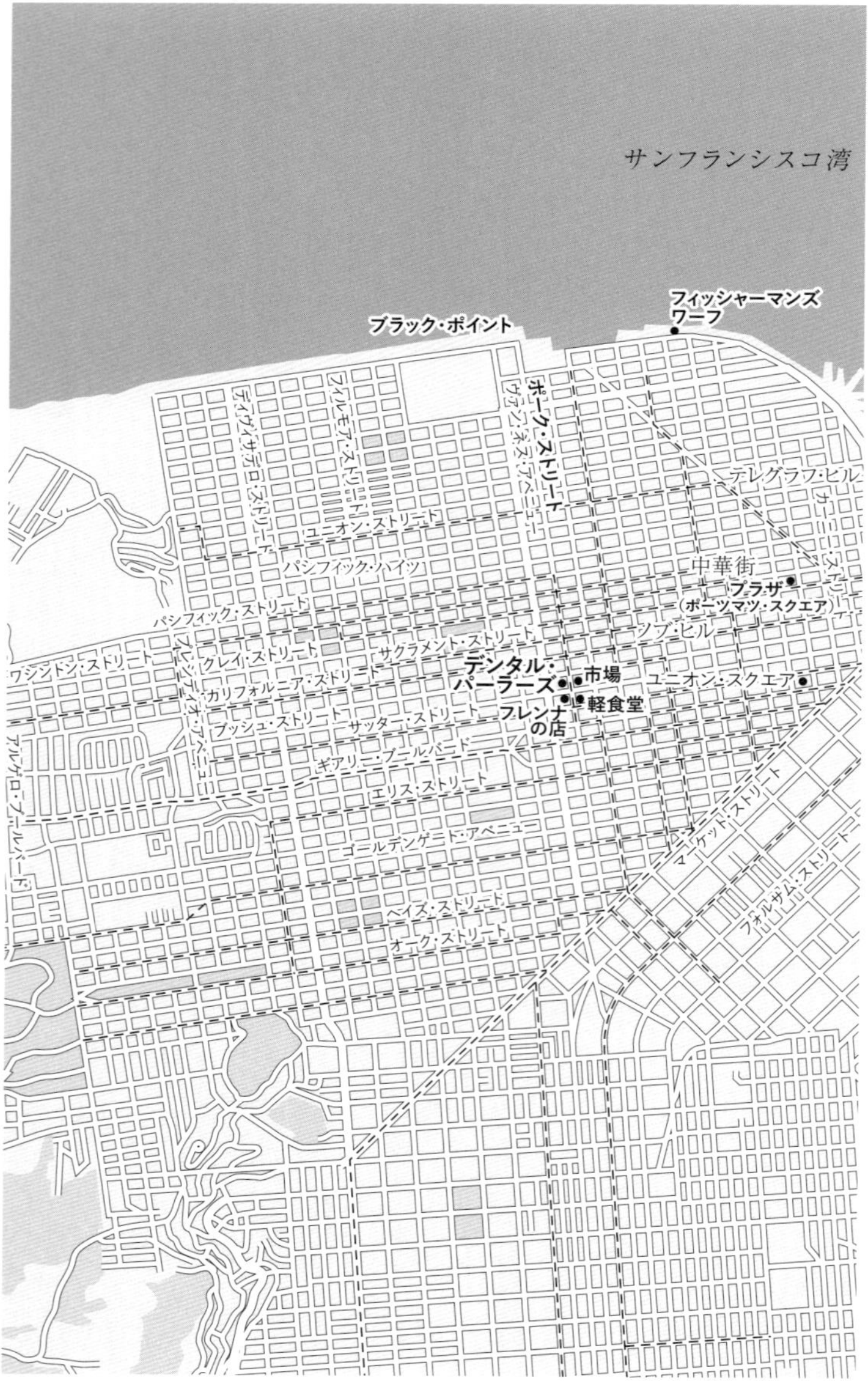
サンフランシスコ湾
フィッシャーマンズ
ワーフ
ブラック・ポイント
ポーク・ストリート
ヴァン・ネス・アベニュー
フィルモア・ストリート
ディヴィサデロ・ストリート
テレグラフ・ヒル
カーニー・ストリート
ユニオン・ストリート
パシフィック・ハイツ
中華街
プラザ
（ポーツマツ・スクエア）
パシフィック・ストリート
ノブ・ヒル
サクラメント・ストリート
ワシントン・ストリート
クレイ・ストリート
デンタル・
パーラーズ
市場
軽食堂
フレンナ
の店
ユニオン・スクエア
カリフォルニア・ストリート
プレシディオ・アベニュー
ブッシュ・ストリート
サッター・ストリート
ギアリー・ブールバード
エリス・ストリート
アルゲロ・ブールバード
マーケット・ストリート
ゴールデンゲート・アベニュー
フォルサム・ストリート
ヘイズ・ストリート
オーク・ストリート

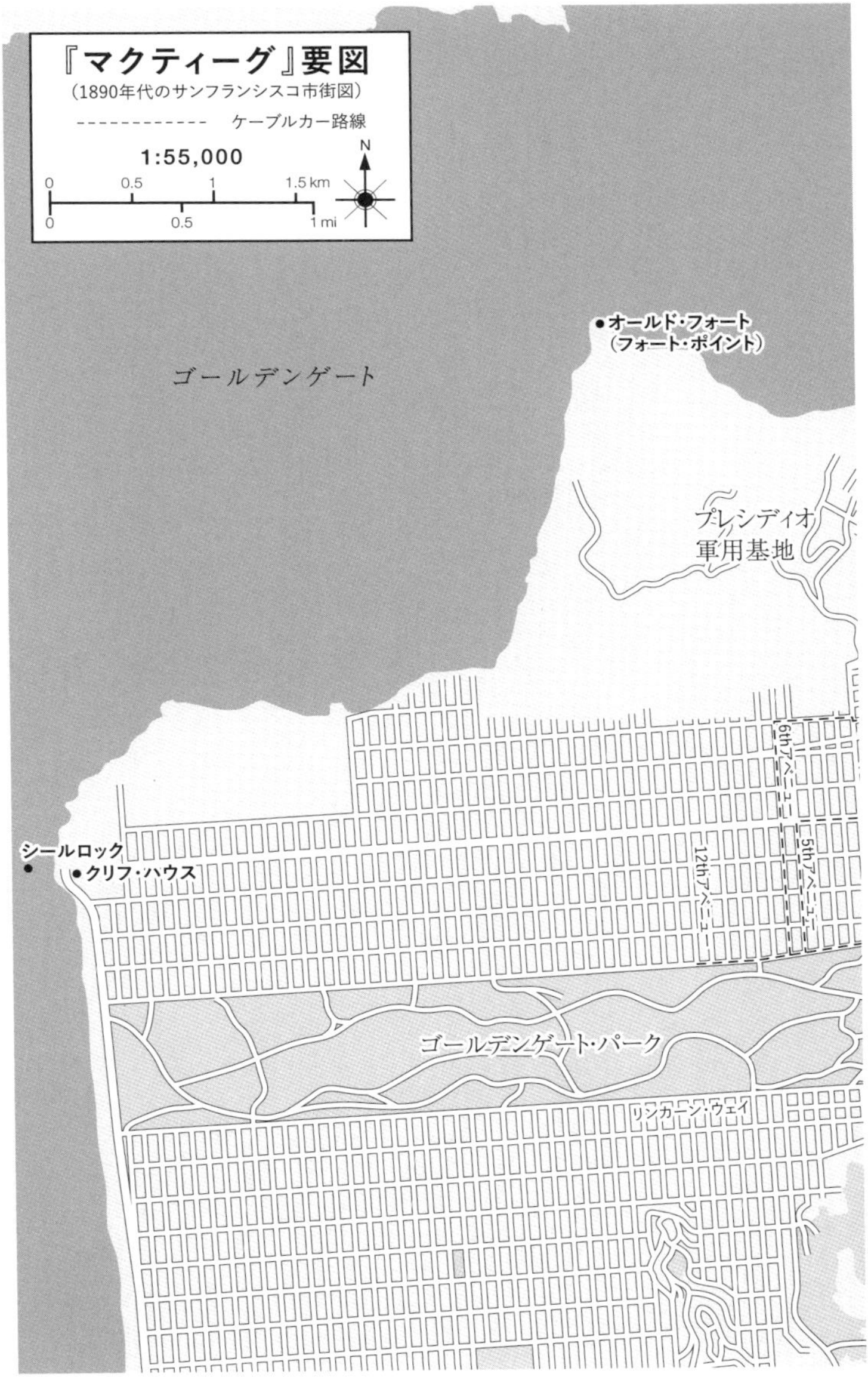
『マクティーグ』要図
（1890年代のサンフランシスコ市街図）
ケーブルカー路線
1:55,000
0
0.5
1
1.5 km
0
0.5
1 mi
N
オールド・フォート
（フォート・ポイント）
ゴールデンゲート
プレシディオ
軍用基地
6thアベニュー
5thアベニュー
12thアベニュー
シールロック
クリフ・ハウス
ゴールデンゲート・パーク
リンカーン・ウェイ

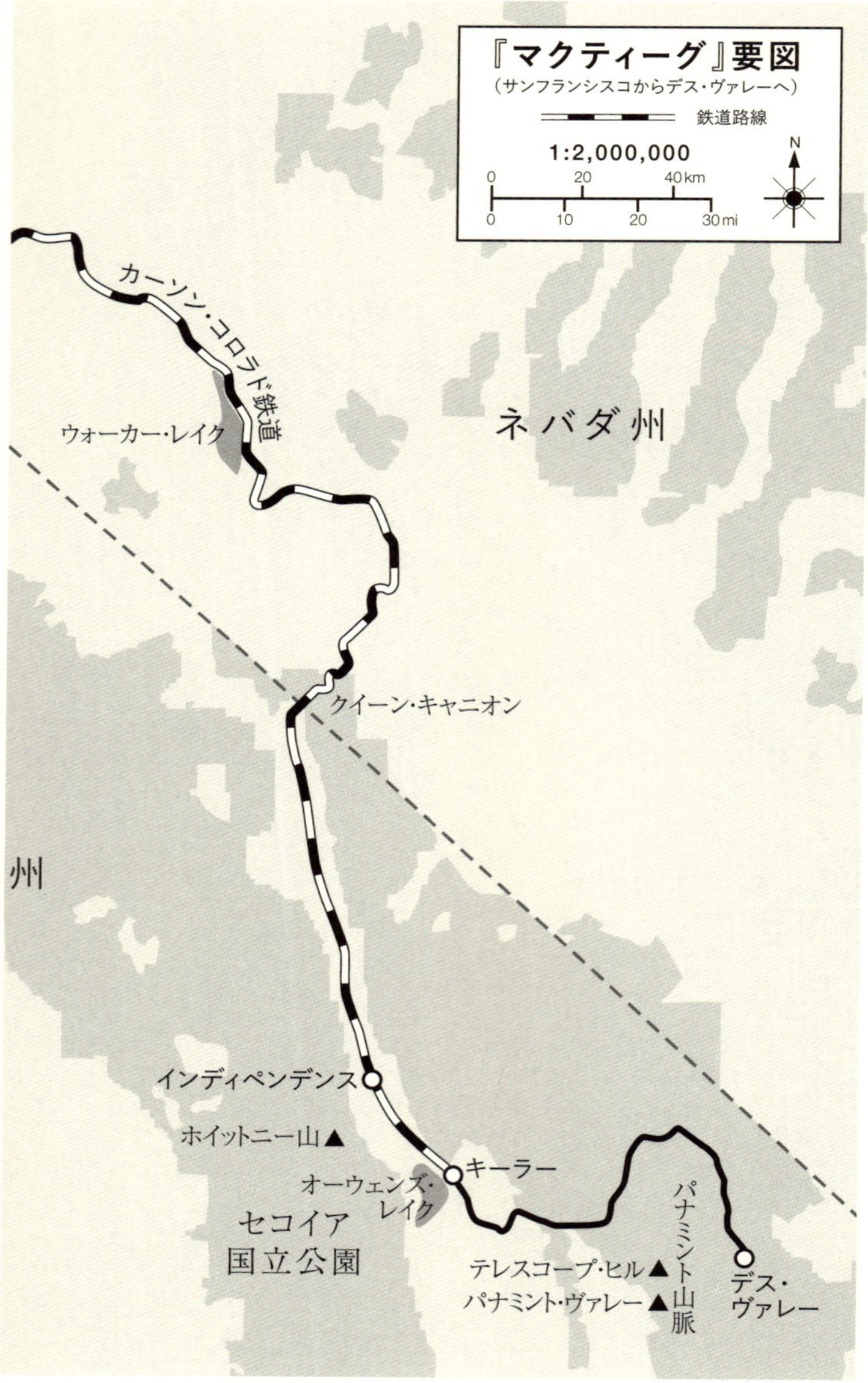
『マクティーグ』要図
（サンフランシスコからデス・ヴァレーへ）
鉄道路線
1:2,000,000
0
20
40 km
0
10
20
30 mi
N
カーソン・コロラド鉄道
ウォーカー・レイク
ネバダ州
クイーン・キャニオン
州
インディペンデンス
ホイットニー山▲
キーラー
オーウェンズ・レイク
セコイア国立公園
パナミント山脈
テレスコープ・ヒル▲
パナミント・ヴァレー▲
デス・ヴァレー

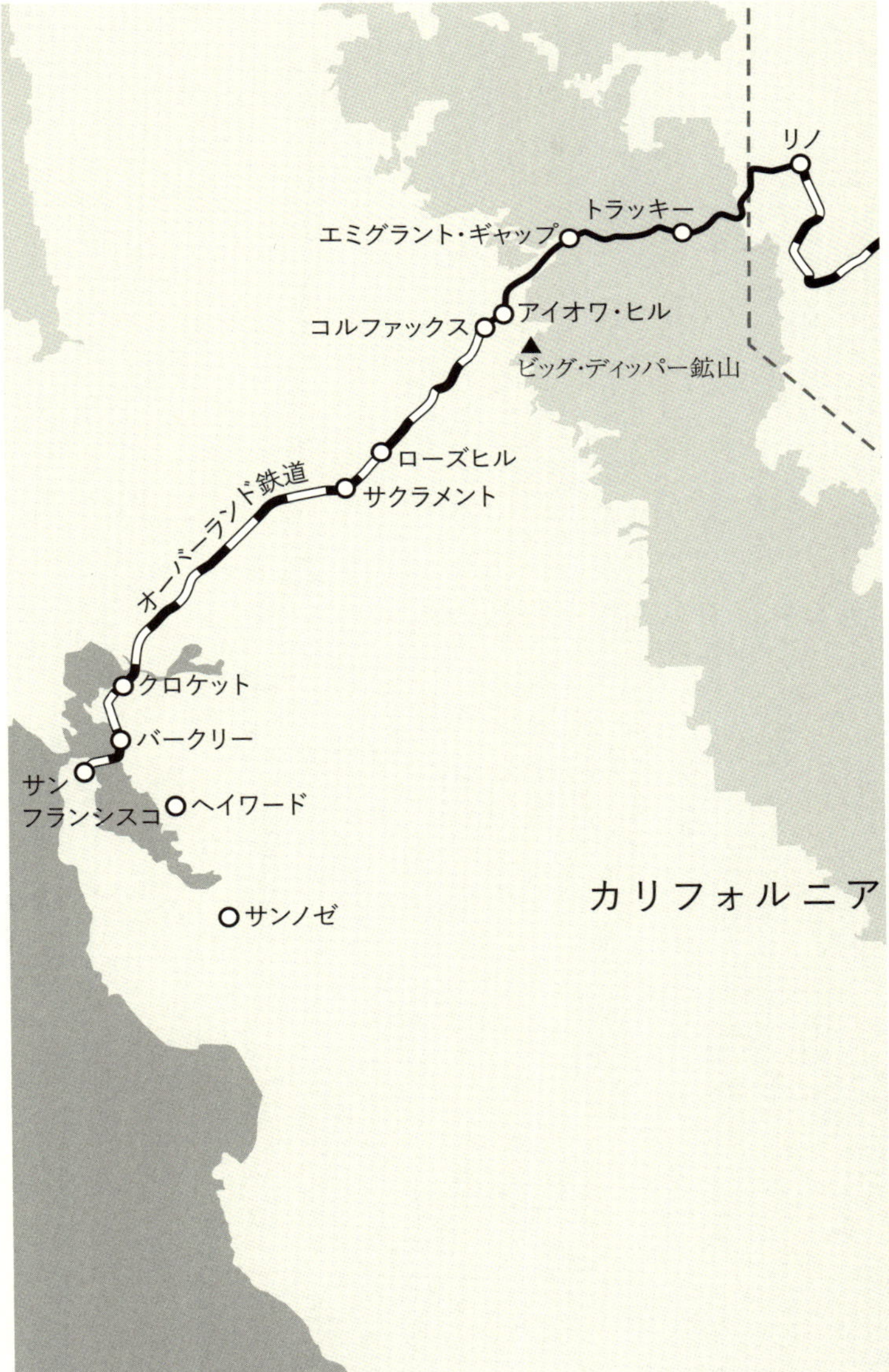
リノ
トラッキー
エミグラント・ギャップ
アイオワ・ヒル
コルファックス
ビッグ・ディッパー鉱山
ローズヒル
オーバーランド鉄道
サクラメント
クロケット
バークリー
サン
フランシスコ
ヘイワード
サンノゼ
カリフォルニア

ロゴ・イラスト――丸山有美
地図制作――今和泉隆行
装丁――小沼宏之［Gibbon］

第一章

日曜日だった。いつもの日曜日のように、マクティーグは昼の二時にポーク・ストリートに向かい、ケーブルカーの車掌たちのたまり場になっている軽食堂でディナーをとった。濃く濁ったスープ、熱々だが冷たい皿にのった消化の悪い生焼けの肉、野菜を二品、においのきついバターと砂糖がたっぷり塗られたスエット・プディングまがいのものを平らげた。一ブロック先の診察室に戻る途中、マクティーグはジョー・フレンナの酒場に立ち寄り、スチーム・ビール〈アンカー社の登録商標で、一般名はカリフォルニアコモンビール。十九世紀ゴールドラッシュのときにサンフランシスコ近郊で発祥した。カリフォルニアは気温が高いので発酵温度の高いエールを作るのが有利であるが、移民が持ち込んだのが発酵温度の低いラガー酵母であったため、ラガー酵母をエールの製法で作った結果できあがったビール〉をピッチャー一杯分買った。食事に行くときにはいつも、そこにピッチャーを預けてから行くことにしていたのである。

診察室に、いや看板に載せている呼び名で言うなら「デンタル・パーラーズ」に着くと、コートと靴を脱ぎ捨て、チョッキのボタンをはずした。そして小さなストーブいっぱいにコークスを詰め込んでから、張り出し窓のそばにある診察椅子に寝転がった。腹がこなれるのを待ちつつ新聞を読み、ビールを飲む合間に巨大な磁器製のパイプを吸った。満腹で頭が鈍くなり、身体が火照っていた。スチーム・ビールをたらふく飲んだのと、熱のこもった部屋で安たばこを吸い、しつこい食事をとった影響もあって、間もなくマクティーグは眠りに落ちた。午後遅く、頭上にぶら下がる金めっきの鳥かごのカナリアが歌をさえずり始めた。やがてゆっくりと目を覚ますと、もうすっかり気が抜けてだめになったビールの残りを飲み干し、平日には全七巻の『アレンの実践歯科』と一緒に本棚に並んでいるコンチェルティーナ〔六角形のアコーディオンに似た楽器〕を取り出して、ひどく物哀しげな曲を六つほど演奏した。

　マクティーグはゆったりとくつろいで楽しくすごす、こういった日曜日の午後を楽しみにしていた。彼の日曜日のすごし方はいつもまったく同じだった。マクティーグにはほかに楽しみなどなかったのだ――食べて、たばこを吸って、眠って、コンチェルティーナを演奏する以外には。

　マクティーグの知っている物哀しげな六つの曲は、演奏するたびにプレイサー郡のビッグ・ディッパー鉱山〔プレイサー郡はカリフォルニア州サクラメントとリノの中間あたりに位置する郡で、ビッグ・ディッパー鉱山はアイオワ・ヒルという小さな町のすぐ近くに実在する鉱山。ビッグ・ディッパーとは北斗七星のこと〕で荷車係の少年だった十年前に連れ戻してくれた。父親の指示で鉱石を積んだ重い荷車をゴロゴロ押し、トンネルを出たり入ったりしてすごしたあの日々のことはよく覚えていた。二週間のうち十三日まで、父親は鉱山の班長としてまじめにしっかりと働いていた。二週間ぶりの日曜日になると、父親は酒に狂い、見境のない動物に、けだものに、野獣に変わり果てた。

　マクティーグは母親のことも覚えていた。中国人の助けを借りて、四十人もの鉱夫のために料理をしていた。彼女はあくせくと働きすぎるくらい働いていたが、にもかかわらず気性が荒く精力的で、息子を出世させて立派な職業につけるという目標にとらわれていた。そのチャンスがやっと訪れたのは、父親がアルコールにむしばまれて、ものの数時間でばったり倒れ、死んだときだった。二、三年後に旅回りの歯医者が鉱山にやってきて、飯場のそばにテントを張った。その男はどちらかというと詐欺師まがいのやつだったのだが、マクティーグ夫人の野心に火を点《つ》け、青年マクティーグはその男の仕事を覚えるべく一緒に鉱山を出ることになった。マクティーグはにせ医者が治療しているところを見て、見よう見まねでやり方を学んでいった。必須の本もたくさん読むには読んだのだが、そこから多くの知識を仕入れるなどとても無理なくらい、絶望的に馬鹿だった。

その後ある日、サンフランシスコで母親が死んだという報《しら》せが届いた。母は息子にいくばくかのお金を残していた――決して多くはないが商売を始めるには十分であった。そこでマクティーグはにせ医者とは縁を切り、ポーク・ストリートに自分の「デンタル・パーラーズ」を開いたのだ。そこは、町の住宅地区にある小さな店がひしめく「商店通り」である。ここで彼は次第に肉屋の店員や、店の女の子たち、薬局の売り子、市電の車掌などの顧客を増やしていった。マクティーグにはほとんど知り合いができなかった。ポーク・ストリートの人々は彼のことを「先生《ドクター》」と呼び、そのとてつもない馬鹿力のことをよく噂《うわさ》した。それというのもマクティーグは巨大な若者で、そのたっぷりとしたぼさぼさのブロンドの髪は地面から六フィート三インチ〔一九〇・五センチ〕の高さでなびいており、筋肉の束でがっしりとくるまれた巨大な手足をゆっくりとぎこちなく動かすのだ。手のひらは桁外れに大きく、赤く、ぼうぼうに生えた黄色い剛毛で覆われ、まるで木製の槌《つち》のように硬く、万力のように力強かった。すぎし日の荷車係の手であった。よく彼は鉗子《かんし》を使わずに、親指と人差し指でだめになった歯を引っこ抜くことがあった。頭は四角く切り出されたように角ばっており、顎は肉食動物のように突き出ていた。

マクティーグの知性は身体と同じく、重々しく、動きが鈍く、緩慢であった。だが邪悪なところは少しもなかった。全体的に見て、計り知れないほど強く、馬鹿で、御しやすく、従順な荷車用の馬を思わせた。

「デンタル・パーラーズ」を開いたとき、マクティーグは自分の人生が成功を収めたのだと思ったし、これ以上望むものは何もないと思った。看板には「パーラーズ」と複数形になっていたが、実際に部屋はひとつしかなかった。二階の角部屋で、真下の部屋は郵便局の出張所が入っていて、通りに面していた。マクティーグはその部屋を寝室としても使えるようにし、窓とは反対側の壁に大きなソファベッドを置いてそこで眠った。部屋の角についたてを立てて囲ったところには洗面台があり、そこでモールドを作ることにしていた。丸い張り出し窓には診察椅子、歯の切削エンジン、器具を並べた移動式の棚があった。三脚の椅子は古道具屋の特価品で、軍隊的な正確さで壁に並べられていた。その頭上にはロレンツォ・ディ・メディチ邸を描いた鉄版画がかかっていた。値段のわりにはひどくたくさん人物が描かれていたので買ったのだ。ソファベッドの上にはライフル製造業者の広告が入ったカレンダーがかかっていたが、使ったことは一度もなかった。ほかにも「アメリカ歯科医術」のバックナンバーが積み重ねられた小さなマーブルトップのセンターテーブル、小さなストーブの前に座っている炻器製《せっき》〔陶器と磁器の中間的な性質をもつ焼き物〕のパグ、温度計などの装飾品があった。飾り棚が部屋の一角を占めていて、そこには全七巻の『アレンの実践歯科』が並んでいた。一番上の棚にマクティーグはコンチェルティーナとカナリア用の餌を置いていた。部屋全体から寝具とクレオソートとエーテルのにおいが混じりあって充満していた。

あるひとつの不満さえなければ、マクティーグは完全に満足だっただろう。窓のすぐ外には看板がかかっているのだが、あまり目立たない代物で、こう書かれていた。「マクティーグ医師　デンタル・パーラーズ　麻酔あり」だがそれだけだった。彼が思い焦がれ、夢見ていたのは、角の窓から突き出すように巨大な金塗りの歯を看板にすることだったのだ。並外れた歯根をもつ臼歯を、とにかく派手で目立つやつを。いつか手に入れてやるのだ、それだけは断固として決意していた。しかし今はまだそんなものは到底手に入れることはかなわなかった。

ビールの残りを飲み干すと、マクティーグは唇とあふれんばかりの黄色い口髭《くちひげ》を手でのろのろと拭《ぬぐ》った。雄牛みたいに難儀そうに身体をもち上げ、窓のところまで行って、通りの様子を見下ろした。

通りを眺めると、いつも何かしら興味を惹くものがあった。西部の都市にはよくある交差点で、住宅地区のど真ん中に位置していたが、実際に住んでいるのは小売商人であり、一階が店になっていた。角にはドラッグストアがあり、赤や黄色や緑の液体の入った巨大な瓶が派手できらびやかな窓に並んでいた。文房具屋には挿絵入りの新聞が告示版に鋲《びょう》止めされており、理髪店の入り口には喫煙スタンドがあった。落ちぶれた様子の配管工のオフィス、それに安っぽいレストランの窓からは、口を開けていないオイスターの山が角氷に押さえつけられ、陶器の豚や牛が膝まで白インゲンに埋もれている。通りの一方の端に目をやると、マクティーグからはケーブルカーのための巨大な発電所が見えた。真向かいには大きな市場がある。さらに目を遠くに向けると、家々の乱立する煙突の奥に巨大なスイミングプール〔第五章でトリナが言及するクリスタル水泳場のこと。海水を使った温水の浴場とスイミングプールの両方を備えていた。メイソン・ストリートにあり、マクティーグの「パーラーズ」からちょうど屋根が見える位置にあった〕のガラス屋根が午後の太陽に照らされてクリスタルのように照り輝いていた。真下を見ると郵便局がドアを開け放っている。日曜日の午後二時から三時のあいだはいつもそうだった。インクの刺激臭がマクティーグのところまで立ち昇っていた。たまにケーブルカーが通ると、重々しい車輪の音とともに窓ガラスのぶつかり合う不快な騒音が響いた。

平日は通りも非常に賑やかだ。七時頃に目を覚まして活動を始め、新聞の売り子や日雇い労働者たちが現れ始める。

労働者は散り散りの列になって重い足を引きずっていく——配管工の見習いは鉛管の切れ端やピンセットやペンチでポケットを膨らませ、大工は革に似せて着色された厚紙の弁当箱以外に何ももっていない。道路工事人は黄色い粘土で汚れたオーバーオールを着て、つるはしや持ち手の長いシャベルを肩に担いでいた。左官は頭の天辺《てっぺん》から爪先まで石灰で汚れていた。この労働者の一団は規則的に一方に向かって足を運んでいるが、やがて自分とは別の種類の働き手と出会い、混じり合う——ケーブルカー会社に雇われた出勤途中の車掌やブレーキ係《スウィング・マン》、我が家の寝室に帰る途中の眠そうな目をした夜勤のドラッグストア店員、管区の警察署に報告に戻る途中の夜警、それに頭の上に重いかごを載せてふらふらやってくる中国人の野菜農家などである。そうしているうちにケーブルカーに乗客が埋まり始め、通りの店主たちはみな次々に店を開けていく。

七時と八時のあいだ、通りは朝食中である。時折ウェイターが安食堂から現れては一方の歩道からもう一方へと通りを渡り、ナプキンをかぶせたトレイを手のひらに器用に載せている。いたるところでコーヒーと焼きたてのステーキのにおいがしている。もう少しすると、日雇い労働者たちが通りすぎたあとに続き、店員や売り子たちが安っぽく着飾って通りかかるが、そういう人種はいつも大急ぎで歩きながら発電所の時計をちらちらと気にするのだ。彼らの雇い主たちはさらに一時間かそこら遅れて——大抵はケーブルカーに乗って——通りかかる。頬髭をたくわえ、腹の突き出た殿方連中で、朝刊をいかにも真面目くさった顔で読んでいる。銀行の出納係や保険の窓口係はボタンホールに花を挿している。

ちょうど同じ頃、小学生が通りになだれ込み、けたたましいわめき声であたりを埋め尽くしながら、文房具屋の前で立ち止まったり、キャンディ・ストアの入り口でぐずぐずしていたりする。三十分以上にわたって歩道を専有したかと思うと、ぱったりと姿を消し、ひとりかふたり出遅れた子どもが小さな細い足を大股に動かしてひどく焦って脇目もふらず急いでいく。

十一時が近づいてくると、ポーク・ストリートの一ブロック先にある大通り〈ヴァン・ネス・アヴェニューのこと。もともとは高級住宅街で、大邸宅が立ち並んでいた地域であるが、一九〇六年の地震の際に起こった火事を防ぐため、防火帯として軍によってダイナマイトで爆破された。地震以降は商業地区となった〉からご婦人たちが姿を現し、悠々と落ち着いてそぞろ歩く。朝の買い物である。洗練された女性たちで、美しく着飾っている。肉屋や食料品店や八百屋には名前で呼びかける。マクティーグが窓から眺めていると、この連中が店の前に立ち止まっているのが見える。手袋をはめ、ベールをかけ、上品な靴を履いており、ぺこぺこする店員が注文を急いで書き留めているのを脇に従えている。この人たちはみな互いに顔見知りのようだ。みな大通りの高級住宅地から来た立派なご婦人たちである。あちこちで出会ったと思うと会話が始まり、そこへまたもうひとりが加わり、そうしてグループが出来上がる。ちょっとした即席の接待が肉屋のまな板の目の前や、歩道で、ベリーや果物の箱を取り囲んで、繰り広げられるのだ。

昼から夕方にかけては、通りは様々な人で混じり合う。その時間が最も混み合うのだ。巨大で長々としたざわめきが立ち昇る――足音が交わり、車輪ががらがらと音を立て、ケーブルカーが重々しい騒音を立てる。四時になると小学生がふたたび歩道にあふれかえり、やはり驚くほど急に消えていなくなる。六時には大群が帰宅の行進を始める。ケーブルカーはどの車両も混み合い、労働者たちが歩道に押し寄せ、新聞の売り子が夕刊を売る売り口上が歌うように響く。そして唐突に通りは静かになる。ほとんど誰の姿も見えなくなり、歩道にも人影はない。夕飯時なのだ。夕闇が訪れ、ひとつ、またひとつと、無数の明かりが薬局の窓の凶暴なばかりのぎらぎらする光から、電球のまばゆいばかりの青白い光にいたるまで、通りの一角から次の一角へとその数を増やしていく。それからまた通りは人で混み合う。今度は誰もが楽しむことだけを考えている。ケーブルカーは劇場へ行く人であふれる――男はシルクハットをかぶり、若い女性は毛皮のオペラクローク〔イブニングドレスの上に着るケープ状の上着〕を着ている。歩道にはあちこちにグループやカップルが出来上がる――配管工の見習いや、リボンの売り子、自分の店の二階に住む小さな家族、婦人服の仕立屋、やぶ医者、馬具職人――こういった通りに住む様々な人種がみな表に出てきて店のウィンドウを次から次へとあてもなく見て回り、一日の仕事が終わったあとの散歩を楽しむのだ。女の子のグループは角に集まり、大声でしゃべったり笑ったりしながら、通りすぎた若い男について論評する。タマーリ〔トウモロコシの粉やひき肉をトウモロコシの皮に包んで蒸したメキシコ料理〕売りが現れる。救世軍〔軍隊組織によって伝道や社会事業を行うプロテスタントの一派〕の楽団が酒場の前で歌を歌い始める。

それから徐々にポーク・ストリートはもとの寂しさに戻っていく。十一時の鐘が鳴るのが発電所の時計から聞こえてくる。明かりが消される。一時になるとケーブルカーが止まり、それがあたりに唐突な静寂をもたらす。急にひどく静かになったように感じられるのだ。聞こえるのはただたまに警官が見回りに来たときの足音と、閉まっている市場からしつこく呼び交《か》わすカモやガチョウの鳴き声だけである。通りは眠り込んでしまったのだ。

来る日も来る日も、マクティーグは同じパノラマが繰り広げられるのを見ていた。「デンタル・パーラーズ」の張り出し窓は、彼にとっては世の中がうつろいゆくのを眺めることのできる展望台であった。

しかし日曜日は何もかもが違っていた。張り出し窓に立ち、ビールを飲み終え、口元を拭い、通りを見下ろすと、マクティーグにはその違いがよく分かった。ほとんどの店が閉まっていた。荷馬車は通らない。歩道を忙しそうに走っていく人たちは、安っぽい日曜日の正装をしていた。ケーブルカーが通りすぎると、外の座席にピクニック帰りの一団が座っていた。母親、父親、若い男女、三人の子ども。年配のふたりは空になったランチボックスを膝にのせており、子どもたちの帽子の帯にはオークの葉っぱがたくさん貼りついていた。若い女の子はしおれかけのケシと野草の巨大な房をもっていた。

ケーブルカーがマクティーグのいる窓に近づいてくると、若い男が立ち上がってプラットフォームにくるりと降り立ち、その一団に別れの手を振った。突然マクティーグはその男が誰なのか気づいた。

「あれはマーカス・シューラーじゃないか」と口髭の奥でつぶやいた。

マーカス・シューラーは歯科医のたったひとりの親友であった。ふたりが初めて出会ったのは、ケーブルカーの車掌のたまり場になっている軽食堂で、たまたま同じテーブルに座り合わせ、それ以降食事のたびに顔をあわせるようになった。しばらくして、実はふたりとも同じアパートに住んでいるという事実を発見した。マーカスはマクティーグの真上の部屋に住んでいたのだ。マクティーグは何度かマーカスの虫歯を治療してやったことがあり、支払いを受け取ろうとしなかった。まもなく、ふたりのあいだではそれが当たり前のこととなった。ふたりは「相棒《パル》」なのだ。

マクティーグが聞き耳を立てていると、マーカスが上の階の自分の部屋まで階段を上っていくのが聞こえた。数分後、ふたたびドアが開いた。マクティーグにはマーカスが廊下に出てきて階段の手すりに身を乗り出しているのがわかっていた。

「おい、マック！」とマーカスは呼びかけた。マクティーグは部屋の入口まで出て行った。

「なんだよ。マークか？」

「そうだ」マーカスが返事をした。「上がって来いよ」

「お前の方が下りて来い」

「いやだよ、上がって来いよ」

「いや、下りて来いって」

「まったく、無精なやつだな！」と毒づいてマーカスは階段を下りてきた。

「クリフ・ハウス〈サンフランシスコの西端にある有名なレストランで太平洋に面している。ここではクリフ・ハウスのそばにあるビーチのことを指している〉までピクニックに行ってたんだ」ソファベッドに腰を下ろしながらマーカスが話して聞かせた。「叔父さんたち家族とね――ジーペ家だよ。まったく！ ひどい暑さだったよ」といきなりわめいた。「見ろよ！ これ見ろよ！」大声でそう言ってよれよれになったカラーを引っ張って見せた。「今朝から三つ目だぞ。三つ目なんだ――嘘じゃないぞ《フォー・ア・ファクト》――なのにお前はストーブをつけてやがる」彼はピクニックのことを話し始めた。ひどく大声で早口だった。身振りも猛烈で、些細なことにも激しく興奮した。マーカスは話をするときにはいつも興奮するのだ。

「見せたかったよ。見せてやりたかったなあ。本当だぞ。すごかった《アウタ・サイト》んだよ。すごかったんだ、嘘じゃないぞ《フォー・ア・ファクト》」

「そうか、そうか」マクティーグは答えたが、懸命に話についていこうとしながら混乱していた。「そうか、そうなのか」

どうやらマーカスは下手な運転をする自転車乗りと口論になったらしく、そのことを説明していると、怒りに身体を震わせた。「『もう一回言ってみろ』って言ってやったんだ。『もう一回でも言ったらな』」――ここまで話すと爆発したように罵りことばがほとばしり出た――「『死体置き場《モルグ》の荷車で町まで帰ることになるぞ。こっちは普通に道を渡っているだけなのに、轢《ひ》かれて当然みたいな態度じゃないか』ってな。まったくとんでもない話だ。もうちょっとでナイフを突き立ててやるところだったよ。とんでもない。まったく本当にとんでもない話だろ」

「そりゃあとんでもないな」慌ててマクティーグは返事をした。「そりゃそうだ、そりゃそうだ」

「それと、事故もおこったんだ」マーカスは大声を出して唐突に話をそらした。「ひどいんだよ。トリナがブランコに乗ってたんだが――いとこのトリナだよ、話したことあったよな――トリナが落っこちたんだ。まったく！　死んだんじゃないかと思ったよ。岩に顔をぶつけて前歯を折ってしまったんだ。死ななかったのが不思議なくらいだよ。本当に不思議なくらいなんだ、嘘《フォー・ア・ファクト》じゃないぞ。そう思わないか？　なあ？　そう思わないか？　見せてやりたかったよ」

　マクティーグはおぼろげながらマーカス・シューラーがいとこのトリナに惚《ほ》れているのではないかと思っていた。ふたりはしょっちゅう「付き合って」いたのだから。マーカスは土曜日の夜は必ずサンフランシスコ湾をはさんだBストリートのジーペ家に出向き、そこでディナーを食べてきた。そして日曜日の午後には大抵一家とともに郊外までちょっとした日帰り旅行をした。マクティーグは今日に限ってマーカスがいとこと一緒に家に行かなかったのはどうしてだろうと、なんとなく不思議に思い始めた。たまにあることだが、マーカスはすぐさまその理由を話して聞かせた。

「こっちの大通りのやつと約束があって、今日の四時に犬を取りに行くことになってるんだ」

マーカスは小さな犬病院でグラニス爺さんの助手をしていたのだ。その病院はポーク・ストリートから四ブロックほど離れた横道みたいなところにグラニス爺さんが開いたものだった。グラニス爺さんはマクティーグのアパートの、裏通りに面した部屋に住んでいた。イギリス人で熟練した犬医者だったが、マーカス・シューラーはその仕事には不向きだった。父親が獣医をしていて、近所のカリフォルニア・ストリート〔全長約八・四キロに及ぶサンフランシスコで最も長い通り。フィナンシャル・ディストリクトからプレシディオの脇を通り、現在のリンカーン・パークにいたる〕で貸し馬車屋を営んでいたのだが、マーカスが家畜の病気についてもっている知識はでたらめなものでしかなく、マクティーグの受けた教育と似たようなものだった。マーカスは優しくて実直なグラニス爺さんに自分がその仕事に向いているのだという印象をなんとか与えようとして、中身のないフレーズの奔流を、猛烈な身振りと桁外れに自信のある様子で浴びせかけ、圧倒したのだった。

「一緒に来いよ、マック」とマーカスは言った。「あいつの犬を引き取ったらちょっと散歩でもしようじゃないか。別に用事もないんだろ。来いよ」

マクティーグは一緒に外に出た。二人の友人は連れ立って大通りまで歩き、犬のいる家まで行った。そこは巨大な豪邸で、そのブロックのまるまる三分の一を占める広大な庭に囲まれていた。マーカスは虚勢を張って見せようとして、ずかずかと正面玄関の階段を上がり、ものおじすることもなくベルを鳴らした。そのあいだ、マクティーグは歩道にとどまり、カーテンのかかった窓や大理石の階段、青銅のグリフォンを愚かしげに眺め、この堂々たる豪華さに圧倒され、若干わけがわからなくなっていた。

犬を病院に連れて行き、くんくん鳴いている犬を金網の中に残して、ふたりはポーク・ストリートに戻った。そして角のジョー・フレンナの食料品店に入って奥の部屋でビールを飲んだ。

大通りの巨大な豪邸を出てからずっと、マーカスは資本家を攻撃し続けていた。その階級の人々をひどく嫌っているふりをしていたのだ。それはマーカスがしばしばとって見せるポーズで、そうすると歯科医が感銘を受けるのがわかっていた。マーカスは政治経済について嘘と本当の入り混じった詭弁《きべん》を聞きかじっていて——どこで聞きかじったのかはもうわからなくなっていた——ふたりがフレンナの奥の部屋でビールを飲み始めたとたん、労働問題の話題をもち出したのだ。マーカスは声を限りに弁じたて、わめき散らし、こぶしを振り回して自分のたてる騒音にますます興奮していった。彼は職業政治家が使う決まり文句を絶えず拝借していた——区の「決起集会」や「批准推進派集会」〔一八八〇年にカリフォルニア州は投票を行って新しいリベラルな州法を批准した〕で耳にした決まり文句である。これらの文句はマーカスの舌からとてつもない力強さでこぼれだし、会話のありとあらゆるきっかけに登場するのだった。——「踏みにじられた有権者たち」「労働の大義」「賃金労働者」「個人的利害で偏向した意見」「党派的敵対感情によって曇らされた目」。マクティーグは畏れかしこまって聞いているだけだった。

「そこにこそ諸悪の根源があるのだ」などとマーカスは叫ぶのだった。

「大衆は自制心を学ばなければならない。それは理にかなったことなのだ。数字を見るんだ。数字を見ろ。賃金労働者の数を減らせば、その分賃金は増える。そうだろ？　そうだろ？」

絶望的に愚かで一言も理解できないまま、マクティーグはこんなふうに答えたりする。

「そう、そうだ、そのとおりだ――自制心だ――そうだとも《ザッツ・ザ・ワード》」

「資本家こそが労働の大義をむしばんでいるのだ」マーカスは怒鳴り、テーブルをこぶしで叩《たた》きつけたので、ビールのグラスが跳ね上がった。「肝の小さい穀潰《ごくつぶ》しの裏切り者どもは、蚤《のみ》みたいに小さな肝臓しかないくせに、未亡人やみなし児からパンを奪っているのだ。そこにこそ諸悪の根源があるのだ」

その叫び声にぼうっとしてマクティーグは頭を振りながらこう返事をした。

「そうだ、そのとおりだ。まさに肝臓が問題なんだ」

出し抜けにマーカスはまたおとなしくなり、一瞬のうちにそれまで自分のとっていたポーズを忘れてしまった。

「なあ、マック、いとこのトリナに言ってたんだ。こっちまで出てきてお前に歯を診てもらえって。たぶん明日来ると思うんだ」

第二章

翌月曜日の朝、朝食を済ませると、マクティーグはその日の予約を確認しようとして、ついたてに引っ掛けてある石板の予約表に目を通した。筆跡は巨大で、非常にぎこちなく、丸々としていて、lやhの字は大きくお腹が膨らんでいた。一時にミス・ベイカーとの約束があった。退職する前は婦人服の仕立てをしていた小柄なオールド・ミスで、同じフロアの数軒先に小さな部屋を借りていた。グラニス爺さんの隣りの部屋である。

その状況から由々しき事態が生じていた。ミス・ベイカーとグラニス爺さんはふたりとも六十歳を超えていたのだが、アパートの住人たちのもっぱらの噂では、ふたりはお互いに恋をしているらしいのだ。ただ奇妙なことにふたりは知人ですらなかった。一言もことばを交わしたことがないのだ。たまに階段で出くわすことはあった。グラニス爺さんが犬病院に行こうとし、ミス・ベイカーが通りでちょっとした買い物をすませた帰りなどだ。そんなとき、ふたりは目をそらし、ほかのことに気を取られているふりをしてすれ違うのだが、急に激しい羞恥心に、老人特有の幼児期に戻ったような臆病さに、囚《とら》われてしまうのだ。グラニス爺さんはそのまま出勤するのだが、心は乱れ騒いでいた。ミス・ベイカーの方は自分の小部屋に駆け込むと、へんてこなつけ巻き毛が興奮で震え、しなびた頬に赤みが浮かび上がっては消えていくのがほんのわずかに見てとれた。こんなふうにばったり出くわしたときの動揺は、その日一日消え去ろうとしなかった。

ふたりともこれが初恋なのだろうか？　グラニス爺さんはかつてグラニス青年だった時代に知っていた人々の中で、思い出に残る特別な顔があったのだろうか？――イングランドの大聖堂のある古い街によくいるような、白っぽい髪をした少女の顔が。ミス・ベイカーはめったに開けない引き出しや小箱に擦《す》り切れた銀板写真を今でも大切にしまい込んでいたりするのだろうか。巻き毛をたらし巨大な襟飾りをしめた、今では馴染《なじ》みのない古風な肖像を。それはまったくの謎である。

メキシコ人女性マリア・マカパはアパートの住人たちの世話係をしていたが、最初に住人の関心をふたりの恋愛に向けたのは彼女であった。その話題を部屋から部屋へ、フロアからフロアへと次々に広めていったのだ。最近になって彼女は大いなる発見をした。アパートの女性住人たちはみな、いまだにそのことで胸を躍らせていた。グラニス爺さんは四時に仕事から戻るのだが、それから六時までミス・ベイカーはいつも自分の部屋に座り、じっと手を膝に載せたまま何もせずに聞き耳を立て、何かを待ち望んでいるのだ。グラニス爺さんも同じようすで、肘掛椅子を壁の近くまで引っ張り出すのだ。壁の反対側にミス・ベイカーがいるのがわかっていて、ひょっとすると彼女の方も自分のことを考えてくれているだろうか、と思い巡らせているのだ。その場所でふたりは夕方のその時間ずっと座ったままで、聞き耳を立て、何かを待ち望んでいるのだ。何を待ち望んでいるのか、自分ではよくわからない。ただふたりはすぐそばにいて、あいだには部屋を分け隔てる薄っぺらい仕切り壁があるだけなのだ。もうお互いの習慣もわかるようになっていた。グラニス爺さんは、四時十五分ぴったりになるとミス・ベイカーが箪笥《たんす》と窓のあいだに置かれた石油ストーブでお茶を淹《い》れることを知っていた。ミス・ベイカーの方は、グラニス爺さんが大好きな趣味を始めようと、服を入れているクローゼットの二番目の棚から製本道具を引っ張り出してくる時間が正確にいつなのか直感的に感じ取ることができた。彼の趣味はパンフレットを製本することなのだが、実のところそのパンフレットを読んだことは一度もなかった。

「パーラーズ」でマクティーグは普段の仕事を始めた。スポンジ・ゴールドをのせたガラスの皿を見ると、ペレットを全部使いきっていることに気づき、いくつか作り始めた。予診の際、ミス・ベイカーの門歯に虫歯で穴が開いていることがわかっていた。ミス・ベイカーはその穴を金《きん》で埋めることにしていた。マクティーグは、それがいわゆる「近接症例」と言われるものであり、大きな金の塊を入れる余地のない穴であることを思い出した。充填材には「マット」を使わないといけないだろうな、と考えた。マクティーグは非粘着性の金のテープで「マット」を十数個作り、歯と歯のあいだに横から差し込んで脱脂綿でくっつけられるよう横向きに小さく切りとった。「マット」を作り終えると、続いて今週使いそうなほかの種類の金の充填材を作った。大きな隣接面〔歯と歯のあいだ〕に使う「ブロック」を作るには、金のテープを何度も折り返し、ペンチで形を整えた。充填を始めるときに使う「シリンダー」を作るには、「ブローチ」と呼ばれる針のまわりに金のテープを巻きつけ、いろんな長さに切り分けて作った。仕事の歩みは遅々として機械的であったが、充填用の箔《はく》を指で曲げていく様子には、愚鈍な人物にありがちな手先の器用さが見られた。頭の中には何ひとつ存在せず、よくこういう仕事をする人がするみたいに口笛を吹くこともなかった。マクティーグが黙っている代わりにカナリアが絶え間なくさえずり歌い、朝風呂の水をまき散らしていた。ひっきりなしに物音を立てて動き回るさまは、マクティーグ以外の人なら間違いなくいらいらさせられただろうが、彼にはまるで神経というものがなさそうなのだ。

充填材を作り終わると、マクティーグは前使っていた引っ掛け針《フック・ブローチ》をなくしていたので、新しいのをピアノ線で作った。そろそろディナーの時間だったので、車掌のたまり場に行って、戻ってくるとミス・ベイカーがすでに待っていた。

年老いた小柄な仕立屋はいつも話を聞いてくれる人には誰にでもグラニス爺さんの話をしたがったが、アパート中にいきわたっているゴシップには全然気づいていなかった。マクティーグはミス・ベイカーが興奮してどきどきしているのがわかった。何かとてつもないことが起こったのだ。彼女はグラニス爺さんの部屋の壁紙が自分の部屋の壁紙と同じであることを発見したのだ。

「それでこんなことを考えたの、マクティーグ先生」とつけ巻き毛を振りながら声を上げた。「わたしの部屋ってそんなに大きくないでしょう？　それで壁紙は同じものなんだから——だってわたしの部屋とあの人の部屋の壁紙の模様が続いているんですもの——きっと昔は両方ともひとつの部屋だったのよ。考えてみてくださいよ、そうは思いませんか？　つまりわたしたちふたり、同じ部屋に住んでいるのとほとんど同じことなのよ。どうしましょう——そうね——家主さんにこのことを話してみた方がいいかしら？　あの人、昨日の夜は九時半までパンフレットを製本していたんですよ。噂だとあの人、準男爵の次男坊ですって。爵位を相続しないのはそれなりのわけがあるのね。義理のお父さんがあの人を虐待してつらく当たったそうよ」

　誰もそんな噂をするものはいなかった。グラニス爺さんにかかわる謎に想像を巡らせるなど、馬鹿げたことだった。ミス・ベイカーはわざわざ作り話を考え出したのであり、爵位のことも不当な義理の父親のことも、子供のときに読んだ小説のかすかな記憶から創り出したものだった。

　彼女は診察椅子に横になった。マクティーグは歯の充填を始めた。長い沈黙が続いた。仕事をしながら同時にしゃべるなど、マクティーグには無理な相談だった。

　ちょうどミス・ベイカーの歯のあいだに最後の「マット」をこすりつけていたところで「パーラーズ」のドアが開いた。取りつけてあるベルががらがらと鳴ったが、そんなものが必要ないのは明らかだ。マクティーグは切削機のペダルに片足をかけ、回転しているコランダム〔酸化アルミニウムの結晶でダイヤモンドの次に硬度が高い〕盤を指でつまみながら振り向いた。

　入ってきたのはマーカス・シューラーで、二十歳くらいの若い女性を連れてきていた。

「おはよう、マック」とマーカスは大声で言った。「今空いてないか？　例の折れた歯のことでいとこを連れてきたんだが」

　マクティーグは重々しくうなずいた。

「ちょっと待ってくれ」と返事をした。

　マーカスといとこのトリナはロレンツォ・ディ・メディチの鉄版画の下に置いてある固い椅子に腰かけた。そして声を潜めて話し始めた。トリナは部屋を見回し、炻器《せっき》製のパグ、ライフル製造業者のカレンダー、小さな金メッキの牢獄《ろうごく》に囚われたカナリア、壁際の整えられていないソファベッドに投げ散らかされたブランケットなどに目をやった。マーカスはマクティーグのことを話し始めた。「俺たちは相棒《パル》なんだ」ほとんど囁《ささや》き声でそう説明した。「いや、マックは頼りになるよ。ねえ、トリナ、あいつはきっと君が今まで会った中で一番の力もちだよ。どれくらいすごいと思う？　指で歯を引っこ抜けるんだ、ほんとだよ。すごいだろ。指だけでだよ。ほんとだよ、嘘《フォー・ア・ファクト》じゃないんだ。あの身体の大きさを見てみろよ。いや、マックは頼りになるやつだよ！」

マーカスがこんなふうにしゃべっているあいだにマリア・マカパが部屋に入ってきていた。そしてマクティーグのベッドを整えようとしていた。おもむろにマーカスは小声で力説した。「ちょっと面白いことをしてみよう。あの娘はこのアパートの世話係なんだけど、メキシコ人で頭がちょっと変なんだ。まったくの気狂いでもないんだけど、どう言ったらいいのかな、ちょっと変なやつなんだよ。あいつの家族が昔使ってたとかいう黄金の食器セットのことをしゃべりまくるんだ。名前を尋ねてみなよ、そうしたらしゃべりだすから」トリナはちょっと怖くなって身を縮めた。

「いやよ、あなたが聞いてよ」トリナは囁いた。

「いや、聞いてみろよ、大丈夫だって」マーカスはせっついた。トリナは力いっぱい首を振って口をぎゅっと閉じた。

「じゃあ聞いてなよ」マーカスはそう答えると、肘でトリナをそっとついてから、大きな声を出してこう言った。

「やあ、マリア」マリアはベッドに腰をかがめたまま肩越しにうなずいてみせた。

「最近は忙しいかい、マリア？」

「ええ、とっても」

「でもずっと生活費を稼がなきゃいけなかったわけでもないんだよな、黄金の皿で飯を食ってたときもあったんだから」マリアは答えず、ただ顎を宙に向けて目を閉じ、まるで話そうと思ったら長い時間が必要なのだと言いたげに見えた。マーカスがなんとかその話をさせようとしても、すべて無駄に終わった。ただ首を振って返事をするだけだった。

「いつもおっぱじめるとも限らないんだよ」マーカスはいとこに説明した。

「でも名前を聞いたら何をするっていうの？」

「ああ、そうだった」と、マーカスはそのことをすっかり忘れていたのだった。「ねえ、マリア、君の名前は？」

「はあ？」マリアはそう問い返し、腰に手を当てて背筋を伸ばした。

「名前を教えてくれよ」マーカスは繰り返した。

「わたしの名前はマリア――ミランダ――マカパ」そしてちょっと間を開けて、急に思いついたかのようにこうつけ加えた。「モモンガを飼ってたけど逃がしてやった」

毎度のようにマリア・マカパはこう言うのだった。かの名だたる黄金の皿についてはいつもしゃべるとは限らないのだが、名前を尋ねると必ず同じ奇妙な答えを早口の小声で発するのだ、「わたしの名前はマリア――ミランダ――マカパ」そして急に考え直したかのように、「モモンガを飼ってたけど逃がしてやった」と。

いったいなぜ、ありもしないモモンガを逃がしてやった話を自分の名前と結びつけようとするのかは不明である。マリアに関してはアパートの住人たちはヒスパニックであることを除いて何も知らなかった。アパートに一番古くから住んでいたのはミス・ベイカーであったが、彼女が引っ越してきたときにはすでにマリアはなんでも屋の世話係として住み込んでいた。まことしやかに語られていたところでは、マリアの家族はかつて中央アメリカで[001]とてつもない金持ちだったという。

マリアはまた仕事に戻った。トリナとマーカスは物珍しそうにその様子を眺めていた。沈黙が広まった。マクティーグの使う切削機のコランダム・バードリル〈切削機に取りつける歯〉が長々と単調に唸《うな》っている。カナリアがときどきさえずりをした。部屋は暖かく、五人もの人が狭い空間で呼吸をするために、空気がむっとよどんでいた。ごくたまにインクの刺激臭が真下の郵便局の出張所から立ち昇ってきた。

マリア・マカパは作業を終えると部屋を出ていこうとした。マーカスとそのいとこの横を通りすぎかけたときに急に立ち止まり、ポケットから人目を忍んで青いチケットの束を取り出した。「富くじを買わない？」そうせがんで女性の方を見た。「たった一ドルだよ」

「あっちへ行けよ、マリア」マーカスが言った。ポケットに三〇セントしかなかったのだ。「早く行けって。富くじは違法だろ」

「くじを買ってよ」マリアはせっついて、くじの束をトリナに押しつけた。「運試しだよ。隣りのブロックの肉屋のおやじはこの前の富くじで二〇ドルも当てたんだよ」

ひどく気まずくなってきたので、トリナはその女を追い払いたくてくじを買った。するとマリアはすぐにいなくなった。

たのだ。

「変なやつだろ？」マーカスはぼそぼそと言った。トリナにくじを買ってやれなかったのが恥ずかしくてばつが悪かったのだ。

しかしちょうどそこで動きが生じた。マクティーグがミス・ベイカーの治療を終えたのだ。

「あとで見てみなさいよ」仕立屋が歯科医に低い声で話しかけた。「あの人、午後にはいつもドアをちょっとだけ開けておくんですよ」ミス・ベイカーが帰ると、マーカス・シューラーがトリナを引っ張ってきた。

「おい、マック。この娘がいとこのトリナ・ジーぺだ」ふたりは黙ったまま握手した。マクティーグはゆっくりとその巨大な頭でうなずき、派手に乱れた黄色い髪を揺らした。トリナの体形はとても小さくかわいらしかった。顔は丸く、どちらかというと色白で、切れ長の目は青く、幼子の半開きの目のようだった。唇と小さな耳たぶは青白く、貧血を思わせる色だった。鼻梁《びりょう》にまたがって愛らしいそばかすの細い列ができていた。しかし誰もが一番視線を奪われるのはその髪であった。あふれだすような濃い藍色の毛がカールし、あるいは編み上げられ、黒々と帯なす輝きはさながら王冠で、まぎれもない漆黒のティアラというほかなく、重々しく豊かで香り立っていた。本来顔色に与えられるべき生命力がみな、この素晴らしい髪の毛に吸い取られてしまったようであった。この中産階級の青白いこめかみを覆うのは女王の髪であった。髪のあまりの重みに頭が後ろに引っ張られて傾いていて、そのせいで顎をちょっと前に突き出したような格好だった。だがそれは魅力たっぷりの姿勢であり、邪気はなく、信じやすく、幼児のようだと言ってもよかった。

服装は全身黒ずくめで、控えめで気取らない格好だった。服装の黒のせいで顔色の色白さが引き立つさまは、修道女を思わせるほどだった。

「さて」マーカスがおもむろに声を上げた。「もう行かないと。仕事に戻らないといけないんだ。この娘にあんまり痛い思いをさせないでくれよ、マック。じゃあな、トリナ」

マクティーグとトリナはふたり取り残された。マクティーグの方はどうしていいかわからず、すっかり困ってしまった。こういう若い女性といると、いつも狼狽《ろうばい》してまごつくのだった。女性が苦手なのだ。本能的に抱いた女性に関するあらゆるものへの猜疑心《さいぎしん》をどうしても捨て去ることができず、子どもがそのままおとなになったようにいつまでも頑《かたく》なに嫌い続けているのだ。一方でトリナの方は完璧に落ち着いていた。間違いなく、いまだトリナの女性性は目覚めていないのだ。言ってみればまだ性をもっていないのだ。まるで男の子のようなもので、あけっぴろげであるがままに遠慮なく振る舞っていた。

トリナは診察椅子に横たわり、まっすぐにマクティーグの顔を見ながらどの歯が問題なのかを伝えた。前日の午後、ブランコから落ちてしまい、一本の歯は緩み、もう一本は完全に折れてしまったのだ。

マクティーグは見たところトリナの話をぼうっと聞いていて、時折話にあわせてうなずいていた。女性としてのトリナに対する嫌悪感の強さは次第に薄れていった。むしろかわいらしいと思い、こんなにも小さく、こんなにも愛らしく、素直で率直で、好きだとすら思った。

「じゃあ歯を見てみよう」マクティーグは言い、デンタル・ミラーをもち上げた。「帽子を脱いで」トリナは椅子に背を預け、口を開け、小さく丸い歯の列を見せた。青いトウモロコシの穂についた穀粒のように白く均等に並んでいたが、側面には醜い隙間が空いていた。

マクティーグはミラーをその口の中へ差し入れ、エキスカベーター〈歯の病的組織を掻き出すために用いるさじ状の器具〉の柄でひとつ、またひとつと歯に触れていった。しばらくして背を伸ばし、ミラーについた湿り気をコートの袖で拭った。

「ねえ、先生」トリナが心配そうに言った。「みっともないでしょ？」そしてこうつけ加えた。「もとどおりになるかしら？」

「そうだな」ゆっくりとマクティーグは返事をしたが、目線はどこを見るでもなく、部屋の床に向けられていた。「折れた歯の根はまだ歯茎に残ってるけど、そのうち抜けるだろう。でも小臼歯の方は抜かないといけないだろうな。もう一度見せてみて。やっぱりそうだ」ミラーで口の中を覗《のぞ》き込みながら続けた。「これも自然に抜けると思うよ」その歯はぐらぐらとゆるんで変色していて、明らかに死んでいた。「これは珍しいケースだ」マクティーグは続けた。「こんな歯は見たことないよ。壊死《えし》って言うんだよ。そうめったにあることじゃない。きっとすぐに抜けるよ」

それからその話題に関しての話し合いが始まった。トリナは椅子から起き上がり、膝に帽子をもっていた。マクティーグは窓枠にもたれかかり、手をポケットに入れていた。視線は床をさまよっている。トリナはもう一方の歯を残したいと思っていた。あんなふうに一か所穴ができるだけでも嫌なのに、ふたつだなんて――絶対に嫌、考えたくもない。

マクティーグはなんとか説得しようとしたが、根と歯茎が血管でつながっていないのだといくら言って聞かせても無駄だった。トリナは頑なに、こうと決めた女性特有の頑なさで固執した。

マクティーグはどんどんトリナのことが好きになっていった。しばらくたつとこんなにも愛らしい口を醜くするなんて残念でたまらないと思い始めた。徐々に興味が湧いてきて、もしかすると何かの手段があるのではないか、たとえば歯冠やブリッジといった手段はどうだろう。「もう一度見せて」とマクティーグは言い、ミラーを取り上げた。そして状況を非常に綿密に観察し、その欠点を心から直してやりたいと思うようになった。

なくなったのは第一小臼歯で、第二小臼歯（ゆるんだ歯）の根は部分的に抜歯をしたあとも残るだろうが、間違いなく歯冠を支えられるほど強くはないだろう。突然、彼は意固地になった。粗野で原始的な人間のもつありったけの力で何がなんでもこの難題を乗り越えてやろうと決意した。頭の中でこの症例の技術的問題点を熟慮した。だめだ、根が歯冠を支えられるほど強くないのは明白だ。それに歯列の中でちょっとだけずれたところにある。しかしうまい具合に折れた歯の両側の二本の歯に窩洞《かどう》がある——第一臼歯にひとつ、犬歯の口蓋近くのところにひとつ。もしかして残っている根に歯槽をひとつ、さらに臼歯と犬歯にそれぞれひとつずつドリルで作り、部分的にブリッジをかけ、部分的に歯冠をかぶせて歯の抜けた隙間を埋められないだろうか。彼はやってみようと決意した。

なぜこんなきわどい施術をしてみようと決意したのか、自分でも不可解だった。ほかの大抵の患者であれば、緩んだ歯と折れた歯の根を抜くだけでよしとしただろう。なぜこの件に限ってわざわざ評判を落とす危険を冒さねばならないのか。それはマクティーグには答えられない問いだった。

彼のしてきた中でも最も難しい施術だった。何度もしくじりながらも終わってみればまずまずうまくいった。ぐらついていた歯をバヨネット鉗子で抜き、充填材を入れるときにするよう、折れた歯の根を加工し、ダウエルピン〔人口歯冠を支持するために天然歯の根管に差し込む金属釘〕として機能するようプラチナのワイヤーを平らにしたものをはめ込んだ。しかしこんなのはまだ序の口だ。たっぷり二週間はかかるだろう。トリナはほぼ一日おきに来診して診察椅子で二時間、場合によっては三時間をそこですごした。

始めのころマクティーグが感じていたぎこちなさと猜疑心は次第に消え失せていった。ふたりは仲のよい友人になった。診察をしながら同時に話しかけることもできるほどのレベルにまで達していた――以前のマクティーグなら絶対に不可能だっただろう。

そのときまでトリナくらいの年齢の女性と知り合う機会など一度もなかったのだ。ポーク・ストリートには店の売り子やソーダファウンテンの店員、安っぽい食堂のウェイトレスなど、若い女性も住んでいたが、そういう人たちはもうひとりの歯医者の方がよかったのだ。その歯科医は大学を出たばかりの若者だったが、気取った男で自転車に乗っていて、遊び人だった。人目を惹くベスト[002]を着ていて、グレーハウンドのレースに金《かね》をかけたりするのだった。トリナはマクティーグにとって初めての経験だったのだ。女性的な要素が、トリナとともに突然彼のささやかな世界に入り込んできたのだ。目に入り、肌に触れるのはただのトリナ個人ではなかった。女性というもの、その性が体現するすべてのもの、まったく未知の人類で正体不明だが魅惑的、そんなものを、どうやら彼は発見したのだ。今までこんなにも長いあいだ、いったいどうして無視してきたのか？ まばゆいばかりにかぐわしく、魅惑的でいわく言い難い。マクティーグの狭い視野は大きく広がるとともに混乱した。そして突如、人生にはコンチェルティーナとスチーム・ビール以外にもほかの何かがあるのだと知った。何もかもやり直さなければならない。今まで大雑把に考えていた人生という概念そのものをすべて考え直さなければならない。マクティーグの中にある、男の男らしい欲望が、遅

れば せながら目を覚まし、身をもたげ、力を増し、狂暴になった。それは抵抗を許さず、飼いならすこともできず、一瞬たりともおとなしく縄につながれていることもなかった。

少しずつ、だんだんと、ほとんど気づかぬほどゆっくりと、トリナ・ジーペのことが日々、時々刻々と彼の心を占めるようになっていった。気づくといつも彼女のことを考えるようになっていた。いついかなるときも、マクティーグには彼女の丸く白い顔が目に浮かんでいた。あの細く乳青色の目が、小さく突き出た顎が、漆黒の髪の作る重く巨大なティアラが。夜も長いあいだ眠れず、何時間もソファベッドで分厚い毛布にくるまれ、暗闇を見上げてトリナのことを思い、苦しんだ。きめの細かく薄い網の目に自分が絡み取られていることを知り、いらだった。午前中は診察を続けながらトリナを思った。焼石膏《しょうせっこう》のモールドを作ろうと、ついたてに隔離された一角に置いてある洗面台に立ちながら、今まであったことを全部、この前の診察で話した会話をすべて、頭の中で反芻《はんすう》した。抜き取った彼女の小さな歯は、新聞紙の切れ端に包んでチョッキのポケットにしまってあった。よくその歯を取り出しては巨大な硬くなった手のひらに置いてみたが、そうするとなんとも説明のつかない重苦しい感情に捕らわれ、頭を振りながらとてつもなく大きな溜息《ためいき》をついてしまうのだ。なんたる愚かなことか！

火曜、木曜、土曜の二時になるとトリナがやってきて、診察椅子に横たわった。マクティーグは診察中ずっとトリナの間近に覆いかぶさっていなければならなかった。手は彼女の顔に、頬に、愛らしい顎に触れ、彼女の唇は自分の指に押し当てられていた。彼女の息遣いは自分の額と瞼《まぶた》にあたって生暖かく、そのあいだ彼女の髪が放つ香りは魅惑的で女性らしい香料となり、甘く、強烈で、脱力感を誘いながらマクティーグの鼻腔《びこう》に届き、あまりにも刺激的であまりにも甘美に肉を刺し、くすぐった。本当に気絶してしまうのではないかという恐れが、この巨大で無神経な男に、桁外れの骨格と盛り上がった筋肉をもつこの男に、襲いかかった。マクティーグは鼻から短く息を吸い、顎を急に万力のように噛《か》みしめた。

しかしこういったことはごくまれにしか起こらなかった——正体不明の悩ましい発作は、起こるやいなや消え去った。大半の時間、マクティーグはいわば堅固な冷静さで、トリナとの診察をする悦楽を楽しみ、ただ彼女がそこにいることをやみくもに喜んだ。かわいそうなこのポーク・ストリートの武骨な歯科医は、愚鈍で無知で無教養で、受けた教育はまがい物、趣味も下劣であり、唯一の娯楽といえば食べること、スチーム・ビールを飲むこと、そしてコンチェルティーナを弾くことくらいだったが、今や生まれて初めてのロマンスを、生まれて初めての色恋沙汰を経験していたのだ。それは喜びに満ちていた。長時間、トリナとふたりきりで「デンタル・パーラーズ」ですごしたが、何も話さず、ただ音といえば器具が歯を削る音と、デンタル・エンジンのバッド・バードリルが唸りを上げる音だけ、よどんだ空気は小さなストーブで必要以上に暖められ、エーテル、クレオソート、かび臭いベッドのにおいで充満していた。そんな時間も、秘密の逢引きや月夜の密会とまったく同じ魅力に満ちていたのだ。

徐々に施術は進んでいった。ある日マクティーグがグッタペルカの充塡材を仮詰めし終わり、その日の診察でほかにすることがなくなると、トリナはほかの歯も見てほしいと言った。一か所を除いては完璧だった——切歯の側面に白い虫歯の跡があったのだ。マクティーグは硬質ドリルと鍬形《くわがた》エキスカベーターでその空洞を広げ、金《きん》で埋めた。その後ハーフコーン・バードリルでバリを取った。空洞は深く、トリナは顔をしかめ、呻《うめ》き声を出し始めた。トリナに痛い思いをさせるなんて、マクティーグにとっては苦痛以外の何ものでもなかった。なのにその苦痛を、診察のあいだずっと耐えなければならないのだ。まさに苦悶《くもん》の時間であった——あまりの苦悶にあぶら汗が湧き出てきた——よりにもよってほかの誰でもなく、トリナに責め苦を与えることを強いられるのだ。あまりにも辛すぎるではないか？

「痛い？」心配そうにそう尋ねた。

答えの代わりにトリナは顔をしかめ、鋭く息を吸い、閉じた唇に手を当ててうなずいた。マクティーグはタンニンのグリセリン溶剤を歯に塗布したが、効果はなかった。トリナに痛い思いをさせるくらいなら、不本意ながら麻酔を使わざるを得ないだろう。亜酸化窒素ガス〔笑気ガスのこと〕は危険だというのが持論だったので、今回もいつものようにエーテルを使った。

マクティーグはスポンジを五、六回、トリナの顔に押し当て、かつてないほど神経質になりながらじっと変化の兆候を見まもった。トリナの息遣いは次第に短く不規則になり、筋肉がかすかに引きつっていた。親指が手のひらの内側に向いてくると、マクティーグはスポンジを取り去った。トリナはそのまま急速に意識を失い、長い溜息をついて椅子に沈み込んだ。

マクティーグは身を起こし、スポンジを背後の棚に置いたが、目はトリナの顔にじっと据えられたままだった。しばらくのあいだ、立ったまま目の前に横たわるトリナを眺めていた。意識はなく、無力で、とても愛らしい。ほかに誰もおらず、完全に無防備だった。

突如その男の内側に住む獣が身をもたげ、目を覚ました。マクティーグの中で、邪悪な本能が表面下に隠れていたのが、命を吹き返し、大声で雄たけびを上げ始めた。

決定的瞬間《クライシス》だった。――一瞬で降ってわいた決定的瞬間であった。これまでなんの備えもしてこなかった決定的瞬間だった。やみくもに、理由もわからずマクティーグはそれに抗《あらが》った。ただ抵抗しなければ、という説明できない本能に突き動かされていたのだ。マクティーグの内側で、二番目の自己が、もうひとりの善良なマクティーグが、獣と同時に目を覚ましていた。両者ともに強靭《きょうじん》で、マクティーグ本人と同様のすさまじいばかりの荒々しい力をもっていた。このふたりが格闘していた。ここ、安っぽくみすぼらしい「デンタル・パーラーズ」で、恐ろしい戦いが始まった。太古から続いてきた戦いであり、世界の始まりとともに、そして世界のいたるところで起こった戦いであった――突如獣が唇をめくり上げ、牙をぎらつかせ、醜悪で、おぞましく、抑えがたい力で、凶暴に襲いかかった。それと同時にもうひとりの人間が、より善良な自己が目覚め、「静まれ、静まるんだ」と叫び声を上げる。理由もわからないままに、怪物につかみかかり息の根を止めようと押し倒し、追い返そうと戦った。

動揺で目がくらみ、うろたえ、これまで同じような経験をしたことのないマクティーグは、トリナから目をそらし、うろたえたまま床に目を泳がせた。戦いは激しかった。嚙みしめた歯からは軋《きし》るような音が漏れ聞こえ、耳の中で血の流れる音が鳴り響いていた。顔は真っ赤にほてり、両手は綱を結ぶようにねじり上げられた。内なる狂暴さは、夏の盛りの炎天下にいる雄牛の狂暴さであった。しかし、にもかかわらずマクティーグはときどき、その巨大な頭を振りながらつぶやいた。

「だめだ、とんでもない！　絶対にだめだ！」

マクティーグもうっすらと理解していたようだが、今屈してしまうともう二度とトリナを大切にすることはできないだろう。彼女は自分にとって二度と同じ人ではなくなるし、二度とあんなにきらきらと輝くことはなくなるし、あんなに魅力的であんなに愛らしいこともないだろう。あの自分を惹きつける魅惑は一瞬で消え去るだろう。額には、あの堂々たる髪が影を投げかけるあの小さな白い額には、必ずや汚れた糞《くそ》のしみが、怪物の足跡が、見えるようになるだろう。まさに冒瀆《ぼうとく》であり、蛮行ではないか。そんなことはあってはならないとしり込みし、その争いに全力を傾けた。

「だめだ、とんでもない！　絶対にだめだ！」

マクティーグはまるで避難場所を求めるかのように作業に戻った。しかしトリナにもう一度近づくと、無防備で無力なその魅力がまた新たに押し寄せた。それは押しとどまろうとする決意に逆らう最後の異議申し立てであった。やおらマクティーグはトリナに覆いかぶさり、キスをした。乱暴に、真正面から口にべったりと。自分でも気づかないうちにそうしていたのだ。自分は強いのだと思い込んでいたその瞬間にこんなにも弱かったことを知って怯《おび》え、必死に力を振り絞ってもう一度作業に戻った。歯にゴムのシートを貼りつけているときまでには、ふたたび自分を抑えていられた。狼狽し、身震いが止まらず、運命の瞬間に感じた苦悩でいまだわなないていたが、それでも自分が優位に立っていた。獣は倒され、少なくとも今は服従しているのだ。

しかしにもかかわらず野獣はまだそこにいた。長いあいだ眠っていたが、今ついによみがえり、目を覚ましたのだ。これ以降は常にその存在を意識することになるだろう。鎖を引っ張り、機会を窺《うかが》っているのを感じることになるだろう。なんと哀れなことか！　なぜずっと純粋に、潔癖に彼女を愛せないのか？　彼の内側で息づき、肉に編み込まれた、この邪悪で不埒なものの正体はなんなのか？

マクティーグの内なる善良さすべてを形作る立派な素材の背後には、先祖代々受け継いできた邪悪が、下水のように脈々と流れているのだ。父親の、そのまた父親の、そして三代、四代、五百代の世代の犯してきた悪徳と罪悪が、その血を汚していたのだ。ひとつの人種全体の悪徳が、その血管を流れていた。なぜそんなことになるのか？　マクティーグはそんなことなど求めていなかったのに。この男に非があるというのか？

しかしマクティーグにはこの悪徳のことなど何ひとつ理解できなかった。遅かれ早かれ人の子であれば直面することであり、今、マクティーグは直面しているのだが、その意味するところはわからなかった。理屈で説き伏せるなど不可能だ。ただ本能からくる意固地な抵抗で、やみくもに、惰性から、抗っているにすぎなかった。

マクティーグは作業を続けた。木槌で叩いて小さなブロックとシリンダーを作っていると、トリナが長い溜息をつきながらゆっくりと意識を取り戻した。しばらくは何が起こったのかわからない様子で診察椅子におとなしく横たわっていた。長い沈黙があり、樫《かし》の木槌の立てる不規則な音があるだけだった。やがてトリナが口を開いた。「何ひとつ感じなかったわ」ラバー・ダム〔ゴム製の薄いシートで、歯冠を露出させるために歯に合わせて穴をあけて、治療中に術野を湿気から守るために使われる〕が貼りつけられていたが、にっこり笑いかけたその顔はとてもかわいらしかった。マクティーグは片手に木槌を、もう片方の手にスポンジ・ゴールドのペレットをつまんだペンチをもったまま、やおらトリナに向き直った。そして理性をもたない子どものような単純さと率直さで藪《やぶ》から棒にこう言った。「聞いてくれ、ミス・トリナ。ほかの誰よりも君のことが好きなんだ。だから結婚したらいいと思うんだ」

トリナは慌てて椅子に起き直り、怯え、うろたえてマクティーグからあとずさりした。

「いいだろ？　いいだろ？」マクティーグは言った。「なあ、ミス・トリナ、いいだろ？」

「なんなの？　何言ってるの？」トリナは面食らって叫んだが、そのことばはゴムのせいでくぐもっていた。

「いいだろ？」マクティーグは繰り返した。

「いやよ、いやよ」トリナは大声を出した。自分でもなぜだかわからないで拒絶した。急にマクティーグのことが怖くなったのだ。それは女性が本能的にもつ男性に対する恐怖だった。マクティーグは同じことを何度も何度も繰り返すことしかできなかった。トリナはマクティーグのとてつもなく大きな両手が――かつての荷車係の手だった――巨大な角ばった頭が、桁外れの野蛮な力が、ますます恐ろしくなり、ラバー・ダムの向こうから「いやよ、いやよ」と叫び声を上げた。激しく首を振り、両手を前に突き出し、診察椅子の上で身を縮めていた。マクティーグはそこに近づき、同じ問いを繰り返した。「いやよ、いやよ」トリナは恐怖に駆られてそう叫んだ。そして「ああ、気持ち悪い」と大声を出した。突如吐き気に襲われたのだ。エーテルをかけられたあとでは珍しいことではなかったが、今は興奮と不安でそれが余計に助長されたのだ。マクティーグは我に返った。カリウムのブロム剤をビーカーに注いでトリナの口に差し出した。

「さあ、これを飲み干して」とマクティーグは言った。

第三章

二か月に一度、マリア・マカパはアパートじゅうに大騒ぎをもたらした。屋根裏部屋から地下室まで駆け巡って隅から隅まであさり回った挙句、古い箱やらトランクやら樽《たる》やらをひっくり返し、クローゼットの一番上の棚を荒らし、ボロ入れを覗き込み、そのしつこさと粘り強さで住民たちを憤慨させた。ガラクタを、鉄の切れ端を、炻器《せっき》の水差しを、ガラスの瓶を、古いずだ袋を、着古しを、集めていたのだ。それは彼女の役得だった。アパートのすぐ裏の路地の小汚い小屋に住む屑《くず》拾いのザーコフのところに売りにいくのだが、たまに一ポンドあたり三セントで買い取ってくれるのだ。だが炻器の水差しなどは五セント《ニッケル》もはずんでくれた。ザーコフにもらった金《かね》で、マリアはブラウスや水玉の青いネクタイを買い、角のキャンディ・ストアでソーダファウンテンの番をする女の子と同じような格好をしようとした。マリアはああいう若い女たちが羨ましくてならなかった。だってあの人たちは生活を楽しんでいるし、エレガントだし、上品だし、「彼氏」がいるし。

今回マリアは午後遅くにグラニス爺さんの部屋の入口に現れた。ドアは少しだけ開いていた。ミス・ベイカーのドアも数インチ〔一インチは二・五四センチ〕開いていた。老人ふたりは自分たちなりのやり方で「交際」していたのだ。

「グラニスさん、いらなくなったもののない？」とマリアが尋ねた。入り口に立って、ひどく汚れた枕カバーに半分ほどガラクタを詰めて片手にさげている。

「いや、何もないよ、マリア。……特に思い当たるものはないかな」そう答えたグラニス爺さんは、邪魔されたことに激しく苛立《いらだ》っていたが、それでも邪険に扱いたくはなかった。「何も思いつかないね。でも……まあ、そうだな……もし見てみたいっていうんなら」

グラニス爺さんは部屋の真ん中で、小さなパイン材のテーブルに座っていた。眼の前には製本器具があった。撚糸《よりいと》を通した革細工用の巨大な針をつまんでいて、千枚通しが脇に置いてあり、そしてすぐそばの床にはページを切っていないパンフレットが山をなしていた。グラニス爺さんは「ネイション」と「動物と狩猟」を買っていた。後者の方にはときどき犬の記事が載っているのが興味深かった。前者の方はほとんど目を通していなかった。どっちの雑誌も定期購読する余裕はなかったが、バックナンバーを二十冊単位で買っていた。それもただ製本する楽しみのためだけに買っているのだ。

「グラニスさん、なんのためにわざわざ本を縫い合わせたりしてるの？」マリアはそう聞きながらグラニス爺さんのクローゼットの棚をあさりだした。「この棚に綴《と》じたのが何百冊ってあるじゃない。こんなにあったってなんの役にも立たないでしょうに」

「それは、その」グラニス爺さんは顎をなでながら、おどおどと返事をした。「なんていうか……うまく言えないなあ。ちょっとした趣味みたいなもんかな。気晴らしだよ……その……やることがほしいっていうか。ほら、わたしはたばこも吸わないし。きっとパイプの代わりなんだよ」

「この黄色のピッチャー、もうだいぶ古いよ」マリアはそう言いながらピッチャーを手にクローゼットから出てきた。「持ち手が折れてるし、もういらないでしょ。わたしにおくれよ」

グラニス爺さんは本当を言うとそのピッチャーを手放したくなかった。今もう使っていないことは確かだが、長いあいだもっていたものだし、妙に執着していたのだ。老人は長年ものをもち続けると、つまらない、価値のないものでも執着してしまうものなのだ。

「ああ、そのピッチャーか……でも、マリア……どうだろう。残念だけどそれは……その、やっぱりあのピッチャーは……」

「またバカなこと言って」マリア・マカパはさえぎった。「もう使い道なんかないじゃない」

「どうしてもって言うんなら。でもやっぱり……」彼は顎をこすり、まごつき、苛立ったが、断るのも嫌で、ただマリアがいなくなってほしいと思っていた。

「だって、使い道ないんでしょ？」マリアはしつこく言い張った。グラニス爺さんはうまい言い訳がどうしても思いつかなかった。「じゃあいいね」そうばっさり言ってピッチャーをもっていった。

「あの……マリア……ねえ、ドアは開けたままにしておいてくれるかな……その、ぜんぶ閉め切らないで……たまに息苦しくなるんだよ」マリアはニヤッと笑い、ドアを大きく開け放った。グラニス爺さんは惨めなほどバツが悪くなった。ここのところのマリアはまったく我慢ならない。

「いらないもの、ない？」ミス・ベイカーの戸口でマリアは大声を出した。小さな老女は壁際の揺り椅子に座り、手持ち無沙汰にしていた。

「ねえ、マリア」ミス・ベイカーは甲高い声で言った。「あなたいつもガラクタを探し回ってるのね。わたしの部屋にはそんなもの転がってたりしませんよ」

それは事実だった。このかつての仕立屋のちっぽけな部屋は、驚くほど整理整頓されていた。小さな赤いテーブルにはゴーラムのスプーンが完璧にまっすぐ並べられており、洗濯糊《のり》の箱にきれいに植えたゼラニウムと木犀草《もくせいそう》が窓に吊《つ》るしてあり、その下の金魚鉢には金魚が一匹優雅に泳いでいた。その日、ミス・ベイカーはちょっとだけ洗濯をしたのだが、まだ乾いていない二枚のハンカチを窓ガラスに貼りつけ、天日干しにしていた。

「使わなくなったものくらいあるはずよ」マリアは部屋の隅々まで覗き込んでそう言った。「グラニスさんがくれたもの見てよ」と黄色いピッチャーを差し出した。すぐさまミス・ベイカーは身を震わせてどぎまぎした。話し声はすべて隣りの部屋にも筒抜けのはずだ。このマリアという女はなんてだらしないの！　こんなひどい目にあわされるなんて！

「そうでしょ、グラニスさん？」マリアが呼びかけた。「このピッチャー、くれたんだよね？」グラニス爺さんは聞こえないふりをしていた。汗が額に浮き上がっている。まるで十歳の小学生のように臆病になっていた。なかば腰を浮かしかけたまま落ち着きなく顎を撫《な》で回していた。

マリアはまるで遠慮もなくミス・ベイカーのクローゼットを開けた。「こんな古い靴、なんでまだおいてるの？」

大声を上げて、ちょっとくたびれた絹の靴をつまんで振り向いた。決して捨てるほど古いものではなかったが、ミス・ベイカーはほとんど錯乱状態だった。このままだと何が起こるかわかったものじゃない。ただマリアにさっさと出て行ってもらいたいとしか考えられなかった。

「ええ、そうね、なんでもいいわ。もって行きなさい。だから早く出て行って。ほかにはもう何も残ってないから」

マリアは廊下に出て、まるで意地悪をするかのようにミス・ベイカーのドアを大きく開け放ったままにした。そして汚い枕カバーを廊下の床に置いてふたつの開いたドアの真ん中に立ち、古いピッチャーとちょっとくたびれた絹の靴を詰め込んだ。マリアはあらん限りの大声で、まずはミス・ベイカーに、それからグラニス爺さんに呼びかけながら、その品を論評した。言ってみればふたりの老人のあいだを取りもっていたのだ。返事をさせられるたびに、まるで直接ふたりで話し合っているような気分になるのだから。

「この靴は上等だよ、ベイカーさん。見てみなよ、グラニスさん、これベイカーさんがくれた靴だよ。あんたは使わなくなった靴とかおいてない？　あんたがたふたりはこのアパートの住人の中じゃぜんぜんいらないものもってないよね。あんたいったいどんな生活してるの、グラニスさん。独り者の人たちはみんなオールド・ミスみたいに小ぎれいにしてるよね。あんたたち、そっくりだよ。——あんたとグラニスさんのことよ——そう思わない、ベイカーさん？」

これほど恐ろしい苦しみ、これほどのきまりの悪さはあり得なかった。ふたりの老人にとっては紛れもない拷問であった。マリアがやっと立ち去ってくれて、ふたりはことばにならないほどほっとして溜息をついた。それからふたりはそっとドアを押しやって六インチほど〔約一五センチ〕の隙間を開けておいた。グラニス爺さんは製本に戻った。ミス・

ベイカーは神経を鎮めようと紅茶を沸かした。ふたりとも落ち着きを取り戻そうとしたができなかった。グラニス爺さんの指先は震えが止まらず、針で指をついてしまった。ミス・ベイカーは二度もスプーンを落とした。いつまでたっても興奮はおさまらなかった。不安で動転していたのだ。要するにその日の午後は台無しだった。

マリアはその後もアパート中の部屋から部屋へと渡り歩いた。マーカス・シューラーの部屋には朝早く、彼が出かける前にすでに訪れていた。マーカスは興奮して大声でマリアを罵ったのだった。「ないよ、ないったらないんだ！お前にくれてやるものなんかひとつもない。ひとつもないんだ。嘘じゃない《フォー・ア・ファクト》。本当に迷惑してるんだ。毎日毎日プライバシーを侵害しやがって。大家に苦情を言ってやるからな。こんな部屋は出て行ってやるってな」結局マリアにやったのはウィスキーの空瓶を七つ、鉄の火格子と一〇セント——一〇セントは昔付き合っていた女の子と髪の結い方が似ていると言って恵んでやったのだ。

ミス・ベイカーの部屋を出るとマリアはマクティーグの部屋をノックした。歯科医は靴を脱いでソファベッドに寝転がっていた。何をするふうでもなく、物思いにふけって天井を眺めていたのだ。

トリナ・ジーペに唐突に結婚を申し込んで以来、マクティーグは苦しみの中で一週間をすごした。もはやあと戻りはできない。もうトリナしかいない、トリナ以外の誰もいらない。親友のマーカスも同じ女性に惚れているかもしれないが、そんなこともどうでもよかった。何がなんでもトリナを手に入れなければ。たとえ彼女の意に反してでも手に入れなければ。マクティーグはいったん立ち止まってよく考えてみるということをまるでしなかった。邪魔立てするものに怒り狂いながら、ただやみくもに、何も顧みずに、己の欲望をひたすら追いかけた。なのにトリナは「いやよ、いやよ」と拒絶のことばを投げ返したのだ。それが忘れられなかった。あんなに小さく、白く、華奢《きゃしゃ》なトリナが、こんなに巨大でとてつもなくたくましい自分を追い込んだのだ。

それだけではない。ふたりの親しさから生まれた魔法はすべて消え去ってしまった。あのみじめな診察以来、トリナはもはや率直でもあけすけでもなくなった。今ではトリナは用心深く、よそよそしく、冷ややかだった。マクティーグはもう話しかけることもできなくなった。ことばが何も出てこないのだ。一度など、こんにちはとさようならを言い交わしただけのときもあった。自分がぎこちなく、無様に感じられた。あの娘は自分を蔑《さげす》んでいるのだと思った。

それでもしょっちゅうトリナのことを思い出すのだった。夜ごと眠ることもできずトリナのことを考え、思いを巡らし、たまらなくトリナが欲しいという欲望に身もだえた。頭が熱をもち、どくどくとうずいた。手のひらはからからに乾いていた。まどろんでは目を覚まし、暗い部屋をあてもなくうろうろし、鉄版画の下に整列していた三つの椅子にぶつかって膝をすりむき、小さなストーブの前に座っている炻器のパグにけつまずいた。

それだけではない。マーカス・シューラーへの嫉妬も苦しかった。マリア・マカパがいらなくなった物をもらいに「パーラーズ」に来たとき、マクティーグはソファベッドに大の字になって、激情のあまり無言のまま指を噛んでいた。昼食を一緒に食べたとき、マーカスに次の日曜の午後に日帰り旅行の計画があると聞かされていたのだ。トリナの父ジーペ氏はライフル・クラブの会員だったが、サンフランシスコ湾をはさんだシュエッツェン・パーク〈サンフランシスコ湾をはさんだアラメダにある公園。現在はワシントン・パークと呼ばれている。ここではジーペ氏が参加しているようなライフル競技がしばしば行われていた〉で会合が開かれるのだという。ジーペ家は全員そこに行く予定で、ピクニックをすることになっていた。マーカスはいつものように一緒にどうぞと誘われていた。マクティーグは苦悶にもだえた。そんな経験は初めてで、なんの心構えもできていなかったせいで、苦しみは倍加した。いったいなんというみじめな厄介ごとに巻き込まれたことか！　自分はトリナを愛しているのだから、すぐさま彼女を奪い取り、立ち止まることなく、疑問を抱くこともなく、ただトリナをものにし、全力を挙げてどこかへ連れ去ればよいではないか。どこへ連れ去るかはよくわからないが、どこか知らない土地、毎日が日曜日の誰にも知られない場所がいい。

「いらないものない？」

「え？　何？　なんだって？」マクティーグは慌ててベッドから飛び起きてそう叫んだ。マリアは「デンタル・パーラーズ」では大儲《おおもう》けをすることが多い。マクティーグは頻繁に物を壊す上、あまりにも馬鹿だったので修理できなかったのだ。マクティーグの場合、壊れたということはすなわち、なくなったということなのだ。それが、あるときは痰《たん》壺《つぼ》であったり、ストーブ用の石炭シャベルだったり、陶器の髭剃《そ》り用マグだったりするのだった。

「いらないものない？」

「さあ……どうだったかなあ」マクティーグはつぶやいた。マリアは部屋をあさり、マクティーグはその巨大な足に靴も履かず、マリアのあとをついていった。急にマリアは蓋のないたばこの箱にいれてある古い治療道具の束に飛びついた。充塡器《プラガー》、貴金属製の刃、エキスカベーターの類である。マリアはマクティーグの「パーラーズ」には、その手の掘り出し物がそこらへんにあるだろうとはわかっていたので、ずっと手に入れたいと思っていたのだ。その道具類は純度の高い錬鉄でできていたので非常に値打ちが高かった。

「ねえ、先生、これもらっていいよね？」とマリアが叫んだ。「もう使わないんでしょう」マクティーグはあまり確信をもてなかった。その束の中にはまだ修理したり作り直したりできるものがたくさんあったのだ。

「いやいや」マクティーグは頭を振りながら言った。しかしマリア・マカパはこの男の扱い方を心得ていたので、すぐさまことばの奔流を浴びせかけた。要するにマクティーグにはそれらの品をもつ権利などないのだ、マリアにあげる約束をしていたではないか、と信じ込ませたのだ。マリアはひどく憤慨した様子をして見せ、何か繊細な心が傷つけられたかのように唇を固く結んで頭をそらし、機嫌をころころ変えて、甲高いわめき声を部屋中に響き渡らせたので、すっかり困りはてて何も考えられなくなった。

「ああ、わかった、わかったよ」マクティーグは聞いてもらおうと声を張り上げた。「確かにけちなこと言ったよ。それ、もういらないよ」マクティーグがその箱を取ろうと目を離したすきに、マリアはその一瞬を利用してガラス皿からスポンジ・ゴールドの「マット」を三枚盗み取った。マクティーグの金《きん》を盗むのはしょっちゅうで、それもほんの鼻先でやってのけるのだ。本当を言うとあまりに簡単すぎて、うまく盗めてもあまり喜びはなかった。ようやくマリアは部屋を出ていった。マクティーグはソファに戻ってうつぶせに倒れ込んだ。

夕食の時間のちょっと前にマリアは捜索を完了した。アパートは上から下まですっかりきれいにガラクタを片づけつくした。汚い枕カバーははち切れんばかりに膨れ上がっていた。マリアは夕食の時間を利用してその荷物をかつぎ、角を曲がって路地に入ったところにあるザーコフのところに行った。

マリアが店に入ると、ザーコフはその日の巡回から帰ってきたところだった。老朽化した荷車が、まるで座礁した難破船のように玄関前に止まっていたが、痩せ衰えた馬は悲しくなるほど関節が浮き出ており、裏の馬小屋で腐った干し草の束をがつがつとむさぼっていた。

そのがらくた屋の内側は、暗くてじめじめしており、ありとあらゆる息の詰まるようなにおいで充満していた。壁一面、床一面、あるいは垂木《たるき》にぶら下げて、おびただしいほどの残骸が、埃《ほこり》で黒ずみ、さびで腐食していた。あらゆるものがそこにあった。あらゆる商売の、あらゆる社会階層の標本が並んでいた。鉄製のものも布製のものも木製のものもあった。大都市が日々の生活の中で捨て去った廃棄物すべてがあった。ザーコフのがらくた屋は、そういった償却期限を越えてしまった品々が最後に行きつく住処《すみか》であり、養老院なのである。

マリアはザーコフが奥の部屋にいるのを見つけた。アルコール・ストーブで何か食事らしきものを作っていたのだ。ザーコフはポーランド系ユダヤ人で、その髪はめったに見られないほど燃えるような真紅であった。かさかさに干からびて皺《しわ》だらけになった六十すぎの老人である。唇は薄く、貪欲で、猫のように物欲しげであった。目は長年、汚物と残骸の中をあさり回っているせいでオオヤマネコのように鋭くなっていた。鉤爪《かぎづめ》のようになんでもつかみ取ろうとする指は、貯め込みはしても手放すことはない。ザーコフを一目見ればたちまちのうちに、貪欲こそが——それも尋常ならざる飽くことのない貪欲こそが——この男の至高の情熱であることが見て取れる。いわば熊手の男とでも言ってよいだろう。都会の汚物の山の中で、金《きん》を、金こそを、金だけを求めて絶え間なくかき回していたのだ。それはザーコフの夢だった。情熱だった。いついかなるときも、ザーコフは切り出したばかりの大きな金属を手のひらに載せ、重々しくずっしりとした重量を感じているように見えた。金のきらめきが絶えることなくその目にきらめいていた。金の鳴らす音がシンバルを鳴らすようにその耳に響いていた。

「誰だ？　誰なんだ？」ザーコフはマリアの足音が表の部屋から聞こえてきたとき、声を上げた。その声はか細く、しゃがれていて、町で買い取りの呼びかけを長々としているせいで、ほとんど囁き声にまでなっていた。

「なんだ、またお前か」店の薄闇を通してじっと目を凝らしながらそう言った。「さあこっちへお入り。前にも来たことあったよな。ポーク・ストリートのメキシコ女だな。マカパとか言ったかな？」

　マリアはうなずいた。そして「モモンガを飼ってたけど逃がしてやった」とぼんやりとつけ加えた。ザーコフは当惑した。ちょっとのあいだ、マリアを油断なく見つめていたが、やがて頭を一振りしてその問題を追い払った。

「それで何をもってきたんだね？」ザーコフは言った。食事は冷めるに任せ、たちまちのうちに目下の仕事に没頭した。

　そうして長い口論が始まった。マリアの枕カバーのあらゆるがらくたについて議論し、重さを測り、争った。ふたりはグラニス爺さんの持ち手の折れたピッチャーや、ミス・ベイカーの絹の靴や、マーカス・シューラーのウィスキーの瓶をめぐって、顔を突き合わせてわめきあった。意見の相違が最大限に達したのはマクティーグの道具だった。

「だめよ、そんなの！」マリアがわめいた。「一山一五セントだなんて！　そんなのあんたにクリスマスプレゼントあげるみたいなもんじゃない！　それに金《きん》の充塡材をとってきたのよ。見てよ」

　ザーコフはペレットがいきなり三つマリアの手のひらできらめくと、呼吸が浅くなった。目の前に処女金属〈金属くずから溶融・再生したものを含まず、鉱石から製錬されたものだけからなる金属〉があるのだ。純粋で混ざり気のない鉱石、ザーコフの夢、心を奪いつくす欲望が。ザーコフの指は引きつりながら手のひらに食い込み、薄い唇は歯の上で引き締められた。

「なんだ、金《きん》をもってるんだな」そうつぶやいてザーコフは手を伸ばした。

マリアは手のひらを閉じてペレットを隠した。そして「金はほかのと抱き合わせだよ」と言い放った。「一山全部にまっとうな値段をつけてくれなかったら、全部もって帰るからね」

最終的にはマリアが満足するような取引に終わった。ザーコフは一度店に入ってきた金《きん》をそのまますみす逃すような男ではなかった。マリアがもってきたがらくた全部の金額分を数えながら、まるで血管から血を搾り取られるようにしぶしぶ一枚ずつ硬貨を渡していった。

しかしザーコフはまだ何か言いたげであった。マリアが枕カバーをたたみ、立ち上がりかけると、年老いたユダヤ人はこう言った。

「まあちょっと待ちなさい。帰る前に一杯飲まないかね？　これからも仲良くやっていきたいんだよ」マリアはふたたび腰を下ろした。

「そうね、一杯もらおうかしら」マリアはそう返事をした。

ザーコフはウィスキーのボトルと、底の割れた赤いガラスのタンブラーを壁際の食器棚から取り出してきた。ふたりは酒を飲んだ。ザーコフはボトルから、マリアは割れたタンブラーから。ふたりともゆっくりと口元を拭い、ふたたび息をついた。一瞬の沈黙が広がった。

「なあ」ザーコフがやっと口を開いた。「前にここに来たとき話していた黄金の皿のことなんだがね」

「黄金の皿ってなんのこと？」マリアは困惑して聞き返した。

「わかってるくせに」ザーコフが言い返す。「あんたの父さんが中央アメリカで長いこともっていたっていうあの皿だよ。ほら、鐘みたいに響くっていうやつだよ。オレンジみたいに赤い黄金の」

「ああ」そう言うとマリアは顎を上に向けて、話すのなら長い物語を語ることになるとでも言っているようだった。

「ああ、あの黄金の食器のことね」

「もう一回聞きたいんだ」ザーコフは血の気を失った下唇をぎゅっと上唇に押しつけ、鉤爪のような指は口元と顎を撫で回していた。「話してくれ、さあ」

ザーコフの呼吸はどんどん浅くなり、手足は少し震えていた。まるで腹をすかした猛獣が獲物のにおいを嗅ぎつけたようだった。マリアはそれでも拒み続け、頭をそらしてもう帰らないといけないと言い張った。

「聞かせてくれよ」ユダヤ人も譲ろうとしなかった。「もう一杯飲みなさい」マリアはウィスキーをもう一杯飲みほした。「さあ、始めてくれ」とザーコフが繰り返す。「話を聞こうじゃないか」マリアはモミのテーブルで肘を張り、真正面に視線を向けたが、その目は何も見ていなかった。

「そうね、こんな感じだったのよ」と話し始めた。「わたしがまだちっちゃいころだった。わたしの家族はきっと裕福だったのよ。何百万という財産があって――きっとコーヒー農園ね――大きな家に住んでいたんだけど、わたしが覚えてるのは皿のことだけなの。あの食器セットのきれいだったこと！　それは見事なものだった。一〇〇枚以上もあったけど、それが全部黄金なのよ。革のトランクを開けたときのあの光景を見せてあげたいわ。すっかり目がくらんでしまうはずよ。まるで炎のように、日没の太陽のように黄色く光り輝いていたの。あの燦然《さんぜん》たる美しさ。それがみんな、一枚一枚積み重ねてあるのよ。部屋が真っ暗でもあのお皿の輝きだけで見えそうなくらいよ。どのお皿もすり傷ひとつついてないの。全部鏡みたいになめらかで輝いていて、お日様が照りつける溜め池みたいに見えたの。ディナー用の小皿、スープ用の蓋《タ》つきの深《リー》皿《ン》、ピッチャー、それに縦はこんなに、横もこんなに大きい豪華な大皿、蔦《つた》やらなんやらの彫刻の入った持ち手のあるクリーム壺や鉢、コップなんてどれひとつ同じ形のはなかった。グレイビーやソース用の皿、それにあの豪華で大きなパンチボウルは柄杓《ひしゃく》もついていて、ボウルの方は人間やブドウの房が彫り込んであった。あのパンチボウルだけでもひと財産だと思うわ。あの皿を全部テーブルに並べると、まるで王様の食卓よ。それほどの食器セットだったのよ！　どれも重くて、ええ本当に重かったのよ！　それに分厚かった。分厚くてごつい金《きん》、なんの混じり気もない金――赤くて、光輝いていて、純金で、茜色――それにこぶしで叩いてみたら、ああ、あの音聞かせてあげたい！　教会の鐘だってあんなに心地よくって澄んだ音色は出さないはず。柔らかい金《きん》だった。噛みついたら歯形が残るのよ。あの黄金の皿！　今でもはっきり目に浮かぶわ――混じり気のない、本物の、重くて、貴重な純金だった。完全なる黄金で、それがうずたかく積み重なっていた。なんて素晴らしい食器なんでしょう！」

マリアはそこで話を止め、頭を振って消え去った豪奢《ごうしゃ》に思いをはせた。文字も読めず、ほかのすべてのことになんの想像力ももたないくせに、マリアのそのいびつな知性はこのイメージを隅々まで正確に描き出したのだ。マリアにその皿がはっきりと見えていることは間違いない。描写は正確でほとんど雄弁とさえ言えた。

あの驚くべき黄金の食器一式は、マリアの病んだ空想以外でもちゃんと存在しているのだろうか？　マリアは野放図なほどに豪華絢爛《けんらん》だった子ども時代の現実を、本当に思い出しているのだろうか？　両親はかつて数え切れないほどの莫大な財産を、中央アメリカのコーヒー農園から築き上げたのだろうか？　そしてその財産は反乱を起こした軍に徴発されたのか、あるいは革命政府を支持するために奪い取られたのか？

ありえないことではないだろう。「アパート」に姿を見せる以前のマリア・マカパの過去については、何ひとつわかっていないのだ。ただどこからともなくいきなり現れ、かの有名な黄金の食器一式について以外はあらゆる点で正気の、奇妙な混血女性であり、せいぜいよく言っても一風変わった複雑で謎めいた女性というところである。

しかしザーコフはマリアの話を聞きながら、どれほどの苦悩を味わっていたことか！　なぜならこの男はその話を信じることにしたのだ。強いて信じることを選んだのだ。情け容赦のない貪欲に鞭《むち》打たれ、苦しめられ、財宝の話と聞けばどれほど荒唐無稽な話でも決して聞き捨てるなど許されないのだ。マリアの物語を聞いてザーコフは我を忘れて喜んだ。この宝のかつての所有者のすぐ近くにいるのだ。この黄金の山を目撃した人物を今、目にしているのだ。自分までもがその黄金の近くにいるような気がした。そこに、すぐ近くに、目の前に、手の届くところにあるのだ。赤く、光り輝き、どっしりとしているのだ。ザーコフは狂ったような目つきであたりを見回した。そこは薄汚れたがらくた屋で、さびで腐食したブリキの山しかなかった。こんなにも黄金の近くに迫りながら、もはや取り戻すこともかなわず、永久に失われてしまったことを思い知らされるとは、なんたる憤懣《ふんまん》、なんたる苦痛！　苦悶の痙攣《けいれん》が全身を駆け巡った。ザーコフは絶望と憤怒《ふんぬ》と激情で、血の気の失せた唇を噛みしめた。

「続けて、さあその続きを」ザーコフは囁いた。「もう一回最初から聞かせてくれ。鏡みたいに磨かれていたんだな、重かったんだな？　そうだ、そのとおり、よくわかるとも。ひと財産のパンチボウル。ああ、お前はそれを見たんだな、全部もっていたんだな！」

マリアは帰ろうと立ち上がった。ザーコフは入り口までついていき、もう一杯飲んでいくよう説き伏せようとした。「またおいで、またおいで」ザーコフはしわがれ声でそう言った。「がらくたを集めるまで待たなくていいからな。来たいときにいつでもおいで。そしてあの皿のことをもっと聞かせておくれ」

そしてマリアについて一歩路地まで下りた。

「いったいどれくらいの価値があったと思う？」そう物欲しげに尋ねた。

「まあ一〇〇万ドルはするだろうね」マリアははっきりわからないまま答えた。

マリアが帰ってしまうと、ザーコフは店の奥の部屋に戻り、アルコール・ストーブの前に立って上の空で物思いに沈みながら、冷たくなった夕食を見下ろした。

「一〇〇万ドルか」喉の奥から出てくる軋るような囁き声でそうつぶやくと、薄く猫のような唇のあたりを指先がさまよった。「一〇〇万ドルの黄金の食器。ひと財産のパンチボウル。赤い黄金の皿。高々と山になっているとは。なんてことだ！」

第四章

日々はすぎていった。マクティーグはトリナの歯の治療を終えた。彼女はもう「パーラーズ」に来ることもなくなった。最後の診察の際には、ふたりのあいだで多少関係の改善が見られた。しかしトリナが打ち解《と》けることはなかったし、マクティーグも彼女を意識してぎこちなく無様な振る舞いをしているような気がしていた。そうは言ってもマクティーグがうっかり告白してしまったあとの気まずさや恥ずかしさは徐々に消えていった。知らず知らずのうちにふたりはだんだん、最初に出会ったときと同じ適切な立ち位置に戻り始めていたのだ。

しかしマクティーグはこういったことでひどく苦しい思いをした。もう決してトリナを手に入れることはないだろう、それははっきりとわかっていた。自分には高嶺《たかね》の花なのだ。到底手が届かないほど上品で生まれもよく、美人でもあった。一方で自分の方は下品でがさつで愚鈍なのだ。トリナにはほかの人の方がお似合いだろう――たぶんマーカスのような人が――あるいは少なくとも誰か気品のある人が。そもそも最初からほかの歯医者に行けばよかったのだ。たとえば角のあの若造のような。気取った男で自転車に乗っていて、グレーハウンドのレースに金《かね》をかけるやつだ。マクティーグはだんだんこの男を忌み嫌い、羨みだした。診察室に出入りするところをこっそり観察し、その男がサーモンピンクのネクタイや人目を惹くベストを着ていることを心に留めた。

トリナの最後の診察から数日後の日曜日、マクティーグは馬具屋の隣りにある、車掌のたまり場の軽食堂でマーカス・シューラーと出くわした。

「マック、今日の午後に予定あるか？」ふたりでスエット・プディングを食べているとき、マーカスが聞いた。

「いや、何も」マクティーグは首を振ってそう答えた。口にプディングをたらふく頬張っていた。食べていると熱くなってきて、鼻の上に汗の玉が浮かんでいた。いつものように診察椅子ですごす午後の時間を楽しみにしていたのだ。

「パーラーズ」を出るときにピッチャーにスチーム・ビール代の一〇セントを入れ、フレンナの店に預けてきていた。

「散歩でもしないか？」マーカスは言った。「そうだ、それがいいよ。散歩に行こう。遠くまで行こうじゃないか！絶対楽しい《アウタ・サイト》ぜ。どうせ三、四四犬の散歩をさせないといけないんだ。グラニス爺さんがそうしろって言うしね。プレシディオまで歩こうぜ」

最近はときどきふたりで長い散歩に出るようになっていた。祝日や、日曜の午後にマーカスがジーペ家と出かけていない日などに、ふたりで公園に行ったり、プレシディオに行ったり、あるいは場合によってはサンフランシスコ湾を渡ったりしたのだ。ふたりとも一緒にいるのが楽しくて仕方なかったが、男同士で仲の良さをはっきりと表すのは気持ちが悪かったので、何も言わずに態度には出さなかった。

その日の午後は五時間以上も歩き、カリフォルニア・ストリート〈第一章で既出〉を歩きつくしてプレシディオ軍用基地〈もともとスペイン軍の駐屯地であり、一八四六年から一九九四年まで陸軍基地として使われていた。現在は五八・六平方キロメートルの公園として観光地になっている〉を横断し、ゴールデンゲート〈サンフランシスコ湾と太平洋をつなぐ海峡。現在サンフランシスコのシンボルとなっているゴールデンゲート・ブリッジは一九三七年に完成しているので、もちろんこの作品の時代には存在していない）までたどり着いた。その後引き返し、海岸線に沿ってクリフ・ハウスまで歩いた。マーカスが、口の中が干し草袋みたいにからからだとわめき立てるので、ふたりはそこでビールを飲んで一休みした。散歩を始める前に犬病院に立ち寄っていたのだが、マーカスが病み上がりの四匹を外に出してやると、開放感で狂ったように大喜びしていた。

「見ろよ、あの犬」そう声を上げて、マクティーグに育ちのよいアイリッシュ・セッターを指さしてみせた。「あれが例の大通りのやつが飼ってた犬だよ、いつか引き取りに行ったじゃないか。俺が買い取ったんだ。てっきりジステンパーにかかってると思い込んで、二束三文で売り払ってしまったのさ。ちょっとばかりカタルにかかってただけで、どこも悪くなかったのに。賢い犬だろ？　なあ、そう思わないか？　あのしっぽを見ろよ、完璧じゃないか。それにしっぽが背中から一直線になってるだろ。髭も固くて真っ白だ。まったくざまあみろ！　犬についちゃあ、俺様の目はごまかせんよ。あの犬は掘り出し物だよ」

　クリフ・ハウスではふたりはビリヤード場の静かな一角に座ってビールを飲んでいた。ビリヤードをしている客はふたりしかいなかった。建物のほかの場所からバカでかいオルゴールがクイックステップの曲をけたたましく鳴らしていた。外からはゆっくりとリズミカルな波の打ち寄せる音が聞こえ、シールロック〔サンフランシスコの海岸にあるトドの集まる島〕ではトドの鳴き声が朗々と響いていた。四匹の犬は砂を敷いた床に丸くなって寝ていた。

「乾杯だ」マーカスはそう言って、グラスを半分あけた。「ああー！」深く息をついてこうつけ加えた。「うまい。まったく最高だ《フォー・ア・ファアクト》」

ここ一時間ほど、会話の大半はマーカスがしていて、マクティーグは曖昧に首を振って返事をするだけだった。その点に関して言うならば、歯科医は午後のあいだずっと、黙ったまま何かに気を取られていた。マーカスはやっとそのことに気づいた。するとグラスをテーブルに叩きつけて突然大声で言った。

「マック、いったい最近どうしたっていうんだ？　なにか悩みでもあるのか？　言ってみろよ」

「いや、ないよ」マクティーグはそう返事をして、視線をそらして目を泳がせた。「何もないんだ」

「おい、嘘つくなよ！」マーカスはやり返した。マクティーグは黙ったままだった。ビリヤードをしていたふたりの客が遊戯室を出ていった。巨大なオルゴールが別の曲を流し始めた。

「へっ！」マーカスは軽く笑って文句をつけた。「どうやら女にでも惚れたらしいな」

マクティーグは息をのんでテーブルの下でその巨大な足をぎこちなく動かした。

「とにかく困ってるみたいだな」マーカスはさらに追求した。「俺がなんとかしてやるよ。俺たち相棒《パル》だろ。何があったのか教えろよ。きっとなんとかなるって。なあ、言えよ。しゃべってしまえ」

状況は耐え難かった。マクティーグには到底対処できなかった。マーカスは親友なのだ、たったひとりの友人なのだ。ふたりは「相棒《パル》」なのだし、マクティーグはマーカスのことが大好きだった。なのにふたりとも、たぶん同じ女性に恋をしているのだ。そしていまマーカスはその秘密を無理やり聞き出そうとしている。やみくもに暗礁に向かって突き進んでいて、ぶつかったらふたりの仲は切り裂かれてしまう。それもこの上ない善意に突き動かされて、ただ助けてやりたいと願いながら突き進んでいるのだ。おまけにマクティーグには、マーカスほど悩みを打ち明ける格好の相手はいなかった。なのにこの悩みは、この人生で最も大きな悩みは、決して打ち明けるわけにはいかないのだ。ほかの誰にもましてマーカスにだけは、絶対に話すわけにはいかないのだ。

マクティーグはぼんやりと、人生がもはや手に負えなくなってしまったような気がしてきた。いったいどうなってしまうのだろう？　ひと月前までは完璧な満足に浸っていた。穏やかで平和でささやかな楽しみをたまに見つけられればそれでよかったのだ。人生は順調に進んでいた。疑うこともなく、ずっとそのままの行路をたどるものと思っていた。ひとりの女性がマクティーグの狭い世界に入り込んだとたんに、ひずみが生じ始めた。波風が立ち始めた。その女性が足を踏み入れたところには何十も気の滅入《めい》るような厄介ごとが噴き出した。見たこともない、わけの分からぬ花が突然生えだすかのように。

「なあ、マック、言えよ。ふたりでなんとかしようぜ」マーカスはマクティーグに詰め寄りながら促した。「誰かがお前をひどい目にあわせてるのか？」そう大声を上げると、マーカスの顔はみるみるうちに真っ赤に染まった。

「ちがうよ」マクティーグは力なくそう言った。

「なあ早く言えよ」マーカスは食い下がった。「言ってしまえって。どうしたっていうんだ？　俺にできることならなんでもするから」

もはやこれ以上マクティーグには耐えられなかった。この状況はまったく手に負えなかった。愚かしげに、両手をポケットに突っ込んでうつむき、話し始めた。

「その……ミス・ジーペなんだ」彼は言った。

「トリナ？　いとこの？　どういうことなんだ？」マーカスは甲高い声で問いただした。

「まあ、その……よくわからないんだが」マクティーグはどうしようもないほどまごまごしながら口ごもった。

「つまり」突然察しがついて、マーカスは大声で言った。「お前は——お前も——」

マクティーグは座ったまま身じろぎし、マーカスの方を見ていられずに壁の方に目を泳がせた。そしてうなずいていきなり打ち明けた。

「どうしようもないんだ。俺のせいじゃないだろ、な？」

マーカスは唖然《あぜん》として、息もつけずに椅子にもたれかかった。出し抜けにマクティーグは口がきけるようになった。

「本当なんだ、マーク、どうしようもないんだ。なんでそうなったのかわからん。あまりにちょっとずつだったから、だから……その……知らないうちにそうなってたんだ。もうどうしようもできなくなってたんだ。俺たちは相棒《パル》だし、それはわかってるつもりだったんだ。それにおまえとミス・ジーペがなんていうか……その、どういう関係かもわかってた。今もわかるし、そのときもわかってた。でもだからってどうしようもないんだよ。俺がその……なんていうのか……あの……そうなったことにも気づいてなかったんだ。どうしようもないんだ。止められるんだったら何があったってそんなことにはならなかったよ。でもよくわからんが、俺の力を超えてたんだよ。それだけなんだ。あの人が来たんだ……それでミス・ジーペが一週間に三回か四回、パーラーズに来ることになって、それであの人が初めて知り合った女の人だったたんだ。……お前にはわからんよ！　俺はあの人のすぐ近くにいて、ひっきりなしに顔に触ってたんだ。口にも触ってた。髪のにおいも嗅いだ。息のにおいも嗅いだんだ。……俺がどんな気持ちだったかわからないだろ！　なんて言ったらいいのかさっぱりだ。自分で自分がよくわからない。どうしようもなくなったってことしかわからないんだ。俺は……俺は……もう手遅れなんだ。今さら遅すぎる。もう引き返せないよ。夜も昼もほかに何も考えられないんだ。それしかないんだ。だから……その……ほかに何もないんだ！　俺は……俺は……なあ、マーク、ほかに何もないんだ……そうとしか説明しようがないんだ」マクティーグはお手上げといった感じで、両手を上げた。

今までマクティーグがこれほど興奮したことは一度もなかった。これほど長々としゃべり続けたことも一度もなかった。腕を激しく振り回し、意図のはっきりしない身振りを交え、顔を紅潮させ、その巨大な顎は話の途切れ目ごとに出し抜けにバチンと嚙み合わされる。まるで巨獣が、厄介な目に見えない網に捕らわれ、怒り狂い、暴れ回るもどうしても抜け出せないありさまに似ていた。

マーカス・シューラーは黙ったままだった。長い沈黙が続いた。やがてマーカスが立ち上がり、窓辺に行って外を眺めたが、その目は何も見ていなかった。「こんなことになるなんて誰が予想できたって言うんだ？」彼は小声でそうつぶやいた。困った状況だった。マーカスはトリナのことが好きだった。そこに疑う余地はなかった。日曜の午後に行く日帰り旅行はいつも楽しみで仕方がなかった。トリナと一緒にいるのは楽しいのだ。マーカスだってこの若い女性の魅力を感じていたのだ――小さく白い顔、生意気そうに、まるで邪気を知らぬげに小ぶりの顎をつんと上げている様子、たっぷりと豊かで香りのよい黒髪に魅了されていたのだ。そんなトリナがたまらなく大好きだった。いつか告白するつもりでいたのだ。結婚してほしいとプロポーズするつもりでいたのだ。マーカスはこれまで結婚の問題をいずれそのうちにと先延ばしにしていたのだった。でもいつかは——一年か、ひょっとすると二年かたったときに。ただはっきりとイメージできなかったのだ。マーカスはいとこのトリナと「交際」してはいたが、ほかにも知っている女の子はたくさんいた。そう考えると、どの女の子だってみんな大好きだった。それが今、マクティーグの恋心のひたむきさ、激しさに圧倒されていた。トリナさえうんと言えば今日の午後にでも結婚しようとするだろう。——だがマーカスの場合はどうか？　いや、結婚はできない。そういうことになれば、いや結婚などしないだろう。だがトリナを好きではあった。言うならば——そうだ、言ってしまってもいい——トリナを愛していると。トリナは「彼女」だった。ジーペ家の人たちはマーカスのことをトリナの「ボーイフレンド」だとみなしてくれていた。マーカスはテーブルに戻って横向きに腰を下ろした。

そして「じゃあ、どうしたらいいだろう、マック？」と言った。

「わからんよ」マクティーグはひどく苦しそうに答えた。「マーク、俺たちの仲を……その、壊したくはないんだ」

「いや、壊れたりしないよ、絶対に！」マーカスは大声で言い放った。「いいや、マック、絶対に壊れないぞ」

マーカスは必死に考えを巡らせた。はっきりとわかったのは、マクティーグの方が自分よりもトリナを愛しているということだ。どういうわけか、不思議なことにこのバカでかいがさつな男は、俺の半分以下の知能しかないわりに、おれより恋に夢中になれるらしい。やおらマーカスは性急な結論に飛びついた。

「マック、じゃあこうしよう」こぶしでテーブルを叩いてこういった。「遠慮するな。どうもお前は——お前、トリナをどうしても手に入れたいみたいじゃないか。俺は手を引くよ。ああ、そうだ手を引く。お前のためにトリナをあきらめるよ」

　唐突にマーカスは自分の度量の大きさに酔い痴《し》れた。まるで自分が別人になったようだ。気高く犠牲的な男。マーカスは少し離れたところからこの新しい自己像を果てしない賞賛と無限の憐《あわ》れみをもって眺めた。なんと善良なのだろう、なんと立派なのだろう、なんと英雄的なのだろう、そう思うと涙があふれてきそうになった。マーカスは大仰にあきらめの身振りをしてみせ、両手を上げて絶叫した。

「マック、お前のために彼女をあきらめるよ。お前たちの邪魔はしないからな」そう話すうちにマーカスの目には実際に涙があふれてきた。明らかにマーカスは自分でも嘘を言っているつもりはまったくなかった。そのときは心の底からトリナを愛しているつもりになっていたし、友人のために自分を犠牲にしたのだと信じ切っていた。ふたりは立ち上がって顔を合わせ、両手を握り合った。素晴らしい瞬間だった。マクティーグですら、感動的な場面だと思った。男同士の友情とはなんと気高いものだろう！　歯科医はかつてこの友人の虫歯を治療してやり、支払いを受け取らなかった。友人は恋人をあきらめることでそれに報いたのだ。これこそが男らしさというものだろう。ふたりの互いに対する好意と敬意はこのとき極大にまで膨らんだ。ダモンとピュティオスにも、ダビデとヨナタン〔ギリシア神話および聖書「サムエル記」で描かれる無二の親友〕にも負けない友情だ。ふたりを分かつものなどありはしないのだ。死んでもふたりは親友なのだ。

「すまない」マクティーグが小声でそう言った。ほかになんと言ってよいのかわからなかった。「本当にすまない」と繰り返した。「すまない、マーク」

「いいんだ。いいんだよ」マーカス・シューラーは気高くそう答えた。そして急に思いついてこうつけ加えた。「ふたりで幸せに暮らすんだぞ。トリナに……トリナによろしくと……」マーカスはその先を続けられなかった。そして歯科医の手を黙って握りしめた。

ふたりともトリナがマクティーグを拒むかもしれないなどとまるで考えもしなかった。マクティーグの気分はすぐさま盛り上がった。マーカスが手を引いてくれたおかげで、この難局に一気に片がつくと思い込んだのだ。すべて最後にはうまくいくだろう。不自然に高ぶっていたマーカスの精神状態は落ち着きを取り戻し、とても晴れやかな気分になった。悲しみは唐突にひどく浮かれた気分に変わった。その日の午後は上首尾に終わった。ふたりは互いの背中を手のひらで激しく叩き合い、互いの健康を願って三杯目のビールを飲みほした。

トリナ・ジーペを断念してから十分ほどして、マーカスは途方もない技をやって見せてマクティーグをびっくりさせた。

「見てろよ、マック。お前には絶対できないからな。二五セント賭けて勝負しようじゃないか」ふたりはそれぞれ二五セント《クオーター》硬貨をテーブルに置いた。「さあ、ようく見てろ」とマーカスは大声で言った。そしてラックからビリヤードのボールを拾い上げ、顔の前でちょっとのあいだ、手のひらに載せていたかと思うと、やおらびっくりするほど口を大きく開けてそのボールを口の中に無理やり押し込み、口をぴったり閉じた。

一瞬マクティーグは驚きで声も出せず、目を見開いていた。そしてすさまじい笑いで全身を震わせた。椅子の上で身をよじり、膝を叩き、大声を上げて馬鹿笑いした。このマーカスって男はなんて面白いやつなんだ！　次に何をしでかすかわかったもんじゃない。マーカスはボールをするっと吐き出し、テーブルクロスで拭ってからマクティーグに渡した。

「さあ、今度はお前の番だ」

マクティーグは急に真面目な顔になった。これは真剣勝負だ。彼は濃い口髭をかき分け、巨大な顎をアナコンダのように開いた。ボールは口の中にすっぽり隠れた。マーカスはけたたましく喝采し、わめいた。「たいしたもんだ！」マクティーグは硬貨を取り上げ、チョッキのポケットにしまい込み、得意げにうなずいて見せた。

ところが急にマクティーグの顔が紫色になった。顎がひきつけを起こしたようにわななき、両手で頬を引っ搔《か》き回す。ビリヤードのボールはあっさりの口に入ったが、今度は取り出せなくなってしまったのだ。

大惨事だった。歯科医は立ち上がり、よろめきながら犬の休んでいるさなかに飛び込み、目を白黒させながら顔を引きつらせていた。どれだけ頑張ってもボールを吐き出せるほど顎を開けられないのだ。マーカスはすっかり動転して声を限りに毒づくだけだった。マクティーグは恐怖で汗だくになり、ボールの詰まった口から得体のしれない音を出しながら、腕を狂ったようにばたばたさせた。四匹の犬はその場の興奮が伝染してけたたましく吠《ほ》え始めた。ウェイターが飛び込んできて、さっきまでビリヤードをやっていた客も戻ってきたので、ちょっとした群衆が出来上がった。ひどい大騒ぎになっていた。

唐突にボールがマクティーグの口から、入ったときと同じくらい簡単に飛び出した。助かった！　マクティーグは椅子に座り込み、額の汗を拭って一息ついた。

せっかくなのでマーカス・シューラーは集まった人々に一緒に飲もうと誘いかけた。

一通り飲んで、みな帰っていったとき、もう五時をすぎていた。マーカスとマクティーグはケーブルカーで帰ることにした。ところがすぐにそんなことは無理なのが明らかになった。犬がついてこないのだ。マーカスの新しい飼い犬アレクサンダーだけが車両の後部におとなしく座った。ほかの三匹はすぐに気がふれたようになり、宙を見据えて、通り中を狂ったように走り回り、そうかと思うと急にびっくりするようなスピードでケーブルカーとは反対の方向に走りだしたりするのだ。マーカスは口笛を吹いたり、怒鳴ったり、怒りのあまり殴りつけたりしたがどうしようもなかった。ふたりは歩いて帰らざるを得なかった。やっとポーク・ストリートにたどり着くと、マーカスは三匹を病院に閉じ込めた。アレクサンダーはアパートに連れ帰るのだ。

アパートの背後には手狭な裏庭があったが、マーカスはそこに古くなった樽の材木でアレクサンダーの犬小屋を作ってやっていた。自分の夕食のことよりも先にアレクサンダーを犬小屋に入れ、犬用ビスケットを何枚か食べさせてやった。マクティーグもマーカスにつき合って庭まで来ていた。アレクサンダーはすぐさま食事に取り掛かり、頭をかしげて熱心にビスケットを噛み砕こうとした。

「マック、それでどうするつもりなんだ?……例の……あの……いとこのことなんだが」マーカスが尋ねた。

マクティーグは途方に暮れて頭を振った。もうすでにあたりは暗く、冷え込んできた。小さな裏庭は薄汚く、悪臭が漂っていた。マクティーグは長いあいだ歩いたのですっかりくたびれていた。トリナとのことで感じた不安がまた舞い戻ってきた。だめだ、やっぱり彼女は高嶺の花だ。結局はマーカスか、あるいはほかの人がトリナを手に入れるのだ。トリナが望ましいと思うような要素は俺には何ひとつないではないか——俺なんか、不器用な大男で木槌みたいな手をしているのだ。それに前に一度、俺とは結婚しないって言ったじゃないか。あれが最後通牒《つうちょう》だったんじゃないのか？

「どうしたらいいのかさっぱりだよ、マーカス」マクティーグはそう言った。

「そうだな、まずはトリナと仲良くならないとな」マーカスは答えた。「家まで行って会って来いよ」

マクティーグはびっくりした。彼女に会いに行くなど考えたこともなかったのだ。考えただけでも怖くなってきた。

「当然だろ」マーカスは食い下がった。「そりゃあそれが筋《プロパー・ケイパー》ってもんだよ。待ち続けてどうにかなると思ってるのか？　まさか二度と会いに行かないつもりだったのか？」

「わからんよ、そんなこと」歯科医はそう答え、愚かしげに犬を眺めていた。

「住所は知ってるだろ」マーカス・シューラーはさらに続けた。「湾を渡って、Bストリート[003]駅の辺りだよ。行く気になったらいつでも連れてってやるよ。そうだ、こうしよう、今度のワシントン記念日に[004]一緒に行こう。次の水曜だ。大丈夫だって、歓迎してくれるよ」それはマーカスの心配りだった。マクティーグは友人が自分のためにしてくれていることが身に染みて、やおら立ち上がった。そして口ごもりながらこう言った。

「なあ、マーク……お前は……お前は本当にいいやつだな」

「何を言ってるんだ！」マーカスは言った。「いいんだよ、気にするな。俺はお前たちふたりにうまくいってほしいだけなんだよ。だから水曜に行こうぜ、な」

　ふたりは自分の部屋に戻り始めた。アレクサンダーは食べるのをやめてふたりが立ち去るのを、最初は片方の目で、それから今度は反対側の目でじっと見つめていた。しかし自尊心が高いせいでくんくん鳴いたりはしなかった。しかし仲のよいふたりが裏階段をふたつ目の踊り場まで登ったとき、けたたましい騒ぎが裏庭で起こり始めた。ふたりは廊下の端の開いた窓まで飛んでいき、見下ろした。

薄っぺらい板のフェンスがアパートの裏庭と、郵便局の出張所の裏庭を隔てていた。郵便局の裏庭にはコリー犬が住んでいた。その犬とアレクサンダーは、フェンスの裂け目から漂ってきたにおいで互いの存在を嗅ぎつけたのだ。二匹は怒り狂い、歯をむき出して吠えたて、憎しみに気も狂わんばかりになっていた。牙がぎらぎらと光っていた。二匹とも前足でフェンスをひっかきあった。夜の静けさをそのけたたましい叫び声で埋め尽くした。

「くそ！」マーカスは怒鳴った。「あの連中、仲良くできないものかね。あの声、聞けよ、一緒にしたら大げんかだぜ。そのうち一回やらせてみるか」

第五章

水曜日の朝、ワシントン記念日にマクティーグは非常に早起きをし、髭を剃った。コンチェルティーナで弾く六曲の物哀しげなメロディ以外にもひとつだけ歌を知っていた。髭を剃るときには必ずその歌を歌い、それ以外では絶対に歌わないのだった。彼の歌声は大声の唸り声で、窓枠が震えるほどの音量だった。その歌を歌って、今ちょうど同じ階の住人の目を覚ましたばかりだった。嘆かわしいほどの絶叫である。

愛する人もなく、抱く人もなく、
この世の荒野にひとり残されて

いったん手を止めて剃刀を研いでいたとき、マーカスが部屋に入ってきたが、その恰好は中途半端で赤いフランネルのぎょっとするようなひどい姿だった。

マーカスはしょっちゅう自分の部屋と歯科医の「パーラーズ」を裸同然の格好で行き来していた。ミス・ベイカーは聞き耳を立てながら何かが起こるのを期待しているとき、半分開いたドアの隙間からこんな格好でいるマーカスを何度か目撃することになった。年老いた仕立屋は言いようのないほどショックを受けるのだった。呆《あき》れ、怒り、唇をとがらせて頭を反り返らせた。大家さんに文句を言ってやるのだと息巻いていた。「それにグラニスさんもすぐ隣りの部屋にいるのよ。わたしたちふたりにとってどれほど腹立たしいことかわかりますよね」ミス・ベイカーはこういうひどい格好を目撃したあとは廊下に出てきて、つけ巻き毛を震わせ、声の届く限りの人に、けたたましく甲高い声で訴えかけた。

そういうとき、マーカスはこんなふうにわめくのだった。「見たくないって言うんなら、じゃあドアを閉めればいいじゃないか。ほら、用心しろよ、また出ていくぞ。今度は穴の開いた湿布すらつけてないぞ」

この水曜日の朝、マーカスはマクティーグを廊下に呼び出し、玄関につながる階段の上に連れて行った。そして「こっちに来てマリアが話してるのを聞いてみろよ、マック」と言った。

マリアは階段の下から二段目に座り、両手のこぶしに顎をのせていた。赤毛のポーランド系ユダヤ人で屑屋のザーコフが戸口に立っていた。何やら一所懸命に話している。

「さあもう一回だけ頼むよ、マリア」と話していた。「もう一回あの話を聞かせてくれ」マリアの一本調子の声が階段を上ってきた。マーカスとマクティーグはところどころでことばの端切れをとらえた。

「一〇〇枚以上もあって、その全部が金《きん》でできてた――あのパンチボウルだけでひと財産、分厚くて、ごつくて、赤い黄金」

「わかっただろ」マーカスが述べた。「あのドケチが皿の話をさせてるんだ。あのふたり、お似合いだと思わんか？」

「そして鐘みたいに響くんだろ」ザーコフが先を促した。

「教会の鐘よりも気持ちよくって澄んだ音だよ」

「そうか、鐘よりも気持ちいいんだな。そのパンチボウル、ものすごく重かったんじゃないか？」

「なんとかもち上げられるくらい重かったよ」

「そうだろう、そうだろうとも」ザーコフは返事をし、唇をかきむしった。「みんなどうなってしまったんだろう？　どこに消えたんだ？」

　マリアは首を振った。

「とにかくもうないのよ」

「もうない、もうないだって！　想像してもごらんよ。パンチボウルももうない、彫刻の入った柄杓もない、皿も、ゴブレットもない。それが全部積み重なってたら、いったいどれくらいすごい光景だったろう！」

「素晴らしい光景だったわ」

「そう、素晴らしい、きっとそうに違いない」

　安アパートの下の方の階段で、メキシコ女と赤毛のポーランド系ユダヤ人は、消えた、なかば伝説の世界の黄金の皿について長いあいだ思いを巡らせていた。

　マーカスと歯科医はワシントン記念日を湾の向こうですごした。そこまでの道中はマクティーグにとって、正真正銘の長きにわたる苦痛であった。得体のしれない正体不明の恐怖に身を震わせ、マーカスがそばにいてくれなかったら、何度となくそのまま引き返してしまっていただろう。この鈍感な大男は小学生のように緊張していたのだ。ミス・ジーペを訪ねることなどとてつもない無礼なのではないかと思われたのだ。にらまれると身体がすくむだろう、出て行けと命じられ、追い払われ、恥をかくだけではないのか。

ふたりが区間列車をBストリート駅で降りると、いきなりジーペ家の全一族と出くわした――母、父、三人の子ども、トリナ――恒例行事であるピクニックの準備を万端整えて。一家はシュエッツェン・パークに行く途中だった。駅から歩いて行ける距離だった。グループの中心には四つのランチバスケットがあった。子供たちのひとりはまだ幼かったが、黒いグレーハウンドの首輪につないだ紐《ひも》をもっていた。トリナは青い布地のスカートにストライプのブラウス、白いセーラー帽を身に着けていて、丸みを帯びた腰には模造のワニ革のベルトを締めていた。

すぐさまジーペ夫人はマーカスに話しかけた。マーカスはふたりで訪問することを手紙で伝えてあったが、その手紙が届いたあとでピクニックに行くことに決まったのだ。ジーペ夫人はそのいきさつを説明した。彼女は恰幅《かっぷく》のよいご婦人で、顔色はピンク、きれいな髪は真っ白だった。ジーペ家の人々はドイツ系スイス人の家系であった。

「わだしだぢ、ごうえんに、シュエッツェン・パークに、ごどもだぢみんなといぐです。ぢょっとした日っがえりりょごう。でしょ？　新鮮なぐうぎ吸って、パーティして、海辺でピグニッグする。ねえ、ぎっどだーのしぐなる、思いません？」

「そりゃそうですよ。とっても楽しい《アウタ・サイト》に決まってます」マーカスはすぐさま熱烈にわめいた。「こちらは友人のマクティーグ医師です。手紙にも書きましたよね、ジーぺさん」

「あら、ドクトル」と、ジーぺ夫人も大声を出した。

マーカスはマクティーグを肩で押しやり、ひとりずつ順に紹介していくと、マクティーグはいかめしい顔で握手していった。

ジーぺ氏は軍人っぽい雰囲気の小男だったが、自信満々で、非常に尊大な物腰だった。彼はライフル・チームのメンバーだった。肩にはスプリングフィールド銃がかかっていて、胸には五つの青銅章が飾られていた。

トリナは嬉しそうだった。その様子を見てマクティーグは啞然とした。自分に会って、嘘偽りなく喜んでいるように見えた。

「お久しぶりです、マクティーグ先生」そう言って、微笑みかけて握手をした。「またお会いできてうれしいです。ほら、見てください、詰めてもらったところ、すごくいい具合ですよ」トリナは唇の端っこをつまみ上げて、不細工な金のブリッジを見せた。

そのあいだ、ジーぺ氏は額に汗して働いていた。自分にこそ、この日帰り旅行の責任がかかっているのだ。彼はこの旅行をとてつもなく重要で、正真正銘の遠征であると考えているらしかった。

「アウグーーステ！」彼は黒いグレーハウンドを連れた幼い男の子に大声で呼びかけた。「お前、犬と第三バスゲッド、はごぶ。ふだごだぢ」そう続けて、まったく同じ服を着せられたいちばん年少の男の子ふたりに話しかけ、「ふだりで助げ合う、ギャンプスヅールと第四バスゲッド、はごぶ。わがっだが、うん？　しゅっばづするどぎになっだら、さぎにだっでごうしんする。そういう順番でいぐ。しがし、まだしゅっぱづでぎない」ジーぺ氏は興奮して叫んだ。「どどまる。セリーナがまだどうぢゃぐ、ない」

セリーナはどうやらジーぺ夫人の姪《めい》らしかった。もうセリーナを放っておいて出発しようかという段になって、息を切らしながらようやく当の本人が現れた。セリーナは痩せた不健康そうな女性で、一時間二五セントで教えているお絵描きのレッスンをみっちりと詰め込んでへとへとになっていた。マクティーグはセリーナにも紹介してもらった。その後全員がすぐさまてんでに話し始めたので、小さな駅舎は様々な話声であふれかえった。

「ぎをづげ！」片手に金《きん》の持ち手のついた杖《つえ》を、もう片方にスプリングフィールドをもち、ジーぺ氏が大声を上げた。「ぎをづげ！　しゅっぱづする」四人の幼い男の子たちは先頭に立って歩き始めた。グレーハウンドが急に吠え出して首の紐を引っ張ろうとした。ほかの人々は各自の荷物を手にもった。

「しゅっぱづ！」ジーぺ氏は突撃を指揮する歩兵隊の中尉よろしくライフルを振り回し、大声で合図をした。一団は線路伝いに動き始めた。

ジーぺ夫人は夫と一緒に歩いたのだが、夫の方はしょっちゅう妻の脇を離れ、行列を行ったり来たりして命令を下しに行った。マーカスはセリーナと並んでそのあとに続いた。マクティーグはいつの間にか列の一番最後をトリナと並んで歩くことになっていた。

「わたしたち、ほとんど毎週こんなふうにピクニックに行くんですよ」トリナはそう話の糸口を見つけた。「それに祝日も。そういう習慣なんですよ」

「そうです、そうですとも、習慣ですよ」マクティーグはうなずきながら返事をした。「習慣ですよ——まさしくそ《ザッツ・ザ・》のとおり《ワード》」

「ピクニックって、気持ちよくって楽しいと思いません、先生？」トリナは続けた。「ランチをもって、一日都会の喧騒《けんそう》を離れて、野原を走り回ったりして、お昼どきになったら、ねえ、もうお腹がペコペコで。それに森や草ってほんとにいいにおい！」

「さあ、どうなんでしょう、ジーぺさん」視線をレールの隙間にそらせたまま、こう返事をした。「ピクニックに行ったことないんですよ」

「一度もピクニックに行ったことないんですか？」トリナは驚いて大きな声を出した。「あら、じゃあ今日どれくらい楽しいかわかりますわ。朝のうちにお父さんと弟たちが岸辺の泥から蛤《はまぐり》を掘り出して、それを焼いて食べるんです。それに——ああ、ほかにもすることがたくさん」

「前に一度ボートで湾に出たことならあります」マクティーグは言った。「タグボートでしたけど。ヘッズ〈ゴールデンゲートのすぐ外側に位置する小さな群島〉の向こうで釣りをしたんです。鱈《たら》を三匹釣りましたよ」

「湾に出るのは怖いわ」トリナは首を振って答えた。「ヨットってすぐひっくり返るんですもの。わたしのいとこで、セリーナの弟は、戦没者記念日に溺れてしまったんです。結局死体も見つからなかったんですよ。マクティーグ先生は泳げるんですか？」

「鉱山にいたときはよく泳ぎましたよ」

「鉱山？　ああ、そうでした、そういえばマーカスが言ってましたわ、昔鉱夫だったんですってね」

「荷車係だったんです。荷車係は毎週木曜の昼に用水路の近くの貯水池で泳ぐことになってたんですよ。一度ひとりが服を着ているときにガラガラヘビに嚙まれたことがありましたよ。フランス人でアンドリューって名前でした。腫れ上がってきて痙攣を起こしてました」

「あら、わたしヘビ大嫌い！　だってうねうね這《は》い回るくせに優雅に落ち着いていて――でもわたし、見るのは好きよ。町の薬局知ってます？　ショウケースに生きたやつがいっぱいいるんですよ」

「そのガラガラヘビ、荷車の鞭で殺しましたよ」

「どれくらいの距離泳げるんですか？　試したことあります？　一マイル〔約一・六キロ〕くらい泳げます？」

「一マイル？　さあどうでしょう。試したことはないですね。泳げるんじゃないかと思いますけど」

「わたしもちょっとは泳げるんですよ。わたしたち、ときどきクリスタル水泳場にも行きますから」

「クリスタル水泳場ですって？　プールの端から端まで泳げるんですか？」

「あら、パパが顎をもってくれたら全然泳げるわ。でも手を離されたらすぐに沈んじゃうけど。耳に水が入るの、いやじゃありません？」

「水泳は身体にいいですよ」

「でも水温が高すぎたらあまりよくないんでしょ。身体が弱るって」

ジーペ氏は線路脇を駆けてきて杖を振り回した。

「わぎへ寄れ」そうわめいて一行を線路から降りるように指図した。「列車、ぎだ」区間列車がちょうど四分の一マイルほど後方のBストリート駅を通過していた。一行は片側に寄って列車をやりすごした。マーカスは線路にニッケル硬貨をのせ、さらにその上にピンを二本交差させて置いた。そして列車が通りすぎるときに乗客に帽子を振った。子供たちは歓声を上げた。列車が通りすぎると、みなニッケルとピンがどうなったか駆け寄って見に行った。ニッケル硬貨は衝撃で跳ね飛ばされていたが、ピンの方は平たく押しつぶされ、開いたはさみに似ていなくもない形になっていた。子供たちのあいだで、誰がその「はさみ」を手に入れるかで大げんかが起こり、ジーペ氏が割って入らなければならなくなった。彼は深刻な様子で考え込んだ。とてつもなく重要な問題であった。一同は身じろぎもせず、ジーペ氏の決定を待った。

「静粛に」突然彼は声を張り上げた。「まだ、じぎ尚早。ぎょう一日終わでがら、我々がきだぐするのどぎ、げんしゅぐな審査の上、誰に授与するがげっでいする。どうだ？　いぢばん行儀、よがっだものに、そのごうせぎをだだえ、賞どしであだえる。それがけづろんである。前へ進め！」

「あれはサクラメント線だったよ」一行が出発するとマーカスはセリーナにそう言った。「いや、間違《フォー・ア・ファクト》いないよ」

「サクラメントに知り合いの娘がいるの」トリナはマクティーグに話しかけた。「手袋屋さんの主任をしてるんですけど、結核にかかっちゃって」

「昔サクラメントにいましたよ」マクティーグがそう言った。「八年近く前ですが」

「いいところですか？——サンフランシスコみたいに住みやすいところ？」

「あそこは暑いんですよ。しばらく開業してたんですが」

「わたし、サンフランシスコが好き」トリナはそう言って、湾の向こうに目を向け、丘の上に積み重なる街の姿を見つめた。

「ぼくもです」マクティーグは答えた。「こっち側に住むよりも好きですか？」

「ええ、もちろん。家が街にあればよかったんですけど。だって何か必要になって街まで行こうと思うと一日がかりなんですもの」

「そう、そう、一日がかり――ほとんど一日かかる」

「街にはお知り合いはたくさんいます？　オールバーマンって名前の人、知りません？　叔父さんなんです。ミッション地区でおもちゃの卸売りをしてる人なんです。とってもお金持ちらしいですよ」

「いや、知りませんね」

「義理の娘さんが修道女になりたいんですって。どう思います！　でもオールバーマンさんは絶対許さないんです。そんなの子どもを墓に埋めてしまうみたいなもんだって。でも娘さんは聖心会の修道院に入りたいんですって。マクティーグ先生はカトリックですか？」

「いえ、いえ、わたしは……」

「パパはカトリックなんです。教会の祝日なんかだとたまにミサにも行ってます。でもママはルーテルなんです」

「カトリックは学校を支配しようとしている」マクティーグは急にマーカスの政治に関するアジ演説を思い出してそ

う発言した。

「それ、いとこのマークもよく言ってますわ。わたしたち、来月にあの双子たちを幼稚園に入れるんです」

「幼稚園ってなんです？」

「あら、藁《わら》や爪楊枝《つまようじ》でいろんなものを作るやり方を教えてくれるんですよ——危ない場所に行かないように作られてる遊び場ですよ」

「サクラメント・ストリート〔サンフランシスコを東西に横断する通り〕にもひとつありましたよ。ポーク・ストリートからそんなに遠くないところに。看板を見かけました」

「そこ、知ってます。だってセリーナがよくそこでピアノを弾いてるんですもの」

「あの人、ピアノが弾けるんですか？」

「あら、聞かせてあげたいわ。すごく上手なの。セリーナはたしなみのある人なんです。絵も描けますし」

「ぼくはコンチェルティーナが弾けますよ」

「あら、ほんと？　おもちになればよかったのに。次はそうしてください。ねえ、これからもピクニックに一緒に来てほしいわ。これがどれだけ楽しいかきっとわかりますもの」

「今日はピクニック日和ですね。雲ひとつない」

「ほんと、そうね」トリナも空を見上げて歓声を上げた。「まったく雲ひとつない。あら、あるわ。あそこに、テレグラフ・ヒル〔サンフランシスコ中央部の丘で、入港用の通信所がある〕のちょっと先に」

「あれは煙ですよ」

「ちがうわ。雲よ。煙はあんなふうに白くないもの」

「本当だ、雲ですね」

「でしょ。わたし、絶対に自信がないと言いませんもの」

「犬の頭みたいな形だ」

「ほんとね。マーカスって犬が大好きよね」

「先週新しい犬を飼い始めましたよ――セッターです」

「ほんと?」

「ええ。こないだの日曜日にあいつとぼくで病院からたくさん犬を連れてクリフ・ハウスまで散歩に行ったんですよ。でも家までずっと歩かなくちゃいけなくて、犬がついてこないもんだから。クリフ・ハウスには行ったことあります?」

「しばらく行ってないわ。前、独立記念日にあそこでピクニックをしたんですけど、雨が降ってきちゃって。海って素敵よね」

「ええ――ええ、ぼくも海、大好きです」

「ねえ、わたし、ああいう大きな帆船に乗って海に出てみたいわ。ただ遠く、ずっと遠くの方までひたすらずっと。ちっちゃいヨットなんかとは違うの。わたし旅行が大好きなのよ」

「もちろんぼくも大好きですよ」

「パパとママは帆船でこの国に来たんですって。二十一日かかったそうよ。ママのおじさんは昔船乗りだったらしいの。スイスのレマン湖で蒸気船の船長をしてたのよ」

「どまれ！」ジーペ氏がライフルを振り回して叫んだ。一行は公園のゲートに到着したのだ。突然マクティーグは顔面蒼白《そうはく》になった。ポケットには二五セント《クオーター》硬貨しか入っていない。普通ならどうするものだろうか――全員分の入場料を払うのか、それともトリナと自分の分だけだろうか、あるいはたんに自分のチケットを買えばよいのか？　それに自分の分だけにせよ、二五セント《クオーター》で足りるのか？　マクティーグはすっかり取り乱し、途方に暮れたその目は落ち着きなくあたりをさまよっていた。そして唐突に、大きく気を取られている様子を装って、入場料を払わないといけないのに気づいていないふりをすればよいのではないか、と思いついた。そして線路をじっと見つめて、ひょっとして電車がやってこないものかと期待した。

「さあ、ついたわ」トリナが大声を出した。入り口で群がっている一行に追いついたのだ。

「マック、五〇セントよこせよ」マーカスがこちらに来て言った。「ここで入場料を払うんだ」

「お、お、おれ、二五セント《クオーター》しかもってないんだ」歯科医はみじめな気分でもごもごと言った。もうトリナとの仲は永久にだめになってしまったのだと思った。トリナを手に入れようなんて考えたって、しょせん無駄だったのだ。運命も味方をしてくれない。「二五セント《クオーター》しかもってないんだよ」マクティーグは口ごもった。もう少しで自分は公園には入らないと言い出すところだった。ほかにどうしようもないのだから。

「そうか、わかったよ！」マーカスは気にするふうでもなくそう言った。「とりあえず払っといてやるよ。帰ってから返してくれたらいいから」

一行は一列になって公園に入った。その際、ジーペ氏はひとりずつ数を数えて人数を確認した。

「ああ」トリナはマクティーグと一緒に回転木戸をくぐると、深呼吸をしながらそう言った。「さっきも言ったけど、着いたのね、先生」トリナはマクティーグが無様な思いをしたことなど気づいてもいないようだった。なんとか困難を乗り切ったのだ。彼は改めて助かったと実感した。

「ビーヂへ向がえ！」ジーペ氏が声を張り上げた。一行はピーナツスタンドでランチのバスケットを預けた。全員が一団となって波打ち際までぞろぞろ歩いて行った。グレーハウンドはリードを外してもらった。子どもたちは真っ先に駆け出した。

大きめの鞄からジーペ氏は小さなブリキの蒸気船を取り出した。——オーガストの誕生日プレゼントだった。けばけばしいおもちゃだったが、蒸気を出す機能があって、アルコールランプの力で進むことができた。その船の試運転がこの朝、執り行われるのである。

「貸してよ、ぼくに貸してよ」オーガストが父親のまわりで跳ね回りながらわめいた。

「まぢなさい、まぢなさい」ジーペ氏が船を高くもち上げながら怒鳴った。「まずわだしが、じっげん、するのだ」

「やだよ、やだよ！」オーガストが泣きべそをかいた。「ぼくが遊びたいんだよう」

「言うごど、ぎぐなさい！」ジーペ氏が叱りつけた。オーガストはおとなしくなった。小さな桟橋が途中まで海に突き出していた。ここでジーペ氏は箱のふたに印刷されている説明書を丁寧に読み、船に点火した。

「ぼくが水に浮かべたいよう」オーガストが叫んだ。

「さがってなさい！」父親は怒鳴った。「わだしの方がよぐわがってるのだ。おまえには危なすぎる。ぎをづげでないどばっぐはづするだぞ」

「ぼくが遊びたいんだよう」オーガストはそんなふうに抗議しているうちに泣き出した。

「そうが、では泣ぐがいい！」ジーペ氏はわめいた。「ママ」とジーペ夫人に話しかけ、「ごいづ今すぐムチでだだぐ必要ある」

「船がほしいんだよう」オーガストはじたばたしながら泣き叫んだ。

「しずがに！」ジーペ氏は怒鳴った。小さな船はシュウシュウ音を立てて煙を出し始めた。

「ほら見ろ」父親が言った。「動ぎ始めだ。よぐ見る、なさい！　わだしが水に浮がべる」ジーペ氏は興奮していた。うなじから汗がしたたり落ちていた。小さな船は水面に下ろされた。さっきよりずっと激しくシュウシュウ音を立てている。蒸気がもうもうと立ち昇っていたが、動こうとはしなかった。

「動かし方わかってないじゃないかあ」オーガストがしゃくり上げた。

「お前、どうしようもないおろがもの。わだしの方が、よぐわがってる」ジーペ氏は怒りで顔を紫色に染めて怒鳴った。

「お、押してやらなきゃだめなんだよお！」子供はそう訴えた。

「そんなごどしだら、ばっぐはづする、ばがもの！」父親は大声を出した。すると突如、蒸気船のボイラーが鋭いバチッという音を出して破裂した。小さなブリキのおもちゃは転覆し、誰も手出しできないうちに沈んで見えなくなった。

「あー！　やっぱり！　言ったじゃないか！」オーガストが叫んだ。「なくなっちゃったじゃないかあ！」

すぐさまジーペ氏はオーガストを張り飛ばした。なんとも物哀しい愁嘆場がそれに続いた。オーガストは耳をつんざくような激しい声で泣き叫んだ。父親はオーガストの足が桟橋を離れるくらいの勢いで揺さぶり、間近に顔を寄せて怒鳴りつけた。

「ごのばがもの！　ごの脳だりん！　めそめそするんじゃない！　ばっぐはづするど言っだだろう。泣ぐのをやめる。泣ぎやむ、なさい！　ごれ、命令。海に沈められだいが？　ぢゃんど話せ。うるさい、ごのガギめ！　ママ、わだしのづえ、どご？　金輪際、二度どないぐらい、ごっぴどぐだだいでやる」

次第に子どもは泣き止み、嗚咽《おえつ》をこらえてこぶしで目を拭い、船が沈んだあたりを悲しげに見つめていた。「それでいい」ジーペ氏はやっとオーガストを離してそう言った。「づぎがらおどうさんの言うごど、もっど信用する、なさい。さあ、もうごれでおしまい。がいを、ほるのだ。ママ、火をぐれ。あ、しまっだ！　ゴショウを忘れでぎだ」

すぐに潮干狩りが始まった。子どもたちは靴も靴下も脱いでいた。最初のうち、オーガストはどうしても機嫌を直そうとしなかったが、父親が金《きん》の持ち手の杖で海に突き落とそうと脅すと、やっと潮干狩りに加わった。

なんと素晴らしい日だろうとマクティーグには思われた。二度と忘れられない日であった。何せずっとトリナと一緒にいるのだ。笑うときも一緒だった――トリナはおしとやかに口をぎゅっと閉じたまま顎を突き出し、愛らしいそばかすのついた小さな白い鼻にしわを寄せて笑い、マクティーグは腹の底から大声を張り上げ、巨大な口をこれ以上ないくらい広げ、握りしめたこぶしをスレッジハンマーのように膝に叩き下ろして笑った。

ランチはうまかった。トリナと母親の作ったクラムチャウダーは口の中でとろけるようだった。ランチバスケットはすぐに空になった。一行はまるまる二時間食べ続けた。ハコベの粒をふんだんにまぶした巨大なライ麦パン、ウィンナーソーセージにフランクフルト、無塩バター、プレッツェル、生焼のコールドチキン――これは刺激の強くない上等のマスタードをまぶして食べた――さらにドライアップル――これはジーペ氏が食べるとしゃっくりが止まらなくなった――ビールが一ダース、そして仕上げに腕によりをかけた最高のゴータ・トリュフ。ランチのあとはたばこの時間だった。たらふく食べたマクティーグはパイプをふかしながらうとうとし、うつぶせになって背中を日に焼いた。トリナとジーペ夫人とセリーナは皿洗いをした。午後になるとジーペ氏は姿を消した。射撃場からライフルの銃声が聞こえてきた。そのほかの面々は公園を一団となって練り歩き、ブランコで遊んだかと思うと次は娯楽場《カジノ》へ、今度は資料館へ、そしてメリーゴーラウンドに押し寄せた。

五時半になるとジーペ氏は一行を整列させた。帰宅の時間であった。

ジーペ家の人たちは、マーカスとマクティーグも家で夕食を食べてひと晩泊っていくようにと勧めた。ジーペ氏が言うには、こんな時間に街に戻ってもどうせろくな夕食にありつけないだろうということだった。早朝のフェリーに乗れば、定刻どおり仕事に間に合うだろう。友人同士のふたりはそうさせてもらうことにした。

ジーペ家はBストリートの一番端にある小さな箱のような家に住んでいた。駅を降りて通りに入ると右手にある最初の家だった。二階建てで、妙な形の赤いマンサード屋根〔上段が緩やかで下段が急な角度でカーブした屋根〕は楕円《だえん》のスレートで葺《ふ》いてあった。内部は無数の小部屋に分けられ、いくつかはあまりに狭すぎて、寝台つきの物置と言ってもいいくらいだった。裏庭には溜め池から水をくみ上げる装置があり、マクティーグはすぐさま興味を惹かれたようだった。それは犬の回し車であった。巨大な回転する箱があって、その中でかわいそうな黒いグレーハウンドが、目覚めている大半の時間をすごすのだ。そこが犬小屋であり、そこで眠るのだ。たまに日中、ジーペ夫人が裏口に現れて、甲高い声で「回れ、回れ！」と叫ぶ。そして石炭の塊を犬にぶつけてたたき起こし、仕事をさせるのである。

　全員すっかり疲れ切っていたので、早めに寝ることにした。さんざん言い合いをした挙句、マーカスは応接間の長いすで寝ることになった。トリナはオーガストと一緒に寝て、自分の部屋をマクティーグに譲り渡した。セリーナはジーペ家から一ブロックほど離れた自宅に戻った。九時にジーペ氏はマクティーグを部屋に案内し、ろうそくの火をつけて部屋にひとり残していった。

　ジーペ氏が立ち去ってから長いあいだ、マクティーグは部屋の真ん中で動くことなく突っ立っていた。そして肘を脇にぎゅっと押しつけて、目の隅でこっそりと部屋を見渡していた。なかなか動く勇気がわかなかった。なにせトリナの部屋にいるのだ。

　ごく普通の小さな部屋だった。清潔な白いじゅうたんが敷いてあり、壁紙はグレーの地にピンクと緑の花がちりばめてあった。部屋の隅に白い天蓋ネットのかかった小さなベッドがあった。木枠には咲き乱れる花束の絵が鮮やかに描かれていた。ベッドのすぐ横の壁際には黒いクルミ材の箪笥があった。らせん状の脚のついた裁縫台が窓際に置いてあり、窓には緑と金色のカーテンがかかっていた。窓の反対側にはクローゼットの扉が開きっぱなしになっていて、ベッドの反対側の隅には小さな洗面台に二枚の清潔なタオルがかかっていた。

それですべてであった。しかしそれでもここはトリナの部屋なのだ。マクティーグは愛しい女性の閨房《けいぼう》にいるのだ。マクティーグには、そこが秘められた慎み深い、ささやかな巣箱のように思われた。そして自分が忌まわしいほどに場違いに思われた。自分は侵入者なのだ。このバカでかい脚、桁外れの骨格、乱暴で野蛮な身のこなしで押し入ったのだ。あんな小さなベッドなど、この手足の重みだけで卵の殻みたいにつぶしてしまうに違いない。

しばらくしてこの最初の感覚が消え去っていくと、マクティーグはこの小さな部屋の魅力を実感し始めた。まるでトリナが、姿は見えないものの、すぐ近くにいるようだった。マクティーグは彼女と一緒にいる喜びを、普段一緒にいるときに感じるぎこちなさを感じることなく、心ゆくまで味わった。トリナのそばにいるのだ――かつてないほど近くまで来たのだ。トリナの日常生活を、ちょっとした振る舞いを、癖を、習慣を、考えていることまでも、覗き込んでいるのだ。それにこの部屋の空気には、マクティーグも知っているあのかすかな香りがしてこないだろうか？その香りをかぐと、マクティーグの心の中にはまざまざとトリナの姿が立ち現れてくるのだ。

ろうそくを箪笥の上に置いたとき、マクティーグはそこにヘアブラシがあるのに気づいた。すぐさまマクティーグはそれをもち上げ、理由もわからないまま顔に押しつけた。なんというかぐわしい香りを発していることだろう！濃厚で力が抜けるような香りはあの髪の香りだ――あの素晴らしい女王の髪の！　この小さなヘアブラシのにおいにはまるで魔力があるようだ。ただ眼を閉じれば、鏡に映っているかのようにはっきりとトリナの顔が浮かんでくる。

彼にはトリナの小さなまるい姿が、全身真っ黒の服を着たトリナの姿が見えていた。――奇妙なことだがそれが今、最初にマクティーグによみがえってきたトリナのイメージだった――先ほどまで見ていたトリナ、青い布地のスカートに白いセーラー帽のトリナではなく。マクティーグが見ているトリナは、マーカスが初めて連れてきた日のトリナであった。色白の丸い顔、細くてなかば閉じた目は赤ん坊の目のように青い。小さく白い耳は貧血を起こしそうに見えた。鼻の上に散らばるそばかす、青ざめた唇、女王の黒髪の作るティアラ、それに何よりなんとも愛らしい首の傾《かし》げ方は、まるであの豊かな髪の重みで反り返っているように見えた――傾げているために顎が少し突き出され、その動きはあまりに疑うことを知らず、無邪気でほとんど幼子のようであった。

マクティーグはそっと部屋を歩き回って次々にその場にあるものを見て行った。触れ、目にしたすべてのものにトリナの姿が見えていた。そして最後にクローゼットの扉のところにやってきた。扉は開かれていた。マクティーグはそれを大きく広げ、敷居のところで立ち尽くした。

トリナの服がかかっていた。――スカート、ブラウス、ジャケット、固く白いペチコート、なんという光景であろう！　一瞬でマクティーグは息をのみ、めまいがしてきた。たとえ突然その場にトリナ本人が現れ、マクティーグに笑いかけ、手を差し伸べたとしても、これほど圧倒されることはなかっただろう。急にマクティーグはあの運命的な日にトリナが着ていた黒い服があるのに気づいた。すぐそこには、無様に告白してトリナを怯えさせたあの日、彼女が腕にかけてもっていた小さなジャケットがある。それにほかにも、あそこにも。――トリナのすべてが群がり集まって、マクティーグに向き合っていた。さらに奥へと進み、恐る恐るそれらの服に触れ、巨大な革のような手のひらでそっと撫で回した。服を動かすごとに、かすかな香りが襞《ひだ》から立ち昇ってきた。ああ、あの極上の女性の香りが！　今や髪だけではない。トリナそのものだ。――トリナの口、手、首、言いようのないほど甘く、さわやかな香気《アロマ》はかつてトリナの一部だったのであり、清純で清潔で、若さと新鮮さの香りを放っていた。突然、理屈で説明できない衝動にかられ、マクティーグは巨大な両腕を広げ、小さな衣服をかき集め、顔を深くうずめた。そして贅沢《ぜいたく》でこの上ない満足の深い息をつきながら、そのかぐわしい香りを味わった。

＊

シュエッツェン・パークのピクニックが事態を決定づけた。マクティーグは日曜日と水曜日の午後、決まってトリナを訪れるようになった。マーカス・シューラーの後釜に座ったのだ。たまにマーカスもついてくることがあったが、それは大抵セリーナに会うためにジーペ家で待ち合わせをしているときだった。

しかしマーカスは、いとこをあきらめたことを最大限に活用した。たまにそれらしいふりをすることを忘れなかった。手を握りしめ、心がかきむしられているかのような溜息を大きくついて、あるいは計り知れない憂鬱を顔に浮かべて、マクティーグを惨めな気分にさせ、きまり悪がらせた。「どうせ俺の人生なんて！」そんなふうに嘆いて見せることもしばしばだった。「今の俺に何がある？　何もありゃしないんだ！」そしてマクティーグがそんなことはないと言おうとすると、「俺なんかにかまうなよ。気にしなくていいんだ。おまえは幸せになれよ。俺はお前を許してやるよ」

何を許すというのか？　マクティーグはすっかり困り果て、何かほんのわずかでも取り返しのつかない傷を友人に与えてしまったのではないかと悩み込んだ。

「だから俺なんかにかまわなくっていいって！」ほかにもマーカスはこんなふうに言うこともあった。一度など、トリナがそばにいるときもあった。「俺なんかにかまうなよ。俺なんかもうどうでもいいんだ。俺はもうだめだ」マーカスは自分の人生がめちゃくちゃになったと考えることに大いなる喜びを見出しているようだった。この時期、彼が途方もなく楽しい思いをしていることは間違いなかった。

ジーぺ家ははじめのうち、この立場の急変に困惑していた。

「では、トリナは新しいごいびと、づがまえだんだな」ジーぺ氏は大声で言った。「はじめ、シューラー、今、ドクトル？　ながながやる！」

何週間かたち、二月が終わって三月になると、雨が何日も続き、ピクニックも日曜の日帰り旅行もできなくなった。三月二週目の水曜日の午後、マクティーグはトリナを訪ねてきた。ここ最近いつもそうするように、コンチェルティーナを持参していた。駅でケーブルカーを降りると、トリナが迎えに来てくれていることに驚いた。

「ここ何週間かで雨が降らなかったの初めてでしょ」と、トリナは説明した。「それでちょっと散歩でもって思ったの」

「それがいい、それがいい」マクティーグも同意した。

Bストリート駅はただの小屋でしかなかった。券売所もないし、ただ木を切り出して削ったベンチがふたつあるだけだった。線路のすぐ脇にあり、線路を渡るとすぐにサンフランシスコ湾の汚い泥だらけの海岸だった。四分の一マイルほど〔約四〇〇メートル〕内陸に行くと、そこがオークランド〔サンフランシスコ湾に面した港湾都市〕の町の始まりであった。町の最初の家と駅とのあいだには、広大な塩類平原が広がっており、そこここで黒い水の流れがうねりながら塩原を切り刻んでいた。針金のような草が一面にはびこっており、巨大な橙黄色《とうこうしょく》のしみで所どころ、奇妙な形に脱色されているようだった。

駅にほど近いところ、フェンスの一部に葉巻の広告がペンキで塗られていたが、泥の方へと揺らいで傾き、その風下になったところには上反り車輪〔対になった車輪で、車輪の上部の間隔が接地点の間隔より広いものをさす〕の砂利運搬車が見捨てられてあった。駅はBストリートから延びた通路で町と接続しており、その通路は塩原を幾何学的にまっすぐ貫いており、一列に並んだ背の高い電柱がその通路に沿って並び、あいだに電線を揺らしていた。駅のあたりでこれらの電柱の先頭をなすのは鉄製の街灯であり、支柱と梁《はり》があるせいで、まるで巨大なバッタが後ろ足で立っているかのように見えた。

塩原を渡って町が始まるあたりには、ごみの山があり、中国人のごみ拾いが何人か、その上で動き回っているのが見えた。ずっと左の方はガス工場の巨大な円筒形のタンクが視界を遮っており、右に目を向けると鋳鉄工場の煙突と作業場に囲まれていた。

線路を海側の方へと渡ると、潮が引いてむき出しになった黒い泥の土手が長々と続いており、海岸線はずっと遠く、半マイル〔約八〇〇メートル〕近く向こうにまで下がっていた。かもめの群れがひっきりなしに飛び立ち、この泥の土手に舞い降りてきた。壊れて見捨てられた桟橋がよろよろの脚で土手を乗り越えていた。その手前には古ぼけた帆船がビルジを下にして傾いていた。

しかしさらに向こうに目をやると、湾の黄色い海を越え、ゴート島〔イエルバ・ブエナ島の通称〕の向こうにはサンフランシスコがあった。その丘の作り出す青い稜線《りょうせん》は、家々の屋根や尖塔《せんとう》でギザギザになっていた。ずっと西の方にはゴールデンゲートが砂丘の真ん中を切り取ったように口を開けており、その隙間から広い太平洋を垣間見ることができた。

Bストリートの駅はうら寂しく、この時間帯には列車も通らなかった。遠くのごみ拾いを除いては一切人の気配はない。風は強く吹いており、それに乗って塩とタールと死んだ海藻と汚水のにおいが入り混じって漂ってきた。空は低く、茶色く垂れ込めており、長い間隔を空けて雨雫《あましずく》がしとしとと落ちてきた。

駅からほど近いところで、トリナとマクティーグは泥の土手の端にある線路の路盤〔鉄道の軌道を支える盛り土、切り取りなどによって地ならしした地盤〕に座っていた。風景がなるべくよく見える場所を選び、戸外の空気、塩沢、遠くの海などを楽しんでいたのだ。時折マクティーグは例の六曲の物哀しいメロディをコンチェルティーナで弾いた。

しばらくして線路を行ったり来たりしながら、マクティーグは自分の仕事の話をし、トリナはその話を聞いていた。非常に興味を惹かれ、夢中になりながら、なんとか理解しようと努めた。

「上顎の臼歯の根を抜くにはカウホーン鉗子を使うんだ」歯科医は抑揚もなく話を続けた。「内側のビークを口蓋の根元に、カウホーン・ビークを頬側の根元に当てる――つまり外側の根元のことだ。それから鉗子を閉じる。すると歯槽ごと砕けるんだ。――歯槽というのは顎にある歯の入る穴のことだ」

またマクティーグはたったひとつ満たすことのできない自分の欲望についても語った。「いつの日か、窓の外に大きな金色の歯を置いて看板にしたいんだ。あの大きな金歯は本当にきれいなんだ――ただ値段がものすごく高いから今のところ手が出ないんだよ」

「あら、雨」突然トリナが手のひらを差し出して大声を出した。ふたりは霧雨の中を引き返して駅舎に入った。日が暮れて暗くなり、雨がひどくなってきた。潮がふたたび満ち始め、泥の土手に沿って何マイルもピチャピチャと話し声のような音を立てていた。塩原のずっと向こうに見える町の外れでは電車が通りすぎ、頭上の電線にダイヤモンドみたいな火花の列を長々と連ねていた。

「なあ、ミス・トリナ」しばらくしてマクティーグが言った。「これ以上待って何になるって言うんだ？　結婚しようじゃないか？」

トリナは首を振って、思わず本能的に「いや」と言った。

「なんでだめなんだ？」マクティーグは食い下がった。「俺のこと、好きじゃないの？」

「好きよ」

「じゃあなんでだめなんだ？」

「だって」

「なあ、いいじゃないか」マクティーグは言ったが、トリナはまだ首を振り続けた。

「なあ、いいじゃないか」マクティーグは急き立てた。ほかに言うことを思いつかなかったので、同じフレーズを何度も何度も繰り返したが、トリナはそれをことごとく拒否した。

「なあ、いいじゃないか！　なあ、いいじゃないか！」

急にマクティーグはその巨大な腕でトリナを捕らえ、とてつもない力で彼女の抵抗を押しつぶした。そうするとトリナは一瞬のうちに身を明け渡し、顔をマクティーグに向けた。ふたりはキスをし合った。乱暴に、口にべったりと。とどろきと、地面を軋るような金属音が突如近づいてきて、蒸気と熱い空気を吐き出しながら通りすぎていった。オーバーランド急行〔サンフランシスコからオークランド、バークレー、サクラメント、コルファックス、エミグラント・ギャップ、トラッキー、リノなどを通り、ユタ州オグデン、アイオワ州カウンシル・ブラッフスを経由してシカゴに至る大陸横断鉄道。第二十章でマクティーグが乗るのも同じ列車である〕がヘッドライトをまぶしく放ちながら大陸を横切る途中だったのだ。

列車の通過はふたりをひどく驚かせた。トリナはもがいてマクティーグから身を引き離した。「ねえ、やめて！お願いよ！」ほとんど泣きそうになりながらトリナはそう訴えた。マクティーグは離してやったが、その瞬間、わずかに、ほんのかすかにしかわからない程度だが、それまでの感情が方向を変え始めた。トリナが身を明け渡した途端に、キスを許した途端に、マクティーグの方は前ほどにはトリナのことを思わなくなった。結局さほどものにしたいわけでもないのだ。しかしこの反動はあまりにもかすか、あまりにも微細、あまりにも漠然としており、次の瞬間にはそんなことが生じたとは信じられなかった。しかししばらくたつとまた蘇ってくるのだ。今のトリナから何かが失われてしまわなかっただろうか。自分がずっとしたいと思ってきたことなのに、やっとやり遂げたと思ったら、そのせいでトリナに失望してしまったのではないか？　従順でおとなしく、手に入れることのできるトリナだって、何も変わらないはずではないか？　手に入らないトリナと同じくらい品位があって愛らしいはずではないか？　おそらくマクティーグにはぼんやりとわかっていたのだ、これは仕方のないことなのだと。変わらぬ世の常なのだと。——男は女が自らを譲り渡そうとしないからこそ女を求めるのだ。女は自分が男に明け渡したもののために男を崇拝するのだ。譲歩を勝ち取るごとに男の欲望は冷めていく。身を明け渡すごとに女の崇拝はいや増すのだ。しかしなぜそうでなければならないのか？

トリナは身を引き剝がし、マクティーグから飛びすさった。小さな顎は震えていた。顔は、色白の耳が耳たぶにいたるまで真っ赤にほてり、細く青い目には涙があふれていた。突然トリナは顔を両手にうずめ、すすり泣き始めた。

「なあ、ミス・トリナ、聞いてくれ。……聞いてくれよ、ミス・トリナ」マクティーグはそう叫んで一歩近づいた。

「ねえ、やめて！」トリナは息をのんで身をすくめた。そして弾かれたように立ち上がって「わたし、帰らなきゃ」と叫んだ。「もう遅いわ。帰らなきゃ。帰らないといけないの。お願いだから一緒に来ないで。だってわたし、こんなに……こんなに……」なんと言っていいのかわからなかった。「ひとりで帰らせて」そう続けた。「なんだったら……日曜日だったら来てもいいわ。さよなら」

「さよなら」マクティーグはこの突然の説明しようのない変化に頭が混乱したままそう言った。「またキスしてもいい？」しかしトリナはもう頑なになっていた。マクティーグの懇願に対しては――ただのことばの問題にすぎないのだから――十分強く出ることができた。

「だめ、だめよ、絶対だめ！」トリナは力いっぱいそう叫んだ。次の瞬間トリナはいなくなっていた。歯科医は呆然《ぼうぜん》とし、途方に暮れたまま、愚かしげにトリナの立ち去る姿を目で追っていた。トリナはBストリートから延びる通路を、雨の中走っていた。

だが唐突にマクティーグはとてつもない喜びに捕らわれた。俺はトリナを勝ち取ったのだ。トリナは最後には自分のものになるのだ。並外れた笑みで分厚い唇が膨らみ、目が大きく開き、顔が紅潮した。そして息を荒げて、木槌のようなこぶしを膝に叩きつけ、小声で喜びの声を上げた。

「俺はトリナを奪ったぞ！　トリナを奪ったんだ！」それと同時にマクティーグは自分のことを見直した。自尊心がとてつもなく膨れ上がった。トリナ・ジーペを勝ち取るような男はとてつもなく優れた人間のはずだ。

トリナは母親の胸に飛び込んだ。母親はちょうど台所にネズミ捕りを仕掛けていたところだった。

「ねえ、ママ！」

「おや、トリナ？　何があっだ？」

トリナは一気に話してしまった。

「ええ、もう？」それがジーペ夫人の最初のことばだった。「やれやれ、いっだいなぜ泣ぐ？」

「わからないわ」泣きながらトリナはそう言って、ハンカチの隅を引っ張った。

「あなだ、あのわがいドクトルあーいしでるの？」

「わからない」

「じゃあ、ギスしだの、どうしで？」

「わからないわ」

「わがらない、わがらないって？　あなだのあっだま、どご？　ドクトルにギスする。なぐ。で、わがらない言う。じゃマーカスの方がいい？」

「ううん、マーカス従兄《にい》さんじゃないの」

「じゃドクトルがいいでごとよ」

トリナは返事をしなかった。

「でしょ？」

「たぶん……たぶんそうだと思うわ」

「あーいしでる？」

「わからない」

ジーぺ夫人は乱暴にネズミ捕りを叩きつけたせいで、バネが鋭い音をたててバチンと閉じた。

第六章

いや、トリナにはわからなかった。「あの人のこと愛してるの？　愛してるの？」続く二、三日のあいだ、トリナはこの問いを何度となく自分に問いかけた。夜もほとんど眠れず、小さな鮮やかな色のベッドで、天蓋ネットの下、何時間もパッチリと目を覚まし、疑念と問いかけに身悶《みもだ》えしていた。ときにはあの駅での場面を思い出し、恥ずかしさのあまりひどい苦痛を覚えた。その一方でときには同じ場面を思い出してぞくぞくするような喜悦を感じ、自分を恥じた。あんなにも急に、あんなにも予期せぬままに、己の身を明け渡すことになろうとは思いもしなかった。一年以上にわたって、トリナはそのうちマーカスが自分の夫になるのだろうと思っていた。やがていつか将来、いつかはわからないがそのうちふたりは結婚するのだろう、そう思っていたのだ。そのことはトリナの心の中ではっきりと形を定めていたわけではなかった。だがマーク従兄《にい》さんのことはとても大好きだった。そんなさなかに突然流れが急転し始めたのだ。このブロンドの大男が、この巨大で鈍感な男が、とてつもなく乱暴な力で割り込んできたのだ。最初のうちトリナはこんな男を愛してなどいなかった。それは間違いない。マクティーグが「パーラーズ」で話しかけてきた日、トリナはただただ怯えていた。もしマクティーグが、マーカスみたいにたんに話しかけるだけでとどまっていたら、離れたところから懇願し、求婚するだけだったら、トリナがどうしてほしがっているか見抜いてちょっとした気遣いをし、お菓子のプレゼントを送るくらいでとどまっていれば、マクティーグを拒絶するなどたやすいことだっただろう。しかしマクティーグはトリナを腕に捕らえ、あのとてつもない力でトリナの抵抗を押しつぶし、獣そのものの力で服従させ、征服してしまった。それだけでトリナはあっさりと身を明け渡したのだ。

しかしなぜなのか？——なぜそうしてしまったのか？　なぜトリナはあの欲望を、自分より強い力に征服されたいという避けられない衝動を感じてしまったのか？　どうして征服されることに喜びを覚えるのか？　なぜ征服されると突然、恐ろしいばかりの激情の疾風が、頭の天辺から爪先までを興奮で貫くのか？　そんな激情など、これまで一度も経験したことがなかったのに。たとえマーカスがどれほど頑張ったところで、トリナがあんなふうに感じることはないだろう。それなのに今まではほかの誰よりマーク従兄《にい》さんが大好きだと思っていたのだ。

マクティーグが唐突に巨大な腕の中にトリナを捕らえたとき、トリナの中で何かが息を吹き返したのだ——これまでずっと眠っていた何か、強力で抗しがたい何かが。今トリナはその何かのことを考えると怖くて仕方がなかった。このもうひとりの自分はトリナの中で目覚め、叫び、わめいて自己主張をしている。しかしこのもうひとりの自分は恐れなければならないものなのだろうか？　恥じなければならないものなのだろうか？　実のところはごく当たり前の、汚らわしいものでもなく、自然に現れてくるものではないのだろうか？　トリナは自分が清い女性であることはわかっていた。自分の内側で起こっているこの突然の動揺は、悪徳とはなんの関係もないものだ。

ぼんやりとだが白昼夢に現れる印象のように、こういった考えがトリナの心の中にふわふわと現れてきた。はっきりと理解するなど到底無理だった。何を言わんとしているのかさえわからなかった。海岸のあの雨の日まで、トリナはその辺の木と同じくらいの自意識しかもち合わせないまま日々を送っていた。あけっぴろげで率直で健康的な、いまだ性をもたない自然のままの人間であった。ほとんど男の子のようなものだったのだ。それが突然不可解な動揺が起こり始めた。トリナの中の女が突然目を覚ましたのだ。

　はたして自分はマクティーグを愛しているのだろうか？　難しい質問だ。はたして自分はちゃんと考えた上で、よかれ悪しかれ己の自由意志からマクティーグのことを選択したのだろうか？　それとも自分の人生を素晴らしいものにするか台無しにしてしまうかもわからないあの一歩を踏み出すのに、はたしてトリナに選択の余地すら残されていたと言えるのだろうか？　女が目を覚まし、眠りから身を起こし、開いたばかりの目に止まった最初のものに闇雲につかみかかっているのだ。それはただ偶然だけに支配される不可解な魔法であり、妖術であった。——ロバの耳をした無骨者に魅了された妖精の女王だったのだ[005]。

　マクティーグは「女」を目覚めさせた。もはや望もうと望むまいと、トリナは今さらどうしようもなくマクティーグのものになってしまっていた。どれほど逆らおうとしたところで、身も心も、生殺与奪すらマクティーグの意のままであった。トリナはそんなことを求めていたわけではなかった。望んでいたわけではなかったのだ。魔法をかけられただけなのだ。それははたして恵みであるのか？　それとも呪いなのか？　その両方であった。トリナはマクティーグのものであり、不幸になろうが幸せになろうがそれが変わることはないのだ。

　マクティーグの方はどうなのか？　女を永久に自分に服従させたこと、まさにそのことのせいでマクティーグの目には彼女が前ほど望ましく思えなくなってしまった。ふたりの破滅はすでに始まっていた。だがそれはどちらのせいでもないのだ。最初からふたりとも互いに求めあっていたわけではなかった。偶然がたまたまふたりを突き合わせ、天に吹く風のようにとどめることのできない不可解な衝動が働き、ふたりの人生を織り合わせたのだ。ふたりのどちらもそうあってほしいと願ったわけではなかった。——ふたりとも自分の運命が、自分の魂が、偶然に翻弄されてほしいなどと願うはずがないではないか。最初からわかっていたのなら、こんなに恐ろしい危険は避けていたことだろう。だがそもそもこの問題に発言権などあろうはずがなかった。だがなぜすべてがこう成り行くのか？

Bストリート駅でのあの一幕が起こったのは水曜日のことだった。その週は週末までずっと、一日中トリナは絶え間なくあの疑問に思いを巡らせていた。「わたしはあの人を愛してるの？　本当に愛してるのかしら？　これが愛なのかしら？」マクティーグのことを思い浮かべると——あの巨大で角ばった頭、突き出た顎、ぼうぼうに生えた黄色い髪、鈍重で不格好な身体、知能の鈍さを思い浮かべると——肉体的な力強さ以外に素晴らしいと思える要素はほとんど見つからなかった。そんなとき、トリナはきっぱりと首を横に振った。「違うわ。絶対にあんな人を愛していたりしない」しかし日曜日の午後、マクティーグが訪ねてきた。トリナはマクティーグに叩きつけてやるセリフを準備していた。あの水曜日の午後はどうかしてただけなんですと言ってやるつもりだったのだ。まるでふしだらな女の子みたいな振る舞いでした、愛してなんかいませんし結婚もしません、前にもそう言ったはずでしょ、そう言ってやるつもりだったのだ。

マクティーグがやってきたとき、トリナは小さな応接室でひとりだった。トリナが姿を見せた瞬間、マクティーグはまっすぐにトリナのところへ向かった。トリナは彼が何をしようとしているかわかった。「ちょっと待って」そう叫んで手を突き出した。「待って。あなた勘違いしてるわ。わたし、あなたに言うことがあるの」風に向かって話すも同然であった。マクティーグは一振りでトリナの腕を払い除《の》け、もう少しで窒息させてしまうほどの、熊のような抱擁でトリナを抱きすくめた。トリナは巨人の腕力に翻弄される葦《あし》でしかなかった。マクティーグはトリナの顔を自分に向け、またしてもその口にべったりとキスをした。あのトリナの決意はどこへ行ってしまったのか？　入念に練っていたあのセリフはどこに行ったのか？　ここ数日間の、あの堂々巡りと、身を苛《さいな》む疑念はどこなのか？　トリナはか細い両腕でマクティーグの巨大な赤い首を抱きしめ、愛らしい小さな顎をもち上げて、マクティーグにキスを返した。そしてこう叫ぶのだった。「ああ愛してるわ！　やっぱりあなたを愛してる！」これ以降、ふたりがこの瞬間ほど幸せだったことはなかった。

同じ週のしばらくたってから、マーカスとマクティーグが車掌のたまり場の軽食堂で昼食をとっていたとき、マーカスが急に大声をだした。

「おい、マック、トリナをものにしたんだから、もっと何かしてやらないといかんぞ。そうだよ！　何かしてやらないと、当然《フォー・ア・ファクト》じゃないか。どこか連れて行ってやったらいいじゃないか――劇場とかそんな感じのところに。お前はわかってないなあ」

もちろんマクティーグはマーカスに、トリナを手に入れたことを話していた。それを聞いてマーカスは尊大な態度になっていた。

「ついに彼女をものにしたんだな？　俺も嬉しいよ。ほんとだぜ《フォー・ア・ファクト》。今幸せでしょうがないんだろ。俺だったらどんなに幸せだったろうなあ。でも許してやるよ、ああ、快く許してやるとも」

マクティーグはトリナを劇場に連れて行くなど思いも及んでいなかった。

「連れて行ってやるべきかな、マーク？」マクティーグはためらいがちにそう尋ねた。マーカスはスエット・プディングを口いっぱいに頬張って返事をした。

「そりゃ当然だよ。それが礼儀《プロパー・ケイパー》ってもんだよ」

「まあ……その、そうだな。劇場か。……そのとおり《ザッツ・ザ・ワード》だな」

「オーフィウム劇場でバラエティショウを見せてやれよ。今週あそこでいいのをやってるぞ。当然ジーペ夫人も一緒に連れて行ってやらんといかんだろうな」マーカスはそうつけ加えた。マーカスは礼儀作法の点ではあまり自信があったわけではないが、それを言うならポーク・ストリートの狭い世界で暮らす住人たちはみなそうだった。店の売り子や鉛管工の見習いやささやかな商売を営む連中は、社会的地位がはっきりと定まっているわけではなかったので、自分たちが「体面」を保ちながらどこまでやってよいのかはっきりとわかっていなかったのだ。「礼儀正しく」あろうとすると、いつだってやりすぎてしまうのだった。それはなにもこの人たちの「柄が悪」く、体裁を取り繕う必要のない連中だというのではない。ポーク・ストリートだって一ブロック先の「大通り」とのお付き合いがあるのだ。住人たちが踏み越えることのできない一線はちゃんとあった。ただ困ったことに、この一線というのがあまりはっきりと引かれているわけではなかったのだ。だから自信をもって行動することができなかったのだ。うっかりすると「柄が悪い」と思われてしまう。だから大抵の場合、この人たちは反対の方向に行きすぎて、逆に非常識なほど儀礼的に振る舞うのだ。だから社会的立場が安定していない人たちが一番礼儀作法にうるさくなるのである。

「ああ、そうだ、トリナのお母さんも連れて行ってやらんといかんよ」マーカスはそう言い張った。「そうしないと礼儀に反するってもんだぜ」

マクティーグはその仕事に取り掛かった。彼にとっては辛い試練であった。これまで生きてきてこれほど困惑し、これほど恐ろしく不安になったことはなかった。次の水曜日にトリナを訪ねた際、予定を決めた。ジーペ夫人は幼いオーガストも連れて行っていいかと尋ねた。あの蒸気船をなくしたことの慰めになるでしょうから。

「もちろん、もちろん」マクティーグは言った。そして「オーガストもいいです——みなさん誰でも」と曖昧につけ加えた。

「わたしたち、いつも早めに劇場を出ることになるのよ」トリナがこぼした。「最終の船に間に合わないといけないから。いつも一番面白いところなのよね」

これを聞いてマクティーグは、マーカス・シューラーの入れ知恵に従い、ぜひ一晩アパートに泊まっていってくださいと言った。マーカスと歯科医は自分の部屋を譲って犬病院で寝ますから。治療室にはベッドが置いてあり、グラニス爺さんはときどき、看病が必要になる重症の犬がいるときにそこで寝ているのだ。唐突にマクティーグはまったくのひらめきからある考えを思いついた。

「それで、その……ぼくら……みんなで、どうでしょう……劇場のあとで『パーラーズ』で何か食べるってのは？」

「どってもグート」ジーペ夫人が褒めた。「ビアーはどう？　それにダマーリも」

「あら、わたしタマーリ大好き！」トリナは両手を握りしめて叫んだ。

マクティーグは街に戻り、教えられた内容を何度も何度も頭の中で練習した。劇場のイベントはとてつもない重大事になってきていた。まず最初に座席を確保しなければならない。左側の列の、前から三列目か四列目の席にすると、オーケストラの太鼓がうるさすぎない。部屋のことではマーカスといろいろ決めないといけないことがある。ビールも買っておかなければならない。しかしタマーリは買わなくてもいい。白いリンネルのネクタイも買わないといけない。――これはマーカスの指示だった。マリア・マカパに部屋を完璧な状態に整えておくよう言いつけておかなければならない。そして最後に次の月曜日の夜七時半に、ジーペ家の人たちとフェリー乗り場で待ち合わせである。

この仕事が本当に大変になり始めたのはチケットを買うときからだった。劇場でマクティーグは違う入り口から入ってしまい、窓口をあちこちたらい回しにされた挙句、すっかり困り果て、わけがわからなくなってしまった。案内を誤解し、一度など唐突にお金が足りないと思い込んで家に帰りかけた。そしてやっとのことで切符売り場の窓口にたどり着いた。

「チケットを買うのはここですか？」

「何枚？」

「チケットを買うのは……」

「何日のチケットだね？　そうだよ、ここがチケット売り場だよ」

マクティーグはいかめしい顔でここ十数時間ずっと頭の中で反芻してきた文句を復唱し始めた。

「月曜日の夜のチケットを四枚、右側の列の、前から四列目を買いたい」

「客席に向かって右側なのか、ステージに向かって右側なのかどっちだね？」マクティーグはびっくりして口をつぐんだ。

「右側の列がいいんだ」ぼうっとして、そう言い張るばかりだった。そしてつけ加えてこう言った。「太鼓から離れたところに」

「それだったら太鼓はステージに向かってオーケストラの右側にあるんだよ」相手はいらいらして怒鳴った。「つまり客席に向かって左の席がほしいんだね」

「右側の列がいいんだ」歯科医はしつこくそう繰り返した。

何も言わずにチケット売りは大げさで横柄な態度でチケットを四枚投げてよこした。

「右側の席四枚だよ。太鼓にまともに向き合うけどね」

「でも太鼓の近くは困るんだ」マクティーグは汗をかきながら抗議した。

「あんた、自分でどの席がほしいのかちゃんとわかってるのか？」チケット売りは落ち着いたまま、頭をマクティーグの方に突き出してそう言った。歯科医はこの若者の機嫌を損ねてしまったことに気づいた。

「ほしいのは……ほしい席は」彼は口ごもった。チケット売りは劇場の座席表をマクティーグの目の前に叩きつけ、苛立って説明を始めた。それがマクティーグの混乱にとどめを刺した。

「これがあんたのチケットだ」チケット売りは説明を締めくくり、チケットをマクティーグの手に押し込んだ。「前から四列目で太鼓から離れた席だよ。これで満足したか？」

「それでこれは右側の席なのか。ほしいのは右側の……いや、左だったか。ほしいのは……どうだったか。わからなくなった」

チケット売りは怒鳴りつけた。マクティーグはすごすごと窓口から離れ、馬鹿みたいにチケットの青い紙切れを見つめていた。若い女性がふたり、入れ替わりに窓口に向かった。次の瞬間、マクティーグは窓口に取って返し、女性の肩越しにチケット売りに尋ねた。

「これ、月曜のチケット？」

チケット売りは蔑むような目をして返事すらしなかった。またもマクティーグはおどおどと引き下がり、チケットを巨大な財布の中にしまい込んだ。しばらくのあいだ、入口の階段のところで考え込んだまま立ち尽くしていた。それから急になぜだかわからないが怒りが湧いてきた。どういうわけか馬鹿にされたように思ったのだ。もう一度マクティーグは窓口まで戻っていった。

「馬鹿にするな」女性の肩越しにそう怒鳴った。「お前……俺のこと馬鹿にするな。ぶん殴ってやるからな。このちびの……ちびの……ちびの犬ころめ」チケット売りはうんざりしたように肩をすくめた。「一ドル五〇セント」そうふたりの女性に告げた。

マクティーグはその男をにらみつけ、荒々しく息をしていた。そして結局その件は不問に付すことにした。その場は立ち去ったが、階段のところでまたしても、侮辱され体面を傷つけられたという思いにとらわれた。

「俺のこと、馬鹿にするな」マクティーグは最後にもう一度、頭をゆすりながらこぶしをもち上げ、大声でチケット売り場の方に怒鳴りつけた。「やってやる……やってやるぞ……やってやるからな……そうとも、俺はやってやる」

そんなふうにつぶやきながらマクティーグは劇場を立ち去った。

ついに月曜日の夜がやってきた。マクティーグはフェリー乗り場でジーペ家の人たちと会った。黒いプリンス・アルバートのコートに、一番上等のスレートブルーのズボン、それにマーカスが選んでくれた既成品のリンネルのネクタイを締めていた。トリナはマクティーグにはもうお馴染みの黒いドレスを着ていて、とても可愛らしかった。それに新しく買った手袋をはめていた。ジーペ夫人はライル糸の指なし長手袋《ミット》をはめ、レースのレティキュールにはバナナを二本とオレンジを入れていた。「アウグーステのだめなんです」ジーペ夫人はそうマクティーグに打ち明けた。アウグーステはフォーントルロイ風「コスチューム」を着ていたが〔フォーントルロイ卿は『小公子』の主人公の名前で、この人物の着ていた服装が十九世紀末に非常に流行した。腰まである黒いベルベットの上着と膝丈の半ズボン、腰に幅広のサッシュをつけた格好〕、彼にはサイズがあまりに小さすぎるようだった。すでに泣きべそをかいていた。

「しんちられます、ドクトル？　ごの子、もうストッキングやぶったですよ。前歩くなさい。なぎやむなさい。ボリスマン呼ぶますよ」

劇場の入口のところでマクティーグは急にパニックに襲われた。チケットをなくしてしまったのだ。ポケットをひっくり返し、財布をあさった。だがどこにもないのだ。そして唐突に思い出した。安堵《あんど》の溜息をついて帽子を脱ぎ、スエットバンドの下からチケットを取り出した。

一行は中に入って席についた。まだバカバカしいほど早い時間だった。照明もまだ落とした状態で、案内係は通路に固まって立っており、空っぽの客席にその騒がしい話し声がこだましている。たまにウェイターがトレイをもち、清潔で白いエプロンをかけて、通路を行ったり来たりしていた。一行の真正面には、ステージの大きな鉄のカーテンが閉められていたが、そこにはあらゆる広告が描かれていた。その背後からはハンマーの音とたまに大声が響いていた。

待っているあいだ、一同はプログラムを調べた。最初はオーケストラによる序曲が演奏され、その次が「グリーソン一家の愉快な音楽笑劇《マクモニガルの求婚》」である。次に「ラモント姉妹ウィニーとヴァイオレットによるセリオコメディとスカートダンサーたち」。このあとにはほかの「アーティスト」や「特殊芸人」がずらりと並ぶ。音楽の驚異、アクロバット、電光芸術、腹話術師、そして最後に「今宵の目玉、十九世紀科学最高の発明キネトスコープ〔エジソンの発明した初期の映画〕」である。マクティーグは興奮で目がくらんだ。この五年間で劇場に来たことなど二回もないくらいである。それが今晩は「恋人」とその母親を誘ってやってきたのである。マクティーグは何やら自分が世慣れた男のような気になってきた。そこで葉巻を注文した。

しばらくすると客席は徐々に埋まり始めた。側面のガス灯がいくつか灯された。案内係は親指と人差指にチケットの半券をつまんで通路を走り回っていた。客席のあらゆるところから、案内係が座席を引き出すときのバタンという鋭い音が響いていた。話し声のがやがやとした騒音が徐々に大きくなってきた。通路では浮浪児たちが甲高い口笛を吹いて客席の反対側の仲間に合図を送っていた。

「もうすぐ始まるのお、ママ?」アウグーステが五回か六回目くらいにぶつぶつと不満を口にした。そしてすぐに「ねえ、ママ、お菓子食べちゃだめえ?」と聞いた。痩せこけた小さな男の子が通路に現れて、歌うように呼び売りをしていた。「お菓子だよー。フランスのキャンディ盛り合わせ、ポップコーンにピーナツ、キャンディはいかがですかー」オーケストラが入ってきた。ステージ下に開いた、ウサギ小屋の入り口と変わらないくらいの狭い通路からひとりずつはい出してきたのだ。刻一刻と客は増えていった。空いている席はもう数えるほどであった。ウェイターが忙しそうに通路を行き来し、トレイにはビールのグラスがところ狭しと並んでいた。葉巻の煙のにおいが充満し、かすかに青い靄《もや》が客席のあらゆる場所から立ち昇ってきた。

「ママ、いつ始まるのお?」アウグーステが叫んだ。ちょうどそれと同時に鉄の広告カーテンが上がり始め、その背後に本物のカーテンが現れた。このカーテンはなかなか大したものだった。表面には素晴らしい絵が描かれていた。大理石の階段が小川まで降りていて、二羽の白鳥が首を大文字のSの字に湾曲させ、水面を漂っていた。大理石の階段の一番上には花瓶がふたつ置かれていて、それぞれ赤と黄色の花で埋まっていた。一番下にはゴンドラが繋《つな》がれていた。このゴンドラには赤紫の絨毯《じゅうたん》がたっぷりと積まれており、側面から垂れ下がって水に浸かっていた。ゴンドラの船首には朱色のタイツをはいた若者が左手にマンドリンをもち、白いサテンの服を着た女性の方に右手を差し伸べていた。キング・チャールズ・スパニエルが、巨大なピンクのサッシュの形をしたリードを引きずり、女性のあとに従っていた。階段の下の方の段には七輪の赤いバラが散らばっており、水には八輪浮かんでいた。

「ねえ、マック、あれ素敵じゃない?」トリナが歓声を上げて歯科医の方を見た。

「ねえママ、いつ始まるんだよお？」アウグーステが不満げに言った。急に客席中のガス灯がまぶしく燃え上がった。

「ああ」みないっせいに声を上げた。

「客、いっぱい違う？」ジーペ夫人がつぶやいた。満席になっていた。さらに立ち見の客までたくさんいた。

「わたし、お客さんいっぱいいるときの方が好きだわ」トリナが言った。その晩、トリナはひどく高揚していた。丸く、色白の顔にははっきりわかるほど赤みがさしていた。

　オーケストラは序曲を大音量で演奏していたが、急にヴァイオリンが派手な装飾楽句をかき鳴らして演奏を終えた。少しのあいだ、一休みしたかと思うと、オーケストラは今度はクイックステップの旋律を演奏し始め、それとともにカーテンが上がって、二脚の赤い椅子とグリーンのソファの置かれた舞台が出現した。短いブルーのドレスを着て黒いストッキングをはいた女性が大慌てで入場してきたかと思うと、二脚の椅子のほこりを払い始めた。ひどく腹を立てているようで、「新しい下宿人」の面倒をこれ以上見るのはまっぴらごめんだと早口でまくしたてていた。どうもこの下宿人は一度も家賃を払っていない上、しょっちゅう夜遅くまで帰って来ないらしかった。そしてこの女性はフットライトの当たる場所まで進み出て、とてつもなく大きな声で、それも男の声のようにかすれて平坦な声で歌い始めた。独創性のほとんどないリフレインはこんなふうだった。

　ああ、わたし幸せよ
　愛しいあなたの顔を見ると

ああ、伝えてほしいの、月の光の中でわたしに会って
黄金の百合咲くあの場所で

オーケストラはこのリフレインのメロディを二度目に演奏するとき、女性が踊るのに合わせて変化をつけた。彼女はすり足でステージの片側に進んでキックをし、またすり足で反対側まで進んでまたキックした。その歌を歌い終わると、男がひとり、明らかに問題の下宿人であろうが、登場した。すぐさまマクティーグは大声で馬鹿笑いした。男は酔っぱらっており、帽子はへこみ、片側のカラーは外れていて顔に貼りついていた。ポケットからは時計の鎖が垂れ下がり、黄色いサテンのスリッパがチョッキのボタンホールに結ばれていた。鼻は真っ赤で片眼には青あざができていた。女性との短い会話のあと、三人目の俳優が登場した。小さな男の子のような服装をしていて、女性の弟であった。巨大な折り返しの襟をつけており、しきりに宙返りと後方宙返りを繰り返していた。その「寸劇」はこの三人の人物で繰り広げられた。下宿人は短いブルーのドレスを着た女性を口説いていて、少年はありとあらゆるいたずらをこの男に仕掛け、脇腹を思い切りついたかと思えば咳《せ》き込むほどの勢いで背中をぴしゃりと叩き、座っていた椅子を引っぱって倒したかと思うと四つん這いで男の股のあいだをくぐって転倒させ、折りの悪いときに限って男をひっくり返すのだ。男が倒れ込むたびに大太鼓がバンと音を鳴らして強調した。「寸劇」の面白みはみな、この酔っ払いの下宿人がひっくり返ることから生まれているようだった。

このバカ騒ぎはマクティーグを計り知れないほど面白がらせた。下宿人が倒れるたびに、膝を叩いて頭を振り、大

声を上げながら抱腹絶倒するのだった。アウグーステは甲高い笑い声を出しながら両手を叩き、ひっきりなしに「なんて言ったの、ママ？　ねえ、なんて言ったの？」と聞き続けていた。ジーぺ夫人はたしなみも忘れて大笑いし、巨大な太った身体が震えている様子は、まるでゼリーの山のようだった。そして時折、「ほんどに、もう、あの道化っだら！」と大声を出した。トリナですらつい笑わされてしまったが、口をぎゅっと閉じて新しい手袋をはめた手を口に当てて、笑い声をなるべく抑えていた。

出し物は続いた。今度は「音楽の驚異」で、黒人のミンストレルに扮して真っ黒に塗りたくったふたりの男がぶかぶかの大靴と格子縞《じま》のチョッキを着ていた。このふたりはほとんどどんなものからもメロディを作り出すことができるようだった。——たとえばガラス瓶、また葉巻の箱で作ったヴァイオリン、橇《そり》の鈴、そしてなんと目盛りのついた真鍮《しんちゅう》の筒を樹脂を塗り込んだ指でこすって演奏したりもした。マクティーグは賛嘆の念で呆然としてしまった。「あれこそが演奏家だ」マクティーグは真面目くさってそう力説した。トロンボーンで演奏される「ホーム・スウィート・ホーム」。すごいじゃないか！　あれこそ芸術の到達点だ。

アクロバットには固唾《かたず》をのんだ。美しく髪を分けた若者たちで、めまいが起こりそうな離れ業をしながらひっきりなしに観客に向けて優雅なしぐさをしてみせるのだ。歯科医はそのうちのひとりが先ほど酔っぱらった下宿人をいじめていた、あの素晴らしい宙返りをする男の子とひどく似ているように思った。トリナはその男たちの滑稽なしぐさをとても見ていられず、身を震わせながら顔を背けていた。「いつも気分が悪くなるのよ」そう彼女は弁明した。

美しく若い女性たち「上流社会のコントラルト」は、イブニングドレスを着て感傷的な歌を歌ったが、楽譜をもっているものの一度もそれを見ようともしなかった。マクティーグはこの出し物はあまり面白いと思わなかった。しかしトリナの方は夢中になった。歌を聞いていてすっかり憂いに沈んでしまった。

わたしを愛していないのね――そう、
それならさよならよ、ほかの人のところに行きなさい

歌が終わるころには熱狂のあまり、新しい手袋を引きちぎっていた。

「マック、悲しい歌って素敵じゃない？」彼女はそう囁きかけた。

そしてコメディアンがふたり登場した。恐ろしいほどのスピードで話し、その機知と当意即妙の受け答えはいつ果てるともなく続いた。

「昨日道を歩いていたらさ――」

「なるほど！　道を歩いていたんだな――それからどうした？」

「窓辺に女の子がいたのさ――」

「窓辺に女の子がいたんだな」

「それでその娘がとっても素敵なんだ――」

「なるほど！　つまり昨日道を歩いていたら窓辺に女の子がいてその娘がとっても素敵だったんだな。それからそれ

から？」

　相方は先を続けた。そして突然ジョークに転換した。特定のフレーズが歌になり、それが電気が流れるようなスピードで歌われるのだ。しかもふたりのコメディアンは正確に同じしぐさをまったく同じタイミングで繰り出してみせるのだ。圧倒的なすごさだった。マクティーグはせいぜい三分の一くらいのジョークしか追いつけなかったが、それでも一晩中聞いていられると思った。

　コメディアンがはけると、鉄の広告カーテンが降りてきた。

「何が起こったんだ？」マクティーグは困惑してそう言った。

「十五分間、休憩が入るのよ」

　演奏者たちはウサギ小屋を通って姿を消し、観客は身体を動かして伸びをした。若い男は大半が席を立った。

　この休憩時間にマクティーグとその一行は「おやつ」を食べた。ジーペ夫人とトリナはシャルロット〔女性の帽子に見立てたお菓子〕を食べ、マクティーグはビールを一杯飲み、アウグーステはオレンジとバナナを一本食べた。アウグーステはレモネードが飲みたいと散々ねだった末、やっと飲ませてもらった。

「うるさいがら、しがたない」ジーペ夫人はそう説明した。

　しかしレモネードを飲んだ直後、アウグーステは急にそわそわしだした。席で身体をねじり、もじもじし、乱暴に足を振り動かして、かすかに切羽詰まったような色をたたえた目でまわりを見回した。そしてとうとう、ちょうど演奏者たちが戻り始めたころになって、立ち上がり、母親の耳に一所懸命囁きかけた。ジーペ夫人はすぐさま怒り出した。

「だめ、だめ」そう叱りつけてそっけなく席に座らせた。

出し物が再開された。早業の絵描きが登場し、信じられないような素早さで風刺画や肖像画を描いて見せた。そしてついにはお題を観客に求め、客席から有名人の名前が叫ばれた。そして大統領や、グラント、ワシントン、ナポレオン・ボナパルト、ビスマルク、ガリバルディ、P・T・バーナムなど[006]の肖像画を次々に書いていった。

そんなふうにして夜は更けていった。劇場はどんどん熱気を増し、数え切れないほどの葉巻の煙のせいで目がひりひりした。よどんだ青い霞《かすみ》が観客の頭の上に低く垂れこめていた。様々なにおいが混じり合っていた——すえた葉巻のにおい、気の抜けたビールのにおい、オレンジの皮のにおい、ガスのにおい、香粉《こうふん》のにおい、安っぽい香水のにおい。

次々と「芸人」がステージに現れた。マクティーグは一瞬たりとも注意をそらすことがなかった。トリナと母親は途方もなく楽しんでいた。ひっきりなしにふたりで論評を交わしたが、ステージから目をそらすことは決してなかった。

「あの道化師、おもしろいね？」

「あの歌、素敵。ああいう歌っていいいと思わない？」

「すごい！　すごいよ！　ほんとにすごい！　間違いないね《ザッツ・ザ・ワード》」

しかしアウグーステは興味を失っていた。自分の席で立ちあがり、ステージに背中を向けてオレンジの皮を噛みながら、通路の向こうで父親の膝に座った小さな女の子を見ていた。その目はどんよりと牛のようにくもっていた。そのわりにはそわそわとした様子で、踊るように交互に脚に体重をかけ、たまにかすれた声で母親に訴えかけるも、返事をしてもらえないのだった。

「ママ、ねえ、ママぁ」哀れっぽくそう言うと、アウグーステは心ここにあらずにオレンジの皮を噛み、小さな女の子をじっと見つめていた。

「ママぁ、ねえ、ママったら」その単調な訴えかけが母親の意識に届くこともあった。母親はなんとなく煩わしいと思っていたものの原因に急に気づいた。

「アウグーステ、座ってなさい」ジーペ夫人はアウグーステを慌てて捕まえてもとの椅子に押し込んだ。「しずがにしなさい。ほら、あのわがいごのうだ、ぎぐ」

三人の若い女性とツィターを弾く若い男性がステージに立っていた。全員チロルの衣装を着ていた。ヨーデル歌手で、「山頂」や「勇敢な狩人」などについてドイツ語で歌った。ヨーデルのコーラスは、まるでフルートのような抑揚のついた驚くべき技巧で歌われた。女性たちは実にかわいらしく、まったく化粧っ気がなかった。その「出し物」は大好評であった。ジーペ夫人はうっとりと聞き惚れていた。子ども時代をすごした故郷スイスの村を思い出していたのだ。

「なんでなづがしい。まるでごぎょうにがえっだみだい。わだしのグランミュター、村でいぢばんヨーデルじょうずだっだ。わだしごどものどぎ、あんなのいっぱいみだ」

「ママあぁ」ヨーデル歌手が舞台をはけると、アウグーステがむずかり始めた。一瞬たりともじっとしていられないようだった。身体を左右にひねり、とてつもないスピードで脚を揺さぶっていた。

「ママあぁ、おうちに帰りたいよう」

「行儀よぐする！」母親はアウグーステの腕をつかんで揺さぶり、叱りつけた。「見なさい。あんなぢっぢゃな女のご、見でる。もう二度どづれでぎませんよ」

「いいよう。眠いんだよう」そうしているうちにアウグーステが頭を母親の腕に預けて眠り込んだので、一同はほっとした。

キネトスコープにはみな息をのんだ。

「次は何が映るのかしら？」トリナは驚嘆しながらそう言った。「あれ、すごくない、マック？」

マクティーグも圧倒されていた。

「ほら、馬が首を振ってる」彼は我を忘れるほど興奮して言った。「ほら、ケーブルカーが走ってきた――人が道を渡ってる。あ、今度はトラックが来た。こんなの見たことないよ！　マーカスが見たらなんて言うだろう？」

「これみんなドリッグ！」ジーペ夫人は急に確信をもって言い放った。「わだし、ばが違う。あれみんなドリッグ」

「そりゃそうよ、ママ」トリナが叫んだ。「だってあれ……」

しかしジーペ夫人は頭をつんともち上げたままだった。

「だでにどしどっでない。だまされない」そう言い張るのだった。「あれはドリッグ」それ以上は何も言おうとしなかった。

一行はショーの最後までとどまったが、キネトスコープがプログラム中最後から二番目の演目だったので、ゆうに半分くらいの観客はこの演目が終わるとすぐに立ち去ってしまった。かわいそうなアイルランド人のコメディアンが帰っていく観客の背中に向けてなんとか自分の「出し物」をしているとき、ジーペ夫人はまだ眠たげで機嫌の悪いアウグーステを起こし、もち物を「片づけ」始めた。起きるやいなやアウグーステはまたしてもそわそわしだした。「プログラムもって帰る、トリナ」ジーペ夫人が囁いた。「家でパパに見せる。アウグーステの帽子どご？　わだしのハンガチーフもっだ、トリナ？」

しかしその瞬間、恐ろしい災難がアウグーステに降りかかった。彼の苦痛の原因は頂点に達し、忍耐は崩れ落ちた。なんとみじめだっただろう！　まったくの大惨事であり、その悲痛、哀切は筆舌に尽くしがたい。一瞬彼は取り乱した様子で周囲を見回し、驚愕《きょうがく》と恐怖でどうにもできず、石のように固まっていた。それからようやくその悲痛の思いが声になり、オーケストラの締めくくりのメロディが、計り知れない悲しみを長々と引き延ばした泣き声に混じり合った。

「アウグーステ、どうしだ？」母親が叫び、忍び寄る疑いの目で息子を見つめた。そして突然、「なんでごどしだ？おニューのヴォーントルロイよごしだね！」母親の顔は真っ赤に燃え上がり、それ以上何も言わずに息子をしたたかに殴りつけた。それがアウグーステのみじめさの、不幸の、恐ろしいほどの不快さの限界を超えた。どうしようもないほどの悲惨さが極みに達した。悲嘆の絶叫があたりの空気を貫いた。殴られ、ゆすぶられるごとに、ますます大声で泣きわめいた。

「なんだ？　何があったんだ？」マクティーグが尋ねた。

トリナの顔は真っ赤に染まっていた。「何もないわ。何もないの」目をそらし、慌てて大声で答えた。「さあ、行きましょう。もうほとんど終わりよ」ショーの終わりと観客の帰り行く人波がその場のばつの悪さを洗い流していった。

一行は観客の列の最後について外に出た。すでに明かりは消されており、案内係が立派な座席にシートをかけていた。

マクティーグとジーペ家の人たちは郊外に向けたケーブルカーに乗った。それだとポーク・ストリートのすぐ近くまで行くのだ。車内は混雑していたので、マクティーグとアウグーステは立たなければならなかった。この小さな男の子は母親の膝に座らせてもらおうとむずかったが、ジーペ夫人は断固として拒否した。

家に向かうまで、みな今日の公演について話し合った。

「わだしは――そうね、ヨーデルがしゅが一番よがっだ」

「ほんと、あのソロイストは最高だったわ。あの悲しい曲を歌った人よ」

「ええと……あの、幻燈はすごかった。中で人が動いていたやつ。すごい。――まったくすごかった！　それに最初の劇も面白かったよ。あの男が何回もひっくり返るやつ。それにあの音楽の演目も。あのコルクの燃えカスみたいな顔をしたやつ、ビール瓶で《主よ御許に近づかん》を演奏するんだから」

一行はポーク・ストリートでケーブルカーを降りて一ブロック歩き、アパートに向かった。通りはもう暗くて人気《ひとけ》もなかった。アパートの向かい側の市場も人の気配はなく、裏手でカモやガチョウがしつこく互いを呼び交わしていた。

　通りの角の混血メキシコ人からタマーリを買うと、マクティーグは窓を見上げて言った。

「マーカスはまだ寝てないよ。ほら、窓に明かりがついてる。ほら、あそこ！」そこで急にマクティーグは叫び声を上げた。「玄関の鍵を忘れてきた。でもまあ、マーカスが入れてくれるよ」

　アパートの表玄関のベルを鳴らすと、ほとんど同時にかんぬきが外された。長くて狭い階段の天辺の踊り場からがやがやと人の動き回る音が聞こえてきた。マリア・マカパがそこに立っていて、かんぬきを引く紐を手にもっていた。その脇にはマーカスが、そしてグラニス爺さんがその背後から肩越しに覗き込んでいた。ミス・ベイカーが手すりから身を乗り出しているが、その脇にはドラブ色のオーバーを着た見知らぬ男が立っていた。マクティーグら一行が玄関に入ってくると、五人がいっせいに叫び声を上げた。

「やっぱりそうだ、あの人たちだよ」

「おい、マックなのか？」

「ねえ、ミス・ジーペなの？」

「あなたがトリナ・ジーペさんですか？」

　そして誰よりも甲高い声を上げて、マリア・マカパが叫んだ。

「ねえ、ミス・ジーペ、早く上がってきて。あなたの富くじ、五、〇〇〇ドル[007]が当たったのよ！」

第七章

「何バカなことを！」トリナが返事をした。

「まあ、何があっだ？」ジーペ夫人は何か不幸なことがあったのかと誤解をし、叫んだ。

「え、何、何が……」まぶしく照らされ、階段から押し合いへし合いしながら、いっせいにことばを浴びせられ、歯科医はわけがわからなくなって口ごもった。一行が踊り場まで上がってくると、ほかの人たちはそれを取り囲んだ。

マーカスだけが冷静に事態に対処していた。

「まずはおめでとうと言わせてくれ」マーカスは大声を張り上げ、トリナの手を取った。全員がてんでにしゃべりまくっていた。

「ミス・ジーぺ、ねえミス・ジーぺったら。あなたの富くじ、五、〇〇〇ドル当たったのよ」マリアがまくしたてた。

「マクティーグ先生の診察室でわたしから買った富くじのこと覚えてないの？」

「トリナ！」母親はほとんど悲鳴を上げていた。「五、〇〇〇ドル！　五、〇〇〇ドル！　パパがいでぐれだら！」

「何？　……なんだって？」マクティーグは目をぐるぐる回して大声を出した。

「トリナ、そのお金、どうするつもりだい？」マーカスが尋ねた。

「あなた、お金持ちになったのよ」ミス・ベイカーがつけ巻き毛を興奮で震わせながらそう言った。「わたしまでうれしくなるわ。ねえ、キスさせてちょうだい。あなたがあのくじを買ったときにわたしも同じ部屋にいたなんて！」

「ねえ、ちょっと待って！」トリナが首を振りながら遮った。「何かの間違いよ。そんなの間違いに決まってるわ。だって……わたしが五、〇〇〇ドル当たったですって？　そんなバカなこと！」

「間違いじゃないの、間違いじゃないのよ」マリアが叫んだ。「あなたの数字は四〇〇〇一二でしょ。ほら、今日の夕刊に載ってるでしょ。わたし、よく覚えてるのよ。だってちゃんと記録してるんだから」

「でもそんなの間違いよ」トリナはそう答えたが、身体が我知らず震えてきだした。「わたしが当たる理由なんかどこにあるのよ？」

「はあ？　当だらない理由はどごにある？」母親が叫んだ。

実際そのとおり、当たらない理由がどこにあるのか？　急にその考えがトリナにも訪れた。結局のところ、トリナの努力や能力とはなんの関係もない話ではないか。なぜ間違いだと考えなければならないのか？　もし本当だったらどうなのだ？　運命の驚くべき気まぐれが、でたらめに射られた矢のようにここに突き刺さったのだとすれば？

「そんな、本当にそう思う？」トリナはやっと声を絞り出した。

ドラブ色のオーバーを着た見知らぬ男が歩み寄ってきた。

「外交員《エージェント》ですよ」と、二、三人が同時に声を上げた。

「どうやらあなたが幸運を引き当てた人のようですね、ミス・ジーペ」その男は言った。「まだ富くじをおもちだと思いますが」

「ええ、ええ、たしか四〇〇〇一二でしたかしら」

「その通り」その男は認めた。「できるだけ早く最寄りの支店に行ってそのくじを提示してください。――住所はくじの裏側に記載されています。――そうすると五、〇〇〇ドルの小切手を受け取れます。くじの数字を公式のリストと照合する必要がありますが、間違いの可能性はほとんどないでしょう。本当におめでとうございます」

そのとたんに喜びの激しい震えがトリナの身体に押し寄せてきた。五、〇〇〇ドルも所有することになるのだ。自分のあまりの運の良さに、狂おしいほどの喜びが湧いてきた。それは当然の喜びであり、無意識のうちに湧き出る喜びであった。――豪華なおもちゃを新しく買ってもらった子どもが感じるような歓喜の感情であった。

「ああ、当たったのよ、わたし当たったのよ！」トリナは両手を叩いて叫んだ。「ママ、すごいわ。五、〇〇〇ドルが当たったのよ。ただくじを買っただけで。マック、ねえ、どう思う？　わたし五、〇〇〇ドルももらうのよ。オーガスト、お姉ちゃんに何が起こったか聞いてた？」

「トリナ、ママにギスしでおぐれ」突然ジーペ夫人がそう求めた。「そのおがね、いっだい何つがうづもり、トリナ？」

「へっ！」マーカスが叫んだ。「まずはその金で結婚だな」それを聞いてその場の全員が爆笑した。マクティーグはにやにやしながら恥ずかしそうに目を泳がせていた。「まったく運のいいやつだ」マーカスはそうつぶやき、歯科医に向けて頭を振った。それから急につけ加えて、

「なあ、一晩中ここでしゃべってるつもりか？　マック、みんなでお前の『パーラーズ』に入らないか？」

「もちろん、もちろん」マクティーグはそう大声で言って、慌ててドアの鍵を開けた。

「みんなっさん、ぐる」ジーペ夫人が愛想よく呼びかけた。「ですよね、ドクトル？」

「みなさん」歯科医は繰り返した。「来てください。その……ビールもありますし」

「そうだ、お祝いしなきゃな！」マーカスが叫んだ。「五、〇〇〇ドルなんて毎日当たるもんでもないしな。そんなのせいぜい日曜と祝日くらいだよ」そう言ってまたマーカスは一同を爆笑させた。こういうときは何を言っても面白く感じられた。ある意味でその場の全員が高揚していたと言えるだろう。運命の輪は自分たちのすぐそばで回っていたのだ。この巨額の金のすぐ近くにいるのだ。まるで自分がくじを当てたような気がしていた。

「あのくじを買ったとき、ちょうどここに座ってたのよ」「パーラーズ」に入り、マーカスがガス灯に火をつけると、トリナは大声を出した。「そう、この椅子よ」鉄版画の下に置かれた固い椅子に、トリナは座ってみた。「それで、マーカス、あなたはここに座ってて――」

「それでわたしはちょうど診察椅子から降りかけてたのよ」とミス・ベイカーが口を挟んだ。

「そうそう、そのとおりよ。そこにあなたが」トリナはマリアを指さしてつづけた。「やってきて言ったのよ。『富くじを買わない？　たった一ドルだよ』って。ほんと、まるで昨日のことみたいにはっきり覚えてるわ。それに最初はわたし買うつもりは――」

「それに俺はマリアに富くじは違法だって言ったんだよな」

「そう、覚えてるわ。そしてわたし、一ドル渡してくじをハンドバッグにしまい込んだのよ。今だってハンドバッグにしまいっぱなしよ。家の箪笥の一番上の引き出しに入れてあるの。――ねえ、もしあれが盗まれてたらどうしましょう」トリナは突然叫び声を上げた。

「今や大金と同じ値打ちだからな」マーカスは力説した。

「五、〇〇〇ドルか。そんなこと、予想もしなかったよ！　すごいなあ」みんな驚いて振り向いた。マクティーグだった。部屋の真ん中に突っ立って、その巨大な頭を振っていた。どうやらやっと何が起こったかわかったらしい。

「そのとおり、五、〇〇〇ドルだよ！」マーカスが叫んだ。急になんとも説明のしようのない憂鬱にとらわれたようだった。「五、〇〇〇ドル！　どれくらいの金額か見当つくか？　いとこのトリナとお前は大金持ちになるんだよ」

「六パーセントの金利だと、月に二五ドルになります」外交員が思い切って発言した。

「なんてこった。なんてこった」マクティーグはつぶやいた。目を見開き、巨大な手をぶらぶらさせながら、あてもなく部屋をうろついていた。

「わたしのいとこは四〇ドル当たったことがあるけれど」ミス・ベイカーが見解を述べた。「あの人は当たったお金を全部つぎ込んでまた富くじを買ったのよ。でも何ひとつ当たらなかった」

そこから思い出話が始まった。マリアは隣りのブロックに住む肉屋が前回のくじで二〇ドル当てた話をした。ジーペ夫人によると、オークランドのガス工事人は複数回当てたことがあるのだという。しかも一度など一〇〇ドルも当てたらしい。ミス・ベイカーは、富くじなど害でしかないといつも思っていたけれど、結局五、〇〇〇ドルは五、〇〇〇ドルよね、と述べた。

「当たってさえいれば害にはならないんだろ、ミス・ベイカー」ちょっとした嫌味を込めて、マーカスが言い放った。マーカスはいったいどうしたというのか？　ときどき奇妙なほど不機嫌に見えた。

しかし富くじをめぐる話なら外交員はたっぷりと知っていた。彼は自分の経験談を語り、さらに富くじの歴史の中でいかに多くの語り草やほら話が生まれ育っていったかを話した。死ぬ間際の母親の面倒を見ながら新聞を売っていた貧乏な青年が一五、〇〇〇ドル当てた話をした。極度の貧困で自殺に追い込まれた男のもっていたくじが、あらかじめわかってさえいれば死なずにすんだものを、死後二日たってから三〇、〇〇〇ドル当たっていたことが判明したという話をした。ある帽子屋を営むご婦人など、十年間富くじを買い続けて一度も当たったことがなかったのだが、ある日くじを引くのはこれっきりにしてもう諦めると断言してくじを買ってみたら、それがひと財産をもたらし、以後悠々自適の引退生活だという。あるいはなくしたか破れたかしたくじの番号が、結構な額を引き当てている話、また貧乏なせいで悪事に身を染めた犯罪者が、ちょっとした財産を引き当ててから更生したという話、トランプ賭博をやるかのように富くじをやっていたギャンブラーは、当たった金をすぐさまつぎ込んで国中のくじを何千と買うのだという。終わりと始まりの数字や、くじを買う日のつきの良し悪しに関する迷信、一等賞が三回連続同じ町で引き当てられたという途方もない偶然の一致、大金持ちがくじを買って靴磨きにそれをやったら一、〇〇〇ドル当たっていた話、数え切れないくらいの回数、同じ番号が同じ金額を当てている話、などなどいつ果てることなく続くのだった。話の中では常に貧乏人が大金を引き当て、極貧で食べるものすらない人がある日、富と財産を手にするのであり、実直な労働者が運任せに買ったくじのおかげでその報いを授かるのである。富くじは優れた慈善事業であり、大衆の味方であり、階級や富や地位など関係なく恩恵をもたらすからくりなのである。

一同はひどく陽気になってきた。椅子とテーブルが隣りの部屋からもち込まれ、マリアはビールとタマーレを買い足しに出ることになったが、ミス・ベイカーがビールを毛嫌いしていたので、ワインを一本とケーキも買ってくるよう任された。

「デンタル・パーラーズ」はひどくごった返していた。空になったビール瓶が医療器具を置いてある可動式の棚の上に並び、皿やナプキンが診察椅子にばらまかれたり、部屋の隅の飾り棚でコンチェルティーナや『アレンの実践歯科』の隙間に押し込まれたりしていた。カナリアは目を覚まし、不機嫌そうな鳴き声を上げて羽をはね散らかした。タマーレの皮は床に散らばり、炻器《せっき》製のパグは小さなストーブの前に陣取って、眼窩《がんか》に埋め込まれたガラスの目で、いつにないその光景をじっと観察しているようだった。

一同は間に合わせのパーティで飲み食いを楽しんだ。マーカス・シューラーはこの厳かな祝典の責任者の役割を務めた。興奮で汗だくになりながらあちこちを走り回り、ビール瓶を開け、タマーレを並べ、マクティーグの背中をぴしゃぴしゃ叩きながら絶え間なく笑い、冗談を飛ばしていた。そしてマクティーグをテーブルの上座に、その右側にトリナを、左側には外交員を座らせた。自分はというと、——座ることがあるとしたらだが——下座に座り、左にはマリア・マカパ、そのさらに隣りにはジーペ夫人、反対側にはミス・ベイカーが座った。アウグーステはソファベッドに寝かされていた。

「グラニス爺さんはどこに行ったんだ？」急にマーカスが大声を張り上げた。そう言えばそうだ、あの老イギリス人はどこに消えたのか？　最初はその場にいたのだが。

「わたし、ほかの人たちと一緒に呼んだよ」マリア・マカパが声を上げた。「新聞でミス・ジーペが当たったって知ってすぐに。みんなで一緒にシューラーさんの部屋に行ってあんたたちが帰ってくるのを待ってたのよ。自分の部屋に戻ったんじゃないかしら。絶対今頃本を綴じてるに違いないわ」

「いえいえ」ミス・ベイカーが見解を述べた。「この時間にはしませんよ」

明らかに憶病な老紳士は場が混乱しているのをいいことに、こっそりと立ち去ったのだ。

「じゃあ、俺が連れて来よう」マーカスがわめいた。「あの人も加わるべきだよ」

ミス・ベイカーは激しく動揺した。

「わたし……どうかしら、その、そんなことして」もごもごと言った。「あの人……その……どうかしら、ビールは飲まないんじゃ……」

「あの人の楽しみは本を綴じることだけなのよ」マリアが言い放った。

そんなことを言いながらも、マーカスはグラニス爺さんが眠りにつこうとしていたところを捕まえて引っ張ってきた。

「あの……その、申し訳ない」グラニス爺さんは部屋の入口に立って、口ごもりながら言った。「こんなこと、思いもしてなかったので……その……だから……まだ、なんというか、心の準備ができてなくて」マーカス・シューラーがせっかちにせかせるものだから、カラーもネクタイもつけていなかった。ミス・ベイカーがそんな姿を見ていると思うと、言いようのないほど苦しくなってきた。これほど恥ずかしい思いをすることがあるだろうか？

グラニス爺さんは、マーカスの雇い主としてジーペ夫人とトリナに紹介された。みな真面目な顔で握手をした。

「わたし思うんだけど、ミス・ベイカーにまだ紹介してもらってないんじゃない？」マリア・マカパが甲高い声で叫んだ。「何年も隣りどうしで住んでるのにさ」

ふたりの老人はことばを失い、互いの視線をそらしていた。ついにやってきたのだ。ふたりは知り合いになり、ことばを交わし、互いの手を触れあうことになるのだ。

マーカスはグラニス爺さんの上着の袖を引っ張ってテーブルを回り、ミス・ベイカーのところまで連れて行くと、大きな声で紹介をした。「さて、てっきりずっと前から知り合いだと思ってましたが、ミス・ベイカー、こちらがグラニスさん。グラニスさん、こちらがミス・ベイカー」ふたりとも話そうとしなかった。まるで小さな子どものように、ただ向き合ったまま、ぎこちなく、気づまりで、恥ずかしさのあまり舌が動かなかった。それからやっとミス・ベイカーはおずおずと手を差し出した。グラニス爺さんは一瞬その手を触り、すぐさま放した。

「さあこれでもう知り合いだ」マーカスは叫んだ。「そろそろそうなってもいい頃でしょう」初めてふたりの目が合った。グラニス爺さんは少し震え、ためらいがちに顎に手を置いていた。ミス・ベイカーはほんのかすかに顔に赤みがさしていた。しかしマリア・マカパが半分空になったビール瓶をもって、急にふたりのあいだを割って通った。ふたりの老人は慌てて身を引き、そしてそのままミス・ベイカーはもとの席に座った。

「こっちに空いてる席がありますよ、グラニスさん」マーカスが大声で呼びかけ、自分の横にスペースを作った。グラニス爺さんはそっと椅子に座り込み、すぐさまほかの誰の関心も惹かなくなった。自分の皿をじっと見つめ、二度と口を開こうとしなかった。老ミス・ベイカーは温室の花や薬用下着についてテーブル越しにべらべらとジーペ夫人に話しかけた。

トリナと歯科医の婚約が発表されたのは、この即席の夕食会の真っただ中のことであった。会話が途切れた合間にジーペ夫人が身を乗り出し、外交員に話しかけた。

「そう言えば、わだしの娘のトリナ、もうすぐげっごんするです。歯医者のドクトル・マクティーグど。どうです？」

そこでいっせいに驚きの声が上がった。

「わたし、ずっとそう思ってたのよ」ミス・ベイカーが興奮して叫んだ。「初めてふたりを見たときから『なんてお似合いなの！』って」

「それは喜ばしい！」外交員は歓声を上げた。「結婚とちょっとした財産を同時に勝ち取るなんて」

「そのとおり……そのとおり……」グラニス爺さんは皿に向かってうなずきながらもごもごと言った。

「おふたりに幸運がありますように」マリアが叫んだ。

「もう十分幸運じゃないか」マーカスは小声でぶつぶつ言った。ちょっとのあいだ、例の不可解な憂鬱に落ち込んでしまったようで、この日の夜はずっとそんな調子だった。

トリナは真っ赤に顔を染め、恥ずかしそうに母親ににじり寄った。マクティーグは満面に笑みをたたえ、その場の人の顔を順に見渡しながら、「いやいや!」と叫んだ。

外交員は立ち上がり、手にしていたグラスにビールをなみなみと注いだ。この外交員は社交のことにはすっかり習熟していた。いろんなことをたっぷり経験していたのだ。上品で余裕しゃくしゃく。小指にはダイヤモンドが光っていた。

「みなさま」彼は話し始めた。即座に沈黙が訪れる。「これはまさに幸せな機会であります。えー、今宵この場に居合わせることができ、また、このような幸運の目撃証人となることができ、そしてこのような——えー、このようなお祝いの会に列席させていただけて、大変うれしく思っております。いや実のところ、まるでわたし自身が四〇〇〇一二番をもっているのと同じくらい、つまり五、〇〇〇ドルがこの会の主催者たるこの素敵な女性のものではなく、わたしのものであるのとほとんど同じくらい、うれしい気分でおります。この多大なる幸運の瞬間に、不肖このわたくしからの祝福をミス・ジーペに贈らせてください。そしてまた、わたしはこの大いなる金融会社を代表して伺ったのですから、この大いなる企業を代弁してお祝いを述べてもよいはずです。会社からもミス・ジーペに祝詞を贈りたいと思います。我々は——いえ、本企業かな——えー——本企業はミス・ジーペのこの幸運があらゆる幸せを勝ち取ることを願っております。まさにわたしの責務——えー——わたしの大変喜ばしい責務として、巨額の賞金を勝ち取った人に、本企業からの祝詞を述べさせていただきます。経験上、わたしは何度もこのような祝詞を述べてまいりました。しかしこの幸運をこれほど幸せそうに受け取っていただいたのはこれまで見たことがございません。本企業は未来の花嫁に結婚資金を授けることになりました。今日集まったみなさまもまったく同意見であることを確信しておりますが、この幸せなカップルにあらゆる楽しみと喜びがもたらされんことを願っております。おふたりがこのちょっとした富を手に入れたこと、そして——えー——」彼はここで急にいい締めくくりのことばを思いついてスピーチを終えた。「お互いを手に入れたことにお祝いを申し上げます。未来の花嫁、花婿に、健康と、繁栄と、幸せを願って乾杯いたしましょう。ではみなさま、ご起立ください」一同は熱烈に乾杯をした。マーカスはこの瞬間、興奮の極みにあった。

「素晴らしい《アウタ・サイト》。すごいよ《アウタ・サイト》」マーカスは手を叩いてわめいた。「いいスピーチだった。花嫁の健康に。マクティーグ、おい、マクティーグ、スピーチだ、お前もスピーチしろ！」

その瞬間、テーブルの全員が歯科医に話をするよう騒ぎたてた。マクティーグは恐怖に身を固め、両手でテーブルを握りしめ、取り乱して周囲を眺め回した。

「スピーチだ、スピーチ！」マーカスがわめいた。そしてテーブルをぐるっと回り、マクティーグを引っ張って立たせようとした。

「いや……だめだ……無理だよ」マクティーグはもごもごと抵抗した。「スピーチはなしだ」一同はビールのグラスでテーブルを叩いてスピーチするようせがんだ。マクティーグは頑なに椅子にしがみつき、顔を真っ赤にして勢いよく首を振り続けた。

「いやだって！」彼はわめいた。「スピーチはなしだ」

「いいから立ち上がって何か言えよ、なんでもいいから」マーカスはしつこく言い張った。「何か言うべきだよ。

それが礼儀《プロパー・ケイパー》ってもんだぜ」

マクティーグは身体を椅子から引きはがした。途端に大歓声が湧き起こった。ゆっくりと一同を見回し、唐突にまた座り込み、絶望的な顔で首を振った。

「ねえ、スピーチしてよ、マック」トリナが叫んだ。

「立ち上がって何か言えって、何でもいいから」マーカスが腕を引っ張り上げながら叫んだ。「しないとだめだって」

もう一度マクティーグは立ち上がった。

「はあ!」そう声に出すと、しっかりとテーブルを見つめた。それからスピーチを始めた。

「なんと言っていいかわからないが……えー……その……まあ、これまでスピーチをしたことがないんで……えー、これまでスピーチをしたことがないんです。でもトリナに賞金が当たったのはとてもうれしく――」

「そりゃそうだろうよ」マーカスはつぶやいた。

「えー……その……トリナに賞金が当たってとてもうれしいです。そしてその……わたしが言いたいのは……そのつまり……何が言いたいかというと……つまりこういうことです……そのだから……みなさん……全員その……どうぞ楽しく飲んでください。そして外交員の方にも感謝しないといけません。トリナとわたしは結婚します。今日ここに集まってくれたことをとても感謝します。そしてみなさん……全員が……その、心ゆくまで飲んでください。また来てくれたらうれしいです。いつだってみなさん……歓迎です。……それから……その……ええと……それが……それがその……だいたいわたしの……言いたい……こと……です」マクティーグは座り、額の汗を拭った。そこに満場の拍手が降りかかった。

一同がテーブルから立ち上がって移動し始めると、すぐに二、三人のグループに分かれていった。男たちはグラニス爺さんを除いてたばこを吸い始め、そのにおいがエーテルやクレオソートやかび臭い布団のにおいと混じり合い、「パーラーズ」に充満した。まもなく窓を天辺から引き下ろさないといけなくなった。ジーペ夫人と老ミス・ベイカーは張り出し窓に並んで座り、内緒話を交わしていた。ミス・ベイカーはドレスのオーバースカート〔ドレスのスカートの上にはく飾りのスカート〕を裏返し、その上にケーキの皿を置いていた。時折、白猫のような優雅さでワインをすすっていた。女性たちは互いに大いに興味をもっていた。ミス・ベイカーはジーペ夫人に、グラニス爺さんのことをすべて話した。もちろん爵位と不当な仕打ちをする義父の作り話も忘れずに。

「本当はずいぶん身分の高い人なんですよ」と、ミス・ベイカーは言った。

ジーペ夫人は会話を子どもたちの方に向けた。「ええ、トリナほんどうにいいご」彼女は言った。「いつもあがるい。そう、そしてモルゲンから夜までうだうです。それにアウグーステ。あのごもあだまいいです、ね？　機械のでんさい、いづも車輪どスプリングで何がつぐる」

「あら、もし——そうね——もしわたしにも子どもがいたら」小柄なオールド・ミスは若干物欲しげな様子でつぶやいた。「ひとりは船乗りになったでしょう。わたしの兄の船で士官候補生から始めて。そのうち士官にもなったでしょうよ。もうひとりは庭師かしら」

「ねえ、マック！」トリナが歯科医の顔を見上げ、勢い込んで言った。「今にもこのお金が入ってくるのよ。素敵じゃない？　でもちょっと怖くなってこない？」

「素敵だ、素敵だよ！」マクティーグは頭を振りながらつぶやいた。「もっとたくさんくじを買おう」急に思いついたようにそうつけ加えた。

「ええ、これがよい葉巻の確実な見分け方ですよ」外交員はマーカスに解説した。ふたりはテーブルの隅で葉巻を吸っていたのだ。「火をつける側はとがらせて巻いていないといけないんです」

「あの中国人の葉巻屋どもめ」マーカスが感情的になって、こぶしを振り回しながら怒鳴った。「白人の労働の大義をだめにしているのはやつらなんだ。そう、あの連中が原因なんだ、間違いなく。あのネズミ食いどもめ！　肝の小さい野良犬どもめ！」

　部屋の隅の飾り棚の脇ではグラニス爺さんがマリア・マカパの話を聞いていた。このメキシコ人女性はトリナに突然転がり込んだ富のことで激しく動揺していた。そのためにマリアの心は若いころの日々に戻っていたのだ。彼女はうつむいて膝に肘を預け、顎を手に載せて目を大きく見開いたまま動かさなかった。グラニス爺さんは熱心にマリアの話を聞いていた。

「どのお皿もすり傷ひとつついてないの」マリアは話していた。「全部がまるで鏡みたいになめらかで輝いていて、ええ、そう、小さなお日様みたいに輝いていたよ。あれほどの食器セットに比べたら――大皿にスープ用の蓋つきの深皿《タリーン》、巨大なパンチボウルよ。五、〇〇〇ドルなんてたかが知れてるわ。あのパンチボウルだけでもひと財産なんだから」

「なんて素敵な話なんだ！」グラニス爺さんが感嘆の声を上げた。一瞬たりともその話が事実であることを疑っていなかった。「そしてみんななくなってしまったって言ってたね」

「そう、なくなった。なくなったのよ」マリアは繰り返した。

「まったく！　なんてことだ！」

突然外交員が立ち上がり、こう言いだした。

「さて、そろそろ帰らないといけません。電車が終わってしまいますからね」

彼はその場の人たちと握手を交わし、マーカスに別れの葉巻を差し出し、最後にもう一度マクティーグとトリナにお祝いを言って、お辞儀をすると帰っていった。

「なんてエレガントな紳士なんでしょう」ミス・ベイカーが意見を述べた。

「うん」マーカスはそれにうなずきながら言った。「ああいうのを世慣れた人って言うんだろう。まったく、ふるまい方を完璧に心得てるんだ！」

一同は解散した。

「来いよ、マック」マーカスが大声で呼んだ。「俺たち、今日は犬どもと寝るんだろ」

ふたりの友人たちはほかの人たちに「さよなら」を言って犬病院まで去っていった。

グラニス爺さんはこっそりと自分の部屋まで飛んで帰った。またもやミス・ベイカーと顔を突き合わす羽目になるのを恐れたのだ。ドアのかんぬきをかけると、彼女の足音が廊下に聞こえ、その後そっとドアが閉められるまでじっと聞き耳を立てていた。あの人は自分のすぐそばにいるのだ。ひょっとすると同じ部屋にいると言ってもいいのかもしれない。というのも彼の方もまた、壁紙が同じであることに気づいていたのだ。長い間隔をあけて、ミス・ベイカーが動き回るときのかすかな衣擦《きぬず》れの音を聞いた。今夜はいったいなんという日であったろう！　あの人に会って、話しかけ、その手に触れたのだ。興奮のあまりまだ身体が震えていた。同じように年老いた仕立屋の方も、耳をすまし、震えていた。あの人も、この同じ部屋にいるのだ。ふたりが共有しているこの部屋に。ほんの薄っぺらい板の仕切り壁に隔てられただけで。あの人、きっとわたしのことを考えているのよ。彼女はほとんど確信していた。もはやふたりは他人どうしではない。知人なのだ。友人なのだ。ふたりの人生にとってその夜はなんと大きな意味をもっていたことか！

もう時間も遅かったが、ミス・ベイカーはお茶を沸かし、仕切り壁のそばに置いたいつもの揺り椅子に座った。ゆっくりと椅子をゆすり、お茶をすすり、この素晴らしい夜にかきたてられた感情をしずめていた。

グラニス爺さんは食器のたてる音を聞き、かすかなお茶の香りを嗅いでいた。それはまるで合図のように、誘いかけのように思えた。自分も椅子を仕切り壁の近くに引っ張っていき、作業机についた。半分だけ閉じられた「ネイションン」が小さな製本器具に挟まれていた。巨大な革細工用の針に丈夫なより糸を通し、作業に取り掛かった。

それは彼らなりの密会なのだった。直感的に互いの存在を感じていて、互いが考えていることが薄い仕切り壁を通して伝わってくるのがわかったのだ。ふたりはそのことにうっとりとし、完璧に幸せな気分だった。真夜中すぎの三十分ほど、アパートを支配する静けさの中で、ふたりの老人たちは「交際」していた。自分たちなりのやり方で、自分たちの人生のあまりにも遅い時期に訪れたほんのささやかなロマンスを楽しんでいたのだ。

屋根裏の自分の部屋に戻る途中、マリア・マカパは階段の吹き抜けの天辺で燃えているガス灯の火の下で立ち止まった。ひとりきりなのを確認すると、マリアはポケットからマクティーグの非粘着性の金《きん》の「テープ」を取り出した。歯科医の「パーラーズ」でこれまで手に入れてきた中で一番高価な戦利品だった。マリアは少なくとも二ドルの価値はあるだろうと見当をつけた。急に思いついたことがあって、マリアは廊下の端の窓まで走っていった。額に両手を置いて光を遮り、アパートの裏の狭い路地を見下ろした。赤毛のポーランド系ユダヤ人ザーコフは、たまに夜遅くまで起きて、その週のがらくた集めの儲けを計算をしていることがあったのだ。今もザーコフの窓にはうっすらと明かりが見えた。

マリアは部屋に戻り、首にショールをかけ、裏階段を使ってアパートの狭い裏庭に降りていった。裏口から路地に出ると、マーカスのアイリッシュ・セッターのアレクサンダーが驚いて目を覚まし、低く吠えた。フェンスの反対側には郵便局の裏庭で飼われているコリーがいたが、唸り声で返事をした。するとその瞬間、長きにわたる両者の確執がたちまちのうちに燃え上がった。二匹の犬はそれぞれの犬小屋をフェンスまで引きずり、フェンスの割れ目から憎しみに逆上し、互いに怒り狂って吠えたてた。歯を嚙みならし、ぎらぎらとむき出して、背中の毛は逆立ち、ピンと固くなっていた。二匹の出す恐ろしい怒号は何ブロックも先まで聞こえるほどだった。この二匹が実際に相まみえたらどれほどの大殺戮《さつりく》が起こることか！

一方マリアはザーコフのみすぼらしい小屋をノックしていた。

「誰だ？　誰なんだ？」がらくた拾いは、内側からほとんど囁き声のようなしゃがれ声で問いただした。不安げにびくついて、銀貨を慌てて引き出しにかき入れた。

「わたしよ、マリア・マカパよ」それから低い声で独り言を言うように、「モモンガを飼ってたけど逃がしてやった」とつけ加えた。

「なんだ、マリアか」ザーコフは大声を出し、もみ手をしながらドアを開けてやった。「おいで、さあお入り。お前はいつでも大歓迎だよ、こんなに遅い時間でもな。がらくたはもってないのか？　でもお前ならそれでも全然いいんだよ。どうだね、一杯飲むだろう？」ザーコフはマリアを奥の部屋まで連れ込んで、ウィスキーのボトルと底の割れた赤いタンブラーを取り出した。

　ふたりが一杯飲み終えると、マリアは金《きん》の「テープ」を取り出した。その瞬間、ザーコフの目がギラリと光った。金を見るといつでもこの男はひどい焦燥感に襲われた。どれほど努力しても抑えることはできないのだ。指は震え、口元をひっかいた。息はどんどん浅くなっていった。

「おお、これは、これは！」ザーコフは叫び声を上げた。「こっちによこせ、さあこっちに。渡すんだ、マリア。いい子だからわたしに渡しなさい」

　ふたりはいつものように値段をめぐって言い争った。しかし今夜はマリアはほかのことであまりにも興奮していたので、数セントのために言い争って時間を無駄にはしたくなかった。

「ねえ、ザーコフ」マリアは取引が終わるとすぐに切り出した。「話したいことがあるのよ。ちょっと前にアパートの女の人に富くじを売ったんだけど、そのくじの結果が今日の夕刊に出てたの。その女の人、いくら当たったと思う？」

「さあな。いくらなんだ？」

「五、〇〇〇ドルよ」

　ユダヤ人はまるでナイフで切りつけられたような反応をした。ほとんど実際に痛みを感じているかのように発作的に顔をゆがめ、全身をくねらせた。そして握りしめたこぶしを突き上げ、目を閉じて唇をきつく噛んだ。

「五、〇〇〇ドルだと」ザーコフは囁いた。「五、〇〇〇ドルも手に入れた。何をしたというのだ？　何もしていない。ただくじを買っただけだ。なのにわしときたらこんなに一所懸命、こんなに必死に、こんなに死に物狂いで働いているというのに。五、〇〇〇ドルだと。五、〇〇〇ドルだと。いったいどうしてわしのところには五、〇〇〇ドルが転がり込んでこないんだ？」そう叫ぶと、のどが詰まり、涙が目からあふれてきた。「どうしてわしのところには転がり込んでこないんだ？　こんなに近くに、すぐそばまでやってきたというのに、なのにわしのところではなかった――こんなにも頑張って、こんなにも探し続けて、毎日死ぬほど焦がれているというのに。どう思う、マリア、五、〇〇〇ドルが、みんなピカピカに輝く重い金貨で――」

「日没のお日様のように輝くんだ」マリアが遮った。両手で顎を支えていた。「あの燦然たる美しさ。どっしりと重かった。一枚一枚がみな重くって、せいぜいパンチボウルをもち上げるのが精いっぱい。だってあのパンチボウルだけでひと財産だもの――」

「それでこぶしで叩くと音が響くんだろ」ザーコフが先をせがんだ。食い入るような目で、唇を震わせ、指を折り曲げて鉤爪のようにしながら。

「教会の鐘の音より心地よかった」マリアは続けた。

「それで、それで次は？」ザーコフが叫んだ。椅子を近くに引き寄せ、恍惚《こうこつ》を感じながら目をつぶって。

「一〇〇枚以上あったのよ。それが全部金《きん》でできていて――」

「おお、全部金でできていて」

「革のトランクを開けたときのあの光景を見せてあげたいわ。どのお皿もすり傷ひとつついてないの。全部鏡みたいになめらかで輝いていて、しっかり磨いてあるせいで黒光りしていた。――わかるでしょ？」

「ああ、わかるとも、わかるとも」ザーコフは唇をなめながら叫んだ。

それからザーコフはマリアを質問攻めにした――あの皿一式のあらゆる細部を聞き出そうとしたのだ。柔らかかったんだろう？　噛みつくと歯形が残るんだよな？　ナイフの持ち手はどうだね、やっぱり黄金だったのか？　ナイフもみんな一枚の金から彫り出されたものなんだろ？　フォークもそうだよな？　トランクの内側はもちろんキルトで裏打ちされてたんだよな？　マリアも自分でその皿を磨いたことがあるのか？　みんなその食器のセットで食べたときはさぞやきれいな音がしたろうね――金のナイフとフォークが金の皿の上でカチカチぶつかるんだから。

「さあ、もう一度最初から聞かせておくれ、マリア」ザーコフが頼み込んだ。『一〇〇枚以上もあったけど、それが全部黄金』のところから始めよう。さあ、早く、始めて！」

赤毛のポーランド人は興奮の熱に浮かされていた。今やマリアの聞かせる物語に狂ったように執着していた。目を閉じて唇を震わせながら聞いているうちに、あの素晴らしい皿が本当に見えるような気がしてくるのだ。そこのテーブルの上、すぐ目の前に、手の届くところに、重々しく、巨大で、輝きを放っているように。ザーコフはマリアを責め苛んで、二度繰り返させ、三度繰り返させた。その話に執着すればするほど、ますます欲望が強烈に大きくなっていった。そしてマリアがもう話をするのがいやだというと、その反動がやってきた。ザーコフはまるで魅惑の夢の中から覚めたかのようであった。黄金の皿は消え去り、永久に失われてしまったのだ。このみすぼらしい部屋には薄汚れたぼろやさびで腐食した鉄しか見当たらない。なんという責め苦！　なんという苦悶！　こんなにも近く――そう、こんなにも近くにいて、ゆがんだ空想の中で、まるで鏡に映るようにはっきりと目にし、その一式の中のあらゆる食器を昔からの友人のように熟知し、その重みを感じながら、その光輝きに目をくらませられながら、自分のものだと主張し、そして自分だけのものに、自分の胸にかき寄せていたのだ。なのにそれがふと気づくと、夢から覚め、もとのみじめな現実に戻っているのだ。

「そしてお前は、お前がかつてそれをもってたんだな」ザーコフは喘《あえ》ぎながらマリアの腕をわしづかみにして言った。「昔は全部自分のものにしていたんだよな。それがどうだ、今はなくなってしまっただと」

「永久になくなってしまった」

「ひょっとして以前住んでた場所のどこかに埋められてたりはするかもしれん」

「なくなったの。――もうないの――どこにも」マリアは単調な歌を歌うように言った。

ザーコフは爪を頭に食い込ませ、赤毛の髪をひきむしった。

「そうだ、なくなった、なくなったんだ——永久に失われたのだ！　永久に見つからないのだ！」

マーカスと歯科医は静かな通りを歩いて小さな犬病院まで行った。途中ふたりはほとんど口を利かなかった。マクティーグの脳はぐるぐる回っていた。ことばなどまるで出てこなかった。この夜起こったものすごい出来事について思い巡らせるだけで精いっぱいだったのだ。そしてそれが自分の人生に——自分とトリナの人生に——どのような影響を及ぼすのか何とか理解しようと努めていた。通りに出るとすぐ、マーカスはむっつりと黙り込んだが、マクティーグはほかのことに気を取られていたせいでまるで気づかなかった。

ふたりは病院の小さな診察室に入った。床は赤いカーペットが敷いてあり、ガスストーブと、有名な犬のカラーの版画が壁にかかっていた。一方の隅に鉄製のベッドがあったが、ふたりはそこで寝ることになっていた。

「マック、お前、先に寝てろよ」マーカスがそう言った。「俺は寝る前に犬どもの様子を見てくるよ」

マーカスは外に出て庭に入った。そこは三方を檻《おり》に囲まれていて、その檻の中で犬が飼われていた。胃炎にかかって死にかけているブルテリアがマーカスに気づき、弱々しく鼻を鳴らした。

マーカスは犬には全然注意を払わなかった。その夜初めてひとりになったのであり、これでやっと考えを巡らせることができる。マーカスは庭を何度か行ったり来たりして、急に低い声で怒りをぶちまけた。

「この馬鹿野郎！　この馬鹿者のマーカス・シューラーめ！　トリナを手放しさえしなかったらあの金が手に入ったんだ。自分のものにできていたかもしれないんだ。お前は人生で一度きりのチャンスを投げ捨てたんだぞ。——女を譲ってやるのはまあいいとしよう——だがこれだけは」彼は怒りで地団太を踏んだ。「五、〇〇〇ドルを窓から投げ捨てたようなもんだ。他人のポケットに押し込んでやったも同然だ。自分のものになったかもしれないのに、トリナとあの金を両方手に入れたかもしれないのに。——それもなんのためだっていうんだ？　ただ俺たちが相棒《パル》ってだけでだ。そりゃ『相棒《パル》』になるのは構わんさ。——でも五、〇〇〇ドルだぞ。——みすみすあいつの手に押し込んでやったみたいなもんだ。——くそ、まったくついてないぞ！」

第八章

続く二か月は楽しい日々だった。トリナとマクティーグは週に三回定期的に会っていた。歯科医はこれまで通り日曜日と水曜日の午後にBストリートまで出向き、その代わりに金曜日にはトリナの方が街まで出てきた。トリナは朝の九時から十二時のあいだ、繁華街ですごし、大抵は安っぽいデパートを回って自分と家族のためにその週の買い物をした。正午になるとトリナは住宅街に向かうケーブルカーに乗って、ポーク・ストリートの角でマクティーグと待ち合わせをした。サッター・ストリート〔サンフランシスコを東西に横断する通り〕の角を曲がったところにある郊外の小さなホテルでふたりは昼食をとった。そこで小さな部屋を一部屋借りたのだ。これほど楽しい時間はなかった。引き戸を閉めてしまえば世間から隔離されてふたりだけの世界になるのだ。

トリナは安売りコーナーをあさってきたばかりで息を切らしていて、頬も紅潮していた。髪は顔のまわりで乱れ、ほつれ毛が口の中に入っていた。母親に借りたレースのレティキュールははち切れんばかりだった。ふたりだけの小さな部屋に入ると、トリナは軽く呻き声を上げて椅子に座り込んだ。

「ねえ、マック。わたしほんとに疲れちゃった。街じゅう歩き回ったのよ。ほんと、座れて助かるわ。来る途中、電車でもずっと立ってなきゃいけなかったのよ、朝のあいだずっと動き回ってたっていうのに。ねえ、買った品物見てよ。ほら、こんなにたくさん。見て、水玉のベールよ。これは自分用。ね、かわいいでしょ？」――トリナはそれを顔の前で広げて見せた――「あと、便箋をひと箱でしょ、クレープ紙を一ロール、これは今度、応接間のランプシェードを作ろうと思って。それから――ねえどう思う？――ノッティンガム・レースのカーテンがペアで四九セントだったのよ。安いと思わない？　それにシェニール織の仕切りカーテンが二・五ドルだったの。それであなたの方はこの前会ったときからどうだった？　ハイゼさんは歯を抜いてもらう勇気出せたの？」トリナは帽子とベールを脱いで鏡の前で髪を整えた。

「いや、いや、それがまだなんだ。昨日の午後、看板屋に行って、看板に使いたいって言ってた例の金《きん》の歯を見てきたよ。それが高すぎてね。まだしばらくは買えそうにないよ。ドイツ製の金メッキとフランス製の金メッキの二種類あるんだけど、ドイツ製の金メッキはあまりよくないんだ[008]」

　マクティーグは溜息をついて頭を振った。トリナをものにし、五、〇〇〇ドルが当たったことも、このたったひとつの満たされない望みを忘れさせることはできなかった。

　またふたりはこれからの計画について長い時間をかけて話し合った。トリナはココアをすすり、マクティーグはバターもぬっていないパンの巨大な塊に食らいつきながらである。ふたりは五月の終わりに結婚することになっていた。歯科医はすでに二間続きの部屋に目をつけていた。破産した写真家の続き部屋の一部であり、同じアパートの「パーラーズ」の真裏にあった。きっと写真家は家具付きで又貸ししてくれるに違いなかった。

マクティーグとトリナは家計に関してはあまり心配していなかった。実際、ささやかながらも十分な収入が確保できていた。歯科医業は非常にうまくいっていたし、トリナの五、〇〇〇ドルの利子も見込めた。マクティーグからすると、この利子は情けないほど小さく思えた。もともと彼は五、〇〇〇ドルについていい加減な考えを抱いていた。一度に贅沢《ぜいたく》に散財してしまうことを想像していたのだ。たとえば家を買うとか、新しい部屋をとてつもなく贅沢に飾り立てるとか——彼の言う贅沢とは赤いベルベットのカーペットや毎日どんちゃん騒ぎをすることだったが。かつての鉱夫にとっては、財産など簡単に手に入って素早く使い切るものでしかなく、そういう考えが身に沁みついているのだ。しかしトリナが投資や利息や株式などと言い始め、すっかり混乱してしまい、少なからずがっかりしてしまったのだ。総額五、〇〇〇ドルと月に二〇ドルや二五ドルといったみじめったらしい額はまったく別物に思えた。それに誰かほかの人間が金をもつことになるなんて。

「でもマック、わからないかしら」トリナは説明した。「それでもお金はわたしたちのものなのよ。いつだって必要なときに取り返せるんだから。それにそれが合理的なやり方ってもんよ。わたしたち、このお金にのぼせ上ったらだめなのよ、マック。あの賞金を全部はたいてくじを買っちゃった人みたいに。全部使いきったら馬鹿みたいな気分になるわ！　わたしたち、今までどおりの生活を続けるべきよ。お金なんか当たらなかったみたいに。ちゃんと考えてうまい具合に活用しないといけないでしょ？」

「まあ、まあ、そのとおりかもしれないな」歯科医はゆっくりと床に視線を這わせながら、そんなふうに返事をしたのだった。

そのお金を最終的にどうするかは、ジーペ家では延々と議論の種になった。貯蓄銀行に預けても利息はせいぜい三パーセントだが、トリナの両親はもっと手に入れる方法があるはずだと信じていた。

「オールバーマン叔父さんはどうかしら」トリナはそう提案した。裕福な親戚がミッション地区でおもちゃの卸売りをしていることを思い出したのだ。

ジーペ氏は手のひらで額を叩いた。「それ、いいがんがえ」彼は大声を上げた。そしてついに契約が結ばれた。お金はオールバーマン氏のビジネスに投資することになった。その見返りにトリナは六パーセントの利息を受け取ることになった。

このように投資されることによって、トリナの当てた賞金は月に二五ドルずつもたらすことになった。しかしこれだけでなく、トリナは自分でも仕事をすることにした。オールバーマン叔父さんの店に、ノアの箱舟の動物を作ることにしたのだ。トリナの両親はどちらもドイツ系スイス人であり、ずっと昔に忘れられた十六世紀の先祖はウーステッドの脚絆《きゃはん》をつけたチロルの木彫り職人であった。この国家産業の才能は代々受け継がれながら、こんなふうに奇妙にねじれた形でふたたびトリナのもとに発現したのである。

ノアの箱舟の動物は柔らかい木のブロックを削って作るのだが、トリナが使うのは鋭いジャックナイフ一本だけだった。トリナはマクティーグに自分の仕事を説明するとき、ちょうどマクティーグがかつて歯科医の仕事を説明してくれたときを思い出しながら、とても誇らしげであった。

「ね、柾目《まさめ》のパイン材のブロックを使うの。最初は大きなナイフで大雑把に形を切り出して、それから二度目には小さいナイフで丁寧に削るの。そしてのりで耳と尻尾をくっつけるの。そしたらあとは『無害』の塗料で色を塗るだけ。――馬と狐《きつね》と牛はヴァンダイク・ブラウン、象とらくだにはスレート・グレー、鶏とかシマウマはバーント・アンバー、みたいな感じね。そして最後に目のところにチャイニーズ・ホワイトで点を入れて、はい、出来上がり。これで完成よ。一ダース作ったら九セントもらえるの。ただマニキンだけは作れないのよね」

「マニキン？」

「小さい人間のことよ。――ノアとその妻、シェム、その他の人々」

そのとおりであった。トリナは回転旋盤に対抗できるほど素早く、安上がりにマニキンを削ることができなかった。回転旋盤であれば、トリナが一家族作っているあいだに全部族、あるいは全種族のマニキンを作ることができるのだった。しかしほかのものはすべてトリナが作った。――箱舟自体もそうだ。窓だけでドアはない。それら一式を全部箱に詰め、ラベルを貼りつけるところまでもやってしまうのだ。ちなみにラベルには「メイド・イン・フランス」と書かれていた。トリナはこの仕事で週に三ドルから四ドル稼ぎだした。

これら三つの収入、つまりマクティーグの仕事、五、〇〇〇ドルの利子、トリナの人形作りは、すべて合わせるとなかなかの額になるのだった[009]。がんばればいくらか貯金することも可能だし、五、〇〇〇ドルの投資をちょっとずつ増やしていくこともできるとトリナは言い放った。

まもなくトリナが家計を切り盛りするのにとてつもなく優秀であることがわかった。節約こそがトリナの長所だった。農民の血が、彼女の血管には薄められることなくたっぷりと流れており、たくましくもつつましやかな山岳民族の本能をすべて兼ね備えていたのだ。それは何も考えずに蓄えようとする本能であり、先々のことを考えるのでなくてもとにかく蓄えたいという本能であった。——ただ貯めるためだけに貯め、理由もわからず貯蔵し続けるのである。トリナがこの新しくもたらされた財産にどれほどしっかりとしがみついていたか、マクティーグですら気づかなかったのだった。

しかしふたりはいつもいつも昼食時間を収入と倹約の議論に割いていたわけではなかった。歯科医はこの愛らしい女性をよく知るようになればなるほど、余計に謎が増すばかりで、それが彼の喜びを増やしていった。トリナは部屋の家賃や光熱費の真面目な話をしているときに急にさえぎったかと思うと、乱暴に愛情を爆発させ、マクティーグを喜びで打ち震えさせるのだった。突然ココアをテーブルに置き、小さなテーブル越しに身体を寄せてきて、こんなふうに叫んだりするのだ。

「そんなことどうでもいいわ！　ねえ、マック、あなた本当に、本当の本当にわたしのこと愛してる？　ねえ、いっぱい愛してる？」

マクティーグは頭を振りながら切れ切れに何かぶつぶつ言った。ことばが見つからずにすっかり困惑していたのだ。

「まあかわいいクマさんね」トリナはそう返事をして、マクティーグの巨大な耳をつかんで頭を左右に振り回すのだった。「じゃあキスして。ねえマック、教えて。駅で初めてキスさせてあげたとき、わたしのこと軽い女だと思った？　ねえマック、あなたの鼻ってなんて変な形なんでしょう。穴の中、毛だらけよ。ねえマック、あなたはげがあるの知ってる？」そう言ってトリナはマクティーグの頭を自分の方に引っ張った。「ちょうど頭の天辺のところね」そしてトリナはそのちょうどはげたところに熱心にキスをしながらこう断言するのだった。

「これで毛が生えてくるわよ」

トリナはマクティーグの大きな角ばった頭をおもちゃにするのがたまらなく楽しかった。髪の毛が逆立つまでくしゃくしゃに引っ掻き回し、指を目に突っ込み、耳をまっすぐ横に引っ張り、自分の頭を片方において、どんなふうに変形しているか確かめるのだった。それはまるでちっちゃな子どもが、巨大で穏やかなセントバーナードで遊ぶようなものだった。

ひとつ、ふたりが全然飽きそうにない遊びがあった。テーブル越しに身を寄せ合い、マクティーグは胸の下のところで腕を組む。そしてトリナが肘に体重をかけて、マクティーグの口髭を——ふさふさでブロンドのヴァイキング風の髭である——両手でかき分け、唇からもち上げて、顔をギリシア劇の仮面そっくりにするのである。そして両手の人差し指に髭を巻きつけ、先がぴんととがるまで引っ張るのだ。それから唐突にマクティーグは鼻からとてつもない鼻息を漏らす。もちろんトリナにはそれが予想できているし、遊びの一環でしかないのだが、それでも例外なくトリナは驚いて飛び上がり、押し殺した悲鳴を上げるのだ。マクティーグは涙があふれるほど大声で笑い声をとどろかせる。そうしてすぐさまゲームを再開し、トリナはびっくりして震えたまま抗議するのだ。

「ねえ、もう、マックったら。やめてよ。ほんとに怖かったんだから」

しかしこうしたトリナとの楽しいふたりだけの時間は、マーカス・シューラーが歯科医に対して取り始めた冷淡な態度によってずいぶん損なわれることになった。最初のうち、マクティーグは全然気づいていなかった。しかしこの頃になると彼の鈍い頭ですら、親友の――「相棒《パル》」の――態度が前と同じでないことを感じ始めた。ふたりは金曜日を除いてほとんど毎日、相変わらず車掌のたまり場の軽食堂で昼ご飯を食べていた。しかしマーカスはむっつりとしていて、それは疑いようがないほどはっきりとわかるくらいだった。マーカスはマクティーグと話すのを避けるようになり、ずっと新聞を読み続け、歯科医が何か会話をしようとおずおず話しかけてきても、ぶっきらぼうに短いことばで答えるだけだった。ときには横を向いて隣りのテーブルにいた馬具職人のハイゼと長々と話し込むことすらあった。マーカスが犬の運動をさせるときも、もはやふたりで長い散歩に出ることもなくなった。マーカスは、前みたいにトリナを諦めた寛大さを無理やり主張することもなくなった。

火曜日、マクティーグは軽食堂のいつものテーブルに向かうとマーカスがすでに来ていた。

「やあ、マーク」歯科医は言った。「もう来てたんだな」

「よお」マーカスはそう返事した。しかし全然関心を示さず、トマトケチャップをとろうとしていた。沈黙が続いた。長い時間がすぎてから、マーカスが急に顔を上げた。

「なあ、マック」マーカスは強い口調で言った。「あの金《かね》、いつ返してくれるんだ？」

マクティーグはびっくりした。

「え？　何？　なんだっけ？　マーク、俺、金なんか借りてたっけ？」

「まあな、五〇セント貸してるよ」マーカスは引き下がることなく主張した。「あのピクニックの日、お前とトリナの入場料払ってやっただろ。まだ返してもらってないじゃないか」

「ああ、あれか！」マクティーグはすっかり戸惑いながらそう答えた。「そうだった、忘れてたよ。俺……もっと早くに言ってくれたらよかったのに。ほら、金だ。あのときはほんと助かったよ」

「いや、別にいいよ」マーカスはむっつりとした顔でそう言った。「でもこういう世の中だからな、一セントも無駄にはできないんだよ」

「おまえ……破産したのか？」マクティーグが尋ねた。

「それからあの晩、病院に泊まったときのこともまだ何も言ってなかったよな」マーカスは硬貨をポケットにしまいながらつぶやいた。

「え……何……つまり……宿泊費を払えってことか？」

「そりゃ、寝る場所は絶対どこか必要だろ」マーカスはかっとなってそう言った。「あのアパートじゃ、ベッドで寝るのに五〇セント必要なんだからな」

「わかった、わかったよ」歯科医は大慌てで声を上げ、ポケットの中を探った。「俺のせいで喧嘩《けんか》なんかしたくないんだ。さあ、五〇セントで足りるか？」

「お前の金なんかほしくない」マーカスが急に怒り狂ってわめき、硬貨を投げ返した。「俺は乞食《こじき》じゃないんだ」

マクティーグはみじめな気分だった。いったい何が原因で相棒《パル》を怒らせてしまったんだ？

「でもマーク、受け取ってほしいんだよ」マクティーグはそう言って、硬貨を押し戻した。

「お前の金なんか触りたくもないと言っただろう」マーカスは怒りで顔面蒼白になり、噛みしめた歯のあいだからそう怒鳴った。「俺はこれ以上もうコケにされる気はないんだ」

「マーク、最近どうしたっていうんだ？」マクティーグがいさめようとした。「何か機嫌の悪い理由があるんだろ？俺が何かしでかしたせいなのか？」

「まあいいよ、もういいんだ」マーカスはテーブルから立ち上がりながらそう言った。「いいんだ。もうこれ以上馬鹿にされたくないってだけのことなんだ。これまでずっと馬鹿にされてきたんだからな」マーカスは別れ際に悪意のこもった目でにらみつけ、その場を立ち去った。

ポーク・ストリートの角に位置し、アパートと車掌の軽食堂のあいだにあるのがフレンナの店だった。ここは角の食料品店であり、安いバターや卵の宣伝が緑のマーカーで包み紙に書かれ、外の歩道に貼り出されてあった。入り口には巨大なミルウォーキー・ビールの看板が飾られていた。店をさらに奥に入るとバーがあり、床に白い砂が敷き詰めてあった。テーブルと椅子がいくつか、あちこちに散らばっていた。壁には派手に色を塗られたたばこの広告と、走る馬を描いたカラーの石版画が吊るしてあった。バーの背後の壁にはボトルの中に入れられた全装帆の船の模型が置いてあった。

歯科医が日曜日の午後、ビールをピッチャーに入れてもらっているのはここだった。トリナと婚約して以来、マクティーグはこの習慣をやめてしまっていた。しかしそれでも週に二、三回は、夜にフレンナの店に立ち寄った。ここでは巨大な陶器のパイプを吸い、ビールを飲みながら、楽しい時間をすごすことができたのだ。テーブルを囲んでピケット〔トランプゲームの一種〕をしているグループに加わったことは一度もなかった。というより、バーテンとマーカス以外にほとんど話しかけたことがなかったのだ。

フレンナの店はマーカス・シューラーが行きつけにしている店のひとつだったので、マーカスはかなりの時間をこの店ですごしていた。マーカスは馬具職人のハイゼや、そのほか二、三人の年取ったドイツ人の常連客たちと、政治や社会について激しく議論するのが大好きだった。こういった議論をする際、マーカスはいつもの調子で声を限りにわめきたて、激しい身振りをつけながら、こぶしでテーブルを叩きつけ、皿やグラスを振り回して、自分でたてた騒ぎのせいでどんどん興奮していくのだった。

例の軽食堂での一件があってから二、三日たったある土曜日の夜、歯科医はフレンナの店で静かな夜をすごそうと考えた。しばらく行っていなかったし、そういえばこの日は自分の誕生日なのを思い出したのだ。いつもより余計にパイプを吸い、二、三杯多めにビールを飲んでもいい。マクティーグが通り沿いの入口からフレンナの店の奥の部屋に入ると、すでにマーカスとハイゼがテーブルに座っているのを見つけた。ほかにも年老いたドイツ人が二、三人、向かい合ったところに座り、時折ビールをあおっていた。ハイゼは葉巻を吸っていたが、マーカスはすでに目の前に四杯目のウィスキー・カクテルがあった。ちょうどマクティーグが入ってきたとき、マーカスの発言中であった。

「そんなことは立証のしようがない」と、彼はわめいていた。「党派的敵対感情によって目を曇らされもせず、個人的偏見に意見をゆがめられてもいないまっとうな政治家なら、そんな声明を実行に移すことなんてできるわけがない。事実を直視するんだ。数字を見るんだ。俺は自由なアメリカの市民だろ？　俺が税金を払ってるのはよい政府を支持するためじゃないのか？　これは俺と政府との契約だろ？　それなのにどうだ！　当局が生命と自由と幸福の追求を保護できないというのなら、俺の義務もここまでだ。俺は税金など払わん。そうだ、払わんよ。絶対払ってなるものか。文句あるか？」マーカスはあたりをにらみつけ、反論を求めた。

「そんなのナンセンスだよ」ハイゼが静かに述べた。「一度試してみろよ、すぐさま刑務所行きだぞ」しかし馬具職人のこの意見を聞いて、マーカスの怒りはこれ以上ない最高頂に達した。

「そうさ、ああ、そうだとも！」わめきながら立ち上がり、ハイゼの顔の前で指を振って見せた。「そうだ、刑務所へ行ってやる。しかしな、俺が――俺が圧政によって打ち砕かれたとしても、だからと言って圧制が正しいことになるというのか？　力が正しいことになるというのか？」

「もうちょっと静かにしてくれませんか、シューラーさん」フレンナがバーの向こうから声をかけた。

「怒りがこらえ切れないんだよ」マーカスは唸り声くらいまでおとなしくなってそう答え、もとどおり椅子に座った。

「よお、マック」

「やあ、マーク」

しかしマクティーグが来た途端、マーカスは落ち着かなくなってきて、すぐにひどい目にあわされたという感情が湧き上がってきた。そして椅子に座ったまま身をよじり、左右の肩を交互にすくめていた。普段から喧嘩っ早いうえ、先ほどまでの議論の高揚感が、自然と攻撃性を呼び覚ましていた。しかも四杯目のカクテルを飲んでいるのだ。

マクティーグは大きな陶器のパイプにたばこを詰め始めた。そして火をつけ、もうもうと煙を部屋に吹き出しながら、心地よく椅子に落ち着いた。安いたばこの煙は隣りのテーブルに座る人々の顔に漂っていった。そのせいでマーカスは息が詰まり、咳き込んだ。すぐさまその目は怒りに燃え上がった。

「おい、勘弁しろよ」マーカスは怒鳴り散らした。「そのパイプをさっさと消せ！　そんな臭いにおいのたばこを吸うっていうんならな、乞食の中にでも行って吸って来い。そして紳士のいる場所に二度と戻ってくるな」

「黙れよ、シューラー！」ハイゼが低い声でたしなめた。

マクティーグは急に攻撃されてびっくりしてしまった。口からパイプを取り出し、ぼうっとマーカスの顔を眺めていた。唇は動いていたが、ことばは出てこなかった。マーカスはマクティーグに背を向け、歯科医の方はたばこに戻った。

しかしマーカスの気は全然静まっていなかった。マクティーグには、その後マーカスと馬具職人のあいだで交わされた会話は聞こえなかったが、どうもマーカスが何か侮辱を受けたことを、不平を、ハイゼに並べ立てているらしかった。そしてハイゼがそれをなだめようとしていた。突然その会話の声が大きくなった。ハイゼはなんとか引き留めようとマーカスのコートの袖に手を置いていたのだが、マーカスは椅子に座ったままその手を振りほどき、マクティーグをにらみつけ、ハイゼが諫《いさ》めようとしているのに答えるかのようにこう叫んだ。

「とにかくわかってるのは俺が五、〇〇〇ドルをだまし取られたってことだ」

マクティーグは困惑し、ぽかんと口を開けたままマーカスを見ていた。そしてもう一度口からパイプを取り出し、苦しみと当惑のいっぱいにこもった目でマーカスを見つめた。

「俺に権利があるというのなら」マーカスは苦々しく怒鳴った。「あの金の一部をもらえるはずだ。当然の権利だ。それこそが公平というものだろう」歯科医はいまだ黙ったたままだった。

「もし俺に権利がないんだったら」マーカスは直接マクティーグに向かって先を続けた。「お前にも一セントだって権利はないはずだ。一セントたりともないんだ。俺の分け前はどこなんだ？　教えてくれよ。どこで金を渡してくれるんだ？　いや、もらえることなんてないよな。俺はこれまでずっと馬鹿にされてきたんだからな。そして俺から搾り取るだけ搾り取ったら、俺から恋人と金の両方を奪い取ってしまったら、あとは知らんぷりだ。なあ、もし俺がいなかったら今頃お前は何してたと思う？」マーカスは急に激昂《げつこう》して怒鳴った。「一時間二五セントで歯を詰めてただろうよ。お前には感謝ってものがないのか？　ひとかけらでも品位ってものがないのか？」

「もうやめろよ、シューラー」ハイゼがぼやいた。「騒ぎになってもいいのか？」

「いや、かまわんよ、ハイゼ」マーカスは言い返した。哀れっぽく、傷つけられた者の態度だった。「ただ考えていると、ときどき耐え難くなるんだよ。あいつが俺の恋人の愛情を盗んで、それで自分は今や金持ちでよろしくやっていて、俺のものになったかもしれない五、〇〇〇ドルをもってやがる。そのくせ俺のことなんかお構いなしなんだ。あいつは俺をずっと馬鹿にしてきたんだよ。なあ」マーカスはいま一度マクティーグの方を振り向いた。「俺にいくらかでもよこす気はあるのか？」

「あれは俺の金じゃない」マクティーグが答えた。「お前は酔っぱらってるんだ、それだけだよ」

「俺に金をよこすのか？」マーカスはしつこくわめいた。

歯科医は首を振った。「いや、渡さないよ」

「そら見ろ」マーカスは騒ぎ立て、馬具職人の方を向いた。まるでそうするとすべてわかるとでもいうように。「見てみろよ、なあ。俺は金輪際お前とは口を利かないからな」マーカスはそう言いながら立ち上がり、店を出るようなそぶりを見せていた。しかし何か思いつくたびに戻ってきてはマクティーグめがけて言いたいことを怒鳴りつけるのだった。言い終わるとまたそのことばが効果的になるよう、立ち去るそぶりを見せるのだった。

「もうこれっきりだ。お前とは終わりだ。俺に二度と話しかけるんじゃないぞ」マーカスの声は怒りで震えていた。「それにレストランで二度と俺のテーブルに座るんじゃないぞ。こんな下劣な男と付き合うほど身を落としたことを後悔してるんだ。お前なんぞ、くだらないただの歯医者じゃないか！　たかが一〇セントの亜鉛を詰めるしか能のないやつじゃないか。――ごろつきめ――乞食野郎！　この臭い煙を俺の顔にかけるんじゃない」

そこで事件は突然大団円を迎える。興奮のあまり歯科医はついパイプを強く吸ってしまい、マーカスが最後の最後に顔を近づけてきたとき、マクティーグは返事をしようと口を開けると、息の詰まるような刺激のある煙がまともにマーカスの目にかかったのである。マーカスは出し抜けに手を激しく動かしてマクティーグの指からパイプを叩き落した。パイプは部屋を反対側の隅にまで転がって、粉々に砕けてしまった。

マクティーグは立ち上がり、目を大きく見開いた。しかしまだ怒ってはいなかった。ただ驚いていたのである。マーカス・シューラーの激情の、あまりの突然さ、あまりの理不尽さに圧倒されていたのである。なんでマーカスは俺のパイプを壊したんだ？　これはいったいどういうことなんだ？　立ち上がると歯科医は右手をあいまいに動かした。マーカスはこれを自分に向けた脅迫だと誤解したのだろうか？　マーカスは攻撃を避けようと後ろに飛びのいた。その瞬間叫び声が上がった。マーカスは素早く、独特の動きで、大きく振り回すようなしぐさをして腕を振り上げた。

手のひらにはジャックナイフが開かれていた。マーカスがナイフを投げつけると、ナイフは鮮やかにきらめきながらマクティーグの頭のそばを通り、背後の壁に突き刺さってぶるぶる震えていた。

急に部屋中に冷たいものが走った。まるで冷たくて死を招く風が足早に近くを通りすぎたかのように、ほかの人たちはその場に釘《くぎ》づけになっていた。死神が一瞬降りてきたのだ。いったん降りて通りすぎ、あとに恐怖と混乱の跡を残していったのだ。通りに面したドアがばたんと閉まった。マーカスが姿を消していた。

それからとてつもない怒号と混乱が湧き起こった。もう少しで死が訪れたという緊張の糸が切れた途端に口を利くことが可能になったのだ。

「もうちょっとであんたを刺すところだったよ」

「ぎりぎりだったな」

「なんてやつなんだ、あいつは」

「あいつが人殺しにならずにすんだのはただの運だよ」

「保安官に訴え出てやろう」

「これまではあんなに仲良しのふたりだったのに」

「あんた、けがはないよな」

「いや……大丈夫……けがはない」

「なんてやつだ、極悪人め、ひどいことしやがる！　ただの卑劣なチンピラじゃないか！」

「あんた、背中を刺されないように気をつけなよ。あいつがああいうタイプの男だったら、そういうこともやりかねないからな」

フレンナは壁からナイフを引き抜いた。

「この折り畳みナイフは俺が預かっておこう」彼はそう述べた。「別に急いで取りに来たりはせんだろう。それにしても分厚い刃だ」集まった人々は熱心にナイフを調べた。

「誰でも殺せるくらいの大きさだ」ハイゼがそう述べた。

「何……どうして……どうしてこんなことしたんだろう？」マクティーグは口ごもりつつ言った。「仲たがいなんかしてないのに」

マクティーグは事態の奇妙さに困惑し、苦しんだ。マーカスが自分を殺していたかもしれない。まったくわけのわからない理由でチンピラみたいに俺をめがけてナイフを投げた。説明のしようがないではないか。マクティーグは愚鈍に床を見つめたままふたたび腰を下ろした。部屋の隅に目をやると、割れたパイプがあった。着色された陶器の無数の破片とチェリー材と琥珀《こはく》から作られた軸が落ちている。

その様子を見て、遅ればせながらマクティーグの怒りが、もともとの侮辱行為から大きく遅れて燃え上がった。途端に巨大なあごがバチンと噛み合わされた。

「俺のこと、馬鹿にするな」マクティーグは唐突に叫んだ。「思い知らせてやるぞ、マーカス・シューラー。……思い知らせてやるからな」

そして立ち上がり、帽子を叩き潰した。

「なあ、先生」ハイゼがマクティーグとドアのあいだに立ちふさがって、いさめようとした。「馬鹿な真似はするんじゃないよ」

「ほっとけよ」フレンナも加わり、歯科医の腕をとらえた。「あいつも酔っぱらってただけなんだから」

「俺のパイプを壊した」マクティーグが返事をした。

マクティーグが激怒する理由はそれだった。ナイフを投げたこと、命を狙われたことなどはマクティーグには考えの及ばないことだった。しかしパイプを壊したことははっきりと理解できた。

「思い知らせてやる」マクティーグは叫び声を上げた。

マクティーグはまるで小さな子どもを扱うかのようにフレンナと馬具職人を脇へよけ、怒り狂った象のようにドアを大股に出ていった。ハイゼは肩をさすりながら突っ立っていた。

「あの機関車、止めた方がいいんじゃないか」ハイゼはつぶやいた。「あの男、鉄でできてるんじゃないのか」

そのころマクティーグはアパートの方へ通りを怒りに捕らわれて突っ走っていた。頭を振りながらぶつぶつと文句を言いながら。マーカスが俺のパイプを壊したんだな？　そして俺は亜鉛を詰めるしか能がないって言うんだな。マーカス・シューラーめ、思い知らせてやる。誰にも俺を馬鹿にさせない。マクティーグはマーカスの部屋まで階段を駆け上がった。ドアは鍵がかかっていた。歯科医はその巨大な片手をノブにかけ、ドアを押し込むと、木枠がぼきっと折れて錠が跳ねとんだ。誰もいない——部屋は暗く、無人であった。まあいい、マーカスも今夜中に帰って来ないわけにもいかないだろう。いったん下に降りて、「パーラーズ」で帰りを待とう。階段を上がってきたら音でわかる。

マクティーグが部屋に戻ると、暗闇で何かにつまずいた。大きな木箱がドアのすぐ外側の廊下に置いてあった。不思議に思って木箱をまたぎ、部屋のガスに明かりをつけてその木箱を引きずり入れ、調べてみた。

自分宛ての荷物であった。どういうことだ？　何も届く予定はないはずだ。この部屋に入居して以来、こんな形で木箱が置かれていたことなど一度もなかった。間違いではありえないだろう。確かに自分の名前と住所が正確に書かれている。「マクティーグ医師、歯科医――ポーク・ストリート、サンフランシスコ、カリフォルニア」そしてウェルズ・ファーゴ〔西部開拓時代の駅馬車郵便会社〕のタグがついている。

身体だけ大人になった子ども特有の好奇心でわくわくしながら、石炭ショベルの角で板をこじ開けた。梱包用の木屑がいっぱいに詰められてある。その上にはトリナの筆跡でマクティーグに宛てられた封筒があった。彼は封筒を開けて読んでみた。「愛するマックの誕生日に。トリナより」そしてその下に追伸のようにして「作業員が明日あたりに来て設置してくれます」とあった。マクティーグは木屑を払いのけた。そして突然、歓喜の叫び声を発した。

それは歯であった。あのずっとほしかった、並外れた歯根をもつ黄金の臼歯である。彼の看板、彼の野望、たったひとつ手の届かなかった人生の夢。フランス製の金箔が塗られていた。粗悪な安物のドイツ製ではなかった。トリナはいったいなんと愛らしい女性なのか。ずっと何も言わず、彼の誕生日を覚えていてくれたのだ。

「彼女は……まったく彼女は……本当に宝石みたいな人だ《ザッツ・ザ・ワード》」マクティーグは小声でそう言った。「宝石みたいな人――そうまさに宝石みたいな人だ、ほかに言いようがない」

細心の注意を払いながら、残りの木屑を取り除き、重い歯を箱からもち上げてマーブルトップのセンターテーブルに置いてみた。この小さな部屋で見るとなんと巨大に見えることだろう！　こいつはとてつもない、圧倒されてしまう――巨大な化石の歯であり、黄金色に輝き、まぶしかった。周囲のものがすべて小さく縮んだように見えた。マクティーグ本人ですら、これほど骨格も大きく、桁外れの大男なのに、このモンスターのそばにいると小さくしぼんでしまったようだった。しばらくのあいだ、手でもってみた。まるで小さなガリヴァーがブロブディンナグの巨人の臼歯と格闘しているみたいだった。

歯科医は、喜びと驚きに息つく暇も忘れ、その黄金の驚異のまわりを歩いてみた。そして何か神聖なものでもあるかのように、両手で用心深く触れてみた。ひっきりなしに彼の考えはトリナへと向かった。いや、こんな女性とは二度とふたたび出会えないだろう。――これこそまさにほしかったものだ――どうして覚えていてくれたのだろう。それにお金だ。どこから出したのだろうか。この看板がどれくらい高価なものか、彼ほどくわしく知っている者はいない。ポーク・ストリートの歯医者でほかにこの看板を買えるものなどひとりもいないはずだ。であればトリナはどうやってお金を調達したのだろう？　間違いなくあの五、〇〇〇ドルから出したものに違いない。

しかしなんとすばらしく、美しい歯なのだろう。鏡のようにまぶしく、フランス製の金箔にくるまれて光輝いている。まるで自らが発光しているようだ。この歯が風雨にさらされて黒ずむ心配などはまったくない。安物のドイツ製の金メッキみたいな偽物とは違うのだ。もうひとりの歯科医はどう思うだろうか。あの気取った自転車に乗る男、グレーハウンドのレースに金を賭ける男が、このとてつもない臼歯がマクティーグの張り出し窓から、まるで挑戦状のように突き出しているのを見たら、いったいなんと言うのだろうか？　間違いなく嫉妬で全身を震わせるに違いない。うらやましくて本当に病気になってしまうかもしれない。その瞬間の顔が見られればなあ！

まるまる一時間、歯科医は小さな「パーラーズ」にすわり、恍惚の表情でその宝を眺め、とてつもない満足感でうっとりとしていた。この歯があるせいで部屋自体が別物に見えてきた。ストーブの前に鎮座する炻器《せっき》製のパグは、飛び出した目にこの歯を映していた。カナリアは目を覚まして、鳥かごの金メッキと比べたら断然明るく輝く、新参の金箔めがけてさえずっていた。鉄版画のロレンツォ・ディ・メディチは自分の宮廷の中心に座り、片目の隅からこの物体をじろじろと観察しているように見えた。全然使っていないライフル製造業者のカレンダーが放つ派手な色合いは、より明るく輝くこの光のせいで、なんだか色あせてちょっと薄くなってしまったようだった。

真夜中も随分とすぎてからやっと歯科医は寝ることにし、服を脱いでいるあいだも片目でこの巨大な歯を見続けていた。唐突にマーカス・シューラーの足音が階段に聞こえてきた。こぶしを握り締めて立ち上がりかけたが、すぐにどうでもいいというふうにソファベッドに戻った。

マクティーグはもはや獰猛《どうもう》な精神状態ではなかった。角の食料品店を飛び出してきたときのような怒りの状態にはもう戻れないのだ。あの歯がすべてを変えてしまった。マーカス・シューラーが自分を憎んでいるからと言ってそれがどうしたというのだ？　自分にはトリナの愛情があるではないか。この歯が手に入った以上、パイプが割れたからと言ってそれがどうしたというのか？　もう放っておこう。フレンナの言うとおりだ。あいつにそこまでする値打ちはない。マクティーグはマーカスが廊下に出てきて、声の届く限り周囲に向けて、部屋が荒らされたことをわめいている。

「あいつは俺の部屋にまで侵入しやがった——部屋の中までだ、くそ！　いったい何を盗んでいったかわかったもんじゃない。とうとう俺の部屋から盗むまでになったんだな？」マーカスは自分の部屋に入り、割れたドアを音を立てて閉めた。

マクティーグは天井の方に目を向け、声の聞こえてくる方をじっと見てつぶやいた。

「早く寝ろよ」

自分も寝ることにした。ガスを消し、窓のカーテンを上げたままにして寝入る寸前にも、朝目を覚まして一番最初にも、あの歯が目に入るようにした。

しかしマクティーグは一晩中落ち着かなかった。しょっちゅう、もう慣れっこになっているはずの物音が聞こえるだけで目を覚ました。通りの向こうの人気《ひとけ》のない市場でガチョウが鳴いたり、ケーブルカーの止まる音だったり、急に衝撃のようにして訪れる静寂であったり、裏庭の怒り狂った犬の吠え声であったり——あれはアイリッシュ・セッターのアレックだ。郵便局で飼われているコリーとフェンス越しに吠えあい、終わりなき憎しみを互いの顔に浴びせ続けているのだ。そうやって目を覚ますたびに、マクティーグは振り向いて歯を探した。急に自分がずっと夢を見ていただけではないかと疑わしくなったのだ。しかし歯はいつもそこにあった。——トリナの贈り物、あのかわいらしい女性からの誕生日プレゼント——大きくてぼんやりと見える巨体は部屋の真ん中の薄暗がりを通してぼやっと浮かび上がっており、内側から何か謎の光を発しているかのように鈍く輝いていていた。

第九章

トリナとマクティーグは六月一日に、歯科医が借りた写真家の部屋で結婚式を挙げた。五月のあいだじゅう、ジーペ家は上を下への大騒ぎだった。小さな箱のようなその家は、興奮と混乱で揺れ動いていたが、それというのもトリナの結婚の準備をするだけでなく、ジーペ家全員の移住の手はずも整えないといけなかったからだ。

ジーペ家の人々はトリナの結婚の翌日、州の南部に移住することになっていた。ジーペ氏がロサンゼルス郊外で室内装飾業の経営権を三分の一購入したのである。マーカス・シューラーもそれに同行する可能性があった。

スタンリー〔アメリカの探検家で、ナイル川流域を探検中、行方不明になっていたリヴィングストンを発見したことで有名な人物〕が初めて暗黒大陸に分け入ったときも、ナポレオンが軍を率いてアルプスを越えたときも、責任の重さ、管理の徹底、事業の重要性に対する深い自覚という点において、この準備期間中のジーペ氏に勝るものではなかった。明けても暮れても、寝ても覚めても、彼はせっせと働き、計画を立て、心配をし、やるべきことをまとめ、まとめなおし、見積もりを立て、工夫を凝らした。トランクはA、B、Cに分類して印をつけられ、木箱やもっと小さな包みには数字が振られた。家族のそれぞれが成し遂げるべき特別任務を与えられ、自分が管理する荷物を割り当てられた。ほんの細かな点すら見逃してはならない。――運賃、料金、チップは小数点第二位まで計算された。黒いグレーハウンドのためにもっていかなければならない餌の量にいたるまであらかじめ決められた。ジーペ夫人は昼食を担当する「へだんぶ」〔兵站部〕であった。ジーペ氏の役割は、小切手、お金、切符、そして当然のことながら全体の管理であった。双子はアウグーステの指図のもとに置かれ、アウグーステは父親に指示を仰ぐのであった。

毎日毎日こういった詳細を繰り返し練習するのだった。子どもたちは軍隊的な正確さで自分の役割分担の訓練を受け、服従と時間厳守は至高の価値をもつとされた。この大事業の計り知れない重要性は、じっくりと繰り返し念押しされた。これは軍事行動であり、作戦基地の移転であり、部族の集団移住と言ってもよいものであった。

一方でトリナの小さな部屋は、もうひとつ全然別の秩序にもとづいて動いていた。仕立屋が出入りし、お祝いを言いに来た客が応接間にあふれかえり、馴染みのない話声が玄関前の階段から響いてきた。ボンネットの入れ物やドレス生地がベッドや椅子に乱雑に置かれていた。包装紙やティッシュペーパー、紐の切れ端などが床に散らばっていた。白いサテンのスリッパが化粧台の隅に置いてあった。かなりの長さの白いベール生地がまるで吹雪の跡のように小さな裁縫台を覆っていた。どこに置いたかわからなくなっていたオレンジの造花を入れた箱は、やっと箪笥の裏側にあるのが見つかった。

このふたつの作戦組織はしばしばぶつかり合い、絡まりあった。ジーペ夫人はコールド・チキンをスライスしていなければならないはずの時間にキッチンにいないので、ジーペ氏がいらいらしながら探し回ると、トリナのドレスのウェストを合わせるのを手伝っていた。ジーペ氏の方は、「トランクC」の一番底にフロックコートを荷造りしてしまってから、結婚式のときにそれを着なければならないことに気づいた。神父は一家を訪れ、祝詞を述べて結婚式の打ち合わせをしようとしたら、配達人と間違えられてしまった。

マクティーグも訪ねてきたが、この右往左往の様子に目がくらみ、落ち着かなかったのでこっそりと立ち去るはめになった。いてもただ邪魔になるだけだったのだ。あるときはシルクの生地を踏んづけて破った。あるいは詰め込み終わった荷物を運ぼうとして廊下のガス灯を壊した。またトリナと仕立屋のいるところにタイミング悪く部屋に入ってしまい、大慌てで部屋を飛び出して、廊下に積み上げてあった絵をひっくり返してしまった。

一日中、ひっきりなしに出入りがあり、階段の上と下で呼び合い、部屋からほかの部屋へわめきたて、ドアを開け閉めし、洗濯室からは断続的に金槌で叩く音が響いてきたが、それはジーペ氏が上着を脱ぎ捨て、荷物を詰め終わった木箱を釘で閉じていたのだ。双子はすっかり家具のなくなった部屋のカーペットのない床でけたたましい音を立てていた。アウグーステは一時間に一回くらいの割合で殴られ、玄関前の階段で泣いていた。仕立屋は手すりから身を乗り出して、焙《あぶ》ったアイロンをもってきてと叫んだ。配達人は階段をどしどしと上ったり下りたりしていた。ジーペ夫人は昼食の準備をしようと荷造りを中断し、グレーハウンドに「回れ、回れ」と叫んで石炭の塊を投げつけた。犬の輪がキーキー音を立て、玄関のベルが鳴り、配達の馬車がごろごろと走り去り、窓がガタガタと揺れ、この小さな家はまさにとてつもない騒音をまき散らしていた。

この時期になると週のほぼ毎日、トリナは街へ出てマクティーグと会わなければならなかった。もはや昼食のときにいちゃついたりしている場合ではなかった。やるべき仕事があったのだ。大きな百貨店の家庭用品フロアに入りびたり、コンロや金物や陶器などの値段を聞いた。ふたりは写真家の部屋を家具付きで借りられたので、幸いにしてキッチンとダイニングの道具だけ買い揃《そろ》えればよかったのだ。

この支払いは、嫁入り支度の支払いとともにトリナの五、〇〇〇ドルから出された。ふたりの最終的な取り決めで、新しい家庭を築くのに二〇〇ドルだけ使うことにしたのだ。トリナが大金を当てたために、ジーペ氏はこれ以上持参金をもたせる必要がなくなった。とりわけ一家の移住に莫大な出費がかかることも考慮に入れなければならなかった。

トリナにとって、この貴重な五、〇〇〇ドルを崩さなければならないのは恐ろしいほどの苦しみであった。トリナは驚くほどの頑固さでこの金額に固執した。トリナはこのお金のことをなにか奇跡的なものであると考えるようになった。日ごろのつつましやかな生活という舞台に突然降りてきた機械仕掛けの神であると考えるようになったのである[010]。したがってこのお金は神聖なものであり、侵すべからざるものと思われたのだ。絶対に、何があっても、一セント銅貨《ペニー》一枚たりとも使ってはならない。やっとこの中から二〇〇ドル使うことを説得される前は、一度ならずトリナと両親のあいだで大げんかが起こっていた。

トリナはこの二〇〇ドルの中からあの黄金の歯の支払いをしたのだろうか？　あとになって歯科医は何度もこのことをトリナに尋ねたが、トリナはいつもくすくす笑いながらそれは秘密だと言い張るのだった。マクティーグは決して真相を知ることができなかった。

この時期のある日、マクティーグはトリナにマーカスとの一件を話した。たちまちのうちにトリナは激昂した。

「あなたにナイフを投げつけたですって！　そんなの卑怯《ひきょう》だわ！　男らしくあなたに立ち向かうこともできないのね。

ああマック、もし当たってたらどうなってたでしょう?」

「頭から一インチ〔二・五四センチ〕と離れてなかったんだ」マクティーグは誇らしげにつけ加えた。

「なんてこと!」トリナは息をのんだ。「それでわたしのお金を欲しがったなんて。なんて図々《ずうずう》しいんでしょう。わたしの五、〇〇〇ドルを分けろだなんて! あれはわたし、わたしのよ。一セント銅貨《ペニー》一枚でも渡すもんですか。マーカスには寸分たりともそんな権利はないんですからね。あれはわたしのよ。――つまり、わたしたちのよ。ねえ、マック」

しかしトリナの両親はマーカスの弁解をしてやった。たぶん飲みすぎていたのだ、だから自分が何をしているのかわかっていなかったのだろう。そもそもマーカスはとんでもないくらい短気な人だ。ひょっとするとマクティーグを脅かしたかっただけかもしれないじゃないか。

結婚の前の週、このふたりは和解した。ジーペ夫人がBストリートの家の応接間でふたりを引き合わせたのだ。

「さあ、あなただだち、ばがなごどやめる。あぐしゅしで、ながなおり、ね」

マーカスはぼそぼそと謝罪を述べた。マクティーグはみじめなほどきまりが悪い思いをしながら部屋のあちこちに目を泳がせ、もごもごとこう言った。「いいんだ……べつにいい……なんでもないんだ」

しかしマクティーグの新郎付き添い役をやったらどうかと提案されると、マーカスはまたしても激しい怒りを再燃させた。いやだ! 絶対いい、いやだ! この地を立ち去るので歯科医とは仲直りしてやったが、あいつの付き添いをするなんて、そんなの死んだ方がいい――そうだ、それくらいだったら死んだ方がましだ。そんな癪《しゃく》に障ることができるか。グラニス爺さんにでもやらせればいいんだ。

「あいつと仲良くしてやってもいい」マーカスはわめいた。「でも付き添いをするなんてまっぴらごめんだ。誰の付き添いだってやりたくないね、絶対に」

結婚式は格式張らないものになる予定だった。トリナがその方がいいと言ったのだ。マクティーグが呼んだのはミス・ベイカーと馬具職人のハイゼだけだった。ジーペ家が招待状を送ったのは、音楽を演奏してもらおうと当て込んでいたセリーナ、そしてもちろんマーカスと、もうひとりオールバーマン叔父さんだった。

ついに晴れの日が、六月一日が、訪れた。ジーペ家は最後の木箱を詰め終え、最後のトランクを縛り終えた。トリナのトランクふたつはすでに新居に——改築した写真家の部屋に送付済みだった。Bストリートの家はすっかり人の気配がなくなっていた。一家全員が五月の最終日に街へやってきて、都心の安ホテルに一泊したのだ。トリナは次の日の夕方に結婚式を挙げることになっていたが、結婚パーティが終わるとすぐに一家は南に向けて出発する予定だったのだ。

マクティーグはその日を不安からくる興奮状態ですごし、グラニス爺さんがそばを離れると途端に恐怖で取り乱すのだった。

グラニス爺さんは式で新郎付き添いを務めることを考えると、計り知れない喜びを感じた。この結婚式に自分が目立つ立場で関わるのだと思うと、漠然とした考えや思いが現れては消えていくのだった。ずっと考えていたのは、ミス・ベイカーがどう思うだろうか、ということだった。その日一日中、グラニス爺さんはなにかと思慮深い一言を言いたくなっていた。

「結婚とは、……まあ、なんというか、崇高な制度ですな、そう思いませんか、先生？」グラニス爺さんはマクティーグにそう述べた。「いわゆるその……社会の礎といいますかな。人独りになるはよからずと聖書でも言いますからね〔「創世記」二・十八〕。そう、そのとおり」そして思いにふけりながらつけ加えた。「よくないですよ」

「はあ？　そう、そうですね」マクティーグは返事をしたが、目は空中を泳いでおり、ほとんど話を聞いていなかった。「部屋の準備は大丈夫ですかね？　もう一回行って見てみましょう」

ふたりは廊下の先の、新しい部屋のあるところに行き、歯科医はその日二十回目の点検をした。

部屋は全部で三つあり、最初の部屋は居間とダイニングルームを兼ねていた。ふたつ目は寝室、そしてその裏に小さなキッチンがあった。

居間はとりわけ素敵だった。清潔なフロアマットが床を覆い、明るい色のラグが二、三枚、あちこちに敷かれてあった。椅子の背にはウーステッドで編まれた背覆いがにぎやかな色合いを出していた。張出し窓にはトリナのミシンが置かれることになっていたが、今は部屋の反対側に移動されていて、らせん状の脚のついた小さな黒いクルミ材のテーブルが代わりに置かれてあった。このテーブルの前で、ふたりは結婚式を挙げるのだ。部屋の一方の隅にはパーラーオルガンが置いてあった。これはジーペ家の所有物であったが、両親からトリナへの結婚プレゼントとして譲られたものだった。壁には三枚の絵がかかっていた。そのうち二枚は対になっていて、片方では巨大な眼鏡をかけた小さな男の子がとてつもなく大きなパイプを吸おうとしていた。この絵は《ぼくはお爺ちゃん》というタイトルがつけられていて、大きな黒い文字でそう書かれていた。もう片方は《わたしはおばあちゃん》というタイトルで、小さな女の子が縁無し帽に「老眼鏡」をかけ、長手袋をはめて編み物をしていた。この二枚の絵は暖炉の両脇にかけられていた。もう一枚の絵はなかなかのもので、巨大で人目を惹いた。色刷りの石版画でふたりの金髪の女の子がナイトガウン姿で描かれていた。ふたりともひざまずき、お祈りをしていた。その大きくて青い目は天に向けられている。この絵は「信仰」という名がついていたが、赤いフラシ天の台座にはめられていて、フレームは打ち出しの真鍮でできた模造品であった。

シェニール織の仕切りカーテン——二・五ドルの掘り出し物だった——のかかったドアの向こうはベッドルームだった。ベッドルームには贅沢にもカーペットが敷かれており、先染めの糸を三色使ったデザインは、白地に赤と緑の花束が黄色いかごに入った模様だった。壁紙も見事なもので、何百にものぼる小さな中国人の役人がみなそっくりの外見で、何百ものアーモンド型の目をした婦人を何百もの実用的でなさそうな平底船に乗せていた。何百ものヤシがカップルの頭上を覆っていて、何百もの長い脚のコウノトリがさげすんだようにその光景から飛び去ろうとしていた[011]。この部屋には絵が豊富にかけられていた。大半はロンドンの「グラフィック」誌や「イラストレーテッド・ニュース」誌のクリスマス版に掲載されていた色刷りの挿絵を額装したもので、したがって必然的に絵のモチーフに含まれるのは用心深げなフォックステリアであったり、可愛らしい丸顔の幼女であったりした。

ベッドルームの背後にはキッチンがあったが、ここはトリナが作り上げた部屋であり、まさに夢のキッチンであった。コンロが置かれ、磁器製の縁取りのあるシンク、銅製の湯沸かし器、さらに光り輝くブリキ製品が並んでいるさまは圧倒的だった。すべて新品で、すべて完璧に揃っていた。

マリア・マカパと通りにあるレストランのウェイターがここで結婚パーティの準備をすることになっていた。マリアはすでに顔を出していた。新しいコンロには火がパチパチと音を立てており、煙がひどかった。料理のにおいがあたりを漂っていた。マリアはむき出しの腕を激しく振り回してマクティーグとグラニス爺さんを部屋から追い出した。

三部屋のうち、このキッチンだけは自分ですべて備えつけなければならなかった。居間とベッドルームの家具の大半は部屋についていたものである。いくつかは自分たちで買ったものもあった。残りはトリナがBストリートの家からもってきたものである。

結婚プレゼントが居間の伸縮テーブルに並べられていた。パーラーオルガン以外にも、トリナの両親はアイスウォーターセット〔水用のピッチャーとグラスのセット〕とヘラジカの柄のついた肉切りナイフとフォークをプレゼントしていた。セリーナはアカスギの木片を磨き上げたものにゴールデンゲートの風景を描いたが、これはペーパーウェイトの役割を果たすのである。マーカス・シューラーは——自分のプレゼントはトリナへのものであり、マクティーグへのものではないとしきりに強調してから——ジャーマン・シルヴァー〔銀の代用に用いられる銅、亜鉛、ニッケルの合金〕の飾り鎖つき時計を贈った。しかしオールバーマン叔父さんのプレゼントこそ、一同が多大な好奇心とともに心待ちにしていたものだった。あの人だったら何を贈るのだろうか？　なにせ大金持ちだし、ある意味でトリナの保護者のようなものではないか。結婚式の日の二日前、ふたつの木箱が彼の名刺を添えて届いた。トリナとマクティーグはグラニス爺さんに手助けしてもらってそれを開けた。最初の箱にはおもちゃがたくさん詰まっていた。

「でもなんで……なんでなんだ……わからないんだけど」マクティーグが困惑の声を上げた。「なんでおもちゃなんか送ってくるんだ？　俺たち、そんなのいらないよ」トリナは髪の根元まで真っ赤に染めて椅子に座り込み、ハンカチで顔を隠しながら涙が出るまで大笑いした。

「おもちゃなんかいらないよ」マクティーグは困惑してトリナの方を見ながらそうつぶやいた。グラニス爺さんは控えめに微笑み、震える手を顎にもっていった。

もうひとつの箱は重く、隅を柳の小枝で縛られていて、文字と刻印が焼きつけられていた。

「たぶんこれは……きっとこれはシャンパンだよ」グラニス爺さんは囁いた。そのとおりであった。まるまるひとケースのモノポールだった。なんという驚くべき光景であったことか！　三人ともそんなものはこれまで見たことがなかった。まったくオールバーマン叔父さんという人は！　金持ちであるというのはこういうことを言うのだろう。ほかのどのプレゼントも、ここまで深い印象を残さなかった。

グラニス爺さんと歯科医が部屋を順に見て回り、すべて準備が整っているか最後の確認を終えてから、ふたりはマクティーグの「パーラーズ」に戻ってきた。入り口でグラニス爺さんは自分の部屋に戻った。

四時になるとマクティーグは身づくろいを始め、まずは張り出し窓の木枠にぶら下げてある手鏡を見ながら髭を剃った。髭を剃るあいだ、奇妙にもその場に似つかわしくない歌を歌っていた。

愛する人もなく、抱く人もなく、
この世の荒野にひとり残されて

しかし鏡の前に立って髭剃りに集中していると、家の前の丸石敷きの道路に車輪の転がる音が聞こえてきた。マクティーグは窓に飛んで行った。トリナが父母とともに到着したのだ。トリナが馬車から降りるのが見えた。トリナが彼のいる窓の方を見上げたので、ふたりの視線が合った。

ああ、トリナが来た。トリナが着いたのだ。大切な人が、ほらこっちを見上げて、愛らしい小さな顎をまるで邪気を知らぬげな、生意気そうなあのお馴染みのしぐさでつんと上げている。歯科医はまるで初めて目にするかのように、トリナの小さな色白の顔が、女王のような黒髪のティアラの下から覗いているのをもう一度眺めた。トリナの長くて細い、青い目をもう一度眺めた。トリナの唇、鼻、小さな耳は、みな色白で血の気がなく、貧血を思わせた。まるで色をもたらす生命力がみなあの素晴らしい髪の房や巻き毛に吸い上げられてしまったかのようであった。

ふたりの目が合うと、陽気にお互い手を振りあった。それからマクティーグはトリナと母親が階段を上がって写真家の続き部屋のベッドルームに入っていく音を聞いた。そこでトリナが着替える手はずになっているのだ。

いやいや、今さらためらいなどあろうはずもない。自分がトリナを愛していることはわかっていた。いったいどうしたって言うんだ、一瞬でも疑いを抱くなんて。大きな問題は、トリナがあまりにも高嶺の花であることだ。あまりにも愛らしく、あまりにも優しくて、あまりにも優美なのだ。それに比べて自分はバカでかくて、不器用で、がさつそのものだ。

ドアがノックされた。グラニス爺さんだった。ひとつしかもっていないブロードクロスの黒いスーツを着ていたが、しわだらけだった。髪は丁寧に、禿《は》げあがった額を隠すようになでつけていた。

「ミス・トリナが来ましたよ」彼はそう告げた。「それに神父さんも。まだ一時間あるからね」

歯科医は支度を終えた。彼はこの日のために買ったスーツ——袖が短すぎる出来合いの「プリンス・アルバート」の上着に、ストライプの「青い」ズボン、エナメル革の靴——を着たが、まぎれもなく拷問器具のような服だった。首にはトリナがくれた素敵なネクタイを締めていた。サーモンピンクのサテン生地だったが、その真ん中にはセリーナが青い忘れな草の絵を描いてくれていた。

いつ果てるともなく待ち続けた末、やっとジーぺ氏が部屋の入口に姿を見せた。

「準備でぎましだが？」その声は墓場から響いてくるような音に聞こえた。「では、ぐる」チャールズ王が処刑に連行されていくようであった。ジーぺ氏がふたりを廊下に先導するその様子は、まるで葬儀の行列のようだった。そこでジーぺ氏は立ち止まった。突然居間の方からパーラーオルガンをかき鳴らす旋律が聞こえてきた。ジーぺ氏は腕を高く振り上げた。

「前へー、進め！」彼は叫んだ。

ジーぺ氏はふたりを居間の入口に残し、自分は廊下側のドアを通ってトリナの待つベッドルームへと入った。彼はとんでもないほど神経質に張りつめた状態で、何か間違いが起こるのではないかと恐れていた。実は待ち時間を使って自分の役割を五十回も繰り返し練習しており、低い声で自分のセリフを何度も反復していた。フロアマットの自分の立ち位置にチョークで印までつけていた。

歯科医とグラニス爺さんは居間に入っていった。神父が張り出し窓に置かれた小さなテーブルの向こうに立っていた。手には本をもっていて、指を一本はさんで場所がわかるようにしていた。一切動かず、直立していてまったくの無表情だった。その両脇には半円を描くように招待客が並んでいた。背の低い眼鏡をかけたあばた面の紳士がひとり混じっていたが、間違いなく、かのオールバーマン叔父さんだろう。ミス・ベイカーは黒のグレナディン〈薄い紗織りの織物〉につけ巻き毛、サンゴのブローチを身に着けていた。マーカス・シューラーは腕を組み、眉をひそめ、偉そうな態度でむっつりとしていた。馬具職人のハイゼは黄色い手袋をはめ、熱心にフロアマットの模様を調べていた。アウグーステは例のフォーントルロイ風「コスチューム」でぼうっとして、少し怯えているようで、きょろきょろとその場の人の顔を見渡していた。セリーナはパーラーオルガンに座り、鍵盤に指を滑らせていたが、視線はシェニール織の仕切りカーテンに漂っていた。マクティーグとグラニス爺さんが入ってきて所定の位置に立つと、セリーナは演奏を止めた。深い沈黙がそれに続いた。オールバーマン叔父さんが息をするごとにシャツの合わせがかさかさと音を立てるのが聞こえた。誰の顔にも、最高に厳粛な表情が浮かんでいた。

突然仕切りカーテンが激しく揺れた。それが合図だったのだ。セリーナはストップをいくつか開き、勢いよく結婚行進曲を演奏し始めた。

トリナが入場した。白いシルクのドレスを着ており、オレンジの花冠が黒々とした髪に載せられ——生まれて初めて豪華に着飾ったのだ——ベールは床まで届くほどだった。顔はピンクに赤らんでいたが、それ以外は冷静だった。部屋を横切るとき、静かにあたりを見回し、視線がマクティーグに止まると微笑みかけたが、その様子はとてもきれいで完璧に落ち着いていた。

トリナは父親の腕に手をのせていた。双子はまったく同じ服装で、父娘の前を歩き、「レースペーパー」の入れ物に切り花を入れた巨大なブーケをひとつずつもっていた。ジーペ夫人は最後尾に続いた。彼女は泣きながらハンカチをぎゅっと小さく丸めていた。ときどき涙を通してトリナのドレスの裾を眺めていた。ジーペ氏は娘を部屋のど真ん中まで歩かせ、そこで直角に回転して神父のところまで連れて行った。そして三歩後ろに下がり、チョークのしるしの上に立つと根が生えたように動かなくなった。顔は汗で光っていた。

その後トリナとマクティーグは結婚した。列席者たちは気づまりな様子で、目の隅からこっそりと様子を窺いながら立っていた。ジーペ氏は筋肉を微動だにさせなかった。ジーペ夫人はずっとハンカチに涙を注ぎ続けた。パーラーオルガンではセリーナが「あなたのものにして」を、トレムラント・ストップを引いて、抑え気味に弾いていた。音楽が途切れる合間には神父の低い声、それに答えるふたりの声、そしてジーペ夫人の抑えたすすり泣きの音が聞こえてきた。外の通りの喧騒がくぐもった低音になって窓まで立ち昇っていた。ケーブルカーがガタゴトと通りすぎる音、新聞の売り子が夕刊を歌うように売り歩いている声、建物のどこかからいつまでも聞こえているのこぎりをひく音。

トリナとマクティーグはひざまずいた。歯科医の膝が床にドスンとぶつかると、靴底がみなに丸見えになった。驚くほど新しく、擦れた跡ひとつなく、革はまだ黄色いままで真鍮の釘の頭もピカピカに光っていた。トリナはその横に優雅に身を沈めた。空いている方の手をさっと動かしてドレスと裾を整えた。一同は頭を垂れ、ジーペ氏は目をぎゅっと閉じた。しかしジーペ夫人はこの隙をとらえて泣くのをやめ、こっそりとアウグーステに向けて上着を引き下ろすようにと合図をした。しかしアウグーステはまるで気づかず、目を眼窩から見開いて顎をレースの襟に落とし、何度も何度も気違いじみた動きで頭をぼんやりと左右に振っていた。

儀式は予想外に唐突に終わった。列席者たちはしばらくそのままの姿勢で互いを見交わしていた。間違いなくすべて終わったのかわからないので最初に動くのが怖かったのだ。すると夫婦がこちら側に向き直り、トリナはベールをはねのけた。トリナは――そしてひょっとするとマクティーグも――なんとなく儀式が不十分だったように感じたのだ。これで全部なの？　いくつかフレーズをつぶやいただけで夫婦になるの？　数分で終わったのに、一生涯夫婦のままなのよね。何か忘れていることはないのかしら？　この催し自体、ぞんざいで軽い感じじゃない？　がっかりだわ。

しかしトリナはこのことを長く考えている余裕はなかった。マーカス・シューラーが世慣れた男を気取って、いついかなるときもどうふるまえばよいかを心得ているのだと見せつけるために、前へ進み出てジーペ夫妻よりも先にトリナの手を取った。

「まずはマクティーグ夫人におめでとうを言わせてくれ」マーカスは気高く高潔な気分でこう言った。ちょっと前までの緊張はすぐさま解けて、列席者たちは夫婦のまわりに群がり、握手をした。――そして騒々しい雑多な話声が入り混じった。

「アウグーステ、上着おろす、ね？」

「まあ、あなた、ついに結婚して幸せをつかんだのね。初めてあなたたちふたりを見たときから『なんてお似合いなの！』って言ってたのよ。お隣りどうしになったんだから、うちに来て一緒にお茶でも飲みましょうね」

「あののこぎりの音ずっと聞こえてたよな？　まったくいらいらさせられたよ」

トリナは父と母にキスをし、ジーペ夫人の目に涙が浮かんでいるのを見て、自分も少し泣いてしまった。

マーカスがまた歩み寄ってきて、非常にまじめくさった態度でいとこの額にキスをした。ハイゼはトリナに、オールバーマン叔父さんは歯科医に紹介してもらった。

三十分ばかり、列席者たちはいくつかのグループに分かれ、狭い居間は話声で騒々しかった。それから夕食の用意をする時間になった。

これはとてつもない大仕事であり、ほとんどの列席者が手を貸さなければならなかった。居間はダイニングルームへと様変わりした。そしてプレゼントが伸長式のテーブルから取り除かれ、テーブルはいっぱいの長さまで伸ばされた。テーブルクロスがその上にかけられ、椅子が――これは近所のダンス教室から借りてきたものだった――並べられ、皿が置かれた。双子の激しい抵抗にあいながら、ふたりがもっていた切り花のブーケふたつを取り上げ、テーブルの両端に花瓶に入れて「飾りつけ」た。

キッチンと居間のあいだで激しい行き来があった。トリナは何もしなくてよいと言われ、張り出し窓に座っていたが、やきもきしながらときどき母親に声をかけるのだ。

「ナプキンは食器棚の右の引き出しよ」

「はいはい、みづげだよ。ズープ皿はどごにしまってある？」

「スープ皿はもう出てるわ」

「ねえ、トリナ、コルク抜きはどこにあるんだ？　コルク抜きくらいないわけないよな？」

「キッチンテーブルの引き出しの左の隅よ」

「使うのはこのフォークですか、マクティーグの奥さん？」

「違うわ、シルバーのフォークがあるのよ。ママに聞いたらわかるわ」

みな非常に陽気で、自分の失敗に大笑いし、互いに邪魔になりながら両手に皿やナイフやグラスをもって居間に飛び込んだかと思うと、すぐさま次のを運び込もうと部屋を飛び出して行くのだ。マーカスとジーペ氏は上着を脱いだ。グラニス爺さんとミス・ベイカーは廊下で気詰まりに黙り込んだまますれ違い、グレナディンの生地がしわだらけのフロックコートの肘をかすめた。オールバーマン叔父さんはハイゼがシャンパンのケースを開けるのを裁判官のような厳粛さで監督した。アウグーステは新しい塩と胡椒《こしょう》を赤と青のグラスの瓶に詰める仕事を任された。

驚くほど短い時間で準備がすべて整った。マーカス・シューラーがもう一度上着を着、額の汗を拭ってこう言った。

「飯にありつくだけでひと仕事だ」

「デーブルにむがえ！」ジーペ氏が命じた。

一同はわいわいとしゃべりながら席に着いた。トリナは下座に、歯科医は上座に、その他はでたらめの順番に座った。マーカス・シューラーはグラニス爺さんが座ろうとしていたセリーナのすぐそばの椅子にうっかり割り込んでしまった。あと空いている椅子は一脚だけで、ミス・ベイカーの隣りであった。グラニス爺さんは二の足を踏んで顎を手で触った。しかし逃げ場はどこにもなかった。激しい恐怖を感じながらグラニス爺さんはこのかつての仕立屋のそばに腰を下ろした。ふたりとも口を開かなかった。グラニス爺さんは動くことすらせずにじっと座り、視線は空のスープ皿に釘づけになっていた。

急にピストルのような音が響いた。男たちはびっくりして席を立ちかけた。ジーペ夫人はくぐもった悲鳴を上げた。安っぽいレストランからマリアの手伝いをするために雇われたウェイターがかがんだ姿勢から起き上がり、その手の中ではシャンパンの瓶から泡が吹きこぼれていた。顔はにやにやと笑っていた。

「怖がらないでください」彼は安心させるようにそう言った。「弾は入ってませんから」

全員のグラスが満たされると、マーカスは、「立ち上がって」花嫁の健康に乾杯しようと提案した。列席者たちは立ち上がって乾杯した。その場のほとんど誰もシャンパンの味を知らなかった。乾杯のあと、一瞬静まり返ったが、そのときマクティーグが満足げに深い溜息をついて叫んだ。「こいつは今まで飲んだ中で最高のビールだ」

爆笑が起こった。とりわけマーカスは歯科医の間違いに大喜びし、目に涙が浮かぶまで大笑いした。食事のあいだじゅうずっと、マーカスは何度もマクティーグのことばを笑いながら真似し続けるのだった。「こいつは今まで飲んだ中で最高のビールだ。まったく、馬鹿だなあ！」

なんと素晴らしい食事であったことか！　オイスター・スープ、ハタにカマス、栗の実を詰めた巨大なガチョウの丸焼き、ナスとサツマイモ――ミス・ベイカーは「ヤムイモ」と呼んだ。仔牛の頭のオイル煮、これにはジーペ氏が有頂天になった。ロブスターのサラダ、ライスプディング、ストロベリーのアイスクリーム、ワインのゼリー、とろ火で煮込んだプルーン、ココナッツ、ミックスナッツ、レーズン、フルーツ、お茶、コーヒー、ミネラルウォーター、レモネード。

二時間にわたって列席者たちは食べた。顔を真っ赤にし、脇を開き、額に汗を浮かべて食べた。テーブルを見渡すと、みな同様にひっきりなしに顎を動かす様子が見られ、途切れることなく咀嚼《そしゃく》する音が聞こえてきた。ハイゼはもっとガチョウの丸焼きが食べたいと、三度も皿を差し出した。ジーぺ氏は満足げに深く息をつきながら仔牛の頭を貪り食った。マクティーグはえり好みすることなく、食べるためだけに食べ続けた。手の届く範囲にあるものはすべて、その巨大な口に放り込まれるのだ。

会話はほとんどなかった。あっても料理に関してだけだった。スープについて、ナスについて、あるいはとろ火で煮込んだプルーンについて、隣りの人と意見を交わした。すぐに部屋はひどく蒸し暑くなり、窓はかすかに曇り始めた。空気は料理のにおいでよどんでいた。トリナとジーぺ夫人は皿が空になった人がいるとすぐさまお代わりをするよう促した。ふたりともポテトを皿に盛り、ガチョウを切り分け、肉汁をかけてやるのに忙しかった。雇われたウェイターは腕に湿ったナプキンをかけ、両手に大皿小皿を山ほど抱えて部屋中を歩き回った。ウェイターはジョークの好きな男で、食べ物それぞれを勝手なあだ名で呼んだので、その都度テーブルに笑い声が巻き起こった。一度、パセリ《パースリー》の房を「景色《シーナリー》」と呼んだときなど、ハイゼは頬ばっていたポテトをのどに詰めそうになった。キッチンではマリア・マカパが三人分の仕事をしていた。顔は真っ赤で袖はまくり上げられ、時折、どうもウェイターに向けたらしい、甲高くてわけのわからない叫びを上げていた。

「オールバーマン叔父さん」トリナが言った。「プルーンをもう少しどうぞ」

ジーペ家の人たちはみな、オールバーマン叔父さんに多大な敬意を払っていたが、その場にいた人たちみなも同様だった。マーカス・シューラーですら、彼に話しかけるときには声を少し下げた。食事が始まったばかりのとき、マーカスは馬具職人の脇腹をつつき、このおもちゃの卸業者の方に首を振って見せ、手で口元を隠しながら「銀行に三万ドルもってるんだって、嘘じゃないぜ《フォー・ア・ファクト》」と囁いた。

「あまりしゃべらないんだな」ハイゼが言った。

「そうなんだ、それがあの人の流儀なんだよ。全然話そうとしないんだ」

夜も徐々に更けていくと、ガス灯とランプがふたつ灯された。一同はまだ食べ続けていた。男たちは食事に食らいつきながら、チョッキのボタンをはずしていた。マクティーグの頬は膨れ上がり、目は見開かれ、巨大な突き出た顎は機械のように規則正しく動き続けた。時折、断続的に鼻から浅い息をついた。ジーペ夫人はナプキンで額を拭った。

「ねえ、あなだ、あれ、もっとちょうだい――ほら、なんで言っだ――『泡水』を」

それがウェイターがシャンパンにつけた呼び名であった。――「泡水です」列席者たちは拍手喝采した。「うまいこと言うね」このウェイターは本当に冗談好きなのだった。

ボトルが次々に空けられ、コルクが抜かれるとき、女性たちは耳をふさいだ。唐突に歯科医が叫び声を上げて鼻を手で叩き、激しく顔をゆがめた。

「マック、どうしたの？」トリナが驚いて大声を出した。

「シャンパンが鼻に入った」そう叫んで涙を流した。「猛烈に痛いよ」

「なかなかのビールだろ？」マーカスがわめいた。

「もう、マーク」トリナが低い声でいさめた。「ちょっと黙りなさいよ。もう面白くなんかないんだから。マックのこと、馬鹿にしないでほしいわ。あの人、わざとビールだって言ったのよ。ちゃんとわかってるんだから」

食事のあいだじゅう、ミス・ベイカーは大半の時間をアウグーステと双子の面倒を見るのに費やしていた。彼らは自分たち専用のテーブルを与えられていた——儀式のときに使ったあの黒いクルミ材のテーブルである。仕立屋は頻繁に後ろを振り向いて、子どもたちに何か欲しいものがないか聞いてやった。ただ問いかけられても、三人とも真っすぐ牛のように無表情な視線でじっと見つめ返すだけであった。

急に仕立屋はグラニス爺さんの方を振り向いて感慨深げに言った。

「わたし、小さな子どもが大好きなんです」

「そうですね、ちっちゃい子どもはほんとにおもしろい。わたしも大好きですよ」

次の瞬間、老人ふたりは狼狽でわけがわからなくなった。なんということだ！　ふたりはついにことばを交わしたのだ、何年も互いに黙ったままだったのに。このとき初めて、お互いに意見を交わしたのだ。

老いた仕立屋は恥ずかしさで激しい苦痛を感じた。いったいどうして話しかけようなんて思ったのだろうか？　そんなことはするつもりもなかったし、したくもなかったのだ。突然ことばが口から洩《も》れてしまっただけなのだ。それにグラニス爺さんが返事をした。それで終わりだった。——気づいたときにはもう終わっていたのだ。

グラニス爺さんの指はテーブルの端で震えていた。心臓はどきどきと打っており、息は浅くなっていた。本当にこの仕立屋に話しかけてしまった。そうすることをずっと心待ちにしていたのだ。もう何年ものあいだ願っていたような気がする。同じアパートの住人として交際し、親密になることを、いつのことかはわからないが、いつかずっと遠い将来にやっと実るだろう喜ばしい付き合いを。——それが見よ、今いきなり頂点に達したのだ。大勢の人であふれかえり、暑くなりすぎたこの部屋で、こんなふうにみなむしゃむしゃと食べている中で、熱い料理のにおいに囲まれ、絶え間ない咀嚼音を背景にして。想像していたのはこんなふうではまるでなかった。ふたりきりで——自分とミス・ベイカーと——夜、どこか世の中の喧騒から離れた、とても静かでとても穏やかでとても平穏な場所ですごすつもりだったのだ。ふたりの人生について、ふたりの失われた幻想についてふたりで話すつもりだったのだ、誰か他人の子どもについてなどではなく。

ふたりの老人はもうこれ以上話すことはなかった。隣りどうしで、これまで一度もなかったほど近くに座りながら、身動きもせず、上の空であった。ふたりの思考はこの宴会の情景から遠く離れていた。互いのことを思い、互いにそうだとわかっていた。臆病だったのだ、老いという二度目の子ども時代の臆病さで、すぐ近くにいることが気づまりに感じられ、居心地が悪かったのだ。だがにもかかわらず、ふたりは自分たちで作り出したささやかな理想郷に住んでいた。いつまでも秋のままの心地よい庭を、手に手を取り合って歩いていたのだ。自分たちのありきたりの、なんの変哲もない人生に遅れてやってきたロマンスに、ともに、ふたりきりで入っていったのだ。

ついにこの大宴会も終わりを迎えた。料理をすべて平らげてしまったのだ。巨大なガチョウの丸焼きはすっかり骨だけになってしまった。ジーペ氏は仔牛の頭をただの頭蓋骨に変えてしまった。シャンパンの空き瓶の列は――ひょうきんなウェイターは「死んだ兵隊たち」と呼んだ――暖炉の上に並んでいた。プルーンは煮汁だけになってしまい、これはアウグーステと双子に与えられた。全員の皿が洗ったようにきれいになっており、パン屑やポテトの削り屑、ナッツの殻、ケーキのかけらがテーブルに散乱していた。コーヒーやアイスクリームのしみと、こぼれた肉汁の固まった跡が、それぞれの皿のあった場所を指し示していた。まさに蹂躙《じゅうりん》、まさに略奪であった。テーブルは見捨てられた戦場の様を呈していた。

「うっぷ」ジーペ夫人は口の中のものを飲み込んで、満足げに呻いた。「だべだ、だべだ。ああほんど、おながいっぱい」

「あのごうしのあだま、うまがっだ」夫の方も、唇をなめりながらつぶやいた。

ひょうきんなウェイターはいなくなっていた。ウェイターとマリア・マカパはキッチンに集合していた。ふたりはシンクの洗い場に寄り添い、食事の残りをごちそうになっていた。ガチョウのスライス、ロブスターサラダの残り、シャンパンのボトル半分。これはティーカップで飲まねばならなかった。

「では乾杯」ウェイターは堂々とそう言って、ティーカップをもち上げ、シンクの向こう側のマリアにお辞儀をした。そして「聞けよ」とつけ加えた。「連中、歌ってるぜ」

一同はテーブルを離れ、セリーナの座るパーラーオルガンのまわりに集まっていた。最初のうちはそのときはやっていた歌をいくつか歌ってみようとした。しかし誰もコーラスの最初の歌詞から先を何ひとつ覚えていなかったので、諦めなければならなかった。結局全員が知っている曲ということで、「主よ御許に近づかん」を歌うことに決めた。セリーナが「アルト」をひどく調子外れに歌い、マーカスは猛烈に顔をしかめ、顎を襟にうずめるようにしてバスを歌った。非常にゆっくりと歌った。まるで葬送曲のようになり、物哀しげで、悲痛の嘆きが長々と続いた。

わが神よ、御許に近づかん
御許に近づかん。

歌が終わると、オールバーマン叔父さんがなんの前触れもなく帽子をかぶった。たちまちのうちに静けさが広がった。列席者たちは立ち上がった。

「そんなに早く帰らなくてもいいでしょ、オールバーマン叔父さん?」トリナが儀礼的にそう抗議した。彼はただうなずいただけだった。マーカスははじかれたように駆け寄ってコートを着るのを手伝った。ジーペ氏が近づき、ふたりは握手した。

それからオールバーマン叔父さんはもったいぶった一言を述べた。間違いなく食事のあいだ中、ずっとこのことを考えていたのだ。ジーペ氏に向けて、彼はこう言った。

「あなたは娘を失ったのではない。息子を手に入れたのです」

この夜を通して、これが彼の発した唯一のことばであった。彼は立ち去った。残された一同は深い感銘を受けていた。

およそ二十分後、マーカス・シューラーがアーモンドを殻ごと食べてゲストを楽しませていると、ジーペ氏が時計を手に立ち上がった。

「十一時半だ」彼はそう叫んだ。「ぎをづけ！　じがんだ、すべて止め。しゅっばづだ」

これがとてつもない混乱を巻き起こすきっかけとなった。ジーペ氏はすぐさま、それまでくつろいでいた気分を脱ぎ捨てた。仔牛の頭も忘れ去られた。いま一度、大事業の指揮官となったのだ。

「あづまれ、あづまれ」大声を出した。「ママー、ふだごだぢ、アウグーステ」彼は指揮官らしい激しい身振りで一族を整列させた。眠っていた双子は急に揺り起こされ、まだぼうっとしていた。アウグーステはアーモンドを食べるマーカス・シューラーに称賛の目を向けたまま固まっていたが、一発殴りつけられて周囲で何が起こっているのかやっと把握した。

グラニス爺さんの長所は慎み深いことにあったが、直感的に列席者たちは――ただの部外者なのだから――一家がトリナに別れを告げるより先に立ち去るべきであると感じ取った。彼は新郎新婦に大急ぎでお休みを言って、目立たないように引き上げた。残りの人たちもほとんどすぐにこれに従った。

「さあ、ジーぺさん」マーカスが大声を出した。「しばらくは会えませんね」マーカスは最初はジーペ家の移住に加わるつもりだったが、最近になって諦めることにしたのだ。秋まではサンフランシスコに残らなければならない用事があるのだと大げさに話して聞かせた。最近マーカスは牧場で働くという野心を抱き始めていた。牛を育てたかったのだ。ちょっとしたお金はあったので、あとは誰か「一緒に行ってくれる」人を探していたのだ。カウボーイの生活を夢見ていて、銀の拍車をつけ、飼いならされていないブロンコを乗りこなす自分の姿を思い描いてうっとりしていたのだ。マーカスはトリナに捨てられ、親友に「コケにされ」た、と自分に言い聞かせていたので、世間から完全に姿を消すのが「当然のこと《プロパー・ケイパー》」だと思ったのだ。

「向こうで誰か知り合いができて」マーカスはジーペ氏に向けて、そう続けた。「牧場を一緒にやりたい人がいたら、ぜひ教えてください」

「もぢろん」ジーペ氏は上の空でそう答え、アウグーステの帽子をあちこち探し回った。

マーカスはジーペ家の人たちに別れを告げた。そしてハイゼと一緒に外に出た。階段を下りながら、まだフレンナの店が開いているだろうかとふたりが話し合っているのが聞こえてきた。

そしてミス・ベイカーがトリナの両頬にキスをして立ち去った。セリーナも一緒に出ていった。残ったのは家族だけだった。

トリナはひとり、またひとりと立ち去っていくのを眺めながら、だんだん不安がつのり、おぼろげな恐れが湧き上がってくるのを感じていた。すぐにみな出て行ってしまうのだ。

「さて、トリナ」ジーペ氏が大声を出した。「さようなら。そのうぢ遊びぐる」

ジーペ夫人はまた泣き始めた。

「トリナ、づぎ会えるのいづ？」

トリナの目にも我知らず涙があふれた。そして母親を抱きしめた。

「ええ、そのうち、きっと行くわ」そう言って泣き出した。双子とアウグーステはトリナのスカートにしがみつき、むずかりながら泣きべそをかいた。

マクティーグはみじめだった。その一団からは距離を置いて部屋の隅に立っていた。誰も彼のことを考えている様子はなかった。自分は部外者なのだ。

「いっぱい手紙を書いてね、ママ。そして起こったことを教えて――オーガストや双子たちのことも」

「じがんだ」ジーペ氏がいらいらしながら叫んだ。「さよなら、トリナ。ママー、アウグーステ、さよなら、言う。そしでしゅっぱづ。さよなら、トリナ」ジーペ氏はトリナにキスをした。アウグーステと双子が抱きかかえられた。

「ぎなさい、はやぐ」ジーペ氏がそう言ってドアに向かった。

「さよなら、トリナ」ジーペ夫人はこれまで以上に激しく泣きながら叫んだ。「ドクトル――ドクトルはどこ?――ドクトル、トリナに優しぐしであげで。どっでも優しぐね。ドクトルもいづが娘でぎるど、今のわだしのぎもぢわがる」

このときにはみな入り口に立っていた。ジーペ氏は階段を途中まで下りながら呼び続けていた。「ぐる、はやぐ、電車おぐれる」

ジーペ夫人はトリナを放し、階段を下りた。双子とアウグーステがそれに続いた。トリナは入り口に立ったまま涙を流してそれを見送った。みんな行ってしまう。次に会えるのはいつなの?　わたし、結婚したばかりのこの人とふたりきりで残されてしまう。急に正体不明の恐怖が彼女を捕らえた。トリナはマクティーグのもとを去り、階段を駆け下りて母親に追いつき、首にしがみついた。

「行かないで」トリナは母親の耳にすすり泣きながら囁きかけた。「ねえ、ママ、わたし――わたし怖いの」

「あら、トリナ。あまりがなしませない。ながないで、わだしの娘」ジーペ夫人はトリナを腕に抱き、彼女がまた子どもに戻ったかのように身体をゆすった。「がわいそうに、おびえで。ながない。――ね、――さあ、ごわいごど何もない。さあだんなさんのどごいぐ。ほら、パパが呼んでる。いぎなさい。さよなら」

ジーペ夫人はトリナの腕を引き離し、階段を下りていった。トリナは手すりにもたれ、目を凝らして母親を見送った。

「どうしだ、トリナ？」

「ああ、さよなら、さようなら」

「さあ、さあ、電車おぐれる」

「ママ、ねえ、ママ！」

「どうしだの、トリナ？」

「さよなら」

「さよなら、わだしの娘」

「さよなら、さよなら、さようなら」

正面玄関のドアが閉まった。深い沈黙が訪れた。

しばらくトリナは手すりから身を乗り出したまま、人気《ひとけ》のない階段を見下ろしていた。真っ暗だった。誰もいない。あの人たち、お父さん、お母さん、子どもたち——みんな行ってしまった、ひとりになってしまった。振り返って部屋を見た——夫の方を見た。新しい家を見た。これから始まる新しい生活を見た。

廊下は人気がなく、空虚に見えた。周囲のアパートは新しくて巨大で見知らぬもののように思えた。ひとりになって恐ろしさがこみ上げてきた。マリアと雇われたウェイターももういない。上の階から赤ちゃんの泣き声が聞こえてくる。暗い廊下で、結婚式用のきれいな服を着て、しばらく立ったまま、あたりを見回し、耳をすました。居間の開いたドアから金色の光の筋が流れ出していた。

トリナは廊下を歩き、居間の開いたドアを通ってベッドルームの廊下側の入口に向かった。

そっと居間を通りすぎるとき、素早く部屋を見回した。ランプとガス灯は赤々と燃え上がり、椅子は列席者たちが立ち去ったままの様子でテーブルから出しっぱなしになっていた。テーブルも見捨てられ、打ち捨てられて、残された皿、ナイフ、フォーク、空になった取り皿としわくちゃのナプキンが、さきほどまでの混乱状態をなんとなく伝えていた。歯科医はそこに肘をついて座り、背中をこちらに向けていた。テーブルのぼやけた白に対して、マクティーグはとてつもなく大きく見えた。巨大な肩は太くて赤い首と黄色いぼさぼさの髪から盛り上がっていた。明かりが巨大な耳の軟骨を通してピンク色に輝いていた。

トリナはベッドルームに入り、ドアを閉めた。その音で、マクティーグが驚いて立ち上がるのがわかった。

「トリナか？」

トリナは返事をしなかった。しかし部屋の真ん中で立ち止まり、息をのんで震えていた。

歯科医は外の部屋を横切り、シェニール織の仕切りカーテンをくぐって入ってきた。マクティーグは素早く進み、腕でトリナを捕まえようとしているみたいだった。そしてその目は燃えていた。

「だめ、だめよ」トリナが悲鳴を上げて身を縮こまらせた。急にマクティーグが怖くなった——女性が男性に対してもつ本能的な恐怖を感じた——トリナの全存在がマクティーグの前に怯えた。この巨大で角ばった顎に、力強く突き出た顎に、巨大で赤い手に、とてつもない抗うことを許さぬ腕力に、恐怖した。

「だめよ、だめ……わたし、怖いの」トリナは叫んで部屋の反対側の方へ逃れようとした。

「怖い？」歯科医は困惑してそう言った。「トリナ、いったい何が怖いんだ？　傷つけたりしないよ。何も怖がることはない」

実際トリナは何が怖いというのか？　自分でもわからなかった。しかし結局のところ自分はマクティーグの何を知っているというのだろう？　突然自分の人生に入り込んできたこの男はいったい何者なのか？　自分を家庭から、両親から引き離したこの男は、この馴染みのない巨大なアパートでふたりきりですごすことになったこの男は何者なのか？

「ああ、わたし怖い、わたし怖いわ」トリナは叫んだ。

マクティーグはさらに近寄り、トリナのそばに座って肩に手を回した。

「何が怖いんだ、トリナ？」マクティーグは安心させるようにそう言った。「君を怖がらせたりしたくないんだ」

トリナは血走った目でマクティーグを見た。あの愛らしい小さな顎は震えていた。細く、青い目は涙であふれそうだった。そしてトリナの視線はある種の凝視に変わり、マクティーグの顔を詮索するように覗き込んだ。そしてほとんど囁くようにこう言った。

「わたし、あなたが怖いの」

しかし歯科医はもう聞いていなかった。とてつもない喜びがマクティーグを捕らえていたのだ。――それは所有の喜びであった。トリナは今や自分のものなのだ。自分の腕の中にいて、どうすることもできず、とてもきれいだった。マクティーグの中で表面下にとどまっていた本能が突然命を吹き返し、大声で雄たけびを上げ始め、抑えられなくなった。自分はトリナを愛している。愛していないわけがあろうか？　髪のにおい、首筋のにおいがここまで漂ってくる。

やおらマクティーグは巨大な両腕でトリナを捕らえ、その抵抗をとてつもない力で叩き潰し、口にベッタリとキスをした。するとマクティーグに対する激しい愛情が、急にトリナの胸に湧き上がってきた。トリナはかつてもそうしたように、自らの身をマクティーグに明け渡した。征服され、服従させられたいという説明のつかない欲望に完全に身を委ねてしまった。トリナはマクティーグにしがみつき、両手で彼の首を搔き抱き、耳元に囁きかけた。

「ねえ、優しくして……とても、とっても優しくしてほしいの……わたしにはもうあなたしかいないんだから」

第十章

夏が終わって冬になった。九月の末から雨の季節が始まり、十月、十一月、十二月と、ずっとそんな天気が続いた。長い間隔を空けて完璧な秋晴れの続く週が訪れ、そんなときには空には雲ひとつなく、風もなかったが、何か躍動的で、かすかに活気づくような気配があり、なんとなくうきうきしてくるのだった。それからなんの前触れもなく、南風の吹く夜、灰色の雲の渦が徐々に広がり始め、街のはるか上空に垂れ込めるのだ。そして雨がぱらぱらと降り始め、初めは断続的なにわか雨だったものが、次第に途切れることのない霧雨に変わっていった。

一日中、トリナはポーク・ストリートの狭い一角を見下ろす居間の張出し窓に座っていた。顔を上げるごとに大きな市場や菓子屋、釣り鐘屋などが見え、もっと遠くに目を向けると、家々の屋根の向こうに巨大なスイミングプールのガラスの天窓と水のタンクが見えた。手前の方には通りそのものが見えている。ケーブルカーが行き来し、レールの継ぎ目のところで激しいガタンという音を鳴らしていた。市場の荷車は何十台も出入りを繰り返しており、鉛筆を耳の後ろに挟んだシャツ姿の若者が必死になって走らせていたり、血に染まった肉屋のエプロンを掛けた向こう見ずな子どもが運転したりするせいで、激しいスピードになっていた。歩道にはポーク・ストリートの狭い世界が日々の生活に追われて押し合いへし合いしていた。天気のいい日には、一ブロック先の大通り〔第一章で既出〕にある高級住宅地から来た貴婦人たちがポーク・ストリートに押し寄せ、肉屋の前に立ち止まってその日の買い物に熱中するのだ。雨の日には召使いたちが――中国人の料理人や下女たちである――代わりに買い物をした。こういった召使いたちは尊大なそぶりで、自分たちの主人がパラソルをもっている姿を見よう見まねで真似て、絹の傘を振りかざしてみせ、横柄な態度で顎をつんと上げ、市場の店員と値段の交渉をするのである。

雨はいつまでも降り続いた。トリナの視界に入るすべてのものが、市場の荷車に繋がれた馬にかけられた防水シートからスイミングプールの屋根にあるガラスの天窓にいたるまで、雨に濡れてかてかと光っていた。歩道のアスファルトはエナメル革のブーツの表面のように輝いていて、通りのくぼみはすべて水たまりとなり、雨のしずくが落ちるごとに目がウィンクをしているように見えた。

トリナはオールバーマン叔父さんの仕事をまだ続けていた。朝のあいだはキッチンや寝室、居間を片づけるのに忙しかったが、午後になると昼食のあと二、三時間、ノアの箱舟の動物を作るのに没頭した。道具を張出し窓のところまでもち出し、木片や削り屑を落としてもいいように椅子の下に大きな粗布を敷いた。木屑はあとで暖炉の火をつけるのに使うのだ。次から次へと柾目のパイン材の小さな塊を手に取り、ナイフを指に挟んできらめかせ、みるみるうちに小さな人形が削り出されていく。こうして驚くほどの短期間で削り終え、着色できる状態に仕上げられると、脇においてあるバスケットに放り込むのである。

だが結婚してから雨の多い冬になると、トリナはしょっちゅう作業を止め、両手を膝においたまま何もしないことがあった。目が――あの細くて淡い青色をした目が――だんだんと見開かれ、もの思わしげな色をたたえ始め、雨に濡れた通りを見つめながらも、その実何も見てはいないのである。

　トリナは今はもうマクティーグのことを愛していた。その盲目的で、理屈で説明できない愛には疑いもためらいも入り込む余地はなかった。実を言うと、トリナがマクティーグを本当に愛し始めたのは歯科医との結婚のあとになってからだったような気がした。徹頭徹尾、全面的に身を明け渡し、もはやあと戻りのできない最後の一線まで屈服したことで、かつてBストリートで生活していたときには夢にも思わなかったような類の愛情が湧き出してきたのだ。しかしトリナは夫を愛しているとはいえ、それは愛情を呼び起こすような高潔で気高い人柄を夫の中に見てとったと思ったからではなかった。歯科医がそのような人柄であったかどうかはともかく、トリナにはそんなことはどうでもよかったのだ。トリナが夫を愛したのは、ただ自分から進んで無条件に身を捧《ささ》げたからであった。自分の人格を夫の人格と同一視してしまったからであった。自分は夫のものだ。自分は永遠に死ぬまで夫のものになってしまったのだ。夫が何をしようが（そうトリナは自分に言い聞かせた）、自分が何をしようが、この点が変わることはない。ひょっとするとマクティーグが自分を愛さなくなる日が来るかもしれない。あるいは死んでしまうことだってあり得る。だがそれでも自分が夫のものであることには変わりないのだ。

　しかし最初からそうだったわけではなかった。秋の長く雨の降り続く日々、トリナは何時間もひとり取り残され、新婚生活の刺激と目新しさも次第に消えてなくなりつつあり、新しい家庭生活も日々の習慣にはまり込みだしたころ、トリナは何時間も、不信を、疑念を、あるいは事実上、後悔すらも感じながらすごしていたのだ。

とりわけある日曜日の午後のことを忘れることはないだろう。結婚してからまだ三週間しかたっていないころだった。ディナー[012]のあと、トリナとミス・ベイカーは、珍しく晴れ渡っていたのをいい機会に散歩に出かけ、サッター・ストリートの花屋のウィンドウに飾られていたきれいなゼラニウムを見に行った。ふたりは通り雨に降られたので、アパートに帰ると仕立屋はトリナを自分の小さな部屋へ連れて行き、濃いめのお茶を淹れてあげようと申し出た。「身体が冷えたらいけませんからね」ふたりの女性はその日の午後の大半を、ティーカップを手におしゃべりをしてすごした。その後、トリナは自分の部屋に戻ったのである。三時間近くのあいだ、マクティーグの存在がトリナの頭からすっかり消えていた。そして低い声で鼻歌を歌いながら続き部屋を通りすぎようとすると、急に思いもしないままマクティーグに出くわしたのだ。トリナの夫は「デンタル・パーラーズ」にいて、診察椅子に寝転がり、ぐっすりと眠り込んでいた。小さなストーブにはコークスが詰め込まれ、部屋は温まりすぎて、エーテルのにおいやコークスの吐き出すガス、気の抜けたビール、安たばこなどで空気はよどみ、汚れていた。歯科医は診察椅子の擦り切れたベルベットの上でその巨大な手足を大の字に伸ばしていた。上着もチョッキも靴も脱ぎ捨てている。巨大な脚は灰色の分厚い靴下にくるまれ、足載せ台の端からぶら下がっていた。パイプはだらしなく開いた口から落ちており、灰が膝の上にこぼれていた。すぐそばの床には半分空になったスチーム・ビールのピッチャーが置いてあった。頭は片側の肩にだらりともたれかかり、顔は眠りで赤くほてり、開いた口からは恐ろしいいびきの音が響いていた。

　しばらくのあいだ、トリナは夫をじっと見つめていた。うつ伏せでぐったりとして、中途半端な服装をし、部屋の暑さと、スチーム・ビールと、安物のたばこを吸ったせいで感覚を失ってしまっているのだ。トリナは小さな顎を震わせ、嗚咽が喉元までこみ上げてくるのを感じた。そこで「パーラーズ」から逃げ出し、ベッドルームに鍵をかけてベッドに身を投げ出し、激しく号泣し始めた。ああ、こんなのいや、いやよ、あんな人を愛することなんてできない。みんなひどい間違いだったのに、もう取り返しがつかなくなってしまった。死ぬまでこの人と一緒にいないといけないのね。結婚してまだ三週間しかたってないのにもうこんなに耐えられなくなってるんだもの、この先何年もどうやってすごしたらいいの？　毎日毎日一日中、この同じ顔を、尖った顎を、見続けないといけない。あの馬鹿みたいに大きな赤い手で触られないといけない。あのとてつもなく大きな足が、分厚い灰色の靴下を履いて、象みたいに歩き回るうるさい足音を聞いていないといけない。来る日も来る日も変わらない毎日が一生続いていくのよ。いつまでもずっとこの嫌悪感をもち続けることになるのか、あるいは――もっと悪いことに――あの人で満足してしまうようになるのかどっちかなのね。あの人を好きになって、スチーム・ビールと安たばこのレベルまで落ちていく、そして自分の小ぎれいな好み、清潔できちんとした習慣は、あの馬鹿で粗暴なわたしの夫にはなんの意味もないのだから、そんなものはすぐに忘れ去られてしまうだろう。「わたしの夫！」あれが、あの部屋にいるのが、わたしの夫なのね。――いびきがここまで聞こえてくる――一生、死ぬまでわたしの夫なのね。大いなる絶望が彼女を捕らえた。トリナは顔を枕に埋め、計り知れないほどの切実さで母親に会いたいと思った。

カナリアのさえずりがうるさくてやっと目をさますと、マクティーグはゆっくりと起きだした。しばらくするとコンチェルティーナを取り出し、自分の知っている六つの物哀しげな曲を弾き始めた。

ベッドにうつ伏せになったままトリナは泣いていた。続き部屋に聞こえるのはふたつの音だけだった。コンチェルティーナの悲しげな調べと、押し殺した泣き声だった。

　夫が自分の悲しみに気づいてくれないことが、トリナの不満をさらに倍増させた。意固地な支離滅裂さで、トリナは夫にここに来て慰めてほしいと思った。夫なんだから、自分がこんなに苦しい思いをしていることを、こんなにも寂しくて不幸なことを、知っていて当然ではないか。

「ねえ、マック」トリナは震える声で呼びかけた。しかしコンチェルティーナはそのまま嘆き、むせびつづけた。それを聞いているとトリナは死にたくなってきて、跳ねるように飛び起きると「デンタル・パーラーズ」に飛び込んで夫の腕に身を投げ出した。そして「ねえ、マック、わたしのこと、愛して、ねえ、あなた、とっても愛して！　わたし、ほんとに不幸なの！」と叫んだ。

「え……何……どうしたんだ……」歯科医は驚きの声を上げ、困惑し、少し怖くなった。

「なんでもない、なんでもないの。ただわたしのこと、愛してほしいの。いつも、ずっと、愛してほしいの」

　しかしこの最初の危機は、この一時的な抵抗感は、女性特有のヒステリックな反応にすぎなかったのであり、やがていつの間にか消えてなくなり、ふと気づいてみるとトリナの「クマさん」への愛情はどんどん増していくのであった。トリナはマクティーグに日増しに愛情を注ぐようになっていったが、それは夫の人間性に向けてというよりも、自分が夫に身を捧げたからなのであった。もう一度だけトリナが夫に反発を覚えたこともあったが、それもほんのわずかのことにすぎなかった。妙なことだが、ある朝、朝食を終えた直後に、マクティーグの豊かな口髭に玉子のかすがついているのを見たのが原因だったのだ。

やがてふたりは少しずつではあるが、互いに譲歩することも覚えていった。まったく意識していなかったのだが、ふたりとも相手に合わせて生活のスタイルを順応させていったのである。最初のうち恐れていたように、マクティーグのレベルに身を落とすのではなく、むしろマクティーグを自分のレベルに引き上げることもできるのだとトリナは気づいた。その結果、多くの厄介で気の滅入るような問題を解決することができたのだった。

まずひとつには歯科医の服装の趣味が向上した。トリナは夫をうまく説きつけて、日曜日には背の高いシルクハットやフロックコートを着せることまでさせた。次にマクティーグは日曜の午後の昼寝とビールを諦め、代わりに天気のよい日など、トリナと一緒に三、四時間、公園ですごすようになった。結果的に、トリナの懸念は徐々に収まり、たまに不安になることがあってもしばらくするとただ肩をすくめ、こう自分に言い聞かせるのだった。「まあもう結婚しちゃったんだし、今さらどうしようもないじゃない。せいぜい頑張ってやっていくしかないのよ」

結婚して最初の数か月、トリナは不安のぶり返す時期が続いたかと思うと、急に愛情をあけっぴろげに爆発させる時期が続いたりもした。そんなときは不安があったとしても、せいぜい夫の愛情が自分ほど大きくないのではないかという程度のものだったのだ。なんの前触れもなしにトリナはいきなり夫の首にしがみつき、頬ずりをしてつぶやくのだ。

「マック、大好きよ。愛してるの。ねえわたしたち幸せじゃない？　あなたとわたしふたりだけしかいないのよ。マック、あなたもわたしのこと好きよね？　もしそうじゃなかったら、ねえ、万一、わたしのこと、好きじゃなかったらどうしようかしら」

しかし冬がなかば終わるころまでにはトリナの感情も、最初のうちこそ両極端を揺れ動いていたが、やがて静かな満足と穏やかな安らぎへと落ち着き始めた。家事のやりくりにどんどん関心を奪われるようになったが、それはトリナが主婦業に秀でていたからであり、この狭い続き部屋をきれいに整頓し、支出の帳尻をうまく合わせるのだった。その節約の精神はややもすると完全なる吝嗇《けち》といってよいものに近づいた。金《かね》を貯めることに、トリナは情熱を傾けた。ベッドルームのトランクの底に真鍮のマッチ箱を隠していて、それが貯蓄銀行の役割を果たした。ささやかなへそくりに二五セント《クオーター》や五〇セント硬貨を加えると、子どもが喜ぶのとそっくりな様子で笑みがこぼれ、歌を歌い始めるのである。その反面、肉屋や牛乳屋に不当な金額を払わされると、その日一日ずっと落ち込んだままなのだ。トリナはこの金を何か将来の目的のために貯めていたのではない。本能的に、理由もわからず、貯め込んでいたのだ。歯科医がたしなめるとトリナはこんなふうに答えた。

「ええ、ええ、わかってるわ。確かにわたし、ちょっとケチよ。そんなこと、わかってるわ」

トリナはこれまでもずっとつましい女性ではあったが、とりわけ際立ってけちになったのは富くじで大金を勝ち取ってからのことだった。疑いもなく、あまりに大きな幸運のせいで生活がすさみ、浪費癖がついてしまうのではないかという恐れのために、トリナはその反動で反対の極に行きすぎたのだ。絶対に、絶対に、あの奇跡のような財産を一セント銅貨《ペニー》一枚たりとも使うもんですか。むしろもっと増やしていかないといけないのよ。これは金の卵なのよ。竜が生んだみたいな巨大な金の卵なのよ。いえ、確かにそこまで大きくはないかもしれないけど、まだまだ大きくすることだってできるはずよ。冬が終わるころにはすでにトリナは結婚の準備に使わざるを得なかった二〇〇ドルの不足を補塡しかけていた。

　一方マクティーグの方はというと、最近ではトリナが妻になってからも結婚する前と同じくらい愛しているか、もう自問することもなくなっていた。かつてトリナにキスをすると、トリナを腕に抱くと、頭の天辺から爪先まで、とてもことばにできないような多幸感に貫かれたこともあった。トリナの素晴らしくよい香りのする髪のにおいを嗅いだだけで全身目もくらむような感覚が行きわたるのを感じることすらあった。そんなのはもうずっと前のことになっていた。この小柄な女性が唐突に爆発させる愛情は、一緒にすごせばすごすほど激しさを増していく一方であったが、今となってはマクティーグを喜ばせるよりはむしろ、困惑させるようになっていた。そんなときにはおとなしくされるがままになり、トリナの熱烈な問いかけにはこんなふうに答えるようになっていた。「もちろんだよ、トリナ、もちろん愛してるよ。なんだい――どうしたって言うんだ？」

　歯科医が妻に抱く好意には、激しい感情はなくなっていた。トリナが近くにいるとうれしかったし、朝から晩まで慣れた手つきで、陽気に歌いながら、部屋を動き回る姿を眺めているのはとてつもない喜びであった。それに患者が診察椅子に座っているときにトリナを「デンタル・パーラーズ」に呼び、自分が充塡器《プラガー》を押さえているあいだにトリナに柘植の木槌で金《きん》の充塡剤を叩いてもらうときなど、マクティーグはうれしくてたまらないのであった。しかしあの情熱の嵐は、トリナにエーテルを投与したあの日に突如マクティーグを捕らえたあの圧倒的な欲望は、Bストリートの駅でトリナを腕に押さえつけたあの日にふたたび訪れたあの欲望は、そして結婚生活の最初のうちはひっきりなしに感じていたあの欲望は、今ではめったにマクティーグを突き動かすこともなかった。その反面、結婚したことが本当に良かったかどうか疑いをもつこともまったくなくなった。

マクティーグはいつもどおりの鈍感さに逆戻りしていたのだ。そもそも自分のすることに疑問を抱くことなどなく、目標を追い求めることもなく、物事を突き詰めることもしない人間なのである。結婚した夏の翌年、マクティーグは大いに満足してすごした。新婚の目新しさがなくなると、なんの疑いももたず、すぐに新しい生活様式になじんでいった。これから何年もの歳月をこんなふうにすごすことになるのだろう。トリナがいて、自分は結婚して落ち着いたのだ。マクティーグはその状況を受け入れたのだ。ささやかな動物的満足感こそが生活の喜びの大半をなしていたが、そういった満足感が常に満たされ、たとえ邪魔されることがあったとしても――日曜の午後の昼寝やビールのように――何かその代わりになる心地よいものが見つかった。トリナはマクティーグを向上させようと――つまりマクティーグが独身時代に慣れっこになっていた愚鈍な動物的生活から脱却させようと――試みた。そのやり方は非常に巧みであり、きわめて慎重に、きわめてゆっくりとことを進めたので、歯科医は何か変化が起こっているなどとは夢にも思わなかった。背の高いシルクハットのことなど、マクティーグはそれが自分から言い出したことだと思い込んでいたのだ。

徐々に歯科医は妻の影響のもとで向上していった。以前は巨大な赤い手首のまわりでカフスがほつれたまま――あるいはもっとひどい場合はカフスをまったくつけないまま、外に出たりすることもあったが、今はそんなこともない。トリナは夫の下着を清潔に保ち、繕い、大半の洗濯をしてやった。そしてフランネルのズボン――巨大な骨のボタンのついた分厚い赤いフランネルだった――は週に一回、リンネルのシャツは週に二回、カラーとカフスは二日おきに変えるよう要求した。またナイフを使って食べ物を食べる癖をやめさせ、スチーム・ビールの代わりに瓶ビールを飲むように仕向け、ミス・ベイカーや、ハイゼの奥さん、あるいは知り合いの女性に会ったときには帽子をとるように説得した。マクティーグはこの頃ではフレンナの店で夜をすごすこともなくなった。その代わりビールを二本部屋まで買って帰り、トリナと一緒に飲むことにした。「パーラーズ」では女性の患者にぶっきらぼうにふるまったり、冷たい態度をとったりすることもなくなった。それどころか治療と会話を同時にするレベルにまでいたっていた。さらに玄関まで見送ってやり、巨大な角ばった頭を大きく振りながらお辞儀までしてやるのである。

さらに加えて、マクティーグは人生のより広く大きな関心事に目を向けるようになった。つまり個人としてではなく、階級、職業、政党などの一員としてマクティーグが抱くようになった関心である。彼は新聞を読み、歯学雑誌を定期購読し、復活祭やクリスマス、新年を迎えた日などにはトリナと教会に行った。徐々に意見を、信念を抱き始めた——税金を払う女性が投票権をもてないのは公平ではない、歯科専門学校に入学するのに大学卒業資格を要求するのは間違いだ、カトリック教会は公立学校を支配しようとしているがこれはなんとか阻止しなければならない。

しかし中でもとりわけ驚くべきことは、マクティーグが野心を抱き始めたことである。——まだひどく漠然としており、なんとなく現状よりもよいものを求める曖昧な考えにすぎなかったが——その考えもまたトリナの受け売りであった。いつの日か、あるいは自分たち夫婦は自分の家をもてるかもしれない。なんという大きな夢だろう！　完全に自分たちだけのためのささやかな家、部屋は六つに風呂つき、正面には芝生を敷いた小さな庭とカラの花。それに子どももできるだろう。息子が生まれれば名前はダニエルにしよう。高校もちゃんと行って、ひょっとすると配管工や塗装業者として繁盛するかもしれない。それからこの息子のダニエルもまた奥さんをもらうだろうし、そうなればこの風呂つき六部屋の家でみんな一緒に住むのだ。そしてダニエルにも子どもができるだろう。マクティーグは家族みんなに囲まれて年をとっていく。歯科医は自分が子どもや孫たちに囲まれ、立派な家長になっているところを思い描いた。

そんなふうに冬はすぎていった。マクティーグにとってはとてつもなく幸せな季節であった。新しい生活は軌道に乗った。型にはまった日々が始まった。

平日にはふたりは六時半に起きた。牛乳配達の少年が配達のついでにベッドルームのドアを一発叩いていくように指図されており、その音で目を覚ますのだ。トリナは朝食を作る——コーヒー、ベーコンエッグ、パン屋で買ってきたウィーンパンを一ロール。朝食はキッチンで食べる。丸いモミのテーブルにはきらきら光るオイルクロスの掛け布をかけ、鋲で留めてある。朝食がすむと、歯科医はすぐに「パーラーズ」に行き、早朝の予約患者の応対をする——主に店員や店の女の子たちで、仕事に向かう途中に三十分ほど立ち寄るのである。

そのあいだトリナは続き部屋で忙しく立ち働いていた。まずは朝食のあと片づけをし、オイルクロスの掛け布をスポンジでこすり、ベッドメイクをし、箒《ほうき》やはたきや雑巾をもってあちこちを見て回る。十時近くになると、窓を開けて空気の入れ替えをし、ドラブ色のジャケットを着て、赤い羽根のついた丸いターバン帽をかぶり、肉屋や八百屋の注文帳をキッチンテーブルの引き出しに入れてあるナイフバスケットから取り出して、通りに降りていく。そこでトリナはとても楽しい時間をすごすのである。——まずは通りの向かい側にある巨大な市場に、次にはコーヒーとスパイスの豊かな香気漂う八百屋に、そして今度は紳士服店のカウンターで、ちょっとした買い物に熱中し、ベール用の生地の切れ端を、ゴム紐を、クジラの骨の小片を、ためつすがめつするのである。通りでは大通りから来た貴婦人方がきれいなドレスを着ているのとすれ違い、たまにひとりふたり知り合いに出会ったりもする——ミス・ベイカーや、ハイゼの足の不自由な奥さんや、ライアー夫人などである。たまにアパートの前を通りすぎるときに自分の家の窓を見上げる。巨大な黄金の臼歯がきらきらと輝いて「パーラーズ」の張り出し窓からつきだしているのが目印である。そこに居間の開け放しの窓でノッティンガム・レースのカーテンが風に吹かれて揺れ動き、うねっているのが見える。そこにマリア・マカパのタオルを巻いた頭がちらりと見える。そのメキシコ人の雑用係は続き部屋を行ったり来たりして掃き掃除をしたり、ごみを運び出したりしていた。たまに「パーラーズ」の窓から治療をしているマクティーグの丸めた背中が見えることがあった。ときにはお互い目が合って、気づいたしるしに陽気に手を振ったりすることもあった。

十一時までにはトリナはアパートに戻り、茶色のレースのレティキュール——かつて母親のもち物だったものである——は買い物でいっぱいになっている。すぐさまトリナは昼食の準備に取り掛かる——たとえばソーセージにマッシュポテトをあえたもの、あるいは前の晩の肉を温めなおしたり、シチューにしたり。そしてトリナの大好物のココアにサイドディッシュを一皿か二皿——ニシンの塩漬けとかアーティチョークとかサラダとか。十二時半になると歯科医が「パーラーズ」からクレオソートとエーテルのにおいをぷんぷんさせながら戻ってくる。ふたりは居間でテーブルについて昼食を食べる。そして午前中何をしていたかをお互いに話して聞かせるのである。トリナは買ってきたものを見せ、マクティーグは治療の進み具合を説明する。一時になるとふたりはまた別々になり、歯科医は「パーラーズ」に戻り、トリナはノアの箱舟の動物を作る作業に取り掛かるのだ。三時ごろになるとトリナは作業を切り上げ、午後の残りの時間は様々なことをしてすごした。ときには服を繕ったり、ときには洗い物をしたり、あるいは新しいカーテンを取りつけたり、カーペットの一部を鋲で留めたり、手紙を書いたり、知人を——大抵はミス・ベイカーであった——訪問したりするのである。五時が近づくと雇っていた老女が夕食を作りに来る。トリナですら一日三回食事を用意するのは大変だったのだ。

この女性はフランス人で、アパートではオーギュスティーヌと呼ばれていたが、誰も興味を抱くものなどいなかったので、ラスト・ネームがなんなのか聞いてみる者もなかった。この女性について知られていることは、落ちぶれたフランス人の洗濯女であり、みじめなくらい貧乏であり、商売はもうずっと前から中国人との競争に敗れて立ち行かなくなっていたということだけである。オーギュスティーヌは料理人としては優秀だったが、それ以外の点では不愉快きわまりなく、トリナは彼女の一挙手一投足にいらいらさせられるのだ。このフランス人の老女の最も顕著な特徴は、臆病なことであった。トリナがごく簡単な指示を与えようとしても、オーギュスティーヌは怯えおののくのだ。叱りつけようものなら、どれだけ優しく言ったところで、苦悶の表情を浮かべて錯乱状態になる。トリナが怒りを見せると、すぐさまオーギュスティーヌの神経はぼろぼろに崩れ落ち、何も話すこともできず、筋肉が制御不能になって引きつっているかのように頭をただ前後にひょこひょこ振り始め、まるでおもちゃのロバが首をゆすっているような状態になるのである。オーギュスティーヌの臆病さは苛立たしく、部屋に彼女がいるだけで神経が逆なでされるようだった。一方でなんとか怒られないようにしようとする病的な努力のせいで、かえって動作はときに信じられないほどぎこちなくなるのである。一度ならずトリナはもうオーギュスティーヌにはこれ以上我慢できないと思うときもあったのだが、そのたびに彼女の作るキャベツのスープやタピオカのプディングの素晴らしい味を、そして——これこそがトリナにとってオーギュスティーヌの最高の取り柄だったのだが——ほんのわずかの給金で文句ひとつ言わないことを思い出して、やっぱり雇い続けることにするのだ。

オーギュスティーヌには夫がいた。夫は霊媒であった——「教授」と呼ばれていた。たまにアパートの大きな部屋で降霊会を開催し、熱心にハーモニカを吹いて「エドナ」と呼ぶ霊魂を呼び出そうとした。「エドナ」は霊界にいるほかの霊に取り次いでくれるインディアンの女性であると、彼は主張していた。

夜はトリナとマクティーグにとってはゆっくりと休める時間であった。ふたりは六時に夕食をとり、その後マクティーグは半時間ほどパイプを吸い、新聞を読む。そのあいだトリナとオーギュスティーヌはテーブルを片づけ、皿を洗うのだった。それからしばしばふたりは外出した。ふたりの楽しみのひとつは、暗くなってから「繁華街」に出ていき、マーケット・ストリート〈サンフランシスコ市内の交通の大動脈。北東部にあるフェリー・ビルディングから斜めに市内を横断し、ツインピークスと呼ばれる南西の二つの丘まで続いている〉とカーニー・ストリート〈エンバーカデロと呼ばれる波止場地区からマーケット・ストリートまで南北に続く通り〉を練り歩くことだった。非常ににぎやかでほかにも大勢練り歩いている人たちがいた。並んでいる店はみな明るく光が灯され、多くの店がまだ開いていた。ふたりは目的もなくさまよい歩き、店のウィンドウを覗き込んだりするのだった。トリナはマクティーグの腕をとったが、マクティーグの方はこれがひどく恥ずかしくて、両手をポケットに突っ込んで気づかないふりをした。ふたりは宝石店や帽子屋のウィンドウで立ち止まり、互いに品物を選んでやるのがとても楽しかった。もし自分たちが金持ちだったらこれとかあれを買ってあげるなどと話しながら。会話の大半はトリナがした。マクティーグはただ唸り声を出すか、首や肩をゆすって同意を示す程度だった。トリナは安い店のディスプレイに興味を示すことが多かったが、マクティーグはカーニー・ストリートの角にかかっている歯根が四つ伸びた巨大な黄金の臼歯に耐えがたい魅力を感じていた。ときにふたりは路上望遠鏡で火星や月を眺めたりもしたし、巨大な百貨店の円形ホールにしばらく腰を落ち着け、そこで毎晩演奏されている楽団の音楽を聴いたりもした。

たまに馬具職人のハイゼと、すっかり顔馴染みになっていたハイゼの妻に出会うこともあった。そういう日は夜の締めくくりに劇場の下にある静かなドイツ料理店ルクセンブルクに行って四人でパーティをするのだった。トリナはタマーレとビールを一杯頼み、ハイゼ夫人（落ちぶれた作文の教師であった）はサラダを柘榴《ざくろ》と干しブドウのシロップと一緒に食べた。ハイゼはカクテルを何杯か飲んだあとにウィスキーをストレートで飲んだ。歯科医にも付き合うようそそのかしたが、マクティーグは頑固に首を振った。「俺はその手のやつがだめなんだ」そう言った。「なぜだか身体に合わないんだよ。二杯も飲んだらおかしくなる」そこでマクティーグはビールとジャーマン・マスタードを塗ったフランクフルトソーセージを詰め込んだ。

年に一度の機械品評会が開催されると、マクティーグとトリナはよくそこで夜をすごし、展示品を注意深く調べた（なぜならトリナに言わせると、教育とは物事を知ることであり、それについて語れるようになることだからである）。これに飽きてくると、ふたりは回廊に上り、身を乗り出して巨大な円形講堂が光と色と活気に満ちあふれている様子を眺めた。

下から立ち昇ってくる何千という足が床をこする巨大な音、話声のこもったとどろきは、まるで巨大な工場のたてる物音のようだった。この音に交じって遠くの方の機械がブーンと唸る音、即席に作られた噴水のたてるピチャピチャという音、ブラスバンドのかき鳴らすリズミカルなガチャガチャいう音が聞こえ、そしてピアノの展示場では雇われた演奏者がグランドピアノで派手な装飾音をつけて演奏していた。もっと近いところからは、会話の端切れや笑い声の響き、ドレスの衣擦れ、硬く糊のきいたスカートのかさかさいう音を捕らえることができた。そこここで小学生が肘で群衆を押し分け、甲高い声で叫びながら、手には広告用のパンフレットやうちわ、絵葉書、おもちゃの鞭などを山ほどつかんでいる。あたりには出来たてのポップコーンのにおいが充満していた。

ふたりは美術館でときをすごすことすらあった。トリナのいとこのセリーナは一時間二五セントで絵画のレッスンをしていたが、いつも絵を出品していたので、それを見つけるのが楽しかったのだ。大抵は黒いベルベットに黄色いケシの花束を描いたもので、金の額縁に入っていた。ふたりはしばらくその絵の前に立ってあえて意見を言ってみたりしたが、その後ゆっくりと移動しながら次々に絵を見ていった。トリナはマクティーグにカタログを買ってもらい、すべての絵のタイトルを見つけることを義務にしていた。マクティーグに話して聞かせるには、これもまた養うべき教育の一環なのだという。トリナは美術鑑賞が好きだと公言していた。おそらくノアの箱舟の動物を作る経験から、絵や彫刻への嗜好《しこう》を身に着けたのだろう。

「もちろん」トリナは歯科医に語った。「わたしは批評家じゃないわ。わたしはただ自分の好みがわかってるだけよ」

トリナは自分が「理想的な顔」、すなわちかわいらしい女の子たちが藁色の髪をなびかせ、巨大で上を向いた目をしているような絵が好きなのがわかっていた。そういった絵は大抵《物思い》や《牧歌》や《愛の夢》などというタイトルがつけられているのだ。

「ああいう絵、素敵だと思わない、マック?」

「ああ、そうだな」マクティーグはうなずいてそう返事をしたが、うろたえ、なんとか理解しようとがんばっていた。

「そう、そうだな、素敵だ、間違い《ザッツ・ザ・ワード》ないね。ねえトリナ、絶対に間違いないの? さっきのケシみたいに、あれ全部手で描いてるの?」

こんなふうに冬はすぎ、一年がたち、二年がたった。ポーク・ストリートのささやかな生活は、小売業者の、薬局の店員の、八百屋の、文房具屋の、配管工の、歯科医の、医者の、霊媒の、そしてほかの同様の人たちの生活は、決まりきった轍を単調に動いていった。結婚生活の最初の三年間、マクティーグの生活にさほどの起伏は見られなかった。三年目の夏に郵便局の出張所がアパートの一階から、通りをもう少し上がった角に移転した。そこの方が郵便列車の走るケーブルカーの路線に近いのだ。元の場所にはドイツ人の経営する酒場「ヴァインスチューベ」が、全女性住民の抗議を押し切って店を開いた。その数か月後にちょっとした興奮の渦が通りを駆け巡った。「ポーク・ストリート野外フェスティバル」が、電灯の開設を祝うために開催されたのだ。フェスティバルは三日間続き、かなりのお祭り騒ぎになった。通りは黄色や白の垂れ布で飾り立てられ、行列や「山車《だし》」やブラスバンドが練り歩いた。マーカス・シューラーはこのお祝いのあいだじゅう水を得た魚のようだった。彼はパレードの準備係を担当したのだが、一日中ずっと姿を見せており、借りてきたトップハットとコットンの手袋を身に着け、老いぼれた馬車馬で石畳の上を駆け回っていた。黄色と白の更紗《さらさ》で巻かれたバトンをもち、その手の動き、身振りは、すさまじい激しさであった。ずっと怒鳴り続けているために、声はすぐに囁き声のようになってしまい、くたくたになるまで些細なことに怒り狂い、いらいらしていた。マクティーグはマーカスを毛嫌いしていた。マーカスがアパートの窓の前を通るごとに、歯科医はこんなふうにつぶやくのだった。

「ふん、自分は頭がいいつもりなんだろう?」

フェスティバルが終わると、「ポーク・ストリート向上委員会」なる団体が組織されることになった。マーカスはその委員長に選ばれた。マクティーグとトリナは馬具職人のハイゼを通して、この立場についたマーカスの働きぶりをよく聞かされた。マーカスは明らかに政治的野心をもつようになったようだった。どうも演説家として評価を高めているようで、猛烈な力強さでスピーチをし、たまに委員会の機関紙「前進《プログレス》」にその演説が再録されたりもした。——「踏みにじられた有権者たち」「個人的利害で偏向した意見」「党派的敵対感情によって曇らされた目」などなど。

トリナの家族の動向については二週間に一度、母親から手紙をもらっていた。ジーペ氏が購入した室内装飾業はあまりうまくいっていないようで、ジーペ夫人はBストリートを立ち去った日のことを嘆き悲しんでいた。ジーペ氏は毎月どんどんお金を失っていた。アウグーステは学校に行っているはずの年齢だったが、「店」に働きに出され、屑拾いをやらされていた。ジーペ夫人は下宿人をひとりかふたり見つけなければならなかった。状況は芳しくなかった。時折ジーペ夫人はマーカスのことを話題に出した。ジーペ氏は自分が困難な状況に追い込まれているにもかかわらず、マーカスのことを決して忘れてはいなかった。しかしマーカスと牧場を「一緒にやりたい」人はまだ見つかっていなかった。

　この三年間が終わろうとしていたころ、トリナとマクティーグは最初の深刻な夫婦喧嘩をした。トリナが将来いつか自分たちのささやかな家をもつことを、あまりにも何度ももちだすので、マクティーグはしまいには家を買うことがふたりの労働すべての目的であり、目標であるとみなすようになっていた。長いあいだ、ふたりはとりわけある家に目をつけていた。すぐ近くの横通りに面していて、ポーク・ストリートと一ブロック先の高級住宅地のある大通りのあいだにあった。ほとんど毎週日曜日トリナとマクティーグはそこに行き、家を眺めた。通りの反対側で丸々三十分も突っ立ったまま、家の外装のあらゆる細部を吟味し、部屋の配置を推測してみたり、すぐ隣りの家の評価をしてみたり――かなりみすぼらしく見えた――するのだった。家は木造二階建てで、見当違いの土建業者がひどく趣味の悪い、一種のクイーン・アン様式（イギリス十八世紀初頭の建築様式で、赤煉瓦を用いた古典的様式）で建てていた。渦巻き模様だらけで無意味に木工製品がはめ込まれ、ドアの上の明かり窓は安っぽいステンドグラスの模造品だった。顕微鏡的狭さの前庭は、埃をかぶったカラの花でいっぱいだった。正面玄関は電気仕掛けの呼び鈴を誇っていた。だがマクティーグ夫妻にとってはこの家は理想の家であった。ふたりが思い描いたのは、この小さな家に住み、歯科医がアパートに診察室だけを借り続けるというものだった。ちょっと角を曲がるだけで簡単に行き来できる距離なのだ。だからマクティーグがこれまでどおり昼食を妻と一緒にとることも十分可能だし、もしそうしたければ早朝の予約も受け続け、朝食をとりに家に戻ることすらできるだろう。

しかしこの家は空き家ではなかった。ハンガリー人の家族が住んでいたのだ。父親は文房具と雑貨の「安売り店《バザール》」をポーク・ストリートでハイゼの馬具店の隣りに開いていた。長男は劇場のオーケストラで第三ヴァイオリンを弾いていた。その一家は家具なしでその家を水道代抜きの月三五ドルで借りていた。

しかしある日曜日、トリナとマクティーグがいつもの散歩から帰る途中、その小さな家のある横通りに曲がってみると、家の前の歩道で常ならぬ騒ぎが起こっているのにすぐさま気づいた。荷車が敷石に後ろ向きに停《と》めてあり、宅配馬車が家具を詰め込んで走り去っていくところだった。ベッドや鏡、洗面器などが歩道に散乱している。ハンガリー人一家が引越しをしているのだ。

「ねえ、マック、見て！」トリナは息が止まるほど驚いた。

「うん、うん」歯科医もつぶやいた。

その後ふたりはほとんど何も話さなかった。一時間近く、ふたりは道路の反対側の歩道に立ち、目の前で起こっているすべてを熱心に、夢中になって、興奮しながら眺めていた。

次の日の夜、ふたりはその家をもう一度訪れ、部屋から部屋へと歩き回り、自分たちがそこに住み込んだときのことを想像して大いに楽しんだ。ここがベッドルームでしょうね、ここはダイニングルーム、そしてここはかわいらしいちっちゃな応接間ね。玄関に出てくると、ふたりはもう一度家主に会った。巨大な赤ら顔の男で、あまりに太っているせいで、歩く様子が何やら足を動かす動作にしか見えず、その動作で自分の前に突き出た腹を引っ張っているようだった。トリナはしばらくその男と話していたが、合意にはいたらなかった。そこでふたりは立ち去り際に自分たちの住所を教えた。その夜の夕食で、マクティーグは言った。

「なあ――どう思う、トリナ？」

トリナは顎をもち上げ、黒々とした髪の大きなティアラを後ろにそらせた。

「まだわからないの。三五ドルに水道代は別でしょ。マック、わたしたち、そんなに払えるかしら？」

「何を言ってるんだ！」歯科医は唸るような声を出した。「払えるに決まってるじゃないか」

「それだけじゃないわ」トリナが言った。「引っ越しにもお金がかかるのよ」

「まったく、まるで俺たちが乞食みたいな言い草じゃないか。俺たちには五、〇〇〇ドルがあるだろ？」

トリナはたちまち小さな色白の耳たぶまで顔を真っ赤に染めて唇をぎゅっと結んだ。

「ねえ、マック、わかってるでしょ、わたしがそんな言い方してほしくないってことくらい。あのお金は絶対に、絶対に手をつけたらだめなの」

「それでほかにもいっぱい貯め込んでるんだからな」マクティーグはトリナの頑固な節約ぶりに頭に来て、こう続けた。「お前のトランクの底の真鍮のマッチ箱にいったいいくら貯め込んでるんだ？　そろそろ一〇〇ドルくらいにはなるんじゃないのか――ああ、きっとそれくらいだろう」マクティーグは目を閉じて、お見通しだというふうにその大きな頭でうなずいてみせた。

トリナは件《くだん》のマッチ箱にもっとたくさんもっていたが、貯蓄のための本能にしたがって、そのことは夫には隠そうと考えた。そこで間髪入れずに、よどみなく、トリナは嘘を並べ立てた。

「一〇〇ドルですって！　いったいなんの話をしてるの、マック？　五〇ドルだって貯まってない。三〇ドルにもならないわ」

「なあ、あの家借りようよ」マクティーグが口を挟んだ。「今がチャンスなんだ。もう二度とないかもしれない。なあ、トリナ、そうしよう。なあ、そうしようよ、な？」

「マック、もしあの家を借りるんならもっとたくさん節約しなきゃ」

「まあ、いいよ。でも借りようぜ」

「さあ、どうかしら」トリナはためらいがちに言った。「ふたりだけの家をもつなんて素敵よね？　でも決めるのは明日まで待ちましょう」

次の日、例の家の家主が訪ねてきた。トリナは朝の買い物に出かけていて、その時間、誰も診察室には来ていなかったので、歯科医が「パーラーズ」で家主を迎えた。それと気づかぬうちに、マクティーグはいつの間にか契約を結んでいた。家主はおびただしい専門用語でマクティーグを混乱させ、この小さな家に引っ越したらずいぶんお金の節約になるのだと思い込ませ、そしてついには「水道代を無料で」貸してもいいと言い出した。

「わかった、わかった」マクティーグは言った。「借りるよ」

家主はすぐさま書類を引っ張り出した。

「さて、じゃあ最初の月の家賃を払うサインをしてくれたら契約成立だ。これがビジネスってもんだよ」マクティーグはためらいながらもサインした。

「ほんとは先に妻とゆっくり相談してからサインしたかったんだけど」マクティーグは心もとない様子でそう言った。

「いや、そんなの大丈夫だよ」家主は気楽に答えた。「一家の主がいいと思ったらそれで十分じゃないか」

マクティーグはこのニュースをトリナに伝えるのに昼食まで待ち切れなかった。トリナが帰ってくる物音が聞こえると、すぐさま作っていた焼石膏のモールドを放り出して、キッチンまで走っていった。トリナが玉ねぎを切っていた。

「なあ、トリナ」マクティーグは言った。「あの家を手に入れたぞ。借りたんだ」

「どういうこと？」トリナは素早く返事をした。歯科医は事情を説明した。

「それであなた、最初の月の家賃を払う契約書にサインしたの？」

「そう、そうなんだ。それがビジネスってもんだよ」

「いったいどうしてそんなことができるの？」トリナは叫び声を上げた。「まずわたしに聞くべきじゃないの。なんてことしてくれたのよ？　わたし、朝出かけたときにライアーさんの奥さんとあの家のこと話してたのよ。そしたらあの人が言うにはハンガリー人の一家が出ていったのって、家がとてつもなく不衛生だったからだそうよ。何か月も地下に水がたまっているんですって。それにほかにも教えてくれたんだけど」トリナは憤慨しながら続けた。「あの人、家主を知ってるんだけど、きっと交渉したら三〇ドルで借りられるそうよ。それなのになんてことするのよ？　わたしまだあの家を借りるかどうか全然決めてなかったんだから。それにもう借りる気はなくなったわ。地下室に水がたまったりなんだりする家なんて」

「まあ……その」マクティーグはなんとも言えなくなって口ごもった。「そんなに不衛生なら引っ越さなくてもいいじゃないか」

「でもあなた契約書にサインしたんでしょ」トリナは怒り狂ってまくしたてた。「とにかく最初の月の家賃は払わないといけないのよ。――取り上げられるのよ。もうなんて馬鹿なの！　三五ドルみすみす投げ捨てたみたいなもんじゃない。わたしはあんな家に引っ越したりしませんから。わたしたち、ここから一歩も出ませんからね。気が変わったのよ。それに地下には水がたまってるんだから」

「まあ、俺たち三五ドルくらい払えるじゃないか」歯科医はぼそぼそと言った。「払わなきゃいけないっていうんなら」

「三五ドルを窓から放り捨てたようなもんじゃない」トリナはわめいた。歯を噛みならし、倹約のあらゆる衝動がいっせいに湧き上がってきた。「もう、あなたみたいな頭の鈍い人見たことないわ。わたしたちが百万長者だとでも思ってるの？　あんなふうに三五ドルもなくしてしまうなんて」涙が目にあふれてきた。それは悲しみの涙であり、怒りの涙でもあった。マクティーグはこの小柄な女性がここまで興奮したのを見たことがなかった。急にトリナは立ち上がり、チョッピングボウル〈野菜を刻むためのもので、ボウルのカーブに合わせたナイフが付属している〉をテーブルに叩きつけた。「わたしは五セント硬貨《ニッケル》すら出しませんからね」トリナは興奮して叫んだ。

「はあ？　何、なんだって？」歯科医は口ごもり、トリナの激情に面食らった。

「あなたが自分であのお金を、あの三五ドルを工面するのよ」

「なんで……なんで……」

「あなたが馬鹿だからこんなことになったんでしょ。だったらあなたがその責任をとるべきよ」

「そんなことできない、いやしたくない。俺たち……俺たちで同じように分けようじゃないか。だって、お前言ったじゃないか……水道代がただだったら借りたいって言ってたじゃないか」

「そんなこと絶対言ってません。絶対言わないわ。どうしてそんな嘘つけるの？」

「いや、そう言ったよ」今度はマクティーグの方が怒り始め、そう叫んだ。

「マック、言ってないわ。自分でわかってるでしょ。それにわたしは五セント硬貨《ニッケル》ですら出しませんから。ハイゼさんが来週、治療費を払うでしょ。あれが四三ドルだからそこからあの三五ドルを払えばいいのよ」

「お前はあのマッチ箱に一〇〇ドルも貯め込んでるくせに」歯科医が腕を変なしぐさで振り回しながらわめいた。「お前が半分払って、俺も半分払う、それが公平ってもんだろ」

「いやよ、いや、絶対いや」トリナが叫んだ。「一〇〇ドルも貯めてないわ。あのお金に手出ししないで。わたしのお金に触らないで」

「もともとは誰の金だったと思ってるんだ？」

「わたしのよ！　わたしのなの！」トリナは叫んだ。顔は真っ赤で、財布を閉じるときのような音をたてて歯を噛みならしている。

「夫婦の財産はふたりのものだろ」

「最後の一セント《ペニー》まで全部わたしのよ」

「まったく俺をひどい状況に追い込んでくれるじゃないか」歯科医は唸り声を上げた。「俺は家主との契約書にサインした。それがビジネスってもんだ。それがビジネスなんだよ。それなのにお前は今になって俺を裏切るんだ。もしあの家を借りてたら家賃も折半してたんだろ、この部屋の家賃を折半してきたみたいに?」

トリナは無関心を装って肩をすくめ、ふたたび玉ねぎを切り始めた。

「家主のところに行って清算してきなさいよ」トリナは言った。「あなたのやったことなんだから。お金もあるでしょ」トリナは冷静なふうを装い、もはやその問題とはなんの関係もなくなったと言わんばかりだった。そんな態度を見せつけられてマクティーグは余計に腹が立った。

「いや、そんなことはしない。絶対しないぞ」マクティーグはわめいた。「俺は半分だけ払う。そうすると家主がお前のところに来て残りの半分を払わせるんだ」トリナは耳を手で押さえてわめき声を遮ろうとした。

「生意気な態度はやめろ」マクティーグは叫んだ。「さあ、はっきりしろ、イエスかノーか、半分払うのか?」

「さっき言ったでしょ」

「払うのか」

「いいえ」

「けちめ!」マクティーグはわめきたてた。「このけちめ! お前はあのザーコフよりもひどい。わかった、いいよ、金は大事にしまっとけ。俺が三五ドル全部払ってやる。お前みたいなけちになるくらいなら三五ドル払った方がはるかにましだ」

「ほかにすることないの？」トリナが言い返した。「そんなところに突っ立ってわたしをののしってないで」

「さあ、最後にもう一回だけ聞くぞ、俺を助けてくれるのか？」トリナは新しい玉ねぎを取り出してその天辺を切り落としただけで、返事をしなかった。

「なあ、どうなんだ？」

「邪魔なんだけど、キッチンから出て行ってくれないかしら」トリナはわざと上品ぶって話し、マクティーグをとことんまで苛立たせようとした。歯科医は足音も荒く部屋を出ていき、ドアを勢いよく閉めた。

ほとんど一週間近く、ふたりの仲たがいは収まらなかった。トリナは歯科医に話しかけるときにほんの短いことばしか使わず、マクティーグの方もトリナの冷静で冷淡なよそよそしさに腹を立て、「デンタル・パーラーズ」でむっつりとしたまま、口髭の下で恐ろしいことばをつぶやいていた。あるいはコンチェルティーナに慰めを見出し、物哀しい曲を六曲、何度も何度も繰り返し弾いた。あるいはカナリアに向かってひどい罵倒をはきつけるのだった。ハイゼが治療費を払うと、マクティーグは怒り狂いながらあの小さな家の家主に例の金を送り届けた。

歯科医とその妻のあいだに正式な和解はなかった。ふたりの関係は必然的に元の場所に落ち着いていった。その週が終わるころには、これまでと同じくらい友好的になっていたが、あの小さな家の話をもう一度もちだすのはそれからずっとあとになってからのことだった。日曜の午後の散歩でも、そこに行くことは二度となかった。一か月かそこらたったころ、ライアー夫妻が教えてくれたところ、家主自身がその家に越してきたらしい。マクティーグ夫妻があの家に入ることは、これでもう絶対になくなったのだ。

しかしトリナはあの口げんかの反動を感じていた。夫を助けてやらなかったことで、事態をあんな結果にいたらしめたことに、罪の意識を感じ始めていたのだ。ある日の午後、トリナがノアの箱舟の動物を作る作業中、驚いたことにあの事件を思い出して泣き出してしまった。「クマさん」のことが大好きなのに、あんな仕打ちをしてしまった。もしかすると、結局間違っていたのはわたしの方だったのかもしれない。すると急に、マクティーグの後ろに忍び寄ってあのお金を、あの三五ドルを手に滑り込ませてやったらどれほど素敵なことだろう、と思い立った。そしてあの大きな頭を引き寄せて、禿げたところにキスをしてやるのだ。かつて結婚する前によくしていたみたいに。

それからためらいを感じ、作業を中断してナイフを膝に落とした。半分削った人形を指に挟んだままである。三五ドルでなくても、少なくとも一五、六ドルは渡そう、それが折半したときの金額だ。しかしなんとなくそれも気が進まなくなり、急にこの太っ腹な計画に対して反発を感じ始めた。

「だめ、だめよ」トリナは自分に言い聞かせた。「あの人には一〇ドル渡しましょう。それがぎりぎり出せる額だって言うのよ。実際、それだけしか出せないもの」

トリナは作業中だったその動物の人形をさっさと仕上げようと、糊を一滴落として耳と尻尾をくっつけ、脇のバスケットに放り込んだ。そして立ち上がってベッドルームに行き、部屋の隅のカーペットの下に隠していた鍵を取り出すと、トランクを開いた。

トランクの底、結婚式のときに着たドレスの下に、へそくりを隠していた。すべて小銭である――大半は五〇セントか一ドル硬貨で、何枚か金貨も混じっていた。小さな真鍮のマッチ箱はずいぶん前にいっぱいになってしまった。

トリナは入りきらなくなった硬貨を、古くなった胸当てで作ったシャモア革の袋に入れていた。今また、トリナはしばしば自分を捕らえる衝動に身を任せ、マッチ箱とシャモア革の袋を取り出し、中身をベッドの上に残らず出し、慎重に数えていった。全部で一六五ドルになった。トリナはその金を何回も何回も数えなおし、硬貨の山をいくつも積み上げたり、金貨を光り輝くまでエプロンの襞にはさんでこすったりした。

「ええ、そうなの、一〇ドルが精いっぱいなのよ、マック」トリナは言った。「それに、それだって、一〇ドルっていったら――もう一度貯めるのに四か月か五か月はかかるわ。でも大切なマックのためだもの、この一〇ドルあげたらきっと喜ぶはずよ。ひょっとしたら」トリナは急に思いついたように言った。「ひょっとしたらマックは受け取らないかもしれないわ」

トリナは硬貨の山から一〇ドル硬貨を取り出し、残りをしまった。そこで一度手を止めた。

「だめ、金貨はだめよ」トリナはひとりごちた。「こんなにきれいなんだもの。あの人には銀貨をあげましょう」トリナは硬貨を取り換え、手のひらに銀貨を一〇枚数えだした。しかしこのシャモア革の袋の見た目も重さもなんと変わってしまったことか！　袋が縮んでしなびてしまったみたい。口紐から下に向けて長いしわが出てきている。なんとも嘆かわしい光景だ。トリナは手のひらに並べた一〇枚の大きな硬貨を物欲しげに見つめていた。それから突如、トリナの貯蓄に向けた生まれつきの欲望が、とにかく貯めこみたいという本能が、お金のためのお金に向けた愛情が、トリナの内側に強烈に湧き上がってきた。

「だめ、だめよ」トリナは言った。「できないわ。さもしいかもしれないけど、でもどうしようもないの。わたしの意志より強いんだもの」トリナはその金をもとどおり袋に戻し、その袋と真鍮のマッチ箱をトランクに入れて鍵をかけた。鍵を回すとき、満足の深い溜息が漏れた。

しかし居間に戻って作業を再開したとき、トリナは少し心が乱れていた。

「わたし、前はこんなにしみったれじゃなかったのに」トリナはそんなふうに思った。「あの富くじでお金を当ててからどうしようもないけちになってしまった。どんどんひどくなっていくけど、でも別にいいわ。悪い欠点じゃないんだし、それにどうせどうしようもないんだから」

第十一章

その朝、特別にマクティーグ夫妻はいつもより三十分早めに起き、キッチンのオイルクロスの掛け布をかけたモミのテーブルで急いで朝食をすませた。トリナはその週、家の大掃除をする予定で、その日はたっぷりと重労働が待ち構えているだろうと予想していたのだ。マクティーグの方は七時に小柄なドイツ人の靴職人の予約があったのだ。

八時ごろ、歯科医はすでに診察室で一時間ほど治療を続けていた。トリナは頭にタオルを巻いてローラースウィーパー〔掃除機が導入される以前によく使われていたカーペット掃除用の器具〕を手に寝室の掃除に取り掛かった。まずは簞笥とミシンをシーツで覆い、ベッドルームと居間のあいだのシェニール織仕切りカーテンをはずした。窓のノッティンガム・レースのカーテンを大きな塊にして結びつけているとき、老ミス・ベイカーが通りの反対側の歩道を歩いているのが見えたので、窓を上げて呼びかけた。

「あら、マクティーグさんじゃない」かつての仕立屋は振り向いて顔を上げた。それから長い会話が始まった。トリナは腕を胸のあたりに組んで、肘を窓枠に載せ、しばらく休憩しようと考えた。老ミス・ベイカーは買い物かごを腕にかけ、早朝の冷気で冷えないようにウーステッドのショールの端で手をくるんでいた。ふたりは短いことばを使って、窓と敷石のあいだで呼びかけ合い、その息はかすかな蒸気となって唇から立ち昇った。ふたりとも活気づき始めた通りの喧騒に負けないように甲高い声を出した。新聞の売り子が日雇い労働者たちとともに通りに現れた。ケーブルカーは徐々に混雑し始めていた。通りに並んだ商店が次々に店を開け始めた。まだ朝食中のところもあるようだった。たまに安食堂のウェイターがナプキンをかぶせたトレイを手のひらに載せてバランスをとりながら、通りを横断していた。

「今日はえらく早いのね、ミス・ベイカー？」トリナが声を張り上げた。

「いえ、そうじゃないの」相手が返事をする。「いつも六時半に起きるんだけど、こんなに早く外出しないだけよ。スープを作るからキャベツのいいやつとヒラマメがほしかったのよ。早めに市場に行かないと食堂の人たちがいいのをみんな買ってしまうでしょ」

「じゃあもう市場に行ってきたの？」

「ええ、そうよ。いいお魚があったわ。――ほら――舌平目よ」ミス・ベイカーは買い物かごから舌平目を取り出して見せた。

「あら、きれいな舌平目ね！」トリナは歓声を上げた。

「スパデラさんのところで買ったの。あそこは金曜日になるといつもいいお魚があるから。先生はお元気？」

「ええ、マックは相変わらずよ。ありがとう、ミス・ベイカー」

「そういえば、ライアーさんの奥さんに聞いたんだけど」小柄な仕立屋は、ガラス屋が通る邪魔にならないように一歩前に出て、声を張り上げた。「あのカトリックの神父さん――お名前なんていったかしら――とにかく、その人の歯をマクティーグ先生が抜いたらしいですけど、抜くとき、指で引き抜いたんですって。それ本当ですの、マクティーグさん？」

「ええ、もちろん。マックはいつもそうしてますよ。特に前歯のときには。それで評判になってるんですよ。あの人に言わせると、わたしがあげたあの看板よりよっぽど宣伝効果があるらしいですよ」最後にそうつけ加えて、トリナは診察室の窓から突き出した巨大な黄金の臼歯を指さした。

「指で抜くなんて！　なんてことでしょう」ミス・ベイカーは頭を振りながら感嘆の声を上げた。「力持ちねえ！　すごいじゃない。今日はお掃除？」トリナが頭にタオルを巻いているのを見て、ミス・ベイカーは尋ねた。

「まあね」トリナは返事をした。「もうすぐマリア・マカパが手伝いに来てくれるの」

マリアの名前を口に出すと、老いた仕立屋は急に大声を出した。

「そうそう、こんなふうにあなたと話してたのに、すっかり忘れてたわ。あなたにどうしても話したいことがあったのよ。ねえ、マクティーグさん、いったいなんだと思う？　マリアとあのザーコフがね、あの赤毛のポーランド系ユダヤ人で屑拾いのあの年寄りよ、あのふたりが今度結婚するんですって」

「まさか！」トリナは腰を抜かすほど驚いて叫んだ。「嘘でしょ」

「それがほんとなのよ。こんなおかしな話、聞いたことある？」

「ねえ、詳しく教えて」トリナは好奇心をむき出しにして窓から身を乗り出した。ミス・ベイカーは通りを渡って窓の真下までやってきた。

「それがね、昨日の晩マリアがうちに来たのよ。それで新しいドレスを作ってほしいっていうのよ、それも派手でキャンディ・ストアの女の子たちが若い男と出かけるときに着るようなやつを。いったい何を考えてるのかさっぱりわからなかったんだけど、やっと聞き出してみたら結婚式で着る服が欲しいんだって言うのよ。ザーコフがプロポーズしたんですって。だから結婚することにしたって。マリアったらかわいそうに！　プロポーズなんてされるの、これが最初で最後でしょうからね、それですっかりのぼせ上っちゃったんでしょうね」

「でもふたりとも何がよくって結婚するわけ？」トリナが声を上げた。「ザーコフみたいなあんなおぞましいおいぼれなんかと。髪の毛だって真っ赤だし、声もあんなにしゃがれてて、しかもあの人、ユダヤ人でしょう？」

「そうよ、そうなのよ。でもマリアにとっては結婚する唯一のチャンスでしょうからね。それをみすみす逃したくないんでしょう。それにあの人ちょっと頭があれでしょ。わたし、ほんとにマリアがかわいそうで、気の毒で。でもわたし、わからないのはザーコフの方よ、どうして結婚なんかしたがるのかしら。マリアに恋をするなんてありえないでしょ、そんなこと考えられないじゃない。マリアなんて一文無しだし、でもきっとザーコフの方は結構貯め込んでるはずでしょ」

「わたし、わかった気がする」トリナは唐突に自信たっぷりに断言した。「そうよ、わたしわかるわ。つまりね、ミス・ベイカー、ザーコフは狂ったみたいにお金《かね》とか金《きん》とか値打ちのあるものを欲しがってるでしょ」

「ええ、そうね。でもマリアはぜんぜん――」

「ちょっと聞いて。マリアがあのものすごい黄金の食器セットの話するの聞いたことあるでしょ。あの人の家族が中央アメリカで使ってたっていう。あの人、あの話に夢中になるじゃない。ほかのことだとまともなのに、いったんあの黄金の食器セットの話をさせたら、こっちのことなんてお構いなしにしゃべりまくるでしょ。まるで目の前で見てるみたいにしゃべるじゃない。それで聞いてるこっちも、ほとんど目の前にあるような気がするくらい真に迫ってるでしょ。だからそういうことよ。マリアとザーコフは最近すっかり仲良しじゃない。マリアは二週間に一回ザーコフのところに行ってがらくたを買ってもらってて、それで知り合いになったのよね。それで今年になってからはしょっちゅうザーコフのところに入り浸ってるみたいよ。ザーコフの方もたまにマリアのところに来るみたいだし。それでザーコフはマリアにあの皿の話を何回も何回も繰り返させてるのよ。マリアもそれに応じるっていうか、喜んで話してるみたいだし。何せ信じてくれる人なんてほかにいないしね。だからザーコフは毎日、一日に何回もあの話を聞きたいから結婚するのよ。ザーコフだってあの皿の話にかけちゃ、マリアと同じくらい頭がおかしいでしょ。だから案外お似合いのふたりなのよ、そう思わない？　ふたりともありもしないたくさんの金の皿のことで頭がおかしくなってるのよ。だから確かに結婚する唯一のチャンスだから結婚するっていうのはそのとおりかもしれないけど、きっとそれ以上に信じてくれる人にあの話ができるからなのよ。そうだと思わない？」

「そうね、そう言われればそのとおりよ」ミス・ベイカーも同意した。

「でもどっちにしてもおかしな夫婦になりそうね」トリナはふたりの姿を思い浮かべてそう言った。

「ええ、ほんとにそうね」ミス・ベイカーもうなずいてそう言った。そこでふたりとも黙り込んでしまった。長いあいだ、歯科医の妻もかつての仕立屋も、片方は窓辺で、もう片方は歩道で、すっかり考え込んでしまい、ことの奇妙さに呆気《あっけ》にとられていた。

しかしそこに突然、注意をそらされる事態が生じた。マーカス・シューラーのアイリッシュ・セッターのアレクサンダーが、かなり以前からこの付近で放し飼いにされていたのだが、元気よく角を曲がってミス・ベイカーの立っている歩道の方に小走りにやってきた。それと同時に、かつて郵便局の出張所で飼われていたスコッチ・コリーが五〇フィート〔約一五メートル〕と離れていない家の勝手口からひょっこり現れた。そのとたん、この二匹の仇敵《きゅうてき》は互いの存在に気づいた。二匹とも急に立ち止まり、前足をしっかりと踏ん張った。トリナは小さな悲鳴を上げた。

「ねえ、気をつけて、ミス・ベイカー。あの犬、人間同士みたいに憎みあってるのよ。そこにいたら危ないわ。絶対喧嘩を始めるから」ミス・ベイカーは近くの玄関に避難し、そこから好奇心をむき出しにして何が起こるか覗き込んでいた。マリア・マカパがアパートの最上階の窓から頭を突き出し、甲高い悲鳴を上げた。マクティーグですらその巨体を「パーラーズ」の窓のハーフ・カーテン〔窓枠の下半分にだけかけられたカーテン〕の上に姿を現した。その背後には「患者」も、襟元にナプキンをたくし込み、ラバー・ダムを口からぶら下げて覗き込んでいる。アパート中の人たちはみなこの二匹の犬の反目を知っていたが、面と向かって対決するところは一度も見たことがなかったのだ。

そうこうしているうちに、コリーとセッターはゆっくりと近づきつつあった。そしてあいだに五フィートおいたところで、示し合わせたかのように立ち止まった。コリーはセッターに対して横向きになった。セッターもすぐに向きを変えてコリーに脇腹を見せた。二匹とも尻尾を固く立て、唇を剝《む》いて白く、長い牙をむき出しにした。首筋の毛は逆立ち、獰猛な白目をぎらつかせ、長く軋るような唸り声とともに息を吸い込んだ。どちらも怒りと満たされぬ憎しみの権化のようであった。いつでも飛びかかれるように脚をしっかりと踏ん張りながら、二匹はその場で気の遠くなるほどゆっくりと輪を描き始めた。それから急に反転したかと思うと、今度は反対方向に輪を描き始めた。この動きを二度繰り返すうちに、二匹の唸り声は徐々に大きくなっていった。しかしまだ相まみえようとはせず、ほとんど数学的な正確さで五フィートの距離を維持していた。それは堂々たる様子ではあったが、争いとは言えなかった。それからセッターは歩みを止め、ゆっくりと頭を仇敵からそらした。コリーは鼻をひくひくさせ、排水溝に落ちている古い靴にさも興味を惹かれたかのように装った。徐々に、そして王様のような風格で、二匹はゆっくりと離れていった。アレクサンダーは通りの角まで威張った足取りで歩いて行った。コリーは急に大事なことを思い出したかのように、出てきた勝手口に向かっていった。二匹は姿を消した。互いの姿が見えなくなった途端、二匹はすさまじいばかりに吠え始めた。

「まあ、あきれた!」トリナは嫌悪もあらわにそう叫んだ。「これまであんなにいがみ合ってたんだから、きっと出くわしたら互いに八つ裂きにしかねないと思ってたのに。朝の大事な時間を無駄にしちゃったじゃない――」トリナは窓を勢いよく閉めた。

「ほら、やっちゃえ、やっちゃえ」マリア・マカパは喧嘩させようとけしかけたが、まったく効き目はなかった。

老ミス・ベイカーは逃げ込んだ玄関から出てきた。唇をぎゅっと結び、二匹の情けない態度にすっかり腹を立てていた。「あんなに大騒ぎをしておきながら」彼女は自分が恥をかいたような気分でそうひとりごちた。

この小柄な仕立屋は花屋で金蓮花の種をひと包み買い、アパートの小さな部屋に戻っていった。しかしゆっくりと階段を上り始めると、いきなり上から降りてきたグラニス爺さんと顔を突き合わせることになってしまった。ちょうど八時台だったので、きっと犬病院に出勤するところだったのだろう。たちまちのうちにミス・ベイカーは恐怖におののいた。奇妙なつけ巻き毛が震え、かすかに――ほんのかすかに――しわだらけの頬に赤みがさした。ウーステッドのショールの下では心臓が激しく鼓動し、買い物かごをもう片方の手にもちかえて、空いた手で手すりにつかまり、身体を支えなければならなかった。

一方グラニス爺さんの方はというと、一瞬のうちに混乱に見舞われた。手足が麻痺《まひ》したかのようにぎこちない動きになり、唇が引きつり、からからに乾いた。手は震えながら顎のあたりをさまよっている。しかしとりわけミス・ベイカーにとって、この際のみじめな恥ずかしさを倍加させたのは、こんなみっともない魚やキャベツであふれたみすぼらしい買い物かごを下げている姿を、この老イギリス人に見られてしまったことだった。何か悪意のある運命が、いちばん都合の悪いときに限って、このふたりをしつこく突き合わせようとしているみたいだった。

だがちょうどこのとき、本当の破局が訪れた。小柄な老仕立屋は、まさにもっともまずいタイミングで買い物かごをもちかえたのだ。グラニス爺さんは急いで通りすぎようとして、帽子を脱いであわただしい挨拶をしたが、その腕が買い物かごにぶつかり、それをミス・ベイカーの手からはたき落してしまったのだ。買い物かごは階段のあちこちにぶつかりながら転がり落ちていった。舌平目は一番下の段にペタッと落ち、ヒラマメは階段中に散らばってしまい、キャベツは階段を飛び跳ね、激しい音をたてながら転がり落ちたかと思うと、建物中を揺らすような衝撃で表玄関に激しくぶつかって止まった。

　小柄なかつての仕立屋は苦しくなるほど怯え、興奮し、狼狽してしまい、涙をこらえることができなくなってしまった。グラニス爺さんは目をそらしたまま棒立ちになり、つぶやいた。「ああ、すいません。ごめんなさい。わたし……その、本当に……申し訳ないことを……いや、本当に」

　マーカス・シューラーが部屋から現れ、階段を下りてきて、この場を救った。

「やあ、おふたりさん」マーカスは大声を出した。「こりゃ大変だ！　かごをひっくり返したんだね――いや、間違《フォー・》いない《ア・ファクト》ね。さあ、みんなで拾おう」マーカスとグラニス爺さんは階段を上ったり下りたりしながら魚やヒラマメや、痛ましくへこんでしまったキャベツをかき集めた。マーカスはたった今マリアに聞かされたばかりのアレクサンダーの醜態に激怒していた。

「あの犬、鞭で切り裂いてやる」マーカスはわめいた。「そうとも、やってやる。絶対やってやる、本当《フォー・ア・ファクト》だぞ。喧嘩を怖がっただと？　喧嘩ってものを思う存分味合わせてやる、あの薄汚いしみったれたろくでなしめ。喧嘩が嫌だっていうんなら餌なんぞやらんからな。肉屋からブルドッグを借りてきて二匹とも同じ袋に入れて振り回してやるんだ。ああ、やってやる、本当《フォー・ア・ファクト》だ。そうすりゃアレックも逃げずに喧嘩するだろうよ。さあ、行こう、グラニスさん」そう言ってマーカスは老イギリス人を連れて出ていった。

　かわいそうなミス・ベイカーは急いで部屋までたどり着くと鍵をかけて閉じこもった。その日一日興奮しどうしで、ずっと動転したままだった。そして夜にグラニス爺さんが帰ってくるのを今か今かと待ち望んでいた。グラニス爺さんは帰るとすぐに「動物と狩猟」と「ネイション」のバックナンバーの製本に取り掛かった。ミス・ベイカーは彼が椅子と、製本器具を置いた小さなテーブルをそっと壁際まで引っぱっていく音を聞いていた。すぐにミス・ベイカーも同じようにお茶を淹れ始めた。夜通しふたりの老人は、自分たちなりのやり方で「交際」を続けた。「ふたりでお仕事」ミス・ベイカーは最近そんなふうに呼んでいた。すでに紹介されたこと、会話すらせざるを得なくなったこと、そういった事情はお互いの関係になんの変化ももたらさなかった。ほとんどすぐさまもとの習慣に戻り、臆病を克服したり、同じ場所にいるとふたりをとらえる息苦しいばかりの気詰まりさを乗り越えたりすることはできなかったのだ。ある意味催眠術にかけられたようなもので、自分の力では決して振りほどくことはできないのだった。しかしふたりとも、こんなふうな状況になったことに不満があったわけではなかった。これはふたりのささやかなロマンスなのだ。それも最後の。この上ない喜びと静かな満足感で、このロマンスを楽しんでいたのだ。

マーカス・シューラーはマクティーグ夫妻の上の階の部屋にまだ住んでいた。ただ夫妻がマーカスの姿を見るのはごくまれであった。ほんのたまに、歯科医とその妻はアパートの階段の途中でマーカスに出くわすこともあった。ときにはマーカスも立ち止まり、トリナと話すこともあった。ジーペ家の様子を尋ねたり、ジーペ氏がマーカスと牧場を「一緒にやりたい」人を見つけてくれていないか聞いたりするのだ。マクティーグに向けては、マーカスはうなずいてみせるだけだった。ふたりのあいだに起こったいさかいが完全に修復されることは決してなかったのだ。歯科医は今になって考えると、マーカスがかつて自分の「相棒《パル》」であったり、長い散歩を一緒に楽しむことがあったなどとは、到底考えられない思いだった。マーカスの虫歯をただで治療してやったことを後悔していた。マーカスの方も自分の「彼女」を——それも大金を勝ち取った女性を——友人に譲ってやったという事実を毎日のように思い出し、人生最大の失敗だったと考えていたのだ。マーカスがトリナを訪ねてきたのは、結婚式以来一度だけで、それもマクティーグがいないとわかっていたときだった。トリナは部屋をすべて見せて回り、なんの悪気もなく新居での生活が楽しくて仕方ないと話したのだった。マーカスはその部屋を出たとき、うらやましくて胸がむかむかしていた。歯科医に対する遺恨は——そしてそれは自分に対する遺恨でもあった——とどまるところを知らなかった。「あれがぜんぶ自分のものになるはずだったんだぞ、マーカス・シューラー」階段を上りながらそんなふうに考えていた。「この間抜けめ。この馬鹿野郎！」

一方でマーカスはこの地区の政治に関わるようになっていた。ポーク・ストリート向上委員会はすぐに大規模な組織に発展し、共和党のマシーン[013]の役割を担い始めたが、その委員長をしていると、マーカスは普通に生活を送るより少しだけ、ほんの少しだけ余分に金《かね》を稼げることがわかった。そこですぐさま犬病院でグラニス爺さんの助手をするのを辞めた。自分がもっと広い世界で活躍すべきだと思ったのだ。マーカスは市営の動物収容所に関連した職を手に入れようと狙っていた。大規模な鉄道ストライキが起こると、即座に保安官代理に立候補し、サクラメントで忘れられない一週間をすごした。一度ならずスト参加者と激しい乱闘を繰り広げたのだ。マーカスは気が短く、すぐに腹を立てる性格であったが、彼のような階層の人からするとそれは勇敢であるとみなされることになった。しかしマーカスの動機がなんであれ、危険に対してまるでためらうことがないのは寸分も疑う余地がなかった。ストライキが終わるとマーカスはポーク・ストリートに戻り、全身全霊をかけて向上委員会に身を捧げ、まもなく有力な指導者のひとりとなった。ある地方選挙で道路舗装の莫大な契約が争点となったとき、委員会が地区政治の表舞台に躍りだし、マーカスが様々な策略を練り、陰で策動したために、最終的にマーカスは四〇〇ドルも荒稼ぎしたのだった。

マリア・マカパが結婚するつもりでいるというニュースをトリナが聞いた日の正午に、マクティーグが「パーラーズ」から出てくると、トリナが居間でコーヒー豆をシャベルで焙っていた。トリナがどれだけ努力を払っても、ほんのかすかに漂うなんとも言えないにおいを、それもとりわけトリナの嫌いなにおいを、部屋から取り除くことがどうしてもできないのだった。トリナはあらゆる手を尽くしてみたが、写真家の使っていた薬剤のにおいが染みついているのだ。燻蒸剤《くんじょうざい》も、中国製の線香も、果ては今やっているようにコーヒー豆をシャベルに載せて焙ってみても、まったく効果はなかった。夫婦の楽しい家庭で唯一不都合があるとすれば、部屋全体に不快なにおいが漂っていることだった――それは写真家の使っていた薬剤のにおい、小さなキッチンから漂う料理のにおい、そして歯科医の「パーラーズ」のエーテルとクレオソートのにおいが混じり合ったものだった。

マクティーグがこの日、昼食をとりに入ってくると、テーブルの準備はすでに終わっており、白い花の模様の入った赤いテーブルクロスが広げられていた。マクティーグが席に着くと、妻はシャベルを椅子に置いて、タラのシチューとココアのポットを運んできた。マクティーグはナプキンを巨大な首筋にたくし込み、目をくるくるさせながら部屋をぼんやりと眺めた。

結婚生活が始まって三年間、マクティーグはほとんど家具を買い足さなかった。トリナがそんな余裕はないと言うのだ。居間に増えた新しい装飾品は三つだけである。オルガンの上には黒い額縁に入れた結婚証明書がかかっている。

釣り合いをとるようにその片側にはガラスケースに入ったウェディング・ブーケが、なにやらいかがわしい得体の知れない処理を施されて保存されていた。もう一方の側にはトリナと歯科医が結婚式の礼装姿でいる写真が飾られている。この写真はなかなかの代物で、結婚式が終わった直後、マクティーグのブロードクロスのスーツはまだ新しく、トリナのシルクとベールにも皺がよっていない状態で撮ったものだった。トリナはベールを上げ、畝織りの肘掛椅子に背筋を伸ばして座り、肘を脇腹にぴったりとつけ、ブーケを真正面にもっていた。歯科医はその脇に立ち、片手をトリナの肩にかけ、もう片方の手を「プリンス・アルバート」の胸ポケットに入れていた。顎を突き出し、視線は脇に向け、国務長官の銅像のような姿勢で左足を前に出していた。

「ねえ、トリナ」マクティーグは口いっぱいにタラを頬張って言った。「ハイゼが今朝やってきたんだ。『来週の火曜日、シュエッツェン・パークにピクニックに行かないか?』って。その日は一日中『パーラーズ』の壁紙を張り替えてもらうことになってるだろ。だから診察が休みなんだよ。ハイゼはそれを聞いて思いついたらしいよ。ライアーさんとこのご夫妻も誘うんだって。あの人たちの結婚記念日らしいんだ。俺たちはセリーナを誘ってみようよ。湾の向こう側で落ち合えばいいし。なあ、行こうよ。ね?」

トリナは家族で行くピクニックが今でも大好きだった。ジーペ家ではそれが一番大切に守られていた定例行事のひとつだった。しかし今はほかに考えないといけないことがたくさんあった。

「今月そんなことをする余裕があるかどうかわからないわ、マック」トリナはココアをコップに注ぎながら言った。「来週はガス代を払わないといけないし、診察室の壁紙代だってそのうち支払いが来るでしょ」

「そりゃそうだけど」夫が答えた。「でも今週は新しい患者もきたし、最初の診察のときに臼歯を二本と上の切歯に詰め物をしたんだ。その人、今度は子どもを連れてくるって。隣りのブロックの散髪屋なんだよ」

「そうね、じゃああなた半分払って」トリナが言った。「少なめに見積もっても三ドルか四ドルはかかるでしょ。それからはっきりさせといてね。ハイゼさんたちは行きも帰りも交通費は自分で出してもらうのよ、マック。それから全員ランチは持参でね。そうね」トリナはちょっと間をおいてつけ加えた。「セリーナに手紙を書いて一緒に行ってもらいましょう。もう何か月もセリーナに会ってないし。でもあの人の分はランチを用意してあげないといけないでしょうね」トリナはしぶしぶ認めた。「前のピクニックでしたみたいに。だってあの人、今は下宿住まいだしランチを用意してほしいなんて言ったら面倒なことになりそうだから」

この季節なら大抵いい天候になりそうだった――五月のことだった――そして実際その火曜日はこれ以上ないくらいの気持ちのよい天気だった。一行はバスケットを抱えて九時にフェリー乗り場で待ち合わせた。マクティーグ夫妻は最後に現れた。ライアーと妻はすでに船に乗っていた。ハイゼとは待合所で出くわした。

「やあ、先生」マクティーグが近づいてくると、馬具職人は大声で呼びかけた。「これぞ大人のピクニックってなもんだね、なんせ今回は全員既婚者だよ」

船が出航すると一行は上甲板に集合し、座ってイタリア人の楽団の演奏を聴いた。天気が良かったので、この日の朝は屋外で演奏していたのだ。

「ああ、今日はきっと楽しくなるわ」トリナが大声で言った。「わたし、ピクニックって大好きなの。わたしたち、初めてピクニックに行った日のこと覚えてる、マック？」

「もちろん、もちろん」歯科医は答えた。「ゴータ・トリュフを食べたよ」

「それにオーガストが蒸気船をなくしたのよね」トリナがつけ加えた。「それでパパが殴りつけたのよ。まるで昨日のことのように覚えてるわ」

「あら、見て」ハイゼ夫人がそう言って、昇降階段を上がってきた人物の方を顎で示した。「あれ、シューラーさんじゃない？」

確かにマーカスであった。マーカスが一行を目にすると、びっくりしてしばらく口をぽかんと開けていたが、やがて眼を見開いて走り寄ってきた。

「なんだ、いったい！」マーカスは興奮してわめいた。「どうしたんだ？　みんなしてどこに行くんだ？　まったく、こんなふうに出くわすなんてびっくりするじゃないか」そして三人の女性全員に大げさな身振りでお辞儀をし、「いとこのトリナ」とは握手した。さらに一行の男たちに向いてこうつけ加えた。「会えてうれしいよ、ハイゼさん。やあ、ライアーさん」歯科医は控えめながら挨拶めいた身振りをしていたが、マーカスはそれを完全に無視した。マクティーグは椅子に腰かけ、口髭の後ろで声にならない唸り声を上げていた。

「それでいったいどうしたっていうんだい？」マーカスはまた大声を上げた。

「ピクニックに来てるのよ」三人の女性はいっせいに声を上げてそう言った。そしてトリナがつけ加えた。「昔みたいにシュエッツェン・パークに行くところなのよ。でもあなた、えらく着飾ってるのね、マーク従兄《にい》さん。あなたもどこかにお出かけするみたいだけど」

実際マーカスは念入りに着飾っていた。新しく買ったスレートブルーのズボンに黒のモーニングコート、白いローンの「ネクタイ」（マーカスにとってはそれこそが最高に優雅な服装の象徴なのであった）を身に着けていた。さらに金《きん》の持ち手のついた細い黒檀のステッキをもっていたが、それはマーカスの「功績を認めて」向上委員会から贈られたものであった。

「いや、そうなんだよ」マーカスはにっこり笑ってそう言った。「今日は休みをとったんだ。湾を渡ってオークランドでちょっとした用事があったんだけど、そのあとでBストリートまで行ってセリーナに会おうかと思ってたんだ。しばらく会って――」

しかしそこで一行がいっせいに叫び声を上げた。

「でもセリーナも来るのよ」

「シュエッツェン・パーク駅でセリーナと待ち合わせてるのよ」トリナが説明した。

オークランドで用事があるというのはマーカスのでっち上げであった。この日の朝はただセリーナに会うためだけに湾を渡っていたのだ。トリナが結婚してからマーカスはセリーナと「親しく」しており、それ以来ずっと熱心に「口説いて」いた。セリーナのたしなみに感嘆し、魅了され、さも関心があるかのように装って近づいていたのだ。この日セリーナに会えないのだとわかり、マーカスは本当にがっかりしてしまった。会えない苛立ちはすぐさまマクティーグに対する憤慨へと変わった。全部この歯科医が悪いのだ。まったく、マクティーグは今度はセリーナとの仲まで裂こうとしやがる。前にトリナとの仲を引き裂いたように。せいぜい気をつけてろよ、この野郎！　こんなにも俺の邪魔ばっかりしやがって。たちまちマーカスの顔は真っ赤に燃え上がり、歯科医を怒り狂った目つきでにらみつけた。歯科医の方はその視線を捕らえ、またしても口髭の奥で怒りの声をぶつぶつともらすのだった。

「ねえ、どうかしら」ライアー夫人が幾分ためらいがちに、ライアーの方を窺うように見ながら言い出した。「マーカスも一緒に来ればいいんじゃない？」

「それはいい考えよ」ハイゼ夫人は夫が一所懸命でついてくるのも気にせずに賛同した。「ランチもたくさんあるから全員分行き渡るでしょうし。どう思います、マクティーグさん？」

こんなふうに言われると、トリナも賛同せざるを得なかった。

「ええ、もちろんよ、マーク従兄《にい》さん」トリナは言った。「ぜひ一緒に行きましょうよ、あなたさえよかったら」

「そりゃあもちろん行くよ」マーカスはすぐさま夢中になってそう大声を上げた。「最高《アウタ・サイト》だよ。当然《フォー・ア・ファクト》じゃないか。ピクニックだなんて――もちろん行くよ――それに駅でセリーナに会えるんだから」

船がちょうどゴート島を通りすぎかけたとき、馬具職人が男たちで下甲板のバーに行って、酒を飲もうと言い出した。誰がおごるか賭けてさいころを振るのだ。その提案はすぐさま受け入れられた。

「大賛成だ」ライアーが言った。

「当然、飲むに決まってる！　当然だ、飲むぞ、当り前《フォー・ア・ファクト》じゃないか」

「もちろん、もちろん、酒だ。それがいいよ《ザッツ・ザ・ワード》」

バーではハイゼとライアーがカクテルをオーダーし、マーカスはほかの連中をびっくりさせるためにクレーム・イヴェット（リキュールの一種）を頼んだ。歯科医はビールを注文した。

「なあ、提案なんだが」全員がグラスを手にすると、ハイゼが急に言い出した。「なあ、みんな」そしてマーカスと歯科医の方を向いた。「あんたらふたりは去年あたりからずっと仲が悪そうじゃないか。ここでひとつ、握手でもして仲直りってことにしないか？」

マクティーグはたちまちひどく寛大な気分に襲われた。そしてその大きな手を差し出した。

「俺はマーカスになんの恨みもないよ」そう唸るように言った。

「まあ、握手してやってもいいぜ」マーカスもちょっと恥ずかしそうにしながら、しぶしぶそう認め、かくしてふたりの手のひらが触れ合った。「よし、これでいいだろう」

「それでいい」自分の企てがうまくいったので、ハイゼが歓声を上げた。「さあ、みんな、飲もうじゃないか」そうしてみな黙々と酒を飲んだ。

その日のピクニックは賑やかなものになった。シュエッツェン・パークは四年前にジーペ家と行ったあの忘れがたいピクニックのとき以来、何も変わっていなかった。昼ご飯を食べてから男たちはライフル射撃場に行き、セリーナとトリナとほかのふたりの女性は皿を片づけた。一時間後に男たちが上機嫌で戻ってきた。みなで競争しようということになり、ライアーが三回もど真ん中に命中させて素晴らしいスコアを出し、優勝したのだ。一方マクティーグはターゲットそのものにすら当たらなかった。

射撃競争をしたせいで男たちのあいだに競争意識が芽生え、午後はその後、運動競技で競争してすごした。女性たちは芝生の斜面に座って帽子も手袋も脱ぎ、男たちが競い合うのを眺めていた。女性らしい感嘆の小さな叫び声や素手で鳴らす拍手の音に刺激されて、男たちはたちまちのうちに体力自慢に躍起になった。コートやチョッキは脱ぎ捨て、ネクタイやカラーも外し、自分の妻にいいところを見せようと汗だくになりながら頑張ったのだ。砂利道で一〇〇ヤード〔九一メートル〕走をし、つり輪や平行棒で難しい技をして見せようともがいた。さらには浜辺で大きな丸い石を見つけ、それで「砲丸投げ」をしばらくやった。敏捷《びんしょう》さという点にかけてはマーカスが四人の中でダントツだった。しかし歯科医のとてつもない腕力は、粗野で野生のままの獣のような力は、一行全員が感嘆した。マクティーグはクルミ――ランチバスケットから取り出したものである――を肘のくぼみにはさんで割ることができた。また丸石を投げれば、ほかの連中の最高点を優に五フィート〔一・五メートルほど〕も超えた。ハイゼは手首の強さには特別自信があったが、歯科医はハイゼが両手でつかむ杖を片手で軽々ねじりとることができた。そのせいで馬具職人はもう少しで腕を捻挫するところだった。さらに歯科医はつり輪で自分の体重をもち上げ、懸垂ができたが、何度やってもまったく疲れる様子もなかった。

　こんなにも称賛を浴びたせいで、マクティーグはすっかりのぼせ上ってしまった。女性たちの前を気取って行ったり来たりしながら、胸を張り、その巨大な口は勝ち誇った笑みでいっぱいに伸びていた。そして自分の力強さを感じれば感じるほど、それを誇示し始めた。ほかの男たちに威張り散らし、急に腕をつかんで痛みに身もだえするまで放さない。またマーカスの背中を思い切り叩いたので、マーカスは息ができなくなって喘ぎ、咳き込んだ。この大男の子どもっぽい虚栄心はまるで小学生のようにむき出しになっていた。若いころにやってのけた力業までもち出し始めた。そういえば昔、子どもの雌牛の眉間をひと殴りでぶっ倒したことがあったぞ。嘘じゃないよ、あの雌牛、ひっくり返って全身を震わせたかと思うと、もう立ち上がることもなく死んでしまったよ。

　マクティーグはこの話を再三再四繰り返した。午後のあいだじゅう耳を貸す者には誰にでも、この驚くべき話を語って聞かせ、その都度殴りつけたらどうなったか大げさに話を膨らませ、恐ろしげな細部をでっち上げた。あの雌牛、口から泡を吹いて白目をむいたんだ——ああ、本当だよ、あんなふうに白目をむいてしまったんだ——そして肉屋に見てもらったら頭蓋骨が完全に陥没してたらしい——完全に陥没したんだ、そう、文字通り《ザッツ・ザ・ワード》にな——まるでスレッジハンマーで殴られたみたいにね。

　船で歯科医と仲直りしたにもかかわらず、マーカスはマクティーグの自慢話を聞いていて内心胸がむかついてきた。マクティーグが背中を思い切り叩いたとき、マーカスは息がつけるようになるまでちょっと離れたところに隠れ、歯科医が女性たちの称賛の視線を浴びながら行ったり来たりしているのを怒りを込めてにらみつけた。

「くそ、くだらない歯科医風情が」マーカスは歯を噛みしめてつぶやいた。「亜鉛を詰めるしか能のないやつめ、屠畜人め、一度思い知らせてやる、うすら馬鹿のでくの棒め、この——この——屠畜人め！」

　マーカスが一行のところに戻ると、レスリングの勝負を始めようとしていたところだった。

「こうしよう」ハイゼが言った。「トーナメントをやるんだ。まずはマーカスと俺の試合だ。それから先生とライアー、そのあと勝った者同士の試合をする」

女性たちは盛り上がって拍手した。きっと面白くなるわ。そしてトリナが大声で言った。「わたしがお金を預かっとくわ、マック、あと鍵もね。ポケットから落ちるかもしれないでしょ」男たちは貴重品を妻に預け、すぐさま試合を始めた。

歯科医はライアーをつかんだかと思うと、その手をもち変えるまでもなく、あっさり倒し込んだ。マーカスと馬具職人はしばらくのあいだ、取っ組み合っていたが、ハイゼが急に芝生の端で足を滑らせ、背中から倒れ込んだ。ふたりとも倒れそうになったとき、マーカスは相手の身体から身をよじって抜け出すと、地面にぶつかるやいなや、まずは片方の肩を、次にもう片方を地面に押さえつけた。

「わかった、わかったよ」馬具職人は機嫌よく喘ぎ声を出した。そして「俺の負けだ、今度はお前と先生とで勝った方が優勝だ」と言いながら立ち上がった。

マクティーグとマーカスの勝負は面白くなりそうだった。歯科医は当然のことながら腕力の点ではかなり優位な立場にあったが、マーカスもレスリングには自信があったし、ストラングル・ホールドやハーフ・ネルソンといった技を多少かじっていた。ふたりは向き合うと、あいだに距離が空くようあとずさった。トリナもほかの女性たちも興奮して立ち上がった。

「どっちにしてもきっとマックがやっつけるわ」トリナが言った。

「オール・レディ!」ライアーが叫んだ。

歯科医とマーカスは一歩前に踏み出し、警戒しながらにらみ合った。ふたりは即席のリングに沿って回り始めた。

マーカスは攻撃のチャンスを鋭く窺っていた。歯を噛みしめ、たとえ殺してでもマクティーグのやつを投げ飛ばしてやるのだ、と自分に言い聞かせていた。そうだ、今こそ目にもの見せてやるのだ。その瞬間、ふたりは組み合った。マーカスは膝をついた。歯科医はその巨体で相手の肩にのしかかり、巨大な手のひらをマーカスの顔に押しつけ、後ろへと、地面へと、押さえつけていった。このとてつもない怪力に抗うなど問題外であった。マーカスはなんとか身をよじってうつぶせになり、顔から地面に倒れ込んだ。

マクティーグはその瞬間大喜びで高笑いをして立ち上がった。

「ダウンだ！」そう歓声を上げた。

マーカスは飛び上がった。

「ダウンなんかしてない」マーカスはこぶしを握り締めてわめいた。「ダウンなんかしてないぞ、くそ！　両肩がつくように倒さないといけないんだ」

マクティーグは優越感で増長しながらゆったりと歩き回った。

「いや、ダウンしたじゃないか。お前を投げ飛ばしたぞ。投げ飛ばしたよな、トリナ？　俺の相手にはならんな」

マーカスは怒り狂って地団太を踏んだ。

「いや違う！　違うぞ！　投げ飛ばしてなんかない！　そんなことできるもんか！　もう一回勝負させろ」

ほかの連中も集まってきた。みないっせいにしゃべっていた。

「マーカスの言うとおりだ」

「まだ投げ飛ばしてないよ」

「両肩が同時につかないといけないんだ」

トリナはマクティーグに向けて手を叩き、手を振っていた。そして上からふたりが見えるように芝生の小さな斜面の上に立った。マーカスは興奮と怒りで全身を震わせながら一団のあいだに割って入った。

「言っとくが、あんなのはレスリングじゃない。両肩がつくように投げないといけないんだ。もう一回勝負させろよ」

「筋が通ってるよ」ハイゼが口を挟んだ。「両肩が同時につかないとだめなんだ。もう一回やろう。あんたとシューラーは再試合だ」

マクティーグはこんなにもいっせいに話しかけられてわけがわからなくなっていた。みなが何を言っているのかさっぱり理解できなかった。またマーカスを怒らせてしまったのだろうか？

「何？　なんだって？　え？　どういうことだ？」困惑してひとりずつ顔を見渡しながら、叫んだ。

「さあ、俺ともう一回勝負だ」マーカスがわめいた。

「もちろん、もちろん」歯科医も大声を出した。そして「もう一回勝負しよう。そうだ、誰とでも勝負するぞ」と、急にいいアイデアを思いついたようにそう叫んだ。トリナは心配そうにその様子を見守っていた。

「マークはひどく怒ってるみたい」トリナはなかば声に出しながら言った。

「そうね」セリーナも同意した。「シューラーさんはひどく短気で、怖いもの知らずなのよね」

「オール・レディ！」ライアーが叫んだ。

今度はマーカスはもっと慎重だった。マクティーグが二度も攻め込んだが、二度ともうまくすり抜けた。しかし歯科医が三度目に頭を低くして近づいてきたとき、マーカスは全身をまっすぐ伸ばし、両手でマクティーグの首をつかんだ。歯科医はマーカスにつかみかかろうとし、シャツの袖を引き裂いた。周囲は大笑いだった。

「シャツは着たままでお願いね」ライアー夫人が叫んだ。

ふたりの男は激しく取っ組み合った。力をこめ、必死になったふたりの喘ぎ声や唸り声が周囲にまで聞こえてきた。ふたりの靴が芝土をあちこちでえぐり取った。突然とてつもない衝撃とともにふたりの身体が地面に倒れ込んだ。しかしふたりして倒れ込みながらも、マーカスはうなぎのように歯科医がつかみかかるのを身をよじってかわし、側面から倒れた。マクティーグは雄牛が倒れ込むようにマーカスにのしかかった。

「さあ、そこから背中を下に押さえつけるんだ」ハイゼが歯科医に叫んだ。「そうしないとダウンにならないんだ」

巨大なとがった顎をマーカスの肩に食い込ませながら、歯科医はマーカスをもち上げ、引っ張ろうとした。顔は真っ赤で、あふれるほどのぼさぼさの黄色い髪が額に垂れ下がり、汗でべっとりともつれていた。マーカスは狂ったように力をこめたが、それでもマクティーグの怪力に屈し始めていた。片方の肩がつき、もう片方もゆっくりと沈み始めた。徐々に、徐々に力負けしていくのだ。周囲のささやかな観衆は、息をのんで最後の瞬間を待ち構えた。セリーナが沈黙を破り、甲高い声で叫んだ。

「マクティーグ先生があんなに強いなんて！」

その声はマーカスにも聞こえた。その瞬間彼の怒りは一気に頂点に達した。歯科医に、しかもセリーナの前で、自分が負けたことへの激怒が、昔の「相棒《パル》」にずっと抱いていた憎しみが、そして自分の力不足に対する無力な憤怒が、突然に解き放たれたのだ。

「くそ！　どけよ」マーカスは押し殺した叫びを上げ、ヘビが毒を吐くようにそのことばを吐いた。周囲のささやかな観衆は叫び声を上げた。マーカスはののしりながら頭をねじり、歯科医の耳たぶに思い切り噛みついた。途端に真っ赤な鮮血が噴き出した。

それから恐ろしい騒ぎが起こった。マクティーグの中で表面下に潜んでいた野獣が急に息を吹き返した。そのとてつもない力は抗うことなどできなかった。跳ねるように飛び起きて甲高い、意味不明の叫び声を上げた。その声は普段マクティーグがしゃべっているときの低音とはまるで似ても似つかなかった。まさに傷ついた野獣のぞっとするような怒号であり、手負いの象が上げる金切り声であった。何ひとつことばにすることなどできなかった。ただ大きく開いた口から洩れる甲高い音がほとばしるばかりで、意味を帯びたものなど一切なかった。もはや人間の出す声だとは思えず、ジャングルから聞こえるこだまに近かった。

普段なら何事も緩慢で、怒りですらなかなか湧いてこないにもかかわらず、いったん怒りに狂うとマクティーグは別人になった。その怒りは取りついて離れず、邪悪な狂人のようになり、激情に溺れ、狂戦士《ベルセルク》のように強烈でゆがんだ激怒に囚われ、もはや何も見えず何も聞こえず、人間らしい感覚もまるで失ってしまった。

マクティーグは立ち上がると両手でマーカスの腕を捕らえた。殴りはしなかった。自分が何をしているのかもわかっていなかった。ただ目の前の人間の命をつぶしてやりたいとだけ考えていた。今すぐ叩き潰し、消し去ってしまいたい、とだけ考えていた。巨大な手で、硬く節くれだった手で、ぼさぼさの黄色い剛毛に覆われた手で――かつての荷車係の手で――敵をつかみ、ハンマー投げの選手がハンマーを振り回すようにマーカスを大きく振り回した。マーカスの足は地面から浮き上がり、衣服の束のようにまるで無力なまま、マクティーグを中心にして空中をぐるぐる回った。突然鋭くぽきっという音が鳴った。小さなピストルの発砲音のようだった。それからマーカスは、マクティーグが手を放したとたんに地面をもんどりうって転がった。歯科医がつかんでいた方の腕は唐突に折れ曲がり、まるで手首と肘のあいだに三番目の関節ができたかのようであった。その腕は折れていた。

そのころまでにはみながいっせいに叫び声を上げていた。ハイゼとライアーはふたりのあいだに割って入った。セリーナは顔をそむけた。トリナは手をねじり、押し寄せる不安に叫び声を上げた。

「ねえ、止めて、やめさせて！　これ以上喧嘩させないで。こんなのひどいわ」

「さあ、さあ、先生、もうやめるんだ。馬鹿なことするんじゃない」ハイゼが歯科医にしがみついてわめいた。「もうたくさんだ。俺の言うことを聞けっ《ヽ》《ヽ》て、頼むから」

「ああ、マック、マック」トリナは叫びながら夫のもとへと駆け寄った。「マック、ねえ聞いて。わたしよ、トリナよ。わたしの方を見て、ねえ――」

「ライアー、反対の手を押さえてくれ」ハイゼが喘いだ。「早く！」

「マック、マックったら」トリナが腕をマクティーグの首に巻きつけて叫んだ。

「頼むからこらえてくれよ、先生」馬具職人がわめいた。「このままじゃ殺してしまうぞ」

ライアー夫人と足の不自由なハイゼの妻の悲鳴があたりを切り裂いていた。セリーナはヒステリーを起こしてくすくす笑っていた。マーカスは恐怖に打たれながらも、勇気を奮い起こして逃げようとはせず、左手でとがった岩を拾い上げて身を守ろうと立ち上がった。膨れ上がった右腕からはシャツの袖が切り裂かれ、その腕はだらりと脇に垂れ下がっていた。手の甲が本来手のひらのあるはずの方にねじられていた。シャツも草でついたしみだらけで、あちこちが歯科医の血で染まっていた。

しかしマクティーグは自分を押さえつけようとしている集団の真ん中で、ほとんど狂気に陥っていた。顔の側面と首、そしてシャツの肩と胸の全体にわたって血まみれになっていた。叫び声を上げるのはもうやめていたが、自分を引き留めようとする手から逃れようと力をこめるたびに、しっかりと噛みしめた顎の隙間からつぶやきが漏れていた。「殺してやる！　殺してやる！　殺してやるぞ！　くそ、放せ、ハイゼ」急にマクティーグはわめき、馬具職人を殴りつけようとした。「手を放せ！」

少しずつだがマクティーグは落ち着き始めていた。というよりはむしろ（自分にかけられたことばになどほとんど注意を払っていなかったので）、獣じみた憤怒が徐々におさまっていったというべきだろう。マクティーグは振り返り、腕を下ろし、深い溜息をついて、愚かしげにまわりを見回した。どうしていいかわからず地面に視線を泳がせたり、まわりに居並ぶ人々の顔をぼうっと眺めたりした。耳から流れ出る血は止まりそうに見えなかった。

「なあ、先生」ハイゼが尋ねた。「どうすればいいか教えてくれ」

「はあ？」マクティーグは返事をした。「どう……どうって？　なんのことだ？」

「出血を止めるにはどうしたらいいんだ?」

マクティーグは返事をせず、血に染まったシャツの胸元をじっと見つめていた。

「マック」トリナが顔を夫の顔に近づけ、叫んだ。「教えてちょうだい——どうしたら耳からの出血を止められるの?」

「コロジオンがいる」歯科医が言った。

「でもそんなのすぐに手に入らないじゃない。わたしたち——」

「ランチバスケットに氷がある」ハイゼが割って入った。「ビールを冷やすのにもってきたんだ。ナプキンを使って包帯を作ろう」

「氷」歯科医はつぶやいた。「そうだ、氷がいい。それしかない《ザッツ・ザ・ワード》」

ハイゼ夫人とライアー夫妻はマーカスの腕の面倒を見ていた。セリーナは芝生の斜面に座って喘ぎながらすすり泣いていた。トリナはナプキンを細い布切れに引き裂いて、氷をいくつか砕き、夫の頭に巻く包帯にした。

一行はふたつのグループに分かれていた。ライアー夫妻とハイゼ夫人はマーカスに身をかがめ、馬具職人とトリナは地べたに座り込んだマクティーグのまわりで行ったり来たりした。シャツは赤と白のはっきりしない模様のようで、背後の草の薄緑と激しい対照をなしていた。このふたつのグループのあいだには、レスリングのリングが、いまや掘り返され、踏みつけられた芝土となり果てていた。ピクニックのバスケット、空になったビール瓶、割ったあとの卵の殻、捨てられたイワシの缶詰などがあちこちに散乱していた。即席のレスリング・リングの真ん中にはマーカスのシャツの袖が時折、海風にあおられてはためいていた。

誰もセリーナに注意を向ける者はいなかった。急にセリーナはまたしてもヒステリックなくすくす笑いを始め、それからほとばしる笑い声とともに大声を出した。

「今日のピクニック、なんて終わり方なんでしょう！」

第十二章

「さあ、始めようか、マリア」ザーコフが椅子をテーブルに引き寄せて言った。そのしゃがれた、無理に張り上げた声は囁き声よりわずかに大きいくらいにしか出なかった。「さあ、始めよう、もう一度最初から聞こうじゃないか。あの黄金の皿のことを話しておくれ――あの食器セットだよ。『一〇〇枚以上もあって、その全部が金《きん》でできてた』のところから始めよう」

「なんの話、ザーコフ?」マリアが返事をした。「黄金の皿とか、黄金の食器セットとか、そんなのありゃしないよ。夢でも見てたんじゃないの」

マリアと赤毛のポーランド系ユダヤ人はマクティーグたちのピクニックがあんな嘆かわしい形で終わってから一か月ほどたって結婚したのだった。ザーコフはアパートの裏通りの、みすぼらしいあばら家にマリアを連れてきた。そのせいでアパートはなんでも屋の世話係を新たに雇わなければならなかった。ときがすぎていった。一か月がたち、半年がたち、一年がたった。そこでとうとうマリアは子どもを産んだ。虚弱で不健全な子どもで、結局産声を上げるほどの体力も知能もないままであった。出産のときにマリアは頭がおかしくなっており、その後も十日近く痴呆状態が続いた。やっと回復したときには赤ん坊の埋葬の準備をしなければならなかった。マリアもザーコフも、自分たちのこの幼い子どもが生まれたことにも、死んだことにも、さほど感情を動かされることはなかった。ザーコフは不快感もあらわに我が子を迎えた。なぜなら養うべき家族が増えることになるし、何かと買い揃えなければならないことにもなるからだ。マリアは大半のあいだ頭がおかしくなっていたので、それが生きているあいだどんな様子だったかほとんど覚えていないほどだった。子どもはふたりの生活にとって、たんに面倒ごとにすぎず、望まれぬままやってきて惜しまれることもなく去っていったものでしかなかった。名前すらつけられることはなかった。奇妙な混血の生き物で、生まれてから死ぬまで二週間とかからなかったが、その弱々しく小さな身体にヘブライとポーランドとスペインの血がごた混ぜになっていた。

しかしこの子どもを産んだことは、風変わりな結果をもたらすことになった。痴呆状態から脱し、数日たって家庭がもとのさもしい毎日に戻ると、マリアはそれまでどおり家事をするようになった。そして子どもの埋葬から一週間ほどたったある晩、ザーコフがマリアに、もう何百回目になるのか、あの黄金の食器セットの話を繰り返すよう求めたのだった。

ザーコフはこの話を隅から隅まで信じ込むようになっていた。マリア本人か、あるいはその家族が、かつてはあの一〇〇枚以上に及ぶ黄金の皿を所有していたのだと、断固として確信していたのだ。ザーコフのゆがんだ心の中で、その幻はどんどん肥大していった。あの黄金の食器セットは、かつて存在したというだけでなく、今もすべて揃って無傷のまま存在しているのだ、磨き抜かれた黄金の皿は一枚たりともなくなっていないのだ、と。どこかにあるのだ、誰かがもっているのだ、あのキルトで裏打ちされ、丸い真鍮の鍵のついた革のトランクにしまいこみ、鍵をかけてあるのだ。探さなければならない、手に入れなければならない、奪い取らなければならない、何がなんでも我がものにしなければならない。マリアはどこにあるのか知っているに違いない、うまく聞き出せばあの女から手がかりをきっと聞き出すことができるだろう。諦めさえしなければ、そのうち俺の質問の順番がぴたりと合うのだ、うまく誘導すればマリアの支離滅裂な記憶を解きほぐすことができるのだ。マリアは皿のありかを、隠され、埋められてある場所を、白状するだろう。あとはそこへ行って手に入れればいい。あの素晴らしい黄金が、永久に、いつまでも自分のものになるのだ。ザーコフはこの食器セットに狂ったようにとりつかれるようになっていた。

子どもの埋葬から一週間ほどたったある夜のこと、がらくた屋の奥のみすぼらしい部屋で、ザーコフはマリアをテーブルの自分の向かい側に座らせた。テーブルにはウィスキーのボトルと底の欠けた赤いガラスのタンブラーが置かれている。ザーコフはこう言った。

「さあ、始めようか、マリア。またあの黄金の皿の話をしておくれ」

マリアはザーコフをじっと見つめていたが、その顔には困惑の表情が浮かんでいた。

「黄金の皿ってなんのこと？」マリアは言った。

「昔お前の家族が中央アメリカでもっていたやつだよ。さあ、マリア、話してくれ」ユダヤ人は首を伸ばし、細い指が唇をしきりにかきむしっていた。

「黄金の皿ってなんのことよ？」マリアはウィスキーを飲みながら顔をしかめ、そう言った。「黄金の皿？　ザーコフ、いったいなんの話をしてるの？」

　ザーコフは椅子にもたれかかり、マリアをじっと見つめた。

「だからお前の家にあった黄金の皿だよ。その皿で食事をしたんだろ。もう百回くらい話をしてくれたじゃないか」

「頭おかしいんじゃないの、ザーコフ」マリアが言った。「ボトルをとってくれる？」

「さあ、始めて」ザーコフは欲望の汗をにじませながらせがんだ。「さあ、早く。意地悪をするんじゃないよ。聞かせてくれ、なあ、聞かせてくれ。『二〇〇枚以上もあって、その全部が金《きん》でできてた』のところから始めよう。ほら、わかってるんだろ、さあ、早く」

「そんな話、全然覚えてないよ」マリアはそう言い張ってボトルに手を伸ばした。ザーコフはそれをマリアの手からひったくった。

「馬鹿め！」ザーコフはかすれた声でなんとかわめこうとして、喘ぐような声を出した。「馬鹿め！　この俺をだまそうなんて思うんじゃない、そんなマネをしたら殺してやるからな。あの黄金の皿だ、わかってるんだろう。どこにあるかも知ってるんだな」急にザーコフは路上で呼びかけをするときの長く伸びる軋るようなわめき声を出した。そして立ち上がり、長い強欲な指をこぶしに固めた。今や怒り狂って威嚇しようとしていたのだ。マリアに覆いかぶさり、こぶしをその顔に突きつけた。

「さてはお前がもってるんだな！」ザーコフは怒鳴った。「お前がもってたんだな。それで俺にとられたくないんだろう。どこだ、どこなんだ？　ここにあるのか？」彼は狂ったように部屋を見回した。そして「どうなんだ？　さあ言え」と肩をつかんで揺さぶった。「どこなんだ？　ここにあるのか？　隠し場所を教えるんだ。白状しろ、さもないと殺してやるぞ！」

「ここになんかないよ」マリアはザーコフから身を引きはがしてそう叫んだ。「どこにだってそんなものないんだから。黄金の皿ってなんなのよ？　いったいなんの話をしてるの？　黄金の皿のことなんて何ひとつ覚えてないよ」

そう、マリアは覚えていなかった。出産のせいで混乱と動揺をきたしたことが、どうやらこの点でのみマリアのとち狂った思考を修復してしまったようなのだ。彼女の異常な執着がいったんショックを受けたかと思うと、そのショックが退いていく際に脳にこびりついていた幻想をひとつ洗い流してしまったのだ。マリアは覚えていなかった。あるいはかつてはっきりと覚えていた黄金の皿は、実際に根拠があったのかもしれない、その見事さを語るマリアの話は事実であり、筋の通ったまともな内容だったのかもしれない。したがって今忘れてしまっていることの方が、脳の異常を示す兆候であり、出産の際の痴呆状態の名残であったのかもしれない。いずれにせよマリアは覚えていなかった。黄金の皿のイメージはマリアの心からすっかり消えてなくなってしまい、今その幻想のとりこになっているのはザーコフの方だったのだ。ゆがんだ心に素晴らしい食器セットを思い浮かべているのは、街のどぶさらいをしながら黄金を追い求めるザーコフの方だったのだ。流れるようなことばで描き出して見せるのはザーコフなのだ。マリアは思い出すだけで満足していたが、ザーコフは自らの貪欲さに追い立てられ、いまだその皿が存在しているのだと信じ込むにいたった。どこかに、もしかするとこの家の中に隠されているのではないか、マリアがこっそりもち込んだのではないかと信じるようになったのだ。そう考えると辻褄《つじつま》が合うじゃないか、つい最近見たばかりでなければ、あんなに細部にいたるまで正確に、微に入り細を穿《うが》って描き出すことなどできないはずじゃないか——昨日見たのではないか、ひょっとしたら今日？　あるいはついさっき、たった今まで見ていたのではないか？

「せいぜい気をつけるんだな」ザーコフはしゃがれ声で妻に囁きかけた。「ようく気をつけておけ。俺が探し出してやる。見つけてやる。絶対に見つけてやるからな。いつの日か俺が手に入れるのだ——そうとも、俺が手に入れるんだ、見てろよ——絶対に見つけてやる、見つけてやるからな。もし見つからなかったら、お前に皿のありかを絶対に吐かしてやるからな——嘘じゃないぞ、覚えてろよ——絶対だからな」

その後マリアは夜に目を覚ますと、しばしばザーコフがベッドからいなくなっていて、手提げランプの明かりを頼りに庭に穴を掘っているのを見るようになった。そんなとき、ザーコフはぶつぶつと独り言を言っているのだ。「一〇〇枚以上もあって、その全部が金《きん》でできてた——革のトランクを開けると、目もくらむばかり——そりゃあのパンチボウルだけでもひと財産だろう。混じりっ気がなく、純粋の、重くて貴重な純金なのだ。完全に金だけで、それがうずたかく積みあがっている——なんたる美しさ！　いずれ見つけてやる。見つけてやるぞ。どこかにあるんだ、この家のどこかに隠してあるんだ」

しかしどこを掘っても見つからなかったので、ザーコフは徐々に憤慨し始めた。ある日、ザーコフはガラクタ集めの馬車から鞭をとってきて、マリアをその鞭で叩きながら、その合間に息を切らせながらこう言った。「どこにあるんだ、このけだものめ。どこにあるんだ？　早く教えろ、さっさと白状するんだ」

「知らないわ。知らないよ」マリアは鞭をかわしながら叫んだ。「知ってたら教えるよ、ザーコフ。でも全然知らないんだから。教えたくても教えられないのよ」

ある夜、事態は頂点まで悪化した。マーカス・シューラーはそのとき、自分の部屋にいた。今までずっと住んでいたアパートの、あのマクティーグの「パーラーズ」の真上の部屋である。十一時から十二時にかけての時間帯だった。アパート全体が静まり返り、外ではポーク・ストリートもすっかり静かになっていた。たまにケーブルカーが通りすぎるときにガタゴトと車輪がたてる音や、真向いの人気《ひとけ》のなくなった市場でしつこく呼び交わすカモやガチョウの鳴き声が聞こえてくるくらいだった。マーカスは上着を脱ぎ、自分のもち物をバカバカしくなるくらい小さなトランクに無理やり詰め込もうとして躍起になり、汗だくになって悪態をついていた。部屋はごった返していた。まるでマーカスは引越しをしようとしているみたいだった。彼はトランクの前に立って、帽子箱に入れた大事なシルクハットを手にもっていた。ブーツを一足トランクに無理やり押し込もうとしていたのだが、どんなに工夫をしてもどうにも入らないので怒り狂っていたのだ。

「こ、いい、こんなに工夫してるのに、こ、いい、こんなに押し込もうとしてるのに」マーカスは小声ながら激しい勢いで怒鳴った。「それでも入らないんだな」マーカスは口汚くののしり始め、空いた方の手でブーツをひっつかんだ。「このまま置き去りにしてやるからな。本当だぞ《フォー・ア・ファクト》」

そのとき、裏の階段にけたたましい足音がして、ドアが激しくたたかれた。マーカスがドアを開けると、マリア・マカパが飛び込んできた。髪は乱れ、目は恐怖で飛び出している。

「ああ、シューラーさん」マリアは喘ぎながら言った。「早くドアに鍵を閉めて。あの人に捕まっちゃうから。あの人、ナイフをもってるのよ。ありかを教えないと殺してやるって言ってるの」

「誰が？　何が？　どこに何があるって？」マーカスはたちまちのうちに興奮で真っ赤になってそうわめいた。そしてドアを開け、こぶしを握りしめて闘う準備をしながら暗くなった廊下をじっと見渡した——誰と闘うことになるのかもわからず、なぜ闘うことになるのかも知らないまま。

「ほら、ザーコフよ」マリアが泣き叫びながらそう言って、マーカスを部屋に引きずり入れてドアにかんぬきを下ろした。「あの人、あ、あ、あんなに長いナイフをもってるのよ。ああ、神様、助けて、あの人が来た！　あの人でしょ？　ほら」

ザーコフは階段を上りながらマリアの名前を呼んでいた。

「あの人を入れないで、お願いだから、シューラーさん」マリアが喘ぎながら言った。

「あんなやつ、八つ裂きにしてやる」マーカスは怒りで顔を真っ赤に染めてまくしたてた。「あんなやつのナイフなんか怖がるとでも思ってるのか？」

「どこにいるか、わかってるんだぞ」ザーコフがすぐ外の階段の上でそう叫んだ。「シューラーの部屋にいるんだろう。こんなに夜遅くにシューラーの部屋なんかで何をしてるんだ？　さあ出て来い。恥を知れ。殺してやるからな。さあ早く出て来い。出て来ないとどうなるかわかってるのか」

「この薄汚いユダヤ野郎、お前こそ殺してやる」マーカスがドアのかんぬきをはずし、廊下に飛び出してそう叫んだ。

「俺は妻を取り戻しに来ただけだ」ユダヤ人が階段を何段か下りてそう抗議した。「俺から逃げてあんたの部屋に行くなんてどういう了見なんだ？」

「気をつけて、その人、ナイフをもってるのよ！」マリアがドアの隙間から叫んだ。

「おや、そこにいたな。さあ出て来い、うちに戻るんだ」ザーコフがそう言い放った。

「お前こそここから出ていけ」マーカスはそう叫び、怒り狂ってザーコフに詰め寄った。「さあ、出ていけ」

「いや、マリアも一緒だ」

「出ていけ」マーカスはわめいた。「そしてそのナイフを出せ。俺は見たぞ、脚の後ろに隠しても無駄だからな。さあそいつを俺によこせ」マーカスはいきなりそう叫ぶと、ザーコフが気づく間もなくナイフをねじり取った。「さあ、出ていけ」

　ザーコフはあとずさり、マーカスの背後を何度も覗き込もうとした。

「マリアを連れて帰りたいんだ」

「出ていけ。早く出ていかないと殺してやるぞ」通りに面したドアが閉まった。ユダヤ人は立ち去ったのだ。

「ふん！」マーカスは尊大に胸を張って鼻を鳴らした。「ふん！　俺がナイフなんか怖がるとでも思ってるのか？　俺は誰も怖がったりしないぞ」マクティーグと妻が騒ぎを聞きつけて手すりから上の階を覗き込もうとしているのに気づいたので、そっちに向けて叫んだのだ。「誰も怖くなんかない」マーカスはもう一度言った。

　マリアが廊下まで出てきた。

「あの人、帰った？　ほんとにいなくなった？」

「いったい何があったんだ？」マーカスがいきなりそう尋ねた。

「一時間ほど前に目が覚めたのよ」マリアがわけを話した。「そうしたらザーコフがベッドにいなくて。たぶん最初からベッドに入らなかったんだと思う。流しの脇で膝立ちになっていて、床板をはがしてその下を掘り返してたのよ。手提げランプをもってた。そしてあのナイフで地面を掘ってたんだと思う。そのあいだずっと独り言をぶつぶつ言ってるの。『一〇〇枚以上もあって、それが全部金でできてるんだ。一〇〇枚以上もあって、それが全部金でできてるんだ』って。それから急にわたしが見てるのに気づいたの。わたし、ベッドの上に座ってたんだけど、あの人飛び上がって、ナイフをもったままわたしのところまで来て言うのよ。『どこにあるんだ？　どこなんだ？　お前がどこかに隠したのは知ってるんだ。さあどこだ？　教えないとナイフで刺し殺すぞ』って。わたし、なんとかあの人をだまして時間稼ぎをしてるあいだに化粧着を着て、それで飛び出してきたのよ。あんなところにいたくないもの」

「そもそもなんであんな黄金の皿の話なんか、あいつにしたんだよ？」マーカスがわめいた。

「そんな話、してないよ」マリアは思い切り力を込めて言い張った。「そんな話、したことない。黄金の皿のことなんて聞いたことないもの。なんであんなこと言いだしたのか全然わからないわ。あの人、気が狂ってるのよ」

この頃にはトリナとマクティーグ、グラニス爺さん、それにミス・ベイカー——アパートの上の方の階に住む住人全員である——がマリアのまわりに集まっていた。トリナと歯科医はもうベッドに入っていたので、中途半端な格好のままだった。トリナのおびただしいほど豊かな長い黒髪はふたつに大きく編み上げられて背中のずっと下まで垂れさがっていた。しかしこんな遅い時間にもかかわらず、グラニス爺さんとかつての仕立て屋はマリアが騒ぎを起こした時間にはまだベッドに入っていなかったのだ。

「でもマリア」トリナが言った。「あなたいつもあの黄金の皿の話してたじゃない。あなたの家族が昔もってたって」

「してない、してないわ！」マリアは猛烈に否定した。「みんな気が狂ってるんじゃないの。わたし、黄金の皿の話なんか一度も聞いたことすらないわ！」

「まあ」ミス・ベイカーが大声を出した。「あなた変な娘《こ》ね、マリア。それだけは確かね」ミス・ベイカーはその集団を離れて部屋に戻った。グラニス爺さんは目の隅で彼女が帰っていくのを見ていたが、しばらくして自分もそれに従い、集団に加わったとき同様、誰にも気づかれずに離れていった。徐々にアパートはもとの静けさを取り戻していった。トリナとマクティーグも自分の部屋に戻った。

「わたし、そろそろ帰らなきゃ」マリアが言った。「あの人ももう大丈夫。ナイフさえもってなかったら怖くなんてないもの」

「じゃあ」マリアが階段を下りていくときにマーカスが声をかけた。「もしあいつがまたおかしくなったら大声を出せばいいよ。俺は聞いてるし、俺ならあんたを守ってやれるから」

マーカスは自分の部屋に戻り、言うことを聞かないブーツとの取っ組み合いを再開した。ふとザーコフのナイフに目をやった。長くて切れ味の鋭いハンティングナイフで、柄は鹿の角でできていた。「こいつももって行くか」マーカスは急にそう言い放った。「これから行く先では必要になりそうだしな」

そのころ、老ミス・ベイカーはマリアが飛び込んできたことによる興奮で高ぶった神経を静めようとお茶を淹れていた。この晩、ミス・ベイカーは大胆にもふたり分のお茶を淹れた。小さなティーテーブルの反対側に余分の席を作り、カップとソーサーとゴーラム・シルバーのスプーンを並べた。仕切り壁の向こう側のすぐそばにはグラニス爺さんがページを切っていない「ネイション」のバックナンバーを綴じていた。

「わたしの考えてること、わかる、マック？」ふたりで部屋に戻ってきたとき、トリナが言った。「マーカスはきっと引っ越すんだと思うわ」

「え？　なんだって？」歯科医がもごもごと言った。ひどく寝ぼけて愚かしげな様子だった。「なんて言ったの？マーカスがどうしたって？」

「マーカスはここ二、三日ずっと荷造りしてたんだと思うわ。ほんとに出ていくのかしら」

「誰が出ていくって？」マクティーグは目をぱちくりさせて言った。

「もう、早く寝なさいな」トリナは夫をベッドの方に優しく押しやりながらそう言った。「マック、あなた、わたしが知ってる中で一番のおバカさんね」

トリナの言ったことは正しかった。マーカスはこの地を出ていこうとしていたのだ。トリナは次の日の朝、母から手紙を受け取った。ジーペ氏が携わっていたカーペット清掃業兼室内装飾業はどんどん景気が悪くなっていった。ジーペ氏はついに自宅を抵当に入れなければならなくなった。ジーペ夫人にはこの先家族がどうなるのか見通しがまるでつかなかった。夫はニュージーランドに移住することまで口にし始めていた。その一方でジーペ氏はとうとうマーカスと「牧場を一緒にやりたい」人を見つけたとトリナに知らせてきた。カリフォルニアの南東の一角に牛の放牧場があるのだという。ジーペ夫人にはその仕事がどういうものなのかよくわからなかったが、とにかくマーカスはその計画に大いに乗り気になっていて、今月中には合流する予定なのだという。それはそうと、五〇ドルほど送ってもらうことはできないかしら、トリナ？

「やっぱりマーカスは本当に出ていくんだわ、マック」その日、マクティーグが「パーラーズ」から出てくると、トリナはそう言った。居間にはソーセージ、マッシュド・ポテト、ココアからなる昼食が用意してあった。

「はあ？」歯科医は何がなんだかわからずそう言った。「誰が出ていくって？　シューラーが出ていく？　なんでシューラーが出ていくの？」

トリナは事情を説明してやった。「へえ！」マクティーグはたっぷり蓄えた口髭の奥で唸り声を出した。「行きたきゃどこへでも行けばいいんだ」

「それでね、マック」トリナはココアをつぎながら続けた。「どう思う？　ママがね、わたしに――わたしたちに五〇ドル送ってほしいっていうのよ。ずいぶんお金に困ってるらしくて」

「そうだな」しばらくして歯科医は言った。「まあそれくらい大丈夫だろ？」

「言うのは簡単だけど」とトリナは顎をつんと上げ、小さな青白い唇を尖らせて不満げに言った。「ママったら、わたしたちが百万長者だとでも思ってるのかしら」

「トリナ、お前ほんとにケチになってきたな」マクティーグがぶつぶつ言った。「どんどんひどくなっていくぞ」

「でも五〇ドルは五〇ドルよ、マック。五〇ドル稼ぐのにどれくらい時間がかかると思ってるの！　五〇ドルよ！

わたしたちの利息の二か月分じゃないの」

「でもまあ」マクティーグは口にいっぱいマッシュド・ポテトをほおばったまま、落ち着いて言った。「お前、いっぱい貯め込んでるじゃないか」

トランクの底に入れてある真鍮のマッチ箱とシャモア革の袋に貯め込んださささやかな貯金に触れられるたびに、トリナはたちまち憤慨するのだった。

「そんな言い方しないで、マック。『いっぱい』だなんて。いったいいくらあればいっぱいだって言うのよ？　五〇ドルも貯まってないはずよ」

「ふん！」マクティーグが不満げに鼻を鳴らした。「ふん！　一五〇ドル近くも貯め込んでそうだけどな。俺の見立てだとそれくらいだね」

「そんなにない、そんなに貯めてないわ」トリナはそう言い放った。「そんなにないことくらいわかってるでしょ。ママもお金なんて頼んでこなければいいのに。もっと節約できないものなのかしら？　わたしはうまくやりくりしてるのに。だめ、だめよ、五〇ドルもとても送れないわ」

「おい、何言ってるんだ！　じゃあどうするつもりなんだよ？」トリナの夫はぼやいた。

「今月は二五ドル送ることにするわ。それで余裕ができたらすぐに残りのお金を送るって言うの」

「トリナ、お前、本当にどうしようもない守銭奴だぞ」マクティーグが言った。

「それでもいいわ」トリナは笑い出してそう答えた。「そうかもしれないわ。でもどうしようもないんだし、それにこれって、いい欠点でしょ」

トリナはお金を送るのを何週間か遅らせたが、母親は次の手紙でそのことに何も触れなかった。「あら、あのお金がそんなに必要なんだったら」とトリナは言った。「きっともう一度催促してくるわ」それでトリナはまたしてもお金を送るのを遅らせた。そして日に日に送るのを先延ばしにしていった。母親が二度目に頼んできたときには、求められた半分の額ですらトリナには手放しがたく思われた。トリナはその返事で母親に、今月は自分たちもかつかつなのよ、と説明した。でも二、三週間したら送れると思うわ。

「こうしようと思うのよ、マック」とトリナは夫に言った。「あなたとわたしで半分ずつ送ってあげればいいと思うの。そうしたらふたり合わせて二五ドル送ることになるでしょ。一二・五ドルずつよ。いいアイデアでしょ。どうかしら?」

「いいよ、いいよ」マクティーグはそう答えてお金を渡した。トリナはマクティーグの一二ドルを母親に送ったが、自分の送るはずだった一二ドルは結局送らずじまいだった。

「あの二五ドル、もうお義母さんに送ったんだよな?」とマクティーグは言った。

「あら、もうだいぶ前のことよ」トリナは何も考えずにそう答えた。

実際、トリナはこの成り行きについて深く考えたりすることはなかった。そして実際、すぐにほかの問題に注意を奪われることになったのだ。

ある日曜日の夜、トリナと夫は居間に一緒にいた。もう暗くなっていたが、ランプはつけていなかった。マクティーグは以前郵便局の出張所があった一階の「ヴァインスチューベ」でビールのボトルを何本か買ってきていた。しかしまだビールは開けていなかった。夏の暖かい夜だった。トリナは張り出し窓でマクティーグの膝に座っていた。あらかじめノッティンガム・カーテンをタッセルで留めてあったので、暗くなった通りを見渡したり、巨大なスイミングプールのガラス屋根の上に顔を出した月を眺めたりすることができた。よくふたりで一時間かそこら、こんなふうに座り、「いちゃつく」ことがあったのだ。トリナはマクティーグの巨大な身体の上で丸くなり、夫の伸びた無精髭に頬ずりをしたり頭の天辺の禿げた場所にキスをしたり、耳や目に指を突っ込んで遊んだ。時折激しい愛情の発作がトリナを捕らえ、熱い吐息をつきながら夫の太く赤い首を小さな両腕でぎゅっと抱きしめ、耳元でこんなふうに囁くのだった。

「ねえ、わたしのこと愛してる、マック？　とっても、とっても愛してる？　絶対に愛してる？　結婚したときと同じくらい？」

マクティーグは困惑して、こんなふうに答えるのだった。「まあ、その、わかってるだろ、トリナ？」

「でもそう言ってほしいのよ、いつもずっとそう言っててほしいのよ」

「そりゃあ、もちろんだよ」

「じゃあそう言って」

「まあ、じゃあ、愛してるよ」

「でも自分からは言ってくれないのね」

「ええ、なんだ……なんの話だ……さっぱりわからないよ」歯科医はすっかり困って口ごもった。

そのとき、ドアがノックされた。ふたりはまるで夫婦でないかのように、見られてはいけないところを見られたような気になって恥ずかしくなり、トリナはマクティーグの膝から転がり起き、大慌てでランプをつけて囁いた。「上着を着て、マック。そして髪をちゃんとなでつけて」それからビール瓶を見えないところに隠すように身振りで指図した。そこでドアを開けると、トリナはびっくりして叫び声を上げた。

「あら、マーク従兄《にい》さんじゃない！」トリナが言った。それを聞いてマクティーグは目をむいた。何を言ってよいかわからず、混乱してことばが出てこなかった。マーカス・シューラーは完璧に落ち着いた態度で玄関に立ち、非常に愛想よく笑いかけた。

「やあ」マーカスは言った。「入っていいかい？」

トリナはびっくりして返事をするのがやっとだった。

「そりゃあ……ええどうぞ、もちろんよ……さあ入って」

「いいとも、さあ入れよ」歯科医は何も考えられずに急にそんなふうに大声を出した。そしてふと思いついて「ビールでも飲むか？」とつけ加えた。

「いや、いいよ。ありがとう、先生」マーカスは機嫌よく言った。

マクティーグとトリナはすっかり困惑していた。これはいったいどういうことなのか？　マーカスは仇敵と仲直りしたくなったのだろうか？

「わ、わたしわかったわ」トリナは考えた。「ここを出ていくからお金を借りようとしてるのね。一ペニーだって渡すもんですか。ええ、一ペニーたりともね」トリナはぎゅっと歯を噛みしめた。

「さて」マーカスは言った。「景気はどうだい、先生?」

「ああ」マクティーグは落ち着かなさそうに言った。「そうだな、どうだろう。たぶん……たぶん」どうしようもないほどばつが悪くなって、途中で続けられなくなってしまった。そのころには全員、椅子に座っていた。マーカスは帽子と杖――「向上委員会」から贈呈された金《きん》の持ち手のついた細い黒檀のステッキ――をもっていた。彼は先を続けた。

「これはこれは!」頭を振って居間を見回しながら言った。「ここはこのアパートでも一番いい調度が揃ってるね。いや本当だとも、間違いない《フォー・ア・ファクト》」マーカスは金メッキのフレームと赤いビロードの台座にはめられた石版画――ふたりの女の子が祈りをささげている絵――から《ぼくはお爺ちゃん》と《わたしはおばあちゃん》の絵へと見て回り、清潔な白いじゅうたんや明るい色のウーステッドの背覆いが椅子にかけられているのに目を止め、さらに額に入った結婚式の正装をしたマクティーグとトリナの写真を感激しながらじっと眺めているようだった。

「なるほど、おふたりさん、結婚してずいぶん幸せそうだね」マーカスはそう言って快活にほほ笑んだ。

「まあ、ぼちぼちやってるわ」トリナはそう返事した。

「お金もたくさん、仕事もたっぷり、すべて順風満帆だね?」

「しなきゃいけない仕事はたっぷりね」トリナは先回りして話題をそらそうとそう答えた。「でもお金はたっぷりあるわけじゃないわ」

だが明らかにマーカスはお金を借りに来たわけではなさそうだった。

「ねえ、トリナ」マーカスは膝をこすりながら言った。「俺、ここを出ていくんだ」

「ええ、ママの手紙に書いてあったわ。牧場で働くんですって」

「イギリス人と一緒に牧場経営を始めるんだよ」マーカスは訂正した。「ジーペさんが手配してくれたんだ。牛を飼育できないかと思ってね。俺は馬のことはよく知ってるし、そいつは——そのイギリス人だけど——前に牧場で働いてたことがあったらしいんだ。それでそこで働きながら政界に打って出るチャンスを狙ってみようと思ってね。向上委員会の会長から推薦状ももらってあるんだ。なんとかやっていけると思うよ、きっと」

「どれくらいの期間行くつもりなの？」トリナは尋ねた。

　マーカスはじっとトリナを見つめた。

「それがね、もう二度と戻ってくるつもりはないんだよ」彼はそう大声で言い放った。「明日出発するんだ。それきり戻らない。最後のお別れを言いに来ようと思ってね」

　マーカスはその晩、一時間以上もい続けた。余裕たっぷりの様子で愛想もよく、トリナだけでなくマクティーグにも話しかけた。そしてついに立ち上がった。

「さて、さよなら、先生」

「さよなら、マーカス」マクティーグが返事をした。ふたりは握手をした。

「もう二度と会うことはないだろうね」マーカスが続けた。「幸せにな、先生。そのうち患者であふれて、そこの階段に長蛇の列ができるくらいになったらいいな」

「はっ！　そりゃいい」歯科医はそう言った。

「さよなら、トリナ」

「さよなら、マーカス」トリナは返事した。「ママによろしく言ってね。パパにも、ほかのみんなにも。双子の次の誕生日には大きなノアの箱舟の動物セットをふたつ作ってあげるつもりなの。オーガストはもうおもちゃをもらうには年を取りすぎてるわね。でも双子にはとっても大きな動物を作ってあげるって言っといてね。さよなら。うまくいくといいわね、マーカス」

「さよなら、さよなら。ふたりともお幸せに」

「さよなら、マーク従兄《にい》さん」

「さよなら、マーカス」

マーカスは出て行った。

第十三章

マーカスがカリフォルニア南部に向けて出発してから一週間ほどたったある朝、マクティーグは「パーラーズ」の郵便受けに長方形の封筒が差し込まれたのに気づいた。宛て先はタイプライターで打たれていた。マクティーグはその封筒を開けてみた。手紙は市役所から送られたものであり、片隅にカリフォルニア州の印章が押されていて、とても公文書っぽかった。様式とファイル番号が上部に記入されていた。

この手紙が届いたとき、マクティーグは充填材を作っている最中だった。「パーラーズ」にいて、張り出し窓の大きな鳥かごの下に可動式の棚をおいて、そこでのんびりと作業をしていたのだ。ちょうど大きな隣接面窩洞《かどう》に使えるよう、「ブロック」を、そして充填を始めるときに使う「シリンダー」を作っているところだった。郵便配達の足音が聞こえたので、目を向けると、封筒が何通か郵便受けの差し入れ口に入ってくるところが見えたのだ。それから例の公式の印章の押された分厚い長方形の封筒が横向きに入れられて、床に鈍いドサッという音とともに落ちてきたのだ。

歯科医は根管針とはさみをおいて手紙をかき集めた。全部で四通の手紙があった。ひとつはトリナに宛てられたもので、セリーナの「エレガントな」筆跡が見てとれた。二通目は歯科医用の診察椅子の新製品の広告だった。三通目は隣りのブロックで新しく開店する帽子屋の宣伝だった。四通目が例の分厚い長方形の封筒に入った手紙で、日付と名前のところだけ空欄にして印刷された様式でマクティーグに宛てられており、市役所から届いていた。マクティーグは念入りにすべて目を通した。「わからん、わからんな」そうつぶやくと、マクティーグは馬鹿みたいにライフル製造業者のカレンダーを眺めた。トリナがキッチンで歌を歌っているのが聞こえてきた。朝食の準備でガチャガチャと物音がしている。「トリナに聞いた方が良さそうだな」彼はそうつぶやいた。

マクティーグは居間の方から続き部屋に入った。タッセルで留めたノッティンガムのカーテンを通して陽光が差し込んでおり、清潔な白い絨毯やニスを塗られたパーラーオルガンがキラキラと輝いている。ベッドルームに入ると、丸々したほっぺたのイギリス人の赤ちゃんと用心深げなフォックステリアの、額装された石版画が見えた。そしてさらにその奥の煉瓦《れんが》敷きのキッチンに入った。キッチンはピカピカに磨き上げられていた。黒く塗ったばかりのコンロは黒人の肌のように輝いていた。ブリキ製で、内側に陶器を張ったシチュー鍋はまるで銀と象牙でできているみたいだった。トリナがその中心にいて、水に浸したスポンジで朝食のときに使うオイルクロスの掛け布を拭いているところだった。このときのトリナの美しさはかつてないほどに思えた。まだ朝早かったがトリナの黒々とした髪の巨大なティアラは丁寧に櫛《くし》が入れられていてカールしてあった。ヘアピンひとつ乱れていなかった。白い模様の入ったブルーの更紗のスカートをはき、しっかりとコルセットで締め上げた小さな腰に模造のワニ革のベルトをしめていた。シャツはピンクのリンネル地であり、まだ新しく、しっかり糊を当ててあったので、動くたびにぱりぱりと音がするほどであった。首まわりにはマクティーグのローンのネクタイをひとつ拝借して、きれいな結び目を作っていた。袖はほとんど肩のあたりまで丁寧に巻き上げてあり、華奢な丸みを帯びた腕にはこの上なく欲望をそそられた。そのミルクのように白い腕が掛け布を拭きとるたびに前後に動き、曲げたり伸ばしたりするときに肘の辺りにかすかにピンクの色味が浮かんだり消えたりした。夫が入ってくるとトリナは素早く視線を上げた。その細い目は光り輝き、かわいらしい小さな顎を宙につんと上げていた。丸い唇は歌の最後の名残を残して開いており、上の歯に詰めた金歯のきらめきが見てとれた。

その場面全体が——清潔なキッチン、清潔な煉瓦の床、周囲に漂うコーヒーの香り、風呂を出たばかりであるかのように新鮮で、作業をしながら歌を歌うトリナ自身の姿、モスリンのハーフ・カーテンを通して窓から斜めに差し込み、小さなキッチンに黄金のミストの橋をかける朝の陽光——これらすべてが、言ってみれば抑えようのない陽気さの調べを放っていた。開かれた上窓越しに、すでにずっと前から目覚めていたポーク・ストリートの騒音が入り込んできた。通りの呼び売りの歌うような大きな声が、学校へ行く途中の子どもたちの甲高い叫び声が、肉屋の荷車の鳴らすにぎやかな音が、ハンマーを打ちつけるきびきびとした音が、時折ガタゴトと重々しい音をたてて通りすぎるケーブルカーの長々と続くとどろきが、そしてそれと同時に窓ガラスが揺れてガタガタと震える音と、楽しげにカンカン打ち鳴らされる警笛が、聞こえてきた。

「あら、どうしたの、マック?」とトリナが言った。

マクティーグは踵《かかと》で背後のドアを閉め、トリナに手紙を渡した。トリナはそれを最後まで読んだ。すると突然、小さな手でスポンジをぎゅっと握りしめたので、スポンジから水があふれだし、煉瓦の上にパタパタと音をたてて流れ落ちた。

手紙——あるいはタイプライターで打ち出された通告というべきか——は、マクティーグがこれまで歯科専門学校で免許を取得していないということ、したがって歯科医業をこれ以上継続することを禁ずるということを通達していた。この事例に関する法令の抜粋が、小さな活字で添えられていた。

「これ、いったいどういうこと?」トリナは落ち着いて、まだ何も考えられずにそう言った。

「わからん。俺にはわからんよ」夫は答えた。

「これ以上継続して開業できないですって」トリナが続けた。——「『本通告を受け取り次第、今後の貴殿の開業の継続を一切禁じ——』」トリナは眉を上げ、しわを寄せて抜粋をもう一度読み直した。そしてシンクの上に針金で作った台に慎重にスポンジを置き、テーブルに椅子を引き寄せ、その通告を広げた。「座って」トリナはマクティーグに言った。「ここのテーブルに来て、マック。何事なのか、一緒に考えましょう」

「今朝受け取ったんだ」歯科医はつぶやいた。「たった今届いたんだよ。ちょうど充塡材を作ってたんだ……あそこで、『パーラーズ』の窓のところで……そしたら郵便配達がその手紙をドアに突っ込んだんだ。最初は『アメリカ歯科医術』の最新号が届いたんだと思ったんだ。でも開けてみてみたら、お前に見せた方がいいんじゃないかって……」

「ねえ、マック」トリナがさえぎって、通告から顔を上げていった。「あなた今まで歯科専門学校に行ったことないの?」

「はあ? なんだって? なんのこと?」マクティーグが驚きの声を上げた。

「どうやって歯医者になる勉強をしたの？　専門学校に行ったの？」

「昔、鉱山にやってきたやつについて覚えたんだよ。母さんが一緒に行けって言って。ふたりであちこちの鉱山を渡り歩いたもんだよ。あいつのためにエキスカベーターを研いでやったり、町に宣伝しに行ったり――郵便局とか、オッド・フェロウズ（十八世紀にイギリスで作られた相互扶助団体）の集会所のドアとかにビラを貼るんだ。あいつ、馬車を一台もってってね」

「でも専門学校には一度も行ってないのね？」

「はあ？　なんだって？　専門学校？　そんなの行ってないよ、そいつに教えてもらったんだもの」

トリナはまくり上げていた袖を下ろした。普段よりも心もち顔色が青白かった。トリナはカフスにボタンを留めて言った。

「専門学校を卒業してないと、開業できないってこと、知ってる？　そうでないと『医師』を名乗る資格はないのよ」

マクティーグはしばらくじっとトリナを見つめ、それから言った。

「でももう十年もやってるぞ。もっとだ――ほぼ十二年だ」

「でも法律で決まってるのよ」

「法律って何？」

「だからあなた、開業できないのよ。お医者さんを名乗ったらだめなの。免許をもってないと」

「なんだって？……免許って何？」

「わたしもよく知らないわ。紙みたいなものよ――その紙に……ああ、マック、わたしたち、もうおしまいよ」トリナの声は叫び声に近かった。

「どういうことだよ、トリナ？　俺、歯医者じゃないの？　俺は医者じゃないの？　だって、あの看板見てみろよ。お前がくれたあの金《きん》の歯だよ。ほとんど十二年もやってるんだぞ」

トリナはぎゅっと唇を結び、咳払いをして、頭の後ろのへアピンをつけなおすふりをした。

「そんなにひどいことにはならないと思うわ」トリナはとても穏やかに言った。「もう一度読んでみましょう。『本通告を受け取り次第、今後の貴殿の開業の継続を一切禁じ――』」トリナは最後まで読み終えた。

「でもそんなことありえないわ」彼女は叫んだ。「きっと本気じゃないのよ――ねえ、マック、きっとそうだと思う――まさか！」トリナは青白い顔を紅潮させてそう言い放った。「あなたがどれほど優秀な歯科医なのか、役人なんかにわかるわけないじゃない。免許がなんだって言うのよ？　なんたってあなたは第一級の歯科医なんですから。何も問題ないと思うわ。マック、あなた本当に歯科専門学校には行ってないの？」

「行ってない」マクティーグは強情にそう答えた。「そんなのなんの意味があるんだ？　治療の仕方は全部教わったんだもの。それでいいんじゃないの？」

「ねえ、あの音」急にトリナが言った。「あれ、あなたの診察室のベルじゃない？」ふたりとも「パーラーズ」のドアにマクティーグが取りつけたベルが鳴る音を聞いた。歯科医はキッチンの時計を見た。

「きっとヴァノヴィッチだ」彼は言った。「サッター・ストリートの鉛管工なんだ。小臼歯を抜いてほしいって予約を入れてきたんだ。仕事に戻らないと」マクティーグは立ち上がった。

「でも戻れないのよ」トリナが手の甲で唇を押さえて叫んだ。目には涙があふれている。「マック、わからないの？　理解できない？　あなた、仕事を辞めないといけないの。ああ、なんてひどい！　ねえ、聞いて」トリナはテーブルを回ってマクティーグのところに行き、両手でその腕にしがみついた。

「はあ？」マクティーグは唸るような声を出し、わけがわからなくて顔をしかめ、トリナの方を見た。

「あなた、逮捕されるのよ。刑務所に行かないといけないの。だから仕事は辞めないといけないの――もう仕事はできないのよ。わたしたちもうおしまいよ」

ヴァノヴィッチは居間のドアをドンドンと叩いていた。

「あいつ、もう帰っちゃうよ」マクティーグが苦しそうな声を出した。

「帰ればいいのよ。帰るように言って。また出直すように言って」

「でもあいつは予約を入れてたんだ」マクティーグはドアに手をかけて声を上げた。

トリナはそれを引き戻した。「でもマック、あなたもう歯医者じゃないのよ。お医者さんじゃないの。治療をする資格がないの。だってあなた歯科専門学校に行ってないんだもの」

「でも専門学校に行かなかったとして、それでも俺は歯医者だろ？　ほら、またドアを叩いてる。だめだ、俺は行くぞ」

「そうね、いいわ、行きなさい」トリナは急に反動が来たかのようにそう言った。「あなたに歯医者をやめさせるなんて、そんなことありえないわ。あなたは腕のいい歯医者なんだもの、それが何よりじゃないの。行きなさい、マック、急いで。あの人、帰っちゃう」

マクティーグはキッチンを出てドアを閉めた。トリナはしばらく足元の煉瓦を凝視していた。それからテーブルに戻り、通告を置いたところにまた腰を下ろした。そして両のこぶしに頭を預け、いま一度その通告を読んだ。急に確信が訪れた。すべて本当のことなのだ。マクティーグはたとえどれほど腕のいい歯科医であろうと、この職を辞めなければならない。しかしなぜ市役所の役人が通告を送付するのにこれほどの時間がかかったのだろう？　いきなりトリナは真相が閃いて指を鳴らした。

「マーカスがやったんだわ」トリナはそう叫んだ。

＊

まるで雷の一撃であった。マクティーグはびっくりして身動きすらできなかった。何も言えなかった。生まれてこのかた、ここまで口数の減ったことはなかった。時折トリナが話しかけてきてもまったく耳に入っていないようだった。注意を向けるのに肩をゆすぶらなければならないこともしょっちゅうだった。よく「パーラーズ」でひとり座り、並外れて大きくて不器用な手で例の通告をいじくり回しては、馬鹿みたいに何度も何度も読み返した。まったく理解できなかった。市役所の役人が俺にいったいなんの関係があるんだ？　どうして放っておいてくれないんだ？

「ああ、わたしたちこれからどうなるのかしら？」トリナが泣き言を言った。「これからどうなるの？　乞食になるのよ、物乞いをしなきゃいけないのよ——それもこんなに急に」一度など、トリナは急激に燃え上がるなんとも言いようのない怒りに震えたこともあった。これまでトリナにこんな一面があろうとは、マクティーグはまったく思いもしなかった。トリナはいきなり立ち上がったかと思うと、こぶしを握り締め、歯ぎしりをしながら、大声で叫んだのだ。「ああ、あの喧嘩のとき、マーカス・シューラーを殺してさえいてくれたら！」

マクティーグはそのまま診察を続けていた。それは完全に習慣に流された行動であり、鈍く、のんびりした彼の性格は、几帳面《きちょうめん》であり、頑固であり、新しい状況になじもうとはしなかったのだ。

「たぶんマーカスはわたしたちを怖がらせようとしてるだけなのよ」トリナはそう言っていた。「だってあなたが開業し続けてるかどうかなんて、役所の連中にはわかりっこないんだから」

「明日はモールドを作らないといけないんだ」マクティーグが言った。「サッター・ストリートの鉛管工のヴァノヴィッチが三時に来ることになってるんだ」

「ええ、そのまま続けなさい」トリナはきっぱりと言い放った。「そのまま続けて、モールドも作って、なんだったらヴァノヴィッチの顔から歯を全部引っこ抜いてしまいなさい。わかるもんですか。役人も形式的に通告を送っただけかもしれないじゃない。ひょっとしたらマーカスが書類を手に入れて自分で書き込んだだけかもしれないし」

ふたりは一晩中目を覚ましたまま暗闇を見つめ、ずっとしゃべり通しだった。

「ねえ、マック、歯科専門学校に行かなかったにしても、何か開業する資格みたいなのを手に入れたりしてないの？　本当に大学行かなかったの？」トリナは何度も何度も問いただした。

「いや、行ってない」歯科医は返事をした。「行ったことないよ。弟子入りして教えてもらっただけだ。歯科専門学校のことなんて何も知らない。俺には自分のやりたいようにする資格がないっていうのか?」急にマクティーグは怒りの声を発した。

「仕事のやり方をちゃんと心得てるんだったら、それで十分じゃないの?」トリナも叫んだ。

「そうだよ、そうじゃないか」マクティーグが不満げに言った。「俺はあんな連中の言うなりになって仕事を辞めたりしないぞ」

「そのまま続けなさい」トリナは言った。「きっとこれ以上もう何も言ってこないわよ」

「市役所に行って掛け合ってみたらどうだろう」マクティーグは思い切って提案してみた。

「だめよ、だめ、そんなことしないで、マック」トリナは慌てて大声を出した。「だって、もしマーカスが脅かそうとしただけなんだったら、市役所じゃこのこと誰も知らないはずだもの。でもあなたが行ったらいろいろ聞いてくるでしょうし、あなたが歯科専門学校を卒業していないかったことを知られちゃうじゃない。そうしたら今よりずっとまずい状況になるわよ」

「とにかく俺は紙切れ一枚で仕事を辞めたりしないぞ」歯科医はそう断言した。そのフレーズがいたく気に入ったようだった。一日中部屋をうろうろしたり、「パーラーズ」で作業を続けたりしながら、濃い口髭の奥で唸るように言い続けていた。「俺は紙切れ一枚で仕事を辞めたりしないぞ。いや、俺は紙切れ一枚で仕事を辞めたりしないぞ。辞めるもんか」

何日かがそのまますぎ、一週間がすぎた。マクティーグはいつもどおり診察を続けた。その後、市役所から連絡が来ることはなかったが、つのる不安が重苦しくたちこめていた。トリナはすっかり気がめいってしまった。起こり得る事態への恐怖が常につきまとい、寝るときですら離れず、キッチンで朝食をとっていてもまとわりつき、日がな一日、あとをひたひたとついてくるのだ。トリナはマクティーグの診療費が急に奪われてしまったら、これから先どうなってしまうのか、あえて考えないようにしていた。そうなるとふたりはあの富くじのお金の利息と、トリナがノアの箱舟の動物をせっせと作ることで稼いでいる月に三〇ドル余りのささやかな収入に頼るしかなくなるだろう。いや、いやよ、そんなこと考えたくもないわ。生計を立てる手段がこんなふうに奪われてしまうなんて、ありえないわ。

二週間がすぎた。「やっぱり大丈夫だったのよ、マック」トリナは折を見てそう言った。「もう大丈夫そうよ。だってあなたが開業し続けてるかどうかなんてどうやってわかるのよ？」

その日、二度目の、そしてもっと威圧的な文面の通告が、役所の職員自身によって、マクティーグに渡された。すると急にトリナは理屈抜きの本能的な恐怖のパニックに襲われた。マクティーグがこのまま言うことを聞かずに開業し続ければ、ふたりとも刑務所に入れられるだろう、トリナはそのことを確信していた。壁に鎖でつながれ、暗闇でパンと水を与えられることになるのだ。

「ねえ、マック、あなた仕事を辞めなきゃ」トリナは泣き声を上げた。「これ以上続けるわけにはいかないのよ。連中がやってきて辞めさせられるわ。ねえ、あなたどうして歯科専門学校に行かなかったの？　専門学校の卒業資格がないといけないってどうして知らなかったの？　もうこれでわたしたち、乞食よ、物乞いなのよ。この家も出なきゃ

――このアパートを出なきゃ。わたし……わたしたち、こんなに幸せだったのに。今まで集めたきれいなものも全部売り払わなきゃ。絵も、パーラーオルガンも、それに……ああ、ひどいわ、こんなの！」

「はあ？　え？　何？　どういうこと？」歯科医は混乱して大声を出した。「俺は紙切れ一枚で仕事を辞めたりしないぞ。連中が辞めさせるっていうんならやってみればいい。思い知らせてやる。あいつら――あいつら、俺のこと馬鹿にしやがって」

「そうやって粋がってるだけならいいわ。でも辞めないといけないのよ」

「でも、俺たちは乞食じゃない」マクティーグは急にある考えを思いついて叫んだ。「俺たちにはまだ金《かね》があるじゃないか。お前には五、〇〇〇ドルもあるし、ずっと金を貯め込んでただろ。五、〇〇〇ドル以上ももってるなら乞食とは言わないよ」

「それ、どういう意味、マック？」トリナは不安そうに尋ねた。

「だからあの金で食っていけるじゃないか、しばらくは……どれくらいだろう……かなり先まで……」マクティーグは口ごもり、ためらいがちに肩をゆすって、馬鹿みたいにまわりを見回した。

「かなりっていつまでよ？」トリナが叫んだ。『かなり先まで』がいつまでも続くことはないのよ。わたしたちにはあの五、〇〇〇ドルの利子がある、それにオールバーマン叔父さんがくれる月に三〇ドルちょっとのお金もある、でもそれで全部なのよ。あなたもほかに何か仕事を探さないといけなくなるでしょうね」

「どんな仕事があるんだろう？」

実際どんな仕事があるというのか？　マクティーグはもう三十歳を超えていて、控えめに言っても器用とはいいがたく、頭も悪い。この歳になってから、新たにどんな仕事を覚えられるというのだろう？

ちょっとずつ、トリナは自分たちに降りかかった災難がどんなものかを歯科医に噛んで含めてわからせていった。そしてマクティーグはやっと入っていた予約をキャンセルし始めた。トリナは表向き、マクティーグが病気だということにしていた。

「わたしたちに起こったこと、誰にも知られたくないわ」トリナは夫に言った。

しかしマクティーグはなかなか自分の仕事を諦め切れなかった。毎朝朝食をとると、いつもどおり「パーラーズ」に行って、医療器具や切削エンジンをいじり回したり、ついたての奥のモールドを作る一角に置いてある洗面台でぼちぼちと作業したりした。「鍬形」エキスカベーターを研いだり、一時間も熱中して「マット」や「シリンダー」を作り続けたりするのだ。それから予約者の名前を書き込んでいた石板を見渡すのだった。

ある日トリナがそっとドアを開け、居間から「パーラーズ」に入っていった。マクティーグの身動きする音がしばらく聞こえなかったので、何をしているのかと不安になり始めたのだ。中に入るとトリナは後ろ手に静かにドアを閉めた。

マクティーグはとてつもなく念入りに部屋を片づけていた。『実践歯科』全巻と「アメリカ歯科医術」のバックナンバーはマーブルトップのセンターテーブルに四角く積み上げてあった。椅子はすべて「ロレンツォ・ディ・メディチ」の鉄版画の下に、壁に沿っていつも以上の正確さで並べられていた。切削エンジンとニッケルメッキされた診察椅子の装飾部品はきらきらと輝くまでに磨き上げられていた。張り出し窓のところにある移動式の棚には、細心の注意を払って丁寧に規則正しく器具を並べていた。「鍬形」エキスカベーター、充填器《プラガー》、鉗子、ペンチ、コランダム盤、コランダム・バードリル、トリナが今後夫の手助けに使うことは二度とないだろう柘植の木槌までもが、みなすぐにでも使えるように並べてあった。

マクティーグ本人は診察椅子に座り、呆けた様子で窓の外を眺めていた。その目は向かいの家の屋根の向こう側を向いていたが、何も見てはおらず、赤い両手はだらしなく膝に載っていた。トリナは近づいていった。夫の目を見ていると、その首に両手を回し、もじゃもじゃの金髪の巨大な頭を自分の肩に載せて抱いてやりたくてたまらなくなったのだ。

「俺……俺、全部整理したよ」彼は言った。「いつでも使えるようにきれいにしたんだ。ほら、みんな準備万端だろ。でも……でも……誰も来ないいんだ。もう誰も来ることはないいんだ。ああ、トリナ！」マクティーグは腕をトリナの身体に巻きつけ、自分の方に引き寄せた。

「元気出して。ね。元気出して」トリナは涙を流しながら、そう声をかけた。「そのうち、みんなうまくいくわ。どうしようもなくなったら、ふたりで貧乏になりましょう。何かほかにできることが見つかるわよ。一から出直しましょう」

「あの石板見てくれよ」マクティーグがトリナから身体を離しながら、予約者の名前を書き留めていた石板に手を伸ばした。「この予定を見てくれよ。水曜日の二時にヴァノヴィッチ、木曜の朝はラフヘッドの奥さん、木曜日の午後一時半にはハイゼの娘さん、金曜日にはワトソンの奥さん、土曜の朝はまたヴァノヴィッチだ――七時に。それが今週の予定だったんだ。なのに誰も来ないんだ。もう二度とここに来ないんだ」

トリナは夫から石板を受け取り、悲しみに沈んでそれを眺めた。

「消しちゃいなさい」そう言ったトリナの声は震えていた。「みんな消しちゃいなさいよ」そう言っている最中にまたしても目に涙があふれてきて、大粒の涙が石板に落ちた。「ほら、これでいいわ」トリナは言った。「こんなふうに消せばいいのよ。わたしがこの上で泣けばいいの」それからトリナは涙でにじんだ文字の上に指をこすりつけ、石板をきれいにふき取った。「みんな消えたわ。みんななくなった」トリナが言った。

「みんななくなった」歯科医が繰り返した。沈黙が広がった。それからマクティーグは六フィート二インチ〔約一八八センチ。ちなみに第一章では六フィート三インチとされている〕の身体を起こし、顔を紫色に染め、巨大な木槌のようなこぶしを頭上に振り上げた。がっしりとした顎はいつも以上にとがり、歯はガチっと噛み合ったかと思うと、ぎりぎりと軋むような音をたてた。そしてとどろくような声で言った。

「今度マーカス・シューラーに会ったら――」マクティーグはそこで突然ことばを切った。白目がいきなり赤く染まった。

「ああ、今度会ったら」トリナは固唾をのんでそう声を上げた。

第十四章

「ねえ、どう思う？」とトリナが言った。

トリナとマクティーグはアパートの裏通りに面した小さな屋根裏部屋にいた。漆喰《しっくい》がむきだしになった部屋だった。ベッドがひとつに籐製の椅子が三脚、木製の洗面台には洗面器とピッチャーが乗っていた。ひとつしかない、カーテンのついていない窓からはアパートの汚い裏庭と、裏路地との境目に並んでいる掘立小屋の屋根が見渡せた。床にはよれよれのカーペットが敷かれていた。クローゼットの代わりに、洗面台の上に木製の釘が十数本取りつけられていた。安っぽい石鹸《せっけん》と、古いヘアオイルのにおいがあちこちに沁みついていた。

「あれはシングルベッドだけど」トリナが言った。「大家さんがダブルベッドに取り換えてくれるそうよ。それにね――」

「こんなところには住まん」マクティーグが不満げに言った。

「でも、どこかには住まないといけないでしょ」トリナがいらいらしながら言った。「ポーク・ストリートは全部見て回ったけど、ここしか出せないもの」

「出せない、出せないって」歯科医はつぶやいた。「五、〇〇〇ドルももってて、しかも二〇〇ドルか三〇〇ドルも貯め込んでて、『出せない』ってどういうことだよ。お前のケチさにはむかついてくるよ」

「ねえ、マック」トリナは落ち着いて籐の椅子に座りながら主張した。「ねえ、マック、この部屋借りましょう――」

「一間《ひとま》だけの部屋に住むなんて考えたくもない」歯科医はむっつりと不平を言った。「新しくスタートするまでまっとうな生活をしよう。金《かね》はあるんだから」

「誰のお金だと思ってるの？」

「俺たち、俺たちの金だろ」

「俺たちですって！」

「だって家族なんだから。お前のものは俺のものでもあるし、俺のものはお前のものでもあるだろ」

「いいえ、違うわ。そんなことない。違うわ」トリナは激しい口調でまくしたてた。「全部わたしのよ。一セント《ペニー》だってほかの人に指一本触らせるもんですか。こんな言い方したくないけど、あなたが言わせるのよ。わたしのお金は一セント《ペニー》たりとも使いませんからね。わたしの五、〇〇〇ドルからも、わたしが一所懸命貯めたへそくりの中からも――あの七五ドルの中からも」

「あの二、〇〇〇ドルの中からも、だろ」

「七五ドルよ。わたしたちの生活費はあのお金の利子と、オールバーマン叔父さんのところで稼ぐお金だけよ――三一ドルか三二ドルだけなのよ」

「ふん！　俺がそんなこと許すと思ってるのか、こんな部屋に住むと思ってるのか？」

トリナは腕を組み、マクティーグの顔をまともににらみつけた。

「じゃあ、どうするっていうの?」

「はあ?」

「どうするつもりかって聞いてるの。頑張って仕事を見つけてお金を稼いできなさいよ。そうしたら話を聞いてあげようじゃない」

「だから、ここには住まんぞ」

「ああ、そう、好きなようにしなさいよ。わたしはここに住みますからね」

「お前も俺が決めたところに住むんだ」歯科医は急に声を荒げた。トリナの気取った言い方に腹が立ったのだ。

「じゃああなたが家賃を払いなさいよ」トリナも同じくらい怒ってそう言い放った。

「お前は俺より偉いのか、教えてほしいもんだね。誰が一番偉いと思ってるんだ、お前か、俺か?」

「誰が一番お金をもってるの、教えてほしいものだわ」トリナは普段は青白い唇まで真っ赤に染めて怒鳴った。「答えなさいよ、マクティーグ、誰がお金をもってるの?」

「すぐに金のことばっかりもちだしてきて、むかむかしてくる。この守銭奴め。こんながめついやつは見たことないぞ。俺が歯の治療をしてたときも、もらった治療費が自分の金だなんて思ったことなかったよ。稼いだものはふたりで使うように渡してきたんだ」

「そのとおりよ。それで今はわたしが仕事をしてるの。わたしがオールバーマン叔父さんのところで働いてるの。そしてあなたは今何も渡せるものがないでしょう。わたしが全部ひとりでやってるのよ。こういうの、なんて言うか知ってる、マクティーグ？　あなたはわたしに養われてるのよ」

「うるさいよ、まったくむかむかしてくる」

「わたしにそんな言い方する資格はないのよ。そんなことさせないから。わたし……わたし、そんなこと許しませんから」トリナはそこで一息ついた。涙が目に浮かんでいた。

「だったら好きなところに住めばいいよ」マクティーグは不機嫌そうにそう言った。

「じゃあこの部屋借りていいのね？」

「わかったよ、借りよう。でもせめてお前の金をちょっとだけ使って、それで……その……ちょっと修繕したりしてもいいんじゃないか？」

「一セント《ペニー》も使いません。一セント《ペニー》たりとも出したりしませんからね」

「いいよ、もう勝手にしろよ」その日一日、歯科医も妻も一言も口を利くことはなかった。

　この頃、続き部屋から引っ越し、新しい部屋を探している最中に起こったふたりの言い争いはこれだけではなかった。いついかなるときも、金《かね》の問題がもち上がるのだった。トリナはマクティーグが廃業してからこれまで以上にけちになっていった。もはやたんなる倹約の問題ではなかった。貯め込んだへそくりをほんのわずかでも使われてしまうのではないかという恐怖に自制心を失っていた。降りかかった災難をものともせずに、まだまだ貯め続けたいという強烈な渇望を感じていた。トリナはこんな一間だけの、壁紙すらないような屋根裏部屋よりもよっぽどいい部屋を借りることなどわけなくできたはずなのだが、マクティーグにはそんなことは到底できないと信じ込ませてしまった。

「まだちょっとくらいなら貯金もできるわ」部屋の契約を済ませると、トリナはそう考えた。「ひょっとしたら今までよりもたくさん貯められるかも。すぐに三〇〇ドルくらい貯められそう、だってマックは二〇〇ドルだって信じ込んでるみたいだし。もうそろそろ二五〇ドルになるし、家財道具を売り払うから、それで結構なお金も入るでしょうし」

しかしこの売却は、長い苦悩の時間であった。一週間も続いたのだ。すべてがなくなってしまった——続き部屋に付属していて写真家のもち物であった大きな家具を除き、すべてが売りに出されたのだ。パーラーオルガン、椅子、結婚式で使った黒いクルミ材のテーブル、居間の伸縮テーブル、オイルクロスの掛け布をかけたキッチンテーブル、イギリスの挿絵入り雑誌から切り取って額に入れた石版画、床に敷いてあるカーペット。とりわけキッチンの道具や家具が買われていくとき、トリナの心はほとんど折れてしまいそうになった。ポットひとつ、シチュー鍋ひとつ、ナイフやフォークの一本ずつが、一緒に生活してきた友達のような存在なのだ。どれくらい使い込んできたことか！どれほど大事に扱ってきたことか！　毎朝、あの小さな煉瓦敷きのキッチンに張り切って駆け込むのがどれほど楽しかったことか！　朝食後に食器を洗い、すべてもとどおりに整理し、シンクにお湯を流し込み、コンロの灰を掻き出し、暖かくなった煉瓦の上を行ったり来たりしながら顎をもち上げ、歌を歌いながら、これらの道具が全部自分のものなのだ、自分がこのキッチンの主《あるじ》なのだと考えるととても誇らしく思ったものだった。結婚式の翌日、初めてこのキッチンに入り、これが全部自分のだと思ったときにどれほど幸せだったことか！　これらの品を揃えるのに、繁華街の大型店の家具売り場で特価品コーナーを探し回ったことをまざまざと覚えていた。それが全部なくなってしまうのだ。赤の他人が手に入れてしまうのだ。なのに自分はというと、安っぽいレストランや通いの料理人の作った食事で我慢しなければならないのだ。夜ごとトリナは昔の幸せと今の不幸を思い比べて、泣きながら眠りについた。だが惨めな思いをしているのは彼女ひとりではなかった。

「とにかくあの鉄版画と炻器《せっき》のパグは売らないからな」歯科医はこぶしを固めて言い放った。診察室の物品を売却する段になると、マクティーグは反射的に目も耳もふさいで子どものような頑固さで反発した。トリナはやっとのことで診察室の備品をひとつ、またひとつと手放させた。マクティーグはすべての品で抵抗した。小さな鉄のストーブ、ソファベッド、マーブルトップのセンターテーブル、部屋の隅の飾り棚、『アレンの実践歯科』の装丁本、ライフル製造業者の広告が入ったカレンダー、軍隊式にきちんと並んだ椅子。とりわけ妻とのあいだで大げんかが起こったのは、《ロレンツォ・ディ・メディチとその宮廷》を描いた鉄版画と、炻器製のぎょろ目のパグをなんとか手放すよう説得したときだった。

「だって」マクティーグは大声を出した。「ずっともってたんだぞ——歯医者を始めたときからだ。トリナ、お前と知り合うずっと前からだ。あの鉄版画はサクラメントで買ったんだ。あの日は雨だった。古道具屋のウィンドウに飾ってあったんだ。それに炻器のパグはもらったんだ。薬剤師にもらったんだよ。あれもサクラメントにいたときだ。交換したんだ。俺は髭剃り用のマグと剃刀をやった。で、あいつは炻器のパグをくれたんだ」

しかしマクティーグのもち物の中にも、トリナがどうしても諦めさせることのできなかったものがふたつあった。

「それからコンチェルティィーナもよ、マック」トリナは古物商に渡すリストを作りながら説き伏せようとした。「コンチェルティィーナと、それから――ああ、そう、カナリアと鳥かごもよ」

「だめだ」

「マック、無理を言わないで。コンチェルティィーナは結構なお金になるでしょうし、鳥かごだって新品同然じゃない。カナリアはカーニー・ストリートのペットショップに売ってくるわ」

「だめだ」

「そんなふうに全部が全部反対するつもりだとしたら、最初からするだけ無駄よ。ねえ、マック、もう観念して。コンチェルティィーナと鳥かごも売るわよ。品目Dに入れるから」

「だめだ」

「遅かれ早かれ手放すことになるじゃない。わたしは全部諦めたのよ。さあ、リストに載せるわよ」

「だめだ」

それ以上二進《にっち》も三進《さっち》もいかなかった。鉄版画や烆器のパグのときと違って、歯科医はかんしゃくを起こすことはなかった。ただトリナがいかに懇願しても言いくるめようとしても、ただ愚鈍で感情を表に出さず、頑なに反対するばかりで、そのまま梃子でも動かないのだった。とうとうトリナも匙《さじ》を投げるしかなかった。マクティーグはコンチェルティィーナとカナリアをもち続けることになり、そのふたつだけベッドルームにわけておき、巨大な丸い文字で「非売品」と書いたタグを貼りつけるほど徹底するのだった。

その同じ週のある晩、歯科医とその妻はすっかり家具を取り払われた居間にいた。部屋自体が破滅を描き出しているかのように見えた。ノッティンガム・レースのカーテンは取り外されていた。伸縮式テーブルには皿、紅茶やコーヒーのポット、スプーンやナイフやフォークを入れたかごがうずたかく積み上げられていた。パーラーオルガンは床の真ん中まで引っ張り出され、「品目Ａ」と記されたシートで覆われていた。絵の類は部屋の隅にひとつに積み上げられていた。シェニール織の仕切りカーテンは黒いクルミ材のテーブルの上に折りたたまれていた。部屋はわびしく、物哀しかった。トリナは目録を子細に見直していた。マクティーグは上着を脱いでパイプを吸いながら、窓の外を呆けたように眺めていた。そのとき急に威勢よくドアがノックされた。

「どうぞ」トリナは不安げに声をかけた。最近は予期せぬ訪問がみな、次なる災厄の訪れではないかと思われたのだ。ドアが開くとチェックのスーツにグレーのネクタイ、見事な模様の入ったベストを着た若者が入ってきた。トリナとマクティーグは、その男が誰かすぐに気づいた。もうひとりの歯科医だったのだ。おしゃれな男で、患者はみな散髪屋やキャンディ・ストアやソーダファウンテンの若い女性たちで、気取り屋の、いつもベストを着ていて、グレーハウンドのレースに金を賭けるようなやつだった。

「ご機嫌いかがです?」マクティーグ夫妻が疑わしそうにじっと見つめていると、この男はふたりに向けて優雅にお辞儀をしてそう言った。「ご機嫌いかが? うわさで聞いたんですがね、先生、あなた廃業するんですって」

マクティーグは髭の奥で、何か聞き取れないつぶやきを漏らし、その男をにらみつけた。

「そこで提案なんですがね」相手は陽気にそう続けた。「ちょっとばかり取引をしたいと思いましてね。あなたの看板のことですよ。そこの窓から飛び出してる、あの大きな黄金の歯なんですがね、もう今後必要ないんでしょう。条件が折り合えば買い取ってもいいと思ってるんですがね」

トリナは素早く夫を一瞥《いちべつ》した。マクティーグはまた怖い目つきでにらみつけた。

「どうですかな？」もうひとりの歯科医が言った。

「いや、遠慮しとくよ」

「一〇ドルでいかがですか？」

「一〇ドルですって！」トリナが顎を上げて怒鳴った。

「じゃあ、いくらの値をつけるんです？」

トリナが答えようとしたとき、マクティーグがそれを遮った。

「出ていけ」

「え？　なんですって？」

「出ていけと言ってるんだ」

相手は玄関の方に引き返していった。

「馬鹿にするな。さっさと出ていけ」

マクティーグは大きな赤いこぶしを握り締めて一歩踏み出した。若者は慌てて逃げていった。しかし階段を半分まで下りたところで立ち止まってこう怒鳴りつけた。

「免許がもらえるんなら、なんだって手放すんだろ？」

マクティーグとその妻は顔を見合わせた。

「どうしてあいつが知ってるの？」トリナは荒々しく叫んだ。ふたりはマクティーグが特に理由もなくたんに歯科医を辞めるのだという作り話をでっち上げて、その話を言いふらしていたのだった。しかし、明らかに誰もが真相を知っているようだった。これで屈辱感も行きつくところまで行きついた。老ミス・ベイカーは次の日、この点でふたりがもしやと思ったことを裏づけてくれた。小柄なかつての仕立て屋は、トリナのところまでやってきて、降りかかった災難を嘆き、一緒に涙を流してくれた。そしてできる限りでトリナを元気づけようとしてくれた。しかし彼女もまた、マクティーグが当局に開業を禁じられたことを知っていた。マーカスは明らかにふたりに逃げ道を残して行かなかったのだ。

「まるで旦那さんの手を切り落とすみたいなもんじゃないの」ミス・ベイカーは言った。「あなたたちふたりとも、あんなに幸せそうだったのに。初めてあなたたちふたりを見たときから『なんてお似合いなの！』って言ってたのよ」

グラニス爺さんも、マクティーグ家がこうやって解体されていくさなかに訪ねてきた。

「恐ろしいことだ、恐ろしい」老いたイギリス人は震える手で顎を触りながらそうつぶやいた。「こんなこと、不当だと思うよ、うん、不当だよ。でもシューラーさんが連中をけしかけてこんなことをさせるなんて。あの人がそんなことをするなんて、とても信じられないよ」

「信じられないですって！」トリナは叫んだ。「ふん！　マーカスは昔、マックにナイフを投げつけたんですよ。それに別のときには噛みついたんです。文字どおり歯で噛んだんですよ、遊びでレスリングをしてたときに。マーカスなんて、マックをやっつけるためだったらなんでもやる人ですよ」

「なんとまあ」グラニス爺さんは心から苦痛の表情を浮かべて返事をした。「前はシューラーのこと、本当にいいやつだと思ってたんだけど」

「それはあなたがいい人だからよ、グラニスさん」トリナが答えた。

「思うんだがね、先生」馬具職人のハイゼが歯科医に向けて熱心に指を振りつつ断言した。「あんた、闘うべきだよ。法廷に訴え出るんだ。こんなにも長いこと治療をしてきたんだ、今さら開業を禁じられるなんて馬鹿なことはないよ。出訴期限法〔訴訟の提起ができる期限を定めた法律〕ってやつだよ」

「だめよ、だめ」歯科医がこのアドバイスをトリナに伝えると、トリナは声を大にして反対した。「だめよ、そんなの。法廷なんかに近づかないで。あの連中がどういう人たちか、わたし知ってるんだから。弁護士は根こそぎお金を奪っていくだけで、訴訟にも負けるのよ。ただでさえお金もないのに、その上訴訟なんてとんでもないわ」

そしてついに売却の日がやってきた。マクティーグとトリナはその日、ミス・ベイカーが部屋に来なさいと言ってくれたので、隣り合わせに手を握り合いながら、続き部屋の方から聞こえる騒がしい声に、不安げに耳をすましていた。九時から暗くなるまでのあいだ、大勢の人たちがひっきりなしに出入りした。正面の窓で風に揺れる赤い旗に引き寄せられて、ポーク・ストリート中の人々が続き部屋に押し寄せていたかのようだった。近所の人たちにとってはまさにお祭りであり、祝日であった。買う気もない人たちまでもがやってくるのだ。若い女性たち——キャンディ・

ストアの女性店員や花屋の見習いたち――が冷やかしに入ってきて、手に手を取って部屋から部屋へと歩き回り、きれいな石版画を馬鹿にしたり、祈りをささげるふたりの少女の真似をして見せたりするのだった。

「ほら、見てよ」などと叫び声を上げるのだ。「あんなカーテン使ってるのよ。――ノ、ッ、テ、ィ、ン、ガ、ム・レ、ー、ス、じゃないの！　今どきノッティンガム・レースを買おうなんて人いるのかしら？　あんなのつけるなんてあ、り、え、な、く、な、い？」

「それにパーラーオルガンまであるわ」別の女性がかかっていたシートをもち上げ、びっくりした声を出した。「パーラーオルガンなんて、週一ドルでピアノが借りられるご時世に。ねえ、見てよ、ここの人たち、キッチンで食事をしてたみたいよ」

「一ドル半、一ドル半、一ドル半、二ドルはないか」古道具屋から来た競売人が抑揚をつけながら呼びかけていた。

昼頃には部屋はごった返していた。荷車が外の敷石につけられ、大量の家具を載せて出発して行った。出ていった人たちが四方八方に散っていった。てんでにちょっとした家具を手にもって――時計やピッチャー、タオル掛けなど。

時折老ミス・ベイカーが、競売の進捗を見に行き、略奪の状況を報告してくれた。

「ハイゼさんの奥さんがシェニール織の仕切りカーテンを買っていったわ。ライアーさんがベッドの入札に加わったんだけど、グレーのコートの人が競り勝ってたわ。三・五ドルで落札されたの。隣りのブロックのドイツ人の靴職人が炻器のパグを買っていったわ。いつもの郵便配達が絵をたくさん抱えて出て行ってたわ。それに驚いたわ、ザーコフも来たのよ！　あのがらくた屋が。たくさん買ってたみたい。マクティーグ先生の金《きん》のテープとか道具類をみんな買い占めてたわ。マリアもいたわ。角の歯医者が切削エンジンを買って行ってた。あの大きな黄金の歯の看板を欲しがってたけど」などなど。しかし、少なくともトリナにとって何より残酷だったのは、ミス・ベイカーまでもが掘り出し物があるのに耐え切れなくなって、品物を買い始めたときだった。ついさっき行ってきたときには、かつて椅子の背もたれにかけてあった明るい色の背覆いを束ねてもってきた。

「三つで五セント《ニッケル》だっていうのよ」ミス・ベイカーはトリナに弁明した。「だから二五セント《クオーター》くらいなら使ってもいいかなって思って。あなた、気にしないわよね、マクティーグさん」

「ええ、もちろんよ、ベイカーさん」トリナは気丈にそう返事した。

「わたしの椅子にぴったり合うと思うのよ」小柄で年老いた仕立て屋は悪びれもなく続けた。「ほら」そう言って椅子の背に広げて、見ばえを確認した。トリナの口は震えていた。

「まあ、とっても素敵よ」トリナは答えた。

とうとう恐ろしい一日は終わった。集まった人々はみな散っていった。競売人もやっと帰っていった。ばたんとドアを閉めると、その振動が続き部屋全体に響き渡り、すっかり中身がなくなってしまったことがわかった。

「さあ」トリナは歯科医に言った。「行ってみましょう——最後に一目見ておきましょう」

ふたりはミス・ベイカーの部屋を出て下の階に下りていった。[014] 階段を下りる途中でふたりはグラニス爺さんに出くわした。手には小さな包み紙をもっている。この人もまた、ふたりに降りかかった不幸をいいことに、続き部屋への略奪に加わったというのだろうか？

「行ってみたんですよ」グラニス爺さんはおずおずと言い出した。「ほんの……ほんのちょっとのあいだだけ。それでこれが」――そこで手にしていた包みを示した――「これが売りに出てたんです。これはでもあなたたち以外の人には値打ちはないものだから。わたしが……わたしが思い切って入札したんですよ。ひょっとしたら」――彼は顎に手をやった。「差し支えないかと思って。その……実はあなたたちのために買ったんですよ……プレゼントとしてね。受け取ってもらえませんか？」グラニス爺さんは包みをトリナに渡すと、急ぎ足で立ち去った。トリナは包み紙をはがした。

それはマクティーグと妻が結婚式の正装をして写っている額入りの写真だった。結婚式の直後に撮ってもらった写真だった。トリナが畝織りの肘掛椅子にまっすぐ背を伸ばして座っており、ウェディング・ブーケを真正面にもっていた。マクティーグはその脇に立ち、左足を前に出して片手をトリナの肩に置いていた。もう片方の手は「プリンス・アルバート」のコートの胸ポケットに入れている。国務長官の銅像と同じ格好だった。

「ああ、優しい人ね、本当に優しい人」トリナはまたしても目に涙を浮かべて声を上げた。「取り除けようと思っててすっかり忘れてたわ。もちろん売る気はなかったのに」

ふたりは階段を下り、居間の入口に行き、ドアを開けて覗き込んだ。午後も遅い時間だったので、その日の売却がどうなったのか、歯科医と妻がぎりぎり見てとれる程度の明かりしかなかった。何も残っていなかった。カーペットすらなかった。まさに強奪、破壊の跡、イナゴの大群が押し寄せたあとの畑のような荒廃であった。むき出しの壁と床以外に何も残らないほどむしられ、はぎとられていた。ふたりが結婚式を挙げたこの部屋には、結婚を祝うパーティが開かれたこの部屋には、トリナが父親と母親に最後の別れを告げたこの部屋には、結婚生活の最初のつらい数か月をすごしたこの部屋には、その後すぐに幸せになり、満足を覚えるようになったこの部屋には、午後人形を彫る作業に長い時間すごしたこの部屋には、幾夜となく自分と夫がランプの明かりをつける前に窓の外を眺めてすごしたこの部屋には――ずっと彼女の家であったこの部屋には、虚ろなこだまと荒涼とした空しさ以外に何も残っていなかった。たったひとつ、残っていたものがあった。窓にはさまれた壁に、丸いガラスケースに入って何やら得体の知れないいかがわしい処理を施された、今はもう消え去った幸せの物哀しい残骸が、売れることなく、顧みられることもなく、忘れられたまま残されていた。誰も欲しがるもののないその品は、トリナのウェディング・ブーケであった。

第十五章

それからつらい毎日が始まった。マクティーグ夫妻にとって、不幸が結婚直後に訪れていたのであれば、ずっと楽に対処できたに違いない。そのころならばお互いに対する愛情もまだまだ新鮮でたっぷりとあっただろうし、互いに助け合い、貧乏生活を共にすることに喜びを見出すこともできただろう。もちろんトリナはこの上なく夫を愛していた。自分が夫のものになったと思っていたからだ。しかしマクティーグが妻に寄せていた愛情は、日に日に少しずつ減っていった——実のところ、ずっと前から減り続けていたのだ。今ではすっかり妻がいることに慣れきっていた。自分の周囲を取り囲む日常生活の日々変わらぬ決まりきった有り様の一部になっていた。トリナにはもはやなんの目新しさもない。キスをしても、腕に抱いても、なんの喜びもないのだ。トリナはたんなる妻でしかなかった。嫌いだったのではない。だが愛してもいなかった。ただ自分の妻であって、それ以上のものではなかった。しかしかつて裕福だったころの日常生活で、トリナが頑張って与えてくれたあのささやかな動物的快適さがひどく恋しく、未練がましかった。キャベツのスープや湯気を立てるココアは、トリナに教えられて好むようになったのだが、もう食べられないと思うと寂しくてならなかった。トリナにしつけられ、上等のたばこを吸うようになっていたが、それも今は吸えなくて悲しかった。日曜の午後は、診察室で昼寝をする代わりにふたりで一緒に散歩に行くようになっていたが、それも今はもうできない。フレンナの店で入れてもらうスチーム・ビールの代わりにボトルのビールを飲むようになっていたが、それももう飲めない。そんな生活を続けるうちに、マクティーグは次第にむっつりと不機嫌になっていき、妻が話しかけてきてもたまに無視することさえあった。それだけではない。トリナの貪欲さがマクティーグにはもはや我慢ならなくなってきた。こんな生活のみじめさも、ほんの五セント《ニッケル》か一〇セント《ダイム》出すだけで、ずいぶんましになりそうなときがしょっちゅうあったのだが、トリナはまったく頭にくるほどにべもなく、金《かね》を払おうとはしないのだった。

「だめよ、だめ」トリナは不満で声を荒げた。「日曜の昼に公園まで電車に乗るなんて、一〇セントもかかるじゃない。そんなのとても払えないわ」

「じゃあ歩いていこうよ」

「わたし、仕事があるもの」

「でも今週は毎日朝も昼も働きっぱなしじゃないか」

「別にいいのよ、仕事が溜まってるんだから」

かつてトリナはマクティーグがスチーム・ビールを飲むのを、品のない低俗な嗜好だと言っていやがったものだった。

「ねえ、今夜はビールを一本飲もうよ。もう三週間も全然ビール飲んでないよ」

「そんなお金ないわ。ボトル一本一五セントもするのよ」

「でも三週間もビールを一滴も飲んでないんだから」

「じゃあスチーム・ビールを飲みなさい。五セント《ニッケル》くらいもってるでしょ。一昨日《おととい》二五セント《クオーター》あげたじゃない」

「でもスチーム・ビールはもう飲みたくないんだ」

　万事がそんな調子であった。不幸にしてトリナはマクティーグの趣味を向上させてしまったのだが、今ではその趣味を満足させることができなかった。シルクハットや「プリンス・アルバート」のコートを誇らしく思うようになっていたし、日曜ごとにその恰好をするのがすっかり気に入っていた。なのにトリナはその両方を売り払わせていた。パイプたばこでは「イェール・ミクスチャー」〔パイプたばこの銘柄〕を好むようになっていたが、トリナは「マスチフ」という五セントのたばこにまで品質を下げるよう要求した。昔ならこれで十分満足だったのだが、今は大嫌いになっていた。カフスもきれいなものを身につけたかった。しかしトリナがきれいなカフスをつけさせてくれるのは日曜日だけだった。最初のうち、こういった楽しみを奪われるとマクティーグは腹を立てた。それから急激に、もとの習慣に（つまりトリナと出会う前にそうしていた習慣に）驚くほど簡単に、ずるずる滑るように戻っていった。日曜日には前と同じようにケーブルカーの車掌のたまり場になっている軽食堂で食事をするようになり、午後にはベッドで大の字に横たわり、満腹で頭が鈍くなり、身体が火照り、巨大なパイプを吸い、スチーム・ビールを飲み、コンチェルティーナでひどく物哀しげな六つの曲を演奏し、四時ごろまでうたた寝をしてすごすのだった。

　家具を売り払った金は、家賃と未払いの勘定を払うと、一三〇ドルほどの儲けであった。トリナは古道具屋の競売人が売り上げをちょろまかし、くすね盗ったと信じていて、大騒ぎをして抗議したが、どうにもならなかった。しかし競売人と手はずを整えたのはトリナだったので、売り上げのごたごたで残念な思いはしたものの、夫をだまして手に入った実際の金額をごまかすことで、その損失を多少埋め合わせた。マクティーグに嘘をつくのはたやすいことだった。何を聞いても信じ込んでしまうのだ。母親に送ることになっていた金をごまかしたとき以来、トリナは嘘をつくことをどんどんなんとも思わなくなっていった。

「競売人がくれたのは七五ドルだけだったのよ」トリナは夫にそう言っていた。「それに家賃の残りと八百屋の勘定を払うと、たったの五〇ドルしか残らないわ」

「たった五〇ドル?」マクティーグは頭を振りながらつぶやいた。「五〇ドルだけ? どういうことだ」

「五〇ドルだけよ」トリナは言い切った。あとになってトリナは自分の頭の良さに感心しながらこう思った。

「これほど簡単に六〇ドルも貯められるなんて」そしてトランクの底に入れてあるシャモア革の袋と真鍮のマッチ箱に貯め込んだへそくりに一三〇ドルを加えた。

不幸が訪れてから最初の数か月、マクティーグ家の日課はこんなふうだった。七時に起きて部屋で朝食をとる。トリナがひどく貧しい食事を石油ストーブで作るのだ。朝食が終わるとすぐさまトリナはノアの箱舟の動物人形を彫る作業に取り掛かる。マクティーグは部屋を出て都心に歩いていく。とてつもない幸運で、外科用器具を製造する会社に職を得ることができたのだ。エキスカベーターや充塡器《プラガー》、その他歯医者の扱う道具を作る仕事で発揮した手先の器用さが身を助けたのだった。昼食は波止場近くの船乗り向け下宿屋でとり、午後は六時まで働く。六時半には家に帰り、トリナと一緒に車掌のたまり場の軽食堂に付属している「女性のためのダイニングパーラー」で夕食をとることにしていた。一方トリナは一日中、人形を彫る仕事をする。休むのは昼食の三十分だけで、それも自分で石油ストーブで用意してしまう。夜はふたりとも疲れ切って、話をする気にもなれず、早々とベッドに向かい、疲労困憊《こんぱい》で苦しく、いらいらと不機嫌だった。

トリナは今、昔ほど几帳面なきれい好きではなくなっていた。かつてはノアの箱舟の動物を彫っているあいだはずっと手袋をしていたものだった。今は手袋などすることはなかった。念入りに櫛を入れ、カールさせた素晴らしい黒髪にはまだプライドをもっていたが、ときがたつにつれ、青いフランネルの部屋着のままでいる方がよっぽど仕事がしやすいと思い始めていた。削り屑や木片は、作業場となっている窓の下にどんどんたまっていき、石油ストーブの発するガスで汚れ、料理のにおいで充満した部屋の空気を入れ替えるのにさほど頓着していなかった。生活は決して陽気とは言えなかった。部屋自体が全然陽気ではなかった。巨大なダブルベッドが、使えるスペースの四分の一近くを占拠し、トリナのトランクの角と、洗面台が壁から突き出て邪魔になっていたために、向う脛《ずね》をすりむいたり肘をぶつけたりするのだった。トリナが使う「無害」の塗料が、壁や木枠に筋や点になって付着していた。部屋の片隅の窓のすぐ脇に、巨大でゆがみ、華々しく、光を当てなくても光り輝く歯科医の看板が立っていた。あの並外れた黄金の歯、巨人ブロブディンナグの歯である。

九月のある午後、マクティーグ夫妻が続き部屋を出て行ってからおよそ四か月がたったころ、トリナは窓際で作業をしていた。動物の人形はもう六セットほど作っていた。今はそれに色を塗り、箱舟を作るのに忙しかったのだ。「無害」の塗料の小さな瓶がテーブルの脇で、「メイド・イン・フランス」と書いたラベルを入れた箱と一緒に並んでいた。巨大な折り畳みナイフはテーブルの裏に突き刺してあった。トリナが今使っているのは、絵筆と接着剤の瓶だけだった。驚くほど軽快に、手慣れた様子で、小さな人形を指のあいだでくるくる回し、鳥をネイプルス・イエローに、象をブルー・グレーに、馬をヴァンダイン・ブラウンに塗り、そして目のところにチャイニーズ・ホワイトの点をつけて、接着剤で耳と尻尾をくっつけた。動物が完成すると、今度は箱舟をかき集めて、色を塗った。一ダースほどもある。みな窓だけがついていてドアはない。屋根の半分が蓋になっていて、開くのはその蓋だけである。トリナはここ最近、可能な限りたくさんの仕事を請け負っていた。なぜならこのあたりの時期からクリスマスの一週間前まで、オールバーマン叔父さんは、作れば作るだけ「ノアの箱舟セット」を引き取ってくれたからだ。

突然トリナは作業を中断し、待ち受けるかのように玄関の方を見た。マクティーグが入ってきた。

「あら、マック」トリナが驚いて声を上げた。「まだ三時じゃない。どうしてこんなに早く帰ってきたの？　早めに帰してくれることになったの？」

「クビになったんだ」マクティーグがベッドに腰を下ろしながら言った。

「クビですって！　どうして？」

「さあな。景気が悪くなってきたんで、雇ってられないんだってさ」

トリナは塗料で汚れた手を膝に落とした。

「まあ！」彼女は叫んだ。「こんなに運の悪い夫婦なんて、ほかに絶対いない、いないわ。これからどうするの？　外科用器具を作る会社ってほかにあるのかしら？」

「はあ？　いや、どうだろう。ほかに三つあったと思うけど」

「じゃあすぐにそこに行って掛け合ってみてよ。今すぐ行くのよ」

「はあ？　今すぐ？　いやだよ、くたくたなんだから。朝になったら行ってみるよ」

「マック」トリナが不安になって叫んだ。「いったい何を考えてるの？　まるでわたしたちが百万長者みたいな言い方ね。今すぐにでも行かなきゃ。ここに座ってるあいだ、一秒ごとにお金をなくしてることになるのよ」トリナはこの巨大な男を追い立てて立ち上がらせ、帽子を手に押し込んで玄関から追い出した。マクティーグの方はそのあいだ、大きな馬車馬みたいにおとなしく素直に言うことを聞いていた。階段を下りかけたとき、トリナがあとを追いかけてきた。

「マック、解雇されたとき、残りの給料はもらったんでしょ？」

「もらったよ」

「じゃあお金をもってるのね。それ、出して」

歯科医はそわそわと肩をすくめた。

「いやだ、出したくないよ」

「そのお金が必要なの。もうストーブを焚《た》く石油もないし、今夜は食券も買わないといけないでしょ」

「いつも俺から金《かね》を奪おうとするんだ」歯科医はぶつぶつ言っていたが、それでもポケットの中身を全部渡した。

「俺……お前、全部取るつもりか」マクティーグは不平を言った。「せめて電車賃くらい残してくれよ。雨も降りそうだし」

「ふん！　歩けばいいじゃないの。あなたみたいな大きな男が、ほんのちょっと歩くのを嫌がるなんて。それに雨なんか降らないわ」

ストーブの石油のことも、レストランの回数券のことも、どっちも嘘だった。しかしトリナは直感的にマクティーグが金をもっていることに気づいたのであり、その金を逃す気になれなかったのだ。トリナは間違いなくマクティーグが行ってしまうまでじっと聞き耳を立てていた。そして急いでトランクを開けてそこに入れてあったシャモア革の袋に金を隠した。

マクティーグはその日の午後、外科用器具を作っている会社をすべてあたってみたが、どこも門前払いであった。そこで雨が降り始めた。霧のような冷たい小ぬか雨で、骨の髄まですっかり身体が冷え、びしょ濡れになってしまった。傘をもっていなかったし、トリナが電車賃の五セントすら残してくれなかったからだ。マクティーグは雨に濡れながら家まで歩き始めた。ポーク・ストリートまではずいぶんな距離だった。最後に訪ねた工場はフォルサム・ストリート〔サンフランシスコ波止場地区から南西に向かい、途中から南に向けて走る通り。オールバーマン叔父さんの会社のあるミッション地区の中央を南北に通っている〕よりもまだ向こう側の、ほとんど街の入口近くまで行ったところにあったのだ。

マクティーグがポーク・ストリートに着くころには、寒さで歯がガチガチ鳴っていた。頭の天辺から爪先までずぶ濡れであった。ハイゼの馬具屋の前を通りかかると、急に土砂降りの雨に降られ、仕方なくそこの玄関に雨宿りをせざるを得なくなった。マクティーグは暖かくして眠り、たっぷり食べるのが大好きな男であったが、なのに凍るような寒さの中、街じゅうを歩いたせいで疲れ切って足もうずいていた。このあとありつけるものも、せいぜい軽食堂で食べるまずい晩御飯くらいなのだ——冷たい皿に載った熱い肉、生煮えのスエット・プディング、濁ったコーヒー、質の悪いパン。それなのにこんな寒い思いを、みじめなくらい寒い思いをして、骨までずぶ濡れなのだ。突然トリナに対する怒りが勢いよく湧き上がって、頭に血が昇った。トリナのせいじゃないか。雨が降るのもわかってたはずだ。なのに電車賃の五セント《ニッケル》すらくれない——自分は五、〇〇〇ドルももってるくせに。こんなに寒くて雨が降ってる中、街を歩かせるんだ。「守銭奴め」マクティーグは口髭の奥で唸った。「守銭奴め。意地汚い、どうしようもない守銭奴め。ザーコフよりひどいじゃないか。いつもいつも、金のことばっかり口うるさくって、そのくせ五、〇〇〇ドルももってるんだ。もっといっぱいもってるのに、あんな臭い穴倉みたいなところに住んで、まともなビールすら飲もうとしない。これ以上もう我慢できない。雨が降るのも知ってたんだ。最初からわかってたんだ。俺がそう言わなかったか？　それなのに雨の中家を追い出しやがった。それもあいつに金をもって行くためにだ。金を稼いでもみんな取り上げるんだ。俺が稼いだ金を全部取ってしまうんだ。あいつの金じゃない。俺の金だ。俺が稼いだんだ——なのに電車賃の五セント《ニッケル》すらよこさない。俺が濡れて風邪で死んでもどうでもいいんだろう。そうだ、どうでもいいんだ。自分さえ暖かくて金さえ手に入ればどうでもいいんだ」マクティーグは今の自分の姿を思い浮かべてますます腹が立ってきた。そして「これ以上我慢しないからな」と繰り返した。

「やあ、先生。先生だろ？」馬具屋のドアを開け、ハイゼが後ろから声をかけてきた。「そんなとこで濡れてないで中に入りなよ。あんた、ずぶ濡れじゃないか」油をひいた革のにおいの充満した店に、マクティーグと一緒に入ると、ハイゼはそう言った。「傘をもってないのかい？　電車に乗ればよかったんだよ」

「そうだな……そうだな」歯科医はまごついてそうつぶやいた。歯ががたがた鳴っていた。

「あんた、風邪で死んでしまうぞ」ハイゼは驚きの声を上げた。「こうしよう」帽子を手に取って言った。「隣りのフレンナの店まで行こう。そこで何かあったまるものを飲もうじゃないか。カミさんに店番頼んでくるよ」そしてハイゼ夫人を上の階から呼んできて、マクティーグをジョー・フレンナの酒場に連れて行った。馬具屋から二軒しか離れていないのだ。

「ジョー、ウィスキーのお湯割りふたつ」ハイゼは歯科医と一緒にバーカウンターに歩み寄るとバーテンダーにそう言った。

「はあ？　何？」マクティーグが言った。「ウィスキー？　俺、ウィスキー飲めないんだ。身体にあわないんだよ」

「何言ってるんだよ！」ハイゼは落ち着いて言い返した。「薬だと思って飲みな。こんなずぶ濡れになって突っ立ってたら風邪で死んじまうぞ。ジョー、ウィスキーのお湯割りふたつだ」

マクティーグは小さなグラスを、その巨大な口で一飲みに飲み干した。

「それでいい」ハイゼは満足げに言った。「すぐにあったまるよ」ハイゼは自分の分をゆっくり飲み干した。

「ハイゼ、俺も……俺もおごってやりたいんだけど」歯科医が酒場での儀礼がはっきりとわからないままそう言った。そして「でも」と、恥ずかしそうにつけ加えた。「でも……その、実は小銭もってないんだ」マクティーグのトリナに向けた怒りは、さっき飲んだウィスキーのせいでかきたてられ、また新たに燃え上がった。トリナのやつ、俺をなんて恥ずかしい立場に追いやるんだ。友達と一杯飲む金すら残さない、自分は五、〇〇〇ドルももってるくせに！

「は！　いいよ、先生」ハイゼはコーヒー豆をかじりながらそう返事をした。「もう一杯いくか？　なあ？　こいつは俺のおごりだよ。ジョー、同じのあとふたつ」

マクティーグは躊躇《ちゅうちょ》した。ウィスキーが体質に合わないというのは情けないほど本当のことだった。それが自分でもよくわかっていた。しかしこのときにはもうみぞおちの辺りが心地よく温まっていた。冷えた指先やびしょ濡れの足先にまで血が巡り始めていた。ずいぶんきつい一日だった。いやそれを言えば、先週も、先月も、ここ三、四か月ずっときつかった。ちょっとくらいの気晴らしがあったっていいじゃないか。トリナだって反対しないだろう。一セントもかかってないんだから。マクティーグはハイゼとともにもう一杯、飲み干した。

「もっとストーブに近づいて身体を温めなよ」ハイゼはそう促して椅子を二脚ストーブに引き寄せ、脚をストーブの炉格子に載せた。ふたりで話し始めるうちに、泥だらけのコートとズボンから煙が立ち昇ってきた。

「マーカス・シューラーのやつ、まったく汚い真似をしやがるな！」ハイゼは頭を振りながら言った。「先生、あんた闘うべきだよ。こんなにも長く診察してきたんだから」ふたりはこの問題を十分か十五分くらい話し合ったが、やがてハイゼが立ち上がった。

「さて、こうやってても金は稼げないからな。そろそろ店に戻らなきゃ」マクティーグも一緒に立ち上がり、ふたりして出口に向かった。ちょうど店を出ようとしたとき、ライアーに出くわした。

「やあ」ライアーは大声を出した。「まったくなんてよく降る日だ！　おふたりさん、方向を間違ってるぜ。俺と一緒に飲んでくれないと。ジョー、ウィスキー・パンチを三つくれ」

「だめだよ」マクティーグは頭を振ってそう答えた。「家に帰らなきゃ。もう二杯もウィスキーを飲んだんだ」

「は！」ハイゼが叫んでマクティーグの腕をつかんだ。「あんたみたいなたくましい大男が、ちょっとくらいのウィスキーを怖がるもんでもないだろう」

「まあ、俺……でも……その……じゃあ一杯飲んだらすぐ帰るぞ」マクティーグは断言した。

歯科医が都心に向かってから三十分ほどたったころ、マリア・マカパがトリナに会いに来た。マリアはたまにこんなふうにトリナのところに立ち寄り、トリナが作業をしている横で一時間ほどおしゃべりをしてすごすことがあった。最初のうちトリナは、このメキシコ人女性がずけずけと入り込んでくるのを快く思っていなかったが、最近ではすっかり大目に見るようになっていた。トリナの一日は長く、楽しみとてほとんどなく、話し相手がほしかったのだ。トリナはなんとなく、ふたりが不幸に見舞われて以来、老ミス・ベイカーも前ほど親切でなくなったような気がしていた。マリアはアパートや近所の人たちのゴシップを手当たり次第に事細かく話してくれたし、こっちの方がずっと興味深い内容だったのだが、ザーコフとのいざこざも聞かせてくれた。

トリナは密《ひそ》かにマリアのことを、品がなく、低俗な人だと思っていたが、たまには気晴らしも必要だし、それにどうせ自分は作業を中断しなくても、話をしたり聞いたりできるのだから。ちょうどこの日、マリアは最近のザーコフの振る舞いに激しく憤っていた。

「どんどんひどくなっていくのよ」マリアはベッドの端に腰掛け、手に顎を乗っけて、そんなふうにトリナに話しかけた。「あいつはわたしが皿をもってて、それを取られないように隠してるんだって、どうしても言い張るのよ。こないだなんか、荷車を引いてどこかにでかけたんだと思って、わたしはアイロンがけをやってたのよ。そしたらしばらくして急にドアの隙間からわたしのこと、じっと覗き込んでるのが見えたのよ。絶対こっちが気づいたことをさとられないようにしてたんだけど、それがねえ、嘘じゃないんだよ、そのまま二時間もわたしのすること、全部見てるのよ。こないだの日曜日なんか壁の一部を引っ剝がしだしてさ、それもわたしがそこに文字を書き込んでたからだって。そりゃ確かに書きましたよ。でもあれはただの洗濯リストだったのに。白状しないと殺してやるってずっと言い続けてるのよ」

「じゃあなんであんな人のところ、出ていかないの？」トリナが不思議そうに声を上げた。「わたしだったらあんなやつがそばにいると、死ぬほど怖いけど。前なんかあなたにナイフを突きつけてたじゃない」

「ふん！　あいつはわたしを殺したりしないよ。全然怖くなんかないね。だってわたしを殺したら皿のありかが絶対わからないじゃない。あいつはそんなふうに考えてるのよ」

「でも当然じゃないの、マリア。あなた、自分であの黄金の皿の話をしてたんじゃないの」

「してないよ、一度も！　みんな頭おかしいんじゃないの」

「でもときどき叩かれるんでしょ」

「ああ！」マリアは馬鹿にしたように頭を振り上げて言った。「あんなやつ、ちっとも怖くないね。たまに乗馬鞭をもち出してきたりするけど、いつだってうまくあしらってるよ。言ってやるのさ、『わたしに指一本でも触れてみな、絶対に教えてあげないからね』ってね。もちろん知ってるふりをするだけなんだけどね、そうするとあいつ、その鞭が真っ赤に燃え上がったみたいにその場に落っことすのさ。ねえ、マクティーグさん、お茶ない？　ストーブでお茶を淹れようよ」

「だめよ」トリナはしみったれた料簡から、慌てて大声を出した。「だめ。お茶なんか少しも残ってないわ」トリナの出し惜しみはどうしようもないほどひどくなっていて、ただお金を貯め込むだけではすまなくなっていた。自分とマクティーグが食べる食事まで出し渋りだし、車掌のたまり場の軽食堂で食べたときにはパンを半分、角砂糖を何個か、それにフルーツをもって帰るまでになっていた。こんなふうにちょろまかした食べ物を窓際の棚に隠し、それを使ってなかなか立派な昼食を作り出したりすることもしょっちゅうだった。お金が全然かかっていないと思うと一層美味しく食べられるのだ。

「だめよ、マリア。お茶なんか少しも残ってないんだから」トリナはきっぱりと首を振ってそう言った。そして「聞こえる？　あれ、マックじゃない？」とつけ加えて、顎をもち上げた。「あの人の足音よ、間違いないわ」

「じゃあ、そろそろ帰るわ」マリアが言った。そして急いで部屋を出て、ドアのすぐ外の廊下でトリナの夫とすれ違った。

「どうだった？」夫が入ってくると、トリナは詰問するようにそう言った。マクティーグは返事をしなかった。帽子をドアの内側のフックに引っ掛け、椅子にぐったりと座り込んだ。

「ねえ」トリナは不安そうに尋ねた。「どうだったの、マック？」

それでも歯科医は聞こえないふりを続け、泥だらけの靴を恐ろしい形相でにらんでいた。

「教えてよ、マック。わたし、知りたいの。仕事、見つかった？　雨に降られたの？」

「雨に降られたかだと？」歯科医は甲高い叫び声を出した。トリナが今までに一度も見たことがないような、素早い身のこなしと声だった。

「見てみろ。これを見ろ」マクティーグは続けた。いつにない早口で、頭の回転も早く、言いたいことが次から次へとすばやく浮かんでくるようだった。「俺のこの姿を見てみろ。ずぶ濡れで、寒くてガタガタ震えてるんだぞ。街中を歩き回ってきたんだ。雨に降られたかだと！　ああ、確かに雨に振られたように思うよ。それで俺が風邪で死ななかったとしても、お前のせいじゃないぞ。電車賃の五セント《ニッケル》すらくれなかったんだからな」

「でも、マック」トリナが言い返した。「雨が降るなんてわからないじゃない」

歯科医は頭を振り上げて、嘲笑した。顔は真っ赤で、小さな目はギラギラ光っていた。「ふん！　そうとも、お前は雨が降るのを知らなかったんだよな。でも俺が雨が振りそうだって教えてやらなかったか？」マクティーグはまた怒りがぶり返し、怒鳴りつけた。「ああ、お前は大したやつだよ。だがな、俺がいつまでもお前の馬鹿さ加減に付き合ってると思うなよ。いったいどっちが偉いと思ってるんだ、お前か、俺か？」

「どうしたの、マック。わたし、あなたがこんなふうになるの、見たことないわ。まるで別人みたいなしゃべり方じゃない」

「そうさ、俺は別人だ」歯科医は激怒して言い返した。「これ以上俺を馬鹿にさせないからな」

「それならいいのよ。わたしあなたを馬鹿にしようとしたりしてないでしょ。それはいいの。でも仕事はもらえたの？」

「俺の金《かね》をよこせ」マクティーグは俊敏に飛び起きて、そう声を荒げた。この巨大なブロンドの大男は、今きわめて敏捷かつ機敏に動いていたが、そんなことはこれまで一度もなかったことだった。普段の愚鈍さ、頭の回転の鈍さが、とてつもないほど刺激を受けているように見えた。

「俺の金をよこせ。出ていくときにお前に渡した金だ」

「無理よ」トリナは大声で抗《あらが》った。「あなたがいないあいだに八百屋の勘定を払ったのよ」

「信じられんね」

「ほんとよ、ほんとなの、マック。わたしがあなたに嘘なんかつくと思うの？　あなた、わたしがそこまで見下げ果てた真似をすると思ってるの？」

「じゃあ次に金を稼いできても、お前には渡さんからな」

「でも教えてよ、マック。仕事、もらえたの？」

マクティーグはトリナに背を向けた。

「教えて、マック、お願いよ。どうだったの？」

歯科医はトリナの方に飛びかかってすぐ近くまで顔を近づけた。そのがっしりした顎は突き出され、小さな目は意地悪く光っていた。

「だめだったよ」マクティーグはわめいた。「だめだ、だめだったんだよ。聞こえたか？　だめだったんだよ」

トリナは身をすくめた。それから急に声を上げて泣き始めた。ひとつには夫の訳のわからない残忍さで、ひとつには職を見つけられなかったことに対する失望で、涙があふれてきたのだ。

マクティーグは蔑んだようにまわりを見回した。みすぼらしい、わびしい住まいを、ひとつしかない窓のガラスを伝う雨の流れを、そして泣きじゃくる妻の姿を、眺めた。

「まったく、立派なもんじゃないか？」マクティーグは吐き捨てた。「居心地のいい部屋だなあ？」

「わたしのせいじゃないわ」トリナがすすり泣いた。

「お前のせいだよ」マクティーグはわめいた。「お前のせいでもあるんだよ。その気になれば、ちゃんとしたキリスト教徒らしく、まっとうな生活もできたんだ。なんたって五、〇〇〇ドル以上もってるんだからな。なのにお前はケチケチしやがって、ネズミの巣に住んでるみたいなもんじゃないか――しかも俺まで道連れにしやがる――五セント《ニッケル》でも払うくらいならその方がいいんだろう。俺はな、もうこんな生活にはうんざりなんだ」

富くじの金《かね》のことを言われると、トリナは必ず怒り出すのだった。

「じゃあわたしだって言わせてもらいますけどね」まばたきをしてなんとか涙を押しこらえて言い放った。「あなたが仕事をなくした以上、あなたがネズミの巣だって言う、この部屋にすら住めなくなるのよ。ここよりもまだ安い部屋を見つけないとね」

「なんだと！」歯科医は怒りで紫色になりながら怒鳴りつけた。「ここよりももっとひどい穴ぐらに住むだと？　そんなこと、さ、せ、な、い、からな。絶対させないからな。これからお前は俺の言うとおりにするんだ、トリナ・マクティーグ」そしてもう一度、顔をトリナの間近にまで近づけた。

「やっとわけがわ、か、っ、た、わ」トリナはなかばすすり泣きながら、そう声を上げた。「わかったわ。息がにおうもの。ウィスキーを飲んでたんでしょう」

「そうさ、俺はウィスキーを飲んでたさ」夫はそう言い返した。「ウィスキーを飲んでたよ。なにか文句でもあるっていうのか？　そうさ、そ、の、と、お、り、だよ。俺はウィスキーを飲んでたんだ。俺がウィスキーを飲んでなにか悪いのか？　言ってみろよ」

「ああ！　ああ！　ああ！」トリナは顔を手で覆ってすすり泣いた。マクティーグはその手を片手で摑み、顔から引き剝がした。トリナの青白い顔は涙に濡れていた。細長く、青い目には涙がこぼれだしていた。可愛らしい小さな顎は上を向き、震えていた。

「文句があるんなら言ってみろよ」マクティーグが責めたてた。

「ないわ。何もない」トリナは喘ぎ喘ぎ、そういった。

「じゃあうるさく泣くのはやめろ。やめろって言ってるのが聞こえないのか？　さっさとやめろ」マクティーグは脅すように、開いた手のひらを振り上げた。そして「や、め、る、ん、だ！」そう怒鳴りつけた。

トリナは怯えたまま夫の方を見た。涙で視界が曇ってよく見えなかった。黄色い髪は、角ばった巨大な頭の上で乱れに乱れてぼうぼうに伸びていた。大きな赤い耳は普段よりも真っ赤に充血していた。顔は紫色に変色していた。小さくギラギラ光る眼の上で、濃い眉をひそめていた。もじゃもじゃの黄色い口髭からはアルコールのにおいが漂い、がっしりとしてとがった、肉食動物のように突き出た顎にまで垂れ下がっていた。太く赤い首のまわりで血管が膨れ上がり、脈打っていた。自分の頭の上で、振り上げられた手のひらが見えた。皮膚の固くなった巨大な手だった。

「やめろ！」マクティーグは怒鳴った。怯えてじっと見ていると、その手のひらがいきなりこぶしに固められるのが、トリナにはわかった。木槌のように硬いこぶし、かつての荷車係のこぶしである。すると急にトリナが大昔からこの男に抱いていた恐怖が、男という生き物に対して本能的に抱いている恐れが、ふたたび息を吹き返した。夫のことが怖くてたまらなかった。全身の神経がマクティーグを見てひるみ、縮み上がった。トリナはすすり泣きを無理やり押さえ込み、固唾をのんだ。

「それでいい」歯科医はそう唸り声を出してトリナを放した。「その方がいい。さあ」マクティーグは小さな目でトリナを見据えたまま続けた。「さあ俺の言うことを聞け。俺は疲れ切ってるんだ。街中を歩き回ったんだからな——一〇マイルは歩いたはずだ——だから今からもう寝るつもりだ。邪魔するんじゃないぞ。わかったか？　俺の睡眠を邪魔するなよ」トリナは黙ったままだった。

「聞いてるのか？」マクティーグは怒鳴った。

「ええ、マック」

歯科医はコートを脱ぎ、カラーとネクタイを外し、チョッキのボタンを外し、厚底の靴からその大きな足を引き抜いた。そしてベッドに寝転がり、壁の方に寝返りを打った。数分するといびきの音が部屋に響き渡った。

トリナは首を伸ばしてベッドのフットボード越しに夫の様子を窺った。赤く充血した顔が見えた。巨大な口は大きく開いている。汚れたシャツは袖口が擦り切れている。巨大な足は分厚いウールの靴下に包まれている。トリナはかつてなかったほど痛烈に、自分が悲しくて不幸だという感情に襲われた。作業台の上に両腕を広げ、顔を手にうずめて、嗚き声を上げてすすり泣き始めた。胸が張り裂けそうだった。

雨は降り続いていた。ひとつしかない窓のガラスには雨水が滝のように流れていた。軒からは絶え間なくしずくが落ち続けている。どんどん暗くなっていった。小さく薄汚れた部屋は、料理と「無害」の塗料のにおいが充満し、ことばにできないほど、すさみ、わびしく、物哀しかった。小さな金メッキの牢獄に入れられたカナリアは、時折弱々しくさえずるのだった。ベッドで大の字に横たわった歯科医は、ずっといびきをかき続け、何も感じずに、だらしなく、脚はいっぱいに広げ、両手は手のひらを上にして脇に伸びていた。

とうとうトリナは、長く震えるような溜息をついて顔を上げた。そして起き上がり、洗面台の方へ行き、ピッチャーの水をたらいに注いだ。腫れぼったい目をした顔を洗い、そして髪を整えた。作業に戻ろうとしたとき、トリナは急に何かに思いついた。

「不思議だわ」トリナは思った。「ウィスキーを飲むお金、どこで手に入れたのかしら?」トリナはマクティーグが部屋の隅に放り投げたコートのポケットを探った。ベッドに横たわる夫に近寄り、チョッキとズボンのポケットまであさった。しかし何も見つからなかった。

「不思議だわ」トリナはつぶやいた。「わたしに言わないでお金をもっていたのかしら。そうだったら見つけ出さなきゃ」

第十六章

一週間がすぎ、二週間がすぎ、やがて一か月がたった。トリナにとって、この一か月はひどく不安で心の乱れる日々であった。マクティーグは職を失い、ほかの仕事を見つけることができなかった。トリナもこのような状況下で、自分の稼ぎだけではいつもと同じくらいの額の貯金をすることなど到底できず、もっと安く住める部屋を探し始めていた。マクティーグは散々怒鳴り散らしたり不機嫌に黙り込んだりしたが、そんな抵抗の甲斐《かい》もなく、トリナに言い含められて引っ越しに同意するようになった。トリナは早口にまくしたて、マクティーグには理解できない数字の羅列を突きつけることで、すっかり混乱に陥れ、反論の余地なく、ふたりが完全なる極貧状態の一歩手前であると思い込ませてしまったのだ。

歯科医は何もしないままだった。外科用器具の製造業者で断られてから、職を探そうという努力をしたのは二度だけだった。トリナはオールバーマン叔父さんに会いに行って、おもちゃの卸売店の輸送部門での仕事をマクティーグに見つけてやった。しかしある程度計算の要求される仕事だったので、マクティーグは二日でその仕事を投げ出すことになってしまった。

次にふたりがちょっとのあいだ抱いていたのは、マクティーグが警察で職を得られるのではないかという無謀な考えであった。体格検査は軽々と合格したし、ポーク・ストリート向上委員会の委員長になっていたライアーが、必要とされる政治的「コネ」を約束してくれてもいた。マクティーグがこの企てにもうちょっとやる気を出していたら、あるいはうまくいっていたかもしれなかったのだ。しかしマクティーグはあまりにも愚鈍であった。いや、というよりも最近では一所懸命努力するということを一向にしなくなってしまっていた。その結果、ただライアーと大喧嘩をしただけに終わってしまったのだった。

マクティーグはもはや野心というものを失ってしまったのだ。事態を改善しようという気もなくなっていた。ただ暖かい場所で眠れればそれでよく、一日三度の食事がたっぷりとれれば、あとはどうでもよかったのだ。最初のうちは——ごくごく最初のうちだけは——自分が何もしないで、狭い部屋に妻といるだけで毎日をすごしていることにいらいらすることもあったし、檻に入れられた獣のように、落ち着かない様子で部屋をうろうろと歩き回ることもあった。また何時間も座ったまま動かず、トリナが作業しているのを見ながら、妻に養われていると考えて、その恥ずかしさから鈍く顔が火照るのを感じることもあった。だがこの恥の感覚は、すぐに消えてなくなってしまった。トリナの仕事がつらいといっても、それはトリナ自身がそう望んでいることであり、概して黙ったまま毅然《きぜん》として、逆境に耐え忍んでいた。

やがて何もしないことに飽き飽きしてきて、身体を動かして運動でもしようかと、マクティーグはパイプに火をつけてポーク・ストリートの一ブロック先にある大通りまで歩いて行った。労働者の一団が大きな褐色砂岩の家の土台を掘っていた。マクティーグは掘削用地を取り囲む柵にもたれかかり、作業の進行状況を眺めることに興味をもち、それを気晴らしにした。そして昼になると毎日そこに見物に行った。やがて作業を取り仕切る現場監督と顔見知りになり、長いあいだふたりで雑談をするまでになった。その後マクティーグはポーク・ストリートに戻り、馬具屋の奥にハイゼを探しに行き、一日の締めくくりとしてふたりでジョー・フレンナの酒場でウィスキーを五、六杯ほどひっかけるようになった。

アルコールが歯科医に及ぼす影響はなかなか興味深いものである。決して酩酊《めいてい》するわけではなく、意地悪くなると言った方が適切であろう。酒で感覚が麻痺するどころか、四杯も酒を飲むとむしろ生き生きとしだし、抜け目なく、頭の回転も速くなり、饒舌《じょうぜつ》になるくらいなのだ。そのころには歯科医の中には邪悪さとでも言うべきものが身をもたげ始める。片意地で卑劣になるのだ。そして普段よりもう少しだけ飲みすぎると、彼はトリナに嫌がらせをし、怒らせ、ときには虐待したり、痛めつけたりすることに、ある種の喜びを見出すようになってくるのだ。

それは感謝祭〔十一月第四木曜日〕の夜に始まった。その日、ハイゼがマクティーグを連れ出して夕食を食べに行ったのだ。歯科医はこの日、思う存分酒を飲んだ。十時近くになってハイゼと一緒にポーク・ストリートに戻ってくると、ハイゼはすぐさまフレンナの店で二、三杯酒を飲もうと誘った。

「わかった、わかった」マクティーグは言った。「飲もう、飲むに決まってる《ザッツ・ザ・ワード》。うちに戻って金をとってくるから、ジョーの店で待ち合わせよう」

トリナは夫に腕をつねられて目を覚ました。

「ああ、マック」トリナはベッドで短い悲鳴を上げて飛び起きて、そう叫んだ。「痛いじゃない！　ねえ、すごく痛かったわ」

「金《かね》をくれ」歯科医はにやっと笑ってそう答え、もう一度トリナの腕をつねった。

「今一セントもないのよ。わたし、もって――ああ、マック、お願い、やめて。もうそんなふうにつねらないで」

「早くよこせ」夫は平然とそう返事をし、トリナの肩の肉を親指と人差し指で締めつけた。「ハイゼが待ってるんだ」

トリナは痛みにはっと息をのんで夫から身を引きはがし、痛みに顔をしかめながら肩をさすった。「マック、あなた、これがどれくらい痛いかわかってないんでしょう。マック、やめて！」

「だったらさっさと金を出せ」

とうとうトリナは言うとおりに従った。服のポケットから五〇セント硬貨を取り出し、これが最後の一枚なのだと言い募った。

「もう一枚だけ、お守り代わりだ」マクティーグはそう言って、またしてもトリナの腕をつねった。「もう一枚だ」

「よくもそんな……よくもこんなふうに女性に痛い思いをさせたりできるものね！」トリナは非難の声を上げ、あまりに痛くて泣き始めた。

「さあ、ほら泣けよ」歯科医は言い返した。「そうだ、もっと泣け。こんな馬鹿なやつは見たことがない」そう言ってうんざりしてドアを勢いよく閉めつけ、出ていった。

しかしマクティーグは、ふつう受け取られていることばの意味においては、酔っ払いにはならなかった。飲みすぎるのはせいぜい月に二、三度で、そんなときでも決して泣き上戸になったり、千鳥足で歩いたりといったことはなかった。おそらくマクティーグの神経は生まれつき鈍すぎて、そこまで刺激を受けることもなかったのだろう。そしておそらく本当のところはウィスキーがそれほど好きだったわけでもないのだろう。ただハイゼや、フレンナの店にいるほかの男たちが飲んでいるから自分も飲んでいたにすぎないのだ。トリナはしょっちゅうマクティーグが酒を飲みすぎると言って非難していたが、酔っぱらったとは絶対に言えなかった。とはいえ、アルコールは確かに影響を及ぼしていた。酒を飲むと、この男は急に目を覚ましたかのように活力を取り戻した。いやむしろ、この男の中に眠っていた野獣が目を覚ますのだ。そしてその野獣はたんに目を覚ますだけでなく、邪悪な行為に駆り立てられるのだ。マクティーグは性格が変わってしまった。アルコールのせいだけではない、何もしないで怠惰にすごしていた影響であり、かつて裕福だった時期に妻がなにくれとなく感化してきた習慣をすべて失ってしまったことによるのだ。マクティーグはトリナを毛嫌いした。今や四六時中癇《かん》に障るのだ。こんなにも小さく、こんなにもかわいらしい姿で、いついかなるときも正しくふるまい、間違えることがない、そんなトリナがなおさらいとわしいのだ。トリナの貪欲さもまた、腹立たしかった。勤勉に働いているのを見るだけで、非難されているように思えた。自分が仕事をしていることを、挑発するように目の前でひけらかしているように感じたのだ。まるで雄牛の目の前で赤い布を振るようなものだった。一度、フレンナの店から帰ってきたとき、マクティーグはトリナのそばの椅子に座って、作業の様子を黙って見ていたかと思うと、唐突にこんなふうに大声を上げた。

「仕事をやめろ。やめろと言ってるんだ。その道具を片づけろ。さっさと全部しまえ、また腕をつねってやるぞ」

「でもどうして……どうしてなの?」トリナは抗った。

歯科医はトリナの耳のところを平手で殴りつけた。「これ以上仕事なんかさせないからな」マクティーグはナイフと塗料の瓶を取り上げ、トリナを窓際に座らせると、そのままその日の午後、何もさせなかった。

しかし歯科医が妻に乱暴をするのはアルコールで理性をかき乱されているときに限った。それ以外の時間には、一か月に三週間くらいだろうか、トリナのことをたんに邪魔だと考えるだけであった。トリナの金《かね》について、トリナのへそくりについてはしょっちゅう喧嘩をした。歯科医は少なくともその一部だけでも手に入れようと手を尽くした。金を手に入れたらその金で何をしようというのか、自分でもよくわかっていなかった。派手に使い切ってしまうのだろうということは疑いようもなかった。ずっとごちそうを食べ続け、いい服を買ったりするのだろう。金など、手っ取り早く手に入れて、ぱっと使い切るものだ、という鉱夫の考え方がいまだに沁みついていたのだ。トリナの方は、夫がどれだけ怒鳴り散らしても、その分、トランクの底の結婚式の衣装の下に隠したシャモア革の小さな袋の紐をきつく締めるだけだった。オールバーマン叔父さんの事業に投資した五、〇〇〇ドルは、これまで降りかかってきた不幸を慰め、埋め合わせるために、四六時中トリナが見続けていた光り輝く壮麗な夢なのである。

たまにマクティーグが遠くまで出かけているのがわかっているときなど、トリナはドアの鍵をかけ、トランクを開いて、これまで貯め込んだへそくりをテーブルの上に積み上げた。今では四〇七ドル五〇セントにまでなっていた。トリナは何時間もこの金と戯れた。積み上げ、積み上げなおし、ひとかたまりにまとめては部屋の一番隅まで下がってどんな風に見えるか首をかしげて確認してみるのだ。金貨についていては石鹸《せっけん》と灰を混ぜたもので、もとの輝きを取り戻すまで磨き上げ、エプロンで丁寧にふき取った。あるいは硬貨の山をいとおしげに引き寄せ、顔をその中にうずめて、その発するにおいを嗅ぎ、滑らかな冷たい金属の感触を頬に感じて恍惚とした。また小さな金貨を口に入れ、チリンチリンと鳴らしてみたりもした。トリナのお金への愛情はとてつもない強烈さで、なんとも表現のしようがなかった。小さな指を硬貨の山に突っ込んでは、いとおしげに囁きかけ、なかば閉じた長く細い目はきらきらと輝き、深い溜息が口から漏れ出すのであった。

「ああ、大切な、大切な、わたしのお金」トリナはこんなふうに囁くのである。「こんなにも愛してるのよ！　全部、最後の一セント《ペニー》まで、わたしのものよ。誰にも、絶対、絶対に触らせるもんですか。どれだけあなたのために働いてきたことか！　あなたのために、どれだけあくせく働いて貯めてきたことか！　もっと手に入れるのよ。もっと、もっと、もっとたくさん貯めるのよ、毎日ちょっとずつでも」

トリナはまだ安い部屋を探し続けていた。仕事をしていない時間がちょっとでも見つかると、帽子をかぶってサッター・ストリートからサクラメント・ストリートまであらゆる路地や横道にまでも入っていって、頭をもち上げ、「貸家」の看板に気をつけながら近所じゅうを探し回るのだった。しかしトリナは絶望的な気分だった。今より安いアパートは全部埋まっていた。今自分と歯科医が住んでいる部屋よりもお手頃の部屋は見つからなかった。

ときがたつにつれ、マクティーグの怠惰はすっかり習慣的になっていった。ウィスキーを飲む量が増えたわけではなかったが、貧乏生活を続け、トリナが日々けちになっていくにつれ、妻に対する嫌悪感は日増しにつのっていった。ときには——幸いなことにさほど頻繁ではなかったが——マクティーグはいつも以上にトリナに対して乱暴になることがあった。トリナの耳元を平手でひっぱたいたり、ヘアブラシの裏側で、あるいは握りしめたこぶしでも、思い切り殴りつけたりすることもあった。かつて「かわいい女《ひと》」に向けた愛情は、貧苦という試練には耐えられず、徐々にすり減っていったのだ。多少なりとも残っていたとして、それはアルコールのせいですっかり姿を変え、ゆがみ、異常なものになってしまっていた。

近所の人たちや食料品店の店員などは、トリナの指先が膨れ上がり、爪が紫色になって、まるでドアに挟まれたかのようになっているのによく気がついた。実際、トリナはそんなふうに説明をしていた。本当はマクティーグが酒を飲みすぎたときに、その巨大な歯で嚙みつき、かじったり嚙み潰したりしていたのだ。それも抜け目なく、どのあたりが一番痛いのかよく覚えていたのだ。ときにはこのやり方でトリナからお金を巻き上げたりもしていたが、大抵は自分の満足感を満たすためにそうしていただけだった。

そして何か奇妙で説明のつかない理由で、この残忍さがトリナの愛情をますます搔きたてたのである。トリナの中に、服従することへの病的で不健康な愛情を、抗いがたい男性的な力に屈服し、身を委ねることへの奇妙で不自然な喜びを、呼び覚ましたのだ。

日常生活の幅が狭まるとともに、トリナの感情の振幅もまた狭まった。今ではもうたったふたつだけ、金に向けた情熱と、残忍なときの夫への倒錯した愛情だけが残されていた。近頃ではトリナもまったく奇妙な女性になっていた。

トリナはマリア・マカパとすっかり仲良しになっており、ついには歯科医の妻となんでも屋の世話係とは親友といってよい仲になっていた。マリアはひっきりなしにトリナの部屋に出入りし、トリナもまた都合がつけば頭にショールをかぶり、マリアの家を返訪した。トリナはザーコフの汚い家に行こうと思うと、通りまで出る必要すらなかった。アパートの裏庭には門があって、そこを通るとザーコフが老いぼれた馬とガタのきた荷車を置いている囲いに出るのだが、そこからトリナは直接マリアの台所に入ることができた。トリナは部屋着でカールペーパー〔巻き毛をつけるために巻きつける紙〕を頭につけたまま、午前中長いあいだマリアの家に入り浸った。ふたりはシンクの端や洗濯テーブルの隅に紅茶のカップを置いて、いつまでも話し込むのだった。話の内容と言えば互いの夫のことばかりで、虫の居所が悪いまま帰ってきたときにどうあしらえばよいかといったことである。

「絶対に歯向かったりしちゃ、だめよ」マリアはそうアドバイスした。「よけいにひどくなるからね。ただ背中を丸めて我慢してるのが一番早く終わるから」

ふたりは夫がどれほど野蛮であるかを互いに話して聞かせ、とりわけ狂暴な殴り方をされたときのことを詳しく説明するのに、ある種奇妙なプライドを感じていた。そして自分の夫が一番残酷だと躍起になって証明しようとした。ふたりとも互いの傷跡を見せ合っては批判しあい、自分の方にひどい傷跡があるとわかると大喜びになるのだった。話を大げさに膨らませ、細部をでっち上げ、殴られることが誇らしいかのように、夫が手荒い真似をするのが嬉しいかのように、嘘をついたり、虐待の様子を誇張したりした。長いあいだ興奮しながら論争になったのは、ザーコフが使うようなロープの端切れや馬車鞭と、マクティーグが好んで用いるようなこぶしやヘアブラシの裏側と、どっちが一番効果的に痛みを与えられるかという問題であった。マリアは鞭で打つのが一番痛いと主張し、トリナはブラシの握りがもっとも被害が大きいのだと主張した。

マリアは壁のいたるところに開いた穴や引きはがされた床板をトリナに見せた。ザーコフが黄金の皿を探した場所である。最近では裏庭を掘ったり、馬小屋の干し草をひっくり返したりして、いずれ発見するつもりで頭に思い描いている、秘められた革の宝箱を探し求めているのであった。しかし、最近では明らかに我慢の限界を迎えているようであった。

「あんなふうにいつまでも探してる様子って」マリアはトリナに話した。「なんだか空恐ろしいよ。どんどんとりつかれておかしくなっていくの――毎晩熱まで出すんだ――眠りもしないし、眠っててもひとりごとを言ってるの。『一〇〇枚以上もあって、その全部が金《きん》でできてた』って。それから鞭をもちだしてきてわたしをぶちながら怒鳴るのよ。『お前はどこにあるか知ってるんだろう。教えろ、早く教えろ、この豚め。殺してやるぞ』ってね。そうかと思うと急にひざまずいて、めそめそしながら、どこに隠したか教えてくれって懇願してくるのよ。完全に気が狂っちゃったんだよ。たまに本物の発作を起こして、狂ったみたいになって、床をごろごろ転がって全身をかきむしったりするのよ」

十一月のある朝、十時ごろ、トリナはノアの箱舟の底に「メイド・イン・フランス」のラベルを貼っていたが、ほっとしたように椅子にもたれかかって深い溜息をついた。オールバーマン叔父さんから、クリスマスの大量注文が来ていたのだが、それをやっと終えたのだ。その朝はほかにできることは何もなかった。ベッドメイクはまだ終わっていなかったし、朝食の洗い物も残ったままだった。トリナは一瞬ためらったが、まあいいわと、顎をつんともち上げた。

「ふん！」トリナは言った。「昼まで放っておきましょう。部屋がいつきれいになろうがどうでもいいじゃない。マックだってどうせ気にしないんだし」ベッドメイクをしたり皿洗いをしたりするのはやめて、下の階のミス・ベイカーのところを訪ねてみることにした。小柄な仕立て屋はひょっとするとお昼ご飯までいなさいと言ってくれるかもしれない。そうすればちょっとお金が浮くわ。歯科医はその日の朝、プレシディオまで長い散歩に出かけて一日中戻らないつもりだと言っていた。

しかしトリナがミス・ベイカーの部屋のドアを叩いたものの、その朝は返事がなかった。外出中だったのだ。たぶん花屋まで、ゼラニウムの種を買いに行ったのだろう。しかしグラニス爺さんの部屋のドアはちょっとだけ開いていて、トリナがミス・ベイカーの部屋に来たのを聞きつけると、この老イギリス人は廊下まで出てきてくれた。

「あの人は出かけてるよ」彼はためらいがちに言った。そして半分囁くように、「三十分くらい前に出ていったよ。わたしは……わたしが思うに、ドラッグストアまで金魚の餌を買いに行ったんだと思うよ」

「グラニスさんはもう犬病院には行かないんですか?」トリナが廊下の手すりにもたれかかってそう言った。ちょっとのあいだ、話相手がほしかったのだ。

グラニス爺さんはカーペットスリッパ〔絨毯地で作った室内用スリッパ〕と擦り切れたコーデュロイのジャケットという、普段家にいるときの格好で玄関に立っていたのだ。

「それが……まあ」グラニス爺さんはためらいがちに、物思いにふけるかのように顎を叩きながら言った。「その、あの病院、もうやめようかと思っててね」

「やめる?」

「その、いつもパンフレットを買ってる本屋の人にね……本を製本する装置を考案したって話をしたんだよ。そうするとそこの会社の従業員のひとりがわざわざ見に来てね。その装置の権利を売ってくれないかって、結構な金額を提示してきたんだよ。……その……なんだ……特許っていうのかな……結構な額で。実は……実は、その……そうなんだ、結構な額なんだ、結構な」グラニス爺さんは震える手で顎を撫で、床に目を泳がせた。

「あら、素敵じゃない？」トリナは心から喜んでそう言った。「わたしもうれしいわ、グラニスさん。いい値段だったのね？」

「結構な額だよ……結構な。実はそんな金額のお金を手にするなんて夢にも思ったことがなかったんだ」

「ねえ、いい、グラニスさん」トリナがきっぱりと言った。「ひとつ、いいアドバイスをしてあげるわ。あなたとミス・ベイカーはね――」老イギリス人はそわそわし始めた――「あなたとミス・ベイカー、お互いのこと好きなんでしょ――」

「何を、マクティーグさん、そんなこと言い出すなんて……頼みますから……ミス・ベイカーは立派なレディですよ」

「くだらない！」トリナが言った。「あなたたちはお互いに愛し合ってるし、そんなことアパート中の人が知ってるわ。あなたたちふたりとも何年も何年も隣りどうしに住んでいながら、お互い一言も口を利こうとしないじゃないの。そんな馬鹿げたことってないわ。だからね、ミス・ベイカーが帰ってきたらすぐに部屋に行って話しかけてほしいのよ。そしてお金が手に入ったから結婚してほしいって言うのよ」

「そんなこと……ありえない！」老イギリス人は大声で反対した。すっかり驚いて狼狽してしまっている。「そんなこと、問題外ですよ。そんなこと、絶対にしませんよ」

「じゃああの人のこと、愛してるの、愛してないの？」

「まったく、マクティーグさん、わたしはね……わたしは……勘弁してください。こんな個人的なこと……こんなに……わたしは……ええ、そうですよ、あの人のことを愛してますよ。ええ、確かにね」グラニス爺さんは急にそう叫んだ。

「あら、じゃああの人の方もあなたを愛してますよ。わたし、そう聞きましたから」

「なんと！」

「ええ、間違いなく。まったくその通りのことをわたしに言いましたよ」

ミス・ベイカーはそんなことは一言も言っていなかった――そんな告白をしたらすぐさま恥ずかしくて死んでしまったことだろう。しかしトリナは自分でそうに違いないと考えていたし、それはアパートのほかの住人もそうだった。そろそろきっぱりとした行動をとるべき時期だと思ったのだ。

「さあ、わたしの言ったとおりにするのよ。ミス・ベイカーが帰ってきたらすぐに部屋に会いに行って、すっかり話をつけるの。さあ、これ以上もう何も言わないで。わたし行くから。でもわたしの言ったとおりするのよ」

トリナは振り向いて階段を下りていった。ミス・ベイカーがいなかったので、マリアのところに行こうと決めていたのだ。たぶんマリアのところで昼ごはんにありつけるでしょう。とにかくマリアなら紅茶くらいは出してくれるはずだし。

グラニス爺さんはトリナが立ち去ったあともしばらくその場に立っていた。両手は震え、しわだらけの頬には赤みがさしたり消えたりしていた。

「あの人が言った。あの人が……あの人が……あの人が言った……言ってた……わたしを……」それ以上先を続けることはできなかった。

そしてくるりと振り向いて、グラニス爺さんは自分の部屋に入り、ドアを閉めた。壁のすぐ脇まで引いてきた肘掛椅子に長いあいだ座っていた。目の前のテーブルにはパンフレットの山と、小さな製本器具が置いてあった。

「いくらなのかしら」トリナはザーコフの家の裏庭を通りながら言った。「ザーコフとマリアは、ここの家賃にいくら払ってるのかしら。マックとわたしの部屋よりも安いに違いないわ」

トリナはマリアが台所ストーブの前に座っているのを見つけた。顎が胸の上に落ちている。トリナはマリアに近づいていった。マリアは死んでいた。トリナが肩に触れると、マリアの頭が横向きに転がり、喉の耳の下にぱっくりと開いた恐ろしい裂け目が見えた。服の前面はおびただしい量の血でびしょ濡れになっていた。

トリナは慌てて死体から飛び退《しさ》り、両手を肩の高さまで上げた。目は大きく見開かれ、ことばにできない恐怖の表情で顔がゆがんでいた。

「あああああ！」トリナは長く息を吐きながら声を上げたが、その声はせいぜい囁き声くらいまでにしかならなかった。

「あああ、なんてひどい！」とたんにトリナは振り返り、家の表側を通り、狭い路地に面した正面玄関から飛び出した。

そして狂ったようにまわりを見回した。真正面には肉屋の店員が、真向いの家の前に停めた二輪馬車に乗り込もうとしていた。またすぐ近くには鳥獣肉《ジビエ》の行商人が、手にカモのつがいをぶら下げて通りを歩いてきていた。

「ああ、ねえ……ねえ」トリナは喘ぎながらなんとか声を出そうとしていた。「ねえ、こっちへ来て、早く」

肉屋の店員は車輪に片足をかけたまま立ち止まり、こっちを見た。トリナは半狂乱で手招きした。

「こっちに来て、早くこっちに来て」

その若者はひらりと座席に乗り込んだ。

「あの女、どうしたっていうんだ？」なかば声に出してそう言った。

「人殺しが起こったのよ」トリナは玄関口でふらふらしながらそう叫んだ。

若者はそのまま馬車を走らせて行ってしまった。肩越しにトリナの方を見ていたが、そのじっと見つめる目にはなんの表情も浮かんでいなかった。

「あの女、どうしたんだろう？」角を曲がるとき、若者はもう一度そうひとりごちた。

トリナはどうして自分が悲鳴を上げないのか不思議でならなかった。なぜ悲鳴を上げずにいられるのか――こんな事態だというのに、道の真ん中で騒ぎを起こし、みっともないまねをするのは見苦しいのではないか、などと考えたのはなぜなのか。鳥獣肉《ジビエ》の行商人がいぶかしそうにトリナの方を見ていた。あんなのに言ってても仕方がない。どうせ肉屋の店員みたいにどこかに行ってしまうんだから。

「ちょっといったん落ち着きなさい」トリナは声に出して自分に言い聞かせた。そして両手で顔を覆った。「いったん落ち着いて。今取り乱したらいけないわ。何をしたらいいの？」トリナはあたりを見回した。いつもどおりの見慣れたポーク・ストリートの様子だった。それが路地の入口から見えていた。大きな市場がアパートの向かいにある。配達の荷馬車がガラガラと音をたてて行ったり来たりしている。大通りから朝の買い物に来た立派なご婦人方がいる。乗客を詰め込んだケーブルカーがガタゴト音をたてて走っていく。平べったい革の帽子をかぶった小さな男の子が口笛を吹きながら、ここからは見えない犬に呼びかけ、時折小さな膝を叩いているのが見えた。男がふたり、勢いよく笑い声を上げながらフレンナの酒場から出てきた。馬具職人のハイゼが店の入り口に立っている。脂で汚れたティッキング〔丈夫な縞模様の布地〕のエプロンに削り屑の束を抱えている。こういった情景が、何事もないかのように進行していた。人々は笑い、日常生活を送り、売り買いをしたり、日の当たる歩道を歩き回ったり。でも自分の背後の、あの家では……あの家では……あの家では……

　ハイゼは真っ白な唇の女が青い部屋着のまま、急に目の前に現れたので、驚いた。まるで目の前の玄関にいきなり立ち現れたかのように見えたのだ。

「なんだ、マクティーグの奥さん、びっくりするじゃないか、だって――」

「ああ、早く来て」トリナは喉に手を当て、喉に詰まっていたものを無理やり飲み込んだ。「マリアが殺されたの……ザーコフの奥さんが……わたし、見つけたの」

「何言ってるんだ！」ハイゼが大声で言い放った。「冗談やめてくれよ」

「こっちに来て……あそこの家の中よ……わたし、見つけたの……あの人、死んでるの」

　ハイゼは大慌てで通りを横切り、背後にトリナを従え、こぼした削り屑を通ったあとに道しるべのように残しながら走っていった。ふたりは路地を走り抜けた。鳥獣肉《ジビエ》の行商人や、近くの家の踏み段をごしごしこすっていた女性、ザーコフの家の戸口に立っていた鍔《つば》広帽をかぶった男がときどき覗き込みながら何やら話していた。みな何が起こったのか不思議がっている。

「何かあったのか？」鳥獣肉《ジビエ》の行商人が、ハイゼとトリナが近づいてきたときにそう尋ねた。男があとふたり、路地とポーク・ストリートの角で立ち止まり、その集団を見ていた。ザーコフの家の向かい側の家で、頭にタオルを巻いた女が窓を上げ、踏み段をこすっていた女に声をかけた。「何があったの、フリントさん？」

ハイゼはすでに家に入っていた。急いで走ってきたので息を切らせながら、トリナの方を振り向いた。

「どこにいるって？——どこだって？——どこだ？」

「そこを入ったところよ」トリナが言った。「もっと奥……隣りの部屋よ」ふたりはキッチンに飛び込んだ。

「なんてこった、い、い、なんてことだ！」ハイゼは絶叫して、死体から一ヤード〔九一・四四センチ〕かそこら離れたところで立ち止まった。そして膝をかがめて茶色い唇をした灰色の顔を覗き込んだ。

「そうだ！　あいつが殺したんだ」

「誰が？」

「ザーコフだ、間違いない！　あいつが殺したんだ。喉を切り裂いたんだ。そうしてやるっていつも言ってたじゃないか」

「ザーコフが？」

「あいつが殺したんだ。喉がぱっくり切り裂かれてる。ああ、なんてことだ、血の海じゃないか！　間違いない！　あいつが今度こそ綺麗さっぱり始末したに違いない」

「ああ、わたし言ってたのに……わたし言ってたのよ」トリナが叫んだ。

「今度はすっぱり始末したんだ

「マリアはいつもうまくあしらえるって言ってたのに……あああ！　ひどいわ」

「今度はすっぱり始末したんだ。喉を切り裂いて。なんてことだ、血の海じゃないか！　見たことあるか、こんなに……これは殺人だ……冷酷な殺人だ。殺しやがったんだ。そうだ、警官を呼ばなきゃ。さあ」

ふたりはもと来た方へ家の中を走り抜けた。六人——鳥獣肉《ジビエ》の行商人、鍔《つば》広帽の男、洗濯女のほかに三人の男——ががらくた屋の玄関に集まっていて、興奮した顔が列をなしてドアまで押し寄せていた。その向こうには野次馬が路地の端から端までぎっしりと詰め寄っていた。ポーク・ストリートではケーブルカーがほとんど通れなくなっていて、警笛の鐘をガラガラ鳴らしながらゆっくりとその人だかりを通り抜けようとしていた。窓という窓には野次馬が押し寄せていた。トリナと馬具職人ががらくた屋のドアからなんとか出ていこうとすると、野次馬が急に左右にわかれ、ブルーのコートを着た警官がふたり、やってきた。ふたりは押し合いへし合いする野次馬を通り抜けようと、必死になって肘でかき分けながら進んできたのだ。そのふたりのすぐ後ろには平服を着た三人目の男がついてきていた。

ハイゼとトリナはふたりの警官と一緒にキッチンに戻っていった。平服を着た三番目の男は入り込んできた野次馬をがらくた屋の玄関から追い出し、開いたドアの前で通せんぼをして群衆が入ってこないようにしていた。

「ヒューッ！」キッチンに入ると、警官のひとりが口笛を吹いた。「見事な切りようだな。すごいぞ！　こいつはナイフの扱いがお手の物らしい」そしてもうひとりの警官の方を振り向いた。「馬車を用意した方が良さそうだ。ふたつ目の角の南側に一台あったはずだ。それとそれから」とトリナと馬具職人の方を向き、ノートと鉛筆を取り出して続けた。「名前と住所を教えてもらいたい」

その日は通り中が興奮の坩堝《るつぼ》であった。死体運搬車が走り去ってからも長いあいだ、群衆は立ち去ろうとしなかった。実のところ、夜の七時まで、野次馬はがらくた屋の表に集まり、警官が見張りをしている前で、あらゆる疑問をぶつけ合い、あらゆる意見を出し合った。

「あいつ、捕まると思うかい？」ライアーが警官に聞いた。十人以上が首を伸ばして答えを聞きたがった。

「ふん、もちろん捕まえてみせるよ、たやすいことさ」警官は威張った調子でそう答えた。

「何？　なんだって？　なんて言ったんだい？」野次馬の一番外側にいた人が聞いた。前にいる連中が答えを伝達した。

「もちろん捕まえてみせる、たやすいことだってさ」

野次馬は感嘆して警官を見つめた。

「あいつ、サンノゼまで逃げてったらしいぜ」

どこでどんなふうにその噂が言い出されたのか、誰も知るものはなかった。しかし誰もがザーコフはサンノゼに行ったものと思い込んでいた。

「しかしなんで殺したんだろうね？　酔っ払ってたのかな？」

「違うよ、あいつは頭がおかしかったんだ。本当だよ――頭の中が狂ってたんだ。あの女が金《かね》を隠しもってると思い込んでたんだ」

フレンナの店は終日大繁盛だった。殺人の話題でもちきりだった。酒場に小さな偵察隊――二、三人の部隊――が作られてはがらくた屋の表まで様子を窺いに行った。ハイゼは全ポーク・ストリートの住人の中で最重要人物であった。こういった偵察隊ができるとほぼ例外なく一緒について行き、この事件で自分の演じた役割を何度も何度も説明して聞かせるのだ。

「十一時ごろだったよ。店の前に立ってたらマクティーグの奥さんが――歯医者の奥さん、知ってるだろ――走って道を渡ってきたんだ」などなど。

次の日にはまた新しい騒ぎがもちあがった。ポーク・ストリートの人たちは、朝刊でそのことを知ったのだった。殺人の起こった日の真夜中近くにザーコフの死体がサンフランシスコ湾のブラック・ポイント〔サンフランシスコ湾に面した小さな港で、かつて十九世紀なかばには監獄船ユーフェミア号が停泊していたことで知られる。その後は要塞として使われていた〕あたりで浮かび上がっているのが発見されたのだ。入水《じゅすい》自殺をはかったのか、あるいは波止場から足を滑らせたのか、誰にもわからなかった。両手でしっかり握りしめていたのは、中身のぎっしり詰まった袋だった。中に入っていたのは、どこかのごみ捨場で拾ってきた古びて錆《さ》びた鍋やブリキの皿――たっぷり一〇〇枚以上あった――ブリキの缶、そして鉄のナイフとフォークであった。

「これみんな」トリナがやり切れない思いで叫んだ。「ありもしない黄金の食器セットのためなのね」

第十七章

　検死が行われてから二週間ほどたったある日、あの恐ろしい事件の巻き起こした興奮も落ち着き始め、ポーク・ストリートが単調な日常生活を取り戻しかけたころ、グラニス爺さんは清潔できれいに整頓された部屋で、両手を手もち無沙汰に膝に置き、クッションのきいた肘掛椅子に座っていた。夕方になっていたが、まだランプをつける時間ではなかった。グラニス爺さんは椅子を壁の間際まで引き寄せていた――あまりにも壁に近かったので、薄い仕切りの向こう側のちょうど自分の肘の辺りのところで、ミス・ベイカーのグレナディンの服がこすれる音まで聞こえてくるくらいだった。ミス・ベイカーは両手に紅茶のカップをもって、静かに身体を前後にゆすっていた。

　グラニス爺さんにはすることがなくなってしまった。その日の朝、いつもパンフレットを買っていた本の販売業者が、あの小さな製本器具を見本にと言ってもち帰ってしまったのだ。これで取引は完了した。グラニス爺さんは小切手を受け取っていた。確かにかなりの金額だったが、すべてが終わって自分の部屋に戻ると、寂しそうに何もすることがないまま座っていた。ただカーペットの模様を眺めたり、小さなストーブの奥の壁に据えつけられた亜鉛めっきの格子についている鋲の頭を数えていたりしていたのだ。やがてミス・ベイカーが動き回る音が聞こえてきた。五時になっていた。いつもミス・ベイカーが紅茶を淹れ、仕切りの向こう側で彼と「交際」し始める時間であった。グラニス爺さんは壁のすぐ近くの、反対側でミス・ベイカーが座っているに違いないあたりに椅子を引き寄せた。何分かがすぎた。隣りどうしでほんの二インチ〔約五センチ〕ほどの板で隔てられただけで、次第に日が暮れていく中、ふたりの老人は一緒に座っていた。

　しかしグラニス爺さんにとって、この夜はすべてが異なっていた。何もすることがなかったのだ。両手は手もち無沙汰に膝の上に置かれたままである。パンフレットの山が載せられたテーブルは部屋の一番奥に置かれたままであり、時折自分でも何が原因かわからない当惑に襲われ、振り向いてそのテーブルを悲しげに眺めた。そしてもう二度とそのテーブルを使うこともないのだと考えた。いつもしていた作業が急になくなってしまうと、人生から何か大事なものが失われたような気分になった。もはや今の自分はミス・ベイカーに対して別人になってしまったのではないかと思われた。ふたりのささやかな習慣がかき乱されてしまった。ふたりだけの取り決めが壊れてしまった。あんなにもミス・ベイカーの近くにいるという感覚は、もうすっかりなくなってしまった。これからふたりはすっかり疎遠になってしまうのだろう。自分がテーブルの前でページを切られていないパンフレットを綴じることがもう二度とないと知ると、ミス・ベイカーは紅茶を淹れて自分と「交際」してくれることもなくなるだろう。金《かね》のために幸せを売り渡してしまったのだ。この遅れてやってきたロマンスをすべて、何枚かの薄汚い紙幣のために捨て去ってしまったのだ。こんなことになるなどと予想できなかったのだ。とてつもない後悔がグラニス爺さんの中に湧き上がってきた。この手の甲についているものはなんなのだ？　グラニス爺さんは古びたシルクのハンカチでそれを拭いとった。

グラニス爺さんは顔を手にうずめた。なんとも言いようのない後悔に内心をかき乱されたが、それだけではなく、何か強い思いやりとでもいうべき感情がこみ上げてきた。かすんだ青い目にあふれる涙は、必ずしも不幸の涙であるとは言えなかった。いや、この老いらくの恋に人生の晩年になってやっと出会えたことは、グラニス爺さんにとってとてつもない喜びであり、その喜びが自然と涙になってこぼれ出たのだ。ここ三十年間、彼の目はずっと乾いたままだったのだ。しかし今夜、グラニス爺さんは急に若返ったように感じた。これまで人を愛したことは一度もなく、心の一部はいまだ二十歳のままだったのだ。自分でも今とてつもなく悲しいのか、激しい幸せを感じているのか、わからなかった。だが目をずきずきさせ、喉をひりひりさせるこの涙を、恥ずかしいとは思わなかった。そのとき、ドアがおずおずとノックされたが、グラニス爺さんにはその音が聞こえなかった。ドアが開かれたときにやっと、素早く目を上げ、小柄なかつての仕立て屋が敷居のところに立っているのを目にした。小さな日本製の盆に紅茶のカップを載せている。ミス・ベイカーはそれをグラニス爺さんの方に差し出した。

「お茶を淹れていたんです」ミス・ベイカーは言った。「よかったら一杯お飲みにならないかと思って」

あとになって、小柄な仕立て屋はいったいどうしてこんなことができたのか、自分でもまったく理解できなかった。ほんのちょっと前まで自分の部屋で仕切りの脇に静かに座り、ゴーラムのスプーンでお茶をかき回していたのだ。落ち着いていたし、平穏にすごしていたのだ。午後は静かに終わろうとしていた。彼女の部屋はまさに平和と秩序を絵にかいたような情景であった。窓に吊るした糊の箱ではゼラニウムが花開いていた。沈みゆく太陽が唐突に強い輝きを放つと、年老いた金魚が泳ぐ方向を変えるたびに虹色の脇腹がその光を捉えた。次の瞬間、ミス・ベイカーは自分のしようとしていることに激しく慄いた。熱々の紅茶を淹れて隣りに住むグラニス爺さんのところまでもって行くのが、この世の中で最も当然のことのように思われたのだ。グラニス爺さんが自分を呼んでいるような気がしたのだ。行ってやらなければいけないような気がしたのだ。非常に憶病な人間は、ときにあと先を考えずに大胆な振る舞いに及ぶことがあるが、そういった臆病者特有の、ほかのどんな種類の人間にも劣らない度胸をふるいだして、ミス・ベイカーは老イギリス人のなかば開いたドアの前に向かった。そしてノックをしても気づかない様子だったので、ドアを押し開いたのだった。何年も隣りどうしに住みながら初めて、ついにグラニス爺さんの敷居に立ったのである。ミス・ベイカーは勇気を振り絞って、部屋に入り込んだ理由を説明した。

「お茶を淹れていたんです。よかったら一杯お飲みにならないかと思って」

グラニス爺さんは両手を椅子の肘掛から落とし、ちょっと前かがみになったままミス・ベイカーの方をぽかんと見ていた。何もことばが出て来なかった。

かつての仕立て屋は大胆にもここまでやってきてはみたものの、今、その大胆さは訪れたときと同じくらい唐突に消えてしまった。頬は真っ赤に染まり、滑稽なつけ巻き毛は内心の動揺を伝えて震えていた。自分のやってしまったことが到底ことばにできないほどはしたないことに思えてきたのだ。なんと重大な過ちを犯したことか。考えてもごらんなさい、あの人の部屋に入り込んだのよ、あの人の部屋に——グラニスさんの部屋に。こんなことをしてしまうなんて——階段ですれ違うだけでもあんなに緊張していたというのに。これからどうしていいのか、ミス・ベイカーにはわからなくなってしまった。そしてグラニス爺さんの敷居の上で、逃げ帰る決心さえもつかないまま、ただ棒立ちになり、身動きすらできなかった。途方に暮れ、声を少し震わせ、ミス・ベイカーはしつこく繰り返した。

「お茶を淹れていたんです。よかったら一杯お飲みにならないかと思って」そう繰り返しながら、ミス・ベイカーの動揺は抑え切れなくなってきた。もうこれ以上一瞬たりともお盆をもっていられそうになかった。すでにひどく震えていたせいで、お茶は半分ほどこぼれてしまっていた。

グラニス爺さんは黙ったままだった。前かがみになったままだった。目は大きく見開き、手は椅子の肘掛をぎゅっと握りしめていた。

そのとき、お茶の盆をまっすぐ前に突き出したまま、小柄な仕立て屋は涙を流しながら感情を高ぶらせて叫んだ。

「ああ、こんなつもりは……こんなつもりじゃ……こんなことになるなんて思わなかったんです。ただほんのちょっとお気持ちを、お茶をおもちしようと思っただけだったんです。でも急に我に返ると、ひどくはしたないことをしてしまったと。わたし……その……すごく恥ずかしいんです！　こんなわたしのことをどうお思いになることか。わたし……」そこでいったん一息ついて――「はしたない……」ミス・ベイカーはなんとかことばを絞り出そうとした。「レディ失格ですわ……わたしのこと、もうよくは思っていただけないでしょうね……帰ります。帰ります」ミス・ベイカーは振り向いた。

「待って」グラニス爺さんはやっと声を振り絞ってそう叫んだ。ミス・ベイカーは立ち止まり、肩越しに振り返ってグラニス爺さんを見た。すっかり怯え切った子どものように、ミス・ベイカーの目は見開かれ、涙をたたえながら瞬《まばた》きをした。

「待って」老イギリス人は立ち上がってそう叫んだ。「最初、あなただとわからなかったんです。夢にも思っていなかった……あなたがこんなにも親切で、こんなにも優しくしてくれるなんて、信じられなかった。ああ」グラニス爺さんは急に強く息を吸って叫んだ。「ああ、あなたは優しい、いい人だ。わたしは……わたしは……あなたの……あなたのおかげで、わたしは今とても幸せなんだ」

「いいえ」ミス・ベイカーは泣きだしそうになりながら、そう大声で言った。「レディ失格です。あなたは……きっとわたしのこと、嫌いになります」ミス・ベイカーは廊下に出た。涙が頬を流れていたが、両手がふさがっていてそれを拭うことができなかった。

「わたしに……わたしがお盆をおもちしましょう」グラニス爺さんが近づきながら叫んだ。震えるような喜びが急に襲いかかってきた。これまでの人生でこんなに幸せだったことはなかった。ついにこの日が来たのだ——まったく予想もしていなかったときにやってきたのだ。何年も長いあいだずっと望んでいたこと、求めていたことが、見よ、今夜ついに訪れたのだ。グラニス爺さんはぎこちなさが急になくなったように思った。今やこの小柄な仕立て屋が自分のことを愛してくれているとほとんど確信していた。そう思うと急に大胆になれたのだ。グラニス爺さんはミス・ベイカーの方に歩み寄り、その手からお盆を受け取った。そしてそのまま部屋に戻り、テーブルに置こうとしかけた。ところがパンフレットの山が邪魔になっていた。両手はお盆でふさがっていた。テーブルの上には置く場所は空いていなかった。しばらくのあいだどうしていいかわからず、立ったままでいると、またばつの悪さが戻ってきた。

「おや、すいませんが……申し訳ないんだが……」グラニス爺さんは振り返って小柄な老いた仕立て屋に訴えるような視線を送った。

「ちょっと待ってください。わたしが片づけましょう」ミス・ベイカーは言った。そして部屋に入ってきて、テーブルまで進み、パンフレットを片側に寄せた。

「ありがとう、ありがとう」グラニス爺さんはお盆を置きながらもごもごと言った。

「さあ……じゃあ……そろそろわたし、帰ります」ミス・ベイカーは大慌てで叫んだ。

「いや……待って」老イギリス人はそう返事をした。「行かないで、帰らないでください。ひどく寂しかったんだ、今夜は……いや、昨晩だって……今年はずっと……いやこれまでの人生ずっとだ」グラニス爺さんは急にそんなふうに叫んだ。

「わたし……その……砂糖を忘れてしまいました」

「いや、わたしは紅茶に砂糖は入れないんだ」

「でももう冷たくなってます。こぼれてしまったし……ほとんど残ってませんわ」

「ソーサーから飲みますよ」グラニス爺さんは自分の肘掛椅子を、ミス・ベイカーのためにひいてやった。

「いけませんわ。こんなこと……こんなこと、とっても……きっとわたしのこと、嫌いになります」いきなりミス・ベイカーは椅子に座り、テーブルに肘をつき、両手で顔を覆った。

「嫌いになる？　あなたのことを？」グラニス爺さんが叫んだ。「あなたのことを嫌いになるですって？　あなたはご存じない――知らないからですよ……何年もずっと……こんなにもあなたのそばに暮らしていて、わたしは……わたしは……」そこで急に口ごもった。心臓が激しく鼓動しているせいで、息ができないような気がしていた。

「わたし、今夜もあなたが本を製本されるんだろうと思っていたんです」ミス・ベイカーは急にそう言った。「それにちょっとお疲れのようにも見えました。この前お目にかかったとき、ずいぶんお疲れだと思ったんです。だからお茶を一杯、その、飲めば……そうしたら……疲れてるときに休まるんじゃないかと思って。でも製本なさってなかったんですね」

「いや、いや」グラニス爺さんは椅子をもう一脚引っ張ってきて、座りながらそう答えた。「いや、わたし……実は、あの製本器具を売ってしまったんです。本の販売業者が権利を買い取ってしまったんですよ」

「じゃあ、もう本を綴じることはないんですか？」小柄な仕立て屋は驚いてそう言った。その声には落胆の色が混じっていた。「いつも四時ごろになると製本を始めるのだと思っていました。お茶を淹れているとき、いつもあなたの製本する音が聞こえてたんですよ」

ミス・ベイカーは今自分が本当にグラニス爺さんに話しかけているということが、ふたりが実際に面と向かって会話をしているということが、ほとんど信じられない思いだった。しかも階段の途中で出くわしたときなど、ふたりとも恐ろしいほどのきまりの悪さでどうしようもなくなっていたものだが、今はそれもない。ミス・ベイカーはずっとこんな様子を夢見ていたのだが、遠い先の日まで先延ばしにし続けていたのだ。だが徐々に、少しずつそうなるはずだったのだ、今みたいに急に、なんの心構えもしないうちにではなく。実際にこの人の部屋に押し入るというような無分別な真似を自分が平気でやってのけるなどとは、夢にも思っていなかった。しかし今ここにいるのだ、この、この人の部屋に、そして話をしているのだ。少しずつだがきまりの悪さもだんだんなくなっていった。

「そう、そうなんだ。わたしもいつもあなたがお茶を淹れている音を聞いていましたよ」老イギリス人はそう返事をした。「茶器のたてる音が聞こえてきました。そしてわたしは椅子と作業テーブルを壁のこちら側に引っ張っていって、そこに座って作業をしていました。そのとき、あなたが壁のすぐ反対側でお茶を飲んでいたんです。前はあなたのことがずいぶんと近くに感じられました。夕方ずっとそんなふうにしてすごしていたんです」

「ええ……ええ……そうです、わたしもそうでした」ミス・ベイカーは答えた。「わたしもちょうど時間を合わせてお茶を淹れて、まるまる一時間も座ってました」

「向こう側で仕切りのすぐ近くに座っていたんじゃないですか？　ときどきわたしはきっとそうだろうと思っていました。あなたのドレスが、わたしのすぐそばの壁紙をこする音がひょっとしたら聞こえてくるような気がしたくらいです。仕切りのすぐそばに座ってらしたんでしょう？」

「わたし……どこに座っていたかわかりませんわ」

グラニス爺さんはおずおずと手を伸ばし、膝の上にあったミス・ベイカーの手を握り締めた。

「向こうの部屋で仕切りのすぐそばに座ってらしたんでしょう？」グラニス爺さんは重ねて尋ねた。

「いえ……わかりませんわ……ひょっとしたら……ときどきは。ああ、そうです」ミス・ベイカーは少し喘ぎながら叫んだ。「ええ、そうなんです。いつもそうしてました」

するとグラニス爺さんは腕をミス・ベイカーに回し、しわだらけの頬にキスをした。頬はすぐさまピンク色に染まった。

その後、ふたりはほとんど話さなかった。ゆっくりと夕闇が訪れ、ふたりの老人はそこに座ったまま、灰色《グレー》に染まっていく日暮れどきを、静かに、静かにすごした。互いに両手を握り合い、「交際」していたのだが、もはやふたりを隔てるものは何もなかった。ついにこの日が来たのだった。何年もたった挙句、やっとふたりは一緒になったのだ。ふたりはお互いのことをよくわかっていた。とうとう自分たちで作り上げたささやかな理想郷《エリュシオン》にたどり着いたのだ。手に手を取って、かぐわしい庭を、いつも秋のままであり続ける庭を歩いた。世間から遠く離れ、ありきたりでなんの変哲もない生活にずっと遅れてやってきたロマンスに、ふたりで歩み入ったのだ。

第十八章

同じ日の夜、マクティーグは甲高い叫び声で目を覚ますと、自分の首にトリナの腕が巻きついていた。あまりにも震えていたのでベッドのスプリングがぎしぎし音を立てていた。

「なんだ?」歯科医はそう叫んでベッドに起き上がり、固めたこぶしを振り上げた。「はあ? なんだ? 何があった? どうしたんだ?」

「ああ、マック」妻が荒い息で言った。「ひどい夢だったわ。マリアの夢を見たの。マリアが追っかけてきたのよ。それでわたし、全然動けないの。マリアの喉は……ああ、あの人血まみれで。ああ、わたし、怖いの!」

トリナは事件のあと、一日かそこらは頑張って耐えていた。ハイゼよりよほど落ち着いて検視官に証言をしていたくらいだ。一週間ほどすぎてようやく、事件の恐怖が蘇ってきたのだった。あまりにも神経過敏になっていて、昼間でもひとりでいるのを嫌がった。そしてほとんど毎晩のように恐怖の叫び声を上げて目を覚まし、恐ろしい悪夢を見たせいでガタガタ震えるのだった。歯科医はトリナの神経過敏に言いようのないほどのいらだちを覚えた。とりわけトリナの叫び声のせいで真夜中に叩き起こされると、激怒した。ベッドの上に起き直ると、目をぐるぐると激しく回しながら、巨大なこぶしを振り回し——何に向けて振り回しているのか自分でもわかっていなかった——怒りの叫びを上げるのだ。「なんだ……いったい何が……」そしてすっかりうろたえ、どうしようもなく混乱する。それからそれがたんにトリナの悪夢だとわかると、マクティーグの怒りは急激に燃え上がるのだ。

「もうお前の夢にはうんざりだ！　さっさと寝ないか、ひっぱたいてやるぞ」たまに本当に手のひらで激しい一撃を加えたり、トリナの手を捕らえては指の先に噛みついたりすることもあった。トリナはその後何時間も目を覚ましたままで、ひとり静かに泣き続けるのだ。やがてしばらくしてトリナはおずおずと「マック」と声をかけるのだ。

「はあ？」

「マック、わたしのこと、愛してる？」

「はあ？　なんだと？　さっさと寝ろよ」

「マック、もうわたしのこと、愛してないの？」

「もう早く寝ろって。うるさいんだよ」

「ねえ、わたしのこと、愛してるの、マック？」

「たぶんな」

「ねえ、マック、わたしにはもうあなたしかいないのよ。あなたがわたしのこと、愛してくれなかったら、わたしいったいどうなるの？」

「うるさいなあ、もう眠らせてくれ」

「ねえ、わたしのこと、愛してるって言うだけ言って」

歯科医はいきなりトリナに背を向けて寝返りをうち、その大きなブロンドの頭を枕にうずめ、毛布で耳を覆った。するとトリナはやがてすすり泣きながら眠りに落ちるのだった。

歯科医はずいぶん前から仕事を見つけることを諦めていた。朝食と夕食のあいだの時間にトリナは夫の姿を見ることがほとんどなかった。朝、食事を終えると、マクティーグは行動を始め、縁無し帽《キャップ》をかぶり——妻にシルクハットを売却させられて以来、まともな帽子《ハット》をかぶる習慣すらなくしていた——外にでかけた。マクティーグはサンフランシスコ郊外のずっと向こうまでひとりで長時間、散歩をする習慣になっていた。たまにクリフ・ハウス〈第一章で既出〉に行くこともあり、まれにゴールデンゲート・パーク[015]のこともあった（日に暖められたベンチに腰掛けてパイプを吸い、古い新聞の切れ端を読むのだ）。しかしもっと頻繁に足を運んだのはプレシディオ軍用基地だった。マクティーグはケーブルカーのユニオン・ストリート線〈コロンバス・アヴェニューからユニオン・ストリートを通ってプレシディオ軍用基地にいたるケーブルカーの路線。「マクティーグ要図」を参照〉を端まで歩き、その終着駅から軍用基地に入り、そこからサンフランシスコ湾の海岸まで下り、海岸線に沿ってゴールデンゲートにある要塞跡《オールド・フォート》〈南北戦争時に建造された要塞で、現在はポイント要塞国定史跡として博物館になっている〉まで歩き、岬《ポイント》で方向を変えると、突然太平洋が一望できる地点に到達するのだ。それから浜に沿って南に下り、よく知っている岩場までたどり着く。ここで内陸に方向転換し、崖を登って青いアヤメや名前も知らない黄色い花が植えられた緩やかな起伏の草地を下る。この丘を一番下まで下ると、大きくてきれいに舗装された道路に出る。マクティーグはこの道路をずっとたどって、サクラメント・ストリート線〈シックスス・アヴェニューからプレシディオ軍用基地のすぐ脇を通るレイク・ストリートを経由し、サクラメント・ストリートをエンバーカデロと呼ばれる波止場地区まで走るケーブルカーの路線。「『マクティーグ』要図」を参照〉の途中でふたたび街にたどり着くのであった。歯科医はこんなふうな散歩が大好きだった。ひとりでいるのが楽しかったのだ。広大で波打つ大海原に囲まれる孤独が好きだったのだ。新鮮で風の吹く丘が好きだったのだ。急に吹きつける貿易風が顔を打つのを感じたかったのだ。マクティーグは白波がうねり、打ち寄せるさまを何時間もずっと見ていられた。それは子どもが黙ったまま理由もわからずに熱中する様子に似ていた。突然、マクティーグは釣りへの情熱を掻き立てられた。一日中ほとんど動くことなく岩場に腰掛け、指で釣り糸をたらし、十二時間でスズキが三匹も釣れればそれで満足だった。昼になると海岸の角を取り巻く平らな狭い芝地にいったん引き下がり、魚を焼いて、塩やナイフやフォークなど何もなしにその魚を食べた。スズキの口からとがった枝を突き刺し、焚き火の上でゆっくりと回しながら焼くのだった。脂が滴り落ちなくなると、よく焼けたことがわかる。そこでゆっくり時間をかけて、この上なく味わいを楽しみながら、骨もきれいに取り除き、頭まで全部貪り食べるのだった。プレイサー郡の山の中に住んでいたころ、鉱山で荷車係になる前、まだ少年だったマクティーグはこのようなことをしょっちゅうしていたのをよく覚えていた。歯科医は近ごろ、限りなく楽しい時間をすごしていた。かつて鉱夫であったころの勘が戻ってきつつあったのだ。不幸に見舞われたストレスで、マクティーグは若い頃の状態に逆戻りし始めていたのだ。

ある日の夕方、そんなふうに一日歩き回ったあとで家に帰ると、トリナがかつてはザーコフの住んでいた建物の前に立っているのを見て驚いた。トリナは物思いに沈んだ様子で唇に指を当ててじっとその家を眺めていた。

「こんなところで何をしてるんだ？」近寄りながら歯科医が唸るような声で言った。家の通りに面した表に「貸家」の看板が出ていた。

「やっと引っ越し先が見つかったわ」トリナが喜びの声を上げた。

「なんだと？」マクティーグが叫んだ。「ここにか？　この汚い家に？　お前がマリアを見つけたこの家にか？」

「アパートのあの部屋に住む余裕がないのよ、だってあなたが仕事を見つけられないんだから」

「でもあそこはザーコフがマリアを殺したところだぞ――その家に住むなんて……しかもお前はそのことを思い出して、しょっちゅう夜中に悲鳴を上げて飛び起きてるじゃないか」

「ええ、そうよ。最初のうちはいやな気がするでしょうけど、でもそのうち慣れるわ。それに家自体が今の部屋の一・五倍の家賃しかしないのよ。そのうちの一部屋を見てたところなの。そこなら無料《ただ》みたいな値段で借りられるのよ。キッチンの裏の部屋なんだけど。ドイツ人の家族が家の正面側の部屋を借りて、残りを又貸しするんですって。そこを借りようかと思ってるのよ。そうするとまたいくらかお金に自由がきくわ」

「でも俺の自由にはならんのだろう」歯科医は怒って怒鳴りつけた。「お前が金《かね》を貯めるために俺にあんな薄汚いネズミの巣に住まなきゃならんということか。そんなことをしても俺にはなんの得もないじゃないか」

「仕事を見つけなさい。そうしたら言い分を聞いてあげるわ」トリナは言い放った。「わたしは、いざというときのためにお金を貯めておくつもりよ。そしてここに住んでちょっとでもお金が浮くんだったら、そうするつもりよ。たとえマリアが殺された家であってもね。そんなの気にならないわ」

「いいだろう」マクティーグはそう言って、それ以上反対しようとはしなかった。妻は驚いたように夫の顔を見た。こんなに急に聞き分けがよくなった理由がわからなかったのだ。おそらくマクティーグは最近あまりにも家を空けることが多かったので、どこにどんなふうに住もうがどうでもよくなってはいるのだろう。しかしこの突然の変化はそれでもトリナに少し不安を与えた。

次の日、マクティーグ夫妻は二度目の引っ越しをした。さほど長くはかからなかった。ふたりはもとの家主からベッドを買い取らなければならなかったが、そのせいでトリナは胸をかきむしられるような思いだった。このベッドと椅子二脚、トリナのトランク、装飾品がひとつかふたつ、石油ストーブに数枚の皿とキッチン用品、いまや自分で所有しているものと言えるのはこれだけだった。そしてあの身の毛のよだつ記憶にまみれた粗末な家の奥にある部屋と言えば、窓はひとつだけで、裏庭と朽ち果てた物置が入り組んで並ぶ薄汚れた光景に面しており、ふたりはこれを自分の家としなければならないのだ。

今やマクティーグ家は急速に下層階級へと転落し始めていた。自分たちを取り巻く環境に順応していったのだ。中でも一番ひどいのは、トリナがこぎれいな生活と、きれいな装いをすっかりなくしてしまったことだった。重労働と貪欲さ、貧しい食事、夫の残酷な仕打ち、こういったことの結果が合わさって、たちまちのうちにトリナに悪影響を及ぼしたのだ。魅力的な愛らしい容姿はどんどん荒れていき、痩せ衰え、醜くなっていった。かつては猫のように几帳面に生活していたにもかかわらず、今や一日中だらしのない格好で部屋をうろつき、汚いフランネルの寝間着のまま、歩き回るたびにスリッパをペタペタと鳴らしているのだ。そしてついには髪の手入れもやめてしまった。小さな色白の額に影を作る、あの見事な漆黒のティアラ、女王の髪である。朝方に半分も櫛を入れないでそのまま結わえ、頭のまわりに行き当たりばったりに膨れ上がり、うねるに任せていた。一日に五、六回も落ちてきて、夕方には乱れ放題にもつれ合った塊となり、まさにネズミの巣の様相を呈していた。

まったくどうしようもない、こんなのは決して楽しい生活とは言えなかった。あくせくふたり分の食い扶持《ぶち》を稼ぐのだから。料理をし、仕事をし、洗濯をし、おまけに家賃の支払いまでしなければならないのだから。だらしなく、不潔で、はしたないふるまいをしていたとして、それがなんだというのか？　外見を装うような暇があるだろうか？　めかし込んだとしていったい誰が喜ぶというのか？　妻に犬みたいに噛みついたり、まるで鉄でできた人形を相手にするように自分の妻を蹴ったり殴ったりするような野蛮な大男がよもや喜ぶわけがないではないか。まったくどうしようもないのだ、みな放っておけばよいのだ。できる限り無理はしない方がいい。背中を丸めてやりすごすのだ、そうした方がさっさと終わるのだから。

その部屋は料理と「無害」の塗料のにおいが入り混じり、まもなく耐え難いほど汚くなった。ベッドは午後遅くになるまで整えられず、ときに最後まで整えられることはなかった。不潔で洗っていない陶器や油でべたべたのナイフ類、もう食べられなくなった前の日の食事の残り物がテーブルに乱雑に散らかり、部屋の隅にはひどいにおいを放つ不潔な下着類が積み上げられていた。ゴキブリが木細工の割れた隙間から這い出してきた。壁紙は湿気で壁から膨れ上がり、剝がれ落ちてきた。トリナはもうずっと前からほこりを払ったり、雑巾で家具を拭いたりするのをやめていた。窓枠や部屋の四隅には汚れがうずたかく積みあがっていた。ありとあらゆる裏路地の汚さが、打ち寄せる泥の満ち潮のように部屋の中にまで侵入してきた。

しかし窓と窓のあいだには[016]、夫婦が結婚式の正装で撮ってもらった色あせた写真が、今のみじめな生活を見下ろしており、その中ではトリナは今も型通りのブーケをまっすぐにもち、マクティーグはその脇に立って左足を一歩前に出し、国務長官と同じポーズをとっていた。そのすぐそばには、歯科医がたったひとつ、頑なに手放そうとしないカナリアのかごが吊されており、小さな金メッキの牢獄で一日中歌い、さえずっていた。

それからあの歯である。フランス製の金箔を使った巨大な黄金の臼歯は、桁外れに大きく、かさばりながら、部屋の一角にベッドのフットボードと隣り合わせて置かれ、その枝なす歯根を広げていた。マクティーグ夫妻はこの歯をテーブル代わりに使うようになっていた。朝食と夕食が終わると、トリナは大皿や汚れた小皿を邪魔にならないよう、この歯の上にいったん積み上げることにしていたのだ。

ある日の午後、もうひとりの歯科医、マクティーグのかつてのライバルで人目を惹くベストを着た伊達男は、マクティーグが訪問してきたのでびっくりして色を失った。もうひとりの歯科医はそのとき、診察室にいて石膏のモールドを作っていた。中から「どうぞ。『ノックなしでお入りください』って看板があるでしょう？」と声をかけられて、マクティーグは入っていった。すぐにそこがとても風通しのよい、明るい部屋であることがわかった。暖炉では火がぱちぱちとはぜる気持ちのよい音をたて、まだらのグレーハウンドが熱心にその火を眺めてしゃがんでいた。暖炉の上の大きな鏡は、木枠のところに女優の写真がずらりと差し込まれて並んでいて、磨き抜かれたサクラ材のテーブルに置いてあるガラスの花瓶には摘んできたばかりのスミレの大きな束が挿してあった。もうひとりの歯科医はきびきびと進み出て愛想よく声をかけた。

「おや、マクティーグ先生――いや、マクティーグさん、調子はいかがですか？　元気にやってます？」

この男は本当にビロードのスモーキング・ジャケットを着ていた。口にはたばこをくわえ、エナメル革の靴は暖炉の火を反射してきらきら輝いていた。マクティーグは黒いシュラー〔やわらかい絹やレーヨンで織った綾織物〕の部屋着のままネクタイもしめていなかった。足を包む巨大な締め金のついたブローガンは靴底に鋲釘が打ち込まれた粗野なデザインであり、ズボンのすそには泥がこびりついていた。コートは袖のところが擦り切れており、ボタンは取れてなくなっていた。もう三日も髭を剃っていなかった。豊かなブロンドの髪は伸び放題でウールの縁無し帽のひさしからあふれ出て、額に垂れ下がっていた。マクティーグはぎこちなく足を動かしながら、ためらいがちな目で、散髪屋のにおいのするこざっぱりした若者の前で立っていた。かつてはこの男を部屋から追い出したこともあったのだ。

「マクティーグさん、今朝はいったいどうなさったんです？　虫歯でもできたんですか？」

「いや、そうじゃない」マクティーグはことばが出て来なくなって口ごもった。この会話をどんなふうに始めるか念入りに練習してきたにもかかわらず、そのセリフをすっかり忘れてしまっていた。

「俺の看板を売りに来たんだ」マクティーグは愚直にそう言った。「あの大きなフランス製の金箔をはった歯だよ……わかるだろ……前に買いたいと言ってたじゃないか」

「ああ、あれね、うちはもういらなくなったよ」男は見下したようにそう言った。「もっと小さくて控えめな看板の方がいいと思ってね、あんまり大仰じゃないやつを――名前のあとに『歯科医』とだけ書くんだ。あんまり大きな看板は趣味が悪いからね。いや、もういらないな」

マクティーグは床に目を落としてなおもそのまま立っていた。とてつもなくばつの悪い思いで、帰るべきか、とどまるべきかもわからなかったのだ。

「でも、どうかな」と、もうひとりの歯科医が考え込むように言った。「多少でもあなたの助けになるんでしたら……どうもあなたはずいぶん生活にお困りのようだし……どうだろう……まあ、そうだな……五ドルでどうだろうか」

「わかった、わかったよ」

次の木曜日の朝、マクティーグは軒から雨のしずくが落ち、屋根を雨音が絶え間なく叩く音を聞いて目を覚ました。

「雨か」マクティーグはひどく腹立たしげに唸り声を上げ、ベッドに起き上って雨ににじむ窓を見ながら目をしばたたかせた。

「一晩中降ってたわ」トリナが言った。すでに起きて服を着ており、石油ストーブで朝食の準備をしていた。

マクティーグも服を着ながらぶつぶつと言った。「まあ、い、い、とにかく出かけるよ。雨だとかえって魚が食いつくかもしれんからな」

「ねえ、マック」トリナが可能な限り薄くベーコンをスライスしながら言った。「ねえ、たまには釣った魚を家にもって帰ってくれない？」

「ふん！」歯科医は鼻を鳴らした。「朝飯に食べられるからだろ。それでお前はまた五セント硬貨《ニッケル》をせしめられるってわけだ」

「そりゃあ、そうなってくれれば助かるわ！　それとも市場に売りに行ったっていいのよ。通りの向かいの魚屋さんならきっと買ってくれるわよ」

「黙れ！」歯科医が怒鳴りつけると、トリナはおとなしく黙り込んだ。

「おい」夫の方はズボンのポケットをまさぐって一ドル取り出し、こうつけ加えた。「俺はもうコーヒーとベーコンとマッシュポテトの朝飯にはうんざりなんだ。市場まで行ってなにか朝飯用の肉を買ってこい。ステーキでも骨付き肉でもなんでもいいから」

「でもマック、一ドルまるごとなんて。あいつ、あの看板に五ドルしか出さなかったんでしょ。そんな余裕ないじゃない。そうよ、マック。そのお金、いざというときのためにわたしが貯めておいてあげるわ。朝ごはんにお肉がなくても平気でしょ」

「俺の言ったとおりにするんだ。ステーキでも骨付き肉でもなんでもいい」

「お願いよ、マック、ねえ」

「早く行け。さもないとまた指をかじってやるぞ」

「でも……」

歯科医はトリナの方に一歩近づいてその手をひっつかんだ。

「わかったわ、行ってくるから」トリナはそう叫んで、たじろぎ、身をすくめた。「行くから」

しかしトリナが骨付き肉を買ったのは大きな市場ではなかった。そこに行く代わりに二ブロック離れた脇道にあるもっと安い肉屋まで走って行って、二、三日前の古い羊肉の脇腹から一五セント分の骨付き肉を買ったのだ。帰るまでにずいぶん時間がかかってしまった。

「釣りをよこせ」トリナが帰るとすぐに歯科医はそう怒鳴った。トリナは二五セント硬貨《クオーター》を渡した。マクティーグが抗議しようとしたので、それをさえぎって猛烈な勢いでしゃべりまくると、夫はすぐさま混乱してわけがわからなくなってしまった。しかしそういうことにかけては、トリナは歯科医をだますのにまったく苦労しなかった。マクティーグは物事を深く考えたことなどなかったのだ。もしトリナがその骨付き肉を一ドルだと言い張っていれば、そのまま信じ込んでいただろう。

「とにかく六〇セント儲かったわ」トリナはポケットの中でその金をギュッと握りしめて音が鳴らないようにしながら、そう考えた。

　トリナはその骨付き肉を調理し、ふたりは黙ったまま朝食をとった。

「さて」マクティーグは立ち上がり、たっぷりと生えた口髭についたコーヒーを手のひらで拭いながら言った。「雨が降ってようとやんでようと、俺は釣りに行ってくる。夜まで帰ってこないからな」

　マクティーグはドアのところでちょっとのあいだ立ち止まり、釣り糸を手にもち、大きなおもりをぶらぶらさせていた。そしてトリナが朝食のあと片づけをしているのをじっと見ていた。

「じゃあな」そう言って、マクティーグはその巨大な角ばった頭でうなずいてみせた。出掛けにこんなに愛想のよいしぐさをしてみせるなど、いつにないことであった。トリナは皿を下において夫の方に向いた。かつてはあんなに可愛らしかった顎をつんと上に向けて。

「さよならのキスをして、マック」トリナは腕をマクティーグの首に巻いてそう言った。「まだちょっとくらいはわたしのこと、愛してくれてるんでしょ、ねえ、マック？　わたしたち、またいつか幸せになれるわよね。今は辛い毎日だけど、きっと抜け出せるわよ。あなたもすぐに仕事が見つかるでしょうし」

「俺もそう思うよ」トリナがキスをするのに身を任せながら、マクティーグはそう唸るように言った。

カナリアはかごの中で気ぜわしげに動いていたが、このとき、甲高いさえずりを始めた。その小さな喉は膨らみ、震えていた。歯科医はその様子をじっと見つめた。そして「そうだな」とゆっくりと言い出した。「俺のこの鳥を連れて行こうかな」

「売るの？」トリナが聞いた。

「そうだ、売るんだ」

「あら、やっと物わかりがよくなってくれたのね」トリナは満足げにそう返事をした。「でもペットショップの人にだまされないようにしてね。こんなにきれいな声で鳴くんだから。鳥かごつきで売るんだったら五ドルはもらって当然よ。とにかく最初はその線で頑張ってね」

マクティーグはかごをフックから取り外し、古新聞で丁寧にくるんで言った。「寒いかもしれないからな。じゃあ、またな」そしてもう一度繰り返した。「またな」

「行ってらっしゃい、マック」

マクティーグが出ていくと、トリナはくすねた六〇セントをポケットから取り出し、数えなおした。そして「ちゃんと六〇セントあるわ」と、誇らしげに言った。「でもこの一〇セント硬貨《ダイム》、ちょっとすり減りすぎね」トリナはその硬貨をあらさがしをするかのように眺めた。サッター・ストリートのケーブル発電所の時計が八時を打った。「もう八時だわ」トリナは大声を出した。「仕事をしなきゃ」トリナはテーブルから朝食のあと片づけをし、椅子と作業箱を引きずってきて前の日に削り上げたノアの箱舟の動物セットに色を塗り始めた。そのまま朝のあいだ、休みなく仕事を続けた。昼になるとトリナは朝食の残りのコーヒーを暖めなおし、ソーセージを二本炒めて昼食にした。一時にはふたたびテーブルの上で身を傾けていた。トリナの指――何本かはマクティーグに噛まれてひどく傷ついていた――は、素早く動き、脇のかごに放り込まれた安っぽいおもちゃの山は、着実に大きくなっていった。

「このおもちゃ、みんなどこに行くんだろう？」と、トリナはつぶやいた。これまでもう何千個もノアの箱舟を――馬やニワトリや象たちを――作ってきたけど、どれだけ作ってもあふれかえることもなさそうだわ。きっとわたし、子どもがすぐ物を壊すせいで助かってるのね。それに子どもたちには誕生日やクリスマスもあるから」トリナは絵筆をヴァンダイク・ブラウンの塗料の瓶に浸し、削り出されたおもちゃの馬を二筆で塗り上げた。それから小さな平筆でアイヴォリー・ブラックをひと塗りするだけで、尻尾とたてがみが出来上がり、あとはチャイニーズ・ホワイトの点で目をつけるだけだった。塗料に含まれるテレピン油のせいで、塗るとほとんどすぐに乾燥するので、トリナは完成した小さな馬をかごに放り入れた。

六時になっても歯科医は帰って来なかった。トリナは七時まで待ってから、仕事を片づけてひとりで夕食をとった。「今日はマック、どうしてこんなに遅いのかしら」サッター・ストリートの発電所の時計が七時半の鐘を鳴らすと、驚いて叫んだ。「きっと、またどこかで飲んでるのね」トリナは心配そうにそう嘆いた。「看板を売ったお金をもってるんだもの」

八時になると、トリナは頭にショールをかぶって馬具屋まで行ってみた。マクティーグの居場所を知っているとしたら、それはハイゼ以外にあり得なかった。しかし馬具職人は前日以来、彼の姿を見ていなかった。

「昨日の午後はここにいたんだ。ふたりでフレンナの店で一杯か二杯飲んだんだ。今日もいるんじゃないのかな」

「ねえ、行って見てきてくれない？」トリナは言った。「マックはいつもだったら夕飯までに戻ってくるのよ――絶対ご飯を食べ損ねたりはしないもの――それにわたし、だんだん心配になってきたの」

ハイゼは隣りの酒場に入っていったが、はっきりしたことは何もわからなかった。フレンナは前の日の午後に馬具職人と一緒に来たとき以来、歯科医の姿を見ていなかったのだ。トリナはわざわざ下手に出てライアー家を訪ねることまでして――前に喧嘩をして以来、仲たがいしたままだったのだが――歯科医が今どこにいるか知らないか聞いてみた。しかし、蔑むように知らないと言われただけだった。

「ひょっとするとこのあいだにもう戻ってるかも」トリナはひとりごちた。もう一度ポーク・ストリートまで戻り、アパートの方へ向かった。雨はやんでいたが、歩道はまだ濡れていた。ケーブルカーは劇場に向かう人たちを乗せてガタゴトと通りすぎた。散髪屋がちょうど店を閉めているところだった。角のキャンディ・ストアはまぶしいくらいに明かりが灯《とも》り、多くの客でにぎわっており、その真正面のドラッグストアからこぼれる緑と黄色のランプの光が、濡れて輝くアスファルトの表面に万華鏡のような輝きを映し出していた。救世軍の楽団がフレンナの酒場の前で音楽を演奏し、祈り始めた。トリナは夜の光輝とささやかな活気でにぎわう浮かれた通りを、ショールを頭にかぶり、片手で擦り切れたスカートが濡れた歩道につかないようにもち上げて、急いで戻っていった。そして路地を曲がって、開きっぱなしのドアを通ってかつてのザーコフの家に入り、部屋まで階段を駆け上がった。誰もいない。

「あら、これは変だわ」トリナは驚いて、なかばそう声に出した。敷居のところに立ち、狭くてミルクのように色白の額をしわだらけの凝乳《ぎょうにゅう》のように固め、ずきずきうずく指を唇に当てていた。すると急にひどい恐怖に囚われた。否が応でもこの家で起こった恐ろしい死の場面が思い起こされた。

「違うわ、そんなはずない」トリナは暗闇に向かって言った。「マックは大丈夫よ。あの人なら何が起こっても平気よ」しかしそうは言いつつも、トリナには夫の死体が海水で膨張し、ブロンドの髪が海藻のように流れ、潮の流れに合わせて力なく漂っている情景がはっきりと見えていた。

「岩から落ちるなんてあるはずないじゃない」トリナは断固として言い放った。「ほら……ほら、帰ってきたじゃない」重い足音が階下の玄関に響くのが聞こえると、トリナはほっとして深い溜息をついた。そして手すりのところまで走っていき、下を覗き込んで声をかけた。「ねえ、マック！　あなたなの、マック？」入ってきたのは下の階に住むドイツ人一家のひとりだった。発電所の時計は九時を打った。

「大変だわ、マックはどこにいるの？」トリナは足を踏み鳴らして叫んだ。

そしてもう一度ショールを頭にかぶり、家を出て路地とポーク・ストリートの角に立ち、通りのずっと向こうまで見渡せるように首を伸ばして、じっと夫の姿を探し、待ち続けた。一度など、アパートの前の歩道にまで出ていき、しばらくそこの乗馬台に座っていたりもした。そうすると、かつて貸し馬車でその乗馬台に乗りつけた日のことをどうしても思い出してしまうのだった。母と父と、アウグーステと双子が一緒だった。結婚式の日である。ウェディングドレスは御者席の巨大なブリキのトランクに入れてあった。トリナはその日、人生で一番幸せな気分だった。貸し馬車を下りて乗馬台にしばらく立って、マクティーグの部屋の窓を見上げたことをまざまざと覚えていた。髭を剃っていて頬に泡をつけたままの彼の姿がちらっと見えたのだ。そしてお互い手を振りあったのだった。思わずトリナは背後のアパートを、夫の「デンタルパーラーズ」があった部屋の張り出し窓を、見上げた。今は真っ暗だった。窓にはブラインドが下ろされ、空っぽで、人の住んでいない部屋らしく、中は何も見えなかった。錆びついた鉄の棒が窓の下枠から悲しげに突き出ていた。

「あそこに前はわたしたちの看板がかかってたのよね」トリナが言った。そして頭を巡らせ、ポーク・ストリートの向こうを見渡した。もうひとりの歯科医の診察室があり、今はそこの窓から新しく磨き上げ、光り輝く巨大な歯が吊り下げられ、通りに向かって突き出していた。トリナが夫にあげた誕生日プレゼントが、電灯の白くぎらぎらする光に照らされて、挑戦し、勝利を収めたことを伝えるかのように明滅し、光を放っていた。

「こんなことになるなんて」すすり泣きで喉が詰まり、トリナは小声で言った。「人生ってあんまりいいものじゃないのね。でもそれでもいいわ。それでも全然かまわない。ただマックが無事に帰ってきてくれさえしたら」トリナは乗馬台から身を起こし、ふたたび路地の角に立って、夫の姿を目で探し、耳をすませた。

どんどん遅い時間になっていった。時間はすぎるばかりである。トリナは見張りを続けた。近づく足音はどんどんまばらになっていった。少しずつポーク・ストリートは夜の寂寞《せきばく》を取り戻していった。発電所の時計から十一時の鐘が聞こえた。明かりが消された。一時にケーブルカーが止まると、あたりに唐突に静けさが訪れ、なんの気配も感じられなくなった。急に静けさを実感させられた。聞こえてくる物音と言えば、たまに見回りに来る警官の足音と、通りの向こうの閉まった市場でしつこく呼び交わすカモやガチョウの鳴き声くらいだった。通りは眠りに落ちていた。

夜にあたりが暗くなってからひとりで起きていると、考え方まで周囲の色に染まりだすものだ。暗く、憂鬱でわびしいものになっていくのだ。唐突にトリナはある考えに思いいたった。それは邪悪な恐ろしい考えだった。マクティーグが死んだと思うよりもずっとひどい考えであった。

「まさか」トリナは叫んだ。「嘘よ。そんなはずないわ。でもひょっとして……ひょっとしたら」

トリナはその場を離れ、慌てて家に戻った。

「まさか、そんなはず」トリナは小声でつぶやいていた。「そんなことありえないわ。今頃ほかの道から帰ってきてるかもしれないじゃない。でもひょっとして……ひょっとして」

トリナは階段を駆け上がり、部屋のドアを開き、そこで息を切らして一度立ち止まった。部屋は暗く、誰もいなかった。冷たくなって震える指でトリナはランプの火をつけ、振り返ってトランクを見た。鍵が壊されていた。

「いやよ、いや、いやよ」トリナは叫んだ。「そんなの嘘よ。嘘よ」そしてトランクの前に膝をつき、蓋をはね上げ、両手を隅に突っ込んでウェディングドレスの下の、いつもへそくりを隠していた場所を探った。真鍮のマッチ箱とシャモア革の袋はそこにあった。中身は空っぽだった。

トリナは床にばったりと倒れ伏し、顔を腕にうずめ、頭を左右に振り動かした。その声は泣き叫ぶような声になった。

「いやよいやよいやよ、そんなの嘘よそんなの嘘よそんなの嘘よ。そんなことしていいはずないじゃない。ああ、どうしたらこんなひどいことができるの？　わたしのお金を全部、わたしのへそくりを全部……しかもわたしを捨てていった。あの人、いなくなっちゃった。わたしのお金もなくなった、わたしの大事なお金……わたしの大事な大事な金貨、貯めるのにあんなに苦労したのに。ああ、わたしを捨てて行ってしまった……永久にいなくなってしまった……いなくなってもう二度と戻ってこないのよ……わたしの金貨と一緒にいなくなってしまった。いなくなった……いなくなったのよ……もういないの。二度と会えないんだわ。あんなにも一所懸命働いたのに。あんなに必死だったのに、あの人のために……あのお金のために。いやよいやよいやよ、嘘よ。でも本当なのね。わたし、これからどうなるの？　ああ、せめてあなたが戻ってきてくれるなら、あのお金を全部あげてもいい……いいえ、半分あげてもいい。ああ私のお金を返して。わたしのお金を返してよ、そうしたら許してあげるから。そうしたら、わたしを捨ててもいいわ、それが望みなんだったら。ああ、わたしのお金。マック、マック、あなたいなくなってしまったのね。もうわたしのこと愛してないのね、これからわたしは物乞いよ。わたしのお金がなくなった、夫もいなくなった、いなくなった、なくなった、何もなくなった！」

トリナの悲しみはとてつもないものだった。爪を頭皮に突き立て、大量の黒髪のたっぷりとした巻き毛をひっつかみ、何度も何度もむしり取ろうとした。握りしめたこぶしで額を殴りつけた。嗚咽のあまりの激しさに、その小さな身体は頭の天辺から爪先まで震えていた。小さな歯をぎりぎりと噛みしめ、頭を全力で床に打ちつけた。

巻いていた髪はほどけ、もつれたまま垂れ下がり、乱れた塊になって腰のずっと下まで垂れさがった。服は引き裂かれていた。血でできたしみが額に現れた。目は腫れ上がった。頬は血管を荒れ狂う熱で朱色に燃え上がっていた。老ミス・ベイカーがこんな状態のトリナを発見したのは翌日の朝の五時近くになってからだった。

一時からその恐ろしい夜が明けるまでのあいだに何が起こったのか、トリナは覚えていなかった。ただ思い出せるのは、まるで絵でも見るように、壊れて中身を奪われたトランクの前にひざまずく自分の姿であった。そしてその後――自分では何週間もあとのように思えたが――目を覚まし、氷を包んだ包帯を額に巻いて自分のベッドに寝ているのに気づいたのだった。そばには小柄な老いた仕立て屋がいて、トリナの熱くかさかさに乾いた手のひらをさすってくれていた。

事の成り行きは、下の階に住むドイツ人女性が真夜中を何時間かすぎたころ、トリナの泣き叫ぶ物音で目を覚ましたのだった。その女性は二階に上がってきて部屋に入り、トリナが床にうつぶせに横たわっているのを発見したのだった。なかば意識をなくして泣きじゃくっており、なんとも救いようのないほどのひどい苦しみにヒステリー症状をおこしていた。その女性はその様子を見て怖くなり、夫を呼んで、ふたりでトリナをベッドまで運んだのだ。その後ドイツ人女性はトリナの友人が近所の大きなアパートに住んでいるのをたまたま覚えていたので、夫をそこに行かせ、かつての仕立て屋を連れて来させたのだ。そのあいだ、自分はその場に残り、トリナの服を脱がせて、眠らせたのだ。ミス・ベイカーはすぐにやってきて、歯科医のかわいそうな妻の有様を見て自分も泣き出してしまった。何があったのか問いただそうともせず泣いていたのだが、そのときのトリナから筋道の通った説明を聞き出すのはいずれにせよ無理だっただろう。ミス・ベイカーはドイツ人女性の夫に、通りの「終夜営業」レストランで氷を買ってきてもらい、冷たく濡れたタオルをトリナの頭に巻いた。トリナの素晴らしいたっぷりとした髪には何度も何度も櫛を入れてやった。そしてベッドの脇に座って、熱くなった手を、ひどく傷ついた指を、握りながら、トリナが話せるようになるまで辛抱強く待ち続けた。

朝方、トリナは目を覚まし――というよりはたんに意識を回復したと言った方がよいかもしれない――ちょっとのあいだミス・ベイカーを見ると、今度は部屋を見回し、そしてその目が鍵の壊されたトランクの上にとまった。するとトリナは枕に顔を伏せて、またすすり泣き始めた。小柄な仕立て屋が何を聞いても答えようとはせず、激しく頭を振って枕に顔を隠したままだった。

朝食の時間までにトリナの熱はひどく上がってきたので、ミス・ベイカーは事態を重く見て、ドイツ人女性に医者を呼びに行ってもらった。医者は二十分で現れた。大柄な気立てのよい男で、角のドラッグストアの二階に住んでいた。声は低く、とてつもなく大股で歩く様子は、医者というよりはどちらかというと騎兵隊の隊長を思わせた。

医者が着くころまでに小柄なミス・ベイカーは何が起こったのかをすべて直感的に予想できていた。医者の軽快な足音が下の階の玄関で鳴り響くと、ドイツ人女性の話しているのが聞こえた。

「がいだん、あがってすぐ、ろうがのおぐ。ドアひらいだ部屋」

ミス・ベイカーは踊り場のところで医者を出迎え、小声で何が起こったかを知らせた。

「先生、旦那さんがあの人を捨てて出て行ったんですよ、たぶん。そして有り金全部盗って行ったらしいんです――

かなりの額だと思うんですけど。それであの娘《こ》はかわいそうに、死にそうになってるんですよ。一晩中正気を失っていて、さっきからずいぶんひどい熱になっているんです」

医者とミス・ベイカーはその部屋に向かい、中に入るとドアを閉めた。大柄な医者はしばらくそこに立って、トリナが枕の上で頭を左右にぐるぐるゆすっているのを見ていた。その顔は真っ赤に染まり、おびただしい量の髪は、身体の両側に広がっていた。小柄な仕立て屋は医者の脇に立ったまま、医者とトリナの顔を見比べていた。

「かわいそうに！」医者は言った。「かわいそうに！」

ミス・ベイカーはトランクの方を指さし、囁いた。

「あれですよ、あそこにお金を貯めてたみたいです。ほら、鍵が壊されてるでしょう」

「さあ、マクティーグさん」医者がベッドの脇に座って言った。そしてトリナの手首をとった。「ちょっと熱があるみたいだね？」

トリナは目を開き、医者を見た。そしてミス・ベイカーを見た。見知らぬ顔がそこにあることにまるで驚いている様子はなかった。すべてを当たり前のことのように捉えているらしかった。

「ええ」トリナは長く、震えるように息を吐いて言った。「熱があるみたい。それに頭が……頭が痛いんです。痛いの」

医者はよく休むようにと言い、軽い鎮静剤《アヘン》を処方した。それからトリナの右手の指に目を止めた。医者はその指を注意深く眺めた。どす黒いあざが何本かの指にできている。医者の目には疑いようのない印であった。あざは指先から第二関節にまで広がっていた。

「これはひどい」医者は叫んだ。「これはどうしたんです?」実はとてつもなくひどい状態になっていたのだった。何日も前からトリナも気づいていた。右手の指はこれまでになかったほど腫れ上がっており、痛みもひどく、変色していた。残忍な気分になったマクティーグに散々傷つけられていたにもかかわらず、ノアの箱舟の動物を作る作業をずっと続けていたのだった。そしてずっと「無害」の塗料に触れ続けていたのだった。トリナは医者に聞かれるままにそう説明した。医者は首を振りながら大声で言った。

「いや、これは敗血症を起こしてますよ」医者はトリナにそう言った。「それも最悪の段階のね。この指は間違いなく切り落とさないといけなくなるでしょうな。そうしないと手を丸ごと失うかもしれない——いや、もっとひどいことになるかもしれんのですよ」

「この上、仕事まで!」トリナは嘆きの声を上げた。

第十九章

まともな指が二本と切断された指の根元がふたつあれば、親指が第二関節まで丸ごとなくなっていても[017]、たわしをつかむことくらいはなんとかできるものなのだ。ただ、慣れるまでにはとてつもない鍛錬が必要であった。

トリナは掃除婦になった。まずセリーナに相談し、その紹介でパシフィック・ストリート[018]にある小さな記念幼稚園に管理人の職をもらうことになったのだった。そこはポーク・ストリート同様、商店通りであったが、もっと貧しく、不潔な地区を通っていた。トリナは幼稚園の教室の上に小さな部屋をあてがわれた。さほど居心地の悪い部屋でもなかった。日当たりのよい小さな中庭に面していたが、中庭は板張りで子供たちの運動場として使われていた。大きな桜の木が二本生えていて、葉はほとんどトリナの部屋の窓に触れんばかりに茂っており、そこから入ってくる木漏れ日は、部屋の床に丸く金色の斑点を描き出した。「まるで金貨みたいだわ」トリナは思った。

トリナの仕事は幼稚園の部屋の管理をすることであり、床を拭き、窓を磨き、ほこりを払って空気の入れ替えをし、燃えカスを運び出すことであった。それ以外にもトリナはワシントン・ストリートの大きなアパートのいくつかで、正面玄関の踏み段を洗い流し、住人が引っ越したあとの空き家を掃除することで月に五ドル稼いでいた。トリナは誰と話すこともなくなった。誰ひとりトリナのことを知る者はいなかった。明け方から日暮れまで働き続け、一日中一言も声を発しないまま終わってしまうこともしばしばであった。孤独でうら寂しく、見捨てられた女性であり、大都市の浮き沈み——といっても常に沈み続けるのであったが——のもっとも下層の渦に巻かれて顧みられなくなってしまったのだ。

指の手術を受けたあと、病院から解放されたとき、トリナはこの世界にたったひとりであることを知った。自分にはもうあの五、〇〇〇ドルしかないと気づいたのだ。このお金の利子があれば、生きていくことはできるだろうし、少しなら貯金もできるだろう。

しかしちょっとのあいだトリナは、もうこれ以上戦いを一切諦めてカリフォルニア南部にいる家族に合流しようかと考えた。しかしそのことをためらっているうちに、母親から長い手紙を受け取った。それはトリナが右手の指を切断される直前に書いた手紙——トリナが書くことのできる最後の手紙——への返事であった。ジーペ夫人はその手紙で長々と嘆きのことばを連ねていた。娘の不幸以外に自分自身にも不幸が降りかかり、それを嘆いていたのだ。カーペット清掃業兼室内装飾業は失敗に終わっていた。ジーペ氏とアウグーステは植民地事業に参加し、すでにニュージーランドに出発していたのだが、ジーペ夫人と双子も、植民地が軌道に乗ればすぐにでもふたりのあとを追っていくことになっていた。不運に見舞われたトリナを助けるどころか、自分の方が、母親であるこの自分の方が、いつか近い将来にトリナに助けを求めなければならなくなるかもしれない。したがってトリナは家族から援助を受けようという考えを捨てるしかなかったのだ。その点に関して言えば、援助は必要ではなかった。まだ五、〇〇〇ドルをもっていたし、オールバーマン叔父さんは機械のように規則的に利息を払ってくれていた。マクティーグが自分を捨てて出て行ったので、養わなければならない口はひとつ減っていた。この貯金に掃除婦として稼ぐことのできるささやかな金額を加えれば、トリナはノアの箱舟の動物を作る仕事を辞めたせいで失った金額を埋め合わせることもなんとかできそうなくらいであった。

少しずつ、マクティーグが自分を捨てて出て行ったことに対する悲しみよりも、大事な貯金を失ってしまった嘆きの方が大きくなっていった。今や貪欲こそがトリナのたったひとつの強い熱狂と言えるまでに膨れ上がっていた。ひたすら貯めるためだけに金《かね》を貯めようとする、金に向けた愛情がトリナの心の中に巣くい、次第にほかのあらゆる自然な愛情を駆逐してしまったのだ。体形は細く痩せこけ、小柄な骨格は薄い肉からつき出してぴったりと張っていた。小さな青白い口と小ぶりで上を向いた顎は、猫のような貪欲な表情をまとっていた。長細い目はいつもぎらぎらと光っており、まるで金属のきらめきを捕らえ、蓄えているようだった。ある日、自分の部屋に座り、空になった真鍮のマッチ箱と、だらりと垂れたシャモア革の袋を手にもっているとき、トリナは突然叫び声を上げた。

「ただわたしを捨てて行くだけで、お金さえ残しておいてくれたら、許してあげることもできたのに。許してあげられたわ――ええ、これだって許してあげられたわ」――トリナは切断された指の根元を見た。「でもこうなったら」トリナは歯を嚙みしめ、目を燃え上がらせた。「こうなった以上――わたし――絶対――死ぬ――まで――許さない――から」

空っぽの袋と、虚ろな軽くなったマッチ箱を見ると、トリナの心は乱れた。毎日毎日、トリナはトランクからそれらを取り出しては、母親が死んだ赤ん坊の靴を見て涙を流すように、泣きぬれた。自分の四〇〇ドルはなくなってしまった、失われたのだ、もう戻っては来ない。二度と目にすることはないだろう。夫が自分のへそくりを、まるで物惜しみすることもなく、どんどん使う様子がありありと目に浮かぶようだった。あんなにも苦労して石鹸と灰で磨き上げた美しい金貨を無駄に浪費しているのだ。そう思うとトリナは言いようのない苦しみに満たされた。トリナはよく夜中に、マクティーグが自分の金《かね》で飲み騒いでいる夢を見て目を覚ました。そして暗闇に向かって問いかけるのだ。

「今日はいくら使ったの？　あの金貨は何枚残ってるの？　二枚しかなかった二〇ドル金貨はもう崩してしまったのかしら？　いったい何に使ったのだろう？」

病院を出た直後から、トリナはまた金を貯め始めた。しかしときにそれは正真正銘の狂気と言ってもいいくらいの貪欲さにまでなっていた。光熱費ですら使うのを惜しみ、二五セント《クオーター》ばかりのお金を貯めるのだ。どうしても必要な支払いすら、一セント《ペニー》にいたるまで出し渋った。洗濯と料理は自分でした。ついにはウェディングドレスまで売り払ってしまった。それまではトランクの底にしまわれていたのだった。

ザーコフの古い家から立ち退《の》く日、クローゼットの古着の山の下からトリナは唐突に歯科医のコンチェルティーナを発見した。二十分もたたないうちにトリナは中古の家具屋に行き、それを業者に売り払ってしまった。部屋に戻るとき、ポケットには七ドル入っていたが、マクティーグに捨てられてから初めて幸せな気分になった。

とは言え、マッチ箱も袋もなかなかいっぱいにはならなかった。極端に切り詰めた生活を三週間続けたあとでも、箱と袋には一八ドルと小銭がいくらかしか入っていなかった。四〇〇ドルと比べたら全然大した額ではないではないか？　トリナはどうしても自分の金を手元に置きたいと考えた。作業テーブルの上に山積みにしたのをまた見たかった。そして両手をそこに突っ込み、顔をうずめ、冷たくて滑らかな金属を頬に感じたいのだ。そんなとき、トリナは空想の中で自分の美しい五、〇〇〇ドルが、オールバーマン叔父さんの金庫の奥のどこかで何本もの柱となって積み上がり、光り輝き、きらめいているところを思い描いた。またオールバーマン叔父さんがくれた書類はよく眺めていたし、その書類が五、〇〇〇ドルの代わりなのだと自分に言い聞かせてもいた。しかし結局紙切れを見るだけでは満足できなくなり、お金そのものを手に入れることがどうしても必要だと思うのだった。四〇〇ドルを取り戻さなければならない、あのトランクに、袋に、マッチ箱に。そしていつでもそうしたいときには触ったり、見たりできるようにしたいのだ。

とうとうトリナはこれ以上耐えられなくなり、ある日おもちゃの卸売店の事務所に座るオールバーマン叔父さんの前に現れた。そして自分のお金のうち、四〇〇ドルを返してほしいと言った。

「しかしこれはまったく異例のことですよ、マクティーグさん」この大物はそう言った。「まったくビジネスライクなやりかたではありませんよ」

しかし、姪に訪れた不幸と、哀れに損なわれてしまった手を見ると、彼の心も動かされたようだった。小切手帳を開くと、「もちろん理解していると思いますが」と言った。「お金を引き出すと、その分だけ利息の額も減ることになりますからね」

「ええ、わかってます。そのことは考えたうえでのことです」トリナはそう言った。

「四〇〇ドルと言いましたかね？」オールバーマン叔父さんはそう言って、万年筆のキャップを外した。

「ええ、四〇〇ドルです」トリナは目をぎらぎらさせて素早くそう叫んだ。

　小切手を現金化し、そのお金をもって――望み通り、すべて二〇ドル金貨だった――家に帰ったとき、トリナはあまりの嬉しさに恍惚としていた。その日の夜の半分くらいの時間、トリナは起きたままお金と戯れた。数えてはまた数えなおし、光り輝くまで金貨を磨き上げた。全部で二〇ドル金貨が二〇枚あるのだ。

「ああ、きれいだわ！」トリナはつぶやき、手のひらで金貨の表面をなぞり、その喜びにぞくぞくした。「きれいよ！　二〇ドル金貨よりもきれいなものなんてあるのかしら？　愛しい、愛しい、わたしのお金！　ああ、わたし、あなたのことを本当に愛してるのよ！　わたしのよ、わたしのなのよ――全部わたしのものよ」

　トリナはテーブルの縁に一列に金貨を並べたり、あるいは金貨で模様を――三角形や円や四角を――描いたりした。またピラミッド型に積み上げ、あとでそれをひっくり返し、金貨が互いにぶつかり合うときのなんとも心地よい音を聞いて楽しんだりした。それからやっと、金貨をすべて真鍮のマッチ箱とシャモア革の袋にしまい込んだ。またいっぱいに膨れ上がり、重くなったことに、ことばに言い尽くせないほどの喜びを感じた。

　それから何日かたったころ、まだお金がオールバーマン叔父さんのところに残っているのだという思いが舞い戻ってきた。あれは自分のものだ、すべて自分のなのだ――あの四、六〇〇ドルすべてが。自分の決めた額だけ、好きなだけたくさん引き出しても、好きなだけたくさん預けても構わないものなのだ。ただそう言えばいいだけなのだ。一週間、トリナは抵抗を続けた。その元金から引き出せば、その額に比例して毎月の収入が減っていくことになるのをよく承知していたからだ。しかししばらくしてついにトリナは屈服した。

「とにかくキリのいい五〇〇ドルにするだけだから」トリナはそう自分に言い聞かせた。その日トリナはもう一〇〇ドル引き出した。前と同様、すべて二〇ドル金貨で。そのころからトリナは着実に自分の元金から、一度に少しずつではあるが、お金を引き出し始めた。まるで熱に浮かされたようで、偏執狂的であり、まさしく精神錯乱と言ってよかった。飲んだくれだけが知っている誘惑であった。

それは急に襲いかかってくるのだった。ちょうど仕事中に空き家の床をこすっているとき、あるいは朝、部屋にいて石油ストーブでコーヒーを淹れているとき、あるいは夜中に目を覚ましたとき、強欲の発作がなんの前触れもなく急にトリナに襲いかかるのだ。頬は赤らみ、目はぎらぎらと輝き、呼吸が浅くなるのだ。ときにはトリナは仕事を途中でほったらかし、黒い麦わらの古びたボンネットをかぶり、ショールを巻いて、まっすぐにオールバーマン叔父さんの店に行って、お金を引き出した。あるときは一〇〇ドル、別のときは六〇ドル、また別のときにはわずか二〇ドルで我慢した。一度などは二週間こらえにこらえた挙句、一気に五〇〇ドルも引き出すという贅沢にふけるのだった。少しずつトリナはオールバーマン叔父さんのところから元金を引き出していき、少しずつ前は月に二五ドルあった利息は減っていった。

ある日、トリナはおもちゃの卸売店の事務所にふたたび姿を見せた。

「二〇〇ドルの小切手をもらえますか、オールバーマン叔父さん?」とトリナは言った。

この大物は万年筆を置き、じっくりと思案しながら回転椅子にもたれかかった。

「わかりませんな、マクティーグさん」彼は言った。「あなたは毎週ここに来て自分のお金を少しずつ引き出していく。こんなふうにお金を渡すのはまったく異例のことだし、ちっともビジネスライクではないと言いましたよね。それにそれだけでなく、不定期にいきなりこんな小切手を渡していくのは、わたしにはとても不都合なんですよ。全部引き出したいと言うんだったら、なんらかの取り決めをしませんとね。例えば月に一回、五〇〇ドルずつ引き出すとか、あるいは」そしていきなりこうつけ加えた。「全部一度に引き出すとかね、今日、この場で。わたしとしてはむしろその方がありがたいくらいだ。そうしないと、その……迷惑なんですよ。どうです？　三、七〇〇ドル分の小切手を出して、それで金輪際終わりにしましょうか？」

「いえ、とんでもない」トリナは叫んだ。とっさに不安が勝って拒否したのだったが、自分でもなぜそうするのかは理解していなかった。「いえ、叔父さんに預けたままにします。もうこれ以上は引き出しませんから」

トリナは事務所を出ていったが、店の外の歩道で足を止め、しばらくのあいだ、考えに耽ったまま立ち尽くしていた。目はぎらぎらと光り出し、呼吸に浅くなっていった。ゆっくりとトリナは振り返り、店にもう一度入っていった。

事務所まで引き返すと、オールバーマン叔父さんの机の隅に突っ立って震えていた。叔父さんは鋭い視線をトリナに向けた。トリナは二度、声を絞り出そうとした。そしてやっと声が出たとき、トリナはそれが自分の声だとはわからなかった。喘ぎながら、トリナはやっとこう言った。

「ええ、わかりました……わたし……かまいません……お願いです、三、七〇〇ドルの小切手をくださいませんか？　わたしのお金、全部ください」

数時間後、トリナは幼稚園の二階の自分の小さな部屋に戻り、震える指でドアにかんぬきをかけ、重いキャンヴァス地の大袋の中身をベッドの真ん中に空けた。それからトランクを開き、そこから真鍮のマッチ箱とシャモア革の袋を取り出し、中身をベッドの上に加えた。次にトリナはベッドに身を横たえ、光り輝く金貨の山を両手でかき集め、顔をその中にうずめて、言いようのない満足げな深い溜息をついた。

正午を少しすぎたころだった。その日は天気も良く、暖かかった。巨大な桜の木の葉は、刺すような香りを放っていて、それが長細い黄金の陽光のすじとともに、開いた窓から入ってきた。下の幼稚園では子どもたちが調子外れのピアノの伴奏に合わせて、陽気に歌を歌いながら行進していた。トリナには何も聞こえていなかった。何も見えていなかった。ベッドに横たわり、目を閉じ、顔を黄金の山にうずめて両腕でその黄金を抱いていた。

ついにまた幸せになったのだと、トリナは自分に言い聞かせたくらいだった。マクティーグはもはや記憶の中にしか残っていなかった――日ごと薄れゆく記憶の中にしか――五、〇〇〇ドルの黄金の輝きの中で、ぼんやりと不明瞭にしか存在しなくなっていた。

「でも」トリナは思うのだった。「昔はマックを愛していたのね。ほんの少し前まではとっても大切にあの人のことを愛していたはずなのに。乱暴されているときだって、かえって愛情が深まるばかりだったのに。どうしてこんなに急に変わってしまったんだろう？　どうしてこんなにも早くあの人のことを忘れられるのかしら？　きっとわたしのお金を盗んでいったからよ。そうだわ。そんなことをしたら誰だって許さない――ええ、たとえお母さんでも許さないわ。わたし絶対――絶対に――あの人のこと、許さない」

夫がその後どうなったのか、トリナは知らなかった。ポーク・ストリートの以前の知人には一切会わなくなっていた。たとえトリナが知りたいと思っても、マクティーグの行方を知る手掛かりは一切なかった。今自分の金《かね》を手に入れていた、それが一番大事なことなのだ。トリナの金に向けた情熱は、ほかのあらゆる感情を締め出していた。金はトランクの底の、キャンヴァス地の大袋に、シャモア革の袋に、小さな真鍮のマッチ箱に入っているのだ。トリナがその金を外に出して、見たり触ったりしない日は一日たりともなかった。ある日の夕暮れ、トリナは金貨をすべてシーツの中に広げ、服を脱いでベッドに入った。そして一晩中、金の上で眠った。身体全体あますところなく、滑らかで平らかな硬貨に触れ、奇妙で恍惚とするような快楽を味わうのだった。

トリナが幼稚園に住むようになってから三か月くらいたったある夜、トリナは窓枠に鋭い叩くような音がするのを聞いて目を覚ました。素早くベッドに起き上ると鼓動が激しく脈打っていて、トランクのある方に狂ったように目を向けた。また叩くような音がした。トリナは起き上がって恐る恐る窓に近づいた。下に見える小さな中庭は月明かりで明るく照らし出されており、桜の木の投げかける陰の端のところに立っているのはマクティーグであった。半熟のサクランボの房がその手にあった。マクティーグはサクランボを食べてその種を窓に投げつけていたのだ。マクティーグがトリナの姿を目にすると、窓を開けるようにとしきりに身振りで合図した。いやいやながらも好奇心を抱きつつ、トリナはそれに従った。歯科医は急いで近づいてきた。ブルーのオーバーオールに、ネクタイなしでネイビーブルーのフランネルのシャツ、そして擦り切れて雨風にさらされ、縫い目の破れた古いコートを着、ウールの縁無し帽《キャップ》をかぶっていた。

「なあ、トリナ」囁き声よりほんの少しだけ高めたよく響く低い声でそう呼びかけた。「入れてくれ、頼むよ、な？　なあ、入れてくれるよな？　腹が減って仕方がないんだ。もう二週間もキリスト教徒らしいまともなベッドで寝てないんだ」

月明かりに照らされて立っているマクティーグの姿を見ても、トリナには自分を殴り、噛んだ男としか、自分を捨てて金を盗んでいった男としか、これまでの人生で味わったことのないような苦しみを与えた男としか、考えられなかった。自分から盗んだ金をもう使い果たしてしまったから、のこのこ現れて哀れな声を出しているだけなのだ――そしてまた金を盗もうとしているのだ、そうに違いない。一度この部屋に入ってきたら、きっとあの五、〇〇〇ドルのにおいを嗅ぎつけるに違いない。トリナに激しい怒りが湧いてきた。

「だめよ」トリナはマクティーグに向けて囁き返した。「だめよ、あなたを入れたりしないわ」

「でも聞いてくれよ、トリナ。言っただろ、お腹が減ってるんだ、どうしようもないくらい――」

「ふん！」トリナがあざけるようにさえぎった。「四〇〇ドルももってる人はお腹を減らしたりしないと思うけど」

「それは……その……俺……なんだ……」歯科医は口ごもった。「もういいじゃないか。何か食べるものをくれよ。部屋に入れて寝かしてくれ。この十日、ずっとプラザ〔ポーツマス・スクエアという公園の通称〕で寝てたんだ。それに、俺……くそ、トリナ、俺何も食べないでかれこれ――」

「わたしを捨てて出て行ったときに奪い取った四〇〇ドルはどこにあるのよ？」トリナは冷たく言い返した。

「あれはその、使い果たしたよ」歯科医はぶつぶつと言った。「でも、たとえ俺たちのあいだに何があったにせよ、俺に飢え死にしろなんて言えないよな、トリナ。じゃあちょっとでいいから金をくれよ」

「わたしのお金をこれ以上あげるくらいだったら、あなたが飢え死にするところを見る方がよほどましよ」

　歯科医は呆気にとられ、一歩下がってトリナを見上げた。その顔は痩せ細り、やつれていた。顎の骨がこれほど巨大に見えたことはなかったし、角ばった頭がこれほど大きく見えたこともなかった。月の光は落ちくぼんだ頬に漆黒の影を作っていた。

「はあ？」歯科医は困惑して聞き返した。「なんだって？」

「お金なんてあげない――もう二度とね――一セントもあげないわ」

「でも俺は腹をすかしてるんだぞ？」

「そんなの、わたしだってお腹はすいてるわ。それにあなたの言うことなんか、信じませんから」

「トリナ、昨日の朝から何も食べてないんだ。神に誓って本当だよ。お前にお金をもらって出て行ったら、俺が飢え死にすることはないんだぞ。寝るところがないからって一晩中、通りをほっつき歩くこともないんだぞ。入れてくれるよな？　なあ、入れてくれるだろ？　ええ？」

「いやよ」

「なあ、じゃあちょっとだけ金をくれよ……ほんのちょっとだけでいいから。一ドルくれよ。五〇セントでいい……じゃあ、一〇セント《ダイム》だけでもくれ、そうしたらコーヒー一杯くらい飲めるから」

「いやよ」

歯科医は黙り込み、奇妙なほど熱心にトリナを見ていた。うろたえ、どうしていいのかまったくわからなくなっている様子であった。

「なあ、お前……ちょっとおかしいぞ、トリナ。俺なら……俺だったら……犬でも飢え死にするまま放っておいたりしないぞ」

「その犬に嚙みつかれても放っておかないって言うのね」

歯科医はまたじっと見つめた。

またしてもしばらく沈黙が続いた。マクティーグは黙ったままトリナを見上げたが、卑劣で敵意のこもったきらめきがその小さな目に宿っていた。マクティーグは低い怒りの声を出そうとしたが、それをおしこらえた。

「なあ、聞いてくれ。これが最後だ。俺は腹を減らしてるんだ。寝る場所もない。金か食べ物をくれないか？　中に入れてくれないか？」

「いやよ――だめ――入れないわ」

トリナは夫の目がギラリとした光を放つのが、ほとんど見えたように思えた。マクティーグは巨大な痩せたこぶしを振り上げた。そして唸り声を出した。

「お前をほんのちょっとでも捕まえたらな、見てろよ、お前を躍らせてやるからな。そうだ、そのうちにな。覚えてろよ。せいぜい怯えて待ってろ」

マクティーグはそこで振り返った。月明かりに照らされ、その巨大な肩に雪が層になって積もっているのが見えた。

トリナはマクティーグが桜の木の影の中を歩き、小さな中庭を横切っていくのが見えた。大きな足が板張りの床を軋ませる音が聞こえてきた。そしてマクティーグの姿は見えなくなった。

トリナは確かにケチではあったが、それでも人間的な思いやりがあったので、歯科医の重い足音のこだまが消え去ったとたんに、自分のしたことを後悔し始めた。ナイトガウンを着たまま開いた窓辺に立ち、指を唇に当てた。

「あの人、確かにやつれて見えたわ」トリナはなかば声に出して言った。「たぶん本当にお腹が減っていたのよ。何か恵んであげるべきだったわ。そうすればよかった、そうしてあげればよかった。ああ」トリナは急に、両手で怯えたような身振りをして叫んだ。「わたし、いったいなんてひどい人間になってしまったの？　マックが——夫が——お金をあげるくらいなら夫が飢え死にする方がましだと思うなんて。ひどいわ。こんな恐ろしいこと。やっぱり何かあげなきゃ。明日になったら何か送ってあげましょう。でもどこにいるんでしょう？——きっと帰ってくるわよ」トリナは窓から身を乗り出し、できる限りで大きな声を出して呼びかけた。「マック、ねえ、マック」答えはなかった。

マクティーグがほとんど二日も食べ物を食べていないとトリナに言ったのは事実だった。その前の週、マクティーグはあの四〇〇ドルの残りを、波止場近くの船員用の下宿屋にあるバーで使い果たしたのだった。そのとき以来、文字通りその日暮らしの生活をしていたのだ。

マクティーグはトリナの金を街のあちこちでまるで王侯貴族のように、今後のことなどまるで考えることもなく使いまくった。どこで拾ったのかもわからないような、出会って二十四時間もたっていないのに、そして二日もたてば名前すら思い出せないような連中を引き連れ、大半の金を飲み食いに使い果たしたのだった。そこでマクティーグは急に、もう金が残っていないことに気づいたのだ。もはや友人もいなかった。飢えに追われ、駆り立てられていた。もはや食事も満足にとれず、居心地のいい場所もなかった。もはや暖かい場所で眠ることもできなかった。夕暮れにポーク・ストリートに戻ってみたが、通りの日陰になった方を歩き、こそこそと物陰に潜むのは、旧友に姿を見られるのが恥ずかしかったからだ。そしてかつてのザーコフの家に入り、トリナと自分の住んでいた部屋をノックしてみた。誰もいなかった。

次の日、オールバーマン叔父さんの店に行き、トリナがどうしているのか聞いてみた。トリナはオールバーマン叔父さんにマクティーグの暴力のことを話さず、指を失ったことについてはほかの理由を伝えていた。また夫が金を奪ったことも話していなかった。したがって歯科医がトリナの居場所を尋ねてきたとき、オールバーマン叔父さんはマクティーグがよりを戻そうとしているのだと信じて、なんのためらいもなく、トリナの住所を教えたのだった。そしてこうつけ加えた。

「つい昨日ここに来て、預けていたお金の残額をみんな引き出していきましたよ。ここ一か月かそこら、しょっちゅうお金を引き下ろしていたんですがね。今は全部手元にもっていると思いますよ」

「なるほど、全部もってるんですね」

歯科医は妻のもとを訪ね、けんもほろろに追い返され、怒りに震えて、野蛮で原初の力をすべて奮い起こしてトリナを憎んだ。指のつけ根が白くなるまでこぶしを握り締め、歯をぎりぎりと恐ろしい力で噛みしめた。

「一回でもお前のことを捕まえたらな、目の前で踊らせてやるからな。あの部屋に五、〇〇〇ドルももってたんだ。

俺は二〇フィート〈約六・一メートル〉も離れていないところに立って、飢え死にしそうだと言ったのだ。それなのに俺にはコーヒーを飲む一〇セント《ダイム》すらくれようとしなかった。コーヒー代の一〇セント《ダイム》すらだ。一回お前のことを捕まえたらどうなるか！」マクティーグは怒りで息もつけなかった。目の前の暗闇につかみかかり、歯のあいだから洩れる息は笛のような音を鳴らした。

その夜、朝になるまでマクティーグは通りを歩き続け、飢えをしのぐにはどうすればいいか思案した。次の日の朝十時前に、マクティーグはカーニー・ストリートにいた。まだ通りを歩き続け、脚を引きずっていたのだ。どうせほかに何もすることがなかったのだ。やがて角の楽器屋のそばで立ち止まり、二、三人の男がピアノを荷馬車に載せようとしているのを眺めていると、ちょっとのあいだ気がまぎれた。すでにピアノの半分の重みは荷馬車の背板で支えられていた。男たちのひとり、混血の大男が、つやびかりする紫檀《したん》のピアノ本体の下にほとんど隠れながら、動く方向を誘導しており、ほかのふたりが後ろからもち上げたり引っ張ったりしていた。すると通りにいた何かが馬を怯えさせたのだろうが、いきなり馬が跳びのいた。ピアノの端が背板から急に激しく引っ張られた。悲鳴が上がり、混血の男がよろめいて、落ちてきたピアノの下敷きになった。その重みがまともに膝に落ちて、あたりに反響する鋭い音をたてて折れた。

一時間後、マクティーグは仕事を見つけていた。楽器店が週六ドルで荷運び夫として雇ってくれたのだ。マクティーグのとてつもない力は、これまでの生活でずっと無駄なものでしかなかったが、ここで初めて役に立ったのだ。

マクティーグは楽器店の倉庫から続く奥の小さな部屋で寝泊まりした。マクティーグは荷運び夫であるだけでなく、ある種の警備員も兼ねていたので、毎晩二度ずつ店を巡回することになっていた。部屋はすえたたばこの煙のにおいを放つ箱のような場所だった。前の住人は壁紙代わりに新聞紙を壁に貼っていて、その上にキラルフィ・バレー〔ハンガリー人のダンサー、キラルフィ兄弟は十九世紀末のアメリカで、当時の最新テクノロジーを用いた大掛かりなショーを開催していた〕か何かのポスターからくりぬいた、ひどくけばけばしい女性の絵を貼りつけていた。ひとつしかない窓には、小さな金メッキの牢獄で一日中鳴き続けるカナリアが吊るされていた。マクティーグが奇妙な頑固さでいまだに固執しているごく微小の命である。

　マクティーグは最近では多量のウィスキーを飲むようになっていた。しかしウィスキーが及ぼす唯一の影響は、不幸が始まって以来、マクティーグの中で徐々に育ってきた邪悪で底意地の悪い性質を悪化させることだった。同僚の荷運び夫を脅したりすることもあったが、彼らとて屈強な男たちではあったのだ。乱暴なことばひとつで、あるいはピアノを積むときにへたな動きをしたり、不機嫌な視線や小声の罵りを向けられたりすると、歯科医は肘を曲げ、手を木槌のようなこぶしに固めるのだった。しばしばその後、一撃が襲ってくるのだが、それは桁外れの力がこもっており、シリンダーを跳躍するピストンのような速さだった。

　トリナへの憎しみは日に日に募っていった。これからトリナを目の前で踊らせてやるのだ。俺が捕まえるまで待っていろよ。あの女は俺を飢え死にさせようとしたんだ、そうだろ？　トランクの底に五、〇〇〇ドルも隠しながら、俺を門前払いにしやがった。いつの日か思い知らせてやるからな。俺のことを馬鹿にしやがって。もうそんなことはさせないからな。絶対に躍らせてやる――絶対にな。マクティーグは生まれつき想像力の豊かな男ではなかったが、幾夜も目を覚ましたまま、なかなか回らぬ頭をアルコールで鞭打って急ぎ回転させ、妻を打ち据えるところを想像するのだった。やがていきなり怒りの発作に襲われ、全身をぶるぶる震わせ、ベッドをごろごろ転がりながらマットレスに噛みつくのである。

その年のクリスマスが終わった次の週あたりのある日、マクティーグは楽器店の最上階にいた。そこは中古の楽器が保管されているところで、古いピアノをいくつか動かし、配置を変える手助けをしていたのだ。カウンターのひとつを通りすぎようとしたとき、マクティーグは急に立ち止まり、妙に懐かしさを覚える物体に目を奪われた。

「おい」マクティーグは担当の店員に呼びかけて聞いてみた。「おい、これはどこから買ってきたんだ?」

「ええと、ちょっと待てよ。これは確か、ポーク・ストリートの中古屋から買ったものだな。なかなか上等な楽器だよ。ストップに下手な修理跡があったし、ワニスもついていたんだが、新品同様に整備したんだ。かなりいい音を出すんだ。見てなよ」そして店員はかつてマクティーグのもち物だったコンチェルティーナから長く朗々と響く物哀しい音を弾いて見せた。

「これは俺のだ」歯科医は唸るように言った。

店員は笑った。「一一ドル払えばお前のだよ」

「俺のだ」マクティーグは言い張った。「これがいるんだ」

「馬鹿なこと言うなよ、マック。いったいなんのつもりだ?」

「これは俺のだと言ってるんだ。俺のもち物だったんだ。お前にこれをもつ権利はない。これは盗まれたものなんだ。俺が言ってるのはそう言うことだ」マクティーグは陰気な怒りをその小さな目に燃え上がらせて、そうつけ加えた。

店員は肩をすくめ、コンチェルティーナを上の棚に置いた。

「じゃあボスにそう言ってみなよ。俺には関係ないことだからな。買いたいっていうんなら一一ドルだ」

歯科医は前の日に給料の支払いをしてもらっていたので、そのとき財布には四ドル入っていた。マクティーグはその金を店員につかませた。

「ほら、これが前金だ。おい——あのコンチェルティーナを俺のために取りよけといてくれ。一週間かそこらで残りの金をもってくるから——いや、明日にはもってくる」マクティーグは急にある考えを思いついてそう大声で言い放った。

マクティーグは自分のコンチェルティーナがないのがひどく寂しかった。日曜の午後、仕事がないときにはいつも、楽器店の奥の小さな部屋で、スプリングのきかないベッドに仰向けに寝転がっているのが常であった。上着も靴も脱ぎ捨て、新聞を読み、ピッチャーからスチーム・ビールを飲み、パイプを吸うのだった。しかしもはやあのコンチェルティーナで六つの物哀しい曲を演奏することはできないのだった。それは大きな喪失であった。よくあの楽器がどこに行ってしまったのだろうと考えていたのだ。疑いもなく、自分の命運が徹底的に尽きてしまう中で、もうなくなってしまったのだ。一度など、歯科医は楽器店に保管されている山の中から適当なコンチェルティーナをもちだしたこともあった。日曜日のことで、周囲に誰もいなかったのだ。しかしそのコンチェルティーナを演奏することはできなかった。ストップが自分には理解できない方式で配列されていたのだ。

しかし今や自分のコンチェルティーナが手元に戻ってきたのだ。買い戻せばいいのだ。店員に四ドルつかませた。

残りの七ドルをどこで手に入れればいいか、彼にはよくわかっていた。

店員はコンチェルティーナがポーク・ストリートの中古店に売られたものだと言っていた。トリナが売ったのだ。マクティーグにはわかっていた。トリナが俺のコンチェルティーナを売った――俺から盗んで売ったのだ――俺のコンチェルティーナを。俺の大事なコンチェルティーナを。俺が生涯もち続けていたものなのに。カナリアを別にしたら、マクティーグが自分のもち物の中でこれほど大切にしていたものはほかにひとつもなかった。《ロレンツォ・ディ・メディチとその宮廷》を描いた鉄版画はなくなってもいいだろう、炻器《せっき》製のパグも手放してかまわない。だがあのコンチェルティーナは！

「あの女が売ったのだ――俺から盗んで売ったのだ。たまたま俺がもって出るのを忘れただけなのに。まあいい、思い知らせてやるからな。買い戻す金をよこすか、さもないと――」

マクティーグの怒りは内側に大きく膨れ上がった。トリナへの憎しみが、寄せては返す大波のように舞い戻ってきたのだ。あの小さな取り澄ました口が、紺く青い目が、黒々とした髪が、上を向いた顎が、目に浮かぶようだった。そしてそのせいで余計に憎しみが増すのだった。いいだろう、今に見てろよ。目の前で踊らせてやるからな。七ドルをあの女から奪い取るのだ。さもないとただでは済まさないからな。その日マクティーグは仕事をやりとおした。重いピアノをもち上げ、引っ張り、巻き上げクレーンのように軽々と運びながら、時間に自由の利く夜の訪れが待ち遠しくてならなかった。ちょっとでも空き時間ができるたびに通りまで下りて行き、一番手近の酒場でウィスキーの小グラスを一杯ひっかけた。楽器店の上の階で、ウィスキーが頭の中でぐるぐると回っている状態で、なかなかいうことを聞かず、動こうとしない黒檀や紫檀やマホガニーの巨体と必死になって格闘していると、しょっちゅうマクティーグはぶつぶつとつぶやくのだった。

「俺はこんな仕事をさせられるのに。俺は馬車馬みたいに働かされるのに、あの女は家でストーブのそばに座って金を数えているんだ――しかも俺のコンチェルティーナを売りやがった」

六時になった。マクティーグは夕食もとらずに、またウィスキーを飲んだ。短い時間でたて続けに五杯も飲んだのだ。夕食のあと、ピアノの「リサイタル」が開かれることになっていたオッド・フェロウズ〔第十三章で既出〕の集会所までコンサート用のグランドピアノを配達するのに荷馬車で出かけなければならなかった。

「一緒に戻らないのか？」ピアノを所定の位置まで運んだあと、荷運び夫のひとりが御者席によじ登ってからそう聞いてきた。

「いや、戻らない」歯科医は返事をした。「ほかにちょっとした用事があるんだ」市役所のそばにある酒場のぎらぎらする光がマクティーグの目をとらえた。もう一杯だけウィスキーを飲むことにした。八時ごろになっていた。

次の日は幼稚園でクリスマスと新年をあわせて祝うお祭りが開かれる予定であった。その日の午後はずっと、パシフィック・ストリートの小さな二階建ての建物には、幼稚園の役員会の偉いご婦人方が詰めかけ、常盤木《ときわぎ》のリースやヒイラギの小枝を吊るしたり、教室に輪を作り、その中央に立てた大きなクリスマス・ツリーに飾りつけをしたりした。建物中が、刺すような松の木の香りで満ちあふれていた。トリナは早朝からずっと忙しく立ち働き、いろんな人からひっきりなしに呼ばれては出たり入ったりし、鋲打ちハンマーがもうひとつ必要だと言うので通りまで走って買いに行ったかと思えば、常盤木のリースをつなぎ合わせ、脚立で慎重にバランスをとって立っている偉いご婦人に渡したりするのだった。夕方まですべて準備が整った。最後の偉いご婦人が幼稚園を出るとき、トリナがよく働いてくれたからと、余計に一ドル渡して、こう言った。

「さあ、ここのあと片づけをすませたら、もう今日のお仕事はおしまいですよ、マクティーグさん。松の葉を掃いて——ほら、床中に散らばってるでしょ——部屋を全部見て回って、すべて片づけてちょうだい。おやすみなさい——よいお年をね」その女性は、出て行きながらそう愛想よく声をかけた。

トリナはほかのことをする前にその一ドルをトランクの中にしまい込み、ちょっとした夕食を作った。それからまた下の階に降りてきた。

幼稚園はさほど広くなかった。下の階には二部屋しかなかった。大教室のほかにもう一部屋、それに子どもたちが帽子やコートをかけるとても小さなクロークルームである。このクロークルームは大教室の裏から入れるようになっていた。トリナはこの両方の部屋を、何か問題がないかと見て回った。日中、ひっきりなしに人が出入りしていたので、最初にやるべきなのは床を磨くことだと判断した。また上の階の自分の部屋に戻り、石油ストーブでお湯を沸かし、それから階段を下りて懸命に仕事にとりかかった。

九時までには教室をほとんど拭き終えていた。石鹸水が湯気を上げてぬかるみを作っている中に両手両膝をついて作業をしていた。足には男物の靴をバックルで留めていた。水で湿った汚いコットンの作業着は、トリナの不格好に痩せこけた身体にまとわりついていた。時折この姿勢がつらくなり、しゃがんで休んだりもした。手はお湯につかって白くふやけ、湯気を放っていたが、その手ですでに灰色のものが混ざりつつある髪を払いのけたりもした。そうしないと干からびた青白い顔にかかり、口の端に入ってくるのだ。

とても静かだった。かさのついていないガス灯の炎は、あたりをむき出しの露骨な光で照らしだしていた。敷地内に住みついた猫が、濡れるよりも汚い方がいいのだと言わんばかりに石炭入れの中に入り込み、その縁越しにトリナの方を見ながら、眠そうに長く満足げな鳴き声を上げた。

突然、猫が鳴くのをやめたので、急に水の流れをせき止めたかのように、唐突にあたりに沈黙が訪れた。しかしその目はどんどん大きく見開かれていき、こんもりとした黒い毛皮の中で黄色くきらめく二つの円盤となった。

「誰なの？」トリナはしゃがんでそう叫んだ。続く静けさの中、水がトリナの手から時計が正確にときを刻むようにぽたぽたと落ちた。そして乱暴なこぶしが、教室の通りに面したドアを急にぱっと開き、マクティーグが入ってきた。酒に酔っていた。ただし愚鈍で涙もろく、足がふらつくような類の酔い方ではない。抜け目なく、不自然なほど頭の回転が早まり、敵意をむき出しにし、完璧に落ち着き、致命的に邪悪な酔い方であった。トリナはマクティーグの姿を一目見るだけで十分だった。その瞬間、その場の状況から生まれた奇妙な第六感によって、自分がこれからどうなるのかを悟った。

トリナは飛び起きてマクティーグから小さなクロークルームに逃げ込んだ。中に入るとドアに鍵をかけ、かんぬきを下ろした。そして体重をかけてもたれかかってドアを押さえた。息は喘ぎ、身震いが止まらない。マクティーグに対する恐怖で全身の神経が委縮し、ぶるぶる震えた。

マクティーグはその外でドアのノブに手をかけ、それを開いた。鍵もかんぬきのガードもちぎれ飛び、トリナはよろめきながらクロークルームの真ん中まで転がった。

「マック」トリナは夫が近づいてくると、叫び声を上げた。そしてものすごい速さで話しかけ、身を縮こまらせて両手を前に突き出した。「マック、聞いて。ちょっと待って……お願い……お願いだから。わたしのせいじゃないの。お金をあげるから。また戻ってきていいわ。あなたの望むとおり、なんでもするから。お願いだからわたしの言うこと、聞いて。ああ、やめて！　わたし、叫び声を出すわよ。声が出ちゃうの、わかるでしょ。人に聞かれるわよ」

マクティーグはゆっくりとトリナに近づいていった。並外れた大きさの足を引きずり、床をこすっていた。巨大なこぶしは、木槌のように硬く、それを身体の脇で振り回していた。トリナはあとずさり、部屋の隅まで追いつめられると、マクティーグの前で身をすくめ、顔の前で肘を曲げ、恐怖で注意を一点に集中し、夫を凝視しながらいつでもよけられるように待ち構えた。

「あの金をよこせ」マクティーグはトリナの前で立ち止まってそう言った。

「なんのお金？」トリナは叫んだ。

「あの金をよこせ。お前がもってるんだろう――あの五、〇〇〇ドルだ。最後の五セント《ニッケル》まで残らずよこせ！　わかったか？」

「もってないわ。ここにはないの。オールバーマン叔父さんのところにあるのよ」

「嘘をつくな。お前が来て全部引き出していったと言ってたぞ。今までもってたんだから十分だろう。次は俺がもらう番だ。聞いてるのか？」

「マック、あのお金はあげられないの。わたし……あなたにはあ、あげないいわ」トリナは突然覚悟を決めてそう叫んだ。

「いや、よこすんだ。最後の五セント《ニッケル》まで俺によこすんだ」

「いや、いいやよ」

「今度ばかりは俺を馬鹿にしたままでは済まさないからな。あの金をよこせ」

「いいやよ」

「最後にもう一度聞くぞ、金をよこすのかよこさないのか？」

「渡さないわ」

「渡さないというんだな？　俺にはよこさないんだな？　これが最後だぞ」

「いやよ、渡さない、いい」

　普段、歯科医の動きは緩慢だったが、今はアルコールが猿のような俊敏さをこの男の中に目覚めさせていた。小さな鈍い目をトリナに向けたまま、はじけたばねのような勢いで、唐突にこぶしをその顔のど真ん中に打ち下ろした。

　恐怖で正気を失い、トリナは身体の向きを変えてマクティーグに歯向かった。みじめな人生ではあったがなんとか助かろうと、追い詰められた猫が怒りに任せて力を尽くすように、抗った。あまりに勢いよく、あまりに半狂乱の、不自然なばかりにほとばしり出た力のせいで、さすがのマクティーグもちょっとのあいだ、引き下がった。しかしトリナの抵抗も、マクティーグの凶暴さをとことんまで駆り立てることにしかならなかった。もう一度トリナの方に戻ってくると、マクティーグはその目をふたつの鋭くきらめく点にまで縮め、巨大なこぶしを指のつけ根が白くなるまで握り締め、頭上に振り上げた。

それからその後はなんともおぞましい事態になった。

外の教室では、石炭入れの陰で猫がずっと聞き耳を立てていた。足を踏み鳴らし、暴れ回る音、殴打のくぐもった音。狂ったように怯えた目は真鍮のドアノブのように大きく見開かれていた。ついに、いきなり物音がやんだ。それ以上は何も聞こえてこなかった。やがてマクティーグが出てきてドアを閉めた。猫はマクティーグが教室を横切り、通りに面したドアの向こうに消えていくまで、見開いた目でその姿を追った。

歯科医は歩道に出ると一瞬立ち止まり、左右に目を走らせて通りを注意深く見渡した。人気《ひとけ》はなく、静かだった。マクティーグは素早く右に曲がり、狭い通路を駆け下りて幼稚園の背後の狭い中庭に入った。トリナの部屋にはろうそくが燃えていた。マクティーグは外の階段を上がって部屋に入った。

トランクは部屋の隅で鍵のかかったまま置いてあった。歯科医は小さな石油ストーブからリッドリフター（蓋をひっかけてもち上げる棒）を取り上げ、鍵の留め金の下に差し込んでこじ開けた。積み上げられた服の下を探り、マクティーグはシャモア革の袋と小さな真鍮のマッチ箱、そして一番底の隅の方に慎重に押し込まれたキャンヴァス地の大袋を見つけた。大袋には口の辺りまで二〇ドル金貨が詰め込まれていた。マクティーグはシャモア革の袋とマッチ箱の中身を全部ズボンのポケットにねじ込んだ。しかしキャンヴァス地の大袋は服の中に隠すにはあまりにもかさばる大きさだった。

「お前だけは普通にかついで行かなきゃならんようだな」マクティーグはそうつぶやいた。そしてろうそくの火を吹き消し、ドアを閉めてもう一度通りに出ていった。

歯科医は街を横断し、楽器店に戻った。十一時を少しすぎたころだった。その夜は月も出ていなかったので、見渡す限り四方八方から一度に注ぎ込むかすかな明かりが、灰色の霞のようになってあたりを満たしていた。時折、通りの角に差し掛かると、南東の風がいきなり破裂したように吹き込んだ。マクティーグは歩きながら、突風に向かって頭を斜めにし、縁無し帽《キャップ》を飛ばされないように気をつけながら、脇にしっかりと大袋をかついでいた。そして一度、空を見上げたかと思うとじっと観察した。

「明日はきっと雨だ」マクティーグはそうつぶやいた。「この風が南に向きを変えたらな」

いったん楽器店の奥の小さな住処に戻ると、マクティーグは両手と前腕を洗い、作業着を着た。ブルーのオーバーオールとジャンパー、その下には安物のズボンとチョッキという格好だった。それからほんのわずかのもち物をかき集めた――古いキャンペーン・ハット〈縁が広く、くぼみが四つあるフェルト帽〉、ブーツを一足、たばこの缶、そしてピンチベック〈銅と亜鉛の合金で金（きん）のイミテーションとして用いられた〉のブレスレットは日曜日にゴールデンゲート・パークで拾ったもので、値打ちのあるものだと信じ込んでいたのだ。マクティーグはベッドから毛布を引きはがし、その中にすべての品を、キャンヴァス地の大袋と一緒に巻き上げ、それを鉱夫がよくやるように一重結びにして留めた。かつての荷車係をしていたときの感覚が、目下の知性の混乱に際してよみがえってきたのだった。そしてパイプとナイフを――黄色い骨の柄のついた巨大なジャックナイフ――をオーバーオールのポケットに入れ替えた。

それから最後に手をドアに置いたまま立ち止まり、火を消す前にランプをもち上げ、もう出て行っても大丈夫かどうか確かめようと部屋を見回した。揺れ動く光のせいでカナリアが目を覚ました。身動きをし、弱々しくさえずり始めた。いきなり起こされてひどく眠そうで不機嫌だった。マクティーグはびっくりしてカナリアを見つめ、しばらく考えていた。次に誰かが部屋に入ってくるまでにはずいぶん時間がたっていることだろうと確信していた。カナリアは何日も餌をもらえないだろう。きっとこの小さな金メッキの牢獄の中で時々刻々と飢えていき、死んでしまうだろう。マクティーグはカナリアを連れて行くことに決めた。かごを下ろし、巨大な手で優しくなでた。そして厳しい夜風から小鳥を守ってやろうと、大袋を二枚結んで覆いにした。

それからマクティーグは外に出て、すべてのドアに鍵をかけ、フェリー乗り場の方に向かった。船は何時間も前に運航を終えていたが、四時まで待てば朝刊を運ぶタグボートに乗ってサンフランシスコ湾を渡ることができるだろうと考えたのだ。

＊

トリナは意識を失って横たわっていた。マクティーグの最後の一撃で倒れたときのままだった。身体は時折しゃっくりがでてびくっと動き、その都度、トリナが下向きに顔を漬けたままでいる血だまりが揺れ動いた。朝方、立て続けにしゃっくりが連続したかと思うと、トリナは死んだ。その音はまるで時計仕掛けの機械が動きを止めるときの音に似ていた。

事件は幼稚園の園児たちが帽子やコートをかけるクロークルームで起こったのだった。そこには大教室を通りすぎる以外に入り口はなかった。マクティーグは出ていくときにクロークルームのドアを閉めていったが、通りに面したドアは開けっ放しだった。なので子どもたちが朝、幼稚園に着いたとき、いつもどおりに入ってきたのだった。

八時半ごろ、二、三人の五歳児が、ひとりは黒人だったが、幼稚園の教室に大声でしゃべりながら入ってきた。そして教室を横切ってクロークルームに行き、普段そうするようしつけられているように、帽子とコートをかけようとした。

部屋の真ん中まで来たとき、ひとりが立ち止まって、その小さな鼻を上に向け、叫んだ。「うーん、なんか変なにおいがするう！」ほかの子どもも同じようににおいを嗅ぎ始めた。そしてひとりが、この子は肉屋の娘だったのだが、大声を出した。「パパのお店みたいなにおいだ」そしてもう一度においを嗅いでつけ加えた。「ねえ、あの猫ちゃん、どうしたのお？」

確かに猫は奇妙な行動をとっていた。床にぴったりと身を伏せ、鼻を小さなクロークルームのドアの下の隙間にぎゅっと押しつけていたのだ。そして尻尾をゆっくりと前後にゆすっていた。興奮し、何かを求めているらしかった。たまに顔を上げ、喉の奥の方で奇妙な舌鼓を打つような小さな音を出すのだ。

「変じゃないー？」また小さな女の子が言った。子どもたちが近づくと、猫はこそこそと足早に立ち去った。それから女の子の中で一番背の高い子が小さなクロークルームのドアを思い切り勢いよく開け放ち、皆でなだれ込んでいった。

第二十章

その日はひどく暑かった。真昼の静けさが、まるで目に見えない液体が音もなく流れ込むように、峡谷の切り立った断崖に囲まれて、息苦しいほど濃厚に垂れ込めていた。時折、虫の羽音があたりを貫いたかと思うと、ゆっくりと消えてゆき、ふたたび静寂へと戻っていった。いたるところに刺すような強い香りが漂っていた。とてつもなく広い範囲によどむ熱が、周囲の茂みから数え切れないほどのにおいを抽出しているようだった——生暖かい樹液、松の葉、タール革などのにおいや、とりわけマンサクの葉のようなにおいである。見渡すかぎり、無数の木やツツジの低木が静かに身動きすらすることなく、いたるところに野放図に生え育っていた。とてつもない勢いで、計り知れない命の力が、倦《う》むことなく天に向けて伸び上がろうとしていた。物音ひとつたてずに、動くことすらなく。道路が周囲の木々より高くなったところで折れ曲がると、はるか遠くで折り重なる峡谷が姿を現した。大地に走る巨大な溝は、遠くにあっては濃紺に映り、ジグザグに走っていた。その深海のような静かで茫洋《ぼうよう》たる威容は、桁外れの原初的なエネルギーが凝縮するさまを窺わせた。麓はどっしりと重々しく広がり、峰は細かいギザギザの稜線となって突き出し、松や赤杉が無数の梢《こずえ》を突き上げて、高く白い地平線がその輪郭を際立たせていた。あちこちで山々が狭い川床から身をもたげ、寄り集まっているさまは、まるで水を飲んだばかりの巨大なライオンが頭をもたげているように見えた。この地方一帯はまったく人の手が入っていなかった。ミシシッピ川の東側なら、愛想のよい主婦みたいに、居心地がよく親しげでこぢんまりとした家庭的な自然というものもあった。しかしカリフォルニア州プレイサー郡では、自然は広大であり、鮮新世〔一千万年前から二百万年前の時代〕以来、手なづけられることのなかった野獣であり、凶暴で気難しく、人間の営みになどまったく配慮する気もなかった。

　しかしこの山々にさえ、人はいた。まるでマンモスの毛皮にたかる蚤のように、頑なに山に格闘を挑み、ときに水圧採鉱「モニター」〔砂礫層を掘削するために圧力水を噴出させるノズル〕を使い、ときにドリルやダイナマイトを使い、山の生命力を求めて掘り抜き、あるいは山腹を剝ぎ取って巨大な黄色い砂利の傷を残し、その生き血を吸って金《きん》を搾り取ろうとするのだ。

　あちこちで長い距離をあけて、谷の側面に採掘坑の巻き上げ櫓《やぐら》が突き出し、ペンキも塗っていない小屋がいくつかそれを取り囲んでいる。その上ではいつ絶えることなく黒煙がたなびいている。すぐ近くでは砕鉱機が、岩石破砕機が、飽くことを知らぬ怪物が、長く尾を引く轟音《ごうおん》を響かせ、長い鉄の歯で岩を嚙み砕き、粉末にまですりおろし、また吐き出すと、水気を含んだ灰色の泥になって細く流れていく。その巨大な口には、荷車係が運んでくる積み荷が四六時中詰め込まれ、砂利と一緒に頰張っては黄金を吐き出し、顎で岩を砕いては、いわば大地のはらわたをむさぼって腹を満たすのだ。そして終わることのない食事をしながら唸り声を上げるその様子は、まるで野蛮な獣、伝説の巨竜、神話の野獣さながら、並外れた桁違いの貪欲を象徴するかのようであった。

　マクティーグはコルファックス〔ゴールドラッシュの際に金鉱採掘地までの補給地として栄えた町〕でオーバーランド鉄道〔オーバーランド急行のこと。第五章で既出〕を降り、同じ日の午後にはコルファックスとアイオワ・ヒル〔一八五一年から五二年ごろ、アイオワからやって来た採掘者がこの地で金鉱を発見したことからこの名がついた。多くの鉱山が栄えたが、その中でもビッグ・ディッパー鉱山は最も有名なもののひとつ〕を結ぶ駅馬車に乗って八マイル〔一二・二キロメートル〕に渡って山を越えた。アイオワ・ヒルは通りが一本しかない小さな町で、その地方の鉱山の中心地となっていた。もともとは山の頂上に作られたのだが、この山の側面はもうずっと前に「水圧採鉱」で削られており、今や町は山の背骨にしがみついているようなものであり、通りの両側に立ち並ぶ家の裏窓から外を眺めると、切り立った断崖絶壁の向こうに何百フィートもの深さにまで掘り下げられた採掘場を見下ろすことになるのである。

歯科医はアイオワ・ヒルで一晩宿泊し、次の日の朝には徒歩で山々の奥深くに踏み込んでいった。いまだにブルーのオーバーオールとジャンパーを着ており、ウールの縁無し帽《キャップ》を目深にかぶっていた。鋲打ちブーツはコルファックスの商店で買ったものだった。筒状に巻いた毛布を背中に担ぎ、左手には麻布で包んだ鳥かごを揺らしていた。

町を出てすぐ、マクティーグは急に何かを思い出したように立ち止まった。

「道のこのあたりにけもの道《トレイル》があるはずだ」マクティーグはつぶやいた。「確かけもの道《トレイル》ができてたんだ――そこを通ると近道ができるんだ」

次の瞬間、その場を動くことすらなく、そのけもの道《トレイル》が自分の目の前に口を開けているのが見えた。直感的にぴったりの場所に立ち止まったのだ。けもの道《トレイル》はジグザグに折れ曲がりながら、険しい坂道になっており、峡谷から砂利だらけの川床に降りて行った。

「インディアン川だ」歯科医はつぶやいた。「思い出してきたぞ――確かに覚えている。この辺でモーニング・スター砕鉱機の音が聞こえてくるはずなんだ」そう言って頭を傾けた。遠くの滝のような、低く、長く引き伸ばされたとどろきが川の向こうから漂ってきた。「やっぱりだ」歯科医は満足げにそう言った。そして川を渡って向こう岸の道に入った。道は徐々に登り始め、しばらく歩いているとモーニング・スター砕鉱機が煙を吐きながら巨大な音をたてている横を通りすぎた。マクティーグは休むことなく歩き続けた。道は山を登るにつれて急な上り坂になり、大きな樫が一本立っているところで急角度に折れ曲がり、四分の一マイル〔四〇〇メートル〕近く平坦になった。それから二度も歯科医は道を離れ、けもの道《トレイル》をたどって、放置された水圧採鉱の立て坑を通りすぎた。どこを探せばこのようなけもの道《トレイル》が見つかるか、正確にわかっていた。一度たりとも直感は裏切らなかった。かつて知っていた目印を見つけると、すぐにわかった。ここがコールド・キャニオンだ。冬だろうが夏だろうがお構いなしに冷たい風が吹くのだ。ここがスペンサーの店に行く分かれ道だ。ここが以前、バシーの家があったところだ。昔はあんなにたくさん犬がいたのに。ここがデルミューの小屋だ。密造ウィスキーを売ってたんだ。ここには橋代わりに厚板が渡してあった、ひとつだけ腐った板があった。ここのつつじがぼうぼうに生えた野原で昔、鶉《うずら》を三羽も仕留めたんだ。

正午、もうかれこれ二時間くらい歩き続けていたが、道が急激に下降する場所で立ち止まった。少し右手には道に接して巨大な黄色い砂利坑が、空っぽの湖のように天に向けてぽっかりと口を開けていた。もっと向こうに目をやると、遠くの方に谷がジグザグに地平線の方に向かっており、松に覆われた山の頂でギザギザになっている。もっと近くには、道と同じ方向にペンキの塗られていない小屋が不規則に立ち並んでいる。単調でまのびのしたとどろきがあたりの空気を震わせていた。マクティーグはさも満足げにうなずいた。

「ここだ」彼はつぶやいた。

そしてもう一度筒状に巻いた毛布を肩に担ぎ、道を降りていった。そしてようやく、立ち止まった。目の前には低い一階建ての建物があったが、周囲のほかの建物と違ってこれだけペンキが塗られていた。建物の周囲にはポーチがついていたが、蚊よけのネットで覆われていた。マクティーグは巻いた毛布を材木の山の上に放り投げ、開きっぱなしのドアに歩み寄ってノックをした。中から誰かが入るようにと促した。

マクティーグは中に入り、きょろきょろとあたりを見回して、最後にここにいたときから何が変わったか確認した。前は小さな部屋がふたつあったのが、今は仕切りがつぶされて大きな部屋がひとつになっている。ドアの内側にはカウンターと手すりがあった。壁には電話が取りつけられている。マクティーグは部屋の一角に測量技師の用いる道具類が積み上げてあるのにも気づいた。部屋の一方の壁を占めていたのは細長い脚のついた大きな製図板で、何かの機械の図面が、間違いなく採掘坑の図面であろうが、製図板に広げられていた。多色石板刷りの絵は耕した畑に立つふたりの農民夫婦を描いており（ミレーの《晩鐘》である）、額縁にも入れないで壁に釘づけにされていた。その四隅のひとつを固定する釘からもうひとつぶら下げられていたのは、金塊袋と弾薬帯で、弾薬帯のポケットには弾の入ったリヴォルヴァーが入れてあった。

歯科医はカウンターに歩み寄り、そこに肘を載せた。部屋には男が三人いた――背の高い痩せた若者は、びっくりするほど白くなった髪がぼうぼうに伸びており、生まれたばかりのグレートデーンの子犬と遊んでいた。別のひとりも同じくらい若かったが、マクティーグと同じくらい顎がとがっており、凸版印刷機を使って手紙のコピーを作っていた。三人目の男はほかのふたりよりちょっと年上で、転鏡儀《トランシット》をさわって時間をつぶしていた。この男はがっしりとした体格で、オーバーオールを着て浅い靴を履いており、どちらも灰色の泥で、筋やしみや点がいたるところにこびりついていた。歯科医はその三人をゆっくりと順に見回し、そしてやっと口を開き、「親方はいるか？」と聞いた。

泥だらけのオーバーオールを着た男が進み出た。

「なんの用だ？」

ことばには強いドイツなまりがあった。

昔から変わらぬ決まり文句がたちまちマクティーグにもよみがえってきた。

「仕事はあるか？」

途端にドイツ人の親方はほかのことに気をとられたふりをし、窓の外をあてもなく眺め始めた。沈黙が広がった。

「げいげん、あるが？」

「ああ、あるよ」

「づるはしとシャベル、づがえるが？」

「ああ、使えるとも」

親方はまだ満足できない様子だった。「お前、『ジャック坊や』[019]が？」

歯科医はにやりと笑った。コーンウォール人に対する偏見もよく覚えていた。

「違う。アメリカ人だ」

「鉱夫はじめでどれぐらいだづ？」

「そうだな、一年か二年ってとこかな」

「りょうでを見せろ」マクティーグは硬くなってマメだらけの手のひらを見せた。

「いづがらはだらげる？　夜ぎんでチャック〈ドリルを押さえる装置〉の操作をまがしだいんだが」

「チャックも扱えるよ。今夜から始めてもいい」

「名前はなんだ？」

歯科医はぎくりとした。このことをあらかじめ考えておくのをすっかり忘れていたのだ。

「はあ？　名前？」

「名前はなんなんだ？」

ふとマクティーグは机からぶら下がっている鉄道会社のカレンダーに目を止めた。これ以上考える時間はなかった。

「バーリントンだ」マクティーグは大きな声でそう言った。

ドイツ人はファイルからカードを抜きだして、その名を書き留めた。

「ごのガードをむごうのしゅぐはぐ所にいる飯場頭にわだす。そしでろぐ時にドリルのどごろで俺をさがせ。そごでしごどにづげでやる」

伝書鳩《ばと》のようにまっすぐに、盲目的で理屈を超えた直感に従い、マクティーグはビッグ・ディッパー鉱山に戻ってきたのだ。ものの一週間もたたないうちに、今まで一度もこの場所を離れたことがないかのような気分だった。これまで中断していた生活を、まさにまったく同じところから再開したのだ。飯場《はんば》の近くにテントを張っていた詐欺師まがいのあの旅回りの歯科医についていけといって、母親に送り出されたあの日に中断したままになっていたあの生活を。マクティーグがかつて住んでいた家はまだ同じ場所にあった。今は班長のひとりが家族と一緒に住んでいた。歯科医は採鉱場への行き帰りにその家の前を通るのだった。

　マクティーグ自身は同じ班の仲間三十人ほどと一緒に飯場に寝泊まりした。夕方五時半になると宿泊所の料理人が食事時間を知らせた。宿泊所の玄関にぶら下がっている、トライアングルの形に折り曲げた金てこを叩くと長々と音が響き渡るのだ。するとマクティーグはベッドから起き、服を着て、ほかの班の仲間と食事をする。そして各自に弁当箱も支給された。その後、坑道の入口に向かうと、鉱石を運び出す荷車の列が待機している。その一台に乗り込んで、採鉱場まで引いて行かれるのだ。

　一度坑道に入ると、熱い午後の空気は湿った冷気に変わり、森のにおいはダイナマイトの煙が放つ、ゴムが焼けるような嫌なにおいにとって代わられる。マクティーグの口からは白い息が立ち昇った。足元では車輪の周囲で水が跳ね、波をたて、鉱夫のろうそくの光が天井や壁のくすんだ色の、もろい鉱石に当たり、淡黄色の揺らめきをおぼろに映し出した。時折マクティーグは頭をかがめ、天井の堰板《せきばん》〔土崩れを防止するために支柱のあいだに差し込む板〕や頭上にぶら下がっている降ろし樋の突き出た部分にぶつからないようにした。列がガタゴトと進んでいくあいだ、いたるところで荷車から荷車へと、鉱夫たちは互いに呼び交わし、冗談を言ったり笑ったりしていた。

　入り口から一マイル〔一・六キロメートル〕ほど入ったあたりで、荷車の列は採掘場に到着し、そこでマクティーグら一団は仕事をするのだ。男たちは荷車から降り、昼勤の連中が終えたところから仕事を引き継ぎ、原初の川床を着実に掘り進めていくのだ。

砂礫層《されきそう》の割れ目に突っ込んだろうそくが、作業をする六人ばかりの男の姿をおぼろげに照らし出す。みな汗と水けを帯びた灰色の壌土で汚れている。ゆるんだ砂礫につるはしを突き立てると、柔らかい手ごたえを感じる。柄の長いシャベルを積み上がった大きな岩に打ち込むと、カチンという音が鳴って鈍い色のかけらがはがれ、もろい鉱石の山ができていく。バーリー削岩機〔圧縮空気を用いる削岩機〕が爆薬を入れる穴を穿つ不規則なチャッ、チャッ、チャッ、チャッという音がときどき起こったかと思うと、採鉱場から水を汲《く》みだすポンプが、短い間隔をあけながら、咳き込んだり窒息したりするような音を鳴らしている。

マクティーグはチャックを操作していた。それはバーリーを操る男の助手のような仕事であった。バーリーのドリルを交換するのが仕事であり、穴が深くなればなるほど長いドリルをつけなければならない。たまにドリルが挟まって動かなくなったり、動きが鈍くなったりすると、ポール・ピック〔つるはしの一種〕でドリルを叩いて動かした。

マクティーグはふと思ったのだが、今やっている仕事と強制的に辞めさせられた以前の職とは、似通っているのではないだろうか。バーリー削岩機を見ていると、昔使っていた歯の切削エンジンと奇妙なほどよく似ているのだ。それに削岩機のドリルもチャックも、とてつもなく大きな鍬形エキスカベーターや硬質ドリルやバードリルみたいなものじゃないか？「パーラーズ」であんなにもしょっちゅうしていた作業と同じだ。ただ拡大され、怪物じみた、異形の、グロテスク極まりないものになっているだけであり、いわば歯科医業の奇怪な真似ごとのようなのだ。

マクティーグはこんなふうにして夜をすごした。むき出しの単純な力だけがものを言う場所で――バーリー削岩機が力強く攻撃を加え、筋肉で盛り上がり、丸めた裸の背中が激しく動き、有無を言わせず、容赦のないダイナマイトが爆発する。物言わず、膨大な、巨人のような力が、人知を超えて、ゆっくりと、坑道の天井を支える木材を軋らせ、堰板が紙のように薄くなるまで少しずつ押しつぶしていくのだ。

ここでの生活は、歯科医にとってことばに言い尽くせないほど楽しかった。まるで放蕩《ほうとう》息子が故郷に帰ってきたかのように、静かで巨大な山々が迎え入れてくれたのだ。気づかぬままに、理由もわからず、山々の影響に屈し始めたのだ――山の広大さ、そのとてつもない、むき出しで盲目的な力強さが、マクティーグの内側になんの飾りもないまま潜んでいた巨大で力強く、野蛮な性質に反映されていったのだ。しかもマクティーグは夜にしか山を見ていなかったのだ。山は昼間に見るのと全然違って見えた。十二時になると採鉱場から外に出て、軌道の脇の土手に座り、弁当箱をあけてランチを食べる。雄牛のように絶え間なく周囲をきょろきょろ見ながら両手で食べるのだ。山はあらゆる方向で険しく切り立っていて、巨大な峰を夜に向けて高々と突き上げている。その黒々とした山頂は、頭上で互いに身を寄せ合い、獣というよりはどちらかというと頭巾をかぶった巨人が寄り集まっているかのようだった。昼間に見ると、山はおとなしかった。しかし夜になると山は身動きをし、起き上がるのだ。たまに砕鉱機が止まると、そのとどろきが唐突に鳴りやむ。すると山が生きて生活をするのにたてる物音が聞こえてくるのだ。谷間から、寄り集う頂から、あたりの広大な景色全体から、やむことのない長々と続く物音が、四方から一度に聞こえてくるのだ。絶え間なく響くくぐもった遠吠えが、あらゆる巨体から、海から、街から、森から、眠っている軍隊から、解き放たれるのだ。それは果てしなく巨大な怪物が活発に脈打ちながら、息づいているかのようであった。

マクティーグは仕事に戻った。朝の六時に夜勤の班が休みになり、坑道から出て飯場に戻った。昼のあいだじゅう、においの染みついた毛布に身体を投げ出して眠った――疲れ切って夢も見ずに眠り、前の日の仕事でくたくたになって打ちひしがれ、腹ばいのままべったりと身動きもできないのだった。夕方になるとまた料理人がトライアングルの形に折り曲げた金てこを打ち鳴らして食事時間を知らせるのである。

週ごとに昼勤と夜勤が交替になった。二週目、マクティーグの班は日中働き、夜に寝た。この二週目の水曜日の夜、歯科医は急に目を覚ました。飯場のベッドに起き上り、端から端まで周囲を見渡した。壁のランタンの上にかかっている目覚まし時計は三時半を指していた。

「なんだったんだ？」歯科医はつぶやいた。「なんだったんだろう」班のほかの者たちはぐっすり眠っており、部屋を耳障りないびきの音で満たしていた。すべていつも通りの場所にあった。何ひとつ動かされたものはない。だがそれでもマクティーグは立ち上がり、坑道で使うろうそくに火をつけて慎重に部屋を見て回った。暗くなった部屋の隅を明かりで照らし、ベッドの下を、自分のも含めてすべて覗き込んだ。そしてドアのところまで行って、外に出た。夜は暖かく、静かだった。月はえらく低い位置にあり、ガリオン船が沈没するかのように片側に傾いていた。キャンプはひどく静かだった。誰ひとり人の姿はない。「あれはなんだったんだろう」歯科医はつぶやいた。「何かがあったんだ……どうして目が覚めたんだ？　ええ？」そう言って飯場のまわりを一周した。いつになく警戒しながら、小さな目を慌ただしくしばたたきながら、何も見逃すまいとしていた。だが何もかもが静かだった。いつも飯場の踏み段で寝ている年老いた犬ですら、目を覚ましてはいなかった。マクティーグはベッドに戻ったが寝つけなかった。

「何かあったんだ」マクティーグはつぶやいた。そして困惑したように、ベッドの脇の壁にぶら下げてある鳥かごのカナリアを見つめた。「何かが。なんだったんだ？　今も何かあるんだ。ほらまた……さっきと同じだ」マクティーグはベッドに起き上がり、目と耳をぴんと緊張させた。「なんなんだ？　さっぱりわからん。何も聞こえないし、何も見えない。でも何か感じるんだ……ちょうど今もだ。今も感じる。どういうことだ……わからん……さっぱりわからん」

マクティーグはもう一度起き上がり、今度は服まで着込んだ。そして目を細め、耳をそばたてて、集落を隅々まで見て回った。だが自分でも何を探しているのかわからないのだ。集落の外れにまで向かい、そこで半時間近くもアイオワ・ヒルの方角からこの集落につながる道を見張っていた。だが何も見えなかった。ウサギ一匹動いていなかった。マクティーグはベッドに戻った。

しかしこのとき以来、変化が生じた。歯科医はそわそわし、落ち着きを失っていった。何かに対する疑いが、それがなんであるかはわからなかったが、ひっきりなしに生じ、悩まされた。急な曲がり角では大きく外側を曲がった。頻繁に勢いよく肩越しに振り返った。服を着て帽子をかぶったままベッドに入ることもあった。夜はいついかなるときも、起き出しては飯場の周囲をうろつき、片耳を風下に向け、夜の闇を射抜くように凝視した。そして時折つぶやくのだった。

「何かがある。なんなんだ？　何が起こってるんだろう」

いったいいかなる奇妙な第六感が、このときマクティーグを突き動かしていたのか？　いかなる動物的勘が、いかなる野性の本能が、騒ぎ立て、自らの存在を知らせ、言うことをきかせようとしていたのか？　マクティーグの疑いを掻き立て、日暮れから夜明けまでのあいだに二十回も頭をもち上げ、目と耳を鋭く警戒させながら夜の闇に出ていくようそそのかしていたのは、いったいいかなる下等動物特有の能力であったのか？

ある夜、飯場の踏み段に立ち、集落の影になったところを見通そうとしていると、マクティーグはいきなり啓示が降りてきた人のような叫び声を上げた。そしてくるりと振り向いて飯場に入ると、ベッドの下から金《かね》を隠したぐるぐる巻きの毛布を引っ張り出し、壁からカナリアを下ろした。そしてドアまで大股で歩いていくと、夜の中に消えていった。プレイサー郡の保安官と、サンフランシスコから来たふたりの保安官代理がビッグ・ディッパー鉱山に到着したとき、マクティーグが立ち去ってすでに二日がたっていた。

第二十一章

「さて」保安官代理のひとりが、馬を後ろ向きに歩かせ、轅《ながえ》〔馬車の前に平行に突き出した二本の棒で、そのあいだに馬をつなぐ〕に入れた。追跡者たちはこの馬車に乗ってアイオワ・ヒルからやってきたのだ。「もうほとんど捕まえたも同然だな。どこへ行くにも鳥かごを手放さない男を追いかけるなんて、たいして難しくもないはずだ」

マクティーグはその週の金曜日と土曜日、徒歩で山を越え、エミグラント・ギャップ〔カリフォルニアがメキシコ領であったころ、合衆国からの移民が西に向けて通ったルートはカリフォルニア・トレイルと呼ばれている。その途中シエラ・ネヴァダ山脈を越えるところにある峡谷〕を渡ってオーバーランド鉄道の路線をたどった。そして月曜日の夜にはリノ〔タホ湖から三五キロメートル離れたところにあるネヴァダ州の都市〕に到着していた。徐々にぼんやりとした行動計画が、歯科医の頭の中で形を取り始めていた。

「メキシコだ」マクティーグはそうひとりごちた。「メキシコだ。そこしかない。沿岸は見張られているだろう。東部鉄道も見張られているに違いない。でもメキシコなんて誰も考えもしないはずだ」

何者かに追われている感覚は、先週ビッグ・ディッパー鉱山にいるあいだじゅうずっとマクティーグを悩ませ続けたが、それもずいぶん収まった。マクティーグは自分の頭の良さを信じて疑わなかった。

「連中を相当引き離したんだろうな」マクティーグは言った。リノでマクティーグはカーソン－コロラド鉄道線[020]を走る南行きの貨物列車に乗り、車掌車で運賃を支払った。「貨物列車は時刻表に従って運行するものじゃない」マクティーグはつぶやいた。「それに客車の車掌は乗客の顔を覚えようとするものだ。行けるところまでこの列車で行こう」

貨物列車はネヴァダ州の西部を通過しながらゆっくりと南に向かって進み、土地は刻一刻とどんどん荒れ果て、人の住む気配がなくなっていった。ウォーカー・レイク〔ネヴァダ州西部に位置する南北に一七キロ、東西に八キロメートルの湖〕を出ると、ヤマヨモギの土地が始まった。貨物列車は線路を重々しく進んでいったが、線路は目に見える熱の帯を放っていた。たまにまるまる半日も側線や貯水タンクの脇に停まっていることがあり、そんなときには機関士と助手が車掌車に戻り、車掌や乗務員とポーカーをしたりしていた。歯科医はストーブの後ろに離れて座り、次々と安たばこをパイプに詰めて吸っていた。たまにポーカーに加わることもあった。荷車係をしていたころにポーカーのやり方を教わっていたが、二、三回勝負をするとすぐにコツを思い出した。しかし大半のあいだ、マクティーグはむっつりとしてあまり交流しようとはせず、先に話しかけられない限りは自分から話しかけることもめったになかった。乗務員はこの手のタイプをよく知っていた。きっとトラッキーで貸し馬車屋の店主を「始末し」たので、南に下ってアリゾナに逃亡しようとしているのだろうという噂話が仲間内でもっぱら信じられていた。

マクティーグはある夜、制動手ふたりが停止した列車の外に立って自分の噂話をしているのを耳にした。「貸し馬車屋の店主があいつのことをクソ野郎だと言ったんだってよ。ピカチョスが言ってたぜ」とひとりが言った。「そして銃を抜こうとしたんだ。そこであいつは熊手でそいつを始末したんだよ。あいつは馬医者だったんだが、貸し馬車屋の店主が当局にタレこんで開業できないように仕向けたんだ。それであいつはそのことで恨んでたんだよ」

クイーンズと呼ばれる土地の近くで列車はふたたびカリフォルニア州に入った。マクティーグはこれまで西に向かっていた線路が、また急激に南にカーブしていくのが見え、ほっとした。列車は順調に進んでいた。時折、乗務員がブレーキレバーに捕まってタダ乗りしようとする浮浪者の集団と争ったりすることもあった。一度、列車がインヨー郡北部に入り、給水タンクのそばで停車しているとき、地面まで届く毛布を身にまとった巨大なインディアンの若者が、路盤に座って脚の屈伸運動をしていたマクティーグに近づいてきた。そして一言もしゃべらず、薄汚れてしわだらけになった手紙を差し出した。手紙の内容は要するに、この若者ビッグ・ジムはよいインディアンであり、施しに値するということだった。サインは誰のものか判読できなかった。歯科医は手紙を眺め、若者に返した。そしてちょうど出発し始めた列車に乗り込んだ。両者とも一言も話さなかった。若者はその後まるまる五分間、その場を動かなかった。ゆっくりと走る貨物列車が何マイルも離れてから歯科医が振り返ると、その若者はまだ線路の真ん中に突っ立ったまま身じろぎもしていなかった。やがて見捨てられ、孤独な赤い点となって周囲に広がる無辺の砂漠の白い霞の中に消えていった。

やっとのことでまた山岳地帯に入り、線路の両側に山がそびえ始めた。広大でむき出しの白砂の丘と赤い岩に、ところどころ青い影が落ちていた。あちこちに緑がまだらに生えており、まるで砂に派手なテーブルクロスを広げたようだった。唐突にホイットニー山が地平線に姿を現した。列車はインディペンデンス〔インヨー郡の郡庁所在地。もともとは合衆国軍の駐屯地として開かれた〕に到着し、通過した。今では貨物列車はもうほとんど空で、列も短くなっており、オーウェン・レイクの沿岸沿いに進んでいた。キーラー〔カーソン－コロラド鉄道の終着駅。付近のセロ・ゴルド鉱山で銀や銅などの鉱物が採掘されたことで栄えたが、作品当時には銀の価格下落によって衰えつつあった〕と呼ばれる場所で列車は停車し、それ以上進むことはなかった。そこが終着駅なのだった。

キーラーの町は通りが一本しかない町で、アイオワ・ヒルと似ていなくもなかった——郵便局、バー、ホテル、オッド・フェロウズの集会所、そして貸し馬車屋などが、町の主な建物だった。

「次はどこに行こうか?」マクティーグはホテルに部屋を取り、ベッドの端に座ってひとりごちた。そして窓にカナリアをかけて、かごの中の小さなバスタブに水を満たしてやると、とてつもない満足感でカナリアが水を浴びるのを眺めていた。「次はどこに行こう?」マクティーグはもう一度つぶやいた。「鉄道で来れるところまで来た。これ以上町にいても仕方がない。いや、そんなことをしてる場合じゃない。さっさと立ち去るのだ。でもどこへ? それが問題《ザッツ・ザ・ワード》だ。どこへ行く? まずは飯を食べに行こう」——マクティーグは考えていることを声に出し続けていた。そうすると考えが頭の中でより具体的になりやすいのだ——「まずは飯に行こう。それから今晩はバーですごして、この辺がどういう場所なのか把握してやろう。ひょっとするとフルーツ農家の町かもしれん。どっちかというと牧畜の町みたいに見えるが。ひょっとしたら鉱山の町かもしれん。もし鉱山があるんなら」マクティーグはもじゃもじゃに生えた眉をしかめて続けた。「もし鉱山があって、道路から十分離れているんなら、鉱山に行って一か月ほど静かにすごしている方がいいかもしれん。そのあとでもっと南に向かえばいい」

マクティーグは一週間の列車の旅でついた煤《すす》や埃を顔と髪の毛から洗い落とし、新しいブーツをはいて、夕食をとりに階下へ降りていった。食堂は、カリフォルニア州内陸の小さな町にありがちな代わり映えのしないところだった。テーブルはひとつだけでオイルクロスがかかっていた。ベンチが何列も並んでいてそれが椅子代わりなのだ。鉄道の路線図が多色刷りで刷られ、金メッキの額縁に入れられた上に蚊よけのネットで保護され、壁にかかっていた。その隣りには店主がフリーメイソンの正装をして写っている黄ばんだ写真がかかっていた。ふたりのウェイトレスが、客に——全員男だった——ファーストネームで呼びかけられ、大きなトレイをもって出たり入ったりしていた。

窓越しに外を見ると、マクティーグは鞍《くら》をつけた馬がたくさん、木やフェンスにくくりつけてあるのに気づいた。これらの馬の鞍頭にはみな、投げ縄がひっかけてあった。マクティーグはテーブルに座り、濃厚で熱々のスープを食べながら、こっそりと近くに座る男たちの様子を観察し、会話をひとつ残らず聞き漏らすまいとしていた。ほどなく明らかになったのは、キーラーから東と南が牧畜地帯になっているということである。

丘をいくつか越えたさほど遠くないところにパナミント・ヴァレーがあり、そこに大きな放牧場があった。しょっちゅうこの谷の名前が会話の流れの中でテーブルを行ったり来たりするのだった——「パナミントの方で」「パナミントのロデオに行ってきたばっかりなんだが」「パナミントの焼き印」「パナミントに牧場をもってて」そしてそのうちこんな発言があった。「ああ、そういえば、ゴールド・ガルチ[021]なんだけどよ、あそこでいい鉱脈に当たったらしいぜ。パナミント山脈の反対側だ。ピーターズが昨日来てその話をして行ったんだ」

マクティーグは話している男に向き直った。

「そいつは砂利鉱山なのか?」

「いや、いや、石英《クオーツ》だよ」

「俺は鉱夫なんだよ。だから聞いてみたんだが」

「まあ、俺も鉱夫をやってたこともあるよ。立て坑をひとつもってたんだが、あいつは銀だったよ。でもワシントンのクソ野郎どもが銀の値段を下げたせいで、俺がどうなったと思う？　すっかりドツボにはまっちまったよ！」

「俺は仕事を探してるんだ」

「まあ、パナミントのこのあたりじゃ、大抵は牧畜だな。でもゴールド・ガルチで金鉱が見つかったせいで、この辺の連中も何人か試掘に行ったみたいだ。パナミント山脈には間違いなく金《きん》が潜んでるんだ。だから母岩〔鉱石の鉱脈を取り囲む岩〕の接触面《コンタクト》〔ふたつの異なる種類の岩石の面〕が長く続いてるのを見つけたら、すぐ近くに金があるってことだ。レッドランズから来た連中がふたり、ゴールド・ガルチ周辺で四つも金鉱を見つけたんだ。一八インチも幅のある鉱脈を掘り当てたんだが、ピーターズに言わせると一、〇〇〇フィート〔およそ三〇〇メートル〕以上続いてるらしいぜ。あんたもあそこで試掘するつもりなのか？」

「さあ、どうだろう。わからんよ」

「まあ、俺は明後日、パナミント山脈の向こう側まで行くんだ、俺のもってる仔馬を何頭か連れ戻さんといかんのでな。で、そのときそのあたりを探してみようと思ってるんだ。あんた、鉱夫だって言ってたな？」

「そうだ、そう言ったよ」

「あんたがあっちの方に行くつもりだったらついてきてもいいぜ。そしてふたりで接触面か硫化銅かなんか見つけられるかもしれん。たとえカラー〔金の細粒〕が見つからなくても、銀を含んだ方鉛鉱《ほうえんこう》くらい見つかるんじゃないかな」そしてちょっと間を開けて、「なあ、あんたの名前をまだ聞いてなかったよな」

「はあ？　俺はカーターだ」マクティーグはすぐさまそう答えた。なぜまた名前を変えたのかわからなかった。ただ

「カーター」という名がとっさに思い浮かんだのだ。そしてホテルについたとき、「バーリントン」という名でチェックインしたことも忘れて答えてしまったのだ。

「まあ、俺の名はクリベンズだ」と相手は答えた。ふたりはまじめくさって握手した。

「そろそろ食い終わるだろ？」クリベンズは続けてそう言い、食事の残りを平らげた。「バーに行って、記念に乾杯しようや」

「いいとも、いいとも」歯科医は言った。ふたりはその夜、遅くまでバーの隅に陣取り、パナミントの丘陵地帯に埋まっている金《きん》をどうやったら見つけられるか話し合った。すぐに明らかになったのは、ふたりとも意見が食い違っていたことだ。マクティーグは昔から試掘者が抱いている思い込みにこだわり、実際この目で見るまでどこに金があるかなんてわかるはずがないというのだ。クリベンズの方は明らかにこの問題を論じた本をたくさん読んでおり、ちょっとした科学的な方法を用いてすでに試掘をしたこともあるのだった。

「バカバカしい！」クリベンズはわめいた。「堆積岩と火成岩のあいだに長くてはっきりわかる境界面《コンタクト》さえありゃあ、俺は『カラー』なんか見えなくても立て坑を掘るからな」

歯科医は巨大な顎をもち上げた。そして「金は自力で見つけるもんだ」と頑固に言い返した。

「まあ、俺に言わせりゃ、相棒《パートナー》どうしってもんは、別々の方針で仕事をするべきだがな」クリベンズは言った。そして口髭の端を口に押し込み、たばこの汁を吸った。しばらく何か考えている様子だったが、やがていきなり口髭を吐き出し、大声で言った。

「なあ、カーター、こうしないか。あんた、ちょっとくらいは金《かね》があるだろ――五〇ドルくらいはもってるよな？」

「はあ？　ああ……俺……俺は……」

「まあ、俺は五〇ばかりもってるんだ。だから今度の計画でな、俺の相棒《パートナー》にならないか。それであっちの山でいろいろ探してみたら何か見つかるかもしれんぞ。どう思う？」

「いいとも、いいとも」歯科医は答えた。

「まあ、じゃあ、これで決まりだな？」

「もちろん《ザッツ・ザ・ワード》」

「まあ、記念に乾杯といこうぜ」

　ふたりは厳粛な面持ちで酒を飲みほした。

　次の日、ふたりはキーラーの雑貨屋で必要な品を調達した――つるはし、シャベル、試掘者が使うハンマー、選鉱器《クレードル》〔水を流して砂金を分離させる器具〕を二台、選鉱鍋〔金の鉱石を水銀に接触させ、金を採取するために用いる〕、ベーコン、小麦粉、コーヒーなどなど。さらにロバを一頭買って道具一式を載せた。

「おい、あんた馬をもってないよな」店から出ると、クリベンズが急にそう大声を出した。「仔馬の一頭ももってなかったら、この辺ではやっていけないぞ」

　クリベンズはすでに黄灰色のカイユース〔先住民の使う小型で丈夫な馬〕をもっていて、それに乗っていた。鞍をつけるのに頭を殴って失神させなければならないような馬だった。「余分の鞍と面繋《おもがい》がホテルに置いてあるから、そいつを使えばいい」

クリベンズは言った。「でも馬は買わないといけないな」

最終的に歯科医は貸し馬車屋でラバを一頭、四〇ドルで買った。結果的にいい買い物だった。なぜならそのラバはなかなかの長距離を歩いたし、ヤマヨモギや芋を剝いた皮だけで本当に腹が膨らむようだったのだ。実際の売買をする段になって、マクティーグはラバの代金を払うのに例のキャンヴァス地の袋を出して金を取り出さなければならなかった。クリベンズはそのとき一緒にいたが、歯科医が丸めた毛布を開き、袋を出すと、驚いて口笛を吹いた。

「こいつに俺は、五〇ドルもってるか聞いたってわけか！」クリベンズは叫んだ。「あんた、金鉱を丸ごと背負って歩いてるみたいなもんじゃないのか？」

「うん、そんなところだ」歯科医はつぶやいた。そして「俺は……俺、エル・ドラド郡にもってた金鉱を売ったばっかりなんだ」とつけ加えた。

気持ちよく晴れ渡った五月の朝五時に、ふたりの「相棒《パートナー》」はキーラーの町を軽やかに走り出て、前を行くロバを追い立てた。クリベンズは自分のカイユースに乗り、マクティーグはラバに乗ってその後ろをついていった。

「おい」クリベンズが言った。「いったいなんでまたそんな馬鹿みたいなカナリア、ホテルにおいてこなかったんだ？これからずっと邪魔になるだろうし、どうせ死んでしまうぞ。さっさと首を折って捨ててしまった方がいいぜ」

「いや、だめだ」歯科医はそう言いはった。「ずっと一緒にいてもう手放せないんだ。連れてくよ」

「まあ、今まで聞いたなかで一番無茶苦茶な話だな」クリベンズが言った。「試掘に行くのにカナリアを連れて行くなんて。さっさと楽にしてやってお別れすりゃあいいのに」

ふたりはその日一日、のんびりと南東に向かって進み、しっかりと踏み固められた牛の踏み分け道をたどった。夕方にはパナミント・ヴァレーの突端にある丘の尾根に泉の湧く場所を見つけ、そこにキャンプを張った。そして次の日にはパナミント・ヴァレーを越えた。

「なかなかいい眺めの谷だな」そんなふうに歯科医は感想を述べた。

「やっ、やっとまともなことを言うようになったじゃねえか」クリベンズが口髭を吸いながらそう返した。谷は美しく、大きく広がり、平坦で豊かな緑にあふれていた。いたるところに牛の群れがいて、それらがほとんど鹿と同様に野生のままなのだ。一、二度、路上でカウボーイとすれ違うことがあったが、みながっしりした体格をしていて、鍔広の帽子に房べりのついたズボン、ガチャガチャ音のなる拍車、リヴォルヴァー・ベルトを身に着けた姿はさまになっていて、マクティーグの見たことのある絵にびっくりするほどそっくりだった。その全員がクリベンズを見知っており、ほとんど毎度のようにその企てを冷やかした。

「よお、クリブ。どうせなら幌《ほろ》馬車隊を組んで連れてって、たっぷり金《きん》を運んで帰った方がいいと思うぜ」

クリベンズはこういったからかいを聞くと腹をたて、連中が行ってしまうと凄まじい形相で口髭を噛んだ。

「なんとしても金鉱を掘り当ててやる！　たとえあのおどけた連中を笑い返してやるためだけでもいいんだ」

正午にはパナミント山脈の東側の斜面を登っていた。もうずいぶん前に道からは外れていた。植生は途絶え、草木一本見えなかった。ふたりはかすかに残る牛の通った跡《トレイル》をたどり、水たまりから水たまりへと移動した。徐々に水たまりの水も少なくなっていき、三時にはクリベンズが馬を止めて水筒を水で満たした。

「ここを越えると、もう余るほどには水もないぜ」クリベンズはむっつりとそう言った。

「ひどい暑さだ」歯科医はつぶやき、湯気をたてている額を手の甲で拭った。

「ふん！」もうひとりは今まで以上にむっつりと鼻を鳴らした。澱《よど》んだ空気は溶鉱炉の入り口みたいだった。クリベンズの仔馬は泡汗をかいて喘いでいた。マクティーグのラバは長い耳をだらりと垂らし始めていた。小さなロバだけが断固としてのろのろ進み、牛の跡《トレイル》をたどり続けるのだが、マクティーグには何かが通った跡などまるで見分けられず、ただ砂としおれたヤマヨモギが見えるだけだった。夜が近づくと、そのとき先頭に立っていたクリベンズは、丘の頂上で手綱《たづな》を引いた。

背後には美しい緑のパナミント・ヴァレーが見えるが、前に広がる眼下には、何マイルも何マイルも目の届く限り、平らで白い砂漠が、ヤマヨモギすら生えるのを許すことなく、地平線まで広がっていた。すぐ目の前には涸《か》れ谷の筋が途中で途切れ、そこにぶつかるように小さな峡谷が転がり込んでいた。北側には青く霞んだ丘陵が地平線上に肩を並べていた。

「まあ」クリベンズが言った。「俺たちは今、パナミント山脈の天辺にいる。この東の斜面沿いにここから真下に行ったところが、俺たちの試掘するところだ。ゴールド・ガルチは」――クリベンズは鞭の握りで指さした――「ここから北に向かってだいたい一八マイルから一九マイル行ったところだ。向こうの北東に見えるあの丘がテレスコープ・ヒル〔パナミント山脈の最も高度に位置するテレスコープ・ピークのことか〕だ」

「向こうの砂漠はなんて名だ？」マクティーグの目は果てしなく広がるアルカリ砂漠をさまよった。それは永遠にいつまでも、東に、北に、そして南に続いていた。

「あれか」クリベンズが言った。「あれはデス・ヴァレー〔死の谷〕だ」

長い沈黙が続いた。馬は息を乱して喘いでおり、汗が膨らんだ腹から滴り落ちていた。クリベンズと歯科医は身じろぎもせずに鞍に座ったまま、忌まわしいばかりの荒涼たる景観を、黙ったまま、不安げに見晴るかしていた。

「なんて景色だ！」やっとのことでクリベンズが息を殺してそう絞り出し、頭を振った。そして無理に元気を奮い起こそうとしているようだった。「まあ」彼は言った。「これからまず最初に水を見つけんといかんな」

これは長く難しい仕事だった。ふたりは次から次へと峡谷へ降りて行き、数え切れないほどの涸れ谷をたどり、湿り気があるように見える場所を掘ってみたりもしたが、すべて無駄に終わった。だがとうとうマクティーグのラバが鼻をもち上げ、一、二度鼻の穴を開いて息を吸い込んだ。

「水を嗅ぎつけたんだな、この畜生め！」クリベンズが歓喜の叫びを上げた。歯科医がラバの行きたい方に行かせてみると、ものの二、三分でふたりを小さな峡谷の河川敷に連れて行った。そこには塩辛い水が岩の縁から染み出し、細々と流れていた。

「ここでキャンプを張ろう」クリベンズが言った。「でも馬を放すわけにはいかん。縄で杭につながないといかんだろうな。あっちにロコ草〔家畜に有害で、ロコ病の原因となる〕がちょっとばかり生えてるのを見たんだ。あれを食べると間違いなくこいつらみんな頭がおかしくなっちまうからな。ロバは食べんだろうが、ほかのやつらはどうかわからんからな」

マクティーグにとって、新しい生活が始まった。朝食が終わるとふたりの「相棒《パートナー》」は別々に行動し、山並みの斜面に沿って反対方向に進み、岩石を調べたり、岩棚や巨礫《きょれき》を掘ったり削ったりし、金脈の潜む兆候を探し求めて試掘を続けた。マクティーグは、かつて小川が岩盤の隙間をぬって流れていた峡谷に入っていき、石英の鉱脈を探し、見つけるとその石英を割ってみて、粉々に砕き、選鉱器で洗った。クリベンズは「境界面《コンタクト》」を探し求めて母岩や露頭〈鉱脈や石灰層などが地表に露出している部分〉を綿密に調べ、堆積岩と火成岩がぶつかっている場所がないか、絶え間なく目を配っていた。

ある日、一週間ほど試掘を続けたあと、ふたりは涸れ谷の勾配で不意に出くわした。午後も遅い時間になっていた。

「よお、相棒《パートナー》」クリベンズはそう声をかけて、マクティーグが選鉱鍋の上で身を乗り出しているところまで降りてきた。「何か見つかったか？」

歯科医は選鉱鍋の中身を捨てて腰を伸ばした。「全然、何も見つからんよ。そっちは何かあったか？」

「かけらもないな。そろそろキャンプの方へ移動した方が良さそうだぜ」ふたりが一緒に戻っていく途中、クリベンズが歯科医にレイヨウの群れを目撃した話をした。

「明日は休みにしようぜ。そしてレイヨウを何頭が仕留めてみないか。レイヨウのステーキはなかなかのごちそうだろ。ここのところ毎週毎週、豆にベーコンにコーヒーしかなかったからな」

マクティーグが返事をしようとしかけたちょうどそのとき、クリベンズがそれを遮って、ほとほと嫌気がさしたように大声を上げた。「この辺で試掘をするのは俺たちが最初だと思ってたのによ、あれを見てみろよ。もう嫌にならないか？」

クリベンズが指さしたのは、ちょうど目の前の、試掘者によって打ち捨てられたキャンプの跡だった――焚火の跡の灰、空になったブリキの缶、金鉱を探すための選鉱鍋がひとつかふたつ、折れたつるはし。「嫌にならねえか？」クリベンズがつぶやき、憤慨したように口髭を吸った。「すでに散々調べたあとの地面をもう一遍見て回るなんて、俺たちほんとに間抜けだぜ！　なあ、相棒《パートナー》、明日になったらこんなとこ、さっさと行っちまおうぜ。どっちにしてもずっと考えてたんだよ、そろそろ南の方に移動した方がいいんじゃないかってな。俺たちの水も随分減ってきたしな」

「そう、そうだな、それがいいと思うよ」歯科医も同意した。「金《きん》なんかないもんな」

「いや、あるよ」クリベンズは頑固に反対した。「この丘全体に金はあるんだ。ただ俺たちがうまく掘り当てさえすりゃあな。こうしようぜ、相棒《パートナー》、ちょっと思い当たる場所があるんだよ。そこならほかに誰も試掘してないはずだ――とにかくそんなに大勢は行ってないはずなんだ。あんまりあそこまで行ってやろうってやつ自体が多くないんだよ。デス・ヴァレーを越えた向こう側なんだ。ゴールド・マウンテンって呼ばれてな、そこじゃあまだひとつしか金鉱が見つかってないんだ。それにその金鉱も硝酸塩みたいにザクザク出てくるんだ。あのあたりにゃそんなに大勢人が入り込んでないはずだ。だってあんなところに入ってくのは地獄に落ちるみたいなもんだからな。まずはデス・ヴァレーを越して、そこからずっと南に外れたアルマゴーサ山脈にぶつからんといかん。まあ、誰も喜んでデス・ヴァレーを横断しようなんてやつはいないよな、たとえなんとかなったとしてもよ。でも俺たちはパナミントを百何十マイルか、ひょっとしたら二〇〇マイルばかり南に下がって、アルマゴーサ川をずっと南の方へ迂回《うかい》するんだ。途中でも試掘できるだろうしな。でもたぶんこの季節にゃ、アルマゴーサ川も干上がってるだろうな。どっちにしても」クリベンズは結論づけた。「明日になったら南にキャンプを移そう。馬にも餌と水を確保してやらんといかんしな。明日レイヨウを二、三頭仕留められないか試してみようぜ。そのあとでここからおさらばだ」

「俺は銃をもってないんだ」歯科医が言った。「リヴォルヴァーすらもってない。俺は……」

「ちょっと待て」ずっと小さな谷の側面を伝い降りていたとき、クリベンズは急に立ち止まって言った。「ここに粘板岩《スレート》があるだろ。このあたりで粘板岩《スレート》なんて見たことないんだ。どこまで続いてるか、見てみようぜ」

マクティーグはクリベンズに続いて谷の側面を伝って歩いた。クリベンズが先頭に立ち、時折独り言をつぶやいていた。

「ここを通ってる。見事にまっすぐだ。水もあるじゃないか。こんなところにこんな水が流れてるなんて知らなかった。もうほとんど干上がりかけてるけどな。ほら、また粘板岩《スレート》だ。どこまで続いてると思う、相棒《パートナー》？」

「向こうの上の方を見てみろよ」マクティーグが言った。「この丘を登って裏側まで続いてるみたいだ」

「そうだな」クリベンズは同意した。「おい！」いきなりクリベンズが叫んだ。「ここに境界面があるぞ。ほら、ここにも。そこにもあった。あっちもだ。おい、見ろよ、わかるだろ？　粘板岩《スレート》に花崗閃緑岩《かこうせんりょくがん》が混じってる。これ以上はっきり目に見えることなんてないぜ。頼むよ！　このふたつのあいだに石英が見つかりさえすりゃいいんだ」

「ほら、あそこにあるじゃないか」マクティーグが歓声を上げた。「ずっと先の方を見てみろよ。あれ、石英じゃないのか？」

「お前、声がうるさすぎだよ」クリベンズがわめき、マクティーグの指さす方を見た。途端にその顔が真っ青になった。そして歯科医の方を振り向いたが、その目は大きく見開かれていた。

「なんてこった、相棒《パートナー》」クリベンズは息を喘がせながら歓声を上げた。「なんてこった——」そして唐突にことばが続かなくなった。

「お前が探してたのはあれじゃないのか？」歯科医が聞いた。

「探してただと！　探してただと！」クリベンズは自制した。「あれはたしかに粘板岩で、あれは花崗閃緑岩だ、間、違いない」——クリベンズはかがみ込んで岩を調べた——「そしてこのあいだに石英がある。絶対間違いはない。そのハンマーをくれ」クリベンズは興奮してそう叫んだ。「さあ、仕事にかかるぞ。お前のつるはしをこの石英を突きたててくれ。かけらをちょっと取り出すんだ」クリベンズは四つん這いになって、狂ったように石英の脈に攻め込んだ。歯科医はそのお手本にしたがって、とてつもない力をこめてつるはしをふるった。打ち込むたびに岩が粉々に割れていった。クリベンズは熱に浮かされたように独り言を言っていた。

「今度こそ捕まえたぞ、畜生め！　なんてこった！　どうも今回はやっと捕まえたらしいぞ。どうもそう見えるんだが。相棒《パートナー》、急いでくれ。まわりに誰もいないよな？　どうだ？」振り向きもせずにクリベンズはリヴォルヴァーを引き抜き、歯科医に投げてよこした。「銃をもってまわりを見張っててくれ、相棒。誰か姿が見えたら、どこだろうとそいつをぶっぱなすんだ。この土地は俺たちに権利があるんだ。今回はどうも見つけたらしいぜ、相棒《パートナー》。さあ、やってくれ」クリベンズは砕いた石英の塊を集め、帽子に放り込んでキャンプの方へ向かった。ふたりとも大股で歩き続け、起伏の激しい土地を可能な限りで急ぎに急いだ。

「わからん」クリベンズが喘ぎながら叫んだ。「まだあまりはっきりしたことは言いたくない。ひょっとしたら勘違いかもしれん。まったく、あのくそったれキャンプはまだまだ先じゃねえか。こんなにのんびり進んでられねえ。さあ、急ぐんだ、相棒《パートナー》」クリベンズは走り始めた。マクティーグもぎこちない駆け足のようになってあとを追った。太陽に焼かれ、からからに干からびた大地を、ヤマヨモギやとがった岩につまずき、転びながら、砂漠の太陽のうずくような熱に焙られ、ふたりは走り、よじ登り、帽子の中の石英の塊を運んだ。

『カラー』は見えるか、相棒《パートナー》?」クリベンズは喘ぎながら言った。「俺には見えねえ、お前はどうだ? どうもどっから見ても見えそうにねえな。急ぐんだ。くそ、永久にキャンプにたどり着かねえ気がしてきたぜ」

やっとのことでふたりはキャンプにたどり着いた。クリベンズは石英のかけらを選鉱鍋に放り込んだ。

「すりつぶしてくれ、相棒《パートナー》、俺は秤《はかり》の準備をするから」マクティーグは石英の塊を鉄製のすり鉢の中で細かい粉になるまですりつぶし、そのあいだにクリベンズは小さな秤を設置し、道具類の中から「スプーン」を取り出した。

「それだけ細かけりゃもう十分だよ」クリベンズはじりじりして叫んだ。「今度はスプーンですくうぞ。水をとってくれ」

クリベンズは細かい白い粉をスプーンですくい取り、慎重に選別作業を始めた[022]。ふたりは地面に両手両膝をついて頭を寄せ合い、興奮と、走ってきたことによる激しい運動のせいで、まだ息を切らしていた。

「できねえ」クリベンズがそう叫んで、背後にしゃがみ込んだ。「手がこんなに震えててよ。お前が、やってくれ、相棒《パートナー》。慎重にな、ほら」

マクティーグは角製のスプーンを受け取って、巨大な指でつまみ、優しくゆすり始めた。そうやって一度に少しずつ端から水をこぼしながら洗鉱した。一回ゆするごとに粉末状の石英がほんの少し洗い流されていった。ふたりはその様子をこれ以上ないくらい真剣に見つめていた。

「まだ見えない、まだ見えんぞ」クリベンズが囁きながら口髭を噛みしめた。「もうちょーっとだけ早くだ、相棒《パートナー》。そうだ、いい感じだ。慎重に、着実にな。もうちょっと、もうちょーっとだ。まだカラーは見えないか、どうだ？」

石英の沈殿物は、マクティーグが着実に洗鉱していくたびに、徐々に減ってきた。するととうとう何か異質の物質の細い筋が、ちょうどスプーンの端に沿って見え始めてきた。黄色だった。

ふたりとも口を開かなかった。クリベンズは爪を砂に食い込ませ、歯で口髭を噛み絞った。黄色い筋は、石英の沈殿物が洗い流されるごとに太くなっていった。クリベンズが囁いた。

「見つけたぞ、相棒《パートナー》。こいつは金《きん》だ」

マクティーグは白い石英の粉末の残りを洗い流すと、水をしたたり落とした。一つまみの金が、精白粉のようにさらさらの金が、スプーンの底に残った。

「ほら、できたぞ」マクティーグが言った。ふたりは顔を見合わせた。そしてクリベンズが勢いよく空中高く飛び上がり、半マイル〔八〇〇メートル〕先まで聞こえるくらいの大声を上げた。

「イヤッホー！　見つけたぞ。ついに掘り当てたんだ、相棒《パートナー》。俺たち見つけたんだ。とんでもねぇよ。俺たち百万長者だぜ」クリベンズはリヴォルヴァーをひっつかみ、とんでもない速さで連射した。そして「そいつをそこに置けよ、おっさん」とわめき、マクティーグの手を握り締めた。

「確かにこいつは金だ」マクティーグはつぶやき、スプーンの中身を子細に眺めた。

「あんたのひいばあちゃんのコーチシナ・チェシャ猫に賭けても、こいつは金だよ」クリベンズがわめいた。「さあ、これから俺たちたくさんやることがあるぞ。まずあの土地を杭で囲って占有指定通知を立てないとな。何がなんでも、あのあたりは丸ごと俺たちのもんだぜ。お前……俺たち、まだこいつの重さを測ってなかったよな。秤はどこだ？」

クリベンズはひとつまみの金を震える手で計量した。そして「二グレーン〔〇・一二九六グラム〕だ」と叫んだ。「てことは、一トンあたり五ドルになるぞ。すげぇ含有量だ。こんなに含有量の多い鉱石層なんてほかにねぇぞ、相棒《パートナー》。俺たち百万長者だぜ。なんで何も言わないんだよ？　なんでそんなに落ち着いていられるんだよ？　なんで走り回って、大騒ぎしねぇんだよ？」

「はは！」マクティーグは目をぐるぐる回しながら言った。「はは！　俺だって、わかってるよ、わかってる。俺たち、掘り当てて、大金持ちだ」

「さあ」クリベンズが歓喜の叫びを上げてまた飛び上がった。「あの土地を杭で囲って占有指定通知を立てに行こうぜ。どうしよう、俺たちがこうやってるあいだに誰かあそこに来てたら大変だ」クリベンズは念のためにリヴォルヴァーに弾をこめなおした。「もし誰かあのまわりをうろちょろしてやがったら絶対に撃ち殺してやろうぜ。今のうちに言っとくがな、ライフルをもってくんだ、相棒《パートナー》。そして誰か姿を見たら、まずは撃ち殺してから、なんの用か聞くんだぜ」

　ふたりは金を発見した場所まで大急ぎで戻っていった。

「考えてみるとよ」クリベンズが最初の杭を打ち込みながら嬉しそうに言った。「ほかの間抜けなやつらが鉄砲で狙えるくらいの距離にキャンプを張っときながら、見つけられなかったんだぜ。連中、きっと『境界面《コンタクト》』の意味もわかってなかったんだ。そうだ、『境界面《コンタクト》』に関しちゃ、俺は間違いないって思ってたんだ」

ふたりは土地の所有権を杭で確保し、クリベンズが占有指定通知を立てた。すべて終わるころには、あたりは真っ暗になっていた。クリベンズは鉱脈の中の石英をまた少し削り取った。

「キャンプに戻ったら、こいつを洗鉱するんだ。たんに楽しみたいだけなんだけどよ」クリベンズはそんなふうに説明すると、ふたりでぶらぶらとキャンプに戻っていった。

「そう言やあ」歯科医が言った。「あのカウボーイの連中を笑い返してやれるな」

「もちろんだとも」クリベンズがまくしたてた。「当然じゃねぇか。今に見てな、俺たちがキーラーに戻ってこの金脈の話をしてやったら、みんないっせいにここに押し寄せてくるぜ。なあ、この場所のこと、なんて名前をつける？」

「さあ、わからんよ」

「『ラスト・チャンス』ってのはどうだ？　俺たちのラスト・チャンスだったろ？　明日はレイヨウ撃ちに行ってたところだったんだ。そんでその次の日には――おい、なんだってそんなところで立ち止まってるんだ？」クリベンズは話を中断してそう声をかけた。「どうかしたのか？」

歯科医は唐突に峡谷の峰で立ち止まっていたのだ。クリベンズが振り向くと、マクティーグはその場で身じろぎもせず、じっと突っ立っていた。

「どうしたっていうんだ？」クリベンズはもう一度聞いた。

マクティーグはゆっくりと首を回し、片方の肩越しに背後を見つめ、そして次に反対側を見た。そして急にくるりと振り返り、ウィンチェスターの引き金を引き、肩に載せて狙いを定めた。

クリベンズはその脇に走って戻り、さっとリヴォルヴァーを抜いた。

「どうした？」クリベンズは叫んだ。「誰かいたのか？」そして夕闇の迫る中、前方を見透かそうとした。

「いや、違う」

「物音でもしたのか？」

「いや、何も聞こえない」

「じゃあなんなんだ？　何があったんだ？」

「わからん、わからんよ」歯科医はつぶやき、ライフルを下げた。「何かがあったんだ」

「何が？」

「何かだよ……気づかなかったのか？」

「何に気づくんだよ？」

「わからん。何かだ……よくわからんが何かだ」

「誰に？　何に？　何に気づいたんだ？　何が見えたんだ？」

歯科医はライフルの引き金を下ろした。

「なんでもなかったのかもしれん」マクティーグはいくぶん愚かしげにそう言った。

「何を見たと思ったんだ……俺たちの請求地に誰かいたのか？」

「何も見なかった。何も聞こえなかった。何か予感がしたんだ、それだけだ。いきなり来たみたいな感じだったんだ。何かあったんだが何かはわからん」

「きっと気のせいだろ。二〇マイル〔三二キロメートル〕四方にゃ、誰もいないと思うぜ」

「そうだな、きっとそうだろう、気のせいだったんだ。間違いないよ《ザッツ・ザ・ワード》」

三十分後、ふたりは火を熾《おこ》していた。マクティーグは薪の上でベーコンを炒めていた。クリベンズはいまだに自分たちの大当たりについてしゃべりまくり、歓声を上げていた。突然、マクティーグはフライパンを下に置いた。

「あれはなんだ？」マクティーグは唸り声を出した。

「どうした？　あれってなんのことだ？」クリベンズが立ち上がって、叫んだ。

「何か気づかなかったか？」

「どこだ？」

「ずっと向こうの方だ」歯科医はあやふやに東の地平線の方を指さした。「何か聞こえなかったか……ていうか、何か見えなかったか……いや、じゃなくて……」

「いったいどうしたんだよ、相棒《パートナー》？」

「なんでもない。きっと気のせいだろう」

しかしそれは気のせいではなかった。真夜中までふたりの相棒《パートナー》は広々とした夜空の下で毛布にくるまり、まったく寝つけないまま、無駄話をしたり、相談したり、今後の計画を立てたりしていた。ようやくクリベンズはごろりと向こう側に寝返りを打って眠りについた。歯科医は眠れないままだった。

なんということか！　またしてもマクティーグは危険を察知した。あの奇妙な第六感、不可解な野獣の本能である。それがまたしても目を覚まし、言うことを聞けと騒ぎ立てるのだ。この場所で、この荒涼たる不毛の丘で、二〇マイルにわたって人の気配がない場所で、この本能が動き出し、目を覚まし、逃げろとマクティーグをさいなむのだ。ビッグ・ディッパー鉱山から逃げ出すよう突き動かしたのもこいつのせいだった。そしてマクティーグは命じられるままに従ったのだ。しかし今は事情が違う。今や自分はいきなり大金持ちになったのだ。財宝の上に来合わせたのだ——ビッグ・ディッパー鉱山まるごと合わせたよりはるかに値打ちのある財宝なのだ。いったいどうやってそんな財宝を残して立ち去れるものか？　もうこれ以上移動するわけにはいかない。マクティーグは毛布にくるまって寝返りを打った。いや、俺は動かないぞ。たぶんたんなる妄想だ、それだけのことだ。何も見えなかったし、聞こえもしなかったのだ。太古から続く荒涼たるこの地は、何ものの存在も許さないまま、右を見ても左を見ても、何リーグ〔一リーグは約四・八キロメートル〕にもわたって広がっている。夜になると、桁外れの静寂が、まるで巨人《タイタン》の手のひらが抑えつけてくるかのように、あらゆるものの上を覆いつくした。いったい俺は何を警戒しているというのだ？　草木一本生えない荒地にいたら、半日もかかるほどの距離から姿が見えるはずだ。とてつもない静寂の中なら、小石ひとつぶつかるだけでも銃声みたいにとどろくはずだ。それに何もない、何もないじゃないか。

歯科医は毛布にくるまり、眠ろうとした。しかし五分もたたないうちに起き上り、月の光で薄い青色にきらめく夜を凝視し、耳をそばだて、視覚と聴覚を集中させた。パナミントの山々の焦げて崩れた山腹が月の下で静かに、いつもどおりに横たわっていた。ロバが頭を動かすと、ベルがガラガラと音をたてた。マクティーグのラバは三本脚でうたた寝していたが、脚を交替させると長い溜息をひとつついた。すべてがまた静寂に落ち込んだ。

「なんなんだ?」歯科医はつぶやいた。「せめて何か見えたら、何か聞こえたら」

マクティーグは毛布をはねのけ、立ち上がって一番手近の丘に登り、クリベンズと一緒に二週間前にやってきた方角をじっと見た。三十分そうやって待ち続け、目を凝らし、耳をすましたが何も起こらなかった。キャンプに戻り、マクティーグは毛布を身体に巻きつけようとしたが、またいきなりあの奇妙な衝動が湧き起こってきた。これほど激しく、これほど執拗であったことはこれまでもなかった。まるで馬銜《はみ》をかけられ、誰かが自分の上に乗って操っているようだった。まるで見えない手が自分を東の方に向けようとしているようだった。見えない踵が自分に拍車をかけ、急いですぐさま逃げ出そうとさせているようだった。

いったい何から逃げ出すというのか?「だめだ」マクティーグは声を押し殺してつぶやいた。「今立ち去って、土地の所有権を捨てるなんて、巨万の富を捨てるだなんて! そんな馬鹿なことができるわけがない、第一何も見えも聞こえもしないというのに。巨万の富を捨てるだと! だめだ、そんなことはしない。だめだ、絶対だめだ!」マクティーグはクリベンズのウィンチェスターを手元に引き寄せ、薬莢《やっきょう》を弾倉にはめ込んだ。

「だめだ」マクティーグは唸り声を上げた。「何が起ころうとも俺はここを動かん。もし誰かが来たら――」そしてライフルのレバーを引いて、薬莢を叩きつけるように銃尾に送り込んだ。

「俺は眠らんぞ」マクティーグは口髭の奥でつぶやいた。「どうせ寝られないんだから、見張りを続けていよう」マクティーグはもう一度立ち上がり、一番手近の丘の上までよじ登り、腰を下ろした。そして毛布を身体に巻きつけ、ウィンチェスターを膝の上に置いた。時間がすぎていった。歯科医は丘の上で身じろぎもせずに座っていた。そのしゃがんだ姿は、おぼろげに青白い空を背景に、インクをたらしたように真っ黒だった。次第に東の地平線の境界が黒みを増し、輪郭が明瞭になりだした。夜明けが近づいていた。もう一度、マクティーグは不可思議な直感で危険が忍び寄ってくるのを感じた。見えない手が頭を東の方に向けようと手綱を引いたようだった。拍車が脇腹に当てられ、せかすのだ、急げ、急げ、急げ、と。時間がたつごとにその影響力はますます強くなっていった。歯科医はその大きな顎を噛みしめ、その場にしがみついた。

「だめだ」マクティーグは食いしばった歯のあいだから唸り声を出した。「だめだ、俺は残るぞ」そしてキャンプのまわりを大きく円を描いて回り、さっき権利請求をするのに打ち込んだ最初の杭のところまで行ってみたりもした。ウィンチェスターの引き金を引き、耳をそばだて、目を細めながら。何もなかった。しかし頭の真後ろで大声で叫び声が聞こえてくるかのように、明白に敵の存在を感じていた。恐怖ではなかった。マクティーグには怖いものなどなかった。

「ただ姿さえ見せてくれたら、なんでもいい――誰でもいいんだ」マクティーグはつぶやき、引き金を引いたライフルを握りしめた。「絶対――絶対に思い知らせてやるんだが」

マクティーグはキャンプに戻った。クリベンズがいびきをかいていた。ロバが水の流れているところまで下りてきて、朝の水を飲んでいた。ラバも目を覚まし、草を食《は》んでいた。マクティーグはどうしてよいか決めかねて、焚火が消えて冷たくなった灰のそばに立ち、あたりをきょろきょろと見回していた。その様子は追い詰められた牡鹿が見せる警戒心と用心深さそのものであった。あの奇妙な衝動はどんどん強まっていた。まるで次の瞬間、いやおうなしに勢いよく東に向き直り、あと先のことなど考えもせずに、なりふり構わぬほうほうのていで全力疾走して、どうしても逃げ出してしまうのではないかと思えた。マクティーグは粗野な獣が生まれつきもつ獰猛な粘り強さを限界まで発揮して、それに抗った。

「立ち去って金鉱を捨てるだと？　逃げ出して百万ドルを諦めるだと？　だめだ、だめだ、俺は逃げない。だめだ、ここに残るんだ。ああ」マクティーグは声を抑えて怒鳴り、巨大な頭を振った。それはまるで怒り狂い、苦しめられた獣のようであった。「ああ、姿を見せろよ」マクティーグはライフルを肩に載せ、山並みを端から順に狙いをつけていき、西の方へと動かしていった。「さあ姿を見せろ。ちょっとでいい、お前ら全員だ。俺は怖くなんかないぞ。だがこんなふうにこそこそするな。俺を金鉱から追い出そうったってそうはいかないぞ。俺はここに残るんだ」

一時間がすぎた。そして二時間がたった。星は消えていき、夜が白々と明けていった。気温も上がっていった。東の空全体が、雲ひとつなく、地平線から天頂にいたるまで乳白色に照り映え、ふもとが真紅に色づくと、大地はそれを背景に真っ黒になった。真上では、砂漠の空が、ピンクから薄い黄色に、緑に、明るい青に、そして虹のように変化する碧青《へきせい》色へと変わっていった。朝早い時間特有の、細長い影が、蛇が逃げていくように背後に尾を引いた。そして唐突に太陽が、世界の肩越しに顔を覗かせ、一日が始まった。

そのとき、マクティーグはすでにキャンプから八マイル〔一二・二キロメートル〕離れ、足取りを緩めることなく東に向かっていた。パナミント山脈の一番低い支脈を降りて、ずいぶん以前にできて消えかかっている牛の通り道《トレイル》をたどっていたのだ。後ろからラバを追い立てていたが、そこには毛布と六日分の食料、クリベンズのライフル、水をいっぱいに入れた水筒を載せていた。鞍頭にしっかりと結わえつけてあったのは、キャンヴァスの袋であり、そこには大事な五、〇〇〇ドルがすべて二〇ドル金貨でつまっている。しかし砂とヤマヨモギしかないこの忌まわしい荒地にあって、ひどく場違いなのは、マクティーグが相変わらず執着してもち続けているもの――かごに入ったカナリアである。かごのまわりに古くなった小麦粉の袋を二枚、丁寧に巻きつけていた。

その日の朝五時ごろ、マクティーグは踏み分け道《トレイル》にいくつか出くわしていたが、それらはみな同じ方向に集まっていた。おそらく水たまりに続くのだろうと推測して、そのうちのひとつをたどった。するとたどり着いたのは、日の光で干上がった小さな低湿地だった。とはいえ底にはまだ少し水が残っていた。マクティーグはここでラバに水を飲ませ、水筒の水を補充し、自分もたっぷりと水を飲んだ。また鳥かごのまわりの古い小麦粉袋も水で湿らせ、小さなカナリアを可能な限り熱から守ってやろうとした。これから時間がたつごとにどんどん気温が上がっていくのがわかっていたからだ。ふたたび出発する準備ができたが、またしてもどうしようか決めかねてその場に立ち止まり、最後にもう一度だけ躊躇した。

「俺は馬鹿だ」マクティーグはそう唸るように言って背後の山脈をにらみつけた。「俺は馬鹿だ。いったいどうしたっていうんだ？　百万ドルから立ち去ろうとしてるんだぞ。金《きん》があるのがわかってるっていうのに。だめだ、くそ！」

マクティーグは獰猛に叫んだ。「こんなのはもうやめだ。今すぐ戻るぞ。あんな金鉱を捨てて行けるか」そしてラバをぐるっと方向転換させ、もと来た道を戻り始めた。歯をすさまじい力で嚙みしめ、頭を前方に傾けるその姿は、押し戻そうと打ちつけてくる風に抵抗するかのようだった。「進め、進むんだ」ときにラバに向けて、ときに自分に向けて、マクティーグはそう叫んだ。「進め、戻れ、戻るんだ。俺は戻るぞ」一歩ごとに険しくなっていく丘を登っているかのようだった。マクティーグを突き動かす不可解な衝動が、一ヤード〔〇・九一四四メートル〕進むごとに、どんどん抵抗を強めていった。徐々に歯科医の足取りは遅くなっていった。やがて立ち止まり、また慎重に前に進み出したが、その歩みは暗闇で落とし穴に近づいていく人のように行く先を探りながら進んでいた。そしてまた立ち止まり、逡巡し、歯を嚙みならし、盲目的な怒りでこぶしを握り締めた。突然マクティーグはラバの方向を変え、またしても東に向けて進み始めた。

「できない」マクティーグは砂漠に向かって声に出して叫んだ。「無理だ。できない。俺より強いんだ。どうしても引き返せない。こうなったら急げ、急ぐんだ、急げ、急げ」

マクティーグは人目を忍ぶように頭と肩を傾け、急ぎ足で歩いた。ときにはほどんどしゃがんでいると言ってもいいくらいの格好で、大股に突き進んでいった。ときどき肩越しに振り返ることすらあった。汗が流れ落ち、帽子はなくなり、ぼさぼさに乱れ伸びたたっぷりとした黄色い髪が、額の上でそよぎ、小さなきらめく目を覆っていた。ときに自分でもよくわからず、なかば無意識のしぐさで手を伸ばし、指で何かをつかみ取ろうとするかのように地平線に向けた。まるで地平線をつかみ取り、自分の方へ引き寄せようとしているかのようだった。そしてたまにこんなふうにつぶやくのだった。「急げ、急ぐんだ、早く、もっと早く」このときになってやっと、マクティーグは恐れ始めていたのだ。

この先どうするか、はっきりとは決まっていなかった。頭に残っていたのは、クリベンズが言っていた、デス・ヴァレーの反対側にあるアルマゴーサ山脈のことだった。あんな土地に向かうのは地獄におちるみたいなものだ、とクリベンズは言っていた。そんなに大勢人が入り込んでないはずだ。なぜならアルカリの恐ろしい谷が行く手を阻んでいるからだ。海抜より低い位置にある、白い砂と塩しかない身の毛のよだつような巨大な低地で、有史以前に池か何かだったところが干上がった湖床であることは間違いない。しかしマクティーグはその谷を迂回する決意をしており、アルマゴーサ川にぶつかるまで南に進路をとるつもりだった。谷を迂回すれば反対側に出ることができるだろう。アルマゴーサ山脈のゴールド・マウンテン周辺の土地に出られるはずだ。そしてそこは何リーグにもわたるデス・ヴァレーの灼熱《しゃくねつ》のアルカリ砂漠によって、この世界から隔絶されているのだ。「連中」がそこまで追いかけてくることはできないだろう。二、三か月のあいだ、ゴールド・マウンテンにとどまっていればいい。それからメキシコまで下る道を考えよう。

マクティーグは着実に歩を進め、パナミント山脈の山裾のごつごつとした勾配を降りていた。九時には勾配はいきなり平坦になり、山は背後にそびえていた。前方には東に向けてすべてが平坦であった。砂やヤマヨモギすら痩せ細り、白い粉末状のアルカリに道を譲り始める地域に到達したのだ。踏み分け道《トレイル》は無数に残っていたが、どれも古くて消えかかっていた。すべて牛の通った跡で、人の通った形跡はなかった。一方向を除いてあらゆる方向に続いていた

――北、南、西である。だがいかにかすかなものであれ、谷に向けて進むものはひとつもなかった。

「この踏み分け道《トレイル》の通っている山裾に沿って進めば」歯科医がつぶやいた。「たまに涸れ谷にでも水の残っているところを見つけられるだろう」

そのとき急にマクティーグは驚いて叫び声を上げた。ラバが金切り声を上げて蹄《ひづめ》を交互に蹴り出したのだ。目はくるくる回して、耳をぺたんと垂らしていた。何歩か走りだすと、立ち止まり、また金切り声を上げた。そして急に直角に曲がったかと思うと、北に向けてゆっくりした速足《ジョグ・トロット》で進み、ときどき金切り声を上げては脚を蹴り上げた。マクティーグはあとを追いかけ、怒鳴りつけ、ののしり続けたが、かなり時間をかけてもなかなか捕まえることができなかった。怯えているというよりはうろたえた様子だった。

「クリベンズが言ってた、ロコ草を食ったんだな」マクティーグは喘ぎながら言った。「おい、動くな、止まれ、この畜生め」やっとのことでラバは勝手に立ち止まり、ふたたび正気を取り戻したように見えた。マクティーグは近づいて手綱をつかみ、話しかけながら鼻面を撫でてやった。

「さあ、さあ、いったいどうしたんだ？」ラバはふたたびおとなしくなっていた。マクティーグはラバの口をゆすいでやり、また進み始めた。

素晴らしい一日だった。地平線から地平線まで広大な蒼穹《そうきゅう》が広がり、東の方向だけ、ほんのわずかに白んでいた。東と南東の方向には何マイルにもわたって延々と砂漠が続いており、白く、むき出しのまま、人を寄せつけず、太陽に焙られて揺らめき、陽炎《かげろう》がたっていた。岩ひとつ、サボテンの幹一本すら砂漠を乱すことはない。遠くの方では、ピンクや紫、肌色など、あらゆる種類の淡い色を帯びていた。西にはパナミント山脈がそびえており、ヤマヨモギがまばらに点在していた。ここでは土や砂は黄色や黄土色、濃い深紅色をしており、谷間や峡谷が濃厚な青い影になって際立っていた。これほどの不毛な土地が、このように彩《いろどり》鮮やかになり得るのは奇妙に思えるが、深紅色の高い断崖や尾根が縫い目のように紫の影に縁どられ、地平線の薄青い白色を背景に強く際立っている様子は、何ものにも負けない美しさであった。

九時には太陽は空高くに昇っていた。炎暑は強烈であった。空気は熱で重くよどんでいた。マクティーグは息を喘がせ、額に、頬に、首に、湧き出る玉の汗を拭った。太陽の光が情け容赦なく叩きつけるせいで、皮膚という皮膚、そこに開いた穴という穴が、ひりひり、ちくちくと痛むのだ。

「これ以上暑くなったら」マクティーグは深く息をついてつぶやいた。「これ以上暑くなったら、俺は……俺はもうどうなるか……」そして頭を振り、瞼から涙のように流れ落ちる汗を拭きとった。

太陽はさらに高く昇った。歯科医がゆっくりと着実に進む中、刻一刻と暑さは増していった。焼けて乾燥した砂は、踏みつけると無数の細かいかけらになって砕けた。ヤマヨモギの中を通りすぎると、小枝がもろくなったパイプの柄のようにはじけた。どんどん暑くなっていた。十一時には地面が溶鉱炉の表面のようになっていた。マクティーグが息を吸うと、空気が唇や上顎に焼けつくように感じられた。太陽は、燃え尽きた空の青さの中に漂う、溶けた鉛の円盤であった。マクティーグはウールのシャツをはぎ取り、フランネルの下着のボタンすらはずし、ハンカチを首元に緩やかに結んだ。

「なんてことだ！」マクティーグは叫んだ。「ここまで暑くなるなんてことがあり得るなんて、思いもしなかった」

　炎暑はどんどんひどくなっていった。遠くの物体はすべて目に見えて溶けたように揺らいでいた。正午には蜃気楼《しんきろう》が北西の山の上に現れた。マクティーグはラバを止め、水筒からぬるくなった水を飲み、カナリアのかごに巻いた袋を湿らせた。歩みを止め、バリバリと踏みしめ、こするような足音が消えうせると、静寂が、とてつもない、無限に広がる静寂が、計り知れない大波のようにマクティーグを包み込んだ。広大無辺の情景から、灼熱の砂の途方もない広がりから、物音ひとつ響かないのだ。小枝が音をたてることもない、虫一匹羽音をたてない、鳥や獣もこの莫大な寂寞の中に、鳴き声や叫び声で分け入ろうとはしないのだ。目の届く限りのあらゆるものが、北にも、南にも、東にも、西にも、完璧な静けさで一切の身動きすらなく、真昼の太陽の容赦ない打擲《ちょうちゃく》をなすがままに耐えていた。影すらもが身を縮め、ヤマヨモギに身を隠し、山々の峡谷にできたほんのわずかの片隅や裂け目に逃げ込もうとしていた。世界中がひとつの巨大な、目をくらませるような強烈な光と化し、音もたてず、動くこともなかった。「これ以上暑くなったら」歯科医はまたそうつぶやき、頭を左右にゆすった。「これ以上暑くなったら、俺はもうどうなるかわからん」

　着実に暑さは増していった。三時には正午よりもさらにとてつもないひどさになっていた。

「この先ずっとましにはならないのか？」歯科医は呻き声を出し、熱く青い鉛の空をみて目をぐるぐる回した。そしてそうやってしゃべると、静けさが唐突に甲高い音に徹底的に刺し貫かれるのだ。それはあらゆる方向から同時にやってくるかのようだった。その音がやみ、マクティーグがまた一歩踏み出したとたん、ふたたび急に殴りつけられたように、もっと甲高い音が、もっとすぐ近くから、ぞっとするような長引く音色となって襲いかかり、人間もラバもともにすぐさま立ち止まった。

「今のがなんの音かはわかっている」歯科医はそう言い放った。その目は素早く地面を探し回り、いるとわかっていたものを見つけた――丸くて太いとぐろ、ゆっくりと波打つクローバーの形をした頭、そしてぴんと直立したまま回る、音を出すガラガラのついた尻尾。

　まるまる三十秒、人間と蛇とは互いの目を見つめあっていた。そして蛇はとぐろをとき、素早く身をよじらせながらヤマヨモギの中に姿を消した。マクティーグはふたたび息をつくと、その目はもう一度、無限に続くかに見える、揺れ動く砂とアルカリを眺めた。

「なんてことだ！　なんて場所だ！」マクティーグは叫び声を上げた。だがまたラバを進ませようとするときのその声は震えていた。

　午後が深まるごとに暑さはどんどん激しくなっていった。四時にはマクティーグはまたしても立ち止まった。身体中の穴から汗を滴らせていたが、汗をかいても楽にはならなかった。服が身体に触れるだけで耐えがたいのだ。ラバの耳は垂れ下がり、舌は口からぶらぶらと揺れていた。牛の踏み分け道《トレイル》は同じ場所を目指して集まっているように見えた。おそらく水たまりが近くにあるのだろう。

「そろそろ休まんといかん」歯科医がつぶやいた。「こんな暑さの中でこれ以上進むわけにはいかん」

　マクティーグはラバを大きめの峡谷の中に引っ張っていき、赤い岩の積み重なった影で立ち止まった。長いあいだ探した挙句、やっと水を発見した。二、三クォート〔一クォートは〇・九四六リットル〕だけで、生ぬるく、塩辛かったが、太陽の熱でひび割れた泥のくぼ地の底に残っていたのだ。ラバに水を飲ませ、水筒を満たすとほとんど残らなかった。ここでマクティーグはキャンプを張り、ラバから鞍を下ろし、自由にしてやり、勝手に食べ物を探させることにした。数時間後、太陽が沈み、雲ひとつない空は赤く、金色に輝きを放った。耐え難かった暑さは徐々に緩んでいった。マクティーグは主にコーヒーとベーコンからなる夕食を作り、夕闇が迫るのを眺めながら、夜の甘美な涼しさをこの上なく味わっていた。毛布を地面に広げながら、今後は夜のあいだだけ移動し、日中は峡谷の影で休んでいようと固く心に誓っていた。恐ろしい一日を歩きとおしたことで憔悴《しょうすい》しきっていた。これまでの人生で眠りがこれほど心地よかったことは一度もなかった。

　しかし急にマクティーグはぱっちりと目を覚まし、疲弊しきった五感が一気に警戒し始めた。

「今のはなんだったんだ？」マクティーグはつぶやいた。「何か聞こえた気が……何か見えた気がしたんだが」

　マクティーグは立ち上がってウィンチェスターに手を伸ばした。荒涼たる景色は、周囲に静かに横たわっていた。自分の息遣いを除いてなんの物音もしなかった。砂漠の地表では砂一粒動いていなかった。マクティーグはひそかに、素早く、端から端へと視線を動かし、歯を噛みしめて目を回した。またしても拍車が脇腹に当てられた。またしても見えない手が手綱を引いて東へ向けさせた。あれだけ恐ろしい一日、何マイルも逃亡したというのに、出発したときと比べて事態は少しもよくなっていなかった。何か変化があったとしても、むしろ悪化していた。あの不可解な直感が今ほど執拗に感じられたことは一度もないのだから。すぐさま逃げ出したいという衝動がここまで強くなったことはなかったのだから。拍車がこれほど深く食い込んだことはなかったのだから。マクティーグの身体の全神経が大声を上げて休みたいと訴えていた。だがあらゆる直感が目を覚まし、活動を始め、衝《つ》き動かすのだ、急げ、急げ、と。

「じゃあいったいなんなんだ？　なんだというんだ？」マクティーグは食いしばった歯のあいだから叫び声を上げた。「逃れられないのか？　これから絶対振り払うことができないのか？　こんなふうに隠れるんじゃない。姿を見せろ。今すぐ決着をつけようじゃないか。さあ。ただ姿を現しさえすれば、俺は怖くなんかない。でもこんなふうにこそこそするな」急に怒りで我を忘れたかのように大声でマクティーグは叫んだ。「くそ、出て来い！　出てきて決着をつけろ」そしてライフルを肩に載せ、茂みから茂みへ、岩から岩へと見渡しながら少しでも影の濃くなったところに順に狙いをつけていった。唐突に、自分でも全然思いもせずに、人差し指が曲がり、ライフルが発射されて火を噴《ふ》いた。峡谷はそのとどろきをこだまで返し、そしてさざ波が広がりゆくように、その音を次々に砂漠のはるか向こうにまで運んでいった。

マクティーグは慌ててライフルを下ろし、狼狽したように声を上げた。

「馬鹿だな」マクティーグは自分をたしなめた。「馬鹿なことをしたな。まずいことになったぞ。何マイルも先まで聞こえたじゃないか。まずいことになったぞ」

マクティーグは注意を集中して聞き耳を立てていた。ライフルは手の中で煙を上げていた。最後のこだまが消えていった。煙も消えた。広大な静寂が通りすぎるライフルのこだまを飲み込んだのだ。それはまるで大海原が船の航跡を飲み込むようだった。何ひとつ動くものはなかった。だがマクティーグは慌てて自らを鞭打ち、毛布を丸め、ラバに鞍をつけなおし、身の回りの物をひとつにまとめなおした。そして合間合間でつぶやくのだった。「さあ、急げ。急ぐんだ。この馬鹿め。まずいことになったぞ。何マイルも先まで聞こえたじゃないか。さあ、急げ。すぐ近くまで迫ってきてるぞ」

薬莢を装填しなおそうとレバーを引いて、マクティーグは弾倉が空になっているのに気づいた。ズボンの脇を叩き、慌てて片方のポケットを探り、次いでもう片方を探った。余分の薬莢をもってくるのを忘れていたのだ。マクティーグは抑えたののしり声を出し、ライフルを放り捨てた。これからは丸腰で旅を続けないといかん。

キャンプのそばの泥たまりでもう少し水をかき集めた。最後に一度ラバに水を飲ませると、カナリアのかごに巻いた袋を濡らした。そしてふたたび、マクティーグは出発した。

だがマクティーグの逃げる方向は変わっていた。これまでは山並みのきわに沿って南に向かっていたが、今度は直角に向きを変えていた。先を急ぐにつれて下り勾配になっていき、ヤマヨモギも徐々に減っていった。そしてとうとうまったくなくなってしまった。砂は雪のように白い、細かい粉末にとって代わられた。ライフルを撃ってから一時間ばかりたったとき、ラバの蹄がデス・ヴァレーの地表に広がる、太陽に焙られたアルカリの薄片をバリバリと音をたてながら砕き始めた。

これまでキャンプを張るごとに、ずっと追われ、責めさいなまれているように感じてきた。ここでずっと追いすがってきた敵を、最後にもう一度だけ、なんとかして振り払ってやろうと、突然マクティーグは心に決めたのだった。あの恐ろしい荒野にまっすぐに突き進んでやるのだ。獣ですら恐れて入ろうとしないところに。今すぐデス・ヴァレーを横断して、追手をこの不毛の荒地の反対側まで引き離してやるのだ。

「これ以上追ってはこれんだろう」急ぎ足で進みながらマクティーグはつぶやいた。「俺を追って、こ、こ、こまで来られるか試してやろうじゃないか」

マクティーグは慌ただしく先を急ぎ、ラバをせかして速めの軽駆《ラック》けで走らせた。四時が近づくと、真正面の空がピンクと金色に色づき始めた。マクティーグは立ち止まって朝食をとり、食べ終えるとすぐさま先を急いだ。夜明けが火鉢のように燃え上がり、白熱した。太陽が昇ると、それはまるで炎の中に浮かぶ巨大で真っ赤に焼けた石炭のようだった。一時間がすぎ、二時間がすぎ、さらにもう一時間がすぎた。九時ごろになっていた。また歯科医は立ち止まり、息を切らし、喘ぎながら両腕をだらりと下げ、目を狭めて瞬きしながら、周囲を見渡した。

はるか後方にはパナミント山脈がすでに地平線上の小さな青い丘のように見えた。目の前も両側も、北も、東も、南も、太古から続く荒涼たる風景が広がっていた。何リーグにもわたって、無限の長さの巻物を地平線から地平線へと広げたように、目もくらむような白いアルカリが無窮に広がっていた。茂みひとつ、小枝一本、この恐るべき単調さを打ち破ることはなかった。砂漠の砂ですら、目にするとありがたいと思えるだろう。ヤマヨモギのひと房ですら、見る者を魅了できただろう。しかしここは砂漠よりもひどい場所だった。このぞっとするようなアルカリの低地は、海抜高度よりはるかに低い場所にあるこの原初の湖底は、あまりにも忌まわしいのだ。プレイサー郡の巨大な山々は、たんに人間に無関心なだけであった。しかしこのすさまじいばかりのアルカリの湖床は、あからさまに、そして遠慮会釈もなく、邪悪で悪意をもっていた。

マクティーグはパナミントの低い勾配にいたときだって、ひどい暑さだと思ってものだったが、デス・ヴァレーに来てみると、暑さはまさに恐怖の対象と化した。自分の影を除いては日を遮るものとてないのだ。頭の天辺から爪先まで全身焼き尽くされ、からからに干上がっていた。身体に加えられる拷問のような痛みは、たとえ全身の皮を剝がされてもこれほど強く痛むことはないだろうと思われた。

「これ以上暑くなったら」マクティーグはぼうぼうに伸びた髪の毛と口髭から汗を搾り取りながら、つぶやいた。「これ以上暑くなったら、どうしていいのかわからん」喉がからからなので水筒から水を少し飲んだ。「水ももう満足にない」マクティーグはそうつぶやいて水筒を振ってみた。「急いでここから出ないと、どうしようもなくなる」

十一時には気温はすさまじく上がり、マクティーグには地面が焼けているのが、ブーツの靴底を通して、ちくちく、ひりひりと感じられるほどであった。一歩進むごとに、微細なアルカリのほこりが巻き上がり、そのせいで塩辛く、喉が詰まり、息ができなくなって咳き込み、くしゃみが止まらなくなるのだった。

「ひどい！　なんて場所だ！」歯科医は叫び声を上げた。

一時間後、ラバが動けなくなり、崩れ落ちた。口は大きく開き、耳は垂れ下がっていた。マクティーグはわずかの水で口をゆすぎ、夜明け以来二度目に鳥かごの小麦粉袋を湿らせた。空気は蒸気船の機関室の中のように震え、揺れ動いていた。太陽は小さな塊に凝縮し、溶けたまま頭上を漂っていた。

「我慢できない」とうとうマクティーグが言った。「休んで日陰を作らないと」

ラバは地面にうずくまり、短い息で喘ぎ、なかば目を閉じていた。歯科医は鞍を取り除き、毛布を解きほどき、頭上で支えて可能な限り太陽を遮ろうとした。そしてその下にもぐりこもうとかがみこみ、手のひらを地面につけた。すると痛みの叫びを上げて慌てて手を離した。地表のアルカリは熱したオーブンのような熱さで、地表を掘り返して溝を作ってやっと身を横たえることができるのだった。

だんだん歯科医はまどろみ始めた。前の晩ほとんど、いやまったく眠っていなかったのだ。さらに燃えるような太陽のもとで大急ぎの逃避行を続けていたせいで、すっかり憔悴しきっていたのだ。しかし休息はすぐに破られた。覚醒と睡眠のはざまで、あらゆる種類の千々乱れた想念が頭の中を駆け巡るのだった。そして自分がクリベンズとともにパナミント山脈にまた戻ったのだと思い込んだ。金鉱を見つけたばかりでキャンプに戻る途中なのだった。マクティーグは自分が砂とヤマヨモギを越えて大股に歩く姿を他人のようにして眺めていた。そして次に目にしたのは、突然、自分が立ち止まり、勢いよく身を翻し、警戒しながら背後をじっと見つめるところであった。何かが背後に迫っていたのだ。何かがあとを追ってきていたのだ。マクティーグは、言ってみればこのもうひとりのマクティーグの肩越しに目を配っていた。そしてずっと向こうの方に、峡谷の薄明りの中に、何か黒いものが地面を這っているのを見た。はっきりとは目に見えないその灰色の姿が、人のものなのか獣のものなのかもわからなかった。するとまたもうひとつ、さらにもうひとつ、またひとつ姿を現した。何十もの黒い地を這う物体が、マクティーグに迫っていた。茂みから茂みへと這い回り、みなマクティーグの方に一目散に集まってくるのだ。「やつら」はマクティーグを追っていた。マクティーグに迫りつつあった、手を伸ばせば届くところまで来ていた、すぐ足元まで近づいていた――喉元に手をかけていた。

マクティーグは叫び声を上げて飛び起き、毛布をはねのけた。何も見えなかった。何マイルにもわたって、アルカリ砂漠は物陰ひとつなく、荒涼としており、午後の太陽の、打ちつけるような炎の下で震え、揺らめいていた。

しかしまたしても拍車が脇腹に食い込んだのを感じ、マクティーグは先を急ぐよう突き動かされた。もう休んではいられない、引き返すこともできない、立ち止まることも許されない、動き続けなければならない。急げ、急げ、急ぐんだ。マクティーグの中の、すぐ表面のところで眠っていた獣が息を吹き返し、油断なく身をもたげ、すぐにこの場を去ろうと引っ張った。この本能に逆らうことは不可能だった。この野獣が敵の存在を感じていたのだ。追手のにおいを嗅ぎつけたのだ。騒ぎ立て、抗い、争い、決して逆らうことを許そうとしなかった。

「これ以上歩けない」マクティーグがそう呻き、背後の地平線を見渡した。「俺の負けだ。もう限界だ。もう二晩も寝てないんだ」だが、それにもかかわらず、マクティーグは自らを奮い立たせ、自分と同じくらい疲れ切っているラバに鞍をかけ、またしても焼きつけるアルカリ砂漠の上を、燃えつくすような太陽のもと、突き進んでいった。

このとき以降、恐怖が常にマクティーグにつきまとい続けた。拍車は脇腹に突き立てられたまま離れなかった。逃亡するようにと衝き動かす衝動は決しておさまらなかった。急ごうが立ち止まろうが、変わることはなかった。マクティーグはひたすら進み、ただまっすぐにいつまでたっても近づかない地平線を追っていた。暑さに鞭打たれ、喉の渇きに苦しめられ、背中を丸め、背後を盗み見、時折手を前に伸ばしては、指を折り曲げ、いつまで追いすがっても遠くへ逃げ行く地平線を、さながらつかみとろうとするのである。

マクティーグの逃亡が始まってから三日目の日が沈み、夜が来た。星が涼しげなくらい紫の空にゆっくりと燃えていた。白いアルカリの広大な低地は雪のように輝いていた。マクティーグは今ではずいぶん砂漠の内側に入り込んでいて、歩みを止めず、大股で勢いよく進んでいた。マクティーグのもつとてつもない力が、頑固に歩みを続けさせたのだ。黙り込んだまま、なんの感情もあらわさず巨大な顎を嚙みしめ、ひたすら歩き続けた。真夜中になって、やっと立ち止まった。

「さあ」ある意味で自暴自棄になって挑みかかるように、まるで相手が聞いているかのように、マクティーグは唸り声を上げた。「俺はここで休む。今から寝るんだ。来るんなら来てみろ」

マクティーグは暑くなったアルカリの表面を取り除き、毛布を広げ、翌日の太陽の暑さに起こされるまで眠り続けた。水はあまりにも少なくなっていたのでコーヒーを淹れるのはやめることにし、コーヒーなしで朝食をとった。十時までまたずんずん歩き続け、数少ない岩棚の影でまたキャンプを張り、日中の暑いあいだそこで「休息」をとった。五時にはまた前進を始めていた。

マクティーグは夜の大半の時間を進み続け、朝の三時近くに一度だけ立ち止まってラバに水筒の水を飲ませた。ふたたび灼熱の太陽が地平線の向こうで燃え上がっていた。六時ですら暑かった。

「今日はこれまで以上にひどくなりそうだ」マクティーグは呻いた。「キャンプを張れる岩がまた見つかればいいんだが。この先二度とこの土地を出られることがあるんだろうか？」

砂漠の様子にはなんの変化もなかった。いつ見ても同じように、果てしなく続く白く焼けたアルカリが、あらゆる方向の地平線に向けてどこまでも広がっているだけであった。平坦で目のくらむ砂漠の地表が、ところどころで途切れ、長く低い小山に盛り上がっており、その天辺に登るとマクティーグは何マイルにもわたって続く恐ろしい荒廃を目にすることができた。日を遮るものはどこにもなかった。岩ひとつ、石ひとつ、大地の単調さを打ち破るものはなかった。何度も何度もマクティーグは低い小山に登り、キャンプを張れる場所を探し、ぎらつく砂と空から目を覆ってあたりを見渡した。

そしてもう少し先まで進んでいったとき、やっとふたつの小山のあいだのくぼみを見つけ、そこでキャンプを張ることに決めた。

突然叫び声がした。

「手を上げろ。いいか、銃で狙いをつけてるからな！」

マクティーグは見上げた。

マーカスだった。

第二十二章

サンフランシスコを出ていってから一か月以内に、マーカスはパナミント・ヴァレーに行き、ジーペ氏の知人であるイギリス人と一緒に「牛の牧場経営に加わ」った。活動拠点はモドック〔カリフォルニア州にはモドック郡という地名があるが、位置的に無関係であることは明らか。おそらく架空の地名である〕と呼ばれる土地で、峡谷の一番低いところにあり、キーラーの南から踏み分け道《トレイル》を通って五〇マイル〔八〇キロメートル〕ほど行ったところにあった。

マーカスの生活は、まさにカウボーイの生活であった。以前から抱いていた夢の職業をついに叶えたのだ。ブーツを履き、ソンブレロをかぶり、リヴォルヴァーをはめ、昼間は馬に乗り、夜の大半はモドックにひとつしかない酒場でポーカーをやってすごすのだ。とりわけ嬉しくてたまらなかったのは、撃ち合いにまで巻き込まれたことだった。牛の焼印をめぐる言い争いから生じたものだったが、その結果、マーカスの左手の指は二本ふっとばされてしまったのだ。

外の世界からのニュースはパナミント・ヴァレーにゆっくりと染み込んできた。電報局もキーラーより先に建てられることはなかった。時折、一番近い大都市であるインディペンデンスの地方新聞が、山中の牛の放牧地にもち込まれたり、たまにはサクラメントの新聞の日曜版が数週間遅れで、手から手へと回し読みされたりするのだ。マーカスは、ジーペ家からの便りを受け取ることもなくなった。サンフランシスコに関しては、ロンドンやウィーンと同じくらい遠くに感じられた。

ある日、マクティーグがサンフランシスコを逃亡してから二週間ほどして、マーカスが馬に乗ってモドックに行くと、男たちの一団が集まって、ウェルズ・ファーゴ〔第八章に既出〕の事務所の外に掲示が貼ってあるのを見ていた。それは殺人犯の逮捕、勾留に対する賞金の提供を呼びかけていた。犯罪はサンフランシスコで起こったもので、賞金首の男はインヨー郡西部まで追跡されたのだが、その時点でピントーかパナミントの山中など、キーラー周辺に潜伏していると信じられていた。

マーカスは同じ日の昼すぎにキーラーに到着した。町まであと半マイルというところで仔馬が倒れ、疲労で死んでしまった。マーカスは鞍を取り外す時間も惜しんで先を急いだ。キーラーのホテルのバーに着いたとき、ちょうど捜索隊が結成されたばかりだった。保安官はその日の朝、インディペンデンスからやってきたのだが、最初のうちはマーカスが手助けを申し出ても受け入れようとしなかった。すでに十分人手は足りていたのだ——むしろ多すぎるぐらいだった。これから行かなければならない土地は過酷な場所だし、これだけの数の男と馬に飲ませる水を見つけるだけでも大変になるのだから。

「でもその連中は誰もやつの顔を見たことないんだろ」マーカスは、興奮と怒りで身体を震わせながらわめき散らした。「俺はあいつをよく知ってるんだ。百万人の中からでも見つけ出せるんだ。俺はやつを確認できるけど、あんたの部下にはできない。それに俺はあいつの……あいつの……くそ、なんてこった！　あいつの女を知ってたんだ……あいつの嫁さんを……フリスコ〔サンフランシスコの蔑称〕でな。あの娘は俺のいとこだったんだ。あの娘は……あの娘は……一度はあの娘のことを……この事件は俺の個人的な問題なんだ——それにあいつがもって逃げた金《かね》、あの五、〇〇〇ドルはもともと俺のものだったんだ。だが、そんなことはどうでもいい。俺はついていくからな。聞いてるのか？」マーカスはこぶしを振り上げてまくしたてた。「俺は行くぞ、絶対にな。あんたの部下なんかにな、俺を止めることなどできやしない。止められるもんなら止めてみろ。ふたりまとめて相手にしてやろうじゃないか」マーカスのわめき声がバーにけたたましく鳴り響いていた。

「しょうがないな、じゃあついてこい」保安官は言った。

捜索隊はその日の夜にキーラーを出発した。雑貨屋でマーカスは二頭目の仔馬を購入したが、そこの店主からの情報によると、賞金首の掲示に記載されている人相とぴったり一致する男が、クリベンズの相棒《パートナー》になり、ふたりでパナミントの山で試掘をしようと道具類一式をこの店で買っていったという。捜索隊はふたりのあとを追い、すぐに谷の突端に最初のキャンプを見つけた。たやすい仕事であった。パナミント・ヴァレー周辺のカウボーイや山岳パトロール《レンジ・ライダー》に、ふたり連れの男のうち、片方が鳥かごをもった連中が通るのを見たり気づいたりしなかったかとただ尋ねればいいのだ。

この最初のキャンプ以後の足取り《トレイル》はつかめなくなった。一週間もゴールド・ガルチの鉱山のまわりで無駄な捜索に潰してしまった。ふたりがそこに向かうことは十分あり得ると考えたのだ。その後、ゴールド・ガルチを巡回区域に含めていた旅回りの行商人が、金を含む石英を掘り当てる大当たりがあったという知らせをもち込んだ。およそ一〇マイル〔一六キロメートル〕南に下った、山脈の西の勾配だという。行商人によると、キーラーからやってきたふたり組が掘り当てたとのことで、さらにつけ加えて言うには、片方の男は奇妙なことにかごに入ったカナリアを連れているという。

捜索隊がクリベンズのキャンプにたどり着いたとき、もう三日も前にその相棒はなんの説明もせずに姿を消していた。賞金首こそすでに逃げたあとだったが、ラバのつける歩幅の短い蹄の跡と、それに交じるようにして巨大な鋲打ちブーツの足跡が、砂の上にはっきりとたどることができた。捜索隊はその足跡《トレイル》をたどり、見失うことなくあとを追ったが、しばらくすると足跡は南に向かわずに急に東にそれていた。みな、自分の目がほとんど信じられなかった。

「理屈に合わんぞ」保安官が叫んだ。「いったいこいつは何をやろうとしてるんだ？　もうお手上げだ。この季節にデス・ヴァレーに逃げ込まれたんじゃあな」

「きっとアルマゴーサのゴールド・マウンテンに向かったんだぜ」

男たちは、この推測が間違いないだろうと踏んだ。そっちの方向に行くならそこが唯一、人の住んでいる地域だからだ。捜索隊の今後の動きに関して議論が始まった。

八人もの男と馬であのアルカリ低地に入っていくなんて考えられない」保安官は言った。「ひとりでも、向こうにつくまでの自分と馬の分の水をもって行けるかどうか怪しいのに、ましてや八人だなんて。そんなの無理だ。四人でも無理だろう。いや、三人だって不可能だ。谷をぐるっと迂回して反対側に出て、ゴールド・マウンテンまで先回りしよう。そうすべきだ。そのためには死に物狂いで急がんといかんぞ」

だがマーカスは声を限りに全力で反対した。足跡《トレイル》を発見した以上、それを捨てるなど考えられないというのだ。マーカスは目指す男のところまでわずか一日半程度しか遅れていないはずだと主張した。足跡《トレイル》を見失うことなんてありえない――なにせ白いアルカリの上に、雪についた足跡のようにはっきりと残っているのだから。谷に向かって全力で走って行って、目指す男を捕まえ、水が全然なくならないうちに戻ってくればいいじゃないか。少なくともこの俺は絶対に追跡を諦めない、こんなに近くまで迫ってるんだからな。キーラーから出発するときに大慌てだったから、俺は正式に保安官代理に宣誓就任していないのだ。だから誰の命令も聞く義理はない。俺は好きなようにやらせてもらうぜ。

「じゃあ行けよ、この馬鹿野郎が」保安官はそう返事をした。「俺たちはどっちにしても谷を迂回するつもりだ。やつはお前が半分も横断しないうちにゴールド・マウンテンについてるかもしれん。俺たちはそっちに賭ける。だがもしお前がこの砂漠でやつを捕まえたらな」――保安官はマーカスに手錠を放り投げた――「そいつをはめてキーラーまで連れて戻るんだ」

マーカスが捜索隊を離れて二日後、もうずいぶん砂漠の奥深くに入り込んだあたりで、マーカスの馬が力尽きた。猛烈な焦燥感にあおられ、マーカスは足跡《トレイル》を追って情け容赦なく馬に拍車を当てたため、三日目の朝に馬はもう動けなくなっていたのだ。足の関節ががちがちに固まっているようだった。一馬身進んだかと思うとよろめき、足がもつれ、どうしようもなくなってその場に崩れ、痛々しい呻き声を上げた。もう役には立たなかった。

マーカスはもうすぐマクティーグに追いつけるものと信じていた。直前のキャンプにあった燃えかすはまだくすぶっていたのだ。マーカスはもてる限りの食料と水をもって先を急いだ。だがマクティーグはマーカスが思っていた以上に先に進んでいた。砂漠に入って三日目の夜までに、マーカスは喉の渇きに耐え切れず、口いっぱいの最後の水を飲みほしてしまい、空になった水筒を放り捨てた。

「あいつが水をもってなかったら」マーカスは先へ先へと突き進みながら考えた。「もしあいつが水をもってなかったら、いったいどうしたらいいんだ！　きっとひどいことになるぞ。ああ、間違いない《フォー・ア・ファクト》」

*

マーカスの叫び声を聞いて、マクティーグは顔を上げ、あたりを見渡した。とっさに誰の姿も見えなかった。アルカリがぎらぎらと反射する白い光を遮るものは何もなかった。それから素早く目を動かすと、頭と肩が、自分の真正面にある小山の低い頂から突き出ているのを目にした。男がそこにいた。地面に寝転がり、リヴォルヴァーでこっちに狙いを定めていた。数秒間、マクティーグはその男を呆けたように眺めていた。うろたえ、混乱していて何もはっきりしたことを考えられなかった。そして次にその男が、奇妙なくらいマーカス・シューラーに似ていることに気づいた。いや、マーカス・シューラーその人だった。いったいどうしてマーカス・シューラーがこの砂漠に現れるような事態になったのだ？　あんなふうに俺にピストルを向けるなんて、どういうことなのだ？　用心しないと、ピストルで撃たれるかもしれない。そしてマクティーグの思考は、まざまざと危険を感じたせいで、急激に研ぎ澄まされた。

とうとう敵が姿を現したのだ。自分の足跡につきまとう追跡者が現れたのだ。とうとうやつは「出てき」て、正体を明らかにしたのだ。こんなに何日ものあいだこそこそと隠れた挙句に。マクティーグにとってはありがたいくらいだった。今こそ思い知らせてやる。まさに今、ここで、ふたりは決着をつけるのだ。俺のライフルはどこだ！ ずっと前に捨ててしまったじゃないか。今俺は無力なのだ。マーカスは両手を上げろと命じた。もし手を上げなければ、殺してやるからな。しっかり狙いをつけてるんだぞ。マクティーグは自分に向けられたピストルを恐ろしい形相でにらみつけ、顔をしかめた。そして一歩も動かなかった。

「手を上げろ！」マーカスはもう一度怒鳴りつけた。「三つ数えるあいだだけ待ってやる。ひとつ、ふたつ――」

とっさにマクティーグは両手を頭上に上げた。

マーカスは立ち上がり、小山を越えて近づいてきた。

「上げたままだぞ」マーカスは叫んだ。「もしちょっとでも動かしたら、撃ち殺してやるからな」

そしてマクティーグのところまで近寄り、武器をもっていないか身体を探り、ポケットの中をまさぐった。しかしマクティーグはリヴォルヴァーをもっていなかった。狩猟ナイフすらなかった。

「あの金をどうしたんだ、あの五、〇〇〇ドルは？」

「ラバに載せてるよ」マクティーグはむっつりと返事をした。

マーカスは唸り声を出し、ラバの方をちらっと見やった。ラバはちょっと離れたところに立ち、不安そうに鼻を鳴らし、ときどき長い耳をぺたんと垂らしている。

「鞍頭の上の、あのキャンヴァスの袋か？」マーカスは詰問した。

「そうだ、あの中だ」

満足げな光がマーカスの目に宿った。そして声を抑えてつぶやいた。

「やっと手に入れたぞ」

奇妙なことに、マーカスはこの先どうするか迷っていた。マクティーグを捕まえたのだ。すぐ目の前に無防備に突っ立っている。大きな両手を頭上に上げて、むっつりと自分の方をにらみつけて。マーカスは仇敵を捕らえたのだ。州のあらゆる保安官が探し求めていた男をついに追い詰めたのだ。これからこいつをどうしてやろうか？　いつまでもそのまま両手を頭上に上げ、突っ立ったままにさせておくわけにもいかない。

「水はあるか？」マーカスは問い詰めた。

「ラバに水を入れた水筒がある」

マーカスはラバの方に移動し、手綱をとるそぶりを見せた。その途端、ラバは甲高い鳴き声を上げ、頭を突き上げてちょっと離れたところまで駆けていった。目をぐるぐる回し、耳をべったり垂らしている。

マーカスは怒り狂ってののしった。

「前にもそんなふうな動きをしたことがあったよ」マクティーグは両手を上げたまま説明した。「こっちに向かう前に向こうの山でロコ草を食べたらしい」

しばらくマーカスはためらっていた。ラバを捕まえようとしているあいだにマクティーグが逃げてしまうかもしれない。しかしいったいどこへ逃げるというのか。ぎらぎらと照りつけるアルカリ砂漠の上で、鼠《ねずみ》ですら隠れる場所はないだろう。それにマクティーグがもっている食料の蓄えも貴重な水の残りも、みなラバに載せてあるのだ。マーカスはラバのあとを追って走った。リヴォルヴァーを片手にもち、わめき、ののしりながら。しかしラバはなかなか捕まらなかった。何かにとりつかれたような動きで、甲高い悲鳴を上げ、蹴りつけたかと思うと大きな円を描いて走り回り、頭を高くつき上げた。

「おい」マーカスは怒り狂い、マクティーグの方を振り返って叫んだ。「さあ、手伝えよ、こいつを捕まえるんだ。どうしても捕まえないと。水は全部あの鞍に載ってるんだからな」

マクティーグが近づいてきた。

「ロコ草を食ったんだ」そう繰り返した。「前も一度頭がおかしくなったんだ」

「もし走りだしてそのまま行ってしまったら……」

マーカスは最後まで言わなかった。急にとてつもない恐怖があたりに広がり、ふたりの男を包み込んだ。水がなくなってしまえば、死ぬまでにたいしてかからないだろう。

「きっと捕まえられる」歯科医が言った。「前も捕まえたんだから」

「ああ、捕まえられるさ」マーカスは自分を安心させるように言った。

すでにふたりのあいだの憎しみは、共通の危機に際して薄れていた。マーカスはリヴォルヴァーの引き金を下ろし、ホルスターにさし戻した。

ラバは前方を速足《トロット》で駆け、鼻を鳴らしながらアルカリの粉を大量に巻き上げていた。一歩ごとにキャンヴァスの袋がジャラジャラと音を鳴らし、マクティーグの鳥かごが小麦粉袋にくるまれたまま、鞍のクッションにぶつかっていた。

やがてゆっくりとラバは立ち止まり始め、興奮して鼻腔から大きく息を吐き出していた。

「完全に狂ってるぞ」マーカスはいらいらしながら息を喘がせ、ののしった。

「そっと近づこう」マクティーグは言った。

「俺が忍び寄ってみる」マーカスが言った。「ふたりだとまた脅かすことになりかねん。お前はここに残ってろ」

マーカスは一度に一歩ずつ進んでいった。ほとんど腕を伸ばせば鞍に手が届くところまで来たとき、ラバは急にマーカスから飛びのき、走って逃げた。

マーカスは怒りで地団太を踏み、こぶしを振り回し、恐ろしい勢いでののしった。一〇〇ヤード〔九一・四四メートル〕ほど離れたところでラバは立ち止まり、アルカリの中で食べ物を探しているかのように、鼻から息を吐いたりすったりしていた。それから理由もなく、また飛びのいたかと思うと、ゆっくりとした速足《ジョグ・トロット》で東に進み始めた。

「やつを追っかけないとまずい」マクティーグが近づいてくると、マーカスはそう叫んだ。「ここから七〇マイル〔一一二キロメートル〕はまったく水がないぞ」

それからいつ終わるとも知れない追いかけっこが始まった。何マイルにもわたって、砂漠の太陽のとてつもない暑さの中、ふたりの男はラバを追い、時間がたつごとにますます激しくなる喉の渇きに苦しんだ。もう十回あまりももう少しで水筒に手が届くところだったが、その都度錯乱した動物は身を翻し、逃げ去るのだった。とうとうマーカスは音を上げた。

「だめだ、捕まえられそうにない。このままだと喉が渇いて死んでしまうぞ。一か八かに賭けるしかない」マーカスはリヴォルヴァーをホルスターから引き抜き、引き金を引いて忍び寄った。

「落ち着けよ」マクティーグが言った。「水筒を撃ち抜いたら元も子もないからな」

二〇ヤード〔約一八・三メートル〕の距離まで近づくと立ち止まり、マーカスは左前腕を支えにして発砲した。

「やっつけたぞ」マクティーグは叫んだ。「いや、また立ち上がった。もう一度撃て。駆けだしていくぞ」

マーカスは走りだし、走りながら発砲した。ラバは片方の前足を引きずり、そのまま這い進んだかと思うと、甲高い鳴き声を出し、鼻を鳴らした。マーカスは最後にもう一発撃った。ラバは頭からつんのめり、そして横向きに転がった。水筒の上に倒れ込んだせいで、水筒が破裂し、中身が全部砂の上にまき散らされた。

マーカスとマクティーグは駆け寄り、マーカスはつぶれた水筒を、悪臭を放つ血まみれの皮膚の下からつかみ取った。水はまったく残っていなかった。マーカスは水筒を放り捨てて立ち上がり、マクティーグに向き合った。しばらく動かなかった。

「俺たち、死んだも同然だな」マーカスが言った。

マクティーグはマーカスから目をそらし、砂漠の方を見やった。どちらを向いても、混沌たる荒廃がどこまでも続いており、午後の熱気で燃え立ち、照りつけていた。頭上には鉛のような空が広がり、どこまでいってもアルカリの癩《らい》病のような白さが続いていた。それ以外には何もなかった。ふたりはデス・ヴァレーのど真ん中にいたのだ。

「水は一滴もない」マクティーグがつぶやいた。「一滴たりとも水がないんだ」

「ラバの血を飲めばいいんだ」マーカスが言った。「以前にそういう例があった。でも……でも……」マーカスはぶるぶる震えている血まみれの身体を見下ろした――「でも俺はまだそこまで喉は乾いてない」

「一番近くの水はどこだ？」

「そうだな、一〇〇マイル〔一六〇キロメートル〕か、あるいはもう少し戻ったところの、パナミントの山だな」マーカスは強情にそう返事した。「そこまでたどり着く前にとっくに頭がおかしくなってるぜ。間違いないよ、俺たちはもう終わりだよ、くそ、俺たちはもう終わりだ。二度とここから出られることはないんだ」

「終わりだと？」マクティーグは呆けたようにあたりを見回しながらつぶやいた。「終わりだ。そのとおりだ《ザッツ・ザ・ワード》。終わりだと？　そのとおり、俺たちは終わったんだろうよ」

「これからどうする？」マーカスはしばらくして突然絶望の声を上げた。

「さあ、そうだな……とりあえず歩こう……どこかへ」

「どこへだよ？　教えてほしいもんだね。これ以上歩いてなんになるんだ？」

「ここに突っ立っててなんになるんだ？」

沈黙が続いた。

「くそ、暑くてたまらん」やがて歯科医がそう言って、手の甲で額を拭った。マーカスは歯をぎりぎりと噛みしめていた。

「終わりだ」そうつぶやいた。「終わりだ」

「ここまで喉がからからになったことなんて一度もない」マクティーグが続けた。「あまりに水分がなくって、舌が顎にこすれる音まで聞こえてくる」

「さあ、ここにこうやっていてもしょうがない」とうとうマーカスが言った。「どこかに行かないとな。なんとか頑張って戻ってみよう。たぶん無駄だろうけどな。ラバの荷からもって行くものはあるか？　俺たち――」

突然マーカスは口をつぐんだ。一瞬のうちに、死に際したふたりの男の視線がぶつかり、同じ考えがふたりの頭の中に同時に浮かび上がった。五、〇〇〇ドルの入ったキャンヴァスの袋はまだ鞍頭にくくられたままだった。

マーカスはラバを撃つのにリヴォルヴァーの弾丸を撃ち尽くしていた。弾薬帯を巻いてはいたが、今この瞬間はマクティーグ同様丸腰なのだった。

「思うんだがな」マクティーグが一歩近づきながらそう言い始めた。「思うんだが、たとえもう終わりだとしても、俺がもってくぜ――自分の荷物をちょっとばかりな」

「待て」マーカスが徐々に敵意を燃え上がらせながら、怒りをこめて叫んだ。「まずは話し合おうじゃないか。誰のものか、決めようじゃないか――あの金《かね》が誰のものか」

「そりゃあ、俺のものだ。お前も知ってのとおりな」歯科医が唸り声を上げた。

ふたりのあいだのかつての憎しみが、あの昔からの怨恨がふたたび燃え上がった。

「その鉄砲に弾をこめようなんて思うなよ」マクティーグはマーカスをその小さな目で見据えてそう叫んだ。「だったらあの袋に指一本触れるんじゃないぞ」マーカスがわめいた。「お前は俺の囚人なんだからな、わかったか？俺の言うとおりにするんだ」マーカスはポケットから手錠を取り出し、リヴォルヴァーを棍棒のようにもち上げて身構えた。「お前は昔、俺からあの金をだまし取った挙句に俺を馬鹿にしやがった。今度は俺の番だ。その袋に指一本触れるんじゃない」

マーカスはマクティーグの前に立ちふさがった。怒りで顔面蒼白になっていた。マクティーグは返事をしなかった。その目は鋭いぎらぎら光る点にまで縮まり、巨大な手がこぶしに固められると、木槌より硬くなるのだった。マクティーグは一歩マーカスに近づき、また一歩近づいた。

いきなりふたりは取っ組み合った。そして次の瞬間、ぐるぐる回りながら、白く焼けた地面の上で争った。マクティーグがマーカスを後ろに突き飛ばし、マーカスはラバの死体につまずき、ひっくり返った。小さな鳥かごは、ぶつかった激しさで鞍から外れ、地面を転がっていった。小麦粉袋は剝がれ落ちていた。マクティーグはリヴォルヴァーをマーカスの手からもぎ取り、それでめくら滅法に殴りつけた。微細な突き刺すようなアルカリの粉末が煙のように立ち昇り、ふたりの争う男たちを包み込み、ほとんど窒息させんばかりだった。

マクティーグは自分でもわからないうちに、仇敵を殺してしまっていた。ただ殴りつけているうちに唐突にマーカスは動かなくなったのだ。それから急に最後の気力がよみがえった。マクティーグの右手首を捕まえると、そこで何かがカチッと鳴った。それからそれまで抗っていた身体はぐにゃりと崩れ、長い溜息をつくとそのまま動かなくなってしまった。

マクティーグが立ち上がろうとすると、右の手首が何かに引っ張られた。何かががっしりと捕まえていた。見下ろすと、マーカスが最後の格闘で力を振り絞り、ふたりの手首に手錠をかけていたのだった。マーカスはもう死んでいた。マクティーグは死体につながれてしまったのだ。周囲には、広大で際限なくはるかかなたにまで、果てることのないデス・ヴァレーだけが広がっていた。

マクティーグは呆けたようにまわりを眺めていた。遠くの地平線を見たかと思うと、地面を見下ろし、そして死にかけのカナリアを見た。カナリアは小さな金メッキの牢獄の中で弱々しくさえずり続けていた。

註

001――マリアはメキシコ出身であり、一般には中央アメリカとは言わないが、ノリスは作中でずっとメキシコを中央アメリカに分類している。

002――原文ではwaistcoatで、マクティーグが着ているとされているのがvestである。waistcoatはイギリス英語で、アメリカでは外来語であるこの語の方がvestよりおしゃれに感じられたvestである。本書では日本語のチョッキと外来語のベストが同様の関係にあるだろうと考え、vestをチョッキと訳し、waistcoatをベストと訳している。

003――サンフランシスコ湾を渡ったオークランド郊外の通り。現在の34thストリートはかつて海岸付近の一部がBストリートと呼ばれており、ローカル線の位置や付近の情景も十九世紀の地図を参照する限り作品の記述と一致しているのでここがモデルらしい。ただし第五章（一〇〇頁）でオーバーランド鉄道が走っていると書かれているが、この記述だけが一致しない。ローカル線は海岸線を南北に走り、サクラメント方面に向かうが、オーバーランド鉄道はもっと南を東西に走っている。おそらくは実際のBストリートをモデルにしながら修正を加えたものと考えられる。

004――ワシントンの誕生日の二月二十二日。この日が水曜日ということから、ノリスがカレンダーを参照していたのなら、物語はこの段階で一八八八年か、もしくは一八九三年ということになる。第十章で、作品冒頭から三年後に郵便局の出張所が別の場所に移転したと述べられるが、実際に現地にあった郵便局は九六年四月から九七年五月のあいだのどこかで移転していることがわかっているので、おそらくは物語は九三年に始まったと思われる。ちなみに作品のモデルになったコリンズ殺人事件が起こったのは一八九三年（「附録」および「訳者解題」を参照）。

005――シェイクスピアの『夏の夜の夢』への言及。魔法をかけられた妖精の女王ティターニアは、ロバの頭を被せられた粗野な労働者ニック・ボトムに恋をしてしまう。

006――（ユリシーズ・）グラント、ワシントンはアメリカ大統領、ナポレオンは言うまでもなくフランスの将軍で後に皇帝。ビスマルクはドイツ帝国初代宰相。ガリバルディはイタリア独立運動の指導者。P・T・バーナムはアメリカの興行師で大サーカスを組織した人物。

007――一九〇〇年から一九一〇年代あたりの一ドルの価値は現在のおよそ二十五倍程度であると考えられている。したがって現在の約一二万五、〇〇〇ドル、日本円なら一ドル一一〇円から一二〇円で計算すると、およそ一、三七五万円から一、五〇〇万円ほどの値打ち。

008――フランス製は金箔を使っているのに対し、ドイツ製は金色に塗っているだけ。

009――利子がおよそ月七万円ほど、トリナの人形作りが月三万五、〇〇〇円から四万五、〇〇〇円ほど。

010――機械仕掛けの神とは、ギリシア・ローマの劇において、物語の最後に機械によって舞台上に降ろされる神のことをさし、混乱した筋を解決するために導入される演劇上の仕掛けとして用いられた。

011――ノリスは明らかにアジアの文化を混同していて、「中国人の役人」と訳した原文はJapanese mandarins（mandarinは中国の役人のこと）。「平底船」(junk) は中国の船であり、「ヤシ」と訳した原文はbamboo palmsで、これは中南米原産の植物で、東南アジアにも分布している。

012――ディナーはもともと一日の主要な食事のことで、この場合は昼食をさす。

013――平凡社の『世界大百科事典』はマシーンを以下のように定義している。「アメリカにおいて、公職に立候補した者を効率的に勝利させる地方の政党組織のことをいう。アメリカの政党は、中央組織が弱体なために政党の実権を握っているのは州ないし郡および市の地方組織である。地方の党組織は、選挙において多くの票を獲得するために活発な日常活動を行っている。この地方の党組織を牛耳っているのが、ボスと呼ばれる指導者である。マシーンという言葉は、党の組織が、ボスの命令に従って自動的に機械のように操縦されることから名づけられたものである。マシーンはとくに大都市において発達したが、それはマシーンないしそのボスが、都市に群がった大量の新移民に対する慈恵的援助と引換えに、彼らの票集めを積極的に行ってきたからである。しかし、ニューディール以後は、連邦政府が福祉政策に力を入れてきたこともあって、マシーンやボスの活動範囲がせばめられ、また最近では有権者の移動が激しいためにマシーンの役割は小さくなっている」

014――ミス・ベイカーの部屋はマクティーグの部屋と同じフロアにあったはずである。ノリスの記憶違いだろうが、この章では上の階にあることになっている。

015――ニューヨークのセントラル・パークにならって作られた四・

一二平方キロメートルにおよぶ巨大な都市公園。ちなみに原文ではたんにthe Parkとのみ書かれている。多くの註釈ではリンカーン・パークとされているが、リンカーン・パークができたのは一九〇九年であり、作品当時、その場所は墓地であった。

016——四段落前では窓はひとつしかないことになっている。

017——奇妙な表現に思えるかもしれないが、英語では親指《サム》は指《フィンガー》ではないので、他の四本の指《フィンガー》とは区別される。ちなみに「五本指」にあたる英語の表現は“thumb and four fingers”である。

018——パシフィック・ストリートは現在パシフィック・アヴェニューと呼ばれており、まったく違った雰囲気の通りとなっているが、かつてはカーニー・ストリートからモンゴメリー・ストリートのあいだの一ブロックは赤線地帯として知られる非常に治安の悪い場所であった。

019——コーンウォール人のこと。当時コーンウォール人の鉱夫は言うことを聞かず、長続きしないというので歓迎されなかったのである。

020——ネヴァダ州カーソン・シティからキーラーにいたる鉄道線。マクティーグはリノからこの鉄道に乗ったとされているが、実際にこの鉄道はリノを通っていない。一八八〇年にヴァージニア－トラッキー鉄道がカーソン－コロラド鉄道を吸収しており、マクティーグはおそらくリノからカーソン・シティまではこのヴァージニア－トラッキー鉄道に乗ったものと思われる。

021——現在コーアスゴールドという名で呼ばれている町はかつてゴールド・ガルチと呼ばれ、実際に金鉱も発見されていたが、地理的にはシエラ森林公園の西側にあり、このあとクリベンズが説明する位置とまったく異なっている。ノリスが場所を勘違いしていたのか、あるいは架空の場所にたまたま同じ名前をつけたのか、あるいはゴールド・ガルチという名の地名がほかにもあったか、不明である。ノートン社の『マクティーグ』に付された註釈では架空の地名とされている。

022——金は砂よりも重いので、スプーンの中に水を入れ、浮き上がった上澄みを取り除くことで砂金を探すのである。

二十九もの致命傷

セアラ・コリンズ、夫に殺害される
金を渡すのを拒んだのが原因

夫は幼稚園の職場まで妻を尾行し、
以前から繰り返していた脅迫を実行に移す

教会で祈っているところを逮捕

殺人犯は教会でひざまずいているところを警察に発見される
——被害者はいまわの際に

犯人の名を語る——被害者の貧困と労働の日々は
子どもたちのため——コリンズは以前にも
妻の殺害を企てており、刑務所に入っていた

パット・コリンズという名の獣は昨日［一九八三年十月九日］の朝、フェリックス・アドラー慈善幼稚園で妻を刺殺した。

被害者は幼稚園の雑役婦をしており、夫は妻が早朝に出勤するところを尾行したのである。コリンズは幼稚園に入って二分後に、すぐに飛び出してそのまま逃走した。その直後、被害者は血を流したまま階段を階下まで這い降りたが、瀕死《ひんし》の状態だった。犯人がとどめに根元まで深々と突き立てたナイフが刺さったままだった。コリンズはそれまで三十回以上にわたって妻を切りつけていた。

被害者は三十分後に外来病院で死亡した。

コリンズの殺害の動機は、妻が金を渡さなかったこと、そして同居を拒んだことであった。これまでも殺害をほのめかして脅迫をしており、一度は殺害を企《くわだ》てたものの未遂に終わっている。この殺人未遂事件で短期間の服役をしている。

ふたりは九年前に結婚した。コリンズは鉄工所の工員だったが、間もなく仕事を辞め、それ以降は日雇い人夫をしていた。結婚当初から妻に暴力をふるい、年を経るごとに妻への虐待はひどくなっていった。酔っぱらうといつも妻を叩き、金を渡さないと言っては殴り倒した。夫婦にはふたりの子どもがいた。ふたりとも男の子で、母親は自分と役立たずの夫以外にこのふたりも養わなければならなかったのだ。

　ちょうど一年前、コリンズはかんしゃくを起こし、剃刀で切りつけて妻を殺そうとした。切り傷は深かったが、命は助かった。コリンズは殺人未遂で逮捕されたが、審理が上級司法裁判所に持ち込まれると、単なる暴行罪による有罪判決のみで切り抜けたのだ。その結果、コリンズは軽犯罪者収容所に送られ、六か月間服役した。哀れな妻はこの期間だけは、平和を取り戻した。

　コリンズ夫人は子どもとともに酒場「フラナリー」の裏手、テハマ・ストリート十八番地の共同住宅［スラム街にある貧困住宅］のみすぼらしい二間の部屋を借りて住んでいた。

　近所の人から見たコリンズ夫人は素晴らしい女性である。昨日の取材に応じた人々は、口を揃えて彼女の我慢強さと勤勉を語り続けた。夫人は前述の幼稚園以外にもオクシデンタル幼稚園で雑役婦として働いていた。

　フェリックス・アドラー幼稚園は、フォルサム・ストリートとセカンド・ストリートの交差点にある、古い車庫の二階に作られた慈善幼稚園である。オクシデンタル幼稚園はセカンド・ストリートとハワード・ストリートの交差点にある、同じく慈善幼稚園である。

　このふたつの貧しい幼稚園の掃除をするだけでは、十分に生活費を稼ぐことはできなかったので、洗濯も請け負っていた。この二間の部屋に住む夫人の生活について、近所の人々は賛嘆をこめて語ってくれた。毎朝夫人は幼稚園に仕事に向かう。そして急いで仕事を終わらせて戻ってくると、ふたりの男の子に服を着せ、学校に送り出すのである。その後、洗濯の仕事を始める。そんな生活が毎日続いていくのである。

「それにわたし、何度もそういうところを見たことがあるんですけど、あの人、暗くなるころには死ぬほど疲れ切っていて立ってられないくらいだったの」テハマ・ストリート十八番地でバーを営むフラナリー夫人はそう語る。「ただひたすら働きづめで、あとは次の日も健康を崩したりせずにちゃんと働けますように、って神様にお祈りするだけの生活だった」

　町のその地域では何事もひどくみじめなのだ。コリンズ夫人はずっと同じ部屋で寝て、料理をして、働くのである。

　ベッドにはカバーは一枚きりで、それもぼろぼろに擦り切れている。あらゆる場所から悲惨な貧困の様相と臭気に満ちあふれている。豊かなサンフランシスコにある部屋とはとても思えず、むしろロンドンの貧民街の様子に近い。

キプリングのバダリア・ヘロズフット［ラドヤード・キプリングの一八九〇年の短編小説「バダリア・ヘロズフットの記録」は、キプリングがスラム街を描いた唯一の作品である。その主人公の名］も同じような死に方をしたが、セアラ・コリンズもまた、この作品の主人公と同様、夫が服役中であったり、留守だったりする間にほかの男と親密になった。

ただコリンズ夫人は夫に離れていてほしかっただけなのだ。そうすれば子どもを養うこともできるのだから。

コリンズは刑期を務めあげ、また妻のもとへと戻りたがった。しかし彼女は先週の金曜日［十月六日］までそれをずっと拒絶し続けていたのである。そこで夫は妻に会いに来たのだ。それまでは田舎の方に行ってぶどう摘みの仕事をしたり、ぶらぶらと放浪したりしていた。コリンズはもちろん金を要求したが、妻はまったく与えようとしなかった。

夫は手にナイフをもって部屋に居座り、妻をなだめすかしたり脅しつけたりした。そして殺してやると脅迫した。いつものことではあったが、夫人は今度こそ夫がその脅迫をすぐにでも実行に移しそうだと見てとった。夫が子供に話しかけている隙を見て部屋を抜け出し、近所に住む男たちのもとへと助けを求めて駆け込んだのである。

テハマ・ストリートのこのあたりでは夫婦間の問題に口を出すのはよしとされていない。したがって男たちは警察に行って保護を求めるようにと助言した。夫人は南警察署に向かったが、そこで夫の逮捕状を請求するように言われたのだ。しかし家に戻ってみるとすでに夫の姿はなく、夫人はわざわざ逮捕状の請求までする必要はないと考えた。

夫人は昨日の朝、いつも通り仕事に向かった。八時ちょっと前に、ひとりの男が幼稚園に続く階段を上っていった。道路清掃夫のジョン・ケリーがその姿を目撃している。ケリーはこう証言する。「中に入ったと思ったらすぐに、女の悲鳴が聞こえてきたんだ。悲鳴を上げたのは二、三回だけだった。するとあの男が飛び出してきて、ハリソン・ストリートの方に走っていったんだ。そこで向きを変えてセカンド・ストリートをブライアント・ストリートの方に走っていった」

夫を告発

「それから女が現れた。身体を引きずってたっていうか、一段ずつ滑り落ちてたっていうか。そこで俺は駆け寄ってどうしたのか聞いたんだ。『ああ、なんてこと！　夫が私を切りつけたの』ってその女が言ったんだ。それから俺に、病院に連れてってくれって頼んだ。俺は首に刺さったままだったナイフを抜いてやった。女がそうしてくれって言ったんだ。『それでわたしを刺したのよ』って言うんだ。

『誰が？』って俺が聞いた。

『夫のコリンズよ』」

瀕死の夫人は警察の馬車に乗せられ、外来病院に搬送された。神父を呼んでほしいと頼んだが、到着前に死亡していた。

夫人の遺体は死体公示所に移送され、そこで医者の司法解剖を受けた。ナイフの刺し傷は全身におよんでいた――胸、喉、頭、顔には深い切り傷ができていた。医者がそのぞっとするような足し算を終えたとき、全部で三十以上の切り傷があることが判明した。医者の証言によると、その中でも二十九の切り傷は、どれかひとつだけでも死にいたっただろうということである。

殺人犯が用いた凶器は、ごくありきたりでぞんざいなつくりのポケットナイフであり、柄は角《つの》材でできている。刃は研いだばかりで、刃渡りおよそ二インチ［約五センチ］である。夫人は夫に切りつけられたとき、必死に抵抗したに違いない。なぜなら両手の手のひらには深い切り傷ができており、これは素手でナイフをつかんでもぎ取ろうとしたことを示している。夫人の顔には指紋が残っていた――夫は片手で妻の顔を抑えつけながら、もう片方の手で刺したのである。犯人の爪の跡が、殺された女性の頬にくっきりと残っている。

幼稚園の狭い帽子置き場を見ると、そこで起こった争いがどのようなものか一目瞭然である。壁には血が飛び散り、床は血まみれである。子どもたちの帽子とコートをかけるフックのいくつかは外れてしまっている。真紅の血痕は廊下に、そして階段を伝って外の通りにまで広がっているが、幼稚園の教師たちは児童がやってくるまでにその恐ろしい痕跡を拭い去ったのである。

コリンズ夫人のふたりの幼い子どもは、母親が戻ってこなかったために、いつもどおりに学校に行ったのだった。五歳になる下の子どもはオクシデンタル幼稚園に行き、十歳の兄はテハマ・ストリート小学校に登校した。ふたりとも青少年監督署が引き取っており、まだ母親の恐ろしい死については知らされていない。

祈りのさなかに逮捕

コリンズは昨夜十時ごろ、セント・イグナティウス教会の内陣で逮捕された。膝をついて祈りを捧げているところを発見されたのである。パトロール巡査のフリンとフォーリーは、コリンズの居所に関する手がかりをつかんでいた。コリンズは九時半ごろにマカリスター・ストリートの酒場に入ったのだが、そのときその場に居合わせた多くの若者たちから聞き出したのである。コリンズは酒を一杯頼むと、その場の客に一緒に飲もうと誘いかけたのだ。そしてカード・ゲームをやろうと提案したが、誰も応じようとはしなかった。そこでコリンズは、次のように言いながら酒場を出たのである。

「これから教会に行って、禁酒の誓いを立ててくる」

コリンズが出ていくと、そこにいた男のひとりが「あいつはコリンズだぜ」と言い、新市庁駅まで走って行って警察に知らせたのだ。

警官たちが内陣にいるコリンズを発見すると、ひとりが歩み寄ってひざまずく男の肩に手を置き、コリンズで間違いないかと尋ねた。

「そうだ」というのが返答だった。「だからなんだってんだ？」

「妻の殺害容疑でお前を逮捕する」

　コリンズは抵抗することなく、旧市庁に連行され、そこで身体検査を受けたうえ、その後上着を脱がされた。シャツは清潔であったが、下着には血がこびりついており、血痕がズボンにも付着していた。コリンズは尋問に対して一切答えようとせず、ただ金曜日以来妻には会っていないと言うだけであった。ほかの質問にはすべて同じ返答であった。「お前らには関係ない」

　コリンズは見たところ素面であり、自分の置かれた立場をわきまえている様子であった。いかなるナイフも所持していたことはないと主張し、妻を殺したことや下着の血痕に関して、一切の発言を拒んでいた。

（「サンフランシスコ・イグザミナー」紙、一八九三年十月十日、一二面）

12 THE EXAMINER, SAN FRANCISCO: TUESDAY MORNING, OCTOBER 10, 1893.

A WOMAN ENTERS THE CASE.

San Francisco Police Working on the Dynamite Outrage Bring a Female Prisoner In.

TAKEN FROM ABOARD SHIP.

HE HELD TOO MANY OFFICES.

THE OPIUM-SMUGGLING RING.

TWENTY-NINE FATAL WOUNDS.

Sarah Collins Slaughtered by Her Husband Because She Would Not Give Him Money.

ARRESTED WHILE AT PRAYER.

THE ENTRANCE TO THE FELIX ADLER KINDERGARTEN.

MRS. COLLINS' ROOM IN THE REAR OF 18 TEHAMA STREET.

MRS. SARAH COLLINS.

WHERE SARAH COLLINS WAS STABBED TO DEATH.

THE NATIONALS' ARMORY.

CRUISE OF THE TOLNA.

ON PLEASURE AND BUSINESS.

KNARSTON EXONERATED.

INSANE BY INHERITANCE.

BAILEY'S RELEASE.

（「サンフランシスコ・イグザミナー」紙、1893年10月10日、12面）

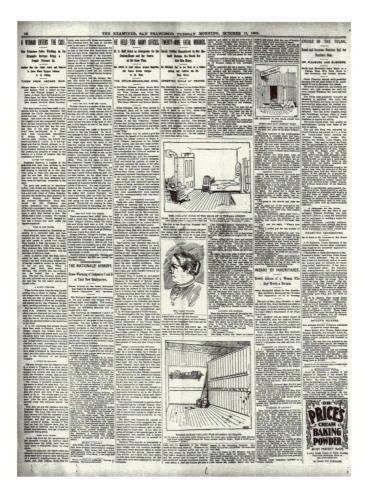

縛り首になるべく生まれてきた男

パトリック・コリンズ、文明社会に生まれた野蛮人、
妻を刺し、滅多切りにして殺害する
残忍で、人の形をした獣の外見と、
この恐ろしい犯罪にいたった動機
激しく怒り狂う夫
妻が酒を飲む金を渡さないというだけで
許せなかった――道徳的麻痺と、身勝手と、
浅知恵だけでできた男――不幸な孤児は
別々の保護施設に――父親は
正式に殺人罪で起訴

パトリック・コリンズの先祖の大多数が絞首台で死ななかったのだとすれば、それは彼らがその報いをうまく免れたのか、あるいは遺伝にはなんの意味もないということである。コリンズは先日［十月九日］の朝、妻をナイフで襲い、人を殺したいという渇望を心ゆくまで満たそうと妻を刺し、切りつけた。コリンズを見るとよくわかるのは、この手の男がかんしゃくを起こすと、人を殺すくらいは当たり前のことだ、ということである。上品な人が怒ったときに激しいことば遣いをする程度のはずみで人を殺すのである。

コリンズは昨日［十月十三日］、看守が鍵を開け、外に出るように促すと、監房から姿を現した。旧市庁監獄の廊下を照らすガス灯の下に立つと、コリンズはむっつりとした様子で訪問者を見つめた。これまでコリンズは、誰が質問をしても、気がたった様子で横柄な態度をとっていたが、昨日はまずまず礼儀をわきまえていた。

「座りたまえ、コリンズ。君に話があるんだ」訪問者はそう告げて、ベンチを指し示した。

「俺になんの用だ?」コリンズはそう聞いたが、決して乱暴な言い方ではなく、むしろ疑いと警戒心が見てとれた。

面会を求めたのが「イグザミナー」紙であると告げられると、コリンズはこう返事をした。

「いや、今はまだ何も話すことはない。そのうち時期が来れば話してやろう」

コリンズの人物像

コリンズは三十代前半の若者で、健康でたくましい身体をしている。腕の動かし方や青いシャツ、手の甲をベルトに引っ掛けるしぐさなどを見ると、まるで船乗りのように見える。顔は下品ではないものの、獣じみている。つまり落ちぶれた男というわけではなく、そもそも最初から獣のように生まれついた男なのである。顔は大きく、褐色の目は広く離れており、鼻梁は平らになっていて、黒人の鼻のように平べったい。顎は大きく残忍である。ジョン・L・サリヴァン［プロボクサー］のいとこがコリンズの服装を着ているところを想像すればまさしくぴったりである。知性に欠けているわけではないが、下劣な知性しか持ち合わせず、最高度にふるい立てたとて、愚劣な狡猾《こうかつ》さを示す程度である。コリンズには服役した経験がある。およそ一年前、妻に向かって剃刀を投げつけたのだ。命は助かったが、夫は軽犯罪者収容所に六か月間収容された。このときの経験か、あるいはほかにも似たような経験があったのか、コリンズは自分が法を熟知していて、うまくその網の目をくぐれると信じ込んでいたようである。コリンズが船乗りであったなら、狡猾さを発揮して、船首楼の利口者になったことだろう。知恵が働くせいでトラブルに巻き込まれてばかりいる男——俗に言う「海の弁護士」［命じられたことに文句をつけてばかりの船乗りのことをさす船乗り用語］である。食事の割り当てがどれくらい与えられるべきか正確に把握していて、パンを手で持ち上げてみるだけで、少しでも重さが足りなかったら、たちどころに一オンス［二八・三四九五グラム］単位で気づくのだ。仲間に向かって高級船員との会話を語って聞かせるときには、自分が見事なほど利口で横柄にふるまったりを描き出すのである。コリンズのような男は自分がまわりの人間によく思われていないからと言ってそんなことを気にしたりはしない。グロテスクなほどの自己中心性のせいで極端に自分勝手な振る舞いにおよぶのである。この手の人でなしは、大抵こういう特徴をもっているが、それが犯罪に踏み込む原因ともなるのである。我が強くて他人を思いやる能力に欠けているのである。

典型的な男

普通の人間の常識では、コリンズのやったような恐ろしい振る舞いにおよんだ場合、怒りが収まれば、少なくとも少しくらいはその極悪非道さを感じてしかるべきだと考えるであろう。しかしそのたぐいのことは何ひとつ、コリンズの属する種類の人間の虚栄心を煩わせることはない。コリンズのような連中はおびただしいほどたくさん存在している。コリンズが妻を殺したのは、妻に不当な扱いを受けたのだと感じて激怒したからである。コリンズはその理由がまったく当然だと考えたのだろうし、いまだにそう考えているに違いない。コリンズのような道徳観をもつ人間は、多少なりとも上等な人間であれば罵ったり殴りつけたりする程度の軽々しさで人を殺すのである。

コリンズ自身の目に映っている自画像と、他人に映るコリンズ像とは根本的にまったくの別人なのである。

コリンズは自分が不当な目にあっていると考えその報復をしたのだが、なぜ不当な扱いを受けていると考えたのか、コリンズが考えたように考えてみよう。妻は自分のもとを去り、洗濯を請け負ったりふたつの幼稚園で雑役婦として働いたりして、コリンズからすれば楽に生活ができるくらい金を稼いでいた。しかもその幼稚園は、ありあまるほど金をもつ上流貴婦人の援助で作られたもので、そんな金持ちがしょっちゅう出入りしているのだ。雨露をしのぐ屋根もある——こざっぱりとした部屋をふたつ、テハマ・ストリート十八番地の裏手にもっていて、そこで妻も子どもたちも、ほしいものをすべて享受しているではないか。ずっと前にコリンズは自分が一家の稼ぎ手であるという感覚をまるで失ってしまっていた。妻が働き者であるために、金を稼ぐのは妻であって自分の助けなど必要としていないのだと考え、それにすっかり慣れきってしまっていたのだ。確かにコリンズはだらしのない生活が原因で自分の専門職を失っており、波止場で日雇い労働をする羽目になっていた。その手の仕事をしても、自分でほしい金の半分にもならず、ましてや家族を養うなど到底無理なのだ。そして確かに酒が手に入る状況ならいつでも酒を飲み、酔っぱらうと妻に乱暴をする傾向にあった。しかしそういうことならどれほど善人であろうと、人間が人間である限り、誰だってささやかな欠点ぐらい持ち合わせているものではないか。

夫の悪行

妻がコリンズを怒らせたから、カミソリでちょっとした切り傷をつけてやったのだ。なのに夫に対して不利な証言をし、そのせいで服役するはめになったのだ。そして刑務所を出たら今度は一緒に住みたくないという。たしかにたまには食事を食べさせてもらったこともあるし、たんまりと貯め込んだ金の中からちょっとだけ小銭を恵んでくれたこともあった。

コリンズの、この女性に対する主張をよく見てほしい。彼女は自分の妻なのであり、自分が子どもを産ませてやったのだ。結婚した当初は優しくもしてやった。すっかり飽きがくる前までは。だがこんなにしてやったにもかかわらず、妻は自分の些細な欠点をなじるのだ。男なら、妻が自分を鼻であしらうような状況に甘んずるべきではない。

冷たくあしらわれていたコリンズが、あの不幸な月曜日の朝、どんな気分だったか想像を巡らせてみよう。コリンズは波止場で一晩中ウィスキーを飲み続けていた。そんなことをすると次の日、どれだけひどい気分になるか誰にでもわかるだろう。コリンズは最後の一セントまで飲み尽くした。焼けるような喉の渇き、全身の痛み、吐き気を癒やすべく向かう場所すらどこにもないのだ。波止場の知り合いのバーテンの誰一人としてつけで飲ませてくれないとは、ひどい話だ。コリンズは誰もが憎かった。知り合いの全員を憎んだ。なにせ友人の誰一人、一〇セント一枚すら貸してくれないのだから。コリンズの人を憎む能力はとてつもなかった。施しを受けた記憶が一ダースあったとて、そんなものは一度断られたことによる憎悪ですべて消え去った。あの朝だったら、コリンズはあらゆるバーテンを、あらゆる友人を喜んで皆殺しにしたことだろう。しかしそういった連中には誰にも出くわさなかったのだ。それにそんな連中は所詮他人ではないか――妻とは違うのだ。妻は最も神聖なる絆《きずな》で結びつけられているのだ。なのに自分をごみを踏みつけるかのようにあしらうとはなんたることか！　神に誓って、俺はあの女が金を渡すかどうか確かめてやるのだ。もしもっていないというのなら、幼稚園のお上品なお友達からもらってくればいいじゃないか。あの女にものの道理を思い出させてやるのだ、絶対にな。

夫の主張

妻はだんだん怖くなってきた。夫がつましい小さな部屋に押し入ってきたのだ。目を大きく見開いて縮み上がるふたりの子どもには見向きもしなかった。子どもたちはその人が自分たちの父親だと知ってはいたが、めったに見かけることはなかった。その女性はこれまでの生活で辛くて骨の折れる仕事を我慢強く続けてきた。そして人として当然のこととして子どもたちを立派に育て上げるのだと決意してきたのだ。しかし常日頃から、いずれ訪れるに違いない事態を恐れ続けており、それが今ついに訪れたのだ。だが以前はその悲運をうまくかいくぐることができたし、ひょっとしたら今回も逃れられるかもしれない。彼女は夫が要求する金を断った。朝食を食べさせろという要求を断った。今屈服すればこの先何度もたかられることになるだけだ。それに何より子どもたちを育てるには、自分の稼いだ金が、食料が、すべて必要なのだ。

コリンズは恐ろしい形相でくるりと振り返り、黙ったまま足音を立てて出ていった。

コリンズのような男の場合、鈍く小さな頭と野蛮な胸に怒りの炎が燃え盛るとどうなるかは明らかだろう。何かしでかさないと気が済まないのは目に見えている。怒り猛《たけ》る動物がまっすぐに突き進むようなものだ。縛り首になろうとなるまいと、やらずにいられないのだ。

夫人が教室を掃いているときに、コリンズが入ってきた。箒がその手から落ち、喉元まで出かかった悲鳴が押しつぶされた。

一言も発することなく、コリンズはナイフを妻の身体に突き刺した。そして妻を捕まえると、何度も何度もナイフを突き立て、そのたびに胸の中で限りない満足感を感じていたのだ。三十五回も、突き刺し、切りつけ、引き裂いた――その一回ごとに、心地良さを、愉悦を、恍惚を、感じていたのだ。そしてコリンズはナイフを妻のわき腹に突き刺したまま、その身体を放り出した。

夫人はまだ死んでいなかった。階段まで這い出し、陽だまりの中、血を流しながら座っていた。

男が驚いて駆け寄ってきた。そして肉からそのナイフを引き抜いてくれた。

「夫がやったの」そう言うと、そのまま気を失った。

道徳観の向上

夫は獣の復讐心を満足させて落ち着くと、今度は自分の安全に目が向いた。自分の狡猾さをもってすれば、思い上がった警官どもを出し抜くくらい訳はないと確信しながらも、コリンズは一日中、服を着替えたり酒場で手から血を洗い流したりしてすごした。

夜になるとコリンズは、自分のやったことが本当に間違いなく正当なことであったかどうか疑いを抱き始めた。ひょっとするとちょっとばかりやりすぎたのではないだろうか。もしあんなに酒を飲んでなかったら、もし前の晩のどんちゃん騒ぎで気分が悪かったせいであんなに機嫌が悪くなかったら、一度殴りつけておしまいにしていたかもしれない。法的に殺人がどう扱われるかを考えると、自分が一応危機的状況に陥っていることは間違いない。しかし自分くらい賢い男が頭を振り絞ったら、この窮地を脱することくらい当然できるはずだ。だが酒に関しては、しばらくのあいだはお預けといこう。今は自分の優れた知恵をすべて出し切らなければならないときだ。

改心を決意した者がみな経験するように、自分の高潔さに気分がよくなり、コリンズは聖イグナティウス教会に向かった。そこで男らしく率直に神父に語ったところによると、コリンズは正しい行いをする決意をし、酒を断ちたいのだという。

幸い、神父は夕刊に書かれていた記述から、男が殺人犯であることに気づき、警察に通報した。

コリンズは抵抗しなかった。そんなことをするほど馬鹿ではなかった。警官や警察署長、新聞記者には、自信たっぷりに、せせら笑うように威張った態度で、ただ一言こう答えるだけだった。「お前らには関係ない」

コリンズは自分のことしか信じていなかった。自分は馬鹿ではないし、警察や弁護士に、自分も同じくらい頭がいいのだと思い知らせてやるつもりなのだ。立証できるものなら勝手にすればいい。後悔などしていなかった。ただ妻を懲らしめてやったせいで、自分が厄介な立場に立たされたことだけが無念だった。それにそもそも刑務所にいるのは好きではなかった。マットレスに横たわっているときに、小窓から誰かが覗き込むと、コリンズは目ざとくそれを嗅ぎつけて顔をしかめた。鎖につながれたブルドッグが、優しいことばをかけてもらったときに歯をむき出しにして、静かに唸り声を上げるところを見たことがあるだろうか。それこそコリンズの姿である。

殺人罪で起訴

検死陪審、正式にコリンズの犯罪を告訴

検死陪審は昨日［十月十三日］の午後遅く、パトリック・コリンズを妻の殺害容疑で起訴した。被告は逮捕以来、一切の供述を拒否していた。

先週の月曜日［十月九日］、多数の刺し傷から出血し、瀕死の状態であった被害者の女性を、チシャム巡査はフェリックス・アドラー幼稚園の階段から外来病院まで運び込んだ。巡査の証言によると、女性はコリンズにナイフで切られたのだと発言したという。ナイフはジョン・ケリーがコリンズ夫人の首の傷から取り除いていたが、後ほど巡査に提出した。

シーモア刑事は陪審に対して、コリンズ逮捕の詳細を証言した。被告の服装は血まみれで、靴底にも血がこびりついていた。

コリンズは今朝、警察裁判所［軽罪事件の裁判および重罪事件の被疑者取り調べ、上位裁判所の審理のために被疑者を勾留する権限をもつ下位裁判所］で罪状認否を受ける予定である。

子どもたち

長男ジョニーは七歳の元気のよい子どもで、青少年監督署に収容されている。母親の死に対するこの子の激しい悲しみはもう静まっているが、自分が母を失ったこと、そしてその命が無残なやり方で奪われたことを理解している。

「お父さんはどんなふうに面倒を見てくれたの？」

昨日、子どもにそう尋ねてみた。

「全然面倒なんか見てくれなかったよ」ジョニーはそう答えた。「あんまり見かけなかったもの。最後に見たのは、刑務所まで会いに連れて行ってもらったときを別にしたら、お母さんを殺す前の日だったよ。いきなりやって来てご飯を食べたいって言ったけど、お母さんはぜんぜんあげなかった。お母さんがお巡りさんを呼びに出て行ったら、お父さんもどっかに行っちゃった」

「お母さんはどんなふうに面倒を見てくれたの？」

子どもはそう質問されると困ったようにこちらを見上げた。それから目に涙を浮かべてこう言った。

「ああ、お母さんは面倒見てくれたよ――だってお母さんだもの、わかるでしょ」

弟の方はセント・ジョセフ孤児院にいる。この子はまだ幼すぎて、理解していることと言えば、母親が死んだこと、そして自分が家から連れ出されており、まわりの大人たちは親切にしてくれるがちっとも楽しくないということだけである。

（「サンフランシスコ・イグザミナー」紙、一八九三年十月十四日、八面）

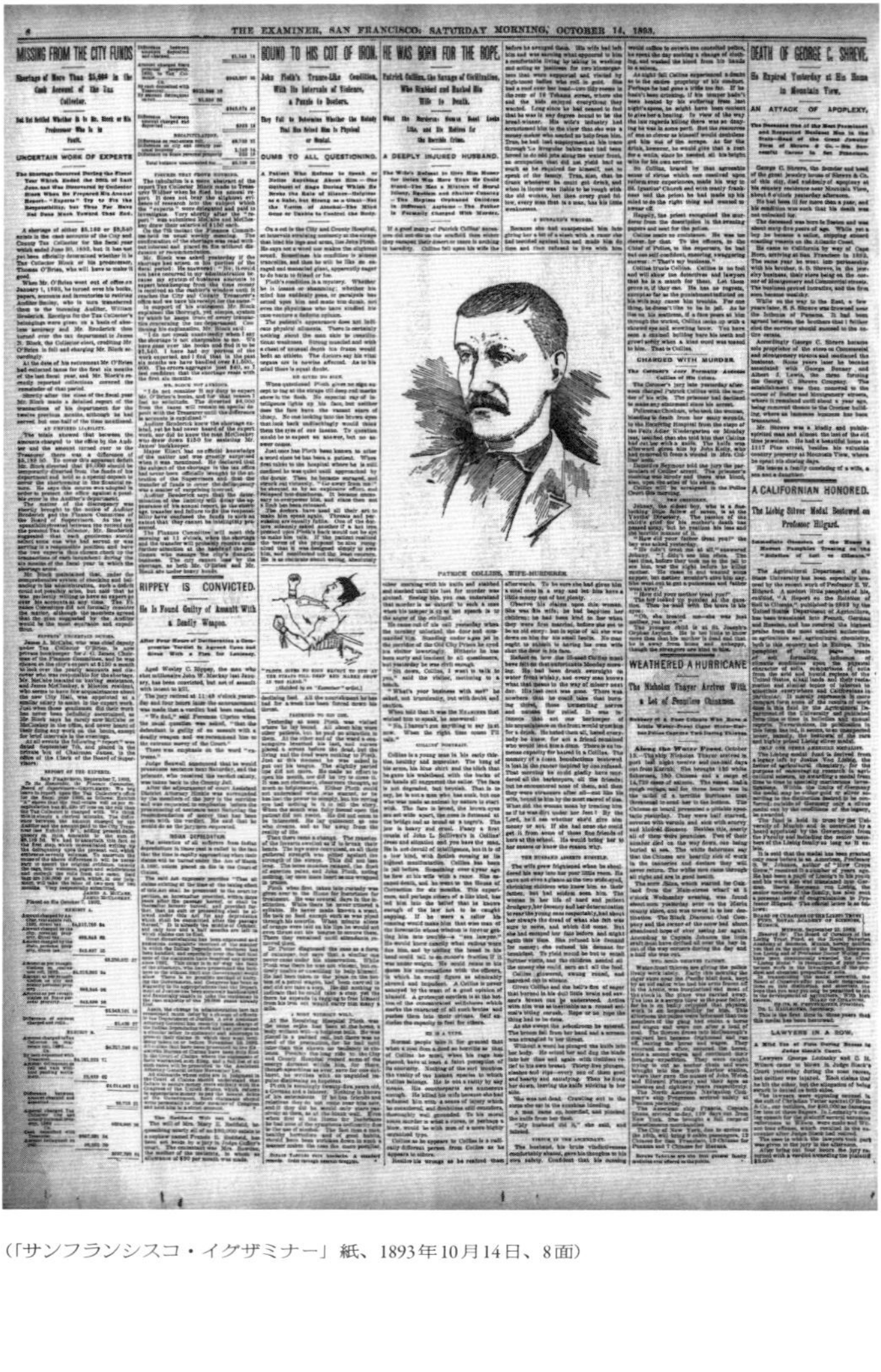
8 THE EXAMINER, SAN FRANCISCO: SATURDAY MORNING, OCTOBER 14, 1893.

MISSING FROM THE CITY FUNDS

UNCERTAIN WORK OF EXPERTS

BOUND TO HIS COT OF IRON.

John Fluth's Trance-Like Condition, With Its Intervals of Violence, a Puzzle to Doctors.

DUMB TO ALL QUESTIONING.

HE WAS BORN FOR THE ROPE.

A DEEPLY INJURED HUSBAND.

PATRICK COLLINS, WIFE-MURDERER.

RIPPEY IS CONVICTED.

He Is Found Guilty of Assault With a Deadly Weapon.

DEATH OF GEORGE C. SHREVE.

He Expired Yesterday at His Home in Mountain View.

AN ATTACK OF APOPLEXY.

CHARGED WITH MURDER.

A CALIFORNIAN HONORED.

The Liebig Silver Medal Bestowed on Professor Hilgard.

WEATHERED A HURRICANE

LAWYERS IN A ROW.

（「サンフランシスコ・イグザミナー」紙、1893年10月14日、8面）

フランク・ノリス［1870–1902］年譜

▼——世界史の事項　●——文化史・文学史を中心とする事項　**太字ゴチの作家『タイトル』**——〈ルリユール叢書〉の既刊・続刊予定の書籍です

一八四八年　▼カリフォルニアで金鉱発見、ゴールドラッシュ始まる［米］▼二月革命、第二共和政（〜五二）［仏］▼三月革命［墺・独］●ポー『ユリイカ』［米］●メルヴィル『マーディ』［米］●デュマ・フィス『椿姫』［仏］●マルクス、エンゲル『共産党宣言』［独］

一八六八年　▼アメリカ、ロシア帝国からアラスカを購入［米］▼九月革命、イサベル二世亡命［西］▼五箇条の御誓文、明治維新［日］●オルコット『若草物語』（〜六九）［米］●コリンズ『月長石』［英］●**シャルル・ド・コステル『ウーレンシュピーゲル伝説』**［白］●ヴァーグナー《ニュルンベルクのマイスタージンガー》初演［独］●ドストエフスキー『白痴』（〜六九）［露］

一八六九年　▼大陸横断鉄道開通［米］●ゴルトン『遺伝的天才』［英］●M・アーノルド『教養と無秩序』［英］●ヴェルヌ『海底二万里』（〜七〇）［仏］●**ユゴー『笑う男』**［仏］●ボードレール『パリの憂鬱』［仏］●ヴェルレーヌ『雅宴』［仏］●ドーデ『風車小屋だより』［仏］●フローベール『感情教育』［仏］●ジュライ『ロムハーニ』［ハンガリー］●サルトゥイコフ＝シチェドリン『ある町の歴史』（〜七〇）［露］

一八七〇年

三月五日、ベンジャミン・フランクリン・ノリス、シカゴに生まれる。父親は裕福な卸売商人。

▼普仏戦争［仏・独］▼第三共和政［仏］●エマソン『社会と孤独』［米］●D・G・ロセッティ『詩集』［英］●ヴェルレーヌ『よ

き歌』〔仏〕●デ・サンクティス『イタリア文学史』(〜七一)〔伊〕●ペレス・ガルドス『フォルトゥナタとハシンタ』〔西〕●ザッヘル＝マゾッホ『毛皮を着たヴィーナス』〔墺〕●ディルタイ『シュライアーマッハーの生涯』〔独〕●ストリンドベリ『ローマにて』初演〔スウェーデン〕●キヴィ『七人兄弟』〔フィンランド〕

一八七一年

▼パリ・コミューン成立〔仏〕▼ドイツ帝国成立〔独〕▼廃藩置県〔日〕●トゥエイン『トム・ソーヤーの冒険』〔米〕●オルコット『小さな紳士たち』〔米〕●E・ブルワー＝リットン『来るべき種族』〔英〕●ハーディ『緑の木陰』〔英〕●ゾラ〈ルーゴン・マッカール〉叢書(〜九三)〔仏〕●『現代パルナス』(第二次)〔仏〕●ヴェルガ『山雀物語』〔伊〕●ギマラー、「ラ・ラナシェンサ」誌発刊〔西〕●ベッケル『抒情詩集』『伝説集』〔西〕●ペレーダ『人と風景』〔西〕●E・デ・ケイロースとオルティガン、文明批評誌「ファルパス」創刊(〜八二)〔ポルトガル〕●シュリーマン、トロイの遺跡を発見〔独〕●レ・ファニュ『カーミラ』〔愛〕

一八七二年

▼第二次カルリスタ戦争開始(〜七六)〔西〕●**S・バトラー『エレホン』**〔英〕●G・エリオット『ミドルマーチ』〔英〕●L・キャロル『鏡の国のアリス』〔英〕●ウィーダ『フランダースの犬』〔英〕●バンヴィル『フランス詩小論』〔仏〕●ケラー『七つの伝説』〔瑞〕●**ニーチェ『悲劇の誕生』**〔独〕●**シュトルム『荒野の村』**〔独〕●ブランデス『十九世紀文学主潮』(〜九〇)〔デンマーク〕●ヤコブセン『モーウンス』〔デンマーク〕●イプセン『青年同盟』〔ノルウェー〕●レ・ファニュ『鏡の中におぼろに』〔愛〕●ゴンチャローフ『百万の呵責』〔露〕●レスコフ『僧院の人々』〔露〕●エルナンデス『エル・ガウチョ、マルティン・フィエロ』〔アルゼンチン〕

一八七三年

▼ドイツ・オーストリア・ロシアの三帝同盟成立〔欧〕●ペイター『ルネサンス』〔英〕●S・バトラー『良港』〔英〕●ドーデー『月曜物語』〔仏〕●**ランボー『地獄の季節』**〔仏〕●ニーチェ『悲劇の誕生』〔独〕●A・ハンセン、癩菌を発見〔ノルウェー〕●レスコフ『魅せられた旅人』〔露〕

一八七四年　▼王政復古のクーデター［西］●J・トムソン『恐ろしい都市の夜』［英］●ヴェルレーヌ『歌詞のない恋歌』［仏］●フロベール『聖アントワーヌの誘惑』［仏］●ユゴー『九三年』［仏］●マラルメ、「最新流行」誌を編集［仏］●ヴェルガ『ネッダ』［伊］●アラルコン『三角帽子』［西］●**シュトルム**『**従弟クリスティアンの家で**』『**三色すみれ**』『**人形つかいのポーレ**』『**森のかたすみ**』［独］

一八七五年　▼イギリス、スエズ運河株を買収［英］●ラニアー『シンフォニー』［米］●トロロップ『現代の生活』［英］●ビゼー作曲オペラ《カルメン》上演［仏］●E・デ・ケイロース『アマロ神父の罪』［ポルトガル］●**シュトルム**『**静かな音楽家**』［独］●ドストエフスキー『未成年』［露］●トルストイ『アンナ・カレーニナ』（〜七七）［露］●レオンチエフ『ビザンティズムとスラヴ諸民族』［露］

一八七七年［七歳］

弟レスター生まれる。

▼露土戦争（〜七八）［露・土］▼西南戦争［日］●エジソン、フォノグラフを発明［米］●H・ジェイムズ『アメリカ人』［米］●シャルル・クロ「蓄音機論」［仏］●ロダン《青銅時代》［仏］●ゾラ『居酒屋』［仏］●フロベール『三つの物語』［仏］●カルドゥッチ『擬古詩集』（〜八九）［伊］●コッホ、炭疽菌を発見［独］●イプセン『社会の柱』［ノルウェー］●ツルゲーネフ『処女地』［露］●ガルシン『四日間』［露］●ソロヴィヨフ『神人に関する講義』（〜八一）［露］

一八七八年［八歳］

ノリス家、ヨーロッパを周遊。冬の間、イギリスのブライトンですごす。

▼ベルリン条約（モンテネグロ、セルビア、ルーマニア独立）［欧］●H・ジェイムズ『デイジー・ミラー』［米］●S・バトラー『生命と習慣』［英］●ハーディ『帰郷』［英］●ドガ《踊りの花形》［仏］●H・マロ『家なき子』［仏］●ケラー『チューリヒ短編集』（〜七九）［瑞］●ニーチェ『人間的な、あまりに人間的な』（〜七九）［独］●フォンターネ『嵐の前』［独］●ネルダ『宇宙の歌』『小地区の物語』［チェコ］

一八七九年［九歳］

ノリス家、シカゴに戻る。

▼独墺二重同盟成立［欧］▼土地同盟の結成［愛］▼ナロードニキの分裂、「人民の意志」党結成［露］●エジソン、白熱灯を発明［米］●メレディス『エゴイスト』［英］●ルドン『夢の中で』（画集）［仏］●ヴァレス『子供』［仏］●ファーブル『昆虫記』（〜一九〇七）［仏］●ケラー『緑のハインリヒ』（改稿版、〜八〇）［瑞］●ダヌンツィオ『早春』［伊］●フレーゲ『概念記法』［独］●ビューヒナー『ヴォイツェク』［独］●H・バング『リアリズムとリアリストたち』［デンマーク］●ストリンドベリ『赤い部屋』［スウェーデン］●イプセン『人形の家』［ノルウェー］●ドストエフスキー『カラマーゾフの兄弟』（〜八〇）［露］●サムエル・ハ＝ナギドの『詩集』写本を発見［アラビア］

一八八〇年

▼第一次ボーア戦争（〜八一）［南アフリカ］●E・バーン＝ジョーンズ《黄金の階段》［英］●ギッシング『暁の労働者たち』［英］●エティエンヌ＝ジュール・マレイ、クロノフォトグラフィを考案［仏］●ヴェルレーヌ『叡智』［仏］●ゾラ『ナナ』『実験小説論』［仏］●モーパッサン『脂肪の塊』［仏］●エンゲルス『空想から科学へ』［独］●**ヤコブセン『ニルス・リューネ』**［デンマーク］●H・バング『希望なき一族』［デンマーク］

一八八一年［十一歳］

弟チャールズ・ギルマン生まれる。

▼ナロードニキ、アレクサンドル二世を暗殺。アレクサンドル三世即位［露］●H・ジェイムズ『ある婦人の肖像』［米］●D・G・ロセッティ『物語詩とソネット集』［英］●ヴァレス『学士さま』［仏］●フランス『シルヴェストル・ボナールの罪』［仏］●フロベール『ブヴァールとペキュシェ』［仏］●ゾラ『自然主義作家論』［仏］●シュピッテラー『プロメートイスとエピメートイス』［瑞］●ルモニエ『ある男』［白］●ヴェルガ『マラヴァリア家の人びと』［白］●エチェガライ『恐ろしき媒』［西］●マシャード・デ・アシス『ブラス・クーバスの死後の回想』［ブラジル］

一八八四年［十四歳］

カリフォルニア州オークランド郊外にあるレイク・メリットで冬をすごす。

▼アフリカ分割をめぐるベルリン会議開催（～八五）［欧］▼甲申の変［朝鮮］●ウォーターマン、万年筆を発明［米］●トゥエイン『ハックルベリー・フィンの冒険』［米］●バーナード・ショー、〈フェビアン協会〉創設に参加［英］●**ヴェルレーヌ**『**呪われた詩人たち**』『往時と近年』［仏］●ユイスマンス『さかしま』［仏］●エコゥト『ケルメス』［白］●アラス『裁判官夫人』［西］●R・デ・カストロ『サール川の畔にて』［西］●ペレーダ『ソティレサ』［西］●ブラームス《交響曲第４番ホ短調》（～八五）［独］●シェンキェーヴィチ『火と剣によって』［ポーランド］●カラジャーレ『失われた手紙』［ルーマニア］●ビョルンソン『港に町に

旗はひるがえる』［ノルウェー］●三遊亭円朝『牡丹燈籠』［日］

一八八五年［十五歳］

ノリス家、サンフランシスコに移住。父親はシカゴの卸売業を営む傍らでサンフランシスコの不動産投機をする。寄宿学校ベルモント・アカデミーに入学。

▼インド国民会議［印］●ハウエルズ『サイラス・ラパムの向上』［米］●スティーヴンソン『子供の歌園』［英］●ペイター『享楽主義者マリウス』［英］●メレディス『岐路にたつダイアナ』［英］●R・バートン訳『千一夜物語』（～八八）［英］●セザンヌ《サント゠ヴィクトワール山》［仏］●ゾラ『ジェルミナール』［仏］●モーパッサン『ベラミ』［仏］●マラルメ『リヒャルト・ヴァーグナー、あるフランス詩人の夢想』［仏］●ジュンケイロ『永遠なる父の老年』［ポルトガル］●ルー・ザロメ『神をめぐる闘い』［独］●リスト《ハンガリー狂詩曲》［ハンガリー］●イェーゲル『クリスチアニア゠ボエーメンから』［露］●コロレンコ『悪い仲間』［露］

一八八六年［十六歳］

ボーイズ・ハイスクール入学。すぐに絵画を学ぶため、サンフランシスコ・アート・アソシエーションに転校。

▼ベルヌ条約成立［瑞］●バーネット『小公子』［米］●オルコット『ジョーの子供たち』［米］●スティーヴンソン『ジキル博士とハイド氏』［英］●ヴェルレーヌ『ルイーズ・ルクレール』『ある寡夫の回想』［仏］●ランボー『イリュミナシオン』［仏］●ヴィリエ・ド・リラダン『未来のイヴ』［仏］●モレアス「象徴主義宣言」［仏］●ケラー『マルティン・ザランダー』［瑞］●デ・アミー

チス『クオーレ』〔伊〕●パルド・バサン『ウリョーアの館』〔西〕●レアル『反キリスト』〔ポルトガル〕●ニーチェ『善悪の彼岸』〔独〕●クラフト＝エビング『性の精神病理』〔独〕●イラーセック『狗頭族』〔チェコ〕●H・バング『静物的存在たち』〔デンマーク〕●トルストイ『イワンのばか』『イワン・イリイチの死』〔露〕

一八八七年［十七歳］
六月十日、弟レスター、死去。同月、ノリス家、イギリスのサザンプトンに旅行。七月、パリへ。八月、ノリス、ジュリアン・アカデミーのブグロー・アトリエに入学。
▼仏領インドシナ連邦成立〔仏〕▼ブーランジェ事件（～八九）〔仏〕▼ルーマニア独立〔ルーマニア〕●ドイル『緋色の研究』〔英〕●**モーパッサン『モン＝オリオル』**『オルラ』〔仏〕●ロチ『お菊さん』〔仏〕●C・F・マイアー『ペスカーラの誘惑』〔瑞〕●ヴェラーレン『夕べ』〔白〕●ペレス＝ガルドス『フォルトゥナタとハシンタ』〔西〕●テンニエス『ゲマインシャフトとゲゼルシャフト』〔独〕●ズーダーマン『憂愁夫人』〔独〕●フォンターネ『セシル』〔独〕●**H・バング『化粧漆喰』**〔デンマーク〕●ストリンドベリ『父』初演〔スウェーデン〕●ローソン『共和国の歌』〔豪〕●リサール『ノリ・メ・タンヘレ』〔フィリピン〕●二葉亭四迷『浮雲』（～九一）〔日〕

一八八九年［十九歳］
アメリカに戻り、カリフォルニア大学の受験準備をする。
▼パン・アメリカ会議開催〔米〕▼第二インターナショナル結成〔仏〕●ハウエルズ『アニー・キルバーン』〔米〕●J・

K・ジェローム『ボートの三人男』〔英〕●パリ万博開催、エッフェル塔完成〔仏〕●ベルクソン『意識に直接与えられているものについての試論』〔仏〕●ヴェルレーヌ『並行して』〔仏〕●E・シュレ『偉大なる秘儀受領者たち』〔仏〕●ブールジェ『弟子』〔仏〕●ダヌンツィオ『快楽』〔伊〕●ヴェルガ『親方ドン・ジェズアルド』〔伊〕●パラシオ・バルデス『サン・スルピシオ修道女』〔西〕●G・ハウプトマン『日の出前』〔独〕●マーラー《交響曲第一番》初演〔ハンガリー〕●H・バング『ティーネ』〔デンマーク〕●ゲーラロップ『ミンナ』〔デンマーク〕●ストリンドベリ『父』〔スウェーデン〕●W・B・イェイツ『アシーンの放浪ほかの詩』〔愛〕●トルストイ『人生論』〔露〕●森田思軒訳ユゴー『探偵ユーベル』〔日〕

一八九〇年〔二十歳〕

カリフォルニア大学バークレー校で文学部の文学コースに入学。

▼フロンティアの消滅〔米〕▼第一回帝国会議開会〔日〕●W・ジェイムズ『心理学原理』〔米〕●ハウエルズ『新しい運命の浮沈』〔米〕●フレーザー『金枝篇』(〜一九一五)〔英〕●W・モリス、ケルムコット・プレスを設立〔英〕●ヴェルレーヌ『献辞集』〔仏〕●ロートレアモン『マルドロールの歌』〔仏〕●ヴィリエ・ド・リラダン『アクセル』〔仏〕●クローデル『黄金の頭』〔仏〕●ゾラ『獣人』〔仏〕●ブリュンチエール『文学史におけるジャンルの進化』〔仏〕●ギュイヨー『社会学的見地から見た芸術』〔仏〕●ズヴェーヴォ『ベルポッジョ街の殺人』〔伊〕●ヴェラーレン『黒い炬火』〔白〕●ゲオルゲ『讃歌』〔独〕●フォンターネ『シュティーネ』〔独〕●プルス『人形』〔ポーランド〕●イプセン『ヘッダ・ガブラー』〔ノルウェー〕●ハムスン『飢え』〔ノルウェー〕●森鷗外『舞姫』〔日〕

一八九一年［二十一歳］

長編物語詩『イーヴァネル――封建下のフランスにおける伝説 *Yvernelle: A Legend of Feudal France*』を出版。

▼全ドイツ連盟結成［独］●ビアス『いのちの半ばに』［米］●ハウエルズ『批評と小説』［米］●ワイルド『ドリアン・グレイの画像』［英］●ドイル『シャーロック・ホームズの冒険』［英］●W・モリス『ユートピアだより』［英］●ハーディ『ダーバヴィル家のテス』［英］●バーナード・ショー『イプセン主義神髄』［英］●ヴェルレーヌ『幸福』『詩選集』『わが病院』『彼女のための歌』［仏］●ユイスマンス『彼方』［仏］●シュオッブ『二重の心』［仏］●モレアス、〈ロマーヌ派〉樹立宣言［仏］●ジッド『アンドレ・ヴァルテールの手記』［仏］●パスコリ『ミリーチェ』［伊］●クノップフ《私は私自身に扉を閉ざす》［白］●ホーフマンスタール『昨日』［墺］●ヴェーデキント『春のめざめ』［独］●S・ゲオルゲ『巡礼』［独］●G・ハウプトマン『さびしき人々』［独］●ポントピダン『約束の地』（～九五）［デンマーク］●ラーゲルレーヴ『イエスタ・ベルリング物語』［スウェーデン］●トルストイ『クロイツェル・ソナタ』［露］●マシャード・デ・アシス『キンカス・ボルバ』［ブラジル］●リサール『エル・フィリブステリスモ』［フィリピン］

一八九二年［二十二歳］

エミール・ゾラの作品と生物学教授ジョセフ・ル・コントの影響を強く受ける。

▼パナマ運河疑獄事件［仏］ワイルド《サロメ》上演［英］●ヴェルレーヌ『私的典礼』［仏］●ブールジェ『コスモポリス』［仏］●シュオッブ『黄金仮面の王』［仏］●ズヴェーヴォ『ある生涯』［伊］●ダヌンツィオ『罪なき者』［伊］●ノブレ『ひとりぼっ

ち』〔ポルトガル〕●メーテルランク『ペレアスとメリザンド』〔白〕●ロデンバック『死都ブリュージュ』〔白〕●〈ミュンヘン分離派〉結成〔独〕●S・ゲオルゲ、文芸雑誌「芸術草紙」を発刊（〜一九一九）〔独〕●フォンターネ『イェニー・トライベル夫人』〔独〕●G・ハウプトマン『同僚クランプトン』〔独〕●ゲオルデ『アルガバル』〔独〕●ガルボルグ『平安』〔ノルウェー〕●アイルランド文芸協会設立、ダブリンに国民文芸協会発足〔愛〕●チャイコフスキー《くるみ割り人形》〔露〕●ゴーリキー『マカール・チュドラー』〔露〕●カサレ『雪』〔キューバ〕●森鷗外訳アンデルセン『即興詩人』〔日〕

一八九三年〔二十三歳〕

ル・コントの影響で書かれた短編「ロース "Lauth"」を「オーヴァーランド・マンスリー」誌に掲載。同年、掃除婦セアラ・コリンズが幼稚園で夫によって殺害される事件が起こる。後の『マクティーグ *McTeague : A Story of San Francisco*』着想のもとになる。

▼世界初の女性参政権成立〔ニュージーランド〕●ドヴォルザーク《交響曲第九番「新世界から」》〔米〕●S・クレイン『街の女マギー』〔米〕●ビアス『怪奇な物語』〔米〕●デュルケーム『社会分業論』〔仏〕●ヴェルレーヌ『彼女への頌歌』『悲歌集』『わが牢獄』『オランダでの二週間』〔仏〕●ヘゼッレ『時代の花環』〔白〕●シュニッツラー『アナトール』〔墺〕●ディーゼル、ディーゼル機関を発明〔独〕●デーメル『けれども愛は』〔独〕●G・ハウプトマン『織工たち』初演、『ビーバーの毛皮』〔独〕●ヴァゾフ『軛の下で』〔ブルガリア〕ムンク《叫び》〔ノルウェー〕●イェイツ『ケルトの薄明』〔愛〕●チェーホフ『サハリン島』（〜九四）〔露〕

一八九四年［二十四歳］

バークレーでの課程を終えるが学位は取得できず。同年、両親が離婚。ハーヴァード大学に入学。創作課程でルイス・ゲイツ教授のもと、『ヴァンドーヴァーと野獣 *Vandover and the Brute*』や『マクティーグ』の初期原稿を書く。

▼ドレフュス事件［仏］▼日清戦争（～九五）［中・日］●D・バーナム《リライアンス・ビル》［米］●S・クレイン『黒い騎士たち』［米］●モントリオール文学学校結成［カナダ］●「イエロー・ブック」誌創刊［英］●キップリング『ジャングル・ブック』［英］●ハーディ『人生の小さな皮肉』［英］●ヴェルレーヌ『陰府で』『エピグラム集』［仏］●**マラルメ『音楽と文芸』**［仏］●ゾラ『ルルド』［仏］●P・ルイス『ビリチスの歌』［仏］●ルナール『にんじん』［仏］●フランス『赤い百合』『エピキュールの園』［仏］●ダヌンツィオ『死の勝利』［伊］●フォンターネ『エフィ・ブリースト』（～九五）［独］●ミュシャ《ジスモンダ》［チェコ］●イラーセック『チェコ古代伝説』［チェコ］●ペレツ『初祭のための小冊子』（～九六）［ポーランド］●バブリューソフら『ロシア象徴派』出版（～九五）［露］●バーリモント『北国の空の下で』［露］●ショレム・アレイヘム『牛乳屋テヴィエ』（～一九一四）［イディッシュ］●シルバ『夜想曲』［コロンビア］●ターレボフ『アフマドの書』［イラン］

一八九五年［二十五歳］

サンフランシスコに戻り、「サンフランシスコ・クロニクル」紙と契約し、南アフリカでのボーア戦争取材をすることになる。十二月にケープタウンに到着。同月下旬、ヨハネスブルクに到着し、イギリスによるジェイムソンの侵攻を目撃。

▼キューバ独立戦争〔キューバ〕●S・クレイン『赤い武功章』〔米〕●ウェルズ『タイム・マシン』〔英〕●ハーディ『日陰者ジェード』〔英〕●J・コンラッド『オールメイヤーの阿房宮』〔英〕●G・マクドナルド『リリス』〔英〕●ヴェルレーヌ『告白』〔仏〕●ヴァレリー『レオナルド・ダ・ヴィンチ方法序説』〔仏〕●ヴェラーレン『触手ある大都会』〔白〕●マルコーニ、無線電信を発明〔伊〕●フォガッツァーロ『昔の小さな世界』〔伊〕●ペレーダ『山の上』〔西〕●ブロイアー、フロイト『ヒステリー研究』〔墺〕●シュニッツラー『死』、『恋愛三昧』初演〔墺〕●ホフマンスタール『六七二夜の物語』〔墺〕●レントゲン、X線を発見〔独〕●パニッツァ『性愛公会議』〔独〕●ナンセン、北極探検〔ノルウェー〕●パタソン『スノーウィー・リヴァーから来た男』〔豪〕●樋口一葉『たけくらべ』〔日〕

一八九六年〔三十六歳〕

一月初旬にヨハネスブルクで病気になる。二月にサンフランシスコに戻る。四月、「サンフランシスコ・ウェイヴ」誌のスタッフになり、以後二年間に短編小説やエッセイなどを寄稿。

▼アテネで第一回オリンピック大会開催〔希〕●スティーグリッツ、「カメラ・ノート」誌創刊〔米〕●ウェルズ『モロー博士の島』〔英〕●スティーヴンソン『ハーミストンのウィア』〔英〕●J・コンラッド『南海のあぶれもの』〔英〕●ハウスマン『シュロップシャーの若者』〔英〕●ベックレル、ウランの放射能を発見〔仏〕●ベルクソン『物質と記憶』〔仏〕●ヴァレリー『テスト氏との一夜』〔仏〕●ジャリ『ユビュ王』初演〔仏〕●プルースト『楽しみと日々』〔仏〕●ラルボー『柱廊』〔仏〕●シェンキェーヴィチ『クオ・ヴァディス』〔ポーランド〕●H・バング『ルズヴィスバケ』〔デンマーク〕●フレーディング『しぶきとはためき』〔スウェーデン〕●チェーホフ『かもめ』初演〔露〕●ダリーオ『希有の人びと』『俗なる詠唱』〔ニカラグア〕●ブラジル文学アカデミー創立〔ブラジル〕

一八九七年［二十七歳］

『マクティーグ』を完成させるため、ビッグ・ディッパー鉱山へ。

▼ヴィリニュスで、ブンド（リトアニア・ポーランド・ロシア・ユダヤ人労働者総同盟）結成［東欧］▼バーゼルで第一回シオニスト会議開催［瑞］●H・ジェイムズ『ポイントンの蒐集品』『メイジーの知ったこと』［米］●テイト・ギャラリー開館［英］●H・エリス『性心理学』（〜一九二八）［英］●**ハーディ『恋の霊』**［英］●ウェルズ『透明人間』［英］●J・コンラッド『ナルシッサス号の黒人』［英］●マラルメ『骰子一擲』『ディヴァガシオン』［仏］●フランス『現代史』（〜一九〇一）［仏］●**ジャリ『昼と夜』**［仏］●ジッド『地の糧』［仏］●ロデンバック『カリヨン奏者』［白］●ガニベ『スペインの理念』［西］●クリムトら〈ウィーン・ゼツェッシオン（分離派）〉創立［墺］●K・クラウス『破壊された文学』［墺］●シュニッツラー『死人に口なし』［墺］●S・W・レイモント『約束の土地』（〜九五）［ポーランド］●ストリンドベリ『インフェルノ』［スウェーデン］●B・ストーカー『ドラキュラ』［愛］

一八九八年［二十八歳］

一月から四月まで、冒険ロマンス『レディ・レティ号のモーラン *Moran of the Lady Letty*』を「ウェイヴ」誌に連載。これをきっかけにニューヨークのダブルデイ&マクルーア社の編集スタッフに招かれる。また当時文壇の大御所であったウィリアム・ディーン・ハウエルズとも知り合う。四月、米西戦争勃発。「マクルーアズ・マガジン」での戦争取材のためにキューバへ。現地でスティーヴン・クレインやリチャード・ハーディング・デイヴィスと知り合う。八月に発熱、サンフランシスコに戻る。九月、ダブルデイ&マクルーアから『レディ・レティ号のモーラン』出版。『ブリックス Blix』を書き終える。

▼ハワイ王国を併合〔米〕▼米戦艦メイン号の爆発をきっかけに米西戦争開戦、スペインは敗北〔米・西・キューバ・フィリピン〕●H・ジェイムズ『ねじの回転』〔米〕●ウェルズ『宇宙戦争』〔英〕●J・コンラッド『青春』〔英〕●キュリー夫妻、ラジウムを発見〔仏〕●ゾラ、「オーロール」紙に大統領への公開状「われ弾劾す」発表〔仏〕●ブルクハルト『ギリシア文化史』(〜一九〇二)〔瑞〕●ズヴェーヴォ『老年』〔伊〕●リルケ『フィレンツェ日記』〔墺〕●T・マン『小男フリーデマン氏』〔独〕●カラジャーレ『ムンジョアラの宿』〔ルーマニア〕●H・バング『白い家』〔デンマーク〕●イェンセン『ヘマラン地方の物語』(〜一九一〇)〔デンマーク〕●ストリンドベリ『伝説』、『ダマスカスへ』(〜一九〇一)〔スウェーデン〕●森鷗外訳フォルケルト『審美新説』〔日〕

一八九九年〔二十九歳〕

二月、『マクティーグ――サンフランシスコの物語 *McTeague : A Story of San Francisco*』がダブルデイ&マクルーアから出版。三月、冒険小説『男の女 *A Man's Woman*』を完成。『ブリックス』、女性誌「ピューリタン」で連載が始まる。四月、〈小麦三部作〉の構想を温め始め、第一作『オクトパス *The Octopus*』取材のためにサンフランシスコへ。九月『ブリックス』がダブルデイ&マクルーアで出版。十月から『オクトパス』の執筆開始。

▼米比戦争(〜一九〇二)〔米・フィリピン〕▼ドレフュス有罪判決、大統領特赦〔仏〕▼第二次ボーア戦争勃発(〜一九〇二)〔南アフリカ〕●ショパン『目覚め』〔米〕●J・コンラッド『闇の奥』、『ロード・ジム』(〜一九〇〇)〔英〕●A・シモンズ『文学におけ

る象徴主義運動』［英］●**ジャリ『絶対の愛』**［仏］●ダヌンツィオ『ジョコンダ』［伊］●シェーンベルク《弦楽六重奏曲「浄夜」》［墺］●フロイト『夢判断』［墺］●シュニッツラー『緑のオウム』初演［墺］●K・クラウス、個人誌「ファッケル（炬火）」創刊（〜一九三六）［墺］●ホルツ『叙情詩の革命』［独］●ストリンドベリ『罪さまざま』『フォルクングのサガ』『グスタヴ・ヴァーサ』［スウェーデン］●アイルランド文芸劇場創立［愛］●イェイツ『葦間の風』［愛］●チェーホフ『ワーニャ伯父さん』初演、『犬を連れた奥さん』『可愛い女』［露］●トルストイ『復活』［露］●ゴーリキー『フォマー・ゴルデーエフ』［露］●ソロヴィヨフ『三つの会話』（〜一九〇〇）［露］●レーニン『ロシアにおける資本主義の発展』［露］●クロポトキン『ある革命家の手記』［露］

一九〇〇年［三十歳］

ダブルデイ・ペイジ社に就職。ハムリン・ガーランドと知り合う。二月十二日、ジャネット・ブラックと結婚。二月、『男の女』がダブルデイ＆マクルーアで出版。シオドア・ドライサーが処女作『シスター・キャリー *Sister Carrie*』をダブルデイにもちこみ、ノリスはこれを絶賛する。十二月半ばに『オクトパス』完成。

▼労働代表委員会結成［英］▼義和団事件［中］●L・ボーム『オズの魔法使い』［米］●ベルクソン『笑い』［仏］●ペギー、「半月手帖」創刊（〜一四）［仏］●ジャリ『鎖につながれたユビュ』［仏］●コレット『学校へ行くクローディーヌ』［仏］●シュピッテラー『オリュンポスの春』（〜〇五）［瑞］●ダヌンツィオ『炎』［伊］●ハイエルマンス『天祐丸』［蘭］●R・カスナー『神秘主義、芸術家そして生』［墺］●シュニッツラー『輪舞』『グストル少尉』［墺］●プランク、「プランクの放射公式」を提出［独］●ジンメル『貨幣の哲学』［独］●S・ゲオルゲ『生の絨毯』［独］●シェンキェーヴィチ『十字軍の騎士たち』［ポーランド］●ヌシッ

チ『血の貢ぎ物』〔セルビア〕●イェンセン『王の没落』(〜〇一)〔デンマーク〕●ベールイ『交響楽(第一・英雄的)』〔露〕●バーリモント『燃える建物』〔露〕●チェーホフ『谷間』〔露〕●マシャード・デ・アシス『むっつり屋』〔ブラジル〕

一九〇一年〔三十一歳〕

〈小麦三部作〉の第二作『取引所 *The Pit*』取材のため、ジャネットとシカゴへ。四月、『オクトパス』がダブルデイ・ペイジから出版。ダブルデイ・ペイジを退社し、様々な雑誌に記事や短編小説を書く。

▼オーストラリア連邦成立〔豪〕●キップリング『キム』〔英〕●ウェルズ『予想』〔英〕●シュリ・プリュドム、ノーベル文学賞受賞〔仏〕●ジャリ『メッサリーナ』〔仏〕●フィリップ『ビュビュ・ド・モンパルナス』〔仏〕●メーテルランク『蜜蜂の生活』〔白〕●ダヌンツィオ『フランチェスカ・ダ・リーミニ』上演〔伊〕●バローハ『シルベストレ・パラドックスの冒険、でっちあげ、欺瞞』〔西〕●T・マン『ブデンブローク家の人々』〔独〕●H・バング『灰色の家』〔デンマーク〕●ストリンドリ『夢の劇』〔スウェーデン〕●ヘイデンスタム『聖女ビルギッタの巡礼』〔スウェーデン〕●チェーホフ『三人姉妹』初演〔露〕

一九〇二年〔三十二歳〕

二月九日、ジャネット・ノリス・ジュニア生まれる。六月『取引所』が完成、「サタデイ・イヴニング・ポスト」誌に連載権を売る。〈小麦三部作〉の最終作『狼 *The Wolf*』取材のため、ヨーロッパ旅行を計画する。ジャネット、虫垂炎の手術を受ける。その一か月後、ノリスも急性虫垂炎にかかるが、医者に行くのを遅らせたために悪化し、十月二十二日に入院。壊疽《えそ》と腹膜炎を併発。同月二十五日、腹膜炎で死亡。

▼日英同盟〔英・日〕▼コンゴ分割〔仏〕●スティーグリッツ、〈フォト・セセッション〉を結成〔米〕●W・ジェイムズ『宗教的経験の諸相』〔米〕●H・ジェイムズ『鳩の翼』〔米〕●ドイル『バスカヴィル家の犬』〔英〕●ジャリ『超男性』〔仏〕●ジッド『背徳者』〔仏〕●ロラント・ホルスト＝ファン・デル・スハルク『新生』〔蘭〕●クローチェ『表現の科学および一般言語学としての美学』〔伊〕●バローハ『完成の道』〔西〕●バリェ＝インクラン『四季のソナタ』（〜〇五）〔西〕●アソリン『意志』〔西〕●ブラスコ＝イバニェス『葦と泥』〔西〕●リルケ『形象詩集』〔墺〕●シュニッツラー『ギリシアの踊り子』〔墺〕●ホフマンスタール『チャンドス卿の手紙』〔墺〕●モムゼン、ノーベル文学賞受賞〔独〕●インゼル書店創業〔独〕●ツァンカル『断崖にて』〔スロヴェニア〕●アイルランド国民劇場協会結成〔愛〕●ゴーリキー『小市民』『どん底』初演〔露〕●アンドレーエフ『深淵』〔露〕●クーニャ『奥地の反乱』〔ブラジル〕●アポストル『わが民族』〔フィリピン〕

一九一四年

『ヴァンドーヴァーと野獣』が死後出版される。

▼サラエボ事件〔ボスニア〕●スタイン『やさしいボタン』〔米〕●ウェルズ『解放された世界』〔英〕●J＝A・ノー『かもめを追って』〔仏〕●ジッド『法王庁の抜穴』〔仏〕●ルーセル『ロクス・ソルス』〔仏〕●**ラミュ『詩人の訪れ』『存在理由』**「**セザンヌの例**」〔瑞〕●ルッソロ『騒音芸術』〔伊〕●サンテリーア『建築宣言』〔伊〕●オルテガ・イ・ガセー『ドン・キホーテをめぐる省察』〔西〕●ヒメネス『プラテロとわたし』〔西〕●ゴメス・デ・ラ・セルナ『グレーゲリアス』『あり得ない博士』〔西〕

●ベッヒャー『滅亡と勝利』〔独〕●ジョイス『ダブリンの市民』〔愛〕●ガルベス『模範的な女教師』〔アルゼンチン〕

一九二四年

『グリード *Greed*』（『マクティーグ』の映画化）公開。

▼中国、第一次国共合作〔中〕●ヘミングウェイ『われらの時代に』〔米〕●スタイン『アメリカ人の創生』〔米〕●オニール『楡の木陰の欲望』〔米〕●E・M・フォースター『インドへの道』〔英〕●I・A・リチャーズ『文芸批評の原理』〔英〕●M・モース『贈与論』〔仏〕●ブルトン『シュルレアリスム宣言』、雑誌「シュルレアリスム革命」創刊（〜二九）〔仏〕●ラディゲ『ドルジェル伯の舞踏会』〔仏〕●サンドラール『コダック』〔瑞〕●ダヌンツィオ『鎚の火花』（〜二八）〔伊〕●A・マチャード『新しい詩』〔西〕●ムージル『三人の女』〔墺〕●シュニッツラー『令嬢エルゼ』〔墺〕●デーブリーン『山・海・巨人』〔独〕●T・マン『魔の山』〔独〕●カロッサ『ルーマニア日記』〔独〕●ベンヤミン『ゲーテの親和力』（〜二五）〔独〕●ネズヴァル『パントマイム』〔チェコ〕●バラージュ『視覚的人間』〔ハンガリー〕●ヌシッチ『自叙伝』〔セルビア〕●アンドリッチ『短篇小説集』（第一集）〔セルビア〕●アレクセイ・N・トルストイ『イビクス、あるいはネヴゾーロフの冒険』〔露〕●トゥイニャーノフ『詩の言葉の問題』〔露〕●A・レイエス『残忍なイピゲネイア』〔メキシコ〕

訳者解題

人物

十九世紀から二十世紀へと移り変わる過渡期、フランスの影響を受けてアメリカ文学においてもナチュラリズムの運動が盛んになった。しかしほかのナチュラリズムの作家、シオドア・ドライサー（『シスター・キャリー』『アメリカの悲劇』）、スティーヴン・クレイン（『街の女マギー』『赤い武功章』）、ジャック・ロンドン（『荒野の呼び声』『白い牙』）などと比べると、日本におけるフランク・ノリスの知名度はかなり低いと言えるだろう。しかしその文学的価値はほかのナチュラリズムの作家と比べて決して劣ることはない。とりわけ『マクティーグ *McTeague : A Story of San Francisco*』は多くの論者によって、この時代を代表する傑作とみなされ、文学史でもきわめて重要視されている。とりわけストーリーテリングのおもしろさという点について言えば、本書はあらゆるアメリカ文学作品の中でも群を抜いており、まさに巻をおく能《あた》わずというべき作品である。

まずは読者に恐らくあまり馴染みのない、作者フランク・ノリスに関して、簡単に説明しておこう。ノリスは一八七〇年にシカゴで生まれた。父親はミシガンの農場で生まれながらも、宝石の卸売業で財をなした立身出世の人であり、ノリスはかなり裕福な家庭に育ったことになる。息子をベンジャミン・フランクリン・ノリス・ジュニアと名付けたのは、もちろん息子にも自分と同じように、成功者になってもらいたかったからだろう。もちろん言うまでもなくベンジャミン・フランクリンはアメリカを代表する立身出世の人である。母親はもともと教師をしていた女性で、イギリスのロマンスを好み、子供たちに幼い頃からそういった作品を読んで聞かせていた。一年間、一家でヨーロッパに滞在した後、ノリスはシカゴの私立学校に入学するが、ノリスにとっては母親の読んで聞かせてくれるイギリス小説の方がよほど大きな影響を与えたようである。

その後一八八四年にカリフォルニア州オークランドに移住し、八五年にはサンフランシスコに落ち着く。父親は息子に自分のような実業家になってほしかったようだが、ノリスは高校の授業に興味をもてず、絵を学びたいと言って高校を退学し、絵画クラスに入る。八七年には一家はイギリスに旅行し、その後すぐにフランスに移り住む。ノリスはパリのアトリエで絵の勉強を始め、両親がサンフランシスコに帰った後もフランスに残った。ところがこのフランス滞在中にフランス文学に興味をもち始め、小説を書きたいと思うようになるのである。父親はノリスを宝石商の跡継ぎにする予定だったので、このような息子の興味を知り、慌ててアメリカに連れ戻したのである。その後カリフォルニア大学バークレー校に入学するが、そこでフランスのナチュラリズムの作家ゾラに出会い、熱中することになる。またバークレーでのもうひとつの重要な影響は、ジョセフ・ルコントの進化論の授業であった。この授業で得た知識が、後のノリスの文学的基盤となったのである。

ただ、英文学の授業は昔ながらの修辞学研究であったため、創作を目指していたノリスには興味のもてるものではなかった。また必修であった数学の単位が取れず、結局バークレーを中退することになるのである。その同じ年、両親が離婚する。その結果、ノリスは本格的に作家として自立することを考え始めるのである。

バークレーを去った後、ノリスはハーヴァード大学の創作科に入学する。ここでルイス・E・ゲイツ教授（Lewis Edwards Gates　一八六〇－一九二四）に小説の創作技法を学ぶ。現代のアメリカでは非常に多くの大学で創作科が開設されており、多くの作家を輩出しているが、おそらくノリスはアメリカ文学史上最初の創作科出身の作家であると言えるだろう。そしてこの創作科時代の課題作文として、後の代表作となる『マクティーグ』の断片を書き始めるのである。また生前は出版されず、死後出版となった『ヴァンドーヴァーと野獣 *Vandover and the Brute*』を完成させたのもこの時期である。

大学を出た後、ノリスは一八九五年、「サンフランシスコ・クロニクル」紙と契約し、ジャーナリストとして南アフリカに行き、ボーア戦争を取材するが、翌九六年に病に侵され、あまり芳しい結果は残せなかった。帰国後は「サンフランシスコ・ウェイヴ」誌の編集スタッフとなり、以後二年間にわたり、エッセイや短編小説を発表する。そして最初に読者受けのする保守的なロマンス作品をいくつか発表しながら、一八九八年に当時の文壇の大御所ウィリアム・ディーン・ハウエルズ（William Dean Howells 一八三七－一九二〇）と知り合い、『マクティーグ』の原稿を読んでもらうという幸運に恵まれる。

その後、米西戦争の取材でキューバに行ったときには、同じくジャーナリストとしてその場に居合わせたもうひとりのナチュラリストの作家スティーヴン・クレイン（Stephen Crane 一八七一－一九〇〇）と知り合うことになる。しかしこのときも発熱のため、ノリスはすぐにサンフランシスコに戻らざるを得なかった。そしてその翌年の一八九九年についに『マクティーグ』を出版したのである。この作品はそれまでのお上品な伝統のアメリカで大きな物議を醸し、厳しい批判にさらされたが、ハウエルズには好意的な評価を寄せられた。

一方でノリスは次の作品として「小麦の叙事詩」と名付けた三部作を構想し、三部作の第一作『オクトパス *The Octopus*』に取りかかる。一九〇〇年にはダブルデイ・ペイジ社に就職し、ジャネット・ブラックと結婚する。また、後のナチュラリズムの大御所シオドア・ドライサー（Theodore Dreiser 一八七一－一九四五）が『シスター・キャリー *Sister Carrie*』の原稿をダブルデイ・ペイジ社に持ち込んだのもこの頃であった。ノリスはこの作品を絶賛し、同社から出版されることになる。翌年に『オクトパス』を出版すると、三部作の第二作『取引所 *The Pit*』創作に取りかかり、完成させる。その直後に一家はヨーロッパ旅行の計画を立てるが、まずはジャネットが虫垂炎の手術を受け、その後ノリスも急性虫垂炎にかかってしまう。医者に行くのを遅らせたために悪化し、壊疽と腹膜炎を併発した結果、わずか三十二歳の生涯を閉じるのである。

時代と作品

ノリスがすごした短い生涯は、アメリカの都市化がもっとも加速していた時期であり、大陸横断鉄道の完成とフロンティアの消滅にともない、それまでは東部の一部と、交通の要所シカゴなどにしかなかった大都市が、アメリカ中に飛び地のようにして広まった。今日の我々に非常に興味深いのは、生まれたばかりの西部の都市、サンフランシスコが非常に生き生きと描かれていることである。本書をお読みになった方は、マクティーグが歯科医院を開くポーク・ストリートの活気あふれる街並みを、轟音を立てて通りすぎるケーブルカーの様子を、また今も多くの観光客を集めるプレシディオの情景や、サンフランシスコ湾を渡った対岸にあるBストリート（オークランドの外れに位置する）が一気に鄙《ひな》びてわびしげな様相を呈しているのをご記憶のことと思う。これらはノリスの正確かつ詳細な描写によって、当時の時代風俗の貴重な証言となっているのである（その後、ここに描かれた時代から十年とたたないうちに、サンフランシスコは一九〇六年の大地震によっていったん壊滅的な打撃を受けてしまう)。ノリスがいかに正確にサンフランシスコの街並みを描いていたかを確認するためにも、附録の地図(前付掲載の「『マクティーグ』要図」)で登場人物たちの足取りをたどってもらいたい。そうすると、マクティーグとマーカスのふたりの散歩ルートがどれほどの長距離にいたっているか多少は実感できるのではないだろうか。

またこの作品にはきわめて多彩な人種が登場する。マクティーグの人種に関しては特に書かれていないが、名前からすると、おそらくはアイルランド系の移民であろう。十九世紀半ばにアイルランドでいわゆるジャガイモ飢饉が起こった結果、大量のアイルランド移民がアメリカに押し寄せることになった。とりわけ一八四八年にカリフォルニアで金鉱が発見されると、翌四九年にはこのゴールドラッシュは海外からの移民も惹きつけることになった。アイルランド移民を含むこれらの移民はフォーティナイナーズと呼ばれ、アメリカ大陸を横断して西部へとやってきたのである。一八五五年までに少なくとも三十万人の採掘者が訪れたが、この中にはアメリカ人のほかにヨーロッパや南アメリカ、中国人などが入り混じっていたという。鉱山で働いていたマクティーグの父親も、おそらくはこのゴールドラッシュの流れに乗ってカリフォルニアに住み着いたのであろう。

トリナ・ジーペやマーカス、あるいは彼らの親戚たちはドイツ系スイス人の移民であると書かれている。これも十九世紀中葉のアメリカでは、ヨーロッパでの一八四八年革命の影響で、おびただしい数のヨーロッパ系移民が渡米していたことと関連している可能性がある。これら革命の影響で訪れた移民はフォーティエイターズと呼ばれるが、中でもドイツからの移民は圧倒的多数に及んでいた。トリナの両親がドイツ語交じりの片言の英語を話しているのは移民一世であるからで、二世であるトリナやマーカスの世代がもう普通の英語を話しているのも、細かい描写ではあるが当時の実態を反映しているのであろう。

他にもメキシコ系のマリア・マカパやポーランド系ユダヤ人のザーコフなど、また背景にひっそりとではあるが所どころに中国系移民の姿も垣間見られる。彼らはアメリカ大陸に遅れて移民してきたという意味で、一般に新移民と呼ばれるが、旧移民の中心をなすアングロサクソン系の登場人物はグラニス爺さんとミス・ベイカーのみである。彼らだけが作中で唯一ハッピーエンドを迎えるのは、当然深い意味があり、その点に関しては後ほど、簡単に触れたい。

また、作中で特に触れられることはないが、この時代で忘れてはならないのが、一八九〇年代から第一次世界大戦までの間、アメリカ合衆国がいわゆる帝国主義時代と呼ばれ、領土拡大を図っていた時代であったことである。『マクティーグ』が出版される前年の一八九八年にはハワイ王国を準州として併合した。またこの年にはノリスも新聞記者として取材した米西戦争が起こっている。この戦争の結果、カリブ海に浮かぶスペイン植民地であったキューバが、アメリカ軍の管理下で独立を果たす。しかし独立とはいっても事実上はアメリカの支配下にあった。アメリカでは先住民の掃討が終わり、フロンティアの消滅が宣言されたのが一八九〇年である。アメリカがいよいよ国外へと目を向け始めた時代、『マクティーグ』はかつてのフロンティアの到達点である最西端の都市で繰り広げられる物語なのである。このことは表面的には小説とはなんの関係もないことのように思えるかもしれないが、後で詳しく述べるように、当時の人々の心性に強い影響を及ぼしていたのである。

開拓時代のアメリカ西部はとりわけ作品後半で綿密に描かれるが、マクティーグの逃亡ルートであるオーバーランド鉄道およびカーソン－コロラド鉄道線沿いの情景も非常に興味深い。特に物語とはなんの関係もないものの、線路脇に無言で立ち尽くす先住民の姿など、非常に印象的である。これらの風景は、大掛かりな金鉱の掘削機などの描写やデス・ヴァレーでの試掘の様子も含め、すべてノリスが現地に行って綿密な調査を行った成果である。これらの位置関係も、ぜひ附録の『マクティーグ』要図」で確認していただきたい。

また『マクティーグ』はたんに背景として当時の時代を描きこんだだけではない。ノリスはこの作品を実在の事件に基づいて着想しているのである。本書巻末には一八九三年十月十日と十四日の「サンフランシスコ・イグザミナー」紙に掲載された新聞記事を「附録」として収録しているが、この記事が扱っているのがパトリック・コリンズというアイルランド系移民の起こした殺人事件である。詳しい内容については記事を読んでいただくとして、この貧民街で起こった悲惨な殺人事件を、ノリスは時代を映し出す事件として取り上げたのだ。作品に改変する中で大きく変更が加わっていることは言うまでもないが、幼稚園という殺人事件の舞台などが共通しているだけでなく、記事がコリンズの殺人の原因を「遺伝」に求め、文明社会に生まれた「野蛮人」の振る舞いとして描いているところも興味深い。この遺伝の問題は後程詳しく触れるが、まずは人間の行動が「遺伝」によって決定されるというのが当時の一般的な考え方であったことを確認しておいてもらいたい。このことは文学的状況にも大きな影響を及ぼしているのである。

文学的状況とノリスのナチュラリズム

では当時のアメリカにおける文学的状況を概観したい。当時はウィリアム・ディーン・ハウエルズや、マーク・トウェイン（Mark Twain 一八三五－一九一〇）、ヘンリー・ジェイムズ（Henry James 一八四三－一九一六）らのリアリズム文学が発展するとともに、フランス文学のエミール・ゾラ（Émile Zola 一八四〇－一九〇二）の影響を受けたナチュラリズムの文学が一気に花開いた時期であった。リアリズム文学とナチュラリズム文学の違いをごく簡単に説明しておくと、前者が主人公に自我を与え、社会の中でのその選択と行動を描くものである一方、ナチュラリズムはダーウィンの進化論に基づいており、遺伝と環境の支配を受けた登場人物に行動選択の自由はない。作家はただ実験室で顕微鏡をのぞくようにして、特定の遺伝子をもった登場人物を特定の環境に置いて、その様子を観察するのである。

このナチュラリズムの文学運動は、アメリカでは世紀転換期のほんの一時期にはやっただけで短命に終わったが、同じ文学運動に取り組む作家の中でも遺伝と環境に対する考え方や小説執筆にあたって重視する度合いも異なっていた。そんな中でも、スティーヴン・クレインやノリスは、かなり理論的にこの文学理論に取り組んでいたと言えるだろう。とりわけノリスはアメリカ文学独自のナチュラリズムを作り上げようとしたのであり、雑誌などでかなりの数のナチュラリズム小説論を書いたのである。ではノリス独特のナチュラリズムがどのようなものなのか、概観してみたい。

まずはノリスが小説家としてデビューする前に書かれたゾラ論を見てみよう。「ロマンス作家としてのゾラ“Zola as a Romantic Writer”」というエッセイで、ノリスはゾラやナチュラリズムの作品がこれまでリアリズムの発展形として捉えられてきたことに対して反論している。ノリスの言うナチュラリズム観によれば、ナチュラリズムとはむしろロマンスの一分野なのである。当時リアリズムの大御所であったハウエルズの作品を引き合いに出しながら、登場人物や物語に蓋然性があり、突飛な事態が起こったりしないのがリアリズムである、とノリスは主張する。一方ナチュラリズムは表面的な描写の正確さ、綿密さにはこだわるが、そこがポイントなのではなく、描かれる事件が我々の身のまわりで起こりそうなことではない。つまり日常に起こり得るかどうかという蓋然性がリアリズムとロマンスを分ける境界線であると考えるのだ。「〔リアリズム文学が描くのは〕日常生活のほんの小さな細部であり、昼食と夕食の間に起こりそうな出来事であり、ささやかな恋愛、抑制された感動であり、応接間のドラマ、午後の訪問の悲劇、ティーカップをめぐる危機なのである」という有名な一節は、ノリスのリアリズム観を非常に的確に表していると言えるだろう。当時アメリカのリアリズム文学はいわゆる「お上品な伝統」と呼ばれ、過激なテーマや醜悪なモチーフを描くことを避ける傾向にあったが、ノリスはそういった伝統に反発を感じていたのである。

それに対してロマンスとは、非日常の世界であり、我々の周囲にいる人物やありきたりの事物を描くものではない。「〔ロマンスは〕我々の世界ではない。それは我々の社会的地位が異なっているからではない。我々が平凡だからだ。ゾラ氏の注意を惹きたければ、庶民たることをやめ、日々前進する世の中の先頭に立つか、あるいは道端に倒れるかしなければならない。大衆から孤立しなければならない。個性的で唯一無二の存在にならなければならないのだ。ナチュラリズムの作家は平凡な庶民など顧みないのだ。利害関係や生活、考えが平凡で、ありきたりである限り、見向きもしないのだ」確かに『マクティーグ』の登場人物たちは、一見どこにでもいるような取るに足りない平凡な人物のようだが、社会的に転落し始めたときに見せる主人公の暴力性と狡猾《こうかつ》さ、トリナの病的なばかりの金銭への執着など、「ティーカップをめぐる危機」を大きく逸脱していると言えるだろう。『マクティーグ』を書いた後、一九〇一年に書かれた「ロマンス小説の主張 “A Plea for Romantic Fiction”」をみてみると、この主張がさらに過激になって、公然とリアリズム批判をするようになる。

リアリズムは物事の表面しか見ず、また「見えるところしか見ていない」というのだ。「リアリズムは微細なものを描く。壊れたティーカップのドラマであり、一ブロック先まで歩くことの悲劇であり、午後の訪問の刺激であり、夕食に招待することの冒険なのである。近所の家への訪問、それも形式的な訪問なのであり、そこからはなんの結論も引き出せない。隣人や友人を——ひどく、そう、とてつもなくひどく当たり前の人を——目にすることになるが、それだけのことだ。リアリズムはドアマットの上でお辞儀をし、立ち去り、そして歩道で腕を組みながらこう語りかけてくる。「これが人生だ」と。わたしは違うと言いたい。そんなものが人生でないのは、ロマンスを片手に隣人を訪ねてみれば、すぐにわかるだろう」

ノリスに言わせると、ロマンスは玄関先でとどまることはなく、住人とともに家の中に入り、ベッドルームや居間に入り込んでクローゼットの中まで覗き回るのである。そしてそうしないまま物事の表面だけを描き、奥に隠されたものを暴き出そうとしないリアリズムを批判しているのである。もちろんリアリズム小説もまた、すぐれた作品であれば表面的な描写の背後に隠された真実を描き出すはずであり、必ずしもノリスの批判が当たっているわけではないが、ナチュラリズムの文学がしばしば貧困や売春、汚職や不平等など、お上品な伝統から隠された社会の暗部を暴き出そうとする傾向をもっていたことをうまく説明していると言えるだろう。

十九世紀後半以降、今日にいたるまで、ロマンスということばが空想的な内容を含むものをすべて引き受けさせられる結果になり、遠い過去や馴染みのない異国を舞台にした突飛な物語であるとみなされがちになっているが、ノリスの主張によれば、真のロマンスは中世の時代やどこか遠くを舞台にするだけではなく、スラムや酒場の喧騒を舞台にしてもよいのだという。つまり下層階級の犯罪を描くロマンスこそが、ノリス流のナチュラリズムなのである。リアリズム小説や、大衆受けする空想ロマンスのような、お上品な題材だけでなく、我々の身のまわりには見られない汚いものをあえて暴き出し、それを遠慮することなく内側まで入り込んで描くことこそがノリスの目指していた小説なのである。このエッセイでノリスは「ロマンスに属するのは、この世の中の多岐にわたる様々なもの、計り知れない人間の心の内奥、セックスの神秘、人生の難題、人間の魂のいまだ分け入られたことのない深奥なのである」と高らかに宣言している。

ちなみにウィリアム・ディーン・ハウエルズは当時、お上品な伝統を代表するようなリアリズム文学の大御所として知られていたが、先にも触れたようにノリスには非常に好意的であった。『マクティーグ』に寄せた書評でのハウエルズの主張によると、そもそもヨーロッパ文学は大人の読み物であり、女性読者を想定せずに男性向けに書かれているのに対して、アメリカでは文学作品は伝統的に男女ともにあらゆる年代の読者にも受け入れられるように書かれてきたという。そしてそのようなお上品な伝統を捨ててヨーロッパの基準に合わせるべきだという問題を突きつけたのが『マクティーグ』であると主張するのである。そして以下のように述べている。「〔お上品な伝統を捨てるかどうかという点〕こそ、我々が考えるべき問題である。今我々はモンロー主義（ヨーロッパに干渉しないとするアメリカの孤立主義外交）が決して適用されることのない領域〔つまり文学のこと〕において帝国主義的拡張政策を始めたところなのである。我々がヨーロッパを侵略し、支配する時代がついに訪れたのかもしれない」文学を帝国主義的侵略の比喩を用いて表現していることからも、国外へと向けて領土拡張を目指していた当時のアメリカの時代風潮が見てとれる。そしてここでハウエルズはノリスの文学をヨーロッパの（ゾラの）方法論で書かれた作品とみなし、『マクティーグ』に文学的帝国主義の先兵となることを期待していたのだと言えるだろう。

『マクティーグ』とナチュラリズム

では、このノリスのナチュラリズム論は『マクティーグ』にどのように反映されているだろうか。以下作品のあらすじを振り返ってみたい（作品の結末に触れているので未読の方はご注意を）。

物語は実在の事件に着想を得たもので、ノリスがハーヴァード大学の創作コースに在学していたときから書き続けていた題材である。主人公のマクティーグは鈍重なおとなしい大男で、サンフランシスコで歯科医業を営んでいる。そこへ同じアパートに住む友人マーカス・シューラーがいとこで恋人のトリナを連れてくる。トリナの治療を通じて次第に彼女に惹かれていくマクティーグは、マーカスに譲歩してもらい、ついにトリナと結婚することに成功する。しかしまだマーカスとつきあっていたときに買った富くじが当たったために、トリナは五、〇〇〇ドルという大金を手に入れ、そのことがきっかけとなってマクティーグとマーカスの仲は次第に険悪なものになっていく。マーカスがその賞金の一部を手に入れる権利を主張し始めたのである。分け前をせしめることに失敗したマーカスは、マクティーグの歯科業が実は無許可営業であることを告発し、マクティーグは歯科医を続けられなくなる。それ以後マクティーグ家はどんどん落ちぶれていき、常習的に飲酒を始めたマクティーグは、病的なほど吝嗇になった妻に暴力を振るうようになる。やがてついにトリナを殺害したマクティーグは逃亡を企てるが、逃亡先のデス・ヴァレーで今は保安官になっているマーカスに追いつめられ、格闘の末にマーカスを殺害する。しかし死の間際にマーカスは自分とマクティーグを手錠でつなぎ、砂漠の真ん中で動けなくなったマクティーグもまた、そのまま死ぬしかないことを暗示しながら物語は終わる。

先ほど見たようなノリスのナチュラリズム論だけを読むと、いかに突飛な登場人物が出てくるのかと身構えるかもしれないが、実際に作品を読み進めると、それぞれの登場人物は非常に生き生きとした現実感をもっており、それほど大きく蓋然性を逸脱しているように思えないかもしれない。とりわけ脇役であるマリア・マカパやハイゼ、ミス・ベイカーやグラニス爺さんなど、いかにも我々の身近にいそうな錯覚を抱くのではないだろうか。一般的にリアリズム文学は社会の一部を切り取ることで現実感を生み出そうとするが、ロマンスは、たとえば「臆病な老人」とか「強欲で騒がしいアパート管理人」とか、典型的な人物を作り出してその役割を固定する。リアリズム文学の登場人物であれば、その人物が次にどのような行動に出るかは、その都度その人物が判断して動くのに対し、ロマンスでは、大概の登場人物が出来事に対してどのように対応するかは大半の読者に予想がついてしまう。ジーペ氏はいつもオーガスト（アウグーステ）を張り倒しているし、マリア・マカパはいつだってマクティーグの診察室から金目の物をくすねている。つまりロマンスとは人物を典型《タイプ》として扱うことに特徴があるのである。そしてノリスの主張に従うならば、リアリズムが個別の事実を例示するしかないのに対して、ロマンス的傾向をもつナチュラリズムは、人物の典型を観察することによって、より深い人間性の真実を見出すことができるのである。

このことと、ノリスが大学生時代に学んだ遺伝に関する生物学は、実は非常に深くかかわっている。『マクティーグ』が始まって間もない場面からひとつ引用してみよう。マクティーグが歯の治療でトリナに麻酔をかけた後の場面である。

マクティーグはまるで避難場所を求めるかのように作業に戻った。しかしトリナにもう一度近づくと、無防備で無力なその魅力がまた新たに押し寄せた。それは押しとどまろうとする決意に逆らう最後の異議申し立てであった。やおらマクティーグはトリナに覆いかぶさり、キスをした。乱暴に、真正面から口にべったりと。自分でも気づかないうちにそうしていたのだ。

自分は強いのだと思い込んでいたその瞬間にこんなにも弱かったことを知って怯《おび》え、必死に力を振り絞ってもう一度作業に戻った。歯にゴムのシートを貼りつけているときまでには、ふたたび自分を抑えていられた。狼狽し、身震いが止まらず、運命の瞬間に感じた苦悩でいまだわなないていたが、それでも自分が優位に立っていた。獣は倒され、少なくとも今は服従しているのだ。

しかしにもかかわらず野獣はまだそこにいた。長いあいだ眠っていたが、今ついによみがえり、目を覚ましたのだ。これ以降は常にその存在を意識することになるだろう。鎖を引っ張り、機会を窺《うかが》っているのを感じることになるだろう。なんと哀れなことか！　なぜずっと純粋に、潔癖に彼女を愛せないのか？　彼の内側で息づき、肉に編み込まれた、この邪悪で不埒なものの正体はなんなのか？

マクティーグの内なる善良さすべてを形作る立派な素材の背後には、先祖代々受け継いできた邪悪が、下水のように脈々と流れているのだ。父親の、そのまた父親の、そして三代、四代、五百代の世代の犯してきた悪徳と罪悪が、その血を汚していたのだ。ひとつの人種全体の悪徳が、その血管を流れていた。なぜそんなことになるのか？　マクティーグはそんなことなど求めていなかったのに。この男に非があるというのか？

（本書四二一－四二三頁）

ここでマクティーグは、トリナに麻酔をかけたことをきっかけにし、突如眠っていた性的欲望を、トリナを襲いたいという獣のような欲望を抱く。マクティーグは最終的には殺人事件を起こすような犯罪者になってしまうわけだが、こういったマクティーグの振る舞いは彼自身にあるわけではなく、「五百代の世代の犯してきた悪徳と罪悪」がその血に流れているからなのである。この遺伝が、特定の環境に置かれたとき、どうなるかを観察するのがナチュラリズムの文学の作劇法なのである。少し考えれば誰にでもわかることであろうが、このような考え方は、とりわけ性や人種に関して容易に偏見に陥りやすい。実際にダーウィンの進化論は当時、安易に人間社会に適用されて「社会進化論」という思想を生み出した。人間の身体を計測することで優等な人種と劣等な人種とを比較しようとしたり、遺伝的に優秀な種を残すことを検討したり、いわゆる優生思想につながっていくのである。言うまでもなくその最悪の結実がナチス・ドイツのホロコーストであったわけである。またこの社会進化論の副産物として生まれたのが、フランシス・ゴルトンの発見した指紋の個別性であり、またチェザーレ・ロンブローゾの始めた犯罪人類学である。前者は黒人が白人よりも劣っていることを「計測」しようとした試みのひとつであり、後者は犯罪者に典型的な顔つきや身体的特徴を遺伝的に分類することを目指したのである。

当然ノリスはこの時代に生きた人間として、当時のこの人種差別的な思想の影響を受けていた。先ほど軽く触れたように、この物語に登場するほとんどの登場人物は新移民であり、そのほとんどが不幸な結末を迎えていることもその表れである。唯一ミス・ベイカーとグラニス爺さんだけが幸せな結末にいたるのは、おそらくは彼らがアングロサクソンだからである。このようなアングロサクソン中心主義は、当時のアメリカの領土拡張政策と無縁ではない。キューバやフィリピンなどに確実に勢力を拡大する一方で、国内に入り混じる雑多な新移民を下位に分類し、アングロサクソンの集団と区別する必要が生じていたからである。

また、ジェンダーに対する偏見も非常に強く表れていることは、現代の読者であれば誰もが気にかかるところであろう。先ほどのアングロサクソンのふたりも、マクティーグ夫妻の家財道具のオークションの場面を見れば明らかなように、男性であるグラニス爺さんの方がわずかに道徳的に優れているように描かれているのにお気づきだろうか。

しかし『マクティーグ』がこのような人種やジェンダーに関して強い偏見のもとで書かれているにもかかわらず、登場人物たちがそれを超えて生き生きとした魅力をもっていることも事実である。自らの偏見に無自覚なままステレオタイプな人物を登場させているはずの『マクティーグ』が、いったいなぜこのような魅力をもっているのか。それはおそらくノリス自身が、自分で主張していることの「普遍の真理」に、どこかで疑いを抱いているからではないだろうか。今回何度も繰り返し読んでいたこの作品を訳していて、あらためて気づかされたのは、先ほど引用した部分でもはっきりと表れているように、ノリスが普遍の真理と考えていたものを描くところで、急におびただしい数の疑問文が登場することである。もうひとつ、マクティーグがトリナにキスをする場面を引用してみたい。

列車の通過はふたりをひどく驚かせた。トリナはもがいてマクティーグから身を引き離した。「ねえ、やめて！　お願いよ！」ほとんど泣きそうになりながらトリナはそう訴えた。マクティーグは離してやったが、その瞬間、わずかに、ほんのかすかにしかわからない程度だが、それまでの感情が方向を変え始めた。トリナが身を明け渡した途端に、キスを許した途端に、マクティーグの方は前ほどにはトリナのことを思わなくなった。結局さほどものにしたいわけでもないのだ。しかしこの反動はあまりにもかすか、あまりにも微細、あまりにも漠然としており、次の瞬間にはそんなことが生じたとは信じられなかった。しかししばらくたつとまた蘇ってくるのだ。今のトリナから何かが失われてしまわなかっただろうか。自分がずっとしたいと思ってきたことなのに、やっとやり遂げたと思ったら、そのせいでトリナに失望してしまったのではないか？　従順でおとなしく、手に入れることのできるトリナだって、何も変わらないはずではないか？　手に入らないトリナと同じくらい品位があって愛らしいはずではないか？　おそらくマクティーグにはぼんやりとわかっていたのだ、これは仕方のないことなのだと。変わらぬ世の常なのだと。—男は女が自らを譲り渡そうとしないからこそ女を求めるのだ。女は自分が男に明け渡したもののために男を崇拝するのだ。譲歩を勝ち取るごとに男の欲望は冷めていく。身を明け渡すごとに女の崇拝はいや増すのだ。しかしなぜそうでなければならないのか？

（本書一〇〇－一〇一頁）

「変わらぬ世の常」だと言いながら、ここでノリスはそのことに疑問を抱いているように見えてこないだろうか。「なぜそうでなければならないのか？」この問いはノリスが自分に向けて問いかけた問いではなかったろうか。結局はノリス自身の中に浮かんでくるこの疑問のせいで、そして自分の説に対して抱いている疑いのせいで、たんなるステレオタイプが予想通りの行動を起こす小説とは違い、それぞれの人物の行動に陰影が生まれてくるのである。ノリスのもつ自己矛盾に関してももう少し詳細に知りたい読者は、拙著『下半身から読むアメリカ文学』（松籟社）に『マクティーグ』を論じた章があるので参照されたい。

『マクティーグ』への反応

『マクティーグ』は一八九九年に出版されたが、当時はお上品な伝統の支配する時代であり、この作品は大きな衝撃をもって受け止められた。読者もクライマックス近くの陰惨な殺人の場面などは強く印象に残っているのではないだろうか。しかし興味深いことに、当時の読者からもっとも強い批判を受けたのは、殺人の暴力的な場面ではなく、もう少し違った場面であった。本書のどの部分に当時の読者が眉をしかめたのか、おわかりだろうか。

あまりに強く批判を受けたために、第二版を出版する際に一部の文章を差し替えざるを得なくなったのは、実は第八章のヴァラエティ・ショーを見に行く場面である。ここでオーガストが尿意をこらえ切れずにお漏らしをしてしまうことが描かれるが、これが当時の読者からは許しがたい描写であった。たとえ血みどろの殺人を描くことは許されても、排泄を描くことは許されなかったのである。十九世紀のアメリカでは人間の生殖や排泄は、ないもののように扱われ、決して触れてはならなかったのである。よく引き合いに出されるエピソードであるが、十九世紀半ばごろ、アメリカではピアノの脚にまで布を巻いて隠す習慣があったという。これはもちろん人間の脚を連想させるから、そして脚は性器と隣り合わせにあるから、という理由であり、あまりにも行きすぎた身体性への拒否感があったのである。したがってたとえオーガストのような子どもであっても、排泄を描くなどもってのほかだったのである。第二版ではオーガストの尿意は眠気にとってかわられ、お漏らしのかわりにマクティーグが帽子をなくすことになる。

またこれと同様の問題として、差し替えこそされることはなかったが、麻酔から覚めたトリナの感じる吐き気も排泄に類する問題として非難を浴びたという。もっともトリナに関して言えば、吐き気以上に物議をかもしたのは、はっきりとは描かれないものの、トリナが性欲をもっているらしとばづかいが非常に古くて現代の読者にはなじまないだろうが、驚くほど誤訳の少ない訳であった。この時代の翻訳は、今ほど辞書やインターネットなどの情報がなかったために、事実関係や地理的状況などしばしば誤訳にあふれているものであるが、そういった間違いがほとんど見られないのは相当に綿密な調査を行ったためであろうと思われる。もっとも使われていることばの古さはいかんともしがたく、拙訳がこの作品を現代の読者に受け入れてもらう一助になってくれることを願っている。

最後になったが『マクティーグ』の翻訳を幻戯書房に紹介していただいた立命館大学の吉田恭子氏には、このような機会を与えていただいて改めてお礼申し上げたい。またルリユール叢書で快く出版を引き受けていただいた中村健太郎氏には、作業の遅れを根気よくお待ちいただいたことも含め、この場をお借りして心から感謝申し上げたい。

【著者略歴】

フランク・ノリス［Frank Norris 1870–1902］

シカゴ生まれ、西海岸育ちのアメリカの小説家。カリフォルニア大学バークレー校で進化論と出会い、ハーヴァード大学創作科で創作論を学ぶ。『レディ・レティ号のモーラン』で作家デビュー。本作で作家として注目される。《小麦三部作》最終作執筆中に病死。同時代のナチュラリズムの作家で、もっとも理論的に小説を考えた作家として知られる。

【訳者略歴】

高野泰志［たかの・やすし］

一九七三年大阪市生まれ。京都大学大学院人間・環境学研究科博士後期課程退学後、同大学で博士号(人間・環境学)取得。現在、九州大学大学院人文科学研究院准教授。専門はアーネスト・ヘミングウェイ。著書に『下半身から読むアメリカ小説』『アーネスト・ヘミングウェイ、神との対話』『引き裂かれた身体――ゆらぎの中のヘミングウェイ文学』(松籟社)などがある。

〈ルリユール叢書〉
マクティーグ　サンフランシスコの物語《ものがたり》

二〇一九年一〇月七日　第一刷発行

著者　フランク・ノリス
訳者　高野泰志
発行者　田尻　勉
発行所　幻戯書房
郵便番号一〇一-〇〇五二
東京都千代田区神田小川町三-十二　岩崎ビル二階
電話　〇三(五二八三)三九三四
FAX　〇三(五二八三)三九三五
URL　http://www.genki-shobou.co.jp/
印刷・製本　美研プリンティング

ISBN978-4-86488-178-4 C0397

〈ルリユール叢書〉発刊の言

厖大な情報が、目にもとまらぬ速さで時々刻々と世界中を駆けめぐる今日、かえって〈遅い文化〉の意義が目に入りやすくなってきました。例えば、読書はその最たるものです。それというのも読書とは、それぞれの人が自分のリズムで本を読み、日々の生活や仕事、世界が変化する速さとは異なる時間を味わう営みでもあります。人間に深く根ざした文化と言えましょう。

本はまた、ページを開かないときでも、そこにあって固有の時間を生みだすものです。試しに時代や言語など、出自を異にする本が棚に並ぶのを眺めてみましょう。ときには数冊の本のなかに、数百年、あるいは千年といった時間の幅が見いだされるかもしれません。そうした本の背や表紙を目にすることから、すでに読書は始まっています。

　気になった本を手にとり、一冊また一冊と読んでいくと、目には見えない書物同士の結び目として「古典」と呼ばれる作品があることに気づきます。先人の知を尊重し、これを古典として保存、継承していくなかで書物の世界は築かれているのです。かつて盛んに翻訳刊行された「世界文学全集」も、各国文学の古典を次代の読者へと手渡し、共有する試みでした。

古今東西の古典文学は、書物という形をまとって、次代や言語を越えて移動します。〈ルリユール叢書〉は、どこかの書棚でよき隣人として一所に集う――私たち人間が希望しながらも容易に実現しえない、異文化・異言語・異人同士が寛容と友愛で結びあうユートピアのような――〈文芸の共和国〉を目指します。

また、それぞれの読者にとって古典もいろいろです。私たちは、そのつど本を読みながら、時間をかけた読書の積み重ねのなかで、自分だけの古典を発見していくのです。〈ルリユール叢書〉は、新たな古典のかたちをみなさんとともに探り、育んでいく試みとして出発します。

Reliure〈ルリユール〉は「製本、装丁」を意味する言葉です。
ルリユール叢書は、全集として閉じることのない
世界文学叢書を目指し、多種多様な作品を綴じながら、
文学の精神を紐解いていきます。
一冊一冊を読むことで、読者みずからが〈世界文学〉を
作り上げていくことを願って——

［**本叢書の特色**］

❖名作の古典新訳から異端の知られざる未発表・未邦訳まで、世界各国の小説・詩・戯曲・エッセイ・伝記・評論などジャンルを問わず紹介していきます（刊行ラインナップをご覧ください）。

❖巻末には、外国文学者ならではの精緻、詳細な作家・作品分析がなされた「訳者解題」と、世界文学史・文化史が見えてくる「作家年譜」が付きます。

❖カバー・帯・表紙の三つが多色多彩に織りなされた、ユニークな装幀。